Christian Schnalke

Die Fälscherin von Venedig

Christian Schnalke

Die Fälscherin von Venedig

Roman

PIPER

Mehr über unsere Autorinnen, Autoren und Bücher:
www.piper.de/literatur

Von Christian Schnalke liegt im Piper Verlag vor:
Römisches Fieber

FSC
www.fsc.org
MIX
Papier aus verantwortungsvollen Quellen
FSC® C014496

ISBN 978-3-492-05952-7

Gesetzt aus der Garamond 3
Satz: Satz für Satz, Wangen im Allgäu
Druck und Bindung: GGP Media GmbH, Pößneck
Printed in Germany

Für Daniela

Die Deutschen thun nicht viel, aber sie schreiben desto mehr. Wenn dereinst ein Bürger der kommenden Jahrhunderte auf den gegenwärtigen Zeitpunkt der deutschen Geschichte zurückblickt, so werden ihm mehr Bücher als Menschen vorkommen. (...) Er wird sagen, wir haben geschlafen und in Büchern geträumt.

Wolfgang Menzel, 1828

Eiskalt ist er«, flüsterte Olivia.

»Tot ist er! Wo willst du hin mit ihm?«, zischte der Kleine.

»Er ist nicht tot! Er lebt!« Mattia gab nicht auf. »Weiter! Schnell! Bevor sie merken, dass wir ihn haben!«

Sie trugen ihn zu zwölft. Zwölf Kinder. Im Licht des Mondes, wenn sie aus dem tiefschwarzen Schatten eines der verfallenden Palazzi herauskamen, sahen sie aus wie ein wunderliches Fabelwesen: Lang hingestreckt, mit hängendem Kopf der Mann, die leblosen Augen und der Mund offen. Sein Körper schlängelte sich auf zwei Dutzend Beinchen vorwärts. Die verwirrend vielen nackten Füße trippelten nahezu ohne Geräusch.

»Wir müssen ihn zum Geschichtenerzähler bringen«, flüsterte Olivia. »Wenn ihn einer retten kann, dann er.«

»Niemand kann ihn retten. Einen Toten rettet keiner. Nicht einmal der Dottore.« Der kleine Rolando trug den Arm des Deutschen. Er fühlte die eiskalte Haut seiner Hand. Er wusste, wann einer tot ist. Im letzten Winter erst hatte er neben seiner toten Mutter gesessen. Und als sie den Fischer am Strand gefunden hatten, war der genauso kalt gewesen.

»Zu weit!« Mattia stöhnte, weil er die blutende Brust umklammerte und die Hauptlast trug. Er zitterte vor Kälte. Der Nachtwind biss ihm unter die nassen Kleider und die tropfnassen Haare. Mattia war ins Wasser gesprungen, nachdem sie das Aufschlagen des Körpers im Kanal gehört hatten. Er war wieder und wieder in der völligen Dunkelheit getaucht, bis er im weichen Grundschlamm endlich den Körper gefühlt hatte. Beinahe hätte er es nicht geschafft, ihn zur Oberfläche zu ziehen, doch dann hatten sich ihm all die Hände entgegengereckt, die ihn heraushoben, als ob er selber tot wäre und zum Himmel

schwebte. Unter Wasser war es nicht so kalt gewesen. Im Wind war es schlimm. »Das schafft er nicht. Wir bringen ihn zu der Malerin. Sie ist seine Freundin, das weiß ich. Sie wird ihn nicht verraten. Rolando, du läufst zum Geschichtenerzähler. Du bist der Schnellste. Lauf, wie du noch nie gelaufen bist. Bring ihn zu ihr. Lauf, bevor es zu spät ist.«

Die letzten Worte hörte der Kleine schon nicht mehr. Er rannte nicht nur schnell, er begriff auch schnell. Und sobald er begriffen hatte, was von ihm verlangt wurde, hatte er die Hand losgelassen und war auf und davon.

Mattia wusste, dass er sich auf Rolando verlassen konnte. Obwohl in der Wirrnis der stockdunklen Gassen kein Licht brannte, von den Kerzen an einem Marienaltar hier und da abgesehen, würde der Kleine an keiner Abzweigung zögern.

Der Körper des Mannes schlängelte sich lautlos weiter. Er blutete aus der Brust, wo sie ihn erdolcht hatten, und er blutete aus dem Kopf, wo er auf dem Boot aufgeschlagen war. Keines der Kinder glaubte, dass es Zweck hatte. Aber sie wollten nicht aufgeben. Jedes einzelne wollte ihm zurückgeben, was er ihnen Gutes getan hatte.

I.

I

In eine andere Zeit

Venetien, 1. Oktober 1818

Franz Wercker wurde durch einen Stoß ins Kreuz aus dem Schlaf gerissen. Die Kutsche war durch ein besonders tiefes der unzähligen Schlaglöcher gepoltert, und nur durch ein Wunder war das Rad nicht gebrochen. Franz sah aus dem Fenster. Die Fahrt ging durch eine ebene Landschaft, die keinerlei Ausblicke bot, ein ermüdendes Einerlei von Weizen und Reis. Das Meer konnte Franz noch nicht sehen, nur überflutete Felder, in denen sich der Sonnenuntergang spiegelte. Und in der Dämmerung einen schmalen Fluss, der reglos im Schatten hoher Akazien lag. Die Brenta – oder, wie die Deutschen sie nannten, die Brandau.

Es war dunkel, als die Kutsche endlich hielt. Die Piazza, auf die Franz trat, war nur spärlich beleuchtet und spiegelte in keiner Weise ihre Bedeutung als Eingangstor Venedigs wider. Es war für die Seefahrerstadt eher die Hintertür. Schlichte Häuser mit geschlossenen Fensterläden umstanden das Ufer der müden Brenta, und die einzige Betriebsamkeit spielte sich am Wasser ab. Mehrere Gondeln warteten, während die Barcarioli auf den Stufen saßen, die zum Fluss hinabführten, Wein tranken und mit fliegenden Händen Morra spielten. Trotz der späten Stunde wurde im Schein einiger Fackeln noch ein Lastensegler beladen. Vernagelte Kisten wurden an Bord geschafft – die kleineren von je zwei Männern getragen, einige größere hob ein hölzerner Kran hinüber. Die Arbeiter, grimmige Gestalten, die für die Dunkelheit geschaffen schienen, verrichteten ihren Dienst schweigend. Ein Vorarbeiter oder Lademeister mit einem runden Hut stand auf der Mole und verfolgte jede Bewegung mit argwöhnischen Blicken aus seltsam grünen Augen. Die Hosenbeine seines Anzuges waren zu kurz und ließen scharfkantige braun gebrannte Knöchel sehen. Er hielt eine Fackel, mit der er ungeduldig gestikulierte.

»Signor di Stargard?«

Franz beachtete die Stimme zunächst nicht. Er hatte sich noch nicht an den Klang seines Namens gewöhnt. Erst als die Anrede wiederholt wurde, begriff Franz, dass er gemeint war, und wandte sich um. Vor ihm stand ein Junge, barfüßig, in eine schmutzige Hose und ein reines weißes Hemd gekleidet. Er drehte schüchtern eine Mütze in der Hand und verbeugte sich. »Gondola!« Er wies auf die Stufen, wo ein schlohweißer Barcariol neben seiner schwarzen Gondel wartete, und fügte hinzu: »Mi prendo il tuo bagaglio.«

Franz wollte gleich selber anpacken, doch ein vornehmer Herr trägt seine Koffer natürlich nicht, und so sah er mitleidig zu, wie der Junge seine drei großen, neuen und mit einem kleinen Wappen der Familie Stargard bemalten Koffer tapfer alleine schleppte. Die Besitztümer seines alten Lebens hätte er sich mit Leichtigkeit über die Schulter werfen können, aber vor der Abreise aus Rom hatte Franz sich bei einem Schneider großzügig eingekleidet, Schuhe anfertigen lassen, Hüte gekauft und dazu eine Unzahl Toilettenartikel, die einer Fürstin zur Ehre gereicht hätten.

Franz wurde von einem lauten Krach aus seinen Gedanken gerissen, als eine große, längliche Holzkiste aus der Schlinge rutschte, an der sie vom Ausleger des Kranes baumelte. Die Arbeiter schrien erschrocken auf. Der Lademeister mit dem runden Hut hörte gar nicht mehr auf, die Männer anzubrüllen. Einige Bretter wurden durch die Wucht des Aufpralls aufgehebelt, und aus der Öffnung quoll Stroh auf das Straßenpflaster. Aus dem Stroh aber ragte deutlich sichtbar eine bleiche Frauenhand hervor.

Franz erstarrte: Die Hand bewegte sich!

Der Lademeister kam herbeigelaufen und leuchtete mit seiner Fackel in die Kiste, wobei er achtgab, das Stroh nicht zu entzünden. Im hellen Feuerschein erkannte Franz schließlich seinen Irrtum: Es war nur eine Statue! Deutlich war das Glitzern des weißen Marmors zu sehen. Die Illusion der Bewegung war durch das flackernde Licht hervorgerufen worden. Der Lademeister blickte sich nach allen Seiten um. Als er sah, dass er beobachtet wurde, musterte er Franz misstrauisch aus seinen grünen Augen, die in eigentümlichem Kontrast zu seiner sonnengebräunten Haut standen. Er legte seine Fackel aufs Pflaster, stopfte das Stroh wieder in die Kiste und befestigte die losen Bretter, aus denen die spitzen Nägel herausragten, mit Fußtritten. Schließlich winkte er einige Arbeiter heran, die die große Kiste mit vereinten Kräften zu den übrigen wuchteten.

Als Franz die schwankende Gondel betrat, begrüßte ihn der weißhaarige Barcariol nicht, sondern blickte ihn nur grimmig an. Dafür nickte das hoch geschwungene silberne Bugeisen zur Begrüßung.

Ein wahrer Charon, dachte Franz, als er sich in die weichen Polster setzte. Ich hoffe, er rudert mich nicht in die Unterwelt … Der Bootsjunge stieß die Barke ab und kletterte vor zum Bug, wo er sich mit einer trübe leuchtenden Laterne hinhockte. Der Nebel über dem offenen Wasser war schwer und dicht geworden, sodass die Mole und die Häuser schnell unsichtbar wurden. Im wolkigen Dunst, der bedrückend leblos über dem Wasser hing, glitten sie durch verwirrende Flüsse, vorbei an Bäumen, die im Wasser wurzelten und die blass im Schimmer der Laterne auftauchten, um sich dann wieder im Dunkel aufzulösen. Geisterhaft zog hartblättriges Gebüsch an ihnen vorbei, dann nur noch mannshohe starre Halme, und schließlich verlor sich alles Sichtbare. Lautlos glitt das Boot über die Lagune, nur das Plätschern des Ruders war zu hören. Bleischwer und schwarz lag das Wasser unter ihnen, und die

Laterne des Jungen beleuchtete um sie herum nur milchigen Nebel.

Niemand sprach ein Wort. Der Alte ruderte mit ruhigen Bewegungen, und der Junge spähte voraus. Franz drückte die gespannte Erwartung aufs Gemüt, und er saß reglos in seinen weichen Polstern. Er hatte sich auf den ersten Anblick Venedigs gefreut, auf die sagenhafte Silhouette, die sich mit Dutzenden von Kirchtürmen und Kuppeln aus dem strahlenden Meer erhob. Doch in der Dunkelheit und umhüllt von Nebel war nichts zu sehen. Ob es noch weit zur Stadt war? Ob sie schon fast angekommen waren? Unmöglich zu sagen. Sosehr Franz die Augen auch anstrengte, er erkannte nichts.

Irgendwann sagte der Junge etwas. Ein gedämpft gesprochenes Wort, bei dem er sich umwandte und die Laterne höher hob. Franz folgte seinem Blick, der nach hinten ging, von wo sie gekommen waren und wo die geübten Ohren des Jungen irgendein Geräusch aufgefangen hatten. Ein fahles Licht glomm auf, das langsam klarer wurde. Darunter verdichtete sich das eintönige Grau des Nebels zu einem länglichen Schatten, und eine Gondel nahm Gestalt an. Sie war größer als die ihre, vorne und hinten standen je zwei Ruderer, und in der Mitte war ein Baldachin aufgesetzt, dessen geschwungenes Dach sich zu einer Krone erhob. Das Boot glitt schemenhaft und still an ihnen vorbei, die Ruderer blickten nicht herüber. Unter dem Baldachin saß in würdevoller Gelassenheit eine Dame. Die reichen Falten ihres Mantels und ihres schimmernden Kleides schienen einem Gemälde zu entstammen. Auf ihrem Hut zitterten Fasanenfedern im sanften Fahrtwind, und ihre Hand, die in einem seidenen Handschuh steckte, lag elegant auf dem glänzenden Lack der Reling. Ihr Gesicht war hinter einem Schleier mit feinem Strich angedeutet, als habe der Künstler dieses Gemäldes vermieden, ihre Schönheit direkt darzustellen, und ihre Vollendung der Sehnsucht des Betrachters überlassen.

Während das Boot an ihnen vorbeiglitt, wandte die Dame den Kopf und blickte Franz aus müden Augen an. Sie war auf eine bedrückende Art schön. Eine Schönheit, die aus alter Zeit überliefert schien.

Sie wandte den Blick wieder ab, und Franz sah nur noch ihr edles Profil, bevor ihr Boot im Nebel verschwand. Die Formen lösten sich auf, und sie waren wieder vollkommen allein auf dem Wasser. Der Alte hatte im Rudern innegehalten und brauchte eine Weile, bis er seinen alten Rhythmus wieder aufnahm. Immer noch sprach niemand ein Wort.

Und dann begannen erste gelbe Lichter durch den Nebel zu glimmen, und riesenhaft erschien in ihrer schwarzen Pracht die Serenissima. Kuppeln wölbten sich auf, Türme reckten sich aus dem Dunst, das gewaltige Geisterschiff einer Kirche schob sich heran, und die unzähligen Kanten, Ecken und Winkel der Wohnhäuser drängten sich in ihrem Schutz. Die Gondel näherte sich auf bedrohlichem Kollisionskurs dem Gewirr der Mauern, bis sich vor ihnen eine Schlucht auftat und sich Häuser an ihnen vorbeischoben, deren Fenster sämtlich dunkel waren. Wenn nicht vereinzelt Wäsche vor den Fenstern hing oder Blumen in einem kleinen Kasten wuchsen, war es unmöglich zu sagen, ob überhaupt eine lebende Seele darin wohnte. Plätze und Gärten lagen öde im diffusen Mondlicht.

Sie glitten unter einer Brücke hindurch, wo der Barcariol im Rudern innehielt, sodass nicht einmal mehr sein Plätschern zu hören war. Für einen verstörenden Moment waren Stille und Finsternis vollkommen. Als sie in den großen Kanal einbogen, wies der Bootsjunge mit seinem dünnen Arm nach vorne. »Palazzo Peldrini«, flüsterte er. Eine Ruine erhob sich aus dem kriechenden Nebel. Durch die Fensterhöhlen des verfallenen Baus war der Nachthimmel zu sehen, und ein Balken des eingestürzten Daches ragte hervor. Das reich geschnitzte Eingangstor zum Kanal hin war mit rohen Brettern vernagelt und die Stufen bedeckte Unrat.

All die verlassenen Plätze und Häuser, sein archaisches Fortbewegungsmittel, das völlige Fehlen von Wagen – nicht einmal Licht brannte irgendwo! –, und jetzt sollte er sogar in einem längst verfallenen Palazzo wohnen? Er war in eine andere Zeit geglitten. Vielleicht beim Durchfahren des dichten Nebels in der Lagune?

Doch dann erkannte Franz, dass der Junge den Palazzo nebenan meinte, der nur durch einen schmalen Kanal von der Ruine getrennt war. Auf der Fassade war ein Mosaik angebracht, das eine goldene Sonne und einen silbernen Mond zeigte und im Licht einer Laterne an den Eingangsstufen glitzerte. In einigen der spitzen byzantinischen Fenster schimmerte Licht, und ein Flügel des Tors stand offen.

Als der Barcariol einen fremdartigen Ruf ausstieß und der Junge von der schaukelnden Gondel auf die Stufen sprang, kam eine Frau in weißer Bluse und dunklem Rock heraus. Sie hielt eine Laterne, die ein freundliches Gesicht beleuchtete.

2

Blätter im Winde

Aus dem Vulkan steigt eine feine Rauchfahne in den klaren Himmel empor. Sie erhebt sich ins Blau und treibt erst hoch oben vom Meer weg ins Landesinnere. Franz tritt durch die offen stehende Terrassentür aus dem Haus, wobei er sich die gelbe Weste zuknöpft, und bleibt gerührt stehen: Im Garten, zwischen Palmen, Akazien und violett blühenden Artischocken, sitzt Clara in ihrem hellblauen Kleid, den Strohhut zum Schutz gegen die Sonne auf dem blonden Haar, vor ihrer Staffelei – in der anmutigen Haltung, die er schon so oft bewundert hat. Sie malt die Dächer der bergab stehenden Häuser, die weite Bucht mit der dunstigen Stadt, den Palästen und den übers Land verstreuten Höfen und mit reichem Blau das endlose Meer. Auf einem der Dächer sind junge Frauen damit beschäftigt, Blumen zum Trocknen auszulegen. Ihre weißen Blusen strahlen, und ihre bunten Röcke schwingen so leicht wie ihr Plaudern und Lachen.

Franz findet nicht lange Muße, die Szene zu genießen, denn der alte Grimsel kommt auf ihn zugesprungen, um ihn zu begrüßen. Er hat in Claras Nähe im Schatten gelegen, wie er das jeden Tag zu tun pflegt. Dabei schien er zu schlafen, doch das lebendige Spiel seiner Augenbrauen verriet, dass er jede Bewegung Claras wahrnahm. Franz krault das helle Fell des Hundes und erwehrt sich seines treuherzigen Ansturms. Clara sieht zu ihnen herüber und lächelt. »Franz! Hast du deinen Mittagsschlaf beendet?«

»Mittagsschlaf? Ich habe zwei Stunden geschrieben!«

»Liest du es mir nach dem Abendessen vor?«

»Natürlich! Du wirst staunen, welche Wendung die Geschichte nimmt. Der Geheimbund stellt sich heraus als ...«

»Still! Wirst du wohl nichts verraten!«

»Entschuldige, ich bin immer selber so ...«

Als Franz mitten im Satz erwachte, versuchte er, noch einmal einzunicken, um weiterzuträumen, doch es gelang ihm nicht. Wie knüpft man an einen Traum an, fragte er sich. Ob man diese Kunst beherrschen kann? Natürlich, er lächelte. Man nennt sie Lesen: Wenn du ein Buch wieder aufschlägst, träumst du genau da weiter, wo du zuvor aufgehört hast ...

Die Sonne strahlte hell ins Zimmer. Er versank in der Matratze und fühlte weiche Laken auf der Haut. Zum ersten Mal seit Wochen hatte er tief und fest geschlafen, und zum ersten Mal in seinem Leben erwachte er als ein wohlhabender Mann. Die Kassetten der Zimmerdecke über ihm waren mit goldenen Tieren geschmückt. Das Gold blätterte ab, doch er erkannte einen Falken, einen Löwen, einen Elefanten, Hirsche und einen Pfau. Er lag unter einem Himmel aus Tieren.

Franz stand auf, zog seinen neuen Morgenmantel an und trat ans Fenster, das aus einer Vielzahl bunter Glasscheiben bestand. Als er es öffnete, war die Geisterstadt der vorigen Nacht verschwunden. In der Morgensonne glitzerte ein breiter Kanal, als bestünde er aus flüssigem Silber. Boote und Schiffe glitten aneinander vorbei, beladen mit Obstkörben, Fässern, Kisten und Stoffballen. Franz sah eines mit gestapelten Stühlen und Sesseln, ein anderes mit Heu, in einer der vielen schwarzen Gondeln saß eine Schar junger Frauen, die herzlich lachte, als eine andere Gondel mit drei jungen Männern nah an ihr vorbeifuhr und einer der Männer eine Blume hinüberwarf. Eine andere Gondel transportierte drei Nonnen, die verstohlen hinübersahen, und in einer weiteren standen auf wackeligen Beinen fünf Ziegen, die argwöhnisch übers Wasser blickten und von einer Handvoll Heu fraßen. Als sie von einem Hund angebellt wurden, der steil aufgerichtet im Bug eines Ruderbootes stand, blökten sie frech zurück.

Die Häuser am großen Kanal ragten aus den Wellen, doch in den Seitenflüssen sah Franz steinerne Gehwege und Kais, auf denen reges Treiben herrschte. Von Booten aus wurde Gemüse und Fisch verkauft, Bettler reckten den Vorübergehenden bittende Hände entgegen, eine Frau stillte, auf einem Stuhl sitzend, ihren Säugling, und ein alter Mann schimpfte aus einem Fenster mit einem Jungen, der ein großes Papier mit einer aufgedruckten Bekanntmachung an seine Hauswand klebte. In einem schattigen Winkel sah Franz einen Straßenjungen auf den Schultern zweier Kameraden stehen und sich nach einem Zweig mit Pomeranzen recken, der über die Mauer eines Gärtchens wuchs.

Franz brauchte nicht lange, um sich anzuziehen, und stieg die hölzerne Treppe hinab, wobei er von den strengen Ahnen beäugt wurde, die in langer Folge diesen Palast bewohnt hatten und deren Geist in Öl gemalt die Zeiten überdauerte. Ob ihr Leben so formvollendet und würdig verlaufen war wie die Pose, die sie für den Maler eingenommen hatten? Ob sie im Leben mehr gelacht hatten als auf ihren ernsten Gemälden?

Als er im prächtigen Mittelgeschoss ankam, im Piano Nobile, wie ihm Signora Donati am Vorabend beim Heraufkommen erklärt hatte, trat die Haushälterin gerade aus einer der hohen Türen.

»Buon giorno, Signor von Stargard«, sagte sie mit einem höflichen Knicks und einem freundlichen Lächeln. Das *von* sprach sie mit einer angenehmen Weichheit aus – *won* Stargard. »Haben Sie gut geschlafen?«

»Buon giorno, Signora Donati. Wie ein Säugling an der Mutterbrust«, erwiderte Franz.

Die Signora hatte ihm am Abend nach seiner Ankunft in einem Musikzimmer, in dem ein Cembalo, eine Harfe und Notenständer standen und in einem Schrank mit gläsernen Türen mehrere Violinen lagen, ein kaltes Abendessen vorbereitet.

Während er aß, war sie bei ihm stehen geblieben und hatte sich nach seiner Reise erkundigt, und anschließend hatte sie ihn gleich in sein Schlafzimmer geführt. Nun zeigte sie ihm den gesamten Palazzo. Das unterste Geschoss, das nur wenige Stufen über der Wasserfläche lag, bestand aus einem breiten Mittelgang, der auf eine marmorne Treppe zuführte. Rechts und links lagen hinter geschlossenen Türen leere Lagerräume und ein Kontor mit Stehpulten, Tischen und Schränken. Über die Treppe stieg man nach oben ins Piano Nobile und gelangte durch eine Halle mit rotem Teppich, Kronleuchter und Ahnengemälden in den Portego.

Der Prunksaal, in dem vor allem ein riesiger Tisch mit einer Unzahl von Stühlen stand, wirkte aufgrund seiner Größe kahl und unbewohnt. Auch hier hingen an den Wänden Ahnen, die Franz aus ihren Gemälden heraus streng anblickten. Durch eine Flügeltür gingen sie ins Musikzimmer, das mit großen Fenstern nach vorne zum Canal Grande hinausblickte. Signora Donati führte Franz hinaus auf eine Loggia, von der aus man einen herrlichen Blick über das Treiben des Kanals hatte. »Dort drüben wohnt Lord Byron«, sagte sie und wies auf einen Palazzo schräg gegenüber.

Durch das Jagdzimmer, dessen Wände mit waidmännischen Szenen und Stillleben voller erlegter Fasane und Hasen dekoriert waren und in dem ein großer Schreibtisch stand, gelangten sie wieder ins Treppenhaus und stiegen die Stufen zum oberen Stockwerk hinauf, wo sich neben mehreren unbenutzten Zimmern auch Franz' Schlafzimmer befand. Signora Donati schlief noch ein Stockwerk darüber unterm Dach im Mezzanin.

Auch das Frühstück hatte die Signora im Musikzimmer gedeckt. Die weit geöffneten Fenster ließen das Sonnenlicht einströmen. Franz genoss den stark duftenden Kaffee und freute sich über die Höflichkeit der Signora, die ihm zur Begrüßung ein deutsches Frühstück servierte, bestehend aus den Speisen, die sie den Österreichern abgeschaut hatte: Strudel, Schmarren, Würstel, Speck und sogar eingelegte Zwetschgen. Außer den hohen Fenstern, die auf den Kanal hinausblickten, gab es noch ein weiteres zur Seite hin. Dort stand, nur getrennt durch einen schmalen Nebenkanal, die Ruine, die Franz am Vorabend gesehen hatte. Einige wenige Fensteröffnungen ohne Holzrahmen und Glas gaben eine Ahnung vom Inneren des verlassenen Palazzos. Das Dach fehlte gänzlich, und die Zwischenböden waren – wohl infolge eines Brandes – teilweise eingestürzt. Verwitterte Balken ragten kreuz und quer in die Höhe. Gestrüpp wuchs durch die Fensteröffnungen heraus, und die Loggia zum Canal Grande hin war von allerlei zähem Grün überwuchert. Als Franz am Fenster stand, sah er, wie ein Falke in die Schlucht zwischen den beiden Häusern schwebte, an einem Mauervorsprung gegenüber landete und in einer Öffnung zwischen den verrotteten Ziegeln verschwand.

»Guten Morgen!« Franz grüßte mit seiner Tasse hinauf. »Ich bin dein neuer Nachbar!«

Für einen kurzen Moment sah er den gebogenen Schnabel mit dem kleinen Falkenzahn auftauchen. Doch der Vogel missachtete Franz mit ernstem Blick und verschwand wieder.

»Trotzdem auf gute Nachbarschaft …«, sagte Franz, und nachdem er den Kaffee bis auf den bitteren Satz ausgetrunken hatte, öffnete er eine Reisekiste, die er nicht in sein Schlafzimmer, sondern hier in den Salon zu bringen angewiesen hatte. Er nahm einige Bücher heraus, die er zunächst auf den Tisch legte, und eine kleine Schachtel. Darin lag, eingeschlagen in Seidenpapier, ein Stapel Besuchskarten. In sauberer, klarer Schrift war darauf gedruckt: *Robert von Stargard.* Und in der Zeile darunter: *Kunsthändler*.

Den Namen anzunehmen war nicht schwer. Man musste es nur behaupten. Und sich daran gewöhnen. Aber Kunsthändler? Wie wird man ein vorgetäuschter Kunsthändler? Das Geld allein, das ihm zur Verfügung stand, machte ihn noch lange nicht dazu. Und das wenige, das er über Kunst wusste, erst recht nicht.

Franz sah in der Reisekiste eine Zeichenmappe aus marmorierter Pappe und nahm auch sie heraus. Er löste die Schleife und klappte die Mappe auf. Auf einigen Blättern lag als oberstes das Porträt einer jungen Frau, die den Betrachter ruhig und freundlich ansah. Mit feinen Bleistiftlinien gezeichnet und unterschrieben von Carl Fohr.

Clara.

Wie schön sie war! Franz unterdrückte den Drang, mit den Fingerspitzen über ihr gezeichnetes blondes Haar zu streichen, um die Bleistiftlinien nicht zu verwischen.

Sie schaute so zuversichtlich. Fohr hatte sogar den Glanz ihrer Augen wiedergegeben. Franz meinte, jeden Moment würde sie lächeln.

In der Mappe lagen noch gut zwei Dutzend weitere Zeichnungen. Franz nahm sie vorsichtig heraus und schaute sie langsam durch. Römische Motive, gegenseitige Porträts junger Künstler, Landschaften mit Bergdörfern wie Olevano, Frascati oder Perugia, der Nemisee, die Wasserfälle von Tivoli. Franz erinnerte sich an die Wanderungen und ruhigen Nachmittage mit Georg, mit Wilhelm Müller, mit Philipp Veit – mit Clara.

Franz beschloss, dieses fremde Haus, in dem er von nun an bis Karneval leben sollte, in sein eigenes zu verwandeln, indem er diese Zeichnungen mit den schönen Erinnerungen aufhängte. Er würde sich von Signora Donati Oblaten besorgen lassen, um sie an die Wand zu heften. Das Bildnis von Clara aber wollte er rahmen lassen. Das erste Geld von seinem neuen Wohlstand würde er für den Rahmen ausgeben.

Signora Donati wollte Franz gleich eine Gondel rufen, doch er bestand darauf, den Palazzo durch den gassenseitigen Eingang zu verlassen und zu Fuß zu gehen. Die Signora warnte ihn zwar, dass er sich als Fremder unweigerlich im Gewirr der Gassen verlaufen müsse, aber das war ihm gleichgültig. Und als sie ihn aus der Tür ließ und Franz, die Mappe mit Claras Porträtzeichnung unter dem Arm, den Fuß zum ersten Mal auf venezianisches Pflaster setzte, genoss er schon das.

Signora Donati sah ihm nach, während er die menschenleere Gasse entlangging und links abbog. Sie seufzte, denn sie wusste, dass dies eine Sackgasse war, die am Kanal endete. Und richtig, einen Moment später tauchte er wieder auf und wandte sich in die andere Richtung. Signora Donati überlegte, ob sie einen Jungen herbeirufen sollte, der ihrem neuen Herrn für eine kleine Belohnung folgte und auf ihn achtgab. Doch sie entschied sich, lieber später, wenn sie einkaufen ging, in Santa Maria dei Miracoli eine Kerze für ihn anzuzünden. Bei den Jungen wusste man nie, ob sie ihre Belohnung in der nächsten Bäckerei ausgaben und ihren Auftrag vergaßen. Auf die Jungfrau war Verlass.

Franz war überrascht, wie viel Deutsches ihm begegnete. Man konnte kaum zweimal abbiegen, ohne eine österreichische Uniform zu sehen, immer wieder hörte er im Vorbeigehen deutsche Worte oder sah an Geschäften und Werkstätten deutsche Namen. Allein drei deutsch geführte Buchläden fielen ihm auf. Und so dauerte es auch nicht lange, bis er auf das Schaufenster mit goldenen und hölzernen Bilderrahmen stieß. Über der Tür hing ein Schild mit der Aufschrift: *Heinrich Zwirner, Rahmenmacher.*

Als Franz den Laden betrat, roch es angenehm nach Holz und Leim. In Regalen lagen Leisten und Gipsdekorationen und auf dem Arbeitstisch unzählige Scheren, Messer, Pinsel, Stifte, Flaschen und Gläser. Heinrich Zwirner brachte gerade ein Blättchen Gold, an einem Pinsel haftend, auf einen Rahmen auf. Er war ein älterer Mann mit einer Nickelbrille, und hinter seinem Ohr klemmte ein spitzer Bleistift. »Einen Moment, bitte. Ich muss das hier nur kurz …« Den Rest des Satzes vergaß er, während er das hauchdünne Gold glatt pinselte. »So«, sagte er und stand auf. »Ich habe Sie noch nie hier gesehen. Sind Sie Maler?«

Offenbar erkannte der Rahmenmacher in Franz den Deutschen. »Nein«, erwiderte Franz. »Ich bin Kunsthändler.« Er hatte sich vorgenommen, das bei jeder sich bietenden Gelegenheit fallen zu lassen, damit sich sein Ruf als Kunsthändler bis in die Kreise verbreitete, auf die er es abgesehen hatte.

»So! Ein Kunsthändler! Das wird nicht jeden freuen ...«

»Nein?«

»Nein. Venedig ist bald leer gekauft. Jedenfalls was die alten Meister anbelangt. Und die Jungen verhungern, weil sie angeblich unverkäuflich sind.«

»Dann wird es Sie sicher freuen, wenn ich Ihnen eine Zeichnung eines jungen Künstlers zum Rahmen bringe.« Er nahm das Porträt aus der Mappe und legte es behutsam auf den Arbeitstisch.

Zwirner betrachtete es und nickte anerkennend. »Ein schönes Blatt«, urteilte er. »Ein sehr begabter Mann, ich bin sicher, aus dem wird etwas werden.«

»Leider nein«, entgegnete Franz. »Er ist verstorben.«

»Das tut mir leid zu hören. Gegen Napoleon gefallen?«

»Nein, ein Unfall.«

Nachdem Franz schlichte Rahmenleisten ausgesucht hatte, die zum Charakter der Zeichnung passten, versprach Zwirner, das gerahmte Bild am nächsten Tag zu liefern.

»Und verzeihen Sie, was ich über die Kunsthändler gesagt habe. Es ist nur, was ich gelegentlich höre.«

»Schon gut«, erwiderte Franz. »Ich verspreche, mich auch um die Jungen zu kümmern.«

Franz trat aus der schmalen Gasse heraus. Zwischen den Häusern war es schattig und still gewesen. Auf der Ufermole dagegen wehte ihm ein freundlicher Wind entgegen, und er musste die Augen gegen das blendende Sonnenlicht mit der Hand beschirmen. Sein Blick ging frei über die offene Lagune. Er sah die weite Wasserfläche und den endlosen Himmel, der an diesem Tag hell und blass war. Nur am Horizont, in unbestimmter Ferne, türmten sich weiße Wolken. Das Wasser war dunkel und schwer, und die Segelboote zogen ruhig darüber hinweg.

Auf der Ufermole herrschte einiges Leben. Es waren fast nur Frauen, die hier unterwegs waren. Sie trugen Körbe mit Früchten, in Tücher eingeschlagene Brote oder Eimer aus Blech voller Wasser, das sie aus einer Zisterne geholt hatten. Franz beobachtete eine junge Frau, die ihren leinenen weißen Überrock, der den Venezianerinnen als Schürze diente und ebenso als Schutz vor Regen oder Wind, mit beiden Armen spielerisch über ihren Kopf hob, sodass er sich einem Segel gleich mit Wind füllte. Auf dem Pflaster lag hier und da eine Decke ausgebreitet, auf der ein nacktes Kind mit einem Spielzeug saß. Gleich neben Franz saß ein Knabe, der ihm vertrauensvoll ein Stück Stoff hinhielt, das zu einer Art Puppe geknotet war. Vor einigen der Häuser, deren Türen und Fenster zum offenen Wasser hinausgingen, saßen Frauen, die Gemüse putzten oder mit Näharbeiten beschäftigt waren.

Plötzlich wurde die friedliche Szenerie durch einen spitzen Schrei gestört. Alles schaute auf, sogar die Kleinkinder, Franz fuhr herum und sah eine Wolke aus weißen Papieren über die Mole wehen. Sie stoben in einem Windwirbel, der sich im Winkel einer Kirche gebildet hatte, hoch auf, tanzten in der Luft herum und über die Kante der Mole hinaus übers Wasser. Inmitten der umherwehenden Papiere jagte eine junge Frau – eine aufgeklappte Zeichenmappe in der Hand – den Blättern nach. Zwei oder drei hatte sie bereits wieder eingefangen, doch wann immer sie ein weiteres greifen wollte, schlüpfte es ihr, auf einem Windstoß reitend, durch die Finger. Sie blitzten hell auf, wenn sie in die Sonne wirbelten, zeigten ihren dunkleren Bauch, und sobald eines dem Boden näherkam, fand es einen neuen Luftstrom, schwang sich darauf und stob wieder empor.

Die junge Frau war keine Venezianerin. Sie hatte zwar dunkle Haare und eher helle Haut wie die meisten Hiesigen, aber ihr dunkles Kleid mit den eng anliegenden Ärmeln stammte aus dem Norden. Offenbar war sie eine Künstlerin, deren Mappe mit Zeichnungen sich geöffnet hatte. Der Tanz der Blätter brachte augenblicklich Bewegung in das ruhige

Treiben auf der Mole. Einige der Frauen ließen alles stehen und liegen und halfen bei der Jagd. Vor allem aber eine Schar Straßenjungen, aus dem Nichts aufgetaucht, sprang mit lautem Geschrei herum, um zu retten, was zu retten war. Ihr Einsatz schien allerdings den Zeichnungen nicht gutzutun, denn ihre Finger krallten sich in die Blätter, und mit ihren schmutzigen Füßen traten sie beherzt darauf, ohne zu bedenken, dass sie dadurch einen Abdruck des Pflasters in das Papier prägten. Auch Franz, dem eines der Blätter geradewegs vor die Füße segelte, half bei der Jagd mit. Als auf der Mole endlich alles eingefangen war, standen sie am Ufer und blickten auf ein halbes Dutzend Blätter hinab, die unten im Wasser trieben. Eine der Frauen kam mit einem Besen, um sie herauszufischen, doch die Straßenjungen zögerten nicht lange, entledigten sich ihrer Hosen und sprangen allesamt ins Wasser. Sie ruderten mit ihren dünnen Beinen geschickt wie Frösche, und bald lagen die Blätter zum Trocknen auf dem warmen Stein in der Sonne. Die junge Frau gab den Jungen, nachdem sie ihre Hosen wieder angezogen hatten, ein paar Münzen und freudig zogen sie ab. Nur einer der Jungen, der älteste, blieb zurück und betrachtete die Blätter. Es waren keine Zeichnungen nach der Natur, sondern Bleistiftskizzen verschiedener Gemälde. Während das Papier wellig und faltig geworden war, hatte das Wasser dem Bleistift nichts anhaben können. Der Junge glättete hier und da ein Blatt, wo es ihm nicht sorgfältig genug ausgelegt war.

»Che bello!«, murmelte er andächtig und strich den Rand einer kleinen Kreuzabnahme Jesu glatt, wobei er darauf achtete, den Bleistift nicht zu verwischen. Schließlich zögerte er und sah sich nach der jungen Künstlerin um, die den Frauen für ihre Hilfe dankte. Er löste das feuchte Blatt vorsichtig vom Stein, stand auf, hob sein zu großes gelbes Hemd und klebte sich das feuchte Papier auf den dürren Bauch.

In diesem Moment traf sein misstrauischer Blick den von Franz. Beide schauten sich an. Was wollte der Junge mit der flüchtigen Skizze anfangen? Franz zögerte, ob er den kleinen

Diebstahl verraten sollte. Da wandte sich der Junge ab, rannte los und verschwand in einer schmalen Gasse.

Während die junge Künstlerin sich auf den steinernen Boden kniete und den Wust ihrer Zeichnungen ordentlich in ihre Mappe legte, fand Franz Gelegenheit, sie in Ruhe zu betrachten.

Ihr dunkles Haar war eng am Kopf zu einem Zopf geflochten und wurde mit einigen silbernen Nadeln gehalten. An ihrer hellen Schläfe hatte sie ein Muttermal, und ihre Augenbrauen zeugten von einem starken Willen.

Ihre Finger waren kurz und wirkten beinahe jungenhaft. Obwohl sie sehr reinlich waren, konnte Franz unter den Nägeln Farbreste erkennen. Auch das Lächeln, mit dem sie zu Franz aufsah, hatte einen jungenhaften Charme.

»Vielen Dank für Ihre Hilfe«, sagte sie.

»Ihre armen Zeichnungen«, erwiderte Franz. »Einige sind ziemlich ramponiert.«

»Ja, leider.« Sie seufzte. »Die Schleife hat sich gelöst. Manchmal passiert mir so was ...« Sie lächelte tapfer. »Es sind nur Kopien.«

»Ich habe mich noch gar nicht vorgestellt. Mein Name ist Robert von Stargard.«

»Irma Fuchs.«

Sie hielt ihm ihre Hand entgegen, und er schlug ein.

3

Ein richtiger Kunsthändler

Als Clara sich Weimar näherte, war ihr alles vertraut und zugleich fremd. Die altbekannten Hügel und Wiesen, die üppig tragenden Obstbäume und die Felder, auf denen sich Weizen und Hafer im Winde wiegten, kamen ihr vor, als sähe sie sie zum ersten Mal. Vor der Stadt war jeder Weg, jeder Hain und jedes Landgasthaus mit Erinnerungen verbunden, weil sie schon als junges Mädchen überall umhergestrichen war, doch sie erschienen ihr wie die Erinnerung einer anderen.

Auch auf dem Weg durch die Stadt, vorbei am Theater, am Stadtpalais Anna Amalias, am alten Haus der Familie Schiller, als der Wagen links abbog zum Markt und sie einen kurzen Blick hinauf zum Haus am Frauenplan werfen konnte, erkannte sie alles und nichts wieder.

Die Kutsche hielt vor dem Gasthaus *Elephant*, und Clara zögerte auszusteigen. Obwohl die Herren unter den Mitreisenden ihr den Vortritt gewähren wollten, blieb sie sitzen. Und als sie schließlich über die eiserne Stufe hinausstieg und ihren Fuß auf das Straßenpflaster setzte, schossen ihr die Tränen in die Augen.

Zurück zu Hause.

Nicht mehr in Rom.

Sie hatte Fanny ihre Ankunft geschrieben. Während das Gepäck abgeladen wurde, blieb sie am Fleck stehen. Die Reisenden verliefen sich, die Kutsche rollte ums Haus zu den Ställen, doch Clara stand immer noch da. Allein neben ihrem Reisekoffer, an den sie ihre Staffelei gebunden hatte.

Nicht mehr zu Hause!
Zurück in der Fremde!

Es waren nicht viele Leute unterwegs, es war kein Markttag und Mittagessenszeit. Wie immer, wenn die Postkutsche ankam, hatten sich einige zerlumpte Männer eingefunden, um ein Handgeld durch die Versorgung des Gepäcks zu verdienen. Sie drückten sich an der Wand des Gasthauses herum und sahen erwartungsvoll herüber. Doch Clara mied ihre Blicke, sie wollte noch nicht gehen.

Es wandelt niemand ungestraft unter Palmen. Zum ersten Mal fühlte Clara die tiefe Bedeutung der Zeile aus den *Wahlverwandtschaften.* Wer in die Fremde geht, gewinnt unendlich. Aber er zahlt auch einen Preis.

»Clara!« Ein heller Schrei hallte über den weiten Platz. Clara sah eine schmale Frau in einem weißen Kleid auf sich zurennen. »Clara! Du bist zurück!« Fanny rannte mit ausgebreiteten Armen quer über den Platz, ohne Rücksicht auf jegliche Etikette, sie verlor sogar ihren Hut. Sie rannte und schrie und fiel Clara in die Arme und drückte sie, dass ihr die Luft wegblieb.

»Fanny! Du erdrückst mich ja!«

»Dann fährst du wenigstens nicht mehr davon! Erst willst du ein Jahr nach Rom, und dann bleibst du fast zwei! Ich lass dich nie wieder los!«

Sie lachten und weinten zugleich, und plötzlich war Clara wieder ganz da. Die warme Umarmung der alten Freundin mit dem Duft ihrer gemeinsamen Jugend ging ihr ans Herz. Nachdem Fanny lange Claras Hals nass geweint und immer wieder beteuert hatte: »Du darfst nie wieder weggehen! Du darfst nie wieder weggehen!«, bemerkten sie einen der zerlumpten Männer in höflichem Abstand. Er hatte Fannys Hut aufgehoben und hielt ihn ihr hin. Fanny setzte den Hut wieder auf und band die Schleife unterm Kinn zu. Sie dankte dem Mann, und als er den Koffer nahm, nannte sie ihm die Adresse von Claras Elternhaus, hakte sich bei Clara unter und zog sie mit sich.

»Wie geht es meinem Vater?«, fragte Clara.

»Heute geht es ihm gut«, erwiderte Fanny, doch sie wurde mit einem Mal ernst, blieb stehen und blickte Clara an. »Aber du darfst nicht erschrecken, wenn du ihn siehst. Die Bettruhe hat ihn furchtbar blass werden lassen. Und schmal … Es ist gut, dass du wieder da bist. Wenn du ihn pflegst, wird das besser für ihn sein als jeder Arzt!«

»Sag mir die Wahrheit. Wie steht es um ihn?«

Fanny zögerte. »Um ehrlich zu sein, hatten wir die Befürchtung, dass er den September nicht überlebt. Aber jetzt geht es ihm wirklich viel besser. Allein durch die Vorfreude auf deine Rückkehr!«

»Ich bin sofort aus Rom abgereist, als ich deinen Brief bekommen habe. *Fast* sofort …«

»Jetzt wird alles wieder gut!«, lachte Fanny und zog sie weiter. »Es gibt so viel zu erzählen! Was du nicht alles verpasst hast! Alle freuen sich auf deine Rückkehr. Madame von Stein lässt ausrichten, sie erwartet so bald wie möglich deinen Besuch, Frau von Kalb gibt morgen einen Tee, zu dem wir eingeladen sind, im Theater geben sie am Samstag Kotzebue, ich habe uns schon Karten besorgt. Wir gehen gemeinsam mit der Schillerin und Emilie. Erinnerst du dich an die kleine Emilie? Du wirst sie nicht wiedererkennen! Sie ist vor zwei Monaten vierzehn geworden und über Nacht eine junge Dame! Sie wird sich vor Bewerbern nicht retten können! Du, stell dir vor, Ottilie von Goethe hat eine neue Literaturzeitschrift gegründet! Sie hat schon drei Ausgaben herausgebracht! Ich habe von jeder ein Exemplar für dich. Und die Schopenhauer hat einen neuen Roman geschrieben. Er soll im nächsten Jahr erscheinen. Ich habe schon eine Abschrift gelesen. Und so geweint!«

Da war es wieder, das Gefühl.

Es wandelt niemand ungestraft unter Palmen.

Clara litt mit jedem Wort der unbeschwert plaudernden Freundin mehr. Jeder dieser Namen, die so angenehm in ihr klingen sollten, vergrößerte ihre Qual. War das Leben hier all die Zeit über auf der Stelle getreten? Tee, Theater, Zeitschriften … Sie erinnerte sich ganz fern an eine Clara, die von all diesen Dingen in Aufregung versetzt worden war. Tee! Theater! Eine neue Zeitschrift! Wo war diese Clara abgeblieben?

Allein der Name Goethe machte ihr Hoffnung. Nicht Ottilie, sondern der Vater. Er hatte das Gleiche erlebt. Er würde verstehen.

»Aber ich rede und rede!«, rief Fanny aus. »Dabei musst du ja erzählen! Du musst alles erzählen, was du in Rom erlebt hast. Du hast viel zu wenig geschrieben! Erzähl mir alles!«

Erzähl …

Clara wollte so gerne alles erzählen. Aber was? Aber wie? Schon als sie die ersten Worte suchte, spürte sie die Unmöglichkeit: Natürlich konnte sie Fanny berichten, dass sie hinaus in die Campagna gewandert war und den ganzen Tag gezeichnet hatte. Aber wie es sich anfühlte, was es mit ihr gemacht hatte, wie sie erfüllt war davon – könnte sie das je in Worte fassen? Auf dem Monte Gianicolo unter der Tasso-Eiche zu sitzen, im Abendwind, mit dem weiten Blick über Rom, wenn es langsam dunkel wurde und immer mehr Sterne auftauchten. Mit einem Stück Brot und einer Flasche Wein auf der Wiese der Villa Borghese zu sitzen, wenn in der Dämmerung die Hirsche zwischen den Bäumen hervortraten und herüberschauten. Dass sie sich verliebt hatte. In einen Betrüger. Der zum Tode verurteilt worden war, weil er vier Menschen ermordet haben sollte.

*

Franz umarmte Clara und küsste ihren kühlen Mund. Wie anders hatte sich das angefühlt, als er das eine Mal ihren wirklichen Mund geküsst hatte! Jetzt hielt er einen hölzernen Rahmen in Händen und küsste ihren Bleistiftmund hinter Glas. Heinrich Zwirner hatte das Bild liefern lassen, und Franz nahm sogleich ein kleines Gemälde in seinem Arbeitszimmer von seinem Haken, um es durch Claras Porträt zu ersetzen. Doch es blieb nicht lange dort hängen, denn nachdem er all die anderen römischen Zeichnungen mittels angeleckter Oblaten rundherum an die Wand geklebt hatte, nahm er Clara wieder ab. Er stellte den Rahmen auf den Sessel ihm gegenüber und erzählte ihr alles, was er bisher gesehen und erlebt hatte. Er unterbrach sich allerdings mitten im Satz, als Signora Donati hereinkam und ihm eine Einladung brachte. Die Haushälterin war ganz aufgeregt: Emilio Canetti, Avvocato. Zwar kannte sie ihn nicht persönlich, aber sie wusste, dass er der Spross einer alten und edlen Familie war. Und so bestieg Franz eine Gondel, zeigte dem Barcariol die Karte und ließ sich zu dem edlen Spross rudern. Franz' Taktik, sich bei jeder Gelegenheit als Kunsthändler bekannt zu machen, trug also erste Früchte. Vielleicht hatte er die Einladung auch Signora Donati zu verdanken, die auf dem Markt mit anderen Haushälterinnen einen regen Tauschhandel von Neuigkeiten und Gerüchten betrieb und alles Wissenswerte über ihren neuen Dienstherrn zum Besten gab.

Die Gondel hielt am Eingangstor eines Palazzos, der schon bessere Zeiten gesehen hatte. Das bröckelnde Gemäuer schien vor allem von dem grünen und schwarzen Ring aus Muscheln an der Wasserlinie zusammengehalten zu werden.

Franz wurde in einen Salon geführt, der nach altem Leder roch. Hinter einem riesigen Schreibtisch kauerte eine graue Gestalt. Als Canetti aufstand und Franz höflich begrüßte, entpuppte sich der venezianische Spross eher als verdorrter Zweig. »Herr von Stargard, es ist mir eine Ehre«, sagte er auf Deutsch.

»Die Ehre ist ganz auf meiner Seite.«

Canetti wies auf eine altersschwache Gruppe Sessel mit verschossenen Polstern, und als sie sich setzten, brachte ein ebenso altersschwacher Diener Kaffee und Dolci.

Emilio Canetti hob seine Kaffeetasse mit dürren und zittrigen Fingern. Sein graues Haar ragte wirr über seinen knochigen Kopf hinaus. Es wirkte so staubig, dass Franz den Drang verspürte, darüber hinweg zu pusten.

»Ich höre, Sie sind Kunsthändler.«

»Das ist richtig«, bestätigte Franz. »Ich hoffe, hier in Venedig …«

»Ich freue mich, dass Sie noch jung sind. Der Kunsthandel in dieser Stadt stirbt an Überalterung. Die alten Langweiler bringen alles herunter.«

»Machen Sie auch in Kunst?«, fragte Franz.

»Gerade ist wieder ein Alter bankrott. Parsini. Kennen Sie Parsini?«

»Nein, ich …«

»Hat einen Sohn in Ihrem Alter. Kann einen Tritt in den Hintern gebrauchen. Alle schimpfen über die Ausländer. Über die Engländer. Natürlich die Deutschen. Aber machen Sie ruhig ein bisschen Wirbel! Kennen Sie den jungen Parsini? Alessandro?«

»Nein. Ich hatte noch nicht das Vergnügen.«

»Es ist kein Vergnügen! Er ist ein Betrüger und ein Trinker. Ich weiß nicht, ob er trinkt, weil er betrügt, oder ob er betrügt, weil er trinkt. Mit seinem Vater habe ich jahrelang vertrauensvoll Geschäfte gemacht. Auf das Wort des alten Parsini konnte ich mich immer verlassen. Wenn er einen Preis genannt hat, dann war es ein guter Preis. Wir Venezianer sind Kaufleute. Die Grundlage eines jeden Handels ist Vertrauen.«

»Da haben Sie recht«, warf Franz höflich ein.

»Natürlich habe ich recht! Ich stamme aus bester Familie! Ich weiß, wovon ich rede!«

So oft, wie Emilio Canetti betonte, dass er aus bester Familie stammte, beschlich Franz der Verdacht, dass dem nicht so sei. Tatsächlich stellte sich bei Nachforschungen später heraus, dass ein Urgroßvater Canettis erst im späten 17. Jahrhundert nach Venedig gekommen war. Er habe damals hunderttausend Dukaten bezahlt, um im Großen Rat aufgenommen zu werden, und finanzierte mit dieser Summe die Belagerung Athens, die allerdings außer der Zerstörung des Parthenontempels auf der Akropolis nichts Dauerhaftes bewirkte.

»Kommen Sie. Ich will Ihnen ein Gemälde zeigen.« Erstaunlich behände erhob sich der Alte aus seinem Sessel, ging zu einer Tür, und Franz folgte ihm in einen imposanten Portego, der vom vorderen Ende des Palazzos bis zum hinteren reichte. »Ich besitze ein paar schöne Stücke. Natürlich werde ich nichts davon verkaufen. Warum auch. Aber dieses hier bin ich leid.« Er wies auf eine leiberwimmelnde Himmelsszenerie mit verklärten Blicken, Engelsflügeln und nackten Busen. »Der Verbrecher Alessandro hat mir fünfhundert Scudi für das Gemälde geboten. Für einen Ricci! Und zwar Sebastiano Ricci, nicht Marco. Ich habe ihn zum Teufel geschickt. Einen Fußtritt hätte ich ihm geben sollen! Ihn aus dem Fenster in den Kanal werfen lassen! Fünfhundert Scudi! Es ist das Vierfache wert!«

Der altersschwache Diener folgte ihnen lautlos mit der Schale Pralinen. Während Franz das Gemälde betrachtete, griff Canetti mit zittrigen Fingern zu und schloss genießerisch die Augen, als er seine schmalen Lippen um die Süßigkeit schloss. Doch gleich darauf brach seine Erregung über diesen Parsini wieder hervor.

»Kein Wunder, dass der alte Parsini ins Unglück geraten ist! So eine Kakerlake von einem Sohn großgezogen zu haben, ist unerträglich! Er hatte auch einen guten Jungen. Daniele. Eine Zierde fürs Geschäft. Begabt, ehrlich, fleißig. Aber ausgerechnet dieser Sohn stirbt ihm auf einer Reise über die Alpen. Ersäuft in einem Gebirgsbach. Die Kutsche ist vom Weg abgerutscht. Können Sie sich das vorstellen? Ein Venezianer? Ersoffen im Gebirge? Nicht zu fassen. Der andere hätte krepieren sollen. Alessandro! Der Säufer! Der Betrüger!«

Noch einmal stibitzten seine zittrigen Finger ein Cioccolato und ließen es in seinem Mund verschwinden.

»Das heißt, Parsini ist einer der bedeutenden Kunsthändler hier?«

Der Alte blitzte Franz aus seinen kleinen Augen an. »Sie kennen sich nicht aus in Venedig.«

»Um ehrlich zu sein, nein.«

»Ich mache Ihnen einen Vorschlag. Ich erkläre Ihnen den hiesigen Kunsthandel, und Sie kaufen mir den Ricci ab.« Er blickte Franz geradeheraus an. »Ich lasse Ihnen das Bild für tausend. Lassen Sie einen Experten kommen. Es ist ein Freundschaftspreis.« Er hielt Franz die Hand hin, und Franz schlug ein. Was soll's, dachte er. Es ist nicht mein Geld, und man hat mir gesagt, ich solle Geld ausgeben, um Eindruck zu machen und glaubwürdig zu sein.

Canetti bestellte Essen, und als sie zu Tisch saßen, erzählte er. »Der Kunsthandel funktioniert hier auf drei Ebenen. In den Traditionshäusern bekommen Sie nur Erstklassiges. Alte Meister. Venezianer, Florentiner. Die Bilder stammen aus dem Besitz der alten Familien, und Sie können dort auch nur kaufen, wenn Sie zu einer der Familien gehören.« Der Alte zählte mit seinen dürren Fingern auf: »Fiori, Grigoletti, De Beltrami, Stamaso – und eben Parsini, aber der ist bankrott. Nächste Woche gibt es eine Auktion seiner Bestände. Gehen Sie dahin.« Er aß eine Weile schweigend, während Franz mit einem Bleistift die Namen, die er gehört hatte, in ein Notizbuch schrieb. »Dann gibt es die mittlere Ebene.« Er nannte ein paar Namen, die Franz ebenfalls notierte. »Hier bekommen Sie alles. Natürlich keinen Tintoretto oder Canaletto. Aber gute Sachen. Renaissance, Mittelalter, Antike, alles. Seit Venedig in die Knie gegangen ist, herrscht Ausverkauf. Verkauft wird an jeden, der bezahlen kann. Sie kommen spät. Das Beste ist längst weg.«

»Und alles echt?«, fragte Franz beiläufig.

Der Alte zögerte. »Wer weiß. Natürlich offizielle Kopien ohne Ende. Es wird alles kopiert. Aber in Venedig herrschen strenge Auflagen! Wenn ein Künstler kopiert, dann nur nach Anmeldung. Es wird alles katalogisiert. Und niemals in Originalgröße! Und schließlich gibt es die Weiber. Möchten Sie noch Wein?« Der alte Diener kam und schenkte Franz nach, obwohl er kaum getrunken hatte. »Trödlerinnen. Sie verscherbeln den Schund. An das einfache Volk. In Venedig sind nicht nur die Reichen und Gebildeten kunstsinnig. Auch der Arbeiter will seine Rialtobrücke oder seine Madonna über dem Tisch hängen haben.«

Und als das Dessert gebracht wurde, fügte der Avvocato noch hinzu: »Es gibt ein paar Wirte, bei denen finden Sie ganz hübsche Stücke. Von Malern, die ihre Zeche nicht bezahlen konnten. Aber natürlich nichts Altes. Nichts, was Sie weiterverkaufen könnten.«

Als er aufgegessen hatte, erklärte der alte Canetti, dass er jetzt Mittagsschlaf halten müsse, und verabschiedete sich mit einem kurzen Verweis darauf, dass die Deutschen ja Höflichkeiten nicht ausstehen können.

Am Nachmittag lieferten zwei Diener das Bild. Franz hatte keine Ahnung, ob es ein guter Kauf gewesen war. Aber allein die zahllosen Falten flatternder Umhänge schienen den Kaufpreis zu rechtfertigen. Und vor allem dachte Franz, nachdem er das Bild auf einer Staffelei im Prunksaal aufgestellt hatte: Jetzt bin ich tatsächlich ein richtiger Kunsthändler.

*

Wenn Franz sich mit der venezianischen Kunst vertraut machen wollte, dann fing er wohl am besten an wie ein gewöhnlicher Reisender auf großer Tour. Wie jeder Liebhaber, jeder Kenner und jeder Künstler. Also ging er zu den erst im vergangenen Jahr eröffneten Galerien der Accademia di Belle Arti. Er war erstaunt, dass er ein Eintrittsgeld zahlen musste. Das hatte er bisher noch nicht erlebt.

Die Galerien waren gut besucht. Englische Reisegruppen, deutsche Gelehrte, französische Damen, lautstarke Neapolitaner, römische Priester und eine russische Familie mit einem schönen langhaarigen Jungen betrachteten interessiert die Gemälde. Vor den bedeutenden Gemälden – Tizian, Veronese, Canaletto – herrschte ein regelrechtes Gedränge. Am häufigsten waren natürlich die Dialekte Österreichs von Wien bis Tirol zu hören.

In mehreren Sälen standen Kopisten vor ihren Staffeleien und arbeiteten daran, eine zweite Ausführung eines mehr oder weniger berühmten Gemäldes zu erstellen. Die meisten Kopisten mussten es über sich ergehen lassen, dass selbst ernannte Kunstsachverständige lebhaft die Qualität der entstehenden Kopie diskutierten. Franz beobachtete einen Maler, der sich zweier Schwaben erwehren musste, die im weichen Tonfall ihrer Heimat selbstbewusst Kritik an der Ähnlichkeit einer angemischten Farbe übten. Augenscheinlich fehlte nicht viel, und der Maler, ein hagerer Kleinwüchsiger in einem steifen Anzug, der zum Malen den Hut aufbehielt, hätte den hilfsbereiten Schwaben die angeblich missratene Farbe ins Gesicht gepinselt.

In einem abgelegeneren und weniger besuchten Saal fiel Franz ein junger Maler auf, der die Ärmel seines weißen Hemdes aufgekrempelt hatte und im stabilen Ausfallschritt eines Fechters vor seiner Staffelei stand. Auch den Pinsel hielt er im Florettgriff. Sein Haar, das die Farbe und die Beschaffenheit einer Handvoll gedroschener Strohhalme hatte, glich überraschend den Pinselstrichen auf seiner Leinwand. Diese fügten sich keineswegs brav und sittsam den dargestellten Formen seiner Vorlage, nämlich dem Aufstieg Mariens in den Himmel, begleitet von allerlei Heiligen und Himmelsvolk, sondern beanspruchten ungestüm ihr eigenes Wesen. Aus der Entfernung waren die Komposition der Figuren sowie ihre Farbgebung gut getroffen – Franz erkannte sogar den aufwärtsgerichteten Blick der Madonna. Doch je näher man hinzutrat, desto mehr lösten sich die Gegenstände in eine Wirrnis aus farbigen Strichen auf. Was umso erstaunlicher war, als der Maler ja das Ganze nur aus der Nähe sah.

Offenbar ging es dem jungen Mann nicht darum, ein Bild

zum Verkauf zu produzieren; einen solchen malerischen Irrsinn hätte kaum ein Auftraggeber angenommen. Er erfasste in Eile nur die groben Formen, ohne sich mit Feinheiten aufzuhalten. Das Bild übte auf Franz einen Reiz aus, den er nicht erklären konnte.

Er mochte die eigenwillige Pinselzeichnung. Es erinnerte ihn an die schönen Momente, wenn er mit Clara irgendwo im Schatten gesessen hatte, während sie das Wunder vollbrachte, mit sicheren Bleistiftstrichen einen Marktstand oder eine Bäuerin vor einer antiken Ruine zu zeichnen. Mit Bleistiftstrichen, die sich so überraschend von denen Fohrs oder Schadows oder Hornys oder irgendeines anderen unterschieden, dass sie im Grunde mehr über Clara verrieten als über ihren Gegenstand.

Franz wurde aus seinen Gedanken gerissen, als er die strohblonden Haare auf sich zukommen sah. Der junge Maler schritt rückwärts, wobei er den Blick nicht von der Leinwand ließ. Sein Florett mit der blauen Farbe des Madonnengewandes hielt er hinter sich zu Boden gerichtet.

Bevor der Pinsel sein Hosenbein erreichte, trat Franz einen Schritt zur Seite. Zum ersten Mal hatte er Gelegenheit, das Gesicht des Malers zu betrachten. Obwohl er noch jung war, furchten zwei tiefe Falten seine Stirn und zwei weitere seine Mundwinkel. Dadurch erhielt er eine ernste Prägung, die Franz' Interesse und sogar seine Sympathie weckten.

Franz fragte sich gerade, ob die Sorgenfurchen wohl dauerhaft über seinen klaren blauen Augen standen oder nur von einer Unzufriedenheit mit seinem Werk rührten, als der junge Mann ihn unvermittelt anblickte. »Ich will nichts hören«, forderte er bestimmt, aber nicht unfreundlich.

Franz nickte, während der andere sich wieder seinem Gemälde zuwandte. Dabei legte er den Kopf schräg. »Ich weiß, dass es furchtbar ist! Bis gestern war Tobler hier. Ab morgen hat Wennefeld den Platz vor der Madonna reserviert. Zwei Wochen lang!« Verächtlich stieß er die Luft aus, als würden diesem

Wennefeld auch zwei Monate nicht für eine respektable Kopie genügen. »Mir haben sie einen Tag gegeben. Einen Tag! Tu es oder lass es! Was soll ich denn machen! Ich kann doch nicht wochenlang warten, dann geht mir der Auftrag flöten!«

Franz wollte nicht länger schweigen. »Ist das Gemälde zu verkaufen?«, fragte er.

Der Künstler erhob sein Pinselflorett und richtete es bedrohlich auf Franz. »Ihren Spott können Sie sich sparen!«

»Ich spotte nicht.«

»Das ist kein Gemälde! Es ist eine Skizze! Der verzweifelte Versuch, wenigstens *etwas* herüberzuretten! Ich dachte, ich könnte es in Ruhe im Atelier fertigstellen, aber es ist ja ganz und gar hoffnungslos. – Ein Tag! Ein verfluchter Tag! – Verkaufen …« Er schüttelte ärgerlich den Kopf.

»Ich mag das Zeichnerische.«

Der andere musterte ihn und wog offenbar ab, ob wirklich kein Fall von Spottlust vorlag. »Wer sind Sie?«

»Mein Name ist Robert von Stargard.«

»Klein«, erwiderte der Künstler. »Johann Adam Klein.«

»Was wollen Sie mit dem Bild anstellen, wenn Sie es nicht verkaufen?«

»Ich werde heute Abend die Farben abschaben, um die Leinwand zu retten. Wenn ich vorsichtig rangehe und die Farbtöne halbwegs trenne, kann ich sie vielleicht sogar noch verwenden.«

»Wenn es nicht zu verkaufen ist, dann tauschen wir: Ich gebe Ihnen zwei Leinwände dafür, und Sie suchen sich in einer Apotheke Ihrer Wahl Pigmente für zwei Gemälde aus.«

Klein erwog den Vorschlag. Dann sagte er: »Drei.«

Franz lächelte. »Abgemacht.«

»Aber ich werde es nicht signieren.«

»Das müssen Sie! Ohne Signatur ist es wertlos!«

»Es ist auch mit Signatur wertlos.«

»Dann tun Sie es mir zuliebe. Zur Erinnerung.« Franz hielt Klein die Hand hin.

»Also schön.« Und damit schlug der Maler ein.

Nun hatte er also schon sein zweites Gemälde gekauft! Und dieses machte ihn sehr viel glücklicher als das staubige Himmelswerk des alten Canetti.

»Was wollen Sie damit anfangen? Sind Sie Sammler?«

»Ich bin Kunsthändler.«

4

Jäger und Gejagte

Franz bestellte den Transport des großen Gemäldes gleich für den nächsten Vormittag, obwohl man ihm abriet, das Bild mit der noch feuchten Farbe ausgerechnet dann über den Kanal zu bringen, wenn die meisten Gondeln und Boote unterwegs waren. Und er begleitete die Fahrt persönlich. Weniger um die Transporteure zu überwachen, als vielmehr um von möglichst vielen Menschen mit einem Gemälde gesehen zu werden. Jedem sollte der Neuankömmling auffallen. Und zwar als Mann der Kunst, als Kunstkäufer, als Kunsthändler. Man hatte den Spannrahmen des Ölbildes an einem hölzernen Gestell befestigt, und Franz setzte sich auf den verbleibenden Platz davor, wobei er sorgsam achtgab, die Farbe nicht mit dem Ärmel zu verwischen. Während die Gondel von zwei Barcarioli über den Kanal gerudert wurde, sahen auch tatsächlich immer wieder Leute neugierig herüber.

Als Franz an seinem Palazzo überwachte, dass die Madonna vorsichtig aus der Gondel gehoben wurde, kam ihm Signora Donati entgegen und berichtete aufgeregt, ein Besucher sei da. Ein Priester. Deshalb habe sie gedacht, sie könne ihn ruhigen Gewissens hereinlassen und im Jagdzimmer warten lassen.

»Ein Priester? Und er will zu mir?«

»Si, aber er wollte mir nicht sagen, warum. Er will nur mit Ihnen sprechen.«

Franz zögerte keine Sekunde und eilte, zwei Stufen auf einmal nehmend, die Treppe hinauf.

»War das nicht richtig?«, rief ihm die Signora besorgt hinterher.

Doch es war goldrichtig. Denn als Franz ins Jagdzimmer platzte, bestätigte sich seine Hoffnung: Er stand einem jungen, hochgewachsenen Priester gegenüber, der ihn aus einem ehrlichen Gesicht entgegenstrahlte.

»Lukas!«, rief Franz aus und umarmte den Gast herzlich. »Welch eine Überraschung!«

»Robert von Stargard! Lass dich anschauen!«

»Bitte nenn mich nicht so.«

»Aber warum? Der Stargard steht dir gut! Du siehst prächtig aus! Als ob du immer schon einen feinen Anzug …«

Als Signora Donati in der Tür erschien, verstummte Lukas.

»Signora Donati, darf ich Ihnen Pater Lukas vorstellen. Ein alter Freund.«

Signora Donati machte einen Knicks.

»Bitte bringen Sie uns Kaffee! Bist du hungrig, Lukas? Wann bist du in Venedig angekommen?«

»Eben erst, aber ich brauche nichts zu essen.«

»Seien Sie so nett und bringen Sie uns trotzdem etwas.«

»Es ist unglaublich«, sagte Lukas, sobald sie alleine waren. »Ich sehe dich noch vor mir, auf dem Schinderkarren, elend und ausgemergelt von der Haft, auf dem Weg zum Schafott. Und jetzt – sieh dich an! Als ob du nie etwas anderes getragen hättest als feine Anzüge! Du bewegst dich hier, als seist du in solcher Umgebung aufgewachsen!«

»Das alles habe ich dir zu verdanken. Du hast Kardinal della Somaglia überredet, mich zu begnadigen. Ohne dich hätte ich meinen Kopf verloren.«

»Mir tut jetzt noch jeder Knochen weh, wenn ich daran denke, wie ich quer durch Rom galoppiert bin! Ich hatte noch niemals solche Angst! Pferde sind einfach zu groß! Ein Priester gehört nicht auf ein Pferd.«

»Dann wirst du Venedig lieben. Hier gibt es keine Pferde.«

»Wasser ist ja noch schlimmer! Ich kann ja nicht einmal schwimmen!«, rief er aus.

Franz lachte. »Wie lange wirst du bleiben?«

»Eine Stunde. Je kürzer ich bleibe, desto besser.«

»Eine Stunde! Ich will dir alles erzählen! Alles zeigen!«

»Nichts wirst du mir zeigen. Wenn jemand sieht, dass du mit einem Priester der heiligen Inquisition umgehst, einem Vertrauten von Kardinal della Somaglia, dann könnte das dein Ende sein.«

»Niemand kennt dich hier! Du bist aus Rom.«

»Eben. Du aber nicht. Vergiss das nicht! Du hättest nicht einmal die römischen Zeichnungen aufhängen sollen.«

»Ich bin Kunsthändler.«

Lukas zuckte mit den Schultern und erwiderte nichts.

Der Freund nahm es wie immer ganz genau. Er hatte persönlich auf jedes Detail geachtet, als Robert von Stargards Lebensgeschichte von erfahrenen Geheimpolizisten des Kirchenstaates erdacht worden war, und er hatte sie gemeinsam mit ihm gründlich auswendig gelernt. Franz hatte den Spott des Priesters ertragen müssen, weil der alles viel schneller im Kopf behalten hatte, und war von Lukas so lange den verwirrendsten Verhören ausgesetzt worden, bis er jede Frage im Schlaf beantworten konnte. Franz war so tief in die erfundene Familie eingetaucht, dass er nahezu körperlich spürte, wie es ist, wenn man die eigene Geschichte bis zu den Kreuzzügen zurückverfolgen kann. Es hatte Stunden gegeben, wenn Lukas ihm endlich erlaubt hatte, zu Bett zu gehen, in denen er wirklich ein Spross dieser alten Familie war.

Die Schreiber der römischen und allgemeinen Inquisition hatten den jungen Robert von Stargard mit einem preußischen Pass ausgestattet, der einem echten vollkommen glich und der beim Grenzübertritt vom Kirchenstaat nach Venetien von den österreichischen Beamten anstandslos gestempelt und unterschrieben worden war. Man hatte ihm sogar eine Mappe mit Briefen von erfundenen Verwandten mitgegeben, die im

Fall irgendeiner Überprüfung jeden Zweifel ausräumen sollten.

»Dass du trotzdem gekommen bist«, fuhr Franz fort, »bedeutet dann wohl, es gibt einen wichtigen Grund?«

Lukas musste mit seiner Antwort warten, denn eben kam Signora Donati ins Zimmer und brachte ein Tablett voller Kaffee, Obst und Gebäck.

Die beiden Freunde traten mit ihren Kaffeetassen durch eine Fenstertür hinaus auf die Loggia. Über die Dächer der gegenüberliegenden Palazzi hinweg sahen sie die Takelagen einiger Segelschiffe, die zwischen Dorsoduro und La Giudecca vor Anker lagen. Hier draußen im Wind, in den Geräuschen der Schiffe und Boote, im Geschrei von Händlern, Bettlern und Bootsleuten waren sie am sichersten, nicht gehört zu werden.

»Es gibt Neuigkeiten«, begann Lukas. »Aus Paris sind ein Dutzend Wagenladungen mit Napoleons erbeuteter Kunst zurückgeschickt worden. Sie sind auch ordnungsgemäß angekommen. Doch es hat sich herausgestellt, dass die Kataloge, in denen die Lieferungen verzeichnet sind, gefälscht wurden. Jemand hat die Siegel erbrochen, ganze Seiten herausgenommen, durch unvollständige ersetzt und neu versiegelt.«

»Es fehlt ein Teil der Lieferung?«

»So scheint es.«

»Wie viel?«

»Das weiß niemand. Niemals zuvor hat es einen so großen Kunstraub gegeben. Und es hört nicht auf! Der Kirchenstaat hat versucht, es mit einem massiven Einsatz von *Sbirri* zu stoppen, aber als Österreich herausgefunden hat, dass die Geheimpolizei des Vatikans hier in Venedig ermittelt, hat es diplomatische Verstimmungen gegeben. Metternich persönlich hat sich strikt gegen die Einmischung in Österreichs innere Angelegenheiten verwahrt. Er wollte es schon zum Anlass nehmen, die Zusagen an den Kirchenstaat auf dem Wiener Kongress infrage zu stellen, und hat durchgesetzt, dass Rom die *Sbirri* sicher abgezogen hat. Deshalb kam Somaglia ja auch auf die Idee, dich einzusetzen.«

»Ich soll schaffen, was die Geheimpolizei des Vatikans nicht geschafft hat …«

»Zumindest wissen wir inzwischen, dass der Handel über Venedig läuft.«

»Aber welche Kunstwerke? Wonach soll ich die Augen aufhalten?«

Lukas öffnete eine Umhängetasche, die er nicht abgelegt hatte, nahm ein Skizzenbuch heraus und gab es Franz. »Ich habe Zeichnungen der Gemälde und Plastiken anfertigen lassen, die verschwunden sind. Aber es ist nur ein kleiner Teil. Es sind viel mehr.«

Franz blätterte das Buch durch. Es waren Bleistiftskizzen, auf deren unterem Rand Maler und Titel des Kunstwerkes notiert waren. Raffael, Tintoretto, Canaletto, Leonardo – die großen Namen, aber auch viele, die Franz nie zuvor gehört hatte. Porträts von Päpsten und Dogen, Ansichten Venedigs, Marienbilder, Kreuzbilder, ein Knabe mit Hunden, und als Letztes …

»Der *Laokoon?*«, rief Franz überrascht aus.

Lukas nickte.

»*Das* Meisterwerk des Altertums! Vielleicht das berühmteste Kunstwerk aller Zeiten! Wer stiehlt denn so etwas? Wer soll denn den kaufen?«

»Wir wissen nur, dass die *Laokoongruppe* verschwunden ist. Sie ist von Napoleon fortgeschafft worden und stand jahrelang im Louvre. Aber dort ist sie nicht mehr. Vielleicht halten die Franzosen sie auch nur versteckt, bis sich die Machtverhältnisse wieder gedreht haben. – Dieses Skizzenbuch zeigt nur einen kleinen Teil der verschwundenen Gemälde. Aber es ist alles, was ich dir im Moment geben kann.«

Franz und Lukas wurden auf eine Gondel aufmerksam, die unten vorbeifuhr. Sie war voll besetzt mit einer Reisegruppe, die in englischer Sprache zu einer Loggia hinaufrief und ungehörig brüllte.

»Dort wohnt der Dichter Lord Byron! Man kann ihn bis in die frühen Morgenstunden auf und ab schreiten sehen«, erklärte Franz.

Da sich an den Fenstern der Wohnung nichts tat, wandten die Touristen ihre Aufmerksamkeit wieder dem Wein zu, den sie auf ihre Gondel mitgebracht hatten.

Franz sah ihnen nach, bis von ihrem Gesang nichts mehr zu hören war. »Venedig ist riesig! Es gibt unzählige leer stehende Kirchen und Lagerhäuser. Verlassene Wohnungen und Arbeiterhäuser, unbewohnte Palazzi – allein im Arsenale gibt es Dutzende aufgegebener Werfthallen.«

»Du musst sie finden. Und du musst dich beeilen.«

Franz horchte auf. »Was meinst du?«

»Kardinal Somaglia gibt dir nur bis Weihnachten Zeit, die Diebe und Hehler aufzustöbern.«

»Die Vereinbarung war, bis Karneval!«

»Als der *Laokoon* verschwunden ist, hat er geschäumt vor Wut. Er will das Ausbluten italienischer Kunst nicht länger hinnehmen. Er sagt, wenn du es bis Weihnachten nicht schaffst, wirst du es nie schaffen.«

»Es ist schon Oktober. Bis Weihnachten sind es nicht einmal mehr drei Monate! Konntest du ihn nicht überreden, mir mehr Zeit zu lassen?«

Lukas schüttelte resigniert den Kopf. »Es tut mir leid.«

Franz nickte. »Dann erlebe ich wenigstens noch das Weihnachtsfest.«

»Du wirst noch viele Weihnachtsfeste erleben. Denn du wirst es schaffen.« Lukas blickte Franz ernst an. »Vergiss nicht«, sagte er, »du musst erfolgreich sein. Nur dann wird er dich begnadigen!«

»Ja.« Franz nickte entschlossen. »Ich werde es schaffen. Ich werde euch die Kunstdiebe liefern. Ich werde ein freier Mann sein. Ich werde einen neuen Namen bekommen, an dem keinerlei Schuld haftet, und dann werde ich nach Weimar reisen und sie heiraten.«

»Ja, das wirst du«, bekräftigte Lukas. »Ihr werdet zusammen ein glückliches Leben führen.«

Aber noch hatte Somaglia ihn nicht begnadigt. Der Kardinal hatte seine Hinrichtung lediglich ausgesetzt. Er war immer noch schuldig gesprochen, vier Menschen getötet zu haben. Franz war vollkommen klar, dass er als verurteilter Mörder niemals eine Chance haben würde, mit Clara zusammenzukommen. Er durfte sich ihr überhaupt nicht nähern, um ihr Leben nicht zu zerstören. Er liebte sie über alles, und deshalb durfte er ihr nicht einmal einen Brief schreiben. Es gab nur eine winzige Chance, alles zum Guten zu wenden. Wenn er das unmögliche Rätsel, das man ihm gestellt hatte, löste. Dann wäre sein Lohn ein neues Leben.

»Tu es für Clara«, sagte Lukas. »Verlier dieses Ziel nie aus den Augen.«

Franz begleitete Lukas bis zur Treppe. »Wann wirst du wiederkommen?«, fragte er.

»Solange alles gut geht, überhaupt nicht.«

Sie umarmten sich innig. Erst als Lukas fort war, sah Franz wieder die Speisen, die noch unberührt auf dem Tisch standen. Ihm fiel auf, dass er den Freund noch niemals etwas hatte essen sehen.

Da er selber trotz der beunruhigenden Nachrichten Hunger hatte, nahm er sich etwas Gebäck und stellte sich an das Fenster, das zu Ruine hinaussah. Doch bevor er essen konnte, schwebte ein Schatten an ihm vorbei. Es war sein Nachbar, der Falke, der mit einer Maus in den Fängen nach Hause kam und sich oben auf seinen Mauervorsprung setzte.

»He, Kamerad, denk nur, ich bin auch ein Falke«, sagte Franz lächelnd.

Der Falke begann, an seiner Beute zu zerren. Er riss ihr mit gestrecktem Hals die Gedärme aus dem Bauch, schnitt mit dem Schnabel Fleisch und Haut von ihren Knochen und warf schließlich die ungenießbaren Reste, kaum mehr als Kopf und Wirbelsäule, achtlos in den Kanal.

Franz legte das Gebäck wieder zurück auf den Teller. Ihm war der Appetit vergangen.

*

Franz erkundigte sich bei Signora Donati, wo er einen Spazierstock kaufen könne. Ihm war aufgefallen, wie kleidsam ein solcher Stock ist und wie er seinem Träger Format und Würde verleiht – vor allem, wenn er einen edlen Knauf besaß.

Die Signora nannte ihm den Campo dei Santissimi Apostoli in Cannaregio, von wo aus eine lange Straße alles biete, was er wünsche. Als Franz dann aus der Gondel stieg, stand er staunend mitten im Trubel des wunderlichsten Marktes, den er je gesehen hatte. Er zog sich über eine vielfach gekrümmte und verwinkelte Straße hin und wimmelte vor Leben. Alles war in Bewegung, wie es einer Straße mitten im Meer zustand. Sogar der steinerne Boden, den die Franzosen erst wenige Jahre zuvor als erzwungene Schneise in die verworrenen Gassen geschlagen hatten, schien in Wellenbewegungen begriffen. Ständig musste man über etwas hinwegsteigen: Salatblätter, verwelkte Blumen, die Reste von Artischocken, Orangenschalen oder Tiere, die zwischen den Ständen liefen, hüpften, hinkten und flatterten. Es herrschte ein wunderliches, diffuses Licht, da die komplette Straße nach oben zu mit wogenden Stoffbahnen, wankenden Schirmen und flatternden Tüchern gegen die Sonne geschützt war.

Es gab weder Wagen noch Reiter. Man musste nicht beständig um sein Leben fürchten, wie es in allen anderen Städten der Fall war, weil ein Pferd scheute oder ein Wagenrad über einen hinwegzurollen drohte. Hier in Venedig gingen alle zu Fuß. Ob arm oder reich, jung oder alt, ein jeder stand auf seinen eigenen Füßen. Doch auch das Schuhwerk der Menschen unterschied sich vom Rest der Welt. Anderswo kleidete sich, wer es sich irgend leisten konnte, in feste Schuhe, am besten hohe Stiefel, um sich gegen den allgegenwärtigen Unrat, gegen Morast, Pferdeäpfel und Kuhfladen zu schützen. Nicht so in Venedig. Die menschlichen Exkremente landeten gleich im Wasser eines Kanals und gelangten gar nicht erst auf die Straßen, Pferde und Kühe gab es nicht, und nicht einmal Schlamm verunreinigte die Straßen. Der Staub wurde vom beständigen Wind ins Meer geweht oder vom Regen in die Kanäle gespült. Deshalb konnten die Venezianer der Hitze angemessen leichte Schuhe tragen. Aus Stoff, aus Seide, aus feinem Leder. Fußbekleidung, wie sie anderswo nur im Haus getragen wurde. Gerade so, als ob man draußen ebenso zu Hause war wie in den eigenen Wänden, als ob man sich auf der Straße so wohlfühlte wie in der eigenen Stube. Die Armen gingen natürlich wie überall barfuß, aber mehrmals täglich stiegen sie eine der unzähligen Treppen hinab und badeten ihre Füße – beim Wäschewaschen und Gemüseputzen, beim Ablegen eines Bootes und beim Säubern der Fischernetze. Franz beobachtete, dass die Venezianer mit einem gewissen Vergnügen – einer wahren Lust geradezu – ins Wasser traten.

Ein sanfter Wind wehte vom Meer her und brachte den Markt in Bewegung. Die Tuchbahnen oben über Franz' Kopf spendeten einen angenehmen lichten Schatten. Die unbarmherzige Sonne wurde abgehalten, und das verbleibende Licht war unwirklich und nahezu wunderlich. Die Bahnen waren immer wieder durchlöchert und geflickt. Teilweise fehlten sie ganz, aber da die meisten Marktstände einen Sonnenschirm oder einen Baldachin besaßen und immer wieder die gestreifte Markise eines Ladens über die Köpfe der Käufer ragte, wurden die Lücken durch einen bunt leuchtenden Flickenteppich gefüllt. Hier und da fiel durch ein Loch oder einen Ritz ein Sonnenstrahl, der eine grelle Farbe aufleuchten ließ: das Grün eines Salats, das Rot eines Rockes, das Gelb eines Pantoffels, das tanzende Violett einer Hutfeder und einmal das Orange einer Mandarine, die von einer Kinderhand ergriffen wurde und im Schatten unter dem Tisch verschwand. Franz beobachtete, wie ein barfüßiger kleiner Junge seine Beute in die Rocktasche eines scheinbar unbeteiligten Mädchens steckte und beide in unterschiedliche Richtungen davongingen.

Franz fand einen Laden, in dessen Schaufenster Hüte, Handschuhe und Stöcke ausgestellt waren. Als er ihn betrat, war es eine dunkle Höhle aus altem Holz mit einem bleichen Verkäufer, der Franz mit einer steifen Verbeugung begrüßte. In der reichen Auswahl an Stöcken fiel Franz sofort einer auf: Als Knauf hatte er eine schlichte durchsichtige und farblose Glaskugel, in deren Innerem eine feine farbige Schliere eingeschlossen war. Eine hellblaue Wolke, die ihn an die Bewegung von Claras Kleid erinnerte. Ohne weitere Spazierstöcke zu prüfen, wählte Franz diesen. Als der Verkäufer den Kaufpreis nannte, stockte Franz der Atem. Der Besitz einer solchen Summe wäre ihm noch vor Kurzem als Reichtum erschienen und hätte ihn einen Monat lang ernährt. Also redete er sich beruhigend zu: Ich bin ein reicher Mann, ich kann Geld für diesen Luxus ausgeben, und ich muss Geld für diesen Luxus ausgeben.

Der bleiche Wächter über die Spazierstöcke versicherte ihm, das Glas sei ein Produkt der benachbarten Insel Murano, die berühmt sei für ihr Glas, und schon stand Franz wieder draußen auf der belebten Straße und betrachtete, wie die Farben und Lichter des schattigen Marktes sich winzig in der Kugel brachen und auf den Kopf gestellt wurden. Franz beschloss, seinen verwegenen Kauf mit einer Tasse Kaffee zu feiern. Gerade als er über eine Brücke gehen wollte, wurde er angerempelt, und der kleine Junge, den er mit der Mandarine beobachtet hatte, flitzte an ihm vorbei. Hinter ihm her rannten das Mädchen und ein etwas älterer Junge in einem zu großen gelben Hemd. »Über die Brücke, Rolando!«, rief der Größere. Franz erkannte in ihm den Jungen wieder, der auf der Fondamenta geholfen hatte, die Zeichnungen der jungen Künstlerin einzufangen, und die Kreuzabnahme stibitzt hatte. Während sie geschickt zwischen den Menschen hindurch auf die Brücke rannten, kamen zwei schnauzbärtige österreichische Gendarmen hinterher und riefen: »Haltet die Kinder!« und: »Haltet die Diebe!« Niemand dachte daran, ihren Aufforderungen Folge zu leisten. Im Gegenteil: Als sie ebenfalls über die Brücke liefen, die kein Geländer besaß, wie die meisten Brücken Venedigs, war da eine Schulter – ein ungeschicktes Versehen –, und ehe man reagieren konnte, stürzten die beiden Uniformierten ins Wasser des Kanals. Unter allgemeinem Gelächter halfen sie sich gegenseitig mühsam ans Ufer. Und nachdem sie triefend und fluchend herausgestiegen waren, konnte man weder von den Kindern noch von der Schulter die geringste Spur entdecken. Zumindest wurden von hilfsbereiten Händen mit flugs herbeigeschafften Stöcken ihre Hüte aus dem Kanal gefischt und ihnen mit respektvoller Verbeugung übergeben.

5

Der Mann ist tot!

Weiter! Nicht müde werden!«, ruft Clara und fliegt förmlich den Berg hinauf. Als ob ihr wehender Rock kein Kleid, sondern ein Paar lichtblauer Flügel wäre! Wo nimmt sie diese Frische her? Franz bleibt stehen und blickt sich um. Wie hoch sie die Flanke des Vulkans schon hinaufgestiegen sind! Sein Blick geht über die Landschaft tief unter ihnen. Auf der einen Seite das weite Land mit Hügeln, Wegen und kleinen Dörfern. Das Gewirr der Stadt am Schwung der Küstenlinie mit dem weißen Schäumen der Wellen und auf dem Meer die Boote, die Küstensegler und die großen Schiffe, die übers Meer kommen oder gerade Segel setzen, um den Hafen Neapels zu verlassen.

»Franz! Schnell! Komm her!« Hoch über ihm steht Clara und winkt mit ihrem Sonnenhut. Hinter ihr steigt Rauch auf. »Das musst du sehen!«

Franz müht sich weiter bergauf, über Steine und Asche, und als er bei Clara ist, sieht er, was er sehen muss: eine Spalte im Gestein, ein Riss, den die Lava des Vulkans aufgedrückt hat. Qualm steigt heraus, und tief in der Spalte ist leuchtende Glut zu sehen. Clara nimmt seine Hand. Sie fühlt sich warm und lebendig an und lässt sein Herz schneller schlagen.

»Komm näher«, sagt er und zieht sie mit sich. Doch je näher sie der Erdspalte kommen, umso heißer wird es. Ihre Gesichter glühen, das Glimmen in der Spalte pulsiert lockend.

»Nicht zu nah, Franz«, mahnt Clara und hält ihn zurück. Doch er muss näher. Er befreit sich aus ihrer Hand und geht weiter. Die Hitze wird überwältigend. Clara bleibt zurück, doch er will unbedingt einen Blick in die Glut werfen.

»Franz! Nicht so nah!«

Doch Franz muss näher. Er kann nicht widerstehen, er will, er muss, nur ein Blick! Es wird unerträglich im Gesicht, er muss die Augen schließen, sogar durch die Kleidung brennt ihm die Hitze auf der Haut.

»Franz, bitte!«

Näher!

»Franz!«

Noch ein Schritt.

»Bitte!«

Er will die Augen öffnen, er will sehen – da stolpert er und fällt schmerzhaft auf die Knie, und dann spürt er voller Entsetzen, wie die Haut seines Gesichtes sich ablöst und herunterrutscht, aber er ist nicht entsetzt über die Verletzung. Er hat Angst vor dem, was darunter zum Vorschein kommt.

Franz wachte schwer atmend auf. Das Herz sprang ihm in der Brust. Er hatte von der Frau, die er liebte, geträumt – und es war ein Albtraum gewesen! Wie falsch kann ein Leben sein? Noch immer spürte er im Gesicht die Glut, die so beängstigend wirklich gewesen war. Im Zimmer war es viel zu warm und zu stickig. Die letzten Tage hatten einen heißen Herbst gebracht, der auch nachts nicht abkühlen wollte. Der Schlaf hatte ihn nicht erfrischt, und die beängstigende Wendung des Traumes hing ihm noch beim Frühstück nach.

»Sie essen heute gar nichts«, beklagte sich Signora Donati.

»Ich möchte nur etwas Kaffee«, erwiderte Franz. Das süße, heiße Getränk belebte ihn wenigstens ein bisschen.

Nach dem Frühstück wollte er beginnen, die Kunsthändler aufzusuchen, die der alte Canetti ihm genannt hatte. Er hatte in seinem Büchlein hinter die Namen schon die zugehörigen Adressen geschrieben. Der Rahmenmacher Zwirner war ihm behilflich gewesen. Doch Franz fürchtete sich vor diesen Besuchen. Was sollte er sagen? Wie sollte er irgendetwas sagen, ohne sich als Hochstapler zu verraten?

Als die Kirchen Venedigs zehn Uhr läuteten, öffnete Franz die Tür der Kunsthandlung Fiori und trat vom Licht der Gasse in einen düsteren Raum. An den Wänden hing eine Unzahl von Gemälden, die auf wundersame Weise leuchteten. Das Strahlen ihrer Farben stand in erstaunlichem Gegensatz zum düsteren Eindruck des Verkaufsraumes, denn hoch oben ließen mehrere verborgene Fenster Licht einfallen, das dieses überirdische Farbenspiel hervorrief. Die Gemälde waren fast alles Ansichten Venedigs aus verschiedenen Zeiten und in verschiedenen Stilen. Mal wirkten die Gebäude an den Kanälen erhaben und pompös, mal einladend und romantisch und dann wieder wie die geisterhafte Erscheinung aus einer untergegangenen Zeit.

Noch während Franz sich umsah, erschien geräuschlos und scheinbar ohne Bewegungen seiner alten Glieder der Kunsthändler Fiori selber. Er trug altmodische blassviolette Kniehosen mit seidenen Schleifen am Saum und einen Frack von derselben Farbe, dessen Ärmel in Manschetten aus venezianischer Spitze endeten, die er immer wieder nervös von den Händen zurückwarf. Auf einer dieser Spitzenmanschetten bemerkte Franz einen Rotweinfleck, der durch Fioris nervöse Bewegungen immer wieder erschien und verschwand. Ebenso nahm Franz einen leichten Weingeruch wahr, für den er seit der Kindheit eine feine Nase besaß.

Der Kunsthändler verbeugte sich auf eine Weise, die zu seinem Auftreten passte. »Fiori«, sagte er mit einer heiseren Stimme. »Der Herr interessiert sich für Kunst?«

»Allerdings«, erwiderte Franz und verbeugte sich knapp.

»Dann hätte der Herr keinen besseren Ort wählen können.« Mit großer Geste wies er rund um den Raum, wobei er mit erhobenem Arm eine elegante Pirouette drehte. »Wenn der Herr etwas Spezielles zu sehen wünscht – ich habe eine Fülle an exquisiten Meisterwerken in meinem Magazin. Es wird mir eine

Freude sein, die schönsten Stücke holen zu lassen. Vielleicht einen Canaletto? Oder einen del Piombo?«

»Das ist sehr freundlich, aber im Moment nicht notwendig. Vor allen Dingen möchte ich mich erst einmal vorstellen. Mein Name ist Robert von Stargard.«

Sogleich sah er eine Veränderung nicht nur auf dem Gesicht, sondern im ganzen Körper des Kunsthändlers vorgehen. Seine tänzerische Zugewandtheit geriet ins Stocken und seine agilen Hände zogen sich unter die Spitze seiner Manschetten zurück. Eine seiner versteckten Hände hielt sogar unwillkürlich den ausladenden Tisch fest, der die Mitte des Verkaufsraumes beherrschte und auf dem neben einem alten Globus verschiedene Zeichnungen zur Ansicht lagen.

Die Neuigkeit der Ankunft eines Kunsthändlers hatte sich also noch schneller verbreitet, als Franz erwartet hätte. Trotzdem fügte er hinzu: »Ich bin neu hier in Venedig.«

Fiori verbeugte sich steif. »Ich habe von Ihnen gehört. Was kann ich für Sie tun?«

»Nichts. Im Moment gar nichts. Wie gesagt, möchte ich mich nur vorstellen. Unter Kollegen ...«

»Unter Konkurrenten«, erwiderte Fiori überraschend direkt. Seinem angewiderten Blick sah Franz deutlich an, dass in der Überzeugung des traditionsbewussten Venezianers Welten zwischen ihnen lagen.

»Dieses Missverständnis würde ich gerne ausräumen. Ich stelle mir vor, dass unsere Beziehung sich zu beiderseitigem Gedeihen entwickelt.«

»Indem Sie mir die Werke vor der Nase wegschnappen und anstatt meiner verkaufen?«

»Aber wie könnte ich! Sie kennen doch die Venezianer viel besser als ich! Sowohl die Anbieter als auch die Käufer!«

»Allerdings ... Deswegen wären Sie gut beraten, Ihr Glück woanders zu suchen.«

»Nur scheint es mir in Venedig zurzeit nicht viele Käufer zu geben ...«

Der andere zuckte zusammen.

»Aber anderswo gibt es genug Käufer. In Dresden, in München, in Königsberg, in den Städten der Hanse und neuerdings sogar in Berlin.«

»So?«

»Käufer, die ich kenne.«

Keine Regung Fioris.

»Die nicht alle in der glücklichen Lage sind, sich hierher – in diese wunderschönen Verkaufsräume – bemühen zu können …«

»Sie hegen wohl kaum die Hoffnung, dass ich meine Gemälde verramsche, damit Sie anderswo Ihren Gewinn daraus erzielen?«

»Ich betone noch einmal: Was ich in Venedig suche, sind langfristige Beziehungen zu beiderseitigem Gewinn.«

»Meine Kunden sind Kenner der venezianischen Kunst, die sich die Mühe machen, hierherzukommen, um das Beste auszuwählen.«

Am verzweifelten Widerstand des Alten merkte Franz, dass er ihn gereizt hatte.

»So ein Jammer. Damit können meine Kunden allerdings nicht mithalten. Sie sind reich, sie sind kaufwillig, aber sie kennen sich gar nicht gut aus.«

Leider kannte Franz selber sich gar nicht gut aus. Beim Eintreten hatte er wenigstens einen Canaletto erkannt. Er wies nach oben und wollte den Maler benennen, um dem anderen zu beweisen, dass er wenigstens Bescheid wusste, aber einer plötzlichen Eingebung folgend, tat er genau das Gegenteil und sagte: »Meine Kunden könnten vielleicht nicht einmal einen echten Bellini wie diesen erkennen.«

Dies könnte der Köder sein, den er brauchte, und Franz hoffte innig, dass er nicht zu auffällig glitzerte. Wenn jemand gefälschte oder gestohlene Kunstwerke verkaufen wollte, dann war ein dilettantischer Kunsthändler mit ahnungslosen Kunden, die hoch im Norden, jenseits der Alpen, lebten, genau der richtige Abnehmer. Und zu seiner Freude bemerkte Franz, dass Fiori, der bereits genüsslich anhob, dem Eindringling in sein Metier eine empfindliche Schlappe zu versetzen, den Mund wieder schloss und Franz im Glauben ließ, ein ebensolcher Kenner zu sein wie er.

Zwei Tage lang besuchte Franz Kunsthändler, sowohl die erstklassigen Traditionshäuser als auch diejenigen der zweiten Ebene, die sich herabließen, mit Ausländern Geschäfte zu machen. Er sah dunkle, verstaubte Räume, er sprach mit höflichen Männern, die bessere Zeiten gesehen hatten, und er registrierte die abschätzenden Blicke, ob durch ihn Schaden oder Nutzen zu erwarten war. Andere traten offen auf ihn zu und umwarben ihn regelrecht. Er sah Bilder und hörte Preise, er hörte viel über das Vertrauen als Grundlage jeden Geschäftes, und er bekam Angebote, die sogar er als Frechheit und Betrug erkannte.

Vor allem aber sah er Rialtobrücken. Rialtobrücken unter vergilbtem Firnis, Rialtobrücken in moderner Manier, Rialto bei Tag und Rialto bei Mondschein, Rialto mit Prunkgondeln und Dogen, Rialto mit Marktleuten und Fischern, Rialto exquisit ausgeführt und Rialto billig gepinselt. Venedig verkaufte sich ohne Ende, und Franz sah, wenn einer einmal den Dogenpalast gemalt hatte, dann konnte er es auch im Dutzend tun. Franz wusste natürlich um den Ruhm der venezianischen Meister, doch er hatte nicht geahnt, wie viel Handel mit Kunstwerken in Venedig getrieben wurde. All das sah er nun mit eigenen Augen, nur eine Spur der Hehler und Fälscher fand er nicht. Wie auch? Was hatte er zu sehen gehofft? Einen Mann mit Maske? Eine Schublade voller Räuberpistolen?

Als er seine Liste abgearbeitet hatte, blieb zuletzt nur noch der bankrotte Parsini. Der Verkaufsraum Parsinis war der einzige, in dem nicht Ruhe und Verschwiegenheit herrschten. Gehilfen nahmen Bilder von den Wänden, Männer in schmalen Hosen und mit hohen Hüten trugen Gemälde in lange Listen ein, Zeichnungen aus Schubladen wurden gezählt, kleine Plastiken entstaubt, und überall standen Kunstfreunde im Weg und tuschelten. Franz wurde von einem hochgewachsenen Mann mit langer Nase auf Englisch angesprochen und auf die Auktion verwiesen.

In all dem Trubel saß auf einem Sessel in einer Ecke ein alter Mann, den Arm schwer auf einen Tisch gestützt, und starrte vor sich hin. Er war totenbleich, sein dunkelblauer samtener Rock hing schlaff an ihm herab, und Franz bemerkte, dass seine Hand zitterte. Dies musste Parsini sein, der miterleben musste, wie sein Lebenswerk zur Beute von englischen Kunsthändlern wurde. Sogar an den Sessel, auf dem er saß, wurde gerade ein Kärtchen mit einer Inventarnummer gebunden. Der alte Mann tat Franz zutiefst leid. Weil es hier nicht viel auszurichten gab, wollte er schon wieder gehen, als sein Blick auf ein Bild fiel, das mit anderen im hinteren Teil des Raumes an die Wand gelehnt stand. Die Darstellung einer Frau vor zwei Säulen und einer angedeuteten Landschaft. Franz kannte das Bild: aus dem Skizzenbuch mit den gestohlenen Gemälden. Es überlief ihn heiß und kalt. Natürlich war er sich nicht sicher. Zumal er im Laufe der letzten beiden Tage so viele Variationen und Umarbeitungen von Motiven gesehen hatte, dass ihm ganz wirr im Kopfe geworden war. Eine Figur mit Säulen und Landschaft schien ihm ein oft abgewandeltes Motiv zu sein. Und doch ...

Ein Gehilfe beendete Franz' Betrachtungen, indem er ein anderes Bild davorstellte. Franz betrachtete noch einmal den alten Parsini. War der gebrochene Mann gar nicht so mitleiderregend, wie er wirkte? Hatte er versucht, seinen Untergang durch schmutzige Geschäfte zu verhindern?

Franz folgte dem alten Kunsthändler in unauffälligem Abstand. Parsini hatte seine Kunsthandlung als Letzter verlassen, noch hinter dem hochgewachsenen Engländer, der die Tür abschloss und den Schlüssel einsteckte. Offenbar durfte der bankrotte Geschäftsmann nicht einmal mehr seine eigenen Verkaufsräume abschließen. Nachdem der Engländer in die andere Richtung davongeschritten war, schlurfte Parsini mit hängenden Schultern durch die dämmrigen Gassen. Seit Franz das Gemälde gesehen hatte, klammerte er sich an den Glauben, dass es das gestohlene war, und an die Hoffnung, dass Parsini ihn zu den übrigen führen könnte. Er war fest entschlossen, den Alten nicht mehr aus den Augen zu lassen. Er glühte bei der Vorstellung, bereits in wenigen Tagen, mit einem neuen Namen versehen, in der Postkutsche nach Weimar zu sitzen.

Der alte Mann machte ihm die Verfolgung denkbar leicht, denn er sah sich nicht einmal um. Er ging in immer stillere Gassen, vorbei an öden Häusern, und gelegentlich musste Franz schräg aufgestellten Stützbalken ausweichen, die marode Wände vor dem Einsturz bewahrten. Mehrmals beäugten ihn ohne Scheu Ratten aus dunklen Winkeln.

Venedig befand sich in einem erschreckenden Zustand der Auflösung. Die Serenissima war längst nicht mehr die Allerdurchlauchtigste. Die alte Republik war zu Boden gegangen, und neue Mächte hatten ihr den Fuß in den Nacken gesetzt. Zur See herrschten die Briten, zu Lande mal die Österreicher, mal die Franzosen. Venedig aber starb in ihrem Würgegriff einen langsamen Tod.

Venedig, das waren niemals nur die reichen Paläste mit den goldenen Säulen und den Gemälden gewesen, Venedig waren vor allem die ärmlichen Hütten, an deren bröckelnden Fundamenten Algen wuchsen, deren krumme Ziegel kaum den Regen abhielten, deren Fenster mit rissigem Papier bespannt waren. Viele von ihnen standen nun leer. Handwerker, Matrosen, Schiffsbauer und Tuchhändler waren davongezogen, denn es gab keine Schiffe mehr zu bauen, keine Segel mehr zu setzen und kein Tuch mehr zu handeln.

Doch auch die Paläste verfielen. Es brauchte nur wenige feuchte Winter, um Venedigs herrliche Blüten welken zu lassen. Signora Donati hatte Franz erzählt, die Familien seien fortgezogen oder ausgestorben, niemand kümmerte sich um die Häuser, niemand pflegte sie, niemand schützte sie. Die Franzosen hatten bei ihrer Unterwerfung Venedigs die großen Werte mitgenommen, doch jetzt verschwanden auch die kleinen, und es verschwand alles, was brauchbar war. Sobald ein Palazzo verlassen war, fand sich ein Einstieg – eine rückwärtige Pforte mit ein paar Stufen zum Wasser, und in mancher Nacht wanderten Stühle oder Küchengeschirr durch sie hindurch und wurden auf dunklen Booten davongerudert.

So erging es den verlassenen Palästen, hatte die Signora seufzend geklagt. Am schlimmsten aber traf es die Paläste, die einen Käufer fanden. Denn mancher Palazzo ging in den Besitz eines Lords über, und sobald der Handel abgeschlossen war, wurden Handwerker beauftragt, die herrliche Fassade abzutragen, damit sie auf ein Schiff verladen wurde und in Sussex oder Essex dem Gesicht eines Landhauses als venezianische Maske diente. Zurück blieben bröckelnde Ziegel und faulendes Holz, in das durch die Löcher der ehemaligen Verkleidung die Feuchtigkeit kroch. Auf den Dächern und Simsen wuchsen Gräser und knorrige Gewächse. Mit ihren zähen Wurzeln drängten sie die Ziegel auseinander, und in mancher Nacht hörte man mit einem tiefen Plumps einen Stein ins Wasser fallen, der seinen Halt verloren hatte.

Ebenso verschwand in mancher Nacht einer oder ein anderer der Bewohner der Paläste. Der verdorrte Spross einer ehrwürdigen Familie, die über Jahrhunderte auf den Inseln Venedigs gewurzelt und reiche Früchte getragen hatte, der jetzt keinen andern Ausweg mehr sah. Die armselige Unterstützung der österreichischen Verwaltung hielt ihn nicht am Leben. Die Verletzung, die sie auslöste, war schlimmer als ihre Wohltat.

Franz spähte um eine Hausecke und wartete. Der alte Parsini war vor einem der Marienaltäre stehen geblieben, die überall in Nischen eingerichtet waren und deren Kerzenschein nachts die einzige Beleuchtung der Gassen bildete. Mit zittrigen Fingern entzündete der Alte eine Kerze an einer anderen, ließ Wachs heruntertropfen und stellte sie auf. Nachdem er sich bekreuzigt hatte, ging er weiter. Befremdet sah Franz, wie sich der Alte mit steifen Bewegungen nach einem faustgroßen Stein bückte und ihn in eine Tasche seines Rockes steckte. Schon mehrere solcher Steine hatte er unterwegs aufgehoben und mitgenommen.

Es ging um eine letzte Ecke, und Parsini trat auf eine Fondamenta, die verlassen vor dem düsteren Abendhimmel lag. Während Franz in der Deckung der Gasse blieb, schlurfte Parsini bis ans Wasser und blieb an der Kaimauer reglos stehen. Ein milder Abendwind spielte in seinen weißen Haaren. Franz sah sich um. Kein Mensch war zu sehen, nur ein paar Boote dümpelten verlassen im Wasser. Wie bereits vor der Madonna bekreuzigte sich Parsini noch einmal.

Plötzlich begriff Franz: *Die Steine!* Deshalb hatte der alte Mann sie gesammelt!

Im selben Moment schon tat der bankrotte Kunsthändler einen letzten Schritt nach vorne und kippte ins Wasser. Franz stürzte aus der Gasse hervor und sprang, ohne zu zögern, hinterher.

Das Wasser der Lagune schlug über Franz zusammen und drang kalt in die Ärmel und Hosenbeine seines Anzugs. Während er tiefer hinabsank, öffnete er die Augen, doch er konnte in der Düsternis nichts sehen. Der Alte! Wo war er! Wild ruderte Franz mit den Armen, doch seine Finger bekamen nichts zu fassen. Tiefer, dachte Franz. Die Steine! Der dürre Alte mit den Taschen voller Steine musste schnell gesunken sein! Er versuchte, mit kräftigen Stößen seiner Arme und Beine abwärts zu kommen, wo es noch dunkler war. Schon ging ihm die Luft zur Neige, aber er wollte nicht aufgeben. Vielleicht nur noch ein letzter Stoß, und er hätte den Alten! Noch ein Rudern also, noch ein Schieben der Hände, durchhalten – und plötzlich spürte er etwas Weiches. Samt! Nasser Samt! Franz griff zu und zog daran. Er spürte den knochigen Körper, legte einen Arm darum, und zog sich mit dem anderen aufwärts. Schwer ging es mit dem Gewicht der Steine. Viel zu langsam. Doch dann durchbrach er die Wasseroberfläche. Luft! Er riss den Mund auf und ließ die Luft einströmen. Auch den Kopf Parsinis hob Franz über die Wasseroberfläche, aber der Alte atmete nicht ein. Franz zog ihn zu ein paar Stufen, die herab zum Wasser führten, fühlte festen Boden unter den Füßen und zog den leblosen Körper auf die Fondamenta.

Er drückte auf die schmale Brust des Alten und schüttelte ihn, er drehte ihn auf die Seite und schlug ihm auf den Rücken, damit das Wasser aus ihm herauslief, aber das Leben wollte nicht in ihn zurückkehren. Reglos lag er in einer Pfütze Wasser, das aus ihrer beider Kleidung troff. Seine Augen waren friedlich geschlossen, und bereits jetzt schien der Totenschädel unter der Haut mit den weißen Bartstoppeln hervorzukommen.

Parsini atmete nicht mehr.

Stattdessen hörte Franz Schritte.

»Heda!«, rief jemand. »Was machst du mit dem Mann! Zurück!« Ein heftiger Schlag traf Franz am Kopf, er wurde an der Schulter gepackt und von dem Toten fortgerissen. Während ein österreichischer Gendarm mit hocherhobenem Säbel bedrohlich über ihm stand, beugte sich ein zweiter über den Alten und rief: »Der Mann ist tot!«

6

Wieder ein Mörder

Die Zelle war feucht und muffig, und Franz fror erbärmlich in seinem nassen Anzug, der beharrlich nicht trocknen wollte. Es gab kein Fenster, in der Breite konnte Franz beide Wände zugleich mit den Fingern berühren, und sein Kerker war nicht viel länger als die steinerne Pritsche, auf der nach Urin stinkendes Stroh lag. Franz schlug sich wiederholt den Kopf an, weil er erregt auf und ab stapfte, um nicht den Verstand zu verlieren. Wegen Mordes eingesperrt! Schon wieder!

Sobald er stillstand oder sich hinsetzte, begann die Panik in ihm aufzuwallen. Der Raum war zu klein. Zu eng. Nur nicht dem Grauen nachgeben! Nur nicht ins Bodenlose stürzen, nicht anfangen zu schreien!

Wie hatte das passieren können? Er war doch unschuldig! Er hatte doch versucht, den Alten zu retten! Irgendwer hatte nach der Festnahme auf ihn eingeredet, warum er, der junge Kunsthändler, zufällig zugegen sei, wenn Parsini, der alte Kunsthändler, sein Leben beende! Ob es nicht auf der Hand liege, dass er, der junge Kunsthändler, den alten Kunsthändler ermordet habe! Er, ein Protestant, wolle doch nicht behaupten, Parsini, ein gläubiger Sohn der katholischen Kirche, würde die Sünde begehen, sich selber zu entleiben! Er solle endlich reden und seine Lage nicht durch Schweigen und Lügen verschlimmern! Mit Österreich sei nicht zu spaßen, das werde er merken – auf dem Weg zum Henker!

Längst hatte sich abgezeichnet, dass es mit ihm zu Ende ging. Clara hatte ihr Leben in Rom aufgegeben und die mühsame Rückreise angetreten, um ihn zu pflegen, doch nun musste sie der Wahrheit ins Auge sehen. Sie war glücklich, dass sie es noch rechtzeitig nach Hause geschafft hatte. Nie hätte sie sich verziehen, wenn ihr Vater einsam gestorben wäre.

Sie war erst wenige Tage an seiner Seite, als sie sich eingestand, dass er sterben würde. Er war nur noch ein Schatten seiner selbst, hatte nicht die Kraft, sich im Bett aufzurichten. Das Fieber hielt ihn hartnäckig im Griff, sein Atem ging röchelnd, und nun war noch ein hartnäckiger Husten dazugekommen, der ihn vollends entkräftete.

Sie schickte das Dienstmädchen nach Doktor Buchholz, doch sie wusste bereits, was er ihr sagen würde, als er sie nach der Untersuchung auf ein Wort in die Stube bat: Der Priester müsse benachrichtigt werden.

In der Nacht dann saß sie an der Seite ihres Vaters und versuchte, den quälenden Husten zu lindern, indem sie ihm winzige Schlucke Tee mit Honig einflößte. Doch es half nicht. Es wurde sogar schlimmer, weil er sich verschluckte. Schließlich konnte sie nichts weiter tun, als bei ihm zu sein und ihm mit einem feuchten Tuch die heiße Stirn zu kühlen. Er lächelte sie dankbar an. »Ich gehe in Frieden… deine Mutter wartet auf mich …«, flüsterte er. Er hob seine abgemagerte Hand, und als sie ihre Hände um die seine schloss, drückte er sie überraschend kräftig. »Ich bin glücklich, dass meine Tochter ein so guter Mensch ist. Ich bin sehr stolz auf dich.«

»Ich hätte dich nicht alleine lassen dürfen«, erwiderte sie. »Ich hätte bei dir bleiben müssen.«

Sein Kopf zitterte verneinend. »Als du damals durchgesetzt hast, dass du malst … nachdem deine Mutter gestorben war … hatte ich Angst um dich …« Er hustete. »Als du alleine nach Dresden gegangen bist … hatte ich Angst um dich … Als du beschlossen hast, nach Italien zu gehen … hatte ich Angst um dich … Aber ich hätte nie Angst haben müssen. Du bist stark. Du findest deinen Weg. Du machst dein Glück.«

»Ich hoffe sehr, Vater. Geheimrat Goethe hat versprochen, sich für eine Anstellung in der Kunstsammlung von Carl August einzusetzen.«

Der alte Mann lächelte glücklich. »Ich wünschte nur, ich hätte dich noch verheiraten können ... Du wirst auch ohne mich einen guten Mann finden ... den du glücklich machst. Für den du da bist.«

Wenn er wüsste, wie weh ihr seine Worte taten. Sie hatte ja längst den Mann gefunden, den sie liebte! Aber sie war nicht für ihn da. Wie könnte sie? Sie hatte nach Hause kommen müssen. Und sie hätte auch niemals bei Franz bleiben können. Bei einem, der wegen vierfachen Mordes verurteilt war. Der unter mysteriösen Umständen vom Schafott gestiegen war. Der sein Leben nur hatte retten können, indem er nicht einmal ihr verriet, warum und wohin. Wie sehr sehnte sie sich danach, ihrem sterbenden Vater das Herz auszuschütten und die Wahrheit zu sagen.

»Vater, du musst dich schonen. Du darfst nicht so viel sprechen ...«

Er hob den Kopf, und als sie sich zu ihm hinabbeugte, küsste er ihre Stirn. Er lächelte sie glücklich an. »Du hast immer das Richtige getan, Clara. Folge deinem Herzen ...«

Ein heftiger Hustenanfall verhinderte, dass er weitersprach. Er schloss die Augen. Es war sein letzter Anfall, denn der wenige Atem, den er noch hatte, reichte nicht mehr für einen Husten. Auch die Augen öffnete er nicht mehr.

*

Franz wusste nicht, wie er die Nacht in der Gruft der Kerkerzelle überstanden hatte. Er hatte nicht geschlafen. Es war vielmehr eine Ohnmacht gewesen, die ihm schließlich die Sinne genommen hatte. Nachdem er schon Stunden einen haarfeinen

Lichtschlitz an seiner Kerkertür beobachtet hatte – es musste also längst Mittag sein –, hatte man ihn aus der stockdunklen Zelle geholt und durch düstere Gänge in eine Schreibstube geführt, wo ein Beamter auf ihn wartete.

Franz erinnerte sich an den Mann: Er hatte bei dem ersten Verhör am Vorabend im Hintergrund, außerhalb des Lichtkreises, gestanden. An seiner rechten Wange hatte er eine schlecht verheilte Narbe. Die gerötete Haut war in eine unförmige Mulde eingesunken, in der sein Wangenknochen zu erahnen war. Der Beamte ließ Franz warten, indem er Schriftstücke penibel Zeile für Zeile abhakte. Franz' Nervosität steigerte sich mit jeder Minute. Endlich nahm der Beamte eine Aktenmappe hervor, die beschriftet war mit »Robert von Stargard«, und klappte sie auf. Franz sah seinen Reisepass darin. Es durchfuhr ihn siedend heiß. Der gefälschte Pass! Das Dokument mit dem falschen Namen, der falschen Adresse, dem gefälschten preußischen Staatssiegel und den erfundenen Unterschriften!

Der Beamte blickte auf, und Franz sah, dass aufgrund der Narbe sein rechtes Auge etwas herabhing. Dadurch wirkte er beinahe wehmütig. Als ob er vergangenen Freuden nachhinge. Doch blickte das andere Auge umso strenger. »Sie sind Robert von Stargard aus Pommern?«

»Ich habe Parsini nicht getötet! Ich bin unschuldig!«, gab Franz zurück.

»Das habe ich Sie nicht gefragt. Sind Sie Robert von Stargard?«

»Ja.«

»Geboren am 9.8.1794 in Königsberg als Sohn des Georg Carl von Stargard?«

»Ja.«

»Ihr Aufenthalt in Venedig ist geschäftlicher Natur?«

»Ja.«

»Sie handeln mit Kunst.«

»Jawohl.«

»Wie lange werden Sie bleiben?« Seine Schreibfeder schwebte über einer freien Zeile in Franz' Akte.

»Das weiß ich noch nicht.«

»Das sollten Sie aber.«

Franz zuckte mit den Schultern. »Bis Weihnachten …«

»Nun … Es ist ein Faktum ans Licht gekommen, das Ihre Behauptung, nicht den Tod des Kunsthändlers Parsini verschuldet zu haben, stützt. Sie dürfen gehen.« Erst bei der Verkündung dieser Entscheidung richtete der Beamte seine ungleichen Augen auf Franz.

Franz konnte nicht glauben, was er hörte. »Was für ein Faktum?«

Natürlich beantwortete der Beamte Franz' Frage nicht. »Wenn Ihnen während Ihres Aufenthaltes Umstände bekannt werden, die die Sicherheit der Bürger und der Krone betreffen, sind Sie verpflichtet, dieselben anzuzeigen.«

»Umstände?«

Der Beamte blickte ihn verächtlich an, weil Franz ihn zwang, das Offensichtliche zu erklären.

»Jegliche konspirative Zusammenrottungen, freiheitliche Umtriebe, umstürzlerische Pläne, Freimaurerei – und natürlich sämtliche Formen geplanter oder tatsächlich begangener Gesetzesübertretungen.«

»Warum sagen Sie das mir?« Anstatt sich zu entschuldigen, weil ich eine Nacht lang unschuldig im Kerker verbracht habe!

Der Beamte blickte ihn unverwandt mit strengem Blick an. »Gehen Sie jetzt.«

Als Franz zur Tür ging, fiel ihm etwas ein, und er sagte so beiläufig wie möglich: »Wenn ich um meinen Pass bitten dürfte.«

»Den bekommen Sie, wenn Sie abreisen.«

Nachdem Franz die Schreibstube gnädig hatte verlassen dürfen, stellte er sich für eine Weile in den Säulengang des Dogenpalastes, blickte auf die Piazzetta hinab und besann sich. Wieso war er freigekommen? Hatten sie entdeckt, dass sein Pass gefälscht war, und ließen ihn in eine Falle laufen? Wollten sehen, was er trieb? Oder hatte sich wirklich seine Unschuld herausgestellt? Auf jeden Fall war es beunruhigend, dass sie den Pass einbehalten hatten.

»Herr von Stargard!«, erklang eine freundliche Frauenstimme. Franz wandte sich um und blickte in das offene Gesicht von Irma Fuchs, deren Zeichnungen vom Wind herumgewirbelt worden waren. Unter dem Arm trug sie wieder ihre Zeichenmappe.

»Kommen Sie lieber weg da«, forderte ihn die junge Künstlerin auf und wies auf die Säulen, zwischen denen Franz stand. Sie waren als einzige aus rotem Stein gefertigt. »Von dort aus blickten die zum Tode Verurteilten ein letztes Mal auf Venedig.«

Franz schaute auf die beiden Säulen.

»Sie sind doch nicht zum Tode verurteilt?«, fragte Irma mit gespielter Sorge. Und weil er nicht reagierte, zog sie ihn kurzerhand beiseite.

»Was ist mit Ihnen?«, fragte sie besorgt. »Geht es Ihnen nicht gut?«

»Doch. Ich bin nur etwas …«

»Sie hatten doch keinen Ärger mit denen hier?« Sie wies mit dem Kopf auf den Eingang zu den Amtsstuben. »Ständig laden sie jemanden vor«, flüsterte sie und gab Franz ein Zeichen, ihr aus dem Dogenpalast hinaus zu folgen. »Alle sind jetzt schon sehr nervös wegen des ominösen Besuchs von Franz«, erklärte Irma, als sie die Marmortreppe hinuntergingen.

»Franz?«, fragte Franz.

»Der Kaiser! Es heißt, er wird noch vor Karneval Venedig besuchen. Sie haben ohnehin in einem fort Angst vor Umsturz und Rebellion. Überall sind Spitzel. Aus lauter Furcht haben sie in den Schulen sämtliche venezianischen Lehrer entlassen.«

Zwei Männer in schwarzen Anzügen und mit schwarzen Hüten kamen ihnen entgegen. Irma legte den Finger an die

Lippen und lachte, als sie durch die Porta della Carta auf den weiten Markusplatz traten.

»Tja … Es war schön, Sie wiederzusehen…«, sagte Franz verlegen.

»Wissen Sie was? Kommen Sie doch mit ins Quadri. Kennen Sie schon die anderen Künstler? Es ist sicher jemand da.«

»Ich weiß nicht«, erwiderte Franz.

»Nur auf einen Kaffee. Dann lassen wir Sie gleich wieder gehen. Natürlich müssen wir uns benehmen wie feine Leute! Wollen Sie einer Dame nicht den Arm reichen?«

Franz atmete tief durch. Die Vorstellung, nun alleine in seinen leeren Palazzo zu gehen, schreckte ihn ohnehin, und er brauchte dringend ein Glas Wasser. Also, warum nicht? Er verbeugte sich höflich: »Natürlich, bitte entschuldigen Sie!« Er hielt ihr den Arm hin, und sie hakte sich unter, während sie durch den Schatten des Campanile über den Markusplatz gingen.

Über den Tischen vor dem *Caffè Quadri* hatte man Stoffbahnen aufgespannt, die Schatten spendeten und sich im Wind blähten, als ob das Caffè atmete. Auf den alten Stühlen saß in kaiserblauen Uniformen vor allem Militär – Offiziere und Gemeine fein säuberlich voneinander getrennt. Von den entfernteren Tischen der niederen Dienstgrade, die teilweise zu großen Trauben mit zusätzlichen Stühlen zusammengerückt waren, erklang Gelächter, während die Offiziere an den besseren Tischen in Begleitung von Damen würdevoll die Form wahrten. Franz wusste allerdings, dass sie sich nachts in ihren Casinos, in Osterias und in Bordellen lautstark und bierselig schadlos halten würden.

Es spielte eine österreichische Militärkapelle, deren schlichter Klang über den weiten Markusplatz hallte. Vor allem hinüber zum *Caffè Florian*, wo die Venezianer zum Kaffee saßen und die deutschen Klänge würdevoll überhörten. Der Dirigent war ein strenger Soldat, der den Taktstock führte, als wolle er eine Taube aufspießen. Die Schuhe der Musiker glänzten noch strahlender als ihre Instrumente. Franz und Irma gingen an der Kapelle vorbei und betraten durch den schattigen Säulengang das Innere des Caffès.

»Dort drüben!« Irma wies auf zwei zusammengerückte Tische in einer Ecke, an denen mehrere Männer saßen. Johann Adam Klein begrüßte Franz herzlich und war verwundert, dass Franz und Irma einander schon kannten. Klein stellte Franz noch drei weitere deutsche Künstler vor: Johann Erhard und Heinrich Reinhold, die gemeinsam reisten, und Gustav Heinrich Naeke. Reinhold war ein hochgewachsener Mann mit einem langen Gesicht, der fortwährend skizzierte, während sie beisammensaßen. Naeke hatte schon einige Erfolge als Künstler zu verbuchen und war mit einem königlichen Stipendium unterwegs. Erhard war ein stiller Mann mit ernstem Blick, der nichts sagte, Franz aber aufmerksam musterte.

Ebenfalls dabei war ein junger Beamter der österreichischen Hofkammer namens Grillparzer, den Klein in der Accademia kennengelernt und zum Künstlertreffen ins Quadri mitgebracht hatte. Sobald Franz und Irma saßen, nahm Grillparzer eine missmutige Rede über Venedig wieder auf. Er fand keine guten Worte über die Stadt. In seiner wienerischen Mundart kritisierte er die Armut und die Arbeitslosigkeit, er maulte über den Geruch, über den Unrat und den Verfall, die Feuchtigkeit säße schon dumpfig in den Kleidern, wenn man sich morgens ankleide, und der Schirokko bereite ihm *Schädlwäh*. Seine Ausführungen drückten Franz in seiner angeschlagenen Verfassung aufs Gemüt, und er bereute schon, mitgekommen zu sein.

Um das Gespräch, das durch die unleidigen Betrachtungen Grillparzers in eine Sackgasse geraten war, wieder in Schwung zu bringen, erklärte Klein, dass der junge Wiener nicht nur Finanzbeamter, sondern auch Dichter sei. Als könne dieser Umstand das grantige und raunzerische Wesen des Mannes erklären. Als müsse man es einem Dichter nachsehen, wenn ihn die Ausdünstungen des Menschlichen abstießen.

Franz horchte auf. »Franz Grillparzer? Der Dichter der *Ahnfrau*?«

Grillparzer war überrascht, dass man hier in Venedig nicht nur seinen Namen, sondern sogar sein Werk kannte. Ob er sich darüber freute, war allerdings nicht auszumachen, denn nicht einmal dies brachte ein Lächeln auf sein Gesicht.

Genau genommen war Franz allerdings der Einzige, dem die Tragödie ein Begriff war. Zwar hatte er keine Aufführung der *Ahnfrau* gesehen, aber eine Textfassung war ihm in die Hände geraten – im Frühjahr, bevor das Unglück über ihn hereingebrochen war und er Hals über Kopf über die Alpen hatte fliehen müssen. Auch hatte er einige Rezensionen darüber gelesen. Das Stück war mit gutem Erfolg auf einigen deutschen Bühnen gelaufen und sehr widersprüchlich besprochen worden. Was nicht verwunderte in Zeiten des Widerstreits zwischen Klassizismus und Romantik und bei einem Stück, dessen schauerliche Wirkung auf dem Erscheinen eines Geistes und der Erfüllung eines Fluchs beruhte.

Jedenfalls hatte Franz die Idee des Stücks gut gefallen, und genau genommen war er sich nicht einmal sicher, ob nicht Einflüsse der *Ahnfrau* in seinen Roman, *Römisches Fieber*, eingegangen waren. Zu gerne hätte er sich eingehender mit Grillparzer unterhalten, von Dichter zu Dichter, und ihn gefragt, warum er sich für gewisse Ideen und Ausgestaltungen entschieden hatte. Doch das konnte er natürlich nicht.

Ohnehin verfiel Grillparzer, nachdem er in einem Schwall seinen Widerwillen gegen Venedig herausgelassen hatte, in ein abweisendes Schweigen.

Während die Künstler über Gegenstände ihrer Arbeit sprachen und einige Blätter von Reinhold begutachteten, die er, teilweise achtlos zusammengefaltet, aus einer Rocktasche zog, begann die vergangene Nacht Franz endgültig niederzudrücken. Nicht einmal, als ein Maler mit einem schmalen Oberlippenbart und einer wilden Haartolle zu ihnen stieß, nahm er an der Unterhaltung Anteil. Es war Ludwig Grimm, ein Bruder von Jacob und Wilhelm Grimm, die vor Kurzem den zweiten Band ihrer *Kinder- und Hausmärchen* veröffentlicht hatten.

»Ist Ihnen nicht wohl, Robert?«, raunte Irma ihm zu.

Franz fuhr erschrocken auf. »Mir geht es gut ...«

Als Irma ihn besorgt betrachtete, lächelte er tapfer. »Kommen Sie«, sagte Irma. »Wir wollen gehen. Ich muss noch arbeiten.« Sie verabschiedeten sich von den anderen, und da Franz noch nicht einmal daran dachte, die Rechnung für seinen Kaffee zu begleichen, zahlte Irma einfach für ihn mit. Während sie durch die Gassen gingen, plauderte sie über dies und das. Sie hatte natürlich schon im Dogenpalast den Zustand seines Anzugs bemerkt und machte sich Sorgen, was wohl vorgefallen sein mochte, doch sie fragte nicht weiter.

»Wo wohnen Sie?«, fragte sie stattdessen. »Ich bringe Sie nach Hause.«

»Auf keinen Fall!«, entgegnete Franz. »Ich begleite Sie nach Hause! Sie wissen doch? Dame und Kavalier!«

»Wir wollen eine Ausnahme machen. Sie würden sich auf dem Rückweg hoffnungslos verlaufen.«

»Dann nehmen wir eine Gondel.«

Doch Irma bestand hartnäckig darauf, sich nicht begleiten zu lassen, und so verabschiedeten sie sich kurz darauf am gassenseitigen Eingang des Palazzo Peldrini. Franz mühte sich die Treppen hinauf bis in sein Schlafzimmer, wusch sich den Kerkermuff vom Leibe und fiel endlich ins Bett.

7

Begräbnisse

Clara wurde übel. Sie hatte in den letzten Tagen kaum geschlafen. Sie hatte die Nächte bei ihrem Vater verbracht, hatte nach seinem letzten Atemzug bei ihm gewacht, hatte ihn gewaschen und angekleidet und hatte bei ihm gesessen, als die Menschen Abschied von ihm nahmen. Sie war dabei, als er schließlich in seinen Sarg gelegt wurde, und sie hatte mit Fannys Hilfe die Trauerfeier vorbereitet. Sie war am Ende ihrer Kräfte.

Regen trommelte hohl auf den Sargdeckel. In Weimar herrschte scheußliches Regenwetter. Schlammige Rinnsale liefen die erdigen Wände des frisch ausgehobenen Grabes hinab. Clara stand Arm in Arm mit Fanny, die einen Regenschirm hielt. Ein Vorhang aus Wassertropfen trennte die beiden Freundinnen vom Rest der Trauergemeinde. Es waren einige Leute auf den Friedhof gekommen, denn August Seidler war lange Jahre Oberstallmeister und damit in Weimar ein angesehener Mann gewesen, weshalb auch das Hofamt einen Vertreter geschickt hatte, der einen Kranz im Namen Carl Augusts niederlegte. Zu Claras Überraschung war sogar Geheimrat von Goethe gekommen. Zwar kannten sie sich schon seit ihrer Kindheit – sie war ja eine Spielkameradin seines Sohnes August gewesen –, aber er hatte gewiss Wichtigeres im Kopf als die Beerdigung eines pensionierten Oberstallmeisters.

Die Schuhe der Herren und die schwarzen Rocksäume der Damen waren mit Schlamm beschmiert, und das Gewand des Pfarrers klebte nass an seinen Schultern. Die Herren hielten Regenschirme für die Damen, ohne sich selber darunterzustellen, denn sie wollten sich auf keinen Fall französische Sitten oder sogar Verweichlichung nachsagen lassen. Inmitten der dunklen Masse der Trauergemeinde sah Clara die hellen Augen Goethes, der sie besorgt und zugleich ermutigend anblickte.

Clara hörte die Worte des Pastors nicht. Was das Rauschen des Regens nicht verschluckte, übertönte das enervierende Trommeln auf dem Sargdeckel. Sie wünschte, der Regen möchte aufhören und den alten Mann in Frieden ruhen lassen. Ihr wurde zum ersten Mal bewusst, dass sie gleich in ihr Elternhaus käme und keine Eltern mehr da waren. Nach der Mutter war nun auch der Vater gegangen. Sie würde ein leeres Haus betreten.

Der Sarg wurde ins Grab hinabgelassen. Die Seile glitten den Sargträgern durch die weiß behandschuhten Hände, an denen sich der Schmutz abrieb. Von Fanny geführt, trat Clara ans offene Grab. Sie bückte sich und nahm eine Handvoll Erde. Doch als sie dort unten in der Tiefe den Sarg sah, wurde ihr schwarz vor Augen.

Clara wachte auf, als Dr. Buchholz ihr ein Riechfläschchen unter die Nase hielt. Der scharfe Geruch ließ sie zusammenzucken. Sie lag in den Armen Fannys, die in ihrer schwarzen Trauerkleidung auf dem schlammigen Boden kniete und sie stützte. »Clara! Gott sei Dank! Wenn ich dich nicht gehalten hätte, wärst du ins offene Grab gefallen!«, rief Fanny erleichtert.

Der Regen prasselte auf einen Schirm, der über ihnen aufgespannt war und der, wie Clara jetzt erkannte, von Geheimrat Goethe gehalten wurde. Dr. Buchholz, der es geschafft hatte, seinen schwarzen Anzug nicht zu beschmutzen, hielt es für angebracht, erst einmal Goethe zu berichten: »Fräulein Seidler geht es gut. Wir müssen sie ins Trockene bringen!« Er sah sich nach jemandem um, den er auffordern konnte, die Geschwächte zu stützen.

»Geht es dir wirklich gut?«, fragte Fanny besorgt.

»Franz!«, sagte Clara. »Ich muss zu ihm …« Sie blickte unwillkürlich zu Goethe auf.

Der erwiderte ihren Blick ruhig und sagte nichts.

»Wer ist Franz?«, fragte Fanny.

Die Kirche war leidlich gefüllt mit Trauergästen. Napoleon hatte während seiner Herrschaft über Venedig, als er unter den mittelalterlichen Sitten und Gesetzen der Stadt aufräumte, die Bestattung auf den bewohnten Inseln verboten und eine Insel vor der Stadt zur Begräbnisstätte bestimmt. Die Österreicher hatten zwar diese und andere weitsichtige Neuerungen des Franzosen übernommen, aber da das Kloster, das auf dieser Insel stand, für Wichtigeres genutzt wurde, nämlich als Gefängnis, ließ man sich mit der Umsetzung des Gesetzes Zeit. Zumal in einem Fall wie Parsinis, wenn die Väter des Verstorbenen bereits in einer Familiengruft lagen. Wer wollte dem Dahingeschiedenen das Recht absprechen, im Kreise seiner Ahnen Ruhe zu finden?

Franz wusste immer noch nicht, welchem Umstand er seine Freilassung zu verdanken hatte. Signora Donati jedenfalls, die er gebeten hatte, herauszufinden, wann und wo das Begräbnis des Kunsthändlers stattfinde, hatte berichtet, niemand rede von Selbstmord, vielmehr heiße es, der Alte sei das Opfer eines Unbekannten geworden. Weshalb auch nichts dagegenspräche, ihn in der Familiengruft und also in der Kirche zu bestatten.

Obwohl Franz den Kunsthändler Parsini nur ein einziges Mal gesehen und kein Wort mit ihm gesprochen hatte, war es für ihn selbstverständlich, dass er zu dessen Begräbnis ging. Zum einen fühlte er sich dem Mann verbunden, dessen Lebensrettung ihm so kläglich misslungen war. Zum anderen war das Gemälde, das er bei dem alten Kunsthändler gesehen hatte, die einzige Spur zu den Kunstdieben, die er gehabt hatte.

Ein Priester redete lange und so leise, dass Franz manchmal nicht wusste, ob er Latein sprach, Italienisch oder Venezianisch. Im Anschluss trug ein Streichquartett ermüdende Barockstücke vor. Franz saß blass und fröstelnd in der hintersten Bank der kalten Kirche. Er zitterte und hatte klamme Hände und Füße. Geschwächt von der Kerkerhaft, hörte Franz die Musik wie aus weiter Ferne. Sein unruhiger Blick ging über die Rücken der Trauergemeinde. Als die Menschen begannen, sich zu langweilen und umherzuschauen, erkannte Franz mehrere Kunsthändler, die er in den Tagen zuvor besucht hatte. Sie tuschelten miteinander und blickten abfällig zu ihm herüber. Vor allem aber ein junger Mann mit gefälligem Haar, das er in schönen Wellen zurückgekämmt trug, und einem sauber gestutzten Oberlippenbart beobachtete ihn. Franz kannte ihn nicht, doch als sich ihre Blicke einmal trafen, nickte er Franz höflich zu.

Ein schimmliger Geruch stieg aus der geöffneten Gruft auf. Nicht einmal der Weihrauch, den ein blöde ins Leere starrender Messdiener mit viel zu viel Schwung des Weihrauchfasses in erstickenden Wolken verbreitete, konnte die Fäulnis überdecken. Franz wurde schwindlig, als das Herablassen des Sarges ein hässliches schabendes Geräusch verursachte. Er konnte zwischen den Trauernden hindurchsehen, wie sich der fein gearbeitete hölzerne Kasten in das schwarze Loch senkte. Der Sarg, in dem ein Mensch lag.

Was, wenn er noch lebte? Wenn Parsini lebendig in seinem Sarg lag? Ich habe gesehen, dass der alte Mann tot war! Doch die Vorstellung verdrängte alles andere aus seinem Kopf. Auf dem Grunde seiner Seele begann sich etwas zu regen. Etwas Ungeheuerliches. Wenn es auftauchte … – Franz spürte, wie eine Welle der Panik auf ihn zurollte. Ihm wurde schwarz vor Augen. Er sprang auf und stolperte aus der Kirche.

Draußen an der Luft wurde ihm besser. Er atmete tief ein, und seine Gedanken wurden wieder klar. Er wartete, bis sich die Kirchentür öffnete. Der Priester trat heraus, dann der Unbekannte, der ihn gegrüßt hatte. Franz beobachtete, wie er an der Kirchentür jedem Einzelnen die Hand gab, und hatte Gelegenheit, ihn in Ruhe zu betrachten. Bei überdurchschnittlicher Körpergröße war er etwas zu füllig, sein weiches Kinn und seine Backen zeugten von einer Neigung zu Genuss. Sein Anzug war von erster Qualität, und das seidene Tuch um seinen Hals fiel in edlen Falten.

Schließlich kam er zu Franz herüber und sagte: »Ich danke Ihnen, dass Sie meinem Vater die letzte Ehre erwiesen haben.«

»Ihr Vater! Dann sind Sie ...«

»Alessandro Parsini.« Er verbeugte sich noch einmal.

Der Säufer. Der Betrüger.

»Der Tod Ihres Vaters tut mir leid«, sagte Franz. »Ich habe versucht, ihn zu retten, aber ...«

»Auch dafür danke ich Ihnen. Was Sie getan haben, ist nicht selbstverständlich.« Während sie miteinander sprachen, rieben sich Alessandros Hände unaufhörlich gegenseitig, als ob sie einander misstrauten und sich argwöhnisch umschlichen.

»Das heißt, Sie glauben mir?«

»Glauben?«

»Sie denken nicht, ich habe ihn ...«

»Aber nein. Ich habe Sie ja aus der Haft geholt.«

»Sie?«, fragte Franz verwundert. »Wie das?«

»Durch meine Aussage. Mein Vater hat ein Testament hinterlassen, in dem er seinen Tod ankündigt. Es tut mir leid, dass Sie durch einen Zufall in die Angelegenheit hineingezogen wurden.« Er blickte Franz fragend an. »Es war doch ein Zufall?«

»Ja«, erwiderte Franz. »Ein Zufall ...«

Der Venezianer verbeugte sich ein letztes Mal, und während er über den Campo davonging, sah Franz seinem neuen Bekannten nach. Das ist also Alessandro, dachte er.

Nachdem Fanny die Trauergäste bewirtet und anschließend mit sanftem Nachdruck heimgeschickt hatte, setzte sie sich zur Freundin. Clara wusste, dass es Zeit für ein Geständnis war, und nahm Fannys Hand. »Ich habe ein Geheimnis, das ich seit meiner Rückkehr niemandem erzählt habe ...«, begann sie.

»Ein Geheimnis?«, fragte Fanny verwundert.

Clara schwieg.

»Nicht einmal mir hast du es erzählt?«

Clara spürte den Stich, den sie der Freundin ins Herz versetzt hatte. »Es tut mir leid, Fanny, ich konnte nicht.«

»Ich dachte, ich bin deine beste Freundin …«

»Das bist du! Das bist du, Fanny! Warst es immer und wirst es immer bleiben! Aber …« Clara zögerte. »Es gibt so vieles, das ich selber nicht verstehe. Und wie solltest du es dann verstehen … Ich habe solche Angst, dass du mich verurteilst.«

»Dich verurteilen!« Fanny sah sie entsetzt an.

Nein, dachte Clara, du würdest mich nicht verurteilen. Aber du würdest mich auch nicht verstehen. »Die Jahre in Rom haben einen anderen Menschen aus mir gemacht. Schon alleine das habe ich dir nie gestanden. Wie soll einer das verstehen, der es nicht selber erlebt hat?«

Niemand wandelt ungestraft unter Palmen …

Und wenn sie der Freundin das schon nicht erklären konnte, wie dann erst das, was vor ihrer Heimreise geschehen war? Aber jetzt musste es an die Luft.

»Ich habe mich in Rom verliebt«, sagte Clara deshalb geradeheraus.

Fanny vergaß vor Staunen, den Mund zu schließen. »Aber das ist doch wundervoll!«, rief sie voller Freude. »Warum konntest du mir das nicht erzählen?«

»Er ist zum Tode verurteilt worden. Wegen Mordes.«

Jetzt lächelte die Freundin nicht mehr.

»Vierfachen Mordes …«

Totenstill war es im Haus, aus dem ihr Vater am Morgen hinausgetragen worden war. Die beiden jungen Frauen saßen einander gegenüber. Fanny wusste nicht, was sie auf diese Ungeheuerlichkeit erwidern sollte.

»Ich muss zu ihm, Fanny.« Clara blickte die Freundin entschlossen an. »Ich muss ihn finden. Er braucht mich. Und ich brauche ihn.«

8

Gehen Sie nach Rom!

Franz saß lange in der dunklen Loggia und schaute auf den Kanal hinab, wo gelegentlich eine späte Gondel fuhr. Es war also noch da. Gleich einem bösartigen Tier lauerte es auf dem Grund seiner Seele, und nun hatte es sich geregt. Zuerst in dem engen Kerker und ein zweites Mal auf Parsinis Begräbnis. Es hatte den Schlamm am Grunde seines Wesens aufgewirbelt und sein Gemüt verdüstert. Für diesmal war es nur ein Drohen gewesen. Doch Franz wusste nun, dass es noch dort unten lauerte. Dass es jederzeit kommen konnte, um ihn in die Tiefe zu ziehen.

Bis heute konnte er es nicht fassen. Er war so ein frohgemutes Kind gewesen. Hatte gelesen, hatte geträumt, hatte in Träumen und Geschichten gelebt. Sein Herz war so leicht gewesen, wenn er las. Und das Schreiben war ihm so natürlich wie das Lesen. Wann immer er ein Stück Papier gefunden hatte – in einer Kiste zum Anfeuern, ein halb nur beschriebenes Haushaltsbuch, die Schnittreste der Kösel'schen Druckerei –, hatte er aufgeschrieben, was ihm in den Sinn kam. Auch später noch, während der Lehre als Zimmermann, hatte er gelesen und geschrieben, wann immer er Gelegenheit fand.

Der Vater aber in seinem Elend, nach dem Unfall im Dachstuhl, als er nur noch auf einem Bein humpelte, betrunken und rachsüchtig, hatte ihm dies Glück geneidet. Hatte ihm das Lesen verboten. War immer wütender und bösartiger geworden, wenn er ihn doch wieder mit einem Buch erwischte. Mit Papier und Bleistift gar!

Immer schlimmer hatte er gewütet – bis zum Tag des Begräbnisses. Der Tag *seines* Begräbnisses. Er hatte, um das Leseverbot des verbitterten Vaters zu hintergehen, seine Bücher in einer Kiste im Wald vergraben. Doch der Alte lauerte ihm auf, warf ihm den Spaten hin, ließ ihn das Loch ausheben. Tiefer. Größer. Und obwohl Franz sich so vieles ausdenken konnte – was dann kam, hätte er sich niemals vorstellen können.

Franz starrte unten ins dunkle Wasser, um den Faden der Erinnerung abreißen zu lassen. Er wünschte, er würde sich nicht wieder und wieder an das abscheuliche Erlebnis erinnern. Wenn er doch nur vergessen könnte! Vergessen und es nie wieder durchleben! Gleich in den ersten Tagen in Venedig hatte Franz Beklemmungen gespürt, wenn er sich in den winzigen Raum einer Gondel mit aufgesetztem Dach bücken musste. Auf der Reise schon das Zögern und Durchatmen, wenn er eine Kutsche bestieg. Die Angst, wenn er eine schmale Stiege hinaufmusste und die Tür hinter ihm sich schloss. Zuerst hatte er nicht begriffen, was in solchen Momenten mit ihm geschah. Doch die grausame Nacht in der Kerkerzelle hatte das widerwärtige Tier aufgescheucht. Einmal war er zum Mörder geworden – und das durfte nie wieder geschehen.

Er musste, was ihn so tief aufwühlte, mit Clara teilen. Er ging ins Jagdzimmer, setzte sich an den Schreibtisch und nahm aus einer Schublade ein leeres Blatt Papier. Er betrachtete ihr Porträt. Natürlich wusste er, dass er den Brief niemals abschicken dürfte, denn die Post wurde gelesen. In den berüchtigten Schwarzen Kabinetten von Thurn und Taxis ebenso wie bei allen Landesposten. Er würde sich verraten, und er würde Clara gefährden. Allein ein Brief von ihm könnte ihr Verhöre einbringen, Berufsverbot, Kerker und letztlich ihr Leben vernichten. Aber er musste schreiben! Und wenn er den Brief anschließend verbrannte. Also tunkte er eine gut gespitzte Feder in ein Glas Tinte und schrieb den ersten Liebesbrief seines Lebens.

Er schrieb, wie leid es ihm tue, dass er so lange nicht begriffen habe, wie sehr er sie liebe. Dass er niemals Liebe gekannt habe, deshalb habe sie ihn nur verwirrt. Aber als er ihr zugeschaut habe, wie sie sein Porträt gemalt hatte, als die Schönheit jeder ihrer Bewegungen ihn eingehüllt hatte, als er ihren ruhigen und sicheren Blick gesehen hatte, sei er verwandelt worden. Sie habe ihn durch ihre bloße Anwesenheit aus einem rohen und wirren Suchenden zu einem Menschen geformt. Vorgelebt habe sie ihm, wie man Mensch ist, und ihm überhaupt erst gezeigt, *was* ein Mensch ist.

Während er schrieb, wurde ihm Clara mit allen Sinnen lebendig. Er spürte auf seinen Lippen ihren Kuss, er roch ihren Duft und fühlte die Haut ihrer Wange in den Fingerspitzen.

Auf einem anderen Blatt versuchte er, seine Erlebnisse in Worte zu fassen: Signora Donati, Zwirner, Irma Fuchs, die Kunsthändler, Parsinis Tod, die Nacht im Gefängnis, das Wiedersehen mit Irma, die anderen Künstler, Alessandro Parsini. Er spürte, dass ihm das Schreiben guttat und dass es ihn beruhigte, die verwirrenden Ereignisse in Worte zu verwandeln.

Zuletzt unterschrieb er den Brief mit den Worten: *in Hoffnung und Liebe, Dein Franz.* Er verbrannte ihn allerdings nicht, sondern überlegte, wo er ihn aufbewahren könnte. Er sah sich im Raum um und erwog, ihn ins Bücherregal zu schieben. Doch dann fiel sein Blick auf das Porträt Claras. Natürlich! Wenn die wirkliche Clara den Brief nicht bekommen konnte, dann würde ihn die gezeichnete aufbewahren. Franz nahm das Bild von der Wand, steckte das gefaltete Papier auf der Rückseite in den Rahmen, hängte es wieder an seinen Platz und rückte es sorgfältig gerade.

Nachdem er den Brief an Clara geschrieben hatte, fühlte er sich in dem leeren Palazzo umso verlorener. Obwohl es schon tief in der Nacht war, trieb ihn die Einsamkeit aus dem Haus. Er streifte durch die düsteren Gassen, die viel dunkler waren, als er erwartet hatte. Er sah kaum die Hand vor Augen. Das Mondlicht reichte kaum je zu Franz herab, nur über die großen Campi goss der Mond sein Licht aus. Während die bedeutenderen Plätze mit hellem Trachyt bedeckt waren, schritt man auf den kleineren oft über den festgetretenen sandigen Erdboden der Inseln. Gelegentlich sah er einen Fischer, der in seinem Boot schlief, oder im Torbogen eines verlassenen Hauses den Haarschopf eines Bettlers. Angst hatte Franz keine, der Gedanke an einen Überfall kam ihm nicht. Und dann fand er sich auf einem alten Friedhof wieder. Krumme Gedenksteine und Kreuze steckten eng aneinander im Boden, manche förmlich gebündelt, wo man aus Platznot die Toten übereinander begraben hatte. Franz ging zwischen den schiefen Grabsteinen hindurch, deren Unordnung durch die Schatten noch verwirrender wurde. Er musste achtgeben, dass er nicht stolperte, und konnte den Blick erst heben, als er in der Mitte des Gräberfeldes innehielt.

Er erstarrte.

Im Licht des Mondes stand eine bleiche Gestalt. Zuerst glaubte Franz, es sei der Geist des toten Kunsthändlers, der ihn verfolge, weil er ihn hatte sterben lassen. Aber das Wesen sah anders aus. Es war weder Mann noch Frau. Weich und doch nicht weiblich, in einen Überrock und Hosen gekleidet, die orientalisch wirkten, das schüttere schlohweiße Haar über einem befremdlich runden Kopf zu einem Zopf gebunden. Alles an dem Wesen war weiß: Haare, Haut, Augenbrauen und Wimpern, die Kleidung und die Füße. Denn Schuhe trug die Gestalt keine, sie stand barfuß auf dem kalten Lehmboden. Das einzige Dunkle waren die Augen, aus denen sie Franz unstet und nervös beobachtete. Franz hatte den Eindruck, sie seien rot, doch es war zu düster, um das wirklich zu erkennen. Er konnte nicht einmal beurteilen, ob er das Ziel dieses Blickes war oder ob die Augen durch ihn hindurchsahen in eine Welt, die ihm verschlossen war. Die Gestalt bewegte ihre Lippen, als ob sie betete – oder einen bösen Fluch murmelte.

Franz war nicht in der Lage, sich zu rühren. Er konnte nicht sagen, wie lange sie auf dem kleinen Friedhof einander gegenübergestanden hatten, doch irgendwann wandte sich das Wesen ab und wurde vom Schwarz einer hohlen Gasse verschluckt. Franz hätte später schwören können, es sei von keinem Schatten begleitet worden. Und er erinnerte sich nicht einmal an Bewegungen der Beine, während es sich entfernte. Aber das konnte natürlich an seiner Gebanntheit liegen. Eine Weile noch starrte er in das reglose Schwarz der Gasse.

Als Franz sich endlich abwandte, stolperte er über ein krummes Kreuz, dessen morscher Stumpf abbrach, und stürzte der Länge nach zwischen die Grabsteine. Mühsam rappelte er sich hoch und floh von dem unheimlichen Gräberfeld. Er hetzte blind durch die lichtlosen Gassen, von namenlosem Schrecken ergriffen, bog konfus ab, überquerte Brücken, die er nie zuvor gesehen hatte, und verlief sich heillos. Erst als er vor dem breiten Wasser des großen Kanals stand, gelang es ihm, durchzuatmen und nach Hause zu finden.

Am Vormittag nach der Beerdigung erklang die Türglocke so hell und lebhaft, als habe es im Haus nie einen Todesfall gegeben. Obwohl sie große Furcht vor der ersten Nacht in dem leeren Haus gehabt hatte, war Claras Schlaf aufgrund ihrer Erschöpfung tief und erholsam gewesen. Doch gleich nach dem Aufwachen waren in ihr die Gedanken umgegangen, wie sie ihre Reise bewerkstelligen könnte. Sie selber besaß kein Geld. Zwar lief ihr Stipendium von Carl August noch, aber sie hatte schon für ihre überstürzte Rückreise weit vorausgreifen müssen. Und konnte sie ihr Elternhaus einfach so alleine lassen? Sie würde ohnehin nicht lange darin bleiben können, da es ihrem Vater nicht gehört hatte. Es war Teil seiner Pension gewesen. Was würde mit den Möbeln geschehen? Eine Versteigerung? Im Fieber hatte der Vater ihr erklärt, es gebe ein Testament. Sie würde also warten müssen, bis es eröffnet wurde. Aber selbst, wenn sie das Geld für die Reise zusammenbekäme: Wohin sollte sie überhaupt reisen? Wo sollte sie Franz suchen? In Rom war er sicher nicht mehr. Aber wo sonst sollte sie ihre Suche beginnen? Also Rom! Und zwar so schnell wie möglich.

Clara war aufgestanden und hatte begonnen, ihr schwarzes Kleid auszubürsten, das von ihrer Ohnmacht voller Schmutz war, als die Türglocke bimmelte. In der Erwartung, dass es Fanny sei, öffnete Clara selber die Tür, ohne auf das Dienstmädchen des Vaters zu warten, das sich in den langen Wochen der Krankheit einen sehr langsamen Gang angewöhnt hatte. Doch es war nicht Fanny. Zu Claras Überraschung stand jemand anderes vor ihr.

»Herr Geheimrat von Goethe!«

»Ich bitte die Störung zu entschuldigen«, sagte er mit einer höflichen Verbeugung.

»Sie stören nicht! Bitte kommen Sie herein!«

Noch während sie das Wohnzimmer betraten, begann er: »Ich weiß, nach dem Tod Ihres Vaters haben Sie keinen Sinn für profane Vorgänge, aber dennoch – da ich Neuigkeiten habe, die Ihnen sicher einige der Sorgen, die Sie jetzt wohl umtreiben werden, zu nehmen imstande sind …«

Clara dachte, wenn er so schriebe, wie er gerade spricht, würde sich niemand durch seine Werke hindurchquälen, als er doch noch in Fahrt geriet: »Ich war im Hofamt, ich war beim Direktor der Sammlungen, ich habe mit Großherzogin Luise über Sie gesprochen, ich habe mit Carl August über Sie gesprochen, und ich darf sagen, ich habe überall weit offen stehende Türen eingerannt. Ich musste kaum erwähnen, wie verlässlich Sie mir aus Rom Fundstücke für meine Sammlungen geschickt haben, mit wie viel Fleiß Sie studiert haben, mit wie viel Erfolg Sie die Malerei pflegen, wie Sie alle Erwartungen, die man in Sie gesetzt hat, weit übertroffen haben. Sie werden natürlich etwas Zeit brauchen, um die Angelegenheiten Ihres Vaters zu regeln und zur Besinnung zu kommen. Um Ihr Auskommen brauchen Sie sich dabei nicht mehr zu sorgen. Kurz: Sie haben die Stelle.«

Clara starrte ihn fassungslos an. »Wie, bitte?«

Goethe strahlte voller Stolz: »Sie sind die neue Kuratorin der großherzoglichen Gemäldesammlungen.« Und fügte mit einem freundschaftlichen Blick hinzu: »Ich weiß, Sie werden uns nicht enttäuschen.«

Den Brief an Clara konnte er nicht abschicken, doch eine andere Idee führte Franz aus: Er wollte eine vermeintliche Schuld begleichen. Oft hatte er an seine Mutter gedacht, der er den Ehemann erschlagen hatte. Sie hatte sehr wohl gewusst, wie und warum es so weit gekommen war, was der Alte ihm angetan hatte, bis es zu diesem unseligen Moment kommen konnte. Ohne Mitleid, ohne Verständnis, ohne Gnade hatte sie ihn verraten und so zu dem einen Unglück ein weiteres gefügt. Doch wäre er ohne dies niemals nach Rom gelangt, hätte all das unglaubliche und unverdiente Glück des letzten halben Jahres, mit dem man ein ganzes Buch füllen könnte, niemals gefunden. Gefunden und dann wieder verloren. Jedenfalls fühlte er, dass er seiner Mutter, die alleine in dem alten, amputierten Leben zurückgeblieben war, als Sohn etwas schuldete. Er log in einem kurzen Schreiben, er sei ein Kamerad ihres verstorbenen Gatten, den sein Gewissen zwinge, gewisse Schulden, die er noch aus den Jahren der gemeinsamen Wanderschaft habe, zu begleichen und beiliegende Summe ihr als Witwe zukommen zu lassen. Er unterschrieb mit einem erfundenen Namen und packte den Brief zusammen mit drei Goldmünzen erst in Papier und dann in einen festen Umschlag. Darauf schrieb er ihren Namen und als Adresse das Schloss Grünenfurt bei Memmingen, wo sie zuletzt als Näherin gearbeitet hatte.

Franz war natürlich klar, dass er den Brief an seine Mutter auf keinen Fall aus Venedig abschicken durfte. Damit hätte er eine zu deutliche Spur gelegt. Deshalb ging er in den Fondaco dei Tedeschi, eines der größten Gebäude Venedigs, in dem rund um einen großzügigen Innenhof hinter vielstöckigen Kolonnaden die deutschen Kaufleute residierten. Während andere Handelshäuser Venedigs einen Dornröschenschlaf schliefen oder wie der Fondaco dei Turchi zu Ruinen verfielen, herrschte bei den Deutschen reges Treiben. Durch die offenen Tore zum

Canal Grande wurden Kisten und Säcke hereingeschafft, mit Kreide bezeichnet und in die Lager verteilt. Franz erkundigte sich bei einem Dienstmann nach einem Händler, der nach Rom reiste, und ein junger Kaufmann wurde aufgetrieben, der Franz in hessischem Dialekt versprach, den Brief dort aufzugeben. Er fragte nicht nach dem Warum und wies sogar einen Lohn für seinen Dienst zurück, den er unter Landsleuten als Ehrensache bezeichnete.

Auf diese Weise schien Franz die Angelegenheit sicher geregelt. Wenn jemand dahinterkäme, dass der Brief von ihm stammte, würde sich seine Spur in Rom verlieren. Selbst wenn die Mutter ihn ein zweites Mal verriete und man ihn dort suchen würde: Rom war die einzige Stadt, in die er nie und nimmer reisen würde, denn dort wartete auf ihn das Fallbeil.

Als er aus dem deutschen Handelshaus hinaus auf die Gasse trat, wandte er sich zum Canal Grande, um eine Gondel für den Heimweg zu nehmen. Auf der Ufermole herrschte einiges Treiben. Hier an der Rialtobrücke lagen die Boote der Händler in zwei Reihen, um ihre Waren zu verkaufen. Überall wurde gehandelt, gestritten, gefeilscht, geplaudert und gelacht. Auf einem der hölzernen Bootsanleger saßen ruhig und konzentriert zwei junge Männer in weißen Hemden und zeichneten. Franz erkannte den flachsblonden Haarschopf, der unbändig in alle Richtungen stand: Johann Adam Klein! Den anderen hatte er zuvor noch nicht gesehen.

Er ging hinüber und sah ihnen über die Schulter. Wie unterschiedlich das Wesen ihrer Zeichnungen war! Während Klein mit seinen lebhaften Strichen Licht und Schatten voneinander trennte, konstruierte der andere mit feiner Linie diszipliniert die Perspektive der Brücke. Er konzentrierte sich auf das Beständige der Architektur – den tragenden Bogen, das aufsteigende Geländer, die Verkaufsstände –, während Klein vor allem festhielt, was im Moment des Zeichnens schon gar nicht mehr da war: die in der Sonne gehenden Menschen, die im Schatten fahrenden Gondeln, sogar einen kleinen Hund, der durch die Streben des Geländers neugierig hinunter aufs Wasser schaute und die Boote anbellte.

Franz wartete, bis der Künstler seine Arbeit unterbrach, um den Bleistift mit einem Messer zu spitzen, bevor er ihn ansprach. »Johann, ich freue mich, Sie wieder einmal zu sehen!«

Klein wandte sich um. »Robert von Stargard! Mein Maecenas! Ihretwegen habe ich den Spott meiner Künstlerkollegen auf mich gezogen!«

»Spott?«, fragte Franz. »Meinetwegen?«

»Ja! Ein Kunsthändler kauft mir eine Ölskizze ab, und ich bin so dumm, ihn nicht in mein Atelier zu bitten, um ihm weitere Gemälde anzubieten.«

»Das können Sie ja nachholen.«

»Die Wahrheit ist: Ich habe überhaupt kein Atelier! Ich hause in einem Backofen unter Dachziegeln, von denen ich bei schönem Wetter einige herausnehme, um Licht und Luft zu bekommen. Wenn es regnet, werde ich zum Dachdecker.«

»Ein ehrbares Handwerk.«

»Dabei bin ich hergekommen, um endlich auch einmal etwas zu verdienen!« Er wies auf seine Skizze der Rialtobrücke. »Venedig geht gut. Als Original und in Kopie. Aber das muss ich Ihnen ja wohl nicht sagen. – Darf ich Ihnen meinen Kameraden vorstellen? Ernst Oehme aus Dresden. Auf dem Weg nach Rom.«

Oehme und Franz reichten einander die Hand.

»Robert«, sagte Franz.

Und Klein fügte bedeutungsschwer hinzu: »*Kunsthändler …*«

»*Der* Kunsthändler?«, fragte Oehme.

»Genau der«, bestätigte Klein. Und zu Franz gewandt: »Ich habe Ernst erzählt, dass Sie mir einen missratenen, unter Zeitdruck entstandenen Entwurf für eine Kopie abgekauft haben.«

»Eine kraftvolle Skizze mit einem eigenwilligen Strich und einer erstaunlich sicheren Farbgebung«, korrigierte ihn Franz.

Klein verbeugte sich. »Da hast du es gehört, Ernst. Falls ich heute Nacht betrunken in den Kanal falle, schreibt es auf meinen Grabstein.«

»Sie wollen nach Rom?« Franz wandte sich an Oehme. »Wie beneidenswert!«

»Sie kennen Rom?«

Franz zögerte. »Ich habe von jedem, der dort war, glückliche Erinnerungen gehört«, sagte er ausweichend. »Es muss einmalig sein. Sie haben recht, Johann, Venedig verkauft sich. Aber Rom – dort werden Sie weiterkommen. Als Künstler! Als Mensch! Es sind so viele dort, die sich gegenseitig befruchten. Die sich anspornen. So wie die Dinge in der Heimat liegen, nach den Enttäuschungen und Rückschlägen der letzten Jahre: Rom ist das Zentrum der deutschen Kunst.« Franz' Augen leuchteten vor Begeisterung. »Sie sind ein Suchender, Johann. Gehen Sie nach Rom! Nur in Rom finden Sie sich selbst!«

9

Geschäfte

Franz saß beim Morgenkaffee, als ihm Signora Donati einen Besucher meldete: Alessandro Parsini. Als Franz das Jagdzimmer betrat, wo sie Parsini gebeten hatte zu warten, stand er vor der Zeichnung Claras. Er beugte sich leicht vor, um die Feinheiten zu betrachten, und es gab Franz einen Stich ins Herz, dass er Clara dabei so nahe kam.

Alessandro der Betrüger.

Er war wieder tadellos gekleidet. Sein Anzug war nach der Mode geschnitten, die Schuhe schmal, wie in Venedig üblich. Seine Gesichtszüge wirkten einnehmend, und doch lag im Blick seiner schwarzen Augen etwas Geringschätziges. Er trat Franz entgegen und hielt ihm offen die Hand hin. »Signor di Stargard! Unser Kennenlernen war viel zu kurz!«

»Signor Parsini«, erwiderte Franz. »Es freut mich, Sie wiederzusehen.«

»Entschuldigen Sie meine Unhöflichkeit! Ich dränge mich auf, obwohl wir uns kaum kennen! Doch wir haben einige gemeinsame Bekannte. Und wir teilen dieselbe Geliebte …« Er wies auf Claras Porträt und zwinkerte mit einem Auge, was wohl eine Gemeinsamkeit herstellen sollte, aber überraschend abstoßend wirkte.

»Die Kunst!«, klärte er lachend seinen Scherz auf. »Die Kunst!«

Franz lachte höflich mit, obwohl das Lachen des anderen nicht ansteckend wirkte.

»Ich bin im Kunsthandel meines Vaters aufgewachsen. Ich

habe die Kunst mit der Muttermilch aufgesogen!« Wieder fiel Franz auf, dass Alessandros Hände misstrauisch umeinanderglitten.

»Das Schicksal Ihres Vaters geht mir sehr nahe«, erwiderte Franz. »Er hat ein solch bedauernswertes Ende nicht verdient.«

»Leider ist es meinem Vater nicht gelungen, die Zeichen der Zeit zu deuten und seinem Geschäft den Wandel zu gönnen, der notwendig gewesen wäre.«

»Was nicht leicht ist für einen Mann seiner ... Generation.«

»Sprechen Sie es ruhig aus. Er war ein alter Mann, und er hätte sich längst zur Ruhe setzen sollen. Wir Jungen sollten die Lehre daraus ziehen, zu tun, was getan werden muss. Und was mich anbelangt – ich bin froh, dass sich nun jemand anderes mit den verstaubten Räumen herumärgern muss. Wenn man das Geschäft des Vaters übernimmt, ist das ein Segen *und* ein Fluch, nicht wahr? Ein Lager voller unverkäuflicher Ladenhüter, Geschäftsräume, in die sich nur noch Greise verirren – deren Kunstsinn ohnedies tief im letzten Jahrhundert wurzelt. Sagen Sie selbst, was will ich mit solchen Kunden? Lieber ziehe ich doch meine eigenen Kreise, oder? Menschen, denen ich vertraue, Menschen, die mir vertrauen. Und der Name Parsini hat wohl über alle Zeiten einen guten Klang! Der Name bedeutet viel, die Räumlichkeiten nichts.«

»Gewiss«, stimmte Franz zu. Und er dachte an das gestohlene Bild, das er in den besagten Räumlichkeiten wiedererkannt hatte.

»Wie ist es bei Ihnen, Signor di Stargard? Haben Sie Ihr Geschäft vom Vater übernommen?«

Vorsicht, dachte Franz. »Nein, ich habe zwar einiges Vermögen geerbt, aber das Kunstgeschäft nicht«, erklärte er deswegen so offen wie möglich.

»Deshalb sind Sie wie ich an den Jungen interessiert!«, rief Alessandro. Zögerlich ließ seine eine Hand die andere los, wies auf die Zeichnungen der jungen Deutschen und kehrte zu ihrem misstrauischen Zwilling zurück.

»Ein Jammer, dass Carl Fohr so jung verstorben ist!«

»Ich bin überrascht, dass man hier in Venedig davon Notiz genommen hat …«, sagte Franz, ehrlich überrascht.

»Hat man nicht. Aber *ich* habe! Das ist es, wovon ich eben gesprochen habe! Verstehen Sie jetzt? Ich weiß, dass die Deutschrömer im Kunsthandel einen schweren Stand haben. Sogar die Nazarener, deren Namen man immerhin kennt. Kannten Sie Carl Fohr?«

Vorsicht! »Ja, ich hatte das Vergnügen, ihn flüchtig kennenzulernen.«

»Sie waren in Rom?«

»Wer war nicht in Rom, der die Kunst liebt?«, fragte Franz ausweichend zurück.

»Naturalmente …« Franz hatte das bedrückende Gefühl, dass Alessandros geringschätziger Blick ein wenig zu lang auf ihm ruhte.

»Naturalmente!«, wiederholte er. »Rom, Florenz, Neapel – da blüht das Herz auf.«

»Und Venedig«, fügte Franz hinzu, um das Gespräch wieder auf ungefährliche Bahnen zu lenken. Doch Alessandros Wissensdurst war noch nicht gestillt.

»Wo haben Sie Ihre Galerie, Signor di Stargard? In welcher Stadt betreiben Sie Ihr Geschäft?«

»In keiner. Und in allen! Ich besitze zwar mehrere Lagerräume, aber einen Verkaufsraum brauche ich nicht. Genau wie Sie, Signor Parsini! Ich besuche meine Kunden, ich kenne ihren Geschmack, und ich bringe lieber ein ausgewähltes Stück mit, das meine Gehilfen an die Wand hängen. Nur zur Ansicht, versteht sich …«

»Sie sind ein Fuchs! Nur zur Ansicht …! Und wenn es dann einmal dort hängt, wäre es ein Jammer, es wieder abzunehmen! Und schon ist es verkauft!«

Franz hob geheimniskrämerisch die Schultern.

»Von Ihnen kann man viel lernen!«, lachte Alessandro. Einer seiner Zeigefinger schwang sich zu einem neckischen Drohen auf.

»Sie schmeicheln mir, Signor Parsini.«

»Aber warum so förmlich? Nennen Sie mich Alessandro!« Er hielt Franz zur Besiegelung ihrer neuen Freundschaft die Hand hin. Franz schlug ein – und fragte sich, wer von ihnen dem anderen mit dieser Hand eines Tages den Dolch in die Brust stecken würde.

»Robert«, sagte er lächelnd.

»Wir Jungen verstehen einander, Roberto! Wir sollten zusammenhalten! – Haben Sie hier in Venedig schon Gemälde kaufen können?«

»Ja, durchaus.«

»Zeigen Sie her, ich bin neugierig!«

Franz zögerte, aber warum nicht. Wenn Alessandro hier war, um ihm auf den Zahn zu fühlen, dann sollte er auch sehen, dass Franz wirklich Kunsthändler war. Er führte seinen Gast in den Portego, wo die beiden Gemälde, die er gekauft hatte, auf Staffeleien standen: der Klein und der Ricci.

»Sagen Sie nicht, Sie haben dem alten Canetti seinen Ricci abgekauft! Wie viel haben Sie bezahlt?«

Franz zögerte zu antworten.

»Doch nicht etwa die tausend Scudi, die er verlangt?« Noch bevor Franz etwas erwidern konnte, lachte Alessandro laut auf. »Der Alte hat sie übers Ohr gehauen! Es ist die Hälfte wert!«

Franz hatte zwar vorgehabt, sich als ahnungslos zu präsentieren, aber das Gelächter Alessandros wurmte ihn doch. »Machen Sie sich keine Sorgen. Ich werde meinen Gewinn machen«, sagte er.

»In den germanischen Wäldern!«, lachte Alessandro.

Franz zuckte mit den Schultern. »Natürlich …«

Alessandro wandte sich der Ölskizze Kleins zu. »Ah, einer Ihrer Jungen! J. A. Klein …«, las er die Signatur.

»Kennen Sie ihn?«

»Nein, nie gehört.«

»Ein begabter junger Mann. Aus ihm wird etwas werden.«

»Wenn er Geduld lernt«, lächelte Alessandro. »Mehr haben Sie nicht?« Er schaute sich demonstrativ in dem leeren Saal um. »Ich sage Ihnen etwas, Roberto. Kommen Sie zur Auktion. Morgen. Im Bestand meines Vaters sind schöne Stücke!«

Wieder dachte Franz an das Gemälde, in dem er eines der gestohlenen erkannt zu haben glaubte. Er würde es noch einmal in Ruhe anschauen können. »Gerne«, sagte er. »Ich werde gerne kommen.«

*

»Wenn das Gemälde auf der Auktion auftaucht, bist du fällig, Parsini.«

»Fällig?« Alessandro lachte Reinke geringschätzig an. »Du hast mir gar nichts zu sagen.«

Der Deutsche saß hinter dem Schreibtisch in seinem Kontor im obersten Stockwerk des Fondaco dei Tedeschi, als ob er Audienz halte für den venezianischen Lakaien. Er lehnte sich selbstgefällig zurück und hielt zwischen den Fingern einen spitzen Bleistift. Im Gegensatz zu den anderen Kaufleuten führte er seine Bücher nicht mit Feder und Tinte, sondern mit Bleistift. Ein spitzes und kratziges Schreibwerkzeug, das seiner Überzeugung nach dauerhafter war als jedes andere. Sein Hemdkragen schnitt in seinen Hals, als er das Kinn kämpferisch vorstreckte. »Ich warne dich! Werd nicht frech! Wir haben es dir genau erklärt: keine Geschäfte hier in Venedig!«

»Du weißt immer alles besser. Ihr Deutschen wisst immer alles besser.« Alessandro stellte sich ans Fenster und schaute hinaus, um sein Desinteresse an den Vorhaltungen Reinkes zu demonstrieren. Das Handelshaus der Deutschen war eines der höchsten Gebäude Venedigs, und von hier oben konnte man über die lebhafte Rialtobrücke hinweg die halbe Stadt sehen. Hinter dem Gewirr der Dächer (deren helle Ziegel ironischerweise den gleichen Farbton hatten wie das rote Haar des verhassten Deutschen) und den herausragenden Kirchtürmen war auf einem hellen Streifen Lagune ein Gewirr von Schiffsmasten, Takelage und Segeln zu sehen. Natürlich waren es längst nicht so viele wie in den guten Zeiten.

»Das Bild hätte nie zu deinem Vater geraten dürfen.«

»Wenn du ein einziges Mal ehrlich wärest, würdest du zugeben, dass es eine gute Idee war.«

»Du wirst es da herausholen. Wie, das ist deine Sache. Wenn es auf der Auktion erscheint, bist du raus. Und jetzt kein Wort mehr darüber. Erzähl mir lieber, was du über diesen angeblichen Kunsthändler herausgefunden hast.«

»Naiv. Hat keine Ahnung. Ich glaube, wir können ihn gut benutzen.«

»Ich habe dich nicht gefragt, was du glaubst. Sag mir, was du weißt.«

»Hat Geld. Hat dem alten Canetti seinen Ricci abgekauft. Hat ihm, ohne zu handeln, seine tausend gegeben.«

»Verflucht, den Ricci wollte ich haben!«

»Für tausend?«

»Natürlich nicht. Aber er wird sein Geschäft damit machen.«

»Ihr Deutschen seid verrückt.«

»Dass du es nie begreifst. Der Markt in den deutschen Ländern ist anders. Für manches gibt es mehr, für manches weniger. Das verstehst du eben nicht.«

Alessandro zuckte mit den Schultern. »Auf jeden Fall können wir ihn benutzen. Er kann uns Bilder abnehmen.«

»Hast du es immer noch nicht verstanden? Keine Geschäfte hier in Venedig! Unsere Bilder gehen ins Ausland. Alle.«

»Na eben. Sie bleiben ja nicht in Venedig. Er verkauft sie irgendwo in euren Urwäldern im Norden.«

»Aber wir würden sie hier in Venedig verkaufen!«

»Und wenn schon …«

»Was wissen wir denn, was er mit den Bildern macht? Wem

er sie hier zeigt! Es darf nicht die geringste Spur zu uns führen. Kein Risiko!«

Alessandro blickte in die kalten Augen Reinkes, die nur durch seine roten Haare etwas bläulich wirkten, in Wahrheit aber völlig farblos und grau waren. Als ob dieser Teufel schon vor seinem irdischen Leben durch die Feuer der Hölle gegangen wäre. Aber Alessandro widersprach nicht weiter. Seine Zeit würde noch kommen. Er verließ den Fondaco, um irgendwo einen Wein zu trinken und den Abend abzuwarten. Dann würde er mit seinem alten Schlüssel in die Verkaufsräume seines Vaters gehen und das Bild holen.

Der Kunsthändler Reinke hasste die Venezianer. Er gönnte ihnen ihren Untergang und hatte keinerlei Mitleid mit ihnen. Mit den Handwerkern und Fischern und Seeleuten ohnehin nicht, denn einfache Leute ekelten ihn an – in Venedig genauso wie zu Hause in Hamburg oder irgendwo sonst, wo sein Gespür für Geschäfte ihn hingeführt hatte. Vor allem der alte Reichtum und die selbstbewusste Historie der Venezianer erfüllten ihn mit nichts weiter als Neid. In seinen Augen war ihnen alles, was sie besaßen, durch glückliche Umstände zugefallen, durch die einzigartige Lage der Stadt gesichert und durch kriegerische Gewalt vermehrt. Doch heutzutage, wo die Venezianer Konkurrenz bekamen – zur See erst durch Spanien und Portugal, nun durch Großbritannien, zu Land durch Frankreich und Österreich –, zeigte sich deutlich, was in ihnen steckte: nämlich gar nichts. Klagend und jammernd gingen sie zugrunde. Reinke sah in Venedig einen Wal, der am Strand verendet war und nun stinkend verfaulte.

Und überhaupt der Gestank! Überall war es feucht und dumpfig und schimmlig, und den Verwesungsgeruch des Meeres hatte er noch nie leiden können. Jede Ebbe legte Getier frei, das man nicht einmal sehen wollte, geschweige denn riechen.

Doch da die große Ebbe der Zeitläufte in der reichen Gesellschaft der Venezianer ebenfalls allerlei Sterbendes und Vertrocknendes freilegte, waren nirgendwo sonst zur Zeit so lohnende Geschäfte möglich wie hier. Also blieb er.

Reinke hatte einen Palazzo gleich am Canal Grande gemietet, nicht weit von der Fondaco dei Tedeschi. Jahrhundertelang hatten deutsche Händler mit ihren Geschäften hauptsächlich den Venezianern gedient. Jetzt endlich zeigte sich, wer hier wem diente. Die alten Venezianer hockten in den Caffès, warteten auf das nächste Almosen der österreichischen Verwaltung und zogen sich in ihren Palazzi in die Dienstbotenzimmer zurück, um die prächtigen Etagen zu vermieten.

Reinke trug stets einen reinschwarzen Anzug und einen sehr steifen Hemdkragen. Für ihn konnte ein Hemdkragen überhaupt nicht steif genug sein, und er hatte lange gebraucht, bis er eine Wäscherin gefunden hatte, die seinen Ansprüchen gerecht wurde. Seine Wahl war auf eine junge Frau aus dem Getto gefallen, eine Jüdin namens Norina. Seit Napoleon das Getto geöffnet hatte, mussten die Juden nicht mehr dort leben, aber Norina zog es trotz der beengten Verhältnisse vor, bei ihren Eltern und Verwandten zu wohnen. Im zweiten Stock eines krummen und schmalen Hauses, gleich neben der deutschen Synagoge, bügelte sie Wäsche für ihre Kundschaft. Sie hatte einen tadellosen Ruf, und wer ihr einmal seine Hemden gebracht hatte, tat es wieder, weil sie niemals ein Kleidungsstück verdarb und niemals knitterige Wäsche zurückgab. Sie bügelte weder zu heiß noch zu kalt, sie ließ sich genug Zeit und trödelte trotzdem nicht. Außerdem war sie immer freundlich und hatte ein gutes Wort für jeden. Und das war nicht wenig, denn während sie mit hochgekrempelten Ärmeln ihrer weißen Bluse vor dem Bügeltisch stand, die schönen Arme voller Narben vom dampfenden Eisen und vom glühenden Ofen, war die Hitze in ihrer winzigen Kammer wohl nur schwer zu ertragen.

Trotzdem hatte es sich Reinke nicht nehmen lassen, ihr mehrfach die Grundzüge ihres Handwerks zu erklären. Mehrere Wochen in Folge war er zu ihr gekommen, hatte ihr die frischen Hemden vor die Nase gehalten wie einem jungen Hund einen besudelten Teppich und sie aufgefordert nachzubessern. Natürlich auf ihre Kosten. Und natürlich sprach er nur Deutsch mit ihr. Reinke weigerte sich, Italienisch zu sprechen. Sollten doch diese Menschen hier begreifen, woher jetzt der Wind wehte. Und so tat die junge Büglerin ihr Bestes, den Kragen so hart zu pressen, dass er dem Kunsthändler den Hals aufschlitzte.

Natürlich ließ Reinke die venezianischen Nobili seine Verachtung nicht spüren. Er war schließlich Geschäftsmann. Sollten sie sich ihren Stolz bewahren, solange sie gezwungen waren, die vererbten Reichtümer ihrer Palazzi herzugeben. Ihrer Weichheit setzte er etwas entgegen, dem sie über kurz oder lang unterliegen mussten – im Grunde längst unterlegen waren: Korrektheit. Den vollkommenen Mangel an Schwäche. Und das begann mit der Kleidung. Ein perfekt gebügelter harter Kragen erinnerte einen den ganzen Tag daran, sich niemals Schwäche zu leisten.

10

Ein fantastischer Skandal

Die Verkaufsräume des verstorbenen Kunsthändlers Parsini waren voll wie niemals zuvor. Sein Tod hatte dafür gesorgt, dass noch mehr Neugierige kamen. Es hatte sich natürlich herumgesprochen, dass der alte Mann keineswegs einem Überfall zum Opfer gefallen war, sondern selber sein Leben beendet hatte. Und dass ein junger deutscher Kunsthändler versucht hatte, ihn zu retten. Als Franz also die Verkaufsräume betrat, gab es einige Seitenblicke, unauffälliges Deuten in seine Richtung und Geraune. Franz sah Alessandro Parsini im Gespräch mit anderen am Rande stehen, und als sich ihre Blicke trafen, nickten sie sich zu.

Die Auktion selber ging flüssig vonstatten. Die Engländer mit den hohen Hüten hielten sich im Hintergrund. Sowohl die Bediensteten, die die Bilder nach vorne trugen, als auch der Auktionator waren Venezianer. Franz hatte das Skizzenbuch mit den gestohlenen Bildern, das ihm Lukas gebracht hatte, noch einmal studiert und sich jede einzelne Zeichnung genau eingeprägt. Vor allem natürlich das Gemälde, das er wiedererkannt zu haben glaubte. Doch er sah es nicht. Gemälde um Gemälde, Kleinplastiken, kunstvolle Möbelstücke, sogar einmalige Kleidungsstücke zogen vorbei und wurden mit flinken Handzeichen – und teilweise ohne dass Franz das entscheidende Gebot überhaupt bemerkte – verkauft. Es begann mit den hochwertigen Stücken, nach denen im Gedränge die Hälse gereckt wurden. Nach und nach lichtete sich der Andrang, da sowohl die seriösen Händler gingen, die auf den günstigen Kauf eines alten Meisters gehofft hatten, als auch die Neugierigen, die ohnehin nicht kauften und sich bald eingestanden, dass es nicht viel zu sehen gab. Weder eine aufsehenerregende Bieterschlacht um einen verschollenen Tizian oder Canaletto noch einen verzweifelten Sohn, der sich heulend die Haare raufte und sich, dem Vorbild des Vaters folgend, vor aller Augen entleibte. Die Spannung flaute merklich ab, und zurück blieb ein seltsames Volk, das am Ende die billigsten Bilder für kleines Geld im Paket ersteigerte. Schund, der Parsini wahrscheinlich irgendwann einmal als Bodensatz eines Nachlasses zugekommen war und im hintersten Winkel seiner Lagerräume geschlummert hatte. Franz fielen mehrere alte Frauen auf, die ihn an die drei Schicksalshexen des *Macbeth* erinnerten und erst erschienen, als der Ramsch ans Licht kam.

Er hatte sie zuvor nicht bemerkt, weil er in jeder Minute aufmerksam die Gemälde beobachtet und genau achtgegeben hatte, ob das mutmaßlich gestohlene Bild erschien. Doch es war nicht aufgetaucht. Auch kein anderes, das er aus dem Skizzenbuch wiedererkannte.

»Und Sie kaufen gar nichts?«, erklang es auf Deutsch hinter Franz.

Als er sich umdrehte, blickte er in farblose graue Augen. Vor ihm stand ein rothaariger Mann in einem sehr steifen Frack und mit einem Hemdkragen, der aussah wie aus Marmor gemeißelt. Dass er lächelte, bemerkte Franz erst, als er ihm auf den schmalen Mund sah. Seine Augen blickten ohne Ausdruck und ohne Regung. »Darf ich mich vorstellen? Mein Name ist Reinke. Heinrich Reinke. Kunsthändler. Aus Hamburg.«

»Es freut mich, Ihre Bekanntschaft zu machen«, erwiderte Franz. »Robert von Stargard. Ebenfalls Kunsthändler.«

»Ich weiß«, sagte Reinke und deutete eine Verbeugung an. »Selbstverständlich weiß ich das. Ich habe den Ehrgeiz, im Kunsthandel alles zu wissen. Deshalb wundert es mich, dass ich noch nie von Ihnen gehört habe.«

War das eine Frage? Eine Anschuldigung? Ein Urteil?

»Da Sie wussten, wer ich bin, haben Sie ja offenbar von mir gehört«, sagte Franz.

»Es passiert nicht oft, dass ein Kunsthändler einen anderen umbringt …« Das perfide Lächeln seines schmalen Mundes zeigte Franz, dass die Bemerkung ein Scherz sein sollte. »Sie sind Fachmann für italienische Kunst?«

»Nein«, erwiderte Franz wahrheitsgemäß. »Aber ich habe das Gefühl, hier richtig zu sein. Dass ein Kunsthändler dem Neuling so offen entgegentritt, ist nicht selbstverständlich.« Natürlich sah Franz am abschätzigen Blick Reinkes, dass das Kennenlernen alles andere als offen war.

»Sie sind sicher mit Kundenaufträgen nach Venedig gekommen?«

»Ich sehe, was sich ergibt. Auf jeden Fall Hochwertiges. Meine Kunden suchen Einmaliges.«

»Das konnten Sie hier natürlich nicht finden. Wenn der alte Mann Bedeutendes besessen hat, ist es längst unter der Hand verschwunden«, erklärte Reinke.

»Trotzdem läuft es doch hervorragend. Der junge Parsini wird sich freuen.«

»Täuschen Sie sich nicht«, entgegnete Reinke. »Der Alte hat über die Jahre so viele Schulden aufgehäuft, dass der Junge nichts vom Erlös sehen wird.«

Franz erinnerte sich an seine Idee, tölpelhaft zu wirken. Schwäche zu zeigen, die andere dazu verführt, sie auszunutzen. »Vielleicht können Sie mir sagen, wo ich an alte Meister komme? Können mich Leuten vorstellen?«

Reinke zuckte zusammen. Der Gedanke, hilfreich zu sein, noch dazu womöglich ohne eigenen Nutzen, schien ihm zuwider. Doch einen Moment später fing er sich wieder und lächelte Franz an. »Warum nicht? Eine Hand wäscht die andere.«

»Wissen Sie …«, sagte Franz und sah sich um, als ob er ungebetene Zuhörer fürchte. »Um ehrlich zu sein … Meine Kunden sind nicht gerade Kunstkenner. Ich stamme aus der Provinz. In Pommern gibt es Geld, aber wenig Kultur. Deshalb sind die Namen wichtig. Tizian, Canaletto, del Piombo, Giorgione ...«

Reinke nickte. »Die ganz Großen ...«

Franz lächelte entschuldigend. »Wie gesagt, das Geld ist da. Es müssen aber nicht die ersten Werke sein ...«

Reinkes Mundwinkel hob sich zu einem ebenso einvernehmlichen wie angewiderten Lächeln.

*

»Es ist ja für die meisten die einzige Möglichkeit, überhaupt von der Malerei zu leben«, erklärte Irma.

Franz und Irma saßen am folgenden Tag gemeinsam an einem Tisch unmittelbar am Ufer eines kleinen Kanals und hatten zu Mittag gegessen. Der Padrone hatte Teller und Schüsseln abgeräumt und stellte ihnen zwei Tassen italienischen Kaffees hin.

Franz hatte sich geärgert, weil seine einzige Spur im Sande verlaufen war. Wie sollte er jetzt weiterkommen? Anstatt Verdächtige zu finden, war er selber verdächtig geworden, einen Mord verübt zu haben. Wenn der Alte vor seinem Gang ins Wasser keinen Brief geschrieben hätte, dann säße er jetzt immer noch im Gefängnis. Und wer weiß, wie bös es ausgegangen wäre. Nachdem er die halbe Nacht gegrübelt hatte, kam ihm die Verabredung mit Irma Fuchs gerade recht. Vielleicht würde sie ihm helfen, zur Ruhe zu kommen und einen neuen Weg zu finden.

»Wer will schon einen Johann Adam Klein kaufen? Oder eine Irma Fuchs? Alle wollen Tintoretto und Tizian«, erklärte Irma. »Aber die kann sich nicht einmal ein Herzog leisten. Außerdem gibt es nicht viele davon. Denn leider malt auch ein Genie nicht unendlich. Deshalb lassen die Fürsten ihren Raffael von Klein malen. So ist er ganz billig.«

»Das scheint mir ein gutes Geschäft für beide Seiten«, erwiderte Franz.

»Das könnte es sein. Aber die Aufträge sind heiß umkämpft. Es ist eine mühsame Arbeit, und der Verdienst ist äußerst mager. Zumal es den Lohn erst am Ende gibt. Bei Zufriedenheit. Wovon man bis dahin lebt, ist dem Käufer gleichgültig. Aber was erzähle ich Ihnen das alles. Als Kunsthändler wissen Sie das ja viel besser als ich.«

»Nein«, erwiderte Franz wahrheitsgemäß. »Vom Handel mit Kopien verstehe ich nichts.«

»Ihr Glück. Es ist ein trauriges Geschäft. Der Maler Hinzberger hat sich im letzten Sommer erschossen.«

»Erschossen!«

»Ja. Er hat sich vorgenommen, alle Raffaels zu kopieren, die bekannt sind. Stellen Sie sich vor, er hat wochenlang an einem Raffael gemalt und dann festgestellt, dass er dem Bild einen falschen Farbton gegeben hat. Er war so verzweifelt, dass er sich das Leben genommen hat.«

»Wegen eines Gemäldes! Einer Kopie!«

»Da sehen Sie, wie nervenaufreibend das Geschäft ist. Man wird nicht glücklich dabei. Und reich schon gar nicht. Aber was will man machen? Leben muss man.«

»Wovon leben Sie?« Als Franz ihre betroffene Miene sah, bereute er seine Frage sofort.

Doch Irma zuckte gleichmütig mit der Schulter. »Ich brauche nicht viel. Und gelegentlich mache ich auch eine Kopie. Wenn man sich bescheidet, reicht das für eine Weile.«

»Ich würde gerne eines von Ihren eigenen Gemälden sehen …«, sagte Franz.

Sie blickte eine Weile auf den Kanal, wo die Gondeln und Boote vorbeifuhren. »Wissen Sie«, erwiderte sie ernst, »lassen Sie uns einfach Freunde sein. Denken wir nicht daran, dass ich eine arme Künstlerin bin und Sie ein reicher Kunsthändler.«

»Aber wenn ich mich doch freuen würde, Ihre Bilder zu sehen?«

»Dann würden Sie sich vielleicht verpflichtet fühlen, mir eines abzukaufen. Und das fände ich traurig. Es wäre mir schrecklich, zu wissen, dass ich ein Almosen von Ihnen bekommen habe. Und wenn Sie mir keines abkaufen, wäre das noch trauriger.«

»Aber vielleicht würde ich Ihnen eines abkaufen, weil ich es wirklich schätze!«

»Lieber lassen wir meine Bilder aus dem Spiel.«

Wie fest in ihren Prinzipien die Frauen doch sein können, dachte er.

»Und jetzt gehen wir spazieren!«, rief Irma fröhlich. »Wenn Sie mir etwas Gutes tun wollen, dann dürfen Sie mich auf ein Eis einladen.«

Und so spazierten sie gemeinsam durch den sonnigen Herbstnachmittag und aßen Eis wie sorglose englische Touristen. Als Irma ihn fragte, ob er Bücher möge, bejahte Franz begeistert. Also führte sie ihn auf einen Campo in der Nähe von San Polo, wo Buchhändler ihre Verkaufsstände aufgebaut hatten. Sie schlenderten Arm in Arm an den Büchern vorbei, deren lederne oder leinene Einbände aufgeschlagen waren, damit die Kunden die eingedruckten Titel lesen konnten.

Sie unterhielten sich über die deutsche und die italienische Literatur, was Franz durchaus entspannte, weil er sich darin sehr viel besser auskannte als in der Malerei.

An einem der Stände nahm Irma ein Buch in die Hand. Als Titel stand darauf: *Frankenstein o il moderno Prometeo.* »Das ist ein spannendes Buch!«, rief Irma. »Es ist gerade erst ins Italienische übertragen worden, ich habe es verschlungen! Dieser Frankenstein erschafft einen künstlichen Menschen. Doch er gerät ihm furchtbar hässlich und bemitleidenswert. Durch einen ganz unglücklichen Mord, den es gar nicht begehen wollte, gerät das Wesen auf die Bahn des Bösen. Es wünscht sich von seinem Schöpfer ein zweites Wesen, eine Frau, die genauso hässlich ist wie er. Er sehnt sich nach nichts weiter, als fernab von den Menschen nur mit ihr glücklich zu werden …«

»Es steht kein Verfasser darauf«, bemerkte Franz. Tatsächlich wurde der Dichter nicht genannt. Es gab nur ein Vorwort eines gewissen Percy Shelley.

»Er ist ein Freund von Lord Byron. Es heißt, einer von beiden hat es geschrieben«, sagte Irma. »Byron oder Shelley.«

»Wer ist dieser Shelley?«, fragte Franz.

»Shelley und seine Frau Mary leben zur Zeit hier in Venedig. Sie sind sehr unglücklich. Sie mussten ihre kleine Tochter vor wenigen Wochen zu Grabe tragen. Sie haben Mary Shelley bestimmt schon einmal gesehen. Sie ist oft in den Giardini. Sitzt stundenlang schwermütig auf einer Bank und schaut aufs Meer hinaus.«

Irma gab dem Händler ein paar Münzen und nahm das billig gebundene Buch. »Ein kleines Geschenk zur Erinnerung an unseren gemeinsamen Spaziergang«, sagte sie. »Ich hoffe aber, Sie nehmen es nicht zu persönlich.« Sie lachte. »Es hat ein tragisches Ende …«

»Verraten Sie nicht zu viel!«, mahnte Franz. »Ich danke Ihnen! Ich will es gleich heute Abend beginnen.« In diesem Augenblick blieb sein Blick unvermittelt am Titel eines anderen Bändchens hängen. Er stutzte. Und als er dann den Namen des Verfassers las, brach ihm glühend der Schweiß aus.

Das Buch hieß *Febbre Romana*. Verfasst von Franz Wercker. Und darunter der Zusatz: *L'assassino che ha ucciso quattro volte*.

Römisches Fieber. Franz Wercker. Der vierfache Mörder.

Franz nahm das Buch in die Hand und blätterte hier und da hinein. Ohne Zweifel, es war der Roman, den er im Frühjahr unter dem falschen Namen Cornelius Lohwaldt geschrieben und den Cotta in Stuttgart veröffentlicht hatte. Und jetzt lag er hier unter seinem wirklichen Namen? In italienischer Sprache? Während er selber schon wieder einen neuen Namen hatte!

»Was ist das für ein Buch?«, fragte er den Buchhändler so beiläufig wie möglich.

Der Buchhändler fuhr sich mit einer theatralischen Geste der Fassungslosigkeit durchs Haar und rief: »Sie haben noch nichts davon gehört? Der Hochstapler in Rom, der ein Buch unter gestohlenem Namen geschrieben hat? Vier Menschen hat er gemordet! Den eigenen Vater erschlagen! Eine berühmte deutsche Künstlerin – erschlagen. Den bemitleidenswerten Besitzer des guten Namens, den er geraubt hat – ertränkt! Einen hoffnungsvollen deutschen Maler – vergiftet! Sie haben noch nichts davon gehört?« Er wurde immer lauter, und seine Fassungslosigkeit, dass Franz nichts darüber wusste, steigerte sich maßlos. »Ganz Italien spricht von diesem fantastischen Skandal!«

Uno scandalo fantastico!

»Fünf Verleger bieten es schon in italienischer Sprache an! Meines ist das Beste! Die anderen taugen nichts. Voller Fehler. Meines ist gekürzt und verbessert und *vervollkommnet*!«

Irma lachte. »Was die sich alles einfallen lassen, um ihre Bücher zu verkaufen!«

»Ich nehme es«, sagte Franz zu dem Händler. »Geben Sie mir gleich zwei! Haben Sie eine Schreibfeder?«

»Naturalmente!« Der Händler tunkte eine Schreibfeder in ein Tintenfass und reichte sie Franz herüber. Der öffnete ein Exemplar des *Febbre Romana* und schrieb auf die erste Seite:

Für Irma, in Freundschaft von Robert, Oktober 1818.

Schon Ende Oktober, dachte Franz, als er das Datum schrieb. Zwei Monate nur noch! Er gab dem Händler die Feder zurück und überreichte Irma das Buch.

»Auch ein kleines Geschenk zur Erinnerung an unseren gemeinsamen Spaziergang«, sagte er. »Ich habe gehört, es soll fantastisch sein.«

»Vielen Dank«, sagte Irma und nahm es mit einem höflichen Knicks an. »Ich werde immer an Sie denken, wenn ich es lese.«

*

Seine Augen waren friedlich geschlossen, und sein Gesichtsausdruck wirkte so ruhig, als ob er träumte. Als ob er im Augenblick seines Todes nicht erwacht wäre und das wahre Wesen seiner Begehrten nie erkannt hätte. Die Locken seines Haupthaares fielen über die Haut ihres nackten Armes, während die

Locken seines Bartes die klaffende Wunde am Hals bedeckten, wo ihm der Kopf vom Leib getrennt worden war.

Irma setzte ihren Pinsel behutsam an die schöne Wange der Judith und vervollkommnete die Rundung mit dem Hauch einer Rötung auf der Höhe und dem feinen Gegenlicht, mit dem sich die Wangenlinie gegen den dunkleren Hals absetzte. Über ihre Wange hatte Tizian eine Haarsträhne fallen lassen, mit der er geschickt die Locken des Holofernes aufnahm. Ihren rötlichen Schimmer, den feinen Glanz auf den Höhen der Locke und sogar ihren kaum wahrnehmbaren Schatten, den sie auf die helle Haut der Judith warf. Dies alles hatte Irma so geschickt kopiert, dass ein Unterschied zum echten Tizian kaum zu sehen war. Wieder und wieder ging ihr Blick zwischen dem Original und ihrer Fälschung hin und her. Irma war zufrieden, und sie war stolz.

In stillen Stunden sah sie nur noch die Farben, die Schattierungen, den Pinselstrich, und sie fühlte tatsächlich das weltvergessene Glück, das der Lohn des Künstlers ist. Ein Pochen an der Tür riss sie aus ihrer Entrücktheit. Erschrocken warf sie die bereitliegende Decke über den echten Tizian, als draußen vor der Tür die Stimme Alessandros ertönte: »Ich bin es. Mach auf!«

Sobald sie die Tür aufschloss, drängte er: »Bist du endlich fertig?«

»Beinahe«, antwortete sie und schloss die Tür eilig hinter ihm. »Beinahe …«

»Das sagst du schon seit Tagen! Wie lange sollen wir denn noch warten?«

»Es soll doch perfekt werden …«

»Perfekt!«, äffte er sie nach. »Bei euch Deutschen muss immer alles perfekt sein! Nichts ist perfekt.«

Frech und zudringlich schritt er durch das Atelier, als ob es sein eigenes wäre. Durch riesige Dachfenster, die mit weißen Vorhängen gegen das direkte Sonnenlicht abgehängt waren, fiel Licht herein. An den Wänden hingen Gemälde und Zeichnungen, einige nur teilweise ausgeführt. Auf einem Bord eine kleine Sammlung von Büsten und in Gips gegossenen Gliedmaßen – Arme, Hände, Füße. Auf Tischen standen Becher mit Pinseln, farbverschmierte Lumpen und offene Papiertüten mit farbigen Pulvern. Verkorkte Flaschen mit trüben und klaren Flüssigkeiten, Reibsteine, Spachtel in unterschiedlichen Größen und Formen und dazwischen ein halb gegessenes Brot, Pomeranzen und Äpfel. Außer dem alten Sessel vor dem Regal mit Büchern, in dem Irma abends las, gab es nur einen Stuhl. Sie brauchte nur den einen, denn Besucher durften ja nie kommen. Mitten im Raum standen die beiden großen Staffeleien. Alessandro stellte sich davor, musterte Irmas Werk und riss die Decke vom Tizian. Es war wirklich verblüffend: Ein Unterschied war nicht zu sehen.

»Dein Pinselstrich ist so weich wie seiner. Wie machst du das?« Er beugte sich ganz nah an ihre Kopie, um die Weichheit ihres Striches genau zu betrachten. »Erstaunlich … Es ist gut genug. Wir holen es ab.«

»Aber die Schattierung …«

»Heute Nacht kommt die neue Lieferung. Vergiss die Schattierung! Kein Mensch schaut auf die verfluchte Schattierung.«

Irma nickte. Ich schon, dachte sie. Sie wusste ja, dass sie viel zu lange gebraucht hatte. Sie wusste es allein deshalb, weil sie Hunger hatte. Längst war ihr das Geld ausgegangen, das sie für das letzte Gemälde bekommen hatte. »Dann …«, begann sie zögerlich, »… kannst du mir sicher etwas Geld geben.«

»Ich? Wie käme ich dazu! Ich sage dem Deutschen, dass es fertig ist. Er will es selber prüfen, bevor er bezahlt. Es ist immerhin ein Tizian. Das Risiko ist hoch!«

Er kramte ein paar Münzen aus seiner Rocktasche, hielt sie hoch und lächelte sie selbstgefällig an. »Für einen Kuss …«

Irma gab keine Antwort, sondern verschränkte nur abweisend die Arme vor der Brust. Alessandro lachte auf und warf die Münzen auf den Tisch. Nachdem er sich unter dem Türrahmen hindurch gebückt hatte, fiel die Tür hinter ihm ins Schloss. Schnell drehte Irma den Schlüssel herum.

*

Die Gemälde kamen diesmal mit einem Lastensegler aus Triest. Der Anblick der auswärtigen Boote war in diesen Zeiten nicht ungewöhnlich, wenn sie auch für die Lagune zu schwerfällig waren und von den Venezianern belächelt wurden. Aber die Österreicher, die sie aus Triest gewohnt waren, benutzten sie ebenfalls, und das war umso besser. Das Boot legte am kanalseitigen Eingang der Kirche an, und da die Fenster der gegenüberliegenden leer stehenden Lagerhäuser zugemauert waren, konnte niemand sehen, welche Ladung gelöscht wurde.

Stefano Scapa beaufsichtigte die arbeitenden Männer streng und schoss wie ein Hofhund auf sie los, wenn sie mit einer der Kisten am Kirchentor aneckten oder beim Absetzen zu grob waren. Einmal riss er sich sogar seinen runden Hut vom Kopf und schlug ihn einem der Triester erniedrigend übers Genick.

Der Kunsthändler Reinke kümmerte sich nicht um die Männer. Er hatte nur Augen für die Liste seiner Kunstwerke. Der Franzose hatte nicht zu viel versprochen: erstklassige Ware! Napoleons Kuratoren hatten nur das Beste aus Venetien, Sardinien-Piemont, der Lombardei, der Toskana und dem Kirchenstaat nach Paris schaffen lassen. Vor allem Venedig hatten sie regelrecht kahl gefressen. Und nun mussten sie alles wieder zurückschicken. Davon konnte er sich das Beste aussuchen. Keinem anderen Kunsthändler Europas standen solche Möglichkeiten zu Gebote! Reinke bekam lange Listen mit legendären Namen und kreuzte an, was ihm beliebte. Und ihm beliebte viel! Die Kunstwerke kosteten nichts, und der Anteil des Franzosen war lächerlich gering. Der Franzose lieferte nicht nur die Kunstwerke, sondern fälschte auch die Papiere der offiziellen Rücktransporte. Damit ging das Kunstwerk, das Reinke sich ausgesucht hatte, in Paris niemals offiziell auf die Reise und wurde deshalb auch niemals gestohlen.

Reinke musste nichts weiter tun, als einen fantastischen Preis festzulegen. Und er bekam ihn. Er verkaufte nach ganz Europa. Jeder kleine Fürst wollte bedeutende Kunst. Und jeder war bereit, sie zu nehmen, auch wenn sie unrechtmäßig zu ihm gelangte. Es gab ihm ein Gefühl von Macht. Er saß in seinem kleinen Landschloss, ein souveräner Herrscher, Herr über Leben und Tod einiger Landstriche voller armseliger Bauern, und er besaß etwas, das niemand außer ihm besaß: einen echten Canaletto; einen Tizian; einen Tintoretto. Und selbst wenn ihm jemand sagt: Dieser ist zu Unrecht deiner, so antwortet er: Aber er *ist* meiner. Kraft meines Willens und meiner uneingeschränkten Herrschaft. Und niemand kann ihn mir wegnehmen.

Die Kunstwerke kamen und wurden verkauft. Natürlich musste Reinke den Löwenanteil abgeben. Er war schließlich nicht der Löwe. Aber das war ihm gleichgültig. Seine Marge war fürstlich genug. Obendrein war es seine Idee gewesen, einige der gestohlenen Kunstwerke zu kopieren und zweimal zu verkaufen. Wer wollte sich beim Kauf eines gestohlenen Gemäldes beklagen, dass er betrogen wurde?

Reinke setzte sich an einen Rokokoschreibtisch, dessen Beine für den Transport mit Stroh umwickelt waren, und unterschrieb den Wechsel für die Hamburger Bank, den er bereits vorbereitet hatte. Der Franzose stand mit zufriedenem Lächeln davor und hatte nur Augen für die Summe, die er wie immer persönlich in Hamburg abholen würde. Die beschwerliche Reise in den Norden machte ihm nichts aus. Wenigstens konnte er auf diese Weise sicher sein, dass niemals jemand eine Spur dieses Geldes zu ihm verfolgen könnte. Er nahm die Zahlungsanweisung und genoss den Anblick der vielen feinen Linien des Wappens und des kunstvollen Rahmens, die auf so beruhigende Weise Echtheit und Sicherheit vermittelten.

»Signor Reinke …« Der Hamburger schaute von seiner

Liste auf. »Er ist zusammengesetzt ...« Alessandro Parsini wies auf den Chor, wo früher einmal der Altar gestanden hatte. Reinke stockte der Atem. Augenblicklich vergaß er den Franzosen mit seinem jämmerlichen Taschengeld. Es gab kaum etwas auf dieser Welt, das ihn in Erregung versetzte. Eigentlich erinnerte er sich an nichts, das ihn jemals annähernd so bewegt hätte.

Im Dämmerlicht der mit Brettern vernagelten Fenster stand er: Die muskulösen Glieder im Kampf mit den Schlangen angespannt und den weiß schimmernden Leib bis zum Äußersten gedehnt, spürte man förmlich, wie sich seine Bauchdecke im heftigen Atem hob und senkte. Das marmorne Gesicht im Ausdruck tiefster Verzweiflung, weil er unfähig war, die Söhne zu retten. Der *Laokoon*. Das bedeutendste Kunstwerk aller Zeiten. Und somit er, Heinrich Reinke aus Hamburg, der bedeutendste Kunsthändler aller Zeiten. Während er langsam um die Gruppe herumging, die aussah, als sei sie aus einem einzigen Stück Marmor gearbeitet, und sein Blick über jeden einzelnen Muskel wanderte, wusste er allerdings, dass er ihn nie wieder abgeben würde.

11

Die Nobildonna

Da Franz bei den besseren Kunsthändlern der Stadt nicht weiterkam, sah er die Notizen durch, die er im Gespräch mit Canetti gemacht hatte. Und als er zum wiederholten Male an die Auktion bei Parsini dachte, schoben sich zwei Erinnerungen übereinander: Sie verscherbeln den Schund … Die Shakespeare'schen Hexen … – Die Trödlerinnen!

Und so machte sich Franz auf in die Unterwelt Venedigs. Der Zustieg zu dem Laden – wenn man so freundlich war, das mit Gerümpel vollgestopfte feuchte Gewölbe so zu nennen – lag in einem Hof, den er gebückt durch einen niedrigen backsteinernen Tunnel betrat. Durch eine krumme Öffnung, halbrund wie der Zugang zu einer Trollhöhle und verstellt mit Kisten voller gewellter Bücher, einem Stapel Wäschekörbe, einem eisernen Bettgestell und einem Schaukelpferd ohne Kopf, gelangte er ins Innere. In einem Urwald aus Gerümpel verzweigten sich gewundene Wege, die vor einem Stapel Stühle oder einem Schrank voller dumpfiger Karnevalsmäntel und Masken endeten. Während Franz hindurchging, hatte er beständig Angst, dass einer der bedrohlich hoch aufgetürmten Haufen hinter ihm einstürzte, ihm den Rückweg abschnitt und das Gewölbe für ihn zur Gruft würde.

Ein zweites Tor führte auf einen kleinen Kanal hinaus. Dort faulte ein krummer Pfahl im Wasser. Von der gegenüberliegenden Wand löste sich gerade ein Stückchen der maroden Ziegel und verschwand plumpsend im Wasser.

Signora Giusina, eine Witwe und wahrscheinlich vor Urzeiten schon als Witwe geboren, verfolgte Franz mit argwöhnischen Blicken, als wüsste sie genau, dass er nur mit dem Vorsatz gekommen sein konnte, eine angeschlagene Waschschüssel oder einen dreibeinigen Stuhl zu greifen und mit der Beute zu entkommen.

Da Franz auf seinem Gang durch Signora Giusinas Drachenhöhle keine Bilder sah – nur ein paar leere Rahmen –, wandte er sich der Signora zu: »Haben Sie Kunst?«

»Wollt Ihr kaufen? Oder nur gaffen?«

»Das werde ich Ihnen zu gegebener Zeit mitteilen«, erwiderte Franz auf die dreiste Frage.

»Gaffen kostet Eintritt!«

»Selbstverständlich zahle ich keinen Eintritt.«

»Dann bekommt Ihr nichts zu sehen.«

»Dann werden Sie nichts verkaufen.« Franz wusste natürlich, dass sie nicht von jedermann Eintritt in ihre Schatzkammer verlangte, aber offenbar hielt sie ihn für einen Touristen, dessen Münzen abenteuerlustig in der Tasche klimperten.

Sie überlegte einen Moment, dann bellte sie: »Wenn Ihr nichts kauft, zahlt Ihr nachher Eintritt!«

Franz lächelte. »Sie meinen also, ich zahle Austritt.«

Sie wies mit einer gichtig verkrümmten Hand auf eine ebenso gichtig verkrümmte Stiege, die nach oben führte. Franz stieg die knarrenden Stufen hinauf, wobei seine beiden Schultern zugleich beinahe die schwartigen Wände berührten. Einige Scheiben der Fenster waren herausgebrochen, und weil die übrig gebliebenen unbeschreiblich schmutzig waren, fiel Licht nur durch die leeren Kassetten ein. Die krummen Wände waren über und über gepflastert mit Bildern. Kleine und größere, Landschaften und Seestücke, Stillleben und Porträts, Historien und Bibelszenen. Sogar Franz konnte erkennen, dass nichts Nennenswertes dabei war.

»Welches wollen Sie kaufen?«, fragte die Signora, die es irgendwie geschafft hatte, ohne ein Knarren heraufzukommen.

»Haben Sie auch … Besseres?«, fragte Franz zurück.

»Besseres?«, fauchte sie.

»Alte Meister«, erklärte Franz.

Sie funkelte ihn misstrauisch an.

»Für die ich mehr bezahlen muss …«

Nun komm schon aus der Deckung, alter Drache. Du willst doch mein Geld …

Um seinem Wunsch Nachdruck zu verleihen, zog er aus der Brusttasche seines Rockes eine Lederbörse hervor, öffnete sie und zeigte ihr die Geldscheine darin. Bevor er fürchten musste, dass sie ihn ansprang, steckte er das Geld wieder weg.

»Wenn Ihr alte Meister sehen wollt, geht in die Galerien. Alles da«, sagte sie. »Welches von diesen hier wollt Ihr kaufen?«

»Diese hier taugen nichts«, sagte Franz und nahm eine Münze aus der Weste. »Hier ist Ihr Eintritt.« Er warf ihr die Münze zu, die sie überraschend geschickt aus der Luft fing. Widerwillig gab sie den Durchgang zur Stiege frei.

Nachdem Franz mehrere andere Trödlerinnen ausfindig gemacht hatte, hing der Muff in seinen Kleidern, und er spürte das dringende Bedürfnis zu baden. Er ließ Signora Donati Wasser erhitzen und einen Waschzuber füllen. Der Gang durch die Trödelläden hatte ihm nichts eingebracht – außer dem Gefühl, von Flöhen befallen zu sein, seit sich eine der Hexen an seinen Arm geklammert und mit der Zunge ihren einzigen Zahn umspielt hatte, um ihm ein widerwärtiges Angebot zu machen.

Noch am selben Tag gab ein Bote bei Signora Donati eine Einladung ab: Im Casino di Venezia fand ein Ball statt, zu dem man sich die Ehre gab, Robert von Stargard einzuladen. Ein Absender war nicht ersichtlich. Wer hatte ihn eingeladen? Emilio Canetti oder Alessandro Parsini hätten die Einladung gewiss unterschrieben. Es schien also jemand zu sein, den er noch nicht kannte. Jetzt durfte er sich keinen Fehler erlauben! Er musste den Kunsthändler ebenso glaubhaft darstellen wie den wohlerzogenen und gebildeten Mann aus altem deutschem Adel.

Franz hatte inzwischen deutlich erkannt, dass er die Rolle des erfolgreichen Kunsthändlers auf Dauer nicht würde spielen können, ohne dass er sich Hilfe holte. Er dachte darüber nach, Irma ins Vertrauen zu ziehen. Sie hatte Kunst studiert und lebte seit Längerem in Venedig. (Wie lange eigentlich schon? Sie hatte nichts darüber erzählt.) Franz zweifelte nicht daran, dass er ihr vertrauen könne. Sie wirkte auf ihn wie jemand, der ein Geheimnis bewahren würde. Und den Lohn, den er ihr für die Hilfe natürlich bezahlen wollte, könnte die junge Künstlerin gut gebrauchen. Trotzdem entschied er sich gegen sie. Er wollte sie in diese Sache nicht hineinziehen und sie in Gefahr bringen.

Was war mit Johann Adam Klein? Er wirkte ernsthaft und bedächtig. Vielleicht könnte er die Verbindung zu ihm geheim halten. Sie könnten sich nachts treffen und darauf achten, dass ihnen niemand auf dem Weg zum anderen folgte. Franz beschloss, ihn ins Vertrauen zu ziehen, und zwar möglichst bald.

*

Von Weitem schon sah er die festlich erleuchteten Fenster des Casinos. Die Türen an der Anlegestelle waren weit geöffnet und ergossen einladendes Licht über das dunkle Wasser des Canal Grande. Wartende Gondeln bildeten eine Schlange und fuhren nacheinander die Plattform an. Livrierte Diener standen bereit, um die Ankommenden zu begrüßen und den Damen beim Aussteigen behilflich zu sein. Als Franz an der Reihe war, stieg er auf den roten Teppich und wurde ins Innere des Casinos geleitet. Er gab seine Besuchskarte ab, und beim Eintreten in den Saal wurde sein Name ausgerufen.

Das Casino strahlte in tausendfachem Glanz. Unzählige Kerzen von Kronleuchtern, Wandleuchtern, Tischleuchtern und Standleuchtern verbreiteten ihren Schein. Vervielfacht von großen und kleinen Spiegeln, die in die Wände eingelassen waren und dem Saal als Echo des Lichtes eine unbestimmbare Weite gaben.

Noch niemals in seinem Leben hatte Franz so viele Menschen in einem einzigen Raum gesehen. Alte Herren in Frack, junge Männer in Uniformen – mit österreichischen wie venezianischen Orden, Bordüren, Epauletten, Degen und Säbeln –, ältere Damen in schweren Roben und jüngere Damen in schwebenden Kleidern nach französischer Mode, erhitzte rotwangige Mädchen und kühle Witwen, vornehm bleich geschminkt. Man tanzte zu den Klängen eines kleinen Orchesters, man defilierte, man stellte einander mit steifen Verbeugungen und zierlichen Knicksen vor, man begutachtete einander durch Lorgnetten, Zwicker und Monokel, und Franz sah hier und da venezianische Masken.

Er nahm vom Tablett eines Dieners ein angebotenes Glas Champagner. Nie zuvor hatte er Champagner getrunken. Als er das kühle Getränk vorsichtig probierte, brachte ihn das Kitzeln der winzigen Blasen, die im Glas so friedlich nach oben stiegen, im Mund aber wild umherschwirrten, zum Lachen. Der Geschmack war eigentümlich, zugleich säuerlich und süß, frisch und fade, und zog ihm die Mundwinkel zusammen. Er hob und senkte die Zunge wie ein kleiner Junge, der mit Kirschen spielt, um das Prickeln in jedem Winkel seines Mundes zu spüren. Als er durch das Glas hindurchschaute und fasziniert beobachtete, wie die Bläschen tausendfach glitzernd emporstiegen, sah er durch den Champagner hindurch ein bekanntes Gesicht.

»Signor di Stargard! Ich freue mich, Sie zu sehen!«

»Avvocato Canetti!« Franz verbeugte sich höflich. »Ich nehme an, ich verdanke Ihnen meine Einladung?«

»Sie wissen nicht, wer Sie eingeladen hat? Fragen Sie keine alten Männer, fragen Sie die jungen Mädchen! Sicher haben Sie eine stille Verehrerin. Es würde mich nicht wundern. Sie sind ein attraktiver Mann! Darf ich Ihnen meinen Freund Ippolito

Molmenti vorstellen?« Hinter Canetti trat ein winziger Greis von geisterhafter Blässe hervor. »Ein Nachbar von Ihnen!«

Franz sah vor dem inneren Auge den zerfallenen Palazzo und dachte, dass dies wohl die passende Wohnung für einen Geist sei. Doch Canetti meinte das Bauwerk auf der Rückseite, dessen Fassade sich einem anderen Kanal zuwandte. Ippolito nuschelte einen Sermon im weichen venezianischen Dialekt, aber so leise, dass Franz nichts verstand.

»Sie brauchen ihm nicht zu antworten. Er kann Sie ohnehin nicht hören. Lächeln Sie einfach freundlich.«

Franz lächelte, und Ippolito verbeugte sich.

»Kommen Sie, ich führe Sie ein wenig herum.« Canetti zog Franz am Arm tiefer in den Saal hinein und stellte ihn noch einigen Nobili vor. Franz erinnerte sich später an einen schwarzäugigen Advokaten mit langem Gesicht, der ein mit italienischen Begriffen gesprenkeltes Deutsch sprach und Franz eindringlich Hilfe anbot, falls es wieder einmal mit der österreichischen Verwaltung Komplikationen geben sollte.

Wieder einmal, dachte Franz. Weiß denn wirklich ganz Venedig Bescheid?

Eine sehr schöne junge Dame mit strahlend blondem Haar machte artige Knickse und warf Franz heimliche Blicke zu, während ihre Mutter ihn mit ihrem zusammengeklappten Fächer aufspießte und ihm erklärte, er werde Venedig nicht wirklich kennen, auch wenn er hundert Jahre bliebe. Ein freundliches Ehepaar dagegen hieß Franz in Venedig herzlich willkommen und bot ihm Hilfe an, wann immer er sie benötige. Allerdings wohnten sie meist nicht in der Stadt, sondern in ihrer angenehmeren Villa an der Brenta. Am Ende des kurzen Gesprächs luden sie Franz sogar ein, sie zu besuchen. Ein Professor der Universität in Padua verwickelte Franz in ein Gespräch über deutsche Kunst und war vor allem interessiert, über die Rückwendung der jungen Leute zum Mittelalter und namentlich zu Albrecht Dürer zu hören. Franz gewann sichtlich in den Augen Canettis und denen des Professors, als er darüber erzählte.

Eine üppige Dame segelte unter vollem Busen an Franz vorbei und lachte laut über einen anzüglichen Scherz, den sie mit tiefer Stimme zum Besten gab. In ihrem Fahrwasser schaukelten zwei dürre Töchter, die leise kicherten. Die Dame wurde ihm vorgestellt als Gräfin Roßbrunn nebst Töchtern. Die Töchter schienen keine eigenen Namen zu haben, jedenfalls interessierte sich niemand dafür. Die Gräfin erzählte lieber von ihrer Lesegesellschaft. »Wir finden uns montags und donnerstags am Abend zusammen, lesen gemeinsam und sprechen über die Lektüre. Oder wir lesen aus einem Brief vor. Letzte Woche habe ich aus einem Brief von Friedrich Schlegel gelesen. Ich stehe nämlich in fruchtbarer Korrespondenz mit Friedrich Schlegel. Kommen Sie auch zu unseren Abenden! Jeder, der gern liest, ist uns willkommen. Sie lesen doch gerne?« Noch bevor Franz das bejahen konnte, drängte ihm ein hakennasiger Kavalier mit einem erstaunlichen Adamsapfel, der sich als Kunstliebhaber bezeichnete – als »l'amante dell'arte« –, einen Tanz mit seiner Tochter auf, was von Canetti und anderen Umstehenden so lebhaft begrüßt wurde, dass Franz nicht ablehnen konnte. Die junge Dame hob eine leblose Hand und ließ sich von Franz mit ergebenem Gesicht führen wie ein Opferlamm, was aufgrund seiner Ungeübtheit zu einem eckigen Gestoße und Geschiebe geriet. Franz entschuldigte sich bei ihr und führte sie am Ende des Tanzes zu ihrem Vater zurück, wo allgemeine Heiterkeit herrschte, weil der Deutsche nun einmal keine Musik im Blut habe.

Der alte Canetti entschuldigte sich bei Franz, schlug ihm vor, sich ein wenig bei den Spieltischen umzuschauen, und kurz darauf stand Franz alleine. Also flanierte er tatsächlich an den Spieltischen entlang und sah beim Kartenspiel zu. Als er zum Roulette kam, blickte er von oben auf den vollen Busen der Gräfin Roßbrunn. Die beiden Jungfern standen hinter ihrer Mutter, die argwöhnisch die Kugel im Auge behielt. Als sie Franz bemerkte, rief sie lachend: »Setzen Sie sich, junger Freund! Spielen Sie sich um Kopf und Kragen! Das tue ich auch!«

Ein Diener kam herbei, der Franz einige Jetons brachte, für deren Erhalt er signierte. Franz setzte wagemutig unter dem aufgeregten Gelächter der Mutter und verlor alles unter dem lautlosen Gekicher der Töchter. Ein Diener kam und bot ihm ein neues Glas Champagner an. Franz mahnte sich zur Vorsicht und nahm es. Gerade als er den ersten Schluck trank, trat von hinten ein schwarzer Schatten auf ihn zu. Franz drehte sich um und blickte in kalte Augen.

»Es freut mich, Sie wiederzusehen«, sagte Reinke mit einer steifen Verbeugung. »Ich sehe, Sie haben es schnell aufs große Parkett geschafft. Glückwunsch!«

»Ich hoffe«, versuchte Franz zu scherzen, »ich kann auf diesem großen Parkett auch bestehen.«

»Vergessen Sie es. Sie sind zum Scheitern verurteilt. Der Venezianer hält uns Deutsche ohnehin für kulturlose Barbaren. Wir haben noch in Weilern gehaust und in Wäldern gejagt, als hier längst Hochkulturen zur Blüte gelangt sind! Man lädt uns gnadenhalber ein. Zum Amüsement.«

Franz ging nicht weiter auf seine zynischen Reden ein. Er wollte endlich herausfinden, wem er seine Einladung zu verdanken hatte, doch dafür musste er zuerst dem unangenehmen Landsmann entkommen. Er hatte beobachtet, dass immer wieder Paare oder Gruppen durch hohe Flügeltüren auf eine Loggia hinausgingen. Er sagte: »Es ist heiß hier. Ich denke, ich werde ein wenig an die frische Luft gehen.«

»Ich verstehe …«, erwiderte Reinke. Tatsächlich war es heiß im Saal und wurde aufgrund der unzähligen Kerzen immer heißer.

Franz ging zu einer der geöffneten Flügeltüren und trat hinaus in die Dunkelheit in einen lang gestreckten Bogengang. Oben schimmerte ein heller Sternenhimmel, die Häuser gegenüber standen schwarz und still, und unten regte sich das Wasser des Kanals, auf dem lautlos Gondeln schaukelten. Immer noch wurden Nachzügler gebracht, andere Gäste verließen das Casino, und wartende Barcarioli plauderten mit gedämpfter Stimme, während sie ihre Boote mit dem langen Ruder auf Abstand hielten.

»Non è una notte tenera?« Aus dem Schatten der Säulen erklang eine Frauenstimme, die Franz im Innersten berührte. Schön, reif und in sich ruhend, aus der Tiefe einer warmen Brust heraufklingend.

Franz wandte sich um und sah im Lichtschein der offenen Flügeltüren Damenschuhe unter einem bauschenden, in reichen Bronzetönen schimmernden Rock, dessen Falten von einem schmalen Knie herabfielen. Die Dame saß ohne Rücksicht auf Etikette auf einem Fenstersims. Ihre obere Hälfte war im Schatten zwischen den Säulen unsichtbar. Franz ahnte ihre Schultern und ihren eleganten Hals, doch ihr Gesicht sah er nicht.

»Eine *weiche* Nacht ...«, sagte Franz.

»Finden Sie den Ausdruck nicht treffend?«

»Er könnte nicht wahrer sein.«

»Ich danke Ihnen, Herr von Stargard. Ein großes Lob aus dem Munde eines Deutschen – denen doch die Sprache so viel bedeutet.«

Franz spürte, dass die Unbekannte lächelte. »Jeder hier scheint mich zu kennen ...«, sagte er.

»Wir haben uns schon einmal gesehen.«

Franz sah im Dunkel eine schwingende Bewegung und glaubte einen Moment lang, sie breite ihre Flügel aus, um davonzufliegen. Doch es war ihr Fächer, mit dem sie sich die Nachtluft auf die Haut wedelte. Ihr schmaler Schuh verschwand unter dem bronzenen Rock, und sie stand auf. Als sie aus der Dunkelheit ans Licht trat, fuhr Franz unwillkürlich zurück. Sie war noch schöner, als er es sich vorgestellt hatte. Und Franz erkannte sie sofort wieder: die Dame, die bei seiner ersten Überfahrt in die Lagunenstadt aus dem Nebel aufgetaucht und wieder darin verschwunden war. Ihre Blicke hatten sich damals für einen Moment getroffen, aber Franz hätte niemals vermutet, dass die hohe Dame – denn das war sie ganz gewiss, ohne dass Franz ihren Namen oder den Ruf ihrer Familie kannte –, dass diese Dame ihn wahrgenommen hatte und sich sogar an ihn erinnerte.

»Rafaela d'Albari«, sagte sie und hob ihre Hand, die von einem langen und schmalen Handschuh umhüllt war, der dieselbe Farbe von Bronze hatte wie ihr Kleid.

Franz fiel auf, dass er noch niemals in seinem Leben – in irgendeinem seiner Leben – die Hand einer Dame geküsst hatte. In seiner schmutzigen Jugend wäre eine Dame noch nicht einmal über ihn hinweggeschritten, und in Rom war man formlos und freundschaftlich miteinander umgegangen. Franz fürchtete, sich ungeschickt anzustellen. Doch als er ihre Hand nahm und sein Gesicht hinabbeugte, erschien es ihm als das Natürlichste der Welt. Sie lächelte freundlich, und seine Angst war wie weggeblasen.

Noch bevor sie weiter miteinander sprechen konnten, trat ein eigenartiger Mann auf die Loggia heraus. Während er Franz begutachtete, sagte er zu Rafaela: »Eccoti qui, mia cara! – Ti piacerebbe presentarmi al tuo cavaliere?«

»Dies ist Robert von Stargard, mein Lieber«, sagte Rafaela. Und an Franz gewandt: »Mein Ehemann Orfeo d'Albari.«

Orfeo d'Albari sah aus, als sei er gerade erst von einem langen Schlaf aufgestanden. Seine grauen Haare standen kreuz und quer, und seine großen Augen schienen noch den Bildern eines Traumes nachzuhängen. Seinen Frack, obschon er aus edelstem Seidensamt geschneidert war, trug er salopp wie einen Morgenrock. Ein Eindruck, der durch ein farbenfrohes Blumenmuster verstärkt wurde. Da man also in seinen Händen eher eine Tasse Kaffee erwartete, bekam er durch das Sektglas, an dem er gelegentlich nippte, etwas Bohemehaftes.

Als hinter ihm noch ein zweiter Mann herauskam, sagte Orfeo: »Darf ich Ihnen einen alten Freund unserer Familie vorstellen, Signore di Stargard: Alessandro Parsini. Sohn des berühmten Kunsthändlers …«

»Aber wir sind ja alte Freunde!«, unterbrach ihn Alessandro. »Roberto! So eine Überraschung!« Alessandro verbeugte sich, ohne dass seine argwöhnischen Hände einander losließen.

»Sie kennen sich?«

»Unser Freund ist ebenfalls Kunsthändler«, erklärte Alessandro.

»Dann sind Sie der junge Mann, der des Mordes an Giacomo Parsini verdächtigt wurde!«, rief Orfeo aus. »Bitte entschuldigen Sie, aber man ist hierzulande etwas vorschnell geworden, seit wir uns österreichische Gendarmen leisten.«

Anstatt mit Orfeo d'Albari zu reden, hätte Franz lieber seine Unterhaltung mit Rafaela fortgesetzt, doch seit dem Auftauchen Orfeos schien sie sich wieder in den Schatten zurückzuziehen.

»Die Kunst ... Diese Welt ist mir verschlossen. Musik, ja das ist etwas! Musik geht mir zu Herzen ... Ich habe einige Gemälde geerbt, von denen man behauptet, sie seien sehr wertvoll, aber sie sprechen nicht zu mir. Meine Frau ist Kunstliebhaberin. Besuchen Sie sie! Sie zeigt Ihnen die Bilder.«

Franz, unangenehm berührt, weil Orfeo so herrisch über seine Frau verfügte, wandte sich Rafaela zu: »Ich möchte mich nicht aufdrängen ...«

Sie lächelte ihn freundlich an, doch bevor sie etwas antworten konnte, schnitt ihr Orfeo mit einer scharfen Handbewegung das Wort ab. »Macché!«, sagte er. »Rafaela ist froh, wenn sie sich mit jemandem über Kunst unterhalten kann.«

Und während Orfeo einen langen Schluck Champagner trank, beugte sich Alessandro vor und erklärte – wie ein Sekretär, der die Einzelheiten einer Verabredung klärt: »Contessa d'Albari empfängt dienstags und donnerstags am Vormittag.«

12

Zerrissen

Clara erstickte. Sie stand alleine in dem düsteren, gedrungenen Raum, dessen Regalreihen voller Gemälde sich im Dunkel verloren. Es roch nach Muff und Staub, nach Mäusekot und Verwesung. Warum war hier drinnen keine Luft zum Atmen? In Rom war sie zum Zeichnen hinausgegangen in die Landschaft. Ihre Zeichnungen, die sie an die Wände ihres Zimmers geheftet hatte, waren vollgesogen mit guter Luft, mit dem Wind der Campagna, den Wolken, die darüber hinweggezogen waren, dem Gras, in das sie den Block gelegt hatte, um mittags etwas Brot und ein paar Oliven zu essen. Einige der Blätter waren gewellt, weil sie in ein Sommergewitter geraten und der Rucksack durchnässt worden war, bevor sie eine Gelegenheit gefunden hatte, sich unterzustellen. Vor ihnen stand sie am liebsten. Sah sich durch den Regen laufen, geduckt, den nutzlosen Sonnenschirm über dem Kopf aufgespannt. Sie sah sich mit ihrem Zeichenblock auf dem Forum Romanum, und sie sah sich auf den Rängen des Kolosseums. Wie wild ihr Herz geschlagen hatte, als sie Franz zwischen den Büschen in die Arena hatte kommen sehen …

Ich muss zu ihm!

Und nun war sie eingeschlossen in diesem Kunstgrab. In dieser Gemäldegruft. Der Großherzog, sein Vater und dessen Vater hatten ihre Sammlung für viel Geld zusammengekauft. All die alten Meister mit den bedeutenden Namen. All die Stillleben und Landschaften und Porträts bedeutender Männer und ihrer Ehefrauen …

Ich muss zu ihm!

Sie hatte sich so fest vorgenommen, es zu versuchen. Wenigstens eine Zeit lang. Und wenn auch nur eine kurze Zeit. Wie lange würde sie bleiben müssen, ohne Goethe vor den Kopf zu stoßen? Den Großherzog Carl August. Die Großherzogin Luise! Goethe hatte ihr diesen Freundschaftsdienst erwiesen, und man konnte kaum ermessen, wie dankbar sie ihm sein müsste. Sie konnte doch jetzt nicht sagen: nein, danke!

Anstatt mit ihrer Arbeit zu beginnen, lief sie ans Fenster, um es aufzureißen. Doch der Griff klemmte, war seit Urzeiten nicht mehr bewegt worden. Sie rüttelte daran und schlug mit der Faust dagegen. Endlich gab er knirschend nach, und sie konnte den Fensterflügel öffnen. Die würzige Herbstluft strömte durchs Fenster, und Clara atmete sie tief ein. Das Herbstlaub an den Bäumen strahlte in der Sonne in den herrlichsten Farben, die bescheidene Ilm floss glitzernd durch die Landschaft, und durch die kahlen Zweige, wo der Herbstwind die Bäume schon zerzaust hatte, konnte man in der Ferne das Gelb von Goethes Gartenhaus sehen. Eine feine Rauchfahne stieg aus dem Schornstein. Er zog also das schlecht zu beheizende Häuschen dem Trubel Weimars vor.

Ich muss zu ihm!

Als es an der Tür klopfte, schreckte Clara aus ihren Gedanken. Eine junge Frau mit verschmitztem Lächeln steckte ihren Kopf zur Tür herein. »Ist es erlaubt, Frau Kustodin?«

»Fanny!«

Clara lief der Freundin entgegen und umarmte sie herzlich.

»Ich bin gekommen, um dir zu gratulieren! Zu deinem ersten Arbeitstag …« Fanny hielt Clara ein Sträußchen Astern in einer kleinen Vase hin.

»Oh, Fanny! Danke! Das ist lieb von dir!«

»Das ist also die berühmte Sammlung von Carl August? Warum stehen die Bilder denn hier im Dunkeln und hängen nicht an der Wand, wo man sie betrachten kann?«

»Weil es zu viele sind! Selbst das Schloss ist nicht groß genug für all die Gemälde, die Carl August besitzt!«

»Ich hatte mir vorgestellt, als du mir gesagt hast, dass du die Kustodin der herzoglichen Sammlungen wirst, dass du in den hellen Räumen des Schlosses Besucher herumführst und ihnen die Gemälde zeigst, die an der Wand hängen.«

»Das tue ich ja auch. Manchmal. Irgendwann. Aber hauptsächlich muss ich hier Ordnung hereinbringen. Und aufpassen, dass die wertvollen Stücke nicht von Mäusen angeknabbert werden.« Die beiden schauten sich an, bis Clara den Blick senkte.

»Und ich dachte, du bist glücklich hier an deinem ersten Tag …«, sagte Fanny leise.

»Ich bin ja auch glücklich!« Clara sah die Freundin unglücklich an. Und dann brach es aus ihr heraus: »Fanny, ich kann hier nicht bleiben. Ich muss hier weg, Fanny, ich muss zurück nach Rom!«

»Zu ihm …«

Clara schwieg.

»Clara … Gib dir doch etwas Zeit. Ich weiß, es ist schwer, nach Hause zurückzukehren. In die alte Welt. Aber wenn du dich erst einmal eingewöhnt hast, dann kommst du vielleicht …« Sie sprach nicht weiter.

»Zur Vernunft?«

»Clara, du *kannst* nicht weg! Willst du das alles hier wegwerfen? Willst du Goethe vor den Kopf stoßen? Den Großherzog? Jeder Künstler würde Vater und Mutter umbringen für eine solche Stelle! Und du? Du willst weg?«

»Ich muss. Ich werde mit Goethe reden.«

»Und was willst du ihm sagen? *Ich liebe einen zum Tode Verurteilten! Ich will zu ihm! Ich habe nicht die geringste Ahnung, wo ich ihn finden soll. Aber ich will es versuchen!* Willst du ihm das sagen?«

»Nein«, erwiderte Clara kleinlaut. »Ich muss ihn wohl anlügen …«

»Du willst Goethe anlügen? Der so viel für dich getan hat?«

»Fanny, tu mir doch nicht noch mehr weh! Es schmerzt schon genug!«, rief Clara verzweifelt aus.

»Was willst du ihm sagen?«

»Ich weiß es nicht …«

*

Der Battello segelte mit guter Fahrt über die Lagune. Franz und Irma hatten den Battellanto an der Riva degli Schiavoni angesprochen, wo er hoffte, Aufträge zum Transport von Waren nach Murano oder zu einer der anderen Inseln zu bekommen, und er hatte sich bereit erklärt, sie hinaus zum Lido zu bringen. Signora Donati hatte Franz einen Korb mit Essen und Trinken eingepackt, den sie in ein Tuch gebunden hatte und der zu Franz' Füßen stand. Sie hatte Franz ermahnt, das Tuch immer etwas feucht zu halten, damit die Speisen frischer blieben. Irma winkte einigen Fischern zu, und ein Battello der Guardie delle Finanze, auf dem sechs Ruderer die Fahrt mit dem Segel beschleunigten, schoss förmlich an ihnen vorbei. Ein Fischer rief ihnen zu, sie sollten seine Austern probieren, und so legten sie sich eine Weile längsseits. Während sie die frischen Austern genossen, die er geschickt öffnete, bemerkte Franz in der Nähe einen schlanken Turm im Wasser. Auf hohen Holzpfählen stand eine Hütte, nicht größer als eines der Wachhäuschen, in denen sich Torposten gewöhnlich unterstellten. Als Franz fragte, was das ist, bat Irma ihren Battellanto, sie hinüberzubringen. Kurz darauf stiegen sie aus ihrem Boot auf die Holzkonstruktion und kletterten über zwei Leitern hoch hinauf bis zu einer winzigen Plattform, von der sie eine herrliche Aussicht über die Lagune hatten. In dem Häuschen aber befand sich ein Marienaltar. Eine große Statue der Jungfrau Maria in ihrem blauen Mantel wachte, von Kerzen und Blumen umstanden, über die Wasserwege der Lagune. Auch Irma zündete eine Kerze an. »Vielleicht bringt Maria uns Glück«, sagte sie.

Sie segelten weiter, und nachdem der Battellanto sie an der Mole des Lido abgesetzt hatte, wanderten sie durch einen lichten Wald hoher Pinien, wobei sie an einem ummauerten Wasserbassin haltmachten, in dem wundersamerweise hier, auf dem schmalen Landstreifen zwischen dem salzigen Meer und der ebenso salzigen Lagune, frisches Trinkwasser zutage trat. Irma ließ Franz das Wasser probieren, und es schmeckte tatsächlich köstlich. Als sie an den Strand gelangten, wo ihnen der Seewind entgegenwehte, setzten sie sich im Schatten der Bäume in den Sand. »Ich decke den Tisch«, sagte Irma, als sie das Tuch auf dem Sand ausbreitete und begann, den Korb auszupacken.

»Erzählen Sie mir von Ihrem Zuhause«, bat Irma, während sie Polenta, eingelegte Fische, Käse und Pomeranzen verteilte. Franz zögerte zuerst, aber dann erzählte er ihr von dem Landgut in Pommern, wo er als Jüngster von drei Brüdern aufgewachsen war, von den Ländereien des Vaters und der Kunstliebe der Mutter, die er geerbt hatte. Er erzählte ihr all die Lügen, die sich die Schreiber der Inquisition in Rom für ihn ausgedacht hatten.

Irma berichtete von einer behüteten Kindheit in Leipzig, der Vater Kaufmann, private Zeichenlehrer und einige Semester an der Kunstakademie in Dresden. Franz ahnte nicht, dass sie ebenso log wie er. Und dass es ihr ebenso wehtat wie ihm.

»Dresden!« Franz horchte auf. »Dann kennen Sie vielleicht Clara Seidler. Sie hat Kurse in Dresden besucht!«

Franz erschrak. Würde er es niemals lassen können, zu schnell zu sprechen? Was, wenn Irma nun Clara tatsächlich kannte! Wenn er erzählen musste, dass sie sich in Rom begegnet waren, und Irma in einem Brief an Clara erwähnte, dass sie ihn in Venedig kennengelernt hatte. Was für Verwicklungen könnten sich daraus ergeben! Clara würde erfahren, wo er sich aufhielt, und obwohl er sich geschworen hatte, fern von ihr zu bleiben, um ihr Leben nicht zu zerstören, würde das Schicksal seinen Lauf nehmen …

Irma erschrak ebenso. Clara Seidler! Natürlich hatte sie Clara Seidler gekannt, an der Kunstakademie in Dresden! Clara war damals sehr unglücklich gewesen und hatte sich oft zurückgezogen, weil kurz zuvor ihr Verlobter gestorben war. Und trotzdem hatte sie immer ein gutes Wort für andere, war hilfsbereit und zugewandt. Wie gerne hätte sich Irma damals näher mit ihr angefreundet. Sie hatten manches Mal miteinander gesprochen und beim Zeichnen nebeneinandergesessen. Doch eine Freundschaft war natürlich unmöglich gewesen, weil sie ja in den Fesseln ihres Betruges gesteckt hatte. Sie war nicht Irma gewesen, sondern Hermann, den alle nur Piccolo nannten, weil er klein und zierlich war.

»Clara Seidler?«, fragte Irma. Und log: »Nein, die kenne ich nicht. Eine Freundin von Ihnen?«

»Nein«, log Franz. »Jemand hat mir von ihr erzählt …«

Beide atmeten auf, dass der jeweils andere Clara nicht persönlich kannte.

Sie schwiegen eine Weile verlegen. Der salzige Wind wehte vom Meer her, und es duftete nach Pinien. Irma nahm eine Handvoll Sand auf und ließ ihn durch die Finger rinnen.

»Wir haben ja noch gar nichts gegessen und getrunken«, sagte Franz schließlich. »Ich öffne den Wein.« Er entkorkte die Flasche mit einem Messer, das die umsichtige Signora in den Korb gelegt hatte, und schenkte ein. Als sie anstießen, lächelten sie einander an. Franz zögerte befangen, den Trinkspruch auszusprechen, der ihm in den Sinn kam, doch dann wischte er seine Bedenken beiseite und sagte beherzt: »Auf unsere Freundschaft!«

Und Irma antwortete mit einem dankbaren Lächeln: »Auf unsere Freundschaft!«

Als ihre Gläser aneinander klangen, sagte er: »Robert.«

Und sie antwortete: »Irma.«

»Ich habe dir ein Geschenk mitgebracht, Irma.«

»Ein Geschenk? Mir? Warum?«

»Um ehrlich zu sein, ist es nicht ganz selbstlos«, antwortete

Franz und gab ihr ein Päckchen, das ebenfalls im Korb gelegen hatte. Als sie das Wachspapier öffnete, fand sie darin ein Skizzenbuch, Bleistifte und schwarze Kreide.

»Wenn du mir deine Bilder nicht zeigen möchtest, dann bin ich eben dabei, während du zeichnest.«

»Zeichnen? Ich? Aber was denn?«

»Den Strand, das Meer, die Wolken, die Pinien, die Boote da drüben! Nur nicht mich, denn dann kann ich dir nicht über die Schulter sehen.«

Irma sah auf das Skizzenbuch. Zeichnen? Einfach so? Wie lange hatte sie das nicht mehr gemacht ...

Sie blickte den Strand entlang. »Trotzdem«, sagte sie, »wird es mit dem Schulterblick nichts. Ich brauche einen Vordergrund.« Franz musste sich also in den Sand setzen, und Irma begann zu zeichnen. Nach anfänglichem Zögern und Tasten fand der Bleistift bald wie von selbst seine Wege übers Papier. Mit jedem Strich vergaß Irma mehr und mehr von der Welt um sich herum, und ihr Herz wurde leicht wie das eines Vogels. Wie schön das ist, dachte Irma. Warum habe ich das so lange nicht mehr gemacht?

Und als sie später gemeinsam die Zeichnung betrachteten und Franz gar nicht genug Worte des Lobes und der Begeisterung fand, konnte sie gar nicht glauben, dass sie es war, die dieses kleine Werk hervorgebracht hatte.

»Ich möchte dir danken, Robert«, sagte sie.

»Wofür?«, fragte er.

»Für dein Geschenk.«

»Ach, aber das war doch eine Kleinigkeit.« Als Franz ihren aufrichtigen und verbundenen Blick sah, dachte er, sie ist doch die Richtige. Ihr kann ich trauen. Ich werde sie vollends ins Vertrauen ziehen.

Angesichts ihrer Zeichnung musste er an die Blätter von Klein und Oehme denken, deren Entstehung er an der Rialtobrücke zugeschaut hatte, und sagte: »Übrigens ist ein neuer Künstler in Venedig angekommen.«

»So?«, fragte Irma alarmiert.

Franz war froh, dass er offen reden konnte, ohne Verwicklungen zu befürchten und ohne womöglich eine Katastrophe auszulösen wie bei Clara. »Noch ein Dresdener. Ernst Oehme.«

Irma wandte den Blick ab, damit er ihren Schock nicht sah. Da war sie, die Katastrophe, auf die sie immer gewartet hatte.

*

Irma war auf die Altana auf dem Dach ihres Hauses hinaufgestiegen, wo in das hölzerne Geländer eine Bank eingebaut war, und starrte vor sich hin. Für den atemberaubenden Sternenhimmel hatte sie keinen Blick. Auch dass die Abende kühler wurden, spürte sie nicht. Im Boot hatte Robert ihre Zeichnung mit den besten Blättern gleichgesetzt, die er kannte, er hatte begeistert von den Deutschrömern erzählt, über die er so erstaunlich viel wusste, über den strengen Glauben der Nazarener, über die tief empfundene Sehnsucht der Romantiker, und ihren Widerstreit mit den Verfechtern der Klassik. Und wie sie doch alle etwas gemeinsam hatten: das Streben nach Ausdruck und Gefühl. Die Suche nach Wahrheit und vor allem nach sich selber. Irma hatte dazu nur geschwiegen. Diesen ehrlichen und offenen Menschen von ihren eigenen jugendlichen Idealen sprechen zu hören, die sie schon längst verraten und begraben hatte, war zu schmerzhaft gewesen.

»Du bist so still geworden, Irma«, hatte er gesagt.

»Es ist spät«, hatte sie nur geantwortet.

Sie war also alleine durch die dunklen Gassen und die dunkle Treppe hinauf in ihr Atelier gestiegen und war – wie so oft in schlaflosen Abendstunden – die schmale Stiege zur Altana heraufgekommen.

Ihr wahrer Name war Irma Böhmer, doch sie hatte beschlossen, diesen Namen ebenso zu vergessen wie alles, was mit ihm zusammenhing. Es war nicht die schwere Arbeit gewesen, die sie von früh an hatte leisten müssen, denn jeder, den sie kannte, arbeitete schwer. Es waren die Lügen der Eltern. Die Betrügereien des Vaters. Die Schande des Leipziger Schuldturms, in dem sie als kleines Mädchen schon mit dem Vater eingesessen hatte. Es war ausgerechnet im Schuldturm gewesen, dass sie ihre Begabung zum Zeichnen entdeckt hatte. Tagsüber hatte sie wie ihre Brüder arbeiten müssen, indem sie Lumpen für die Herstellung von Papier zerkleinerte, wodurch sie oft entzündete und schmerzende Wunden an den Händen hatte. Abends musste sie zum Schuldgefängnis zurückkehren und ihr bisschen verdientes Geld abgeben. Und während der Vater heuchlerische Bittbriefe schrieb, hatte sie auf demselben Papier die Märchen gezeichnet, die ihre Mutter ihr und den Brüdern erzählt hatte, als sie sich noch um ihre Kinder gekümmert hatte. Irma erinnerte sich noch genau, wie andere Kinder, wenn sie ihr eine Zeichnung abgebettelt hatten, glücklich ihren neuen Besitz betrachteten und sich beim Anblick der winzigen gekritzelten Schlösser und Kutschen, der wandernden Müllerssöhne und spielenden Prinzessinnen getröstet fühlten.

Die Erkenntnis dieses Trostes war zu einem künstlerischen Streben gewachsen und durch Fleiß und entbehrungsreiche Arbeit gereift. Nachdem sich der Vater erhängt hatte, zeichnete und malte sie bei jeder Gelegenheit. Sie kam zu einer Verwandten, einer verwitweten Großcousine, wo es ihr besser erging. Da sie als verwitwete Frau gewohnt war, alleine zu leben, respektierte sie die Begabung eines Mädchens, ja, sie war sogar stolz darauf und förderte ihren Schützling nach Kräften. Irma bekam Zeichenunterricht und träumte davon, die Akademie in Dresden zu besuchen. Immerhin ließ man für einige Kurse neuerdings Frauen zu. Doch so weit wollte ihr Vormund nicht gehen: Zwar hatte Irma Zeichenunterricht nehmen dürfen, doch änderte das nichts daran, dass sie bei erster Gelegenheit verheiratet werden sollte, um versorgt zu sein. Was sich allerdings als schwierig herausstellte, da die Cousine keine Mitgift in Aussicht stellte. Doch Irma war eine hübsche junge Frau und so hielt tatsächlich der Landpfarrer der kleinen Gemeinde

Stötteritz bei Leipzig um ihre Hand an. Irma war zutiefst unglücklich, denn der Pfarrer hatte deutlich gemacht, dass es mit der eitlen Zeichnerei vorbei wäre und von ihr erwartet würde, dass sie ihren Pflichten als Pfarrfrau nachkäme. Doch da ergab es sich, dass die Cousine einem Schlaganfall erlag und Irma eine kleine Rente hinterließ, die allerdings auf lediglich vier Jahre eingerichtet war. Irma setzte alles auf eine Karte: Dem Pfarrer von Stötteritz sagte sie Lebewohl und bewarb sich an der Kunstakademie. Innerhalb von vier Jahren musste sie es also schaffen, als Künstlerin oder Kunstlehrerin zu leben. Deshalb konnte sie sich mit den wenigen Kursen für weibliche Studenten auf keinen Fall begnügen. Ihre Ausbildung wäre viel zu lückenhaft gewesen. Und so bewarb sie sich an der Akademie nicht als Irma Böhmer, sondern als Hermann Böhmer. Und als sie tatsächlich angenommen wurde, kleidete sie sich als Mann, reiste nach Dresden, nahm ein Dachzimmer nicht zu nah an der Akademie und gesellte sich als Hermann unter die Kommilitonen. Sie studierte die menschliche Anatomie, besuchte Aktzeichenkurse (die vor allen Dingen für Frauen verschlossen waren!) und erwarb sich einigen Respekt für ihre Zeichnungen. Bald begannen die Kommilitonen wegen Hermanns zarter Hände und seiner glatten Gesichtshaut zu scherzen. Da Hermann zudem von allen der Kleinste war, erhielt er den Spitznamen *Piccolo*. Irma hielt sich vom studentischen Leben fern. So hätte es vielleicht noch lange weitergehen können, doch eines Tages ereignete sich ein Zwischenfall, der alles änderte.

Irmas Körper ging mit einem weit geschnittenen Hemd und vor allem mit einer Jacke durchaus als der eines Jünglings durch. Gerade dies hatte sie ja auf die Idee gebracht, sich als Student auszugeben. Ihre Hände waren kurz, vor allem, wenn sie die Fingernägel abkaute, ihre Körperform war gerade und nahezu knabenhaft. Vor ihrer Verwandlung hatte sie darunter gelitten und sogar versucht, ihre Kleider auszustopfen, doch nun war sie froh darum. Allerdings besaß sie durchaus weibliche Formen. Eines Sonntags begegnete sie einer Gruppe von Künstlerkameraden, die schon vormittags Bier getrunken hatten und zu den Merseburger Elbauen wollten, um zu schwimmen. Sie wollten Hermann überreden, endlich einmal dabei zu sein. »Piccolo, nun zier dich nicht immer!«, riefen sie. »Was ist los mit dir? Magst du uns nicht leiden?« Und einer von ihnen, Karl Kleinert, ein eingebildeter und oftmals neidischer Bildhauer aus Magdeburg, war so angetrunken, dass er es witzig fand, den kleinen Hermann hochzuheben und mitzutragen. Irma wollte fliehen, aber unter dem Gelächter der anderen griff Kleinert beherzt zu. Irma versuchte sich freizustrampeln, Kleinert ließ nicht locker, ihr Hemd wurde aus der Hose gezerrt und Kleinert langte mit offener Hand auf ihre Brust. Er ließ sie augenblicklich los und fuhr zurück, als habe er den Teufel berührt. Er starrte sie verwirrt an. Und lauthals rief er: »Das ist eine Frau!«

Irma wurde vom Direktor der Akademie streng verhört und sogleich in Schimpf der Lehranstalt verwiesen. Sie wusste nicht, wohin. In ihrer Schande wagte sie noch nicht einmal, bei ihren Brüdern um Hilfe zu bitten. Also entschloss sie sich, nach Italien zu gehen. In Rom hätte sie von ihrer Rente, die ihr ja noch über zwei Jahre lang zustand, erst einmal ein gutes Leben führen können. Es gab ja so viele Künstler dort, die den deutschen Akademien entflohen waren, um auf eigene Faust zu studieren. Doch gerade das machte es ihr unmöglich: Der Skandal um die heimliche Frau in der Dresdener Akademie hatte so viel Gelächter und Empörung ausgelöst, war wie ein Lauffeuer durch die Zeitungen und vor allem durch die Kreise der Künstler gegangen, dass sie sich schon beim Gedanken an eine weitere Entdeckung in Grund und Boden schämte. Also kam sie auf Venedig. Hier konnte sie sich verstecken. Hier konnte sie einen anderen Namen annehmen und alle Schande hinter sich lassen.

Und nun hatte ihre Vergangenheit sie also eingeholt. Ernst Oehme war einer von denen gewesen, die dabeigestanden hatten, als der trunkene Karl Kleinert ihre Brust betatscht und ihre Lüge entlarvt hatte. Sie erinnerte sich an Oehmes Gesicht, als sie durch die neugierigen Kommilitonen hindurch das letzte Mal die Treppe der Akademie hinabgestiegen war. Sie durfte ihm auf keinen Fall begegnen. Sie würde es nicht ertragen, von ihm erkannt zu werden. Und es gab nur eine Möglichkeit, das zu verhindern: Sie würde ihr Atelier nicht mehr verlassen. Sie würde nicht mehr ins *Caffè Quadri* gehen, und sie würde überhaupt niemanden mehr sehen. Auch Robert nicht. Sie würde ihre Arbeit tun und ihre Hirngespinste vom Nachmittag vergessen.

Irma nahm die Zeichnung, die sie am Strand angefertigt hatte, warf einen letzten Blick auf Franz, der – mit wenigen Schattierungen angedeutet und doch so lebendig – im Schatten einer Pinie saß, und zerriss sie mehrmals. Die Fetzen warf sie übers Geländer, wo sie durch die Luft hinabflatterten und schließlich auf dem dunklen Wasser des Kanals davontrieben.

13

Römisches Fieber

Nachdem Franz seine Besuchskarte abgegeben hatte, musste er eine Weile warten und hatte Gelegenheit, die Wandteppiche mit kunstvoll gewebten Seeschlachten, die goldenen Leuchter und die bronzenen Nymphen, die sich um einen Springbrunnen tummelten, zu betrachten. Die Halle war das Prunkvollste, das er in Venedig und damit in seinem gesamten Leben zu Gesicht bekommen hatte. Es erschien Franz eine Ewigkeit, bis der Diener von oben bis zu ihm nach unten die marmorne Treppe herabgeschritten war und sich mit den Worten, die Nobildonna lasse bitten, vor ihm verbeugte. Es zeugte von einigem Selbstbewusstsein, dass er den von Kaiser Franz verbotenen Ehrentitel der venezianischen Patrizier einem Deutschen gegenüber benutzte, dachte Franz, während er ihm die unendliche Treppe hinauf folgte. Sein eigenes Selbstbewusstsein ließ zu wünschen übrig. Aufgrund der seltsamen Einladung, die Rafaelas Ehemann fast wie eine Strafe über sie verhängt hatte, erwartete Franz, nach einer kurzen Weile wieder hinauskomplimentiert zu werden.

Als Franz den Salon betrat, blieb er in der Tür unwillkürlich stehen: In der Mitte des Raumes, der mit geschmackvollen Gemälden und Teppichen, mit exotischen Pflanzen und mit Musikinstrumenten geschmückt war, saß Rafaela im besten Licht der großen Fensterfront auf einem gepolsterten Stuhl. Unter den reichen Röcken waren ihre Beine elegant nach vorne gestellt, ihre Elle ruhte auf der Armlehne, sodass die schlanke Hand lässig herabhing, die Brust war in ruhiger Körperspannung gehoben, und auf ihrem bloßen langen Hals thronte mit hohem Kinn ihr schönes Haupt. Die Haare trug sie hochgesteckt, was die Länge ihres Halses noch hervorhob, und um ihre Lippen spielte die Ahnung eines Lächelns. In dieser bewundernswerten Haltung saß sie einem Künstler Modell, der ihre Büste mit geschickten Bewegungen aus feuchtem Ton modellierte. Das Gesicht war noch roh in wenigen Formen charakterisiert und sah aus, als ob es sich unter einer Maske verberge. Doch die Haltung des Kopfes und den elastischen Schwung ihres Halses hatte der Künstler bereits mutig getroffen. Eben strich er mit dem Daumen den langen Weg von der Schulter über den Nacken bis zu ihrem Haaransatz herauf. Auch wenn es nur das Abbild Rafaelas war und der Gesichtsausdruck des Künstlers von konzentrierter Distanz geprägt, hatte die Bewegung den schönen Hals entlang etwas Intimes.

Rafaela wandte Franz den Kopf zu und lächelte herzlich. »Herr von Stargard!«, sagte sie mit ihrer warmen Stimme. »Wie schön, dass Sie mich besuchen.«

»Ich hoffe, es ist Ihnen wirklich recht, Donna Rafaela.«

»Natürlich«, erwiderte sie. »Ich freue mich. Entschuldigen Sie das Benehmen meines Ehemannes, er ist manchmal abscheulich. Aber sagen Sie nicht, Sie haben mir ein Geschenk mitgebracht!«

»Es ist nur eine Kleinigkeit …«

»Dann ist es gut«, sagte sie lachend. »Sie dürfen eine Frau niemals mit Geschenken verwöhnen, damit besiegeln Sie Ihren Untergang!«

»Ein unschuldiges Gastgeschenk sollte eine so fatale Wirkung haben?«

»Wenn es wirklich unschuldig ist, vielleicht nicht. Sie liefern sich mir doch nicht etwa aus, indem Sie ein *persönliches* Geschenk ausgesucht haben?«

Er konnte ihr natürlich nicht sagen, wie persönlich dies Geschenk war. Dass er das Buch selber geschrieben hatte. Dass darin mehr von ihm steckte als in jedem anderen Gegenstand auf dieser Welt. Dass es also das *persönlichste* war, das sich denken ließ. Auch wenn es von einem venezianischen Buchhändler übersetzt, gekürzt, verbessert und vervollkommnet worden war.

»Es ist nur ein Buch. Nichts weiter. Ich hoffe natürlich, es gefällt Ihnen.«

Sie wandte sich dem Künstler zu: »Wir machen morgen weiter.«

»Sehr wohl.« Er verbeugte sich gehorsam, doch unwillkürlich trat auf sein Gesicht ein enttäuschter Ausdruck.

»Bitte unterbrechen Sie nicht!«, sagte Franz.

»Ich möchte nicht unhöflich sein.«

»Es ist nicht unhöflich.« Im Gegenteil, dachte Franz.

»Also schön«, entschied sie. »Noch ein wenig. Aber nur, wenn wir dabei reden können.«

»Naturalmente, Donna Rafaela«, beeilte sich der Künstler zu versichern. »Ich werde heute nur die Haltung und die groben Formen herausarbeiten.«

»Grobe Formen!« Rafaela lachte. »Hören Sie, Roberto? Ich habe grobe Formen.«

»Ma no! Si prega di scusarsi!« Der Künstler wurde hochrot, und Schweiß schoss ihm auf die Stirn. »Das wollte ich natürlich nicht sagen!«

»Ich weiß«, beruhigte sie ihn. »Ich weiß, was Sie sagen wollten. Es war nur ein Scherz.«

Franz setzte sich auf einen Sessel der schönen Frau gegenüber und legte das Buch, das er mitgebracht hatte und das mit einer Kordel in lackiertes venezianisches Papier eingeschlagen war, auf den Tisch. Rafaela blickte nur mit den Augen nach unten, um ihre aufrechte Haltung nicht aufzugeben.

»Was ist es? Ich bin neugierig!«

»Sie müssen sich gedulden.«

Also geduldete sie sich, bis der Künstler eine Weile später sein Tonmodell in feuchte Tücher eingepackt hatte, um seine Arbeit am nächsten Tag fortsetzen zu können, und sich unter Verbeugungen verabschiedete.

»*Febbre Romana*«, las Donna Rafaela vor, nachdem sie das Buch ausgepackt hatte.

»Es ist ein deutsches Buch, das man ins Italienische übertragen hat, weil es Gegenstand eines bemerkenswerten Skandals war.«

»Ein Skandal! Ich liebe Skandale! Erzählen Sie!«

»Es wurde von einem Mann geschrieben, der die Identität eines anderen angenommen hatte. Man hat ihn zum Tode verurteilt und hingerichtet.«

»Zum Tode! Wegen einer Lüge?«

»Wegen Mordes.«

»Ich hoffe, das Buch kann mit seiner Entstehungsgeschichte mithalten!«

»Es ist sehr bemerkenswert.«

»Schade nur, dass es dann kein weiteres Buch des Autors geben wird ...«

»Allerdings«, pflichtete Franz bei. »Das ist sehr schade.«

Franz hatte lange gezögert, ob er die Idee, Donna Rafaela *Febbre Romana* zu schenken, wirklich umsetzen sollte. Er wollte sich auf keinen Fall selber in Gefahr bringen. Aber ihm fiel beim besten Willen keine Möglichkeit ein, wie man von Franz Wercker auf Robert von Stargard kommen sollte. Das Büchlein würde auf dem Nachttisch von Donna Rafaela liegen und dann in ihrer Hausbibliothek verschwinden.

Nachdem sie eine Weile geplaudert hatten, schlug Rafaela vor, ihm tatsächlich einige ihrer Gemälde zu zeigen, und führte ihn durch mehrere Salons und durch den oberen Saal ihres Palazzos. Zu Franz' Überraschung besaß sie nicht nur Venezianer, sondern ebenso einige Franzosen, Briten, Dänen und Deutsche. Vor allem ihre Venezianer aber waren exquisit.

Nachdem sie ihm als Höhepunkt ihrer kleinen Führung einen Canaletto gezeigt hatte, sah sie Franz ernsthaft an und sagte, indem sie ihren scherzhaften Plauderton ablegte: »Sie wissen, dass es uns Venezianern nicht gut geht. Ich will ehrlich zu Ihnen sein. Warum auch nicht? Wir wissen nicht, was im nächsten Jahr sein wird. Aber glauben Sie nicht, dass ich mich auch nur von einer dieser Herrlichkeiten trennen werde. Erhoffen Sie sich keine Geschäfte!«

»Ich danke Ihnen für Ihre Aufrichtigkeit«, erwiderte Franz. »Ich wäre glücklich, wenn unser Verhältnis kein Geschäftliches wäre.«

Donna Rafaela lächelte. »Einen Gefallen können Sie mir allerdings tun«, sagte sie. »Ich höre so viel von den jungen Deutschen in Rom. Man sagt, sie bemühen sich so sehr um Ausdruck und Gefühl ...«

»Das ist wahr.«

»Und ist es auch wahr, dass sie in einem Kloster wohnen? Wie eine Bruderschaft?«

»Einige von ihnen haben mehrere Jahre lang im Kloster Sant'Isidoro gelebt, ja. Man hat sie die Nazarener genannt.«

»Sie kennen sie! Sind Sie dort gewesen?«

»Nein«, entgegnete Franz. »Leider nicht. Aber ich kenne ihre Namen und einige ihrer Werke.«

»Können Sie mir eines ihrer Gemälde beschaffen?«

»Eines der Nazarener?«

»Was immer Sie für gut halten. Ich vertraue Ihnen. Es darf nur nicht allzu viel kosten ...«

Als Franz später wieder zu Hause war, saß er in seiner Loggia, den stillen Canal Grande unter sich und ein Glas Wein in der Hand, und dachte an seinen Besuch bei der schönen Venezianerin zurück, die ihn so freundlich aufgenommen hatte. Wie gerne würde er ihr den Wunsch erfüllen, ihr ein Gemälde der jungen Deutschrömer zu beschaffen. Aber wo um alles in der Welt sollte er es herbekommen?

*

Reinke stand lange vor den beiden Bildern. Sein Blick ging wieder und wieder zwischen ihnen hin und her. Es herrschte völlige Stille in Irmas Atelier. Alessandro, dem Reinkes Gründlichkeit langweilig geworden war, betrachtete genüsslich die Studie einer antiken Venus.

»Ist die Farbe trocken?«, fragte Reinke.

»Ja«, antwortete Irma.

Behutsam, beinahe zärtlich strich er mit den Fingerspitzen über den nackten Arm der Judith. Befühlte die Locken des Holofernes, die sich über ihre Haut ringelten. Dann befühlte er dieselbe Stelle auf dem Gemälde Tizians.

Schließlich nickte er wortlos.

»Habe ich zu viel versprochen?« Alessandro trat stolz vor und schien das Bild zu präsentieren, als ob Irma sein Schützling sei. »Es ist perfekt! Ihr Pinselstrich ist genauso weich wie seiner!«

Reinke blitzte ihn an. Er ging nicht auf Alessandro ein, sondern wandte sich Irma zu. »Sie bekommen Ihr Geld.« Er nahm einige Banknoten aus der Rocktasche, zählte sie geschickt ab und hielt sie Irma hin. »Und Sie bekommen einen neuen Auftrag.«

Dieser Mann mit seinen kalten Augen war ihr dermaßen zuwider, dass sie glaubte, ihn nicht länger ertragen zu können. Sie wollte nichts mehr mit ihm zu tun haben. Sie konnte nicht. Wie hatte sie so tief sinken können? »Ich will keinen neuen Auftrag«, stieß sie hervor.

Als sie ihr Geld nehmen wollte, zog er es weg.

»Wie bitte?«

»Ich werde keine Bilder mehr fälschen. Ich tu's nicht mehr.«

»Ich habe Sie nicht gefragt, ob Sie wollen.«

»Sie können mich nicht zwingen.«

»Sie glauben doch nicht, dass ich auf die Dienste einer solchen Begabung, wie Sie es sind, verzichte!«

Irma schaute Hilfe suchend zu Alessandro, doch er schien zu wissen, wann er schweigen muss.

»Bitte geben Sie mir mein Geld.« Irma versuchte, tapfer zu sein.

Er ging langsam auf sie zu, sie wich unwillkürlich zurück.

Er war ihr zuwider, aber vor allem hatte sie Angst vor ihm. Trotzdem bestand sie tapfer darauf: »Ich habe es verdient.«

Reinke ließ die Banknoten vor seinen Füßen auf den Atelierboden fallen. »Bitte sehr.«

Irma wollte nicht vor ihm auf die Knie gehen. Doch Reinke rührte sich kein bisschen mehr. Er stand still und schaute sie ohne jegliches Gefühl an. Schließlich tat sie einen entschlossenen Schritt vor, ging in die Knie und griff nach dem Geld. Im selben Moment packte er eisern ihren schmalen Nacken. Beugte sich nah zu ihr herab. »Sie verkennen Ihre Lage, Fräulein Fuchs. Oder sollte ich sagen, Fräulein Böhmer …«, raunte er ihr ins Ohr. »Es gibt keine Möglichkeit auszuscheiden. Nur mit Ihrem Tod scheiden Sie aus …«

14

Zwielichtige Gestalten

Die Tische des Florian waren alle besetzt. Im Gegensatz zum *Quadri* gegenüber saßen hier, auf der schattigen Seite des Platzes, fast nur Venezianer. Franz wusste inzwischen, dass einige von ihnen Nobili waren, die hier ihre Tage zubrachten. Manche Gesichter kannte er von dem Ball im Casino, und während er zwischen den Tischen entlangging, wurde er hier und dort mit einem höflichen Kopfnicken gegrüßt.

Die Österreicher zahlten den Nobili eine Unterstützung aus, die allerdings nicht einmal für das Notwendigste reichte. Schlimmer war noch, dass sie gezwungen waren, sich dieses Almosen im Dogenpalast, diesem Symbol venezianischer Macht und Unabhängigkeit, von einem österreichischen Beamten auszahlen zu lassen und mit ihrem alten Namen zu quittieren. Mühsam versuchten sie, den Anschein von Noblesse und Würde aufrechtzuerhalten, doch durch die Umstürze erst der französischen und dann der österreichischen Besatzung und durch den Niedergang des venezianischen Seehandels hatten sie alles verloren. Es waren bettelarme Menschen. Ihre Väter hatten Paläste und Schiffe gebaut, doch sie selber saßen jetzt hier im *Caffè Florian* und knauserten mit den Bestellungen, weil sie kaum ihren Kaffee bezahlen konnten.

Franz ging ins Innere des Caffès und setzte sich an einen Tisch in der Nähe der gläsernen Eingangstüren, von wo aus er sehen konnte, wenn Irma über den Platz kam. Nach ihrer Fahrt zum Lido hatten sie ausgemacht, am Sonntagnachmittag gemeinsam Kaffee zu trinken. Am Morgen war etwas geschehen, das Franz unter Druck setzte: Ein Bote war mit einer Nachricht gekommen, die er nur Robert von Stargard persönlich und nur mündlich überbringen könne. Und als Signora Donati ihn in den Salon geführt hatte, sagte er, Signora Giusina, die Trödlerin, lasse ihm bestellen, dass sie ihn am folgenden Morgen von einer Gondel abholen ließe, um ihm ein Gemälde zu zeigen. Na, also, hatte Franz gedacht. Sitzt der Haken doch im Zahnfleisch des alten Drachen …

Franz war sofort klar gewesen, dass es nun galt. Wenn er darauf einging, musste er den wirklichen Wert von Bildern kennen. Er musste zweifelsfrei eine Fälschung von einem Original unterscheiden können, und er musste wissen, woher die Kunstwerke stammten, die ihm angeboten wurden. Er brauchte Hilfe, und zwar sofort. Er gab dem Boten die Antwort mit auf den Weg, dass er am folgenden Tage verhindert sei und deshalb am übernächsten Morgen die Gondel erwarte.

Franz wartete also in größter Ungeduld auf Irma. Er bestellte bei einem eiligen Kellner Kaffee und schaute sich um. Hier drinnen waren weniger Tische besetzt als im Freien, doch von einigen hörte er italienische Unterhaltungen. Neben ihm, im Licht des Fensters, saß ein Herr in kariertem Anzug mit einem runden Mailänder Hut und blätterte missgelaunt in einer Zeitung. Franz fiel weit hinten, wo nur noch wenig Tageslicht hingelangte, ein Tisch auf, an dem drei Herren konzentriert ins Gespräch vertieft waren. Sie beugten tief die Köpfe zueinander, und Franz überlegte lächelnd, ob er die drei bei den österreichischen Behörden melden müsste, wie er es versprochen hatte, denn sie machten durchaus einen konspirativen Eindruck. Einer von ihnen, ein hochgewachsener Kahler, der keine Socken trug, hatte seinen runden Hut auf den Tisch gelegt, und der Zweite, gedrungen und mit so fleischigen Händen, dass sie aussahen, als trüge er hautfarbene Handschuhe, hielt einen derben Knotenstock, wie ihn deutsche Wanderburschen mit sich führten, um sich wirkungsvoll verteidigen zu können. Von dem Dritten konnte Franz nur den Rücken sehen, doch der Hagere mit dem runden Hut kam ihm bekannt vor. Als der Mann einmal zufällig herüberschaute und sich für einen kurzen Moment ihre Blicke begegneten, fiel es ihm ein. Diese grünen Augen in dem gebräunten Gesicht! Zuletzt hatte er ihren misstrauischen Blick im Schein einer Fackel gesehen, als er bei seiner Anreise nach Venedig dem Entladen der Barke zugesehen hatte und die Transportkiste auf dem Kai zerborsten war.

Nach ihrem Blickkontakt warf der Hagere eine Bemerkung in die Runde, und kurz darauf wandte sich auch der Dritte um, den Franz bisher nur von hinten gesehen hatte. Es war Alessandro Parsini.

Für einen Moment schien er Franz feindselig anzufunkeln, doch gleich grüßte er mit einem höflichen Kopfnicken. Franz erwiderte seinen Gruß. Nachdem Alessandro sich wieder seinen Gesprächspartnern zugewandt hatte, sagte er etwas zu ihnen, worauf alle schwiegen. Alessandro warf Geld auf den Tisch, und während die beiden anderen hinter seinem Rücken das Caffè verließen, kam er zu Franz herüber.

»Roberto!«, grüßte er strahlend und verbeugte sich mit einer flinken Handbewegung, die eine altmodische Etikette andeutete. »Diese Menschen werden immer unverschämter«, klagte er kopfschüttelnd. »Setzen sich zu Wildfremden an den Tisch und betteln um eine Tasse Kaffee. Aber was will man machen. Wir haben ein gutes Herz, nicht wahr?«

Franz stand auf, um den Gruß zu erwidern. »Möchten Sie sich ein wenig zu mir setzen, Alessandro?«, fragte er und hoffte zugleich, der andere würde die Einladung ablehnen.

»Das ist sehr liebenswürdig von Ihnen, aber ich habe schon viel zu lange im Caffè gesessen. Ich fürchte, ich muss aufbrechen.«

Franz atmete auf.

»Wie gehen Ihre Geschäfte?«, fragte Alessandro.

»Welche Geschäfte? Ich bin tatenlos dem Charme und den Reizen Venedigs erlegen!«, erwiderte Franz lächelnd.

»Ich hätte Sie warnen sollen. So ergeht es vielen! Die Lagune steht unter einem Zauber.«

»Ich hoffe, es ist kein böser Zauber ...«

Alessandro lächelte geheimnisvoll. »Das kommt darauf an. Manch einer ist hier tragisch untergegangen ... Ich darf mich empfehlen ...« Mit einer letzten Verbeugung strebte er dem Ausgang zu und verschwand.

Anstatt sich wieder zu setzen, ging Franz zu einem der hohen Fenster und schaute hinaus. Um Alessandro mit dem Blick folgen zu können, musste er sich über den Mailänder Zeitungsleser beugen, was dieser mit einem missbilligenden Blick honorierte. Er konnte gerade noch sehen, wie Alessandro sich wieder zu den beiden Konspiranten gesellte, die am Fuße des Campanile auf ihn warteten. Der Gedrungene hielt seinen gewundenen Knotenstock mit beiden Händen, während der Hagere gerade seinen Hut auf verwegene Weise schräg ins Gesicht zog. Alessandro redete auf sie ein und gestikulierte ungeduldig zum *Caffè Florian* – und damit wohl zu Franz.

Wildfremde Menschen ... Franz überlegte, was Alessandro wohl mit solch zwielichtigen Gestalten zu schaffen hatte, als er einen barfüßigen Jungen in einem zu großen gelben Hemd bemerkte, der vor dem Fenster stand und ihn mit emsigen Bewegungen seiner braunen Hände zu sich herauswinkte.

»Scusi!«, sagte der Mailänder ungehalten und riss Franz aus seinen Gedanken. Franz hatte sich allzu nah über ihn gebeugt und wurde nun mit der Zeitung verscheucht wie eine lästige Fliege.

Franz ging zu dem Jungen hinaus unter die schattigen Kolonnaden.

»Ich darf nicht ins Caffè hinein, aber ich habe einen Auftrag.« Der Junge verbeugte sich höflich, wie es ihm seiner Bedeutung als Dienstmann angemessen erschien. Und wie zum Beweis zeigte er Franz eine kleine Münze. »La Fraulein lässt Ihnen ausrichten, sie könne nicht kommen. Sie bittet um Entschuldigung.«

»Fräulein Fuchs?«

»Si, Signorina Fuchs.«

»Sie ist doch nicht krank?«

»No, nicht krank. Ich weiß nicht. Sie sagt nur, sie kann nicht kommen.« Er lächelte Franz mit wachen Augen an und verbeugte sich noch einmal.

»Ist gut, ich danke dir«, sagte Franz. Er war zutiefst enttäuscht. Ausgerechnet heute, wo er sie so dringend sprechen musste! Franz griff in seine Jackentasche, holte ein paar Münzen heraus und gab dem Jungen eine.

»Soll ich der Signorina eine Antwort bringen?«

»Nein ... danke dir ...« Der Junge legte seine zweite Münze auf die erste und umschloss sie beide, beinahe liebevoll, mit seiner kleinen Faust. Er wollte gerade gehen, als Franz einen Einfall hatte. »Warte«, sagte er und stellte sich an eine der Säulen, sodass er den Blicken Alessandros und der beiden Konspiranten verborgen war. »Dort drüben am Campanile stehen drei Männer. Einer mit einem runden Hut, einer mit einem Knotenstock und ein Dritter in einem feinen Anzug. Siehst du die drei?«

Der Junge, der sofort begriff, dass Diskretion angebracht war, sah sich unauffällig um. »Si«, antwortete er. »Sie stehen noch da.«

»Kennst du sie?«

»Ich habe sie schon gesehen, aber ich kenne sie nicht.«

»Willst du mir einen Gefallen tun?« Der Junge nickte eifrig, und Franz winkte ihn zu sich in den Schatten. »Ich möchte gerne mehr über sie erfahren. Kannst du ihnen folgen? Herausfinden, wo sie wohnen? Wer sie sind?«

»Si!« Der Junge war begeistert. Offenbar war dies ein Auftrag nach seinem Geschmack.

»Aber sie dürfen nichts bemerken!«

Der Junge antwortete nur: »Vertrauen Sie mir!« Seine glänzenden Augen blickten so selbstbewusst, und seine nackten Füße standen so unverwüstlich auf dem glänzenden Steinfußboden, dass Franz ihm vollkommen vertraute.

»Der im feinen Anzug heißt Alessandro Parsini. Die Namen der anderen beiden kenne ich nicht. Wenn du etwas herausgefunden hast, kommst du zu mir. Ich beschreibe dir, wo ich wohne.«

»Ich weiß. Palazzo Peldrini.«

Franz staunte.

Der Junge lächelte, wandte sich um und lief davon. Und nachdem Franz noch einen Blick auf die beiden Männer geworfen hatte, konnte er den Jungen schon nicht mehr entdecken.

Franz' Blick fiel auf das *Caffè Quadri* gegenüber. Dann hatte wohl das Schicksal entschieden. Er würde hinübergehen, wo Johann Adam Klein sicherlich mit den anderen Künstlern zusammensaß, und ihn um ein Gespräch unter vier Augen bitten.

Tatsächlich saßen einige deutsche Künstler beisammen. Franz erkannte Ludwig Grimm, Ernst Oehme, Gustav Heinrich Naeke, den hochgewachsenen Heinrich Reinhold mit dem langen Gesicht und den stillen Johann Erhard. Auch Franz Grillparzer war wieder dabei. Als Franz sich dem Tisch näherte, überlegte er, wie er Klein möglichst unauffällig aus der Gesellschaft herauslösen konnte, um mit ihm zu reden. Doch schon gab es ein großes Hallo, Oehme stand auf und rückte einen Stuhl für Franz heran, und Klein drückte ihm herzlich die Hand.

»Robert!«, rief Klein. »Sie kommen genau im rechten Moment!« Er winkte dem Kellner und orderte zwei Flaschen Wein auf seine Rechnung, weil es etwas zu feiern gebe.

»Zu feiern! Du wirst doch nicht schwanger sein, Klein!«, rief Reinhold scherzhaft.

»Nein, wir feiern meinen Abschied. Ich habe mich entschlossen, Venedig zu verlassen. Ich werde mich unserem neuen Freund Oehme anschließen und mit ihm nach Rom gehen.«

Franz starrte Klein entgeistert an. Was war das jetzt schon wieder? Klein ging fort? Es musste doch möglich sein, einen Verbündeten zu finden!

»Robert«, sagte Klein. »Nun schauen Sie nicht so betroffen!

Sie selbst haben mich ja zu diesem Entschluss gebracht!« Und in die Runde erklärte er: »Stargard hat so glühend von Rom gesprochen, ich muss einfach hin.« Und wieder zu Franz gewandt: »Gehen Sie nach Rom, haben Sie gesagt. Sie haben mir versprochen, dass ich mich dort selber finden werde.«

Als der Wein kam, stießen sie auf sein Wohl an und wünschten ihm alles Glück. Franz hätte ihm so gerne Grüße aufgetragen an all die Freunde in Rom und ihm Empfehlungen mitgegeben für Caroline von Humboldt, für Niebuhr, für Kardinal Heffelin. Doch das konnte er ja leider nicht. Vor allem der bayerische Gesandte Heffelin hätte sein Empfehlungsschreiben wohl in der Luft zerrissen.

»Vielleicht wirst du Friedrich Schlegel kennenlernen«, sagte Erhard. »Es heißt, er kommt diesen Winter noch nach Italien. In der Entourage des Kaisers.«

»Falls der Kaiser wirklich kommt«, wandte Klein ein. »Noch glaub ich's nicht. Ich habe das Gefühl, sie halten das Gerücht nur lebendig, um einen Grund zu haben für ihre immerwährenden Spitzeleien! Auf jeden Fall werde ich mich nicht abmelden. Sollen sie doch selber herausfinden, dass ich auf und davon bin!«

»Schlegel kommt ganz sicher. Seine Frau lebt in Rom. Und zwei Söhne! Sollen auch Maler sein«, sagte Reinhard.

»Schlegel hat Söhne, die Maler sind?«, fragte Klein verwundert.

»Stiefsöhne«, erklärte Franz. »Philipp und Johannes Veit. Sie werden sie sicher kennenlernen.«

*

Es war schon spät am nächsten Vormittag, und die Sonne schien steil ins Musikzimmer. Franz wunderte sich, dass der Junge nicht gekommen war, um ihm zu berichten – und seinen Verdienst zu holen. Ob ihm etwas zugestoßen war? Ob die Männer ihren Verfolger bemerkt hatten? Franz dachte an den derben

Knotenstock des Untersetzten. Doch plötzlich fiel ihm etwas anderes ein: Signora Donati! Wenn ein Straßenjunge an der Hintertür klopfte und behauptete, er müsse den Herrn sprechen, dann würde sie ihn einfach nur verjagen! Notfalls mit dem Besen. Franz lief ins Treppenhaus und rief nach der Signora, die gleich oben in der Küchentür erschien und sich übers Geländer zu ihm herabbeugte. »Hat ein Junge nach mir gefragt?«

»Ein Junge?«

»Un ragazzo di strada.«

Die Signora zögerte. Dann antwortete sie: »Si. Er wollte zu Ihnen. Ich habe ihn davongejagt. Diese Jungen werden immer frecher.«

»Davongejagt!«

»Si. Er war schmutzig!«

»Wo ist er hingegangen?«

»Ich weiß nicht ... Soll ich ihn suchen gehen?«

»Nein, schon gut. Ich gehe selber.«

Als er die Treppe hinunterging, sah ihm die Signora verwundert nach.

»Stai attento!«, rief sie Franz hinterher.

Franz hörte ihre Warnung nicht mehr, denn er trat bereits aus der Tür. Und kaum hatte sein Fuß das Pflaster der Gasse berührt, als auch schon zwei nackte Füße aus dem Torbogen des verlassenen Palazzos nebenan sprangen und über die kleine Brücke auf Franz zuliefen.

»Die Signora hat mich nicht hereingelassen! Sie wollte Sie nicht einmal rufen!«

»Ich weiß«, erwiderte Franz. »Es tut mir leid. Hast du Hunger?«

Franz sah seinen großen Augen an, dass es so war, aber der Junge antwortete: »Erst zeige ich Ihnen, wo sie wohnen.«

Er lief zielstrebig voraus, zum Markusplatz, über die Riva degli Schiavoni und dann hinein in das Gewirr der ärmlichen Gassen von Castello. Viele Häuser standen hier leer. Früher hatten die Familien der Werftarbeiter des nahen Arsenale darin gewohnt, aber dort gab es kaum noch Arbeit. Schließlich blieb der Junge an einer Ecke stehen und zeigte auf ein Haus, dessen Scheiben so blind waren, als ob es unbewohnt wäre. Allerdings stand die Tür offen und ein Kind saß davor.

»Dort«, sagte er. »Wollen Sie warten, bis Sie den Mann sehen?«

»Nein, ich vertraue dir. Lass uns gehen, bevor uns jemand sieht.«

In einem Laden kaufte Franz Brot und Käse, und sie setzten sich auf die Stufen eines ruhigen Seitenkanals. »Ich kenne ihre Namen«, sagte der Junge, während er ein Stück vom Brot abbrach und in den Mund steckte. »Fwie heifem Tuio und Bebamo.«

»Langsam!«, sagte Franz lächelnd. »Schluck erst einmal hinunter!«

Der Junge schluckte das Brot hinunter und wollte sogleich vom Käse abbeißen, aber er besann sich. »Sie heißen Tullio und Stefano. Stefano Scapa und Tullio Pignati. Sie haben keine Arbeit. Der mit dem runden Hut hat eine Frau und drei Kinder. Das vor dem Haus war eines von ihnen. Sie sind alle noch klein. Ich habe die Frau gesehen, ich glaube, sie war betrunken.« Er berichtete in einem einzigen Schwall wie ein kleiner Springbrunnen.

»Das alles hast du herausgefunden?«, fragte Franz erstaunt.

»Si.«

»Und niemand hat dich bemerkt?«

»Certamente no!«

»Sagst du mir auch deinen Namen?«

»Mattia.«

Franz kramte ein paar Münzen aus der Tasche und schüttete sie dem Jungen in die Hand.

»Du bist ein guter Junge, Mattia.«

»Grazie, Signor von Stargard.«

Franz lächelte. Es wunderte ihn nicht, dass der Junge seinen Namen kannte.

»Du kannst mich Robert nennen.«

»Grazie, Signor Roberto!«

»Hast du Eltern?«

»Si! Naturalmente! Jeder hat Eltern. Sonst kann Gott ja kein Leben schenken. Oder?«

»Natürlich ...« Franz lächelte.

Mattia wies nach oben. »Meine Eltern sind im Himmel. Darf ich jetzt essen?«

Franz lachte.

Gierig biss der Junge abwechselnd vom Käse und vom Brot ab, und er vergaß auch nicht, einigen Tauben, die angeflattert kamen, ein paar Krumen zuzuwerfen. Franz sah ihm zu.

Während er aß, fiel dem Jungen noch etwas ein: »Der mit dem Stock, Tullio, hat einen Hund geschlagen. Ein schlechter Mensch.« Und nach einem kurzen Zögern fügte er hinzu: »Ich bin kein schlechter Mensch ...« Er sah Franz ernst an. »Sie haben gesehen, dass ich die Zeichnung genommen habe. Die Kreuzabnahme. Sie dürfen nicht denken, dass ich ein schlechter Mensch bin.«

»Du magst die Kunst?«

»Ich kenne die Kunst nicht, Signor Robert. Ich bin nur ein Straßenjunge. Aber ich liebe die Bilder! Ich habe sogar schon ein richtiges Gemälde gesehen!«

»Tatsächlich?«

»Si. Und ich habe auch schon selber gezeichnet! Eines Tages werde ich die Accademia besuchen und ein berühmter Künstler werden.«

Franz lächelte wehmütig. Er musste an seine eigene Kindheit denken, als er davon geträumt hatte, ein Dichter zu werden. Er bewunderte die Zuversicht des Jungen, der noch nicht einmal die Schule besuchte. Aber wer weiß: Schlau und begriffsschnell, wie er war, traute er ihm alles zu.

»Du könntest die Zeichnung zurückgeben ...«

Er sah dem Jungen an, dass ihm der Gedanke nicht neu war. Aber Mattia seufzte.

»Was hältst du davon?«, fragte Franz. »Ich schenke dir Papier und einen Bleistift, und du machst eine Kopie der Zeichnung, bevor du sie zurückgibst.«

»Aber das kann ich nicht! So gut kann ich nicht zeichnen.«

»Dann übe! Zeichne sie zehn Mal ab. Zwanzig Mal. Bis du zufrieden bist. Und dann gibst du sie zurück.«

Mattia blickte Franz prüfend an, und als er sah, dass er es ernst meinte, lächelte er: »Wann bekomme ich das Papier und den Bleistift?«

Franz erwiderte: »Sobald du aufgegessen hast.«

»Bene«, sagte Mattia. Er beendete sein Mahl und stopfte den größeren Teil des Brotes und des Käses in sein Hemd.

»Für später?«, fragte Franz.

»Für die anderen«, erwiderte Mattia. »Wir teilen alles.«

»Mit den anderen Kindern?«

»Nicht mit allen! Es gibt schlechte Kinder. Sie sind frech. Und gefährlich! Ich teile nur mit meiner Familie.«

»Wie viele seid ihr?«

»Mal so, mal so.«

Nachdem er den Anteil der anderen verstaut hatte, stand Mattia auf. Er kannte ein kleines Geschäft, wo sie einen Bleistift und Papier kauften. Dann führte er Franz in eine bessere Gegend des Sestiere San Marco, bis sie in einer schmalen Gasse vor einem Palazzo standen. »Dort wohnt der andere«, sagte Mattia und wies auf eines der oberen Stockwerke. »Der mit dem feinen Anzug. Alessandro Parsini.«

Und nachdem Franz sich einige Einzelheiten der Gasse eingeprägt hatte, um das Haus wiederfinden zu können, kam ihm noch eine andere Idee. »Vielleicht kannst du mir noch einmal helfen«, sagte er zu seinem jungen Freund. »Ich suche einen Mann …«

»Einen schlechten Mann?«

»Einen guten Mann …«

15

Ein Geständnis

Vito Barene kannte die Kunst. Er hatte lange Jahre bei Parsini gearbeitet. Beinahe sein Leben lang. Als kleiner Junge aus dem städtischen Waisenhaus hatte er sich ein paar Münzen verdient, indem er nach dem Verpacken der Transportkisten das verstreute Stroh zusammengesammelt hatte. Der kleine Vito war pfiffig und verlässlich, und er war stets zur Stelle, wenn es etwas zu tun gab. Also hatte er gelegentlich Aufträge bekommen und war schließlich Gehilfe in der angesehenen Kunsthandlung Parsini geworden. Alles, was er über Kunst wusste, hatte er im Laufe der Jahre dem Kunsthändler, seinen Assistenten und seinen Kunden abgelauscht. Und wo könnte man mehr über Kunst lernen als dort, wo sie geschätzt, beurteilt und taxiert wird? Wo sie gekauft und verkauft wird. Vito konnte, ohne zu zögern, eine Zeichnung von Canaletto von der eines Schülers oder einer Kopie unterscheiden. Er wusste, wie man ein Bild lagert und wie man es transportiert. Er wusste, wie man Kunden gegeneinander ausspielt, und er wusste auch, wie man ein wertvolles Gemälde mit einem einfachen übermalt, um es zu schmuggeln – und wie man es anschließend wieder reinigt. Er kannte jeden, der in Venedig mit Kunst zu tun hatte. Er wusste, wo die Maler wohnen, welcher Nobile jemals ein Bild zum Kauf angeboten hatte und welche Bilder in den Palazzi der alten Familien hingen. Er wusste, wer ein Bild kaufen konnte und wer nur so tat als ob, und er wusste sogar, wer in diesen Tagen noch Geld besaß und wer gezwungen war, Kunstwerke abzustoßen, um durchzukommen.

Vito war alt geworden im Kunsthandel, und er war arm geblieben. Den Jungen hatte man ausgenutzt, den Jüngling nicht weiter beachtet und die Dienste des Alten selbstverständlich hingenommen. Doch als die Zeiten schwieriger wurden, Ausländer ins Geschäft drängten, die Engländer, die Franzosen, die Deutschen, mit neuen Märkten, neuen Kunden und neuen Methoden, ging es mit Parsini und Söhnen bergab. Vor allem, nachdem Parsinis begabter Sohn Daniele äußerst tragisch auf einer Reise nach Innsbruck in einem Gebirgsbach ertrunken war. Der verbliebene Sohn, auf den der alte Parsini nun alles setzen musste, zog Woche für Woche mehr Geld aus dem Kunsthandel ab und brachte als einziges Kapital Misstrauen und Gier ins Geschäft ein. Bald hatte der alte Parsini dem Untergang nichts mehr entgegenzusetzen. Als es in den Kontoren, den Verkaufsräumen und Lagern ruhiger wurde, mussten einige der Mitarbeiter nach Hause geschickt werden. Der alte Vito blieb noch eine Weile, denn er kostete fast nichts, und er gehörte so selbstverständlich dazu wie die Tische und Regale, sodass man vergaß, ihn fortzuschicken. Doch eines Morgens kamen zwei Engländer, die eine lange Unterredung mit dem alten Parsini führten, nach der er reglos vor sich hin starrend sitzen blieb, und bald darauf wurde alles versteigert. Fremde Experten und Arbeiter kamen, um sicherzustellen, dass alles mit rechten Dingen zuging, denn die Einnahmen dieser letzten Versteigerung würden kaum die Schulden decken, die der alte Giacomo aufgehäuft hatte. Eines Morgens verweigerte jemand, den Vito nie zuvor gesehen hatte, ihm den Zutritt zu den Räumen, in denen er den größten Teil seines Lebens zugebracht hatte, und da der alte Parsini sich am folgenden Abend ins Wasser stürzte, war es für Vito aus mit dem Kunstgeschäft.

Vitos Haus lag in einer abgelegenen Gegend von Cannaregio, wo undurchdringliches Schilf am Ufer stand. Über eine düstere hölzerne Stiege trug der alte Vito seine bescheidenen Einkäufe zwei Stockwerke hoch zu seinen beiden Räumen, die ihm einst Parsini zur Verfügung gestellt hatte. Aber auch das war längst vergessen. Und so lebte Vito hier unbehelligt weiter.

Geheiratet hatte Vito nie, denn welche Frau hätte einen Jungen aus dem Waisenhaus schon heiraten wollen? Und wann hätte Vito auch Gelegenheit haben sollen, ein Mädchen kennenzulernen, das zu ihm passte? Seine Welt war der Kunsthandel, und die einzigen Frauen, denen er dort begegnete, waren Nobildonne oder reiche, adelige Ausländerinnen. Und so festigte sich in seinem Kopf die Vorstellung, dass er niemand war, der heiratete. Der unsichtbare Vito, den niemals jemand nach seinem Wissen und seiner Meinung gefragt und der doch eine immer sicherere Kennerschaft gewonnen hatte.

Der alte Vito hatte in seinem langen Leben nichts fürs Alter beiseiteschaffen können, aber er war zufrieden. Wer bescheiden war – und keine Familie hatte –, konnte in Venedig leichter überleben als irgendwo sonst. Die Umgebung gab ihre Schätze leichter her als das Land, denn um sich aus dem Meer zu ernähren, musste man nichts besitzen und nichts pachten. Alles, was man brauchte, war ein Boot, um in die Lagune hinauszufahren und mit reich gedecktem Abendbrottisch wieder heimzukehren. Venedig machte die Reichen nicht mehr reich, aber die Ärmsten ernährte es immer noch. Schwieriger war es, an Feuerholz zu kommen, doch auch dafür fand sich meist eine Lösung. Entweder ein kleiner Tausch, wenn ihm ein reicherer Fang gelungen war, oder ein Freundschaftsdienst. Denn Vito hatte Freunde, die ihm halfen, weil er auch ihnen half, wann immer er konnte: eine Handvoll Gassenjungen. Allen voran der zehnjährige Mattia. Manches Mal hatte er ihn bei sich versteckt, wenn die Österreicher die Jungen bei einem Diebstahl erwischt hatten, und im Winter, wenn der eisige Wind durch die Kanäle zog und an den Zisternen das verschüttete Wasser gefror, hatte er die ganze Schar der Jungen manche Nacht bei sich schlafen lassen.

So lebte der alte Vito Barene zufrieden und schweigsam sein ereignisloses Leben. Bis zu dem Morgen, als es an seine Tür klopfte. Vito tauchte gerade eine Vogelfeder in Olivenöl, um einen mit Kräutern gefüllten Fisch damit einzustreichen und ihn über seiner kleinen Feuerstelle zu garen, als es klopfte.

Noch niemals hatte jemand an Vitos Tür geklopft, denn die Gassenjungen riefen von unten seinen Namen, und sonst gab es niemanden, der jemals zu ihm gekommen wäre. Deshalb wusste er zuerst nicht, wie er reagieren sollte. Er verhielt sich still und lauschte. Von der Feder fiel ein Tropfen Öl. Doch als es wieder klopfte, legte er die Feder auf seinen Teller, stand auf und öffnete. Draußen stand ein feiner Herr.

»Buona sera«, sagte der Fremde mit deutschem Klang. »Vito Barene?«

Für einen kurzen Moment musste er sich besinnen: Seinen Familiennamen hatte so lange niemand mehr genannt. Hatte ihn jemals jemand ausgesprochen? Im Waisenhaus hatte man den Namen in ein schwarzes Buch eingetragen, das Buch geschlossen und den Namen gleichsam darin begraben. Doch nun stand er im Raum wie ein Geist.

Vito Barene.

»Mein Name ist Robert von Stargard. Ich bin Kunsthändler. Ich brauche Ihre Dienste.«

*

Franz hatte den Gondoliere, einen sehr dunkelhäutigen Venezianer mit einem schwarzen Hut, gefragt, wohin die Fahrt gehe, doch der hatte keine Antwort gegeben, sondern war nur schweigend gerudert. Er hatte am Palazzo Peldrini angelegt und gesagt, Signora Giusina schicke ihn, er solle Signore di Stargard abholen. Danach hatte er kein Wort mehr gesprochen. Er ruderte sie durch enge und stille Kanäle, unter Brücken hindurch, gelegentlich an ein paar Stufen vorbei, auf denen zerlumpte Kinder hockten und ihnen Betteleien zuriefen. Das Einzige, was sie während der Fahrt von ihrem Gondoliere zu hören bekamen, waren seine warnenden Rufe, bevor er um eine Hausecke steuerte.

Gelegentlich kamen sie an einem Campo vorbei, auf dem reges Leben herrschte, dann wieder glitten sie lautlos in eine stille Häuserschlucht. Manche der Wasserwege lagen im Schatten, in andere fiel ein Strahl Sonne, und der Wechsel der Richtungen war so verwirrend, dass Franz überhaupt nicht mehr wusste, wohin sie fuhren.

Franz hatte Vito nur das Wichtigste erzählt. Dass er Kunsthändler und ihm ein Gemälde angeboten worden sei. Dass er wenig Erfahrung mit venezianischer Kunst habe und deshalb nicht sicher sei, ob man ihm ein gefälschtes oder ein gestohlenes Gemälde andrehen wollte. Deshalb brauche er einen Berater mit Erfahrung.

Der alte Mann hatte all das mit keinem Wort kommentiert, sondern nur verstehend genickt.

»Ich brauche jemanden, der ein gefälschtes oder gestohlenes Bild erkennt. Können Sie das?«

Und Vito hatte nur geantwortet: »Ja.«

Irgendwann sahen sie an einem der Häuser einen hageren Mann mit einem runden Hut auf den Eingangsstufen stehen, der ihnen mit seinen grünen Augen entgegenblickte. Auch er sprach kein Wort, als die Gondel neben ihm hielt und die Fahrgäste ausstiegen. Er wies schweigend auf die Tür, folgte ihnen und zeigte im Innern des Hauses auf eine schlichte Treppe. Franz und Vito stiegen bis ins oberste Stockwerk hinauf, wo auf dem Treppenabsatz die Signora auf sie wartete. »Wer ist das?«, fragte sie mit einem herausfordernden Heben des Kopfes in Vitos Richtung.

»Mein Diener«, antwortete Franz.

»Er kann hier draußen warten.«

»Er kommt mit hinein.«

»Nur einer.«

»Beide.«

Der Hagere mit dem verwegenen Hut, der hinter ihnen die Treppe heraufgekommen war, sah die Signora finster fragend an. Er schien die größte Lust zu haben, einen von ihnen – oder am liebsten alle beide – die Treppe wieder hinunterzuprügeln und in den schlammigen Kanal zu werfen. Doch die Signora erwiderte seinen Blick nicht.

»Also schön«, entschied sie und ging voraus in die Wohnung. Franz und Vito folgten ihr, während der Hagere nach dem Eintreten die Tür schloss und davor stehen blieb. Die Wohnung war geräumig und hell, der venezianische Terrazzoboden glänzte unter den hereinfallenden Sonnenstrahlen. Sämtliche Räume, an denen sie den langen Gang entlang vorbeigingen, waren vollkommen leer. Nur im letzten, in den sie die Signora führte, stand eine Staffelei. Und auf der Staffelei ein Gemälde. Es war eine Judith, die mit gelassenem Blick das abgeschlagene Haupt des Holofernes auf einem silbernen Tablett trug. Mit der vornehmen Blässe ihres Gesichtes kontrastierte das ledrige, fahle Gelb des Holofernes. Einige seiner Locken ringelten sich über ihren bloßen Arm.

Franz hatte gehofft, auf ein Bild zu stoßen, das er aus dem Skizzenbuch wiedererkannte. Aber dieses war nicht dabei.

»Tizian«, sagte die Signora.

Franz und Vito betrachteten das Bild genau von allen Seiten. Sie prüften nicht nur das Gemälde selber, sondern auch den Rahmen und einige Worte, die mit schwarzer Kreide auf die Rückseite geschmiert waren.

»Viertausend Scudi. Und niemand darf erfahren, woher Sie es haben.«

»Warum nicht?«, fragte Franz. »Ist es gestohlen?«

Vito kreuzte – nur für Franz sichtbar – Zeigefinger und Mittelfinger seiner rechten Hand. Ihr Zeichen für ein gefälschtes Gemälde. Und dann kreuzte er auch noch zwei Finger der linken Hand. Ihr Zeichen für ein gestohlenes Gemälde.

»Dreitausend«, sagte Franz kurz entschlossen.

»Viertausend.«

»Gut.«

»Also, ist es jetzt gefälscht, oder ist es gestohlen?«, fragte Franz, als sie in einer Gondel auf dem Weg nach Hause waren.

»Das Gemälde ist von den Franzosen beschlagnahmt worden«, antwortete Vito. »Es gehörte der Scuola Grande di San Giovanni Evangelista. Die Franzosen haben sie aufgelöst. Die Kunstwerke haben sie mitgenommen. Nach Paris geschafft.«

»Bist du sicher?«

»Ganz sicher. Ich kenne das Bild. Ich war mit dem alten Parsini mehrmals bei der Bruderschaft, um andere Gemälde zu kaufen. Ich habe es gesehen.«

»Die Franzosen haben es vor zehn Jahren mitgenommen – und jetzt taucht es hier wieder auf! Dann haben wir unsere Kunsträuber.«

»Ich fürchte, es ist nicht so einfach.«

»Warum?«

»Das Gemälde ist zugleich eine Fälschung.«

»Wie bitte?«

»Es ist nicht der echte Tizian.«

»Bist du sicher?«, fragte Franz wieder.

»Völlig sicher«, antwortete Vito geduldig. »Eine venezianische Arbeit. Eine gute Arbeit, aber nicht gut genug. Die Leinwand und der Spannrahmen sind alt. Aber das hat nichts zu sagen. Es ist hervorragend gemalt. Die Haare sind am schwierigsten zu fälschen. Diese sind genau im Stil Tizians gemalt. Der Pinselstrich sieht dem von Tizian zum Verwechseln ähnlich.«

»Woher weißt du dann, dass es gefälscht ist?«

»Die Qualität der Farbe. Das Öl sieht falsch aus. Der Glanz stimmt nicht.«

Sie fuhren an einer Mole entlang, auf der eine Frau mit einem weinenden Mädchen auf dem Arm stand. Drei Jungen fischten mit Stöcken nach einer Puppe, die auf dem Wasser trieb. Mit dem Gesicht nach unten und ausgebreiteten Ärmchen wie ein kleiner Leichnam. Franz wollte zugreifen, als sie nah an ihm vorbeischwamm, doch der Anblick griff ihm kalt ans Herz. Erst als die Gondel schon viel zu weit vorbeigetrieben war, beugte er sich beherzt über Bord, ergriff die nasse Puppe und warf sie den Jungen zu, die sie geschickt auffingen. Ihre Dankesrufe wurden überdeckt von den wüsten Beschimpfungen des Barcariol, den das Schaukeln der Gondel beinahe aus dem Gleichgewicht gebracht hätte.

»Geben Sie wirklich viertausend Scudi für die Kopie eines gestohlenen Bildes aus?«, fragte Vito.

Doch weder die Flüche des Gondoliere noch die Frage Vitos hörte Franz. Die Puppe im Wasser hatte ihm beklemmend ans Herz gegriffen. Einer Vision gleich spürte es er es am ganzen Körper: die Reglosigkeit im kalten Wasser, das unbeseelte Treiben in den Wellen, das Stillstehen der Zeit.

Vito bekam ein paar Aufgaben, aber Franz befürchtete, er würde schnell merken, dass er gar kein wirklicher Gehilfe bei einem wirklichen Kunsthändler war. Er beauftragte Vito, einen Casellero kommen zu lassen, einen Kistenmacher, der in Franz' Palazzo ein Dutzend tannene Kisten baute – bei offen stehender Tür mit großem Lärm und Handwerkergehabe, sodass jeder Vorbeifahrende vom Canal Grande aus sehen konnte, dass bei Robert von Stargard Waren umgesetzt werden. Die drei Gemälde wurden fachmännisch eingepasst, als ob sie irgendwohin geschickt werden sollten, doch die Kisten blieben leer.

Franz wusste nicht, ob Vito all das verdächtig vorkam, denn der sagte nichts. Wenn Franz ihn etwas fragte, dann antwortete er, und er schwieg, wenn Franz ihn nichts fragte. Doch der Alte war klug. Also machte er sich seine Gedanken.

So ging es ein paar Tage, bis Franz eines Morgens die Treppe herunterkam und Vito ihn ansah, als habe er etwas auf dem Herzen.

»Buon giorno, Vito, come stai?«

»Signore, zwei Männer haben mich ausgefragt.«

»Zwei Männer? Was für Männer?«

»Der eine war der, den wir bei der Signora gesehen haben.«

»Der mit dem runden Hut?«

»Si.«

»Was wollten sie wissen?«

»Sie wollten wissen, was ich hier im Haus sehe. Was Sie tun. Was wir tun.«

»Und, was hast du ihnen gesagt?«

»Nichts. Dass wir nichts tun. Wir tun ja nichts, oder?«

Franz nickte. »Ja, du hast recht.«

»Sie haben mir gedroht, ich dürfe Ihnen nicht davon erzählen.«

»Und du erzählst es mir doch?«

Vito zuckte mit den Schultern. »Ich entscheide selber, von wem ich Befehle annehme.«

Sie schnüffelten ihm also hinterher. Die Fassade des Kunsthändlers durfte keine Risse bekommen! In seiner Ahnungslosigkeit hatte Vito ihnen schon verraten, dass hier nichts geschah. Es half nichts, er musste Vito ins Vertrauen ziehen, damit der Alte ihn nicht aus Versehen verriet. Aber konnte er sein Schicksal wirklich in die Hände dieses Mannes legen? Konnte er ihm vertrauen? Wem gegenüber wäre er loyaler: den Landsleuten, die zwar stahlen, fälschten und hehlten, aber doch nur ihren Lebensunterhalt in diesen schweren Zeiten erstritten – oder dem Ausländer, der unter falschem Namen spitzelte? Und das noch dazu im Auftrag der römischen Kirche, die hier in Venedig ohnehin recht lieblos angesehen wurde. Aber es half nichts. Er musste das Risiko eingehen.

»Vito«, sagte er. »Ich muss dir ein Geheimnis anvertrauen.«

Vito sah ihn abwartend an. Über ihnen an der Decke tanzten die Lichtreflexe des sonnenbeschienenen Kanals, die durch die offen stehenden Flügeltüren hereinstrahlten.

»Robert von Stargard ist nicht mein wirklicher Name«, sagte Franz. »Ich heiße Franz Wercker. Ich besitze nichts, und ich habe keine Ahnung von Kunst. Ich war nie zuvor Kunsthändler.«

Vito betrachtete ihn weiter ohne jegliche erkennbare Regung. In knappen Worten erzählte Franz ihm, dass er in Rom zu Unrecht zum Tode verurteilt worden war und dass man ihm Begnadigung versprochen habe, wenn es ihm gelang, eine Bande von Kunsträubern ausfindig zu machen, die im großen Stil aus Paris zurückgeführte Kunstwerke aus der Beute Napoleons stahlen. Er zeigte Vito das Buch mit den Skizzen der Gemälde. »Sogar der *Laokoon* ist dabei!«

Vito blätterte das Buch in aller Ruhe durch. Als er es zuklappte und Franz zurückgab, stellte er nur eine Frage: »Wie soll ich Sie nun anreden? Signor Roberto oder Signor Francesco?«

16

Alte Freunde

Franz bereute nicht einen Moment lang, den alten Vito ins Vertrauen gezogen zu haben. Sie besuchten gemeinsam mehrere Nobili, die Franz eingeladen hatten, ihre Gemälde zu besichtigen. Anschließend befragte Franz Vito um seine Meinung zu den Bildern, und der berichtete ausführlich. Dieses Gemälde sei ein guter Kauf, jenes nicht, dieses mit Sicherheit kein del Piombo, obwohl es mit diesem Namen signiert war, jenes dagegen schon, aber trotzdem im Preis viel zu hoch. Franz fragte ihn, welchen Preis der alte Parsini für dieses oder jenes Gemälde bezahlt hätte, und der Alte gab ihm Auskunft, so gut er konnte.

Der Kardinal hatte Franz genug Geld zur Verfügung gestellt, um einige Gemälde zu kaufen, also kaufte er tatsächlich drei Bilder unterschiedlicher Preisklasse und wusste, dass es sich herumsprechen würde.

Eines Morgens kam Vito herauf in den Salon, als Franz frühstückte, und sagte: »Zwei Künstler aus Rom!« Franz hatte einen Stuhl vor das offene Fenster gerückt und die Kaffeetasse auf das Sims gestellt. Eben war der Falke gegenüber mit kunstvollem Schwung vor seinem Unterschlupf gelandet, hatte die Flügel auf dem Rücken gefaltet und würgte die Reste irgendeines kleinen Tieres herunter. Auch dort oben wurde also gefrühstückt.

»Künstler aus Rom?«, fragte Franz erstaunt.

»Ja, Signore. Deutsche.«

Die Brust wurde Franz eng vor Aufregung. »Wie sind ihre Namen?«

»Einer heißt Weit.«

»Philipp Veit.«

»Corretto!«

»Und der andere?«

»Ich weiß nicht. Habe ich nicht richtig verstanden. Mi dispiace.«

»Schon gut. Haben sie gesagt, was sie wollen?«

»No. Sie möchten zu Ihnen.«

Franz hatte öfter schon darüber nachgedacht. Irgendwann musste es passieren, dass ihm einer der alten Freunde aus Rom begegnete. Einer, der seinen wahren Namen kannte. Natürlich besuchte dann und wann einer die Serenissima. Aber die meisten Künstler kamen auf der Hinreise. Fuhren oder wanderten von der Heimat aus über Venetien nach Rom. Kannten Franz also nicht.

Aber Veit und der andere kamen direkt zu ihm. Wer mochte der andere sein? Cornelius? Schnorr? Riephagen? Heinrich Hübsch müsste noch in Griechenland sein ... Und warum kamen sie? Wahrscheinlich hatte Klein bei seiner Ankunft in Rom von dem deutschen Kunsthändler berichtet. Wie auch immer – sie durften ihn auf keinen Fall sehen.

»Ich kann sie nicht empfangen.«

»Sie sagen, sie sind den weiten Weg hierher gekommen, um Sie zu sehen.«

»Trotzdem.« Es brach Franz das Herz. Wie gerne würde er Philipp Veit die Hand schütteln. Ihn mit Fragen überschütten, wie es ihm ergangen sei, seit er aus Rom hatte verschwinden müssen. Wie der Skandal, den er damals verursacht hatte, im Kreis der Künstler aufgenommen worden war.

»Was soll ich ihnen sagen?«, fragte Vito. »Sie *wollen* sie nicht empfangen?«

»Nein! Nein, nein ... Ich will ja. Ich kann nur nicht ... Sag ihnen, du hast mich nicht mehr angetroffen. Ich bin abgereist. In aller Frühe schon abgereist. Für mehrere Tage. Du weißt nicht, wann ich zurückkomme ...«

Vito blickte ihn erstaunt an.

»Rede du mit ihnen. Behandle sie zuvorkommend. Führ sie in den Portego.«

»Jawohl, Signore.« Vito fragte nichts weiter.

»Und, Vito!«

Er drehte sich noch einmal zu Franz um.

»Wenn sie etwas verkaufen wollen ... Dann kauf ihnen etwas ab. Kauf jedem ein Gemälde ab. Und mach ihnen einen guten Preis.«

»Jawohl, Signore.«

Während Vito nach unten ging, um die beiden Gäste heraufzuholen, öffnete Franz eine Schranktür und trat in das leere Möbel. Dort drin gab es eine Klappe in der Wand, die ihm Signora Donati einmal gezeigt hatte. Wenn man die Schranktür hinter sich zuzog, konnte man aus dem Dunkel heraus durch ein engmaschiges Gitter vollkommen unsichtbar Besucher beobachten. In Zeiten von politischen Intrigen oder amourösen Abenteuern sicherlich eine nützliche Einrichtung. Und Franz wollte doch wenigstens einen Blick auf die alten Freunde werfen.

Da kamen sie schon herein. Vito, Philipp und – Johannes! Natürlich. Philipps älterer Bruder, der sich immer so schwertat mit seinen Bildern, weil er seinen eigenen hohen Ansprüchen nie genügte. Die Veit-Brüder – Söhne von Dorothea Schlegel und Stiefsöhne des großen Friedrich Schlegel, über die er vor Kurzem noch gesprochen hatte.

»Wir hatten gehofft, Herrn von Stargard persönlich zu sehen ...«

»Es tut mir sehr leid«, sagte Vito freundlich. »Signor di Stargard wird untröstlich sein, dass er Ihren Besuch verpasst hat. Vielleicht kann ich etwas für Sie tun?«

»Wir hatten gehofft, mit dem Kunsthändler über die Vermittlung von Gemälden an interessierte Käufer sprechen zu können«, sagte Johannes umständlich.

Und Philipp warf ein: »Vielleicht kennt er als Deutscher unsere Namen ...«

»Oh, man muss kein Deutscher sein, um Ihre Namen zu kennen!«

»Nein?«, riefen die beiden Brüder erstaunt aus.

»Nein. Der Ruf der Nazarener ist natürlich bis hierher gedrungen. Wer hat nicht von Ihren Fresken in der Villa Bartholdy gehört?«

Niemand, dachte Franz. Niemand kennt in Venedig die jungen Deutschen.

Doch als die beiden Brüder hörten, dass ihr Ruf bis an die Adria gedrungen war, wechselten sie einen sichtlich erfreuten und ebenso verlegenen Blick.

Wenig später hatten sie aus ihren mitgeführten Mappen Skizzen und Kartons hervorgezogen, die sie auf der langen Tafel in der Mitte des Prunksaales ausbreiteten. Während Vito daran vorbeiging und sich die Erläuterungen der Brüder zu den Werken anhörte, versuchte Franz verzweifelt, durch das Gitter wenigstens etwas von den Zeichnungen zu erkennen. Doch es war unmöglich. Zu fein waren die Bleistiftstriche, zu hell die Schattierungen und Hervorhebungen.

Vito nahm zwei der Blätter und legte sie auf die freie Fläche des Tisches.

»Die würden Sie in Kommission nehmen?«, fragte Philipp, wobei er seine Freude nur schlecht verbarg.

»Wir kaufen sie«, korrigierte Vito.

»Kaufen! Ja … natürlich …«

»Ich würde jedem von Ihnen zwanzig Scudi dafür geben.«

»Zwanzig Scudi! Jedem!«

»Also schön, vierundzwanzig«, handelte sich Vito selber hoch, obwohl auf den Gesichtern der Malerbrüder abzulesen war, dass sie mit zwanzig schon überglücklich gewesen wären.

Franz lächelte. Kirchengeld … Die Kurie wird den Verlust von acht zusätzlichen Scudi verschmerzen. Und Franz wusste nicht, wo sie sich gewinnbringender in Glückswährung umtauschen ließen.

Als Vito anmerkte, dass er die Vorzeichnungen gerne behalten würde, um sie zum Anbieten zu nutzen, bis die fertigen Gemälde eingetroffen wären, stimmten die Brüder lebhaft zu.

Schließlich half Vito den Veits, die anderen Zeichnungen zusammenzulegen, und ging mit ihnen nach unten, um ihnen im Kontor das ausgehandelte Geld und noch eine zusätzliche Summe für den Transport auszuhändigen. Als sie den Portego verließen, flüsterte Franz ein herzliches Lebewohl durch das Gitter. »Wir sehen uns wieder! Ganz gewiss!«

Als Vito in den Portego zurückkehrte, stand Franz schon über die erworbenen Blätter gebeugt. Johannes hatte zwei Kinder mit zwei geflügelten Putten dahinter gezeichnet, und die Skizze Philipps zeigte eine Madonna, die das Jesuskind an der Hand hielt, das seine ersten, unsicheren Schritte tat und laufen lernte.

»Ich hoffe, Sie sind mit meiner Auswahl zufrieden?«

»Vollkommen«, erwiderte Franz.

»Sobald die Herren nach Rom zurückgekehrt sind, werden sie die Gemälde schicken.«

»Gut.«

»Wenn ich mir das Urteil erlauben darf, Philipp scheint mir der Begabtere der Brüder zu sein.«

Franz nickte. »Ich weiß, was du meinst …« Die Werke von Johannes würden vielleicht nie zu den bedeutenden zählen. Um ehrlich zu sein, wirkten seine Gestalten oft ungelenk. Aber Franz hatte oft genug gesehen, mit welch heiligem Ernst und ehrlichem Bemühen er vor seinen so langsam entstehenden Bildern saß. Allein dieses Wissen machte die Bilder wertvoll. Und wenn auch nur für ihn selber. Er wollte es ohnehin nicht verkaufen. Und was er mit dem anderen anfangen wollte, dem Gemälde von Philipp, das wusste er bereits.

*

»Ich habe Ihr Buch gelesen«, sagte Rafaela. »Das Buch des Mörders aus Rom.«

»Und? Hat es Ihnen gefallen, Donna Rafaela?«

»Ich war überrascht.« Sie blickte ihn nicht an, während sie dies sagte, denn sie saß wieder einmal Modell für ihre Büste. Der Künstler war schon weit fortgeschritten. Franz staunte, wie gut das Werk gelang. Seiner Meinung nach gehörte es zum Schwierigsten, eine schöne Frau zu porträtieren. Um nicht gefällig zu werden, brauchte man Stilfestigkeit. Vor allem, dachte Franz, durfte man sich nicht zum Sklaven des schönen Vorbildes machen lassen, sondern musste die eigene Schönheit des Werkes finden. Und genau das schien dem Künstler, so dienstbar der Mann wirkte, zu gelingen.

Während er die wirkliche Rafaela im Profil sah, schaute ihn die künstliche mit dem aufmerksamen und etwas ironischen Blick Rafaelas an. »Dies ist nicht die Geschichte eines Skandalmörders. Dieses Buch hat ein sensibler Mensch geschrieben. Ein Freund des menschlichen Herzens. Ein guter Mensch.« Und dann sagte sie: »Jemand wie Sie.«

»Jemand wie ich!« Franz lachte, als ob es das Lächerlichste der Welt sei. »Sie scherzen! Ich schreibe keine drei Sätze, ohne einen Fehler zu machen! Ich bin ein Mann des Bildes und nicht des Wortes.«

»Ich sage nur, Sie sind ein Mensch, wie er mir zwischen den Zeilen des Buches entgegentritt. Der das geschrieben hat, ist allerdings ein intimer Kenner Roms. Und Sie sind ja nie dort gewesen ...«

Franz nickte bestätigend.

»Und er ist ein belesener Kenner der deutschen Literatur. Und deshalb sage ich, der Verfasser dieser Zeilen ist kein dumpfer Gewalttäter.«

»Leider macht die Literatur noch keinen guten Menschen ...«

»Roberto!« Jetzt drehte sie den Kopf und blickte ihn direkt an. »Sie wissen ja wirklich nichts von Literatur!«

Franz lächelte. »Sie glauben, eine Geschichte kann dieses Wunder vollbringen? Einen schlechten Menschen in einen guten zu verwandeln? Wenn es nur so einfach wäre!«

»Sind es nicht die Geschichtenerzähler, die unsere guten Seiten hervorbringen? Die unsere Schwächen und unsere Laster und unsere Sünden in etwas Gutes verwandeln?«

Franz wünschte, es wäre so. Er hatte in seinem Leben so viel gelesen. Er hatte einen eigenen Roman geschrieben. Aber war er deshalb ein besserer Mensch geworden? »Wer liest, lernt vor allem Lüge und Verstellung. Denn nichts von dem, was wir lesen, ist wahr.«

»Es ist alles andere als Lüge und Verstellung! Wir bekommen tiefen Einblick in die Seele. Die guten Seiten wie die schlechten!«

»Und doch macht es niemanden besser. Die Guten gefallen sich eitel darin, ihre guten Seiten beschrieben zu sehen. Und die schlechten sehen ihre Laster und Sünden in Schönheit verwandelt. In Kunst. In Tragödie und Poesie! Sie lernen als Einziges, wie würdevoll und schön ihre Laster sind. So sind die Leser, und die Schreiber sind noch viel schlimmer!«

Rafaela schaute ihn erstaunt an. »Literatur tut also nichts anderes, als Eitelkeit zu fördern und Böses zu adeln? Roberto, Sie sprechen wie ein alter Zyniker! Sollten Sie als junger Mann nicht idealistisch und hoffnungsvoll sein?«

Franz erwiderte nichts.

»Roberto, ich glaube Ihnen nicht, dass Sie so denken.«

»Da liegt doch der Beweis!«, sagte Franz und nahm das *Febbre Romana* vom Kaffeetisch. »Dieser Mensch hier fesselt uns mit schönen Worten, lullt uns ein mit Poesie – und ist ein Hochstapler und Mörder.«

»Wenn er es überhaupt getan hat. Es gibt einige, die behaupten, er sei unschuldig gewesen.«

Franz zuckte mit den Schultern. »Wer weiß. So oder so ist es das Werk eines Betrügers …«

»*Sie* sind der Betrüger!«, rief sie aus.

Franz erschrak. War er zu weit gegangen?

»Ich glaube Ihnen nicht länger, dass Sie kein Mann des Wortes sind. Ich habe lange niemanden getroffen, der mit so viel Herzblut über das Thema streitet.«

Franz lächelte. »Dann ist es nicht die Literatur, die meine guten Seiten hervorbringt. Sie sind es, Donna Rafaela.«

Sie lachte. »Stellen Sie sich nur vor, das Gleiche habe ich eben auch von Ihnen gedacht …«

»Eccelenza, darf ich Sie bitten stillzuhalten …«, wandte sich der arme Künstler an Rafaela. »Und bitte nicht lächeln.«

»Entschuldigen Sie.« Sie setzte sich wieder in Positur und entspannte ihr Gesicht. Es war erstaunlich, wie sehr sie sich im Griff hatte.

»Ich komme heute nicht nur als Zyniker, sondern bringe auch gute Neuigkeiten mit.«

»Was für Neuigkeiten?«

»Es ist mir gelungen, ein schönes deutsches Gemälde für Sie zu kaufen.«

»Wo ist es?«

»Warten Sie ab, Sie müssen noch etwas Geduld haben. Ich hoffe, es wird bald geliefert.«

Franz wollte ihr ein wenig über den Künstler erzählen, als draußen in der Treppenhalle Poltern und Schimpfen zu hören waren. Im nächsten Moment schon wurde die Tür aufgestoßen und ein junger Mann sah sich mit hitzigem Blick im Salon um. Er war schlank, hatte kräftige Schultern und trug über langen, schmalen Hosen einen ebenso schmal geschnittenen Rock, der ihm bis zu den Knien reichte. In der Hand hielt er einen hohen Hut. Seine Kleidung machte also alles in allem einen studentischen Eindruck. »Wo ist er?«, fragte er kämpferisch.

»Vittorio, wir haben Besuch«, erwiderte Rafaela ruhig.

Der Student musterte Franz ungnädig und ging nicht weiter auf ihn ein. »Ich muss ihn sprechen.«

»Er ist nicht zu Hause.«

»Wieder einmal verschwunden? Nächtelang?«

»Vittorio! Er kann kommen und gehen, wann er will. Es steht dir nicht an, deinen Vater zu kritisieren.«

»Ach nein? In Padua klatscht man schon über ihn. Es reicht!«

Franz war die Situation unangenehm. Er nutzte eine kurze Pause, um einzuwerfen: »Ich werde mich wohl besser entschuldigen …«

Doch Rafaelas Sohn blitzte ihn nur an. »Bemühen Sie sich nicht.« Als er ebenso ungestüm den Rückzug antrat, wie er hereingekommen war, rief Rafaela hinter ihm her: »Wirst du zum Essen bleiben?« Doch die Tür fiel ohne eine Antwort zu.

»Tja«, sagte Rafaela in die folgende Stille hinein. »Nun haben Sie also meinen Sohn kennengelernt.«

17

Die Ruderer

Clara stand an der Gartenpforte und wagte nicht, sie zu öffnen. Sie betrachtete das Gartenhaus. Die Spaliere waren auf dieser Seite so dicht bewachsen, dass man kaum die gelbe Farbe der Wände sah. Nur die Fenster blickten anheimelnd zwischen dem herbstlichen Laub hervor. Hinter dem Haus strahlte der ganze Hang in den prächtigsten Herbstfarben, und aus dem Schornstein stieg eine feine Rauchfahne in den grauen Himmel.

Wie sollte er sie verstehen? Er würde sie mitsamt ihrer Undankbarkeit zum Teufel jagen! Es gab kaum zwei Menschen, die sich unterschiedlicher denken ließen: Sie, die junge, naive, mittellose Malerin, Spielkameradin seines Sohnes; er, der berühmte Staatsmann, Wissenschaftler, Dramatiker, Dichter, Theaterintendant, ein Weltmann von reifen Jahren! Aber es gab etwas, das sie verband. Und dieses Etwas war so stark, dass es all die unüberbrückbaren Gegensätze doch überwinden könnte: ihre Liebe zu Rom. Sie musste ihm sagen, dass sie Sehnsucht nach Rom habe. Dass sie zurückmusste. Das würde er verstehen. Ihm war es doch jahrelang nicht anders ergangen. Ich muss ihn anlügen. Ich muss das, was ihm das Heiligste ist und was mir das Heiligste ist, was uns beiden gemeinsam ist, mit einer Lüge beschmutzen. Aber es ging nicht anders.

Wollen wir mutig sein? Ja, dachte Clara und versuchte ein Lächeln. Wir wollen mutig sein. Sie wollte gerade das Gartentor öffnen, als hinter ihr eine Stimme erklang: »Fräulein Seidler! Wie schön, dass Sie mich besuchen.«

Clara wandte sich um, und da stand er schon vor ihr. Er hatte den Kragen seines Mantels gegen den feuchten Herbstwind hochgeschlagen, und seine kleinen Augen blitzten freundlich.

»Herr von Goethe … ich … Sie …«

Er lächelte sie warmherzig an. »Entschuldigen Sie, Clara, dass ich Sie hinterrücks überfalle.«

»Nicht doch, ich überfalle ja Sie …«

»Und genau im richtigen Augenblick. Gerade dachte ich, ob es denn wohl niemanden auf dieser Welt gibt, der einem alten Mann eine Tasse Tee bereiten möchte, um sie mit ihm gemeinsam zu trinken.« Als er mit einer einladenden Geste auf sein Haus wies, sah Clara, dass er zwischen den Fingerspitzen behutsam ein flammend rotes Ahornblatt hielt, das er aufgelesen hatte.

Während Goethe in der kleinen Küche in seiner typischen aufrechten Haltung auf einem Stuhl saß, das rote Blatt vor sich auf dem Tisch, setzte Clara einen Wasserkessel auf den brennenden Herd. Er sah ihr zu, wie sie die Teedose öffnete, den aromatischen Duft einatmete und die getrockneten Blätter in die Kanne rieseln ließ.

»Wie geht es mit Ihrer neuen Arbeit in der Gemäldesammlung?«, fragte er sie.

»Gut!«, antwortete Clara und stellte zwei Tassen auf den Tisch. »Ich habe Ihnen noch gar nicht genug dafür gedankt, dass Sie für mich geworben haben. Dass Sie mir diese Verantwortung übertragen! Es ist mehr, als ich jemals erwarten durfte! Es bedeutet mir so viel …«

Und ich will weg!

»Oh, sehen Sie es einfach als kleine Abtragung einer alten Schuld.«

»Schuld?«, fragte Clara.

»Ja. Als Sie ein kleines Mädchen waren, habe ich einmal einen Stein nach Ihrem Dackel geworfen. Weil er in einem fort gekläfft hat und ich nicht arbeiten konnte. Wissen Sie noch?«

»Nein!«, rief Clara lachend.

»Ich schon. Und es drückt mir bis heute aufs Gewissen.«

Clara wandte sich ab, während sie kochendes Wasser in die Teekanne goss. Als sie die Kanne auf den Tisch stellte und sich ihm gegenübersetzte, entging es ihm nicht, dass sie ihn nicht anschaute, sondern die Augen senkte. Sie schaute noch nicht einmal das schöne Blatt an, sondern nur die hölzerne Tischplatte. Sie wich seinem Blick aus.

Das Feuer im Herd knisterte.

Sie schenkte ihm Tee ein.

»Sagen Sie mir die Wahrheit, Clara.«

Und dann brach es aus ihr heraus: »Sie irren sich in mir, Herr von Goethe! Ich bin fürchterlich ungeeignet! Sie haben sich in mir getäuscht, das ist die Wahrheit! Ich komme mir so fehl am Platz vor! Da im Dunkeln zu sitzen, eingeschlossen mit all diesen ehrwürdigen Werken … die da in ihre Zellen gesperrt sind wie Verbrecher … in diesen Kunstkerker …«

Goethe lächelte.

»Ich bin der undankbarste Mensch unter der Sonne! Es tut mir so leid! Sie haben einer Unfähigen und Undankbaren Ihr Vertrauen geschenkt!«

Da sie vergessen hatte, sich selber Tee einzuschenken, nahm er ihr behutsam die Kanne aus der Hand und füllte ihre Tasse. »Ich glaube, ich weiß, woran Sie leiden«, sagte er und stellte die Kanne wieder ab. »Sie leiden am Römischen Fieber.«

Clara sah ihn schweigend an.

»Es zerreißt Sie innerlich. Ihr Körper ist nach Weimar heimgekehrt, aber Ihre Seele ist noch dort.« Er stand auf und hielt ihr die Tür auf. »Kommen Sie mit.«

Clara folgte ihm nach nebenan in sein kleines Esszimmer, in dem außer einer Anrichte mit einer Büste darauf und einem Tisch mit Papieren und Büchern nichts stand. Dafür hing etwas an den Wänden: zwei gerahmte Ansichten Roms. An der einen Wand, nahezu auf ganzer Breite, ein Panorama der antiken Stadt und gegenüber, ebenso raumfüllend, ein Überblick über das heutige Rom mit den antiken Ruinen, dem Vatikan, den Bauten der Renaissance, den Kirchen und dahinter der freien Campagna mit den fernen Bergen.

»Ich leide an derselben Krankheit. Und ich habe schlechte Nachrichten für Sie: Es wird mit den Jahren nicht besser.«

Clara stellte sich nah vor das heutige Rom und strich behutsam mit den Fingerspitzen über das Glas.

»Es ist meine Schuld«, sagte Goethe. »Ich hätte Ihr Stipendium für Rom niemals unterstützen dürfen.«

Erschrocken wandte sie sich zu ihm um. »Aber es war die glücklichste Zeit meines Lebens!«

»Ich weiß.« Er nickte. »Ich weiß ...« Sein Blick verlor sich eine Weile in Rom. »Ich habe hier gewohnt«, sagte er und zeigte auf eine Stelle, wo eine gerade Straße durch das Häusermeer schnitt.

»Und ich hier«, sagte Clara und legte ihren Finger neben die Porta Pinciana. *»Es wandelt niemand ungestraft unter Palmen ...«*, sagte sie.

»Ein wahrer Satz!« Er lächelte. »Woher haben Sie den?«

Sie antwortete: »Von einem Wahlverwandten ...«

Es fühlte sich nicht so verlogen an, wie sie befürchtet hatte. Denn alles, worüber sie sprachen, war ja wirklich so. Ihre Sehnsucht nach Rom, nach der Sonne und dem Licht. Nach der Wärme und der Morbidezza. Nach der Campagna und dem Kolosseum, dem Duft der Pinien und Akazien, dem Leben in Armut und – Freiheit.

*

Es war still im Atelier. Durch die kleinen Fenster am Boden drangen die Geräusche der geschäftigen Kanäle und Kais. Zu sehen war nicht viel: nur ein schmaler Innenhof, in dem immer Wäsche hing. Manchmal erschien an einem der Fenster ein Kind, das sich hinunterbeugte und etwas in den Hof rief, von wo eine Antwort oder Gelächter zurückschallten. Durch die großen Kassettenfenster im Dach sah Irma blauen Himmel und weiße Wolken. Jetzt im November immer häufiger Dunst, Düsternis und manchmal Regen.

Auf den beiden großen Staffeleien standen zwei neue Leinwände. Ein Gemälde mit einem Knaben, der vor einer wild gemalten Landschaft den Arm auf den Rücken eines großen Hundes legte, während eine Hündin zu seinen Füßen zwei Welpen säugte. Wieder ein Tizian. Die andere Leinwand war noch weiß.

Irma saß reglos davor und hatte Angst. Alessandro hatte ihr gesagt, die *Judith mit dem Haupt des Holofernes* sei verkauft. Ein Wunder, dass man ihr überhaupt etwas sagte, aber Alessandro war so stolz darauf, dass er diesen Verkauf angebahnt hatte. Selbstverständlich hatte er ihr nicht verraten, an wen. Aber immerhin hatte er gesagt: ein naiver deutscher Kunsthändler.

Ein naiver deutscher Kunsthändler!

Sie wusste wohl, wen er meinte. Natürlich hatte sie gemerkt, dass er nicht so viel von Kunst verstand, wie man es von einem Kunsthändler erwarten könnte. Aber sie mochte ihn so gerne. Er war ein guter Mensch. Er behandelte sie voller Respekt und war immer aufrichtig zu ihr.

Und naiv? Nein, naiv war er gewiss nicht. Was er über die Deutschrömer erzählt hatte, zeugte von einer tiefen Einsicht. Er kannte sogar Künstler wie Clara Seidler. Naiv war er gewiss nicht. Aber wenn er es wirklich war, der sich den falschen Tizian hatte andrehen lassen, dann war es dumm von ihm gewesen, ausgerechnet hierherzukommen. In dieses Schlangennest der Kunst. Wo es nur ums Kaufen und Verkaufen ging. Wo nur diejenigen nicht betrogen, die betrogen wurden! Und selbst diese betrogen wahrscheinlich wieder den Nächsten. Hierher kam niemand, der Kunst liebte. Man kam, weil man Geld liebte. Natürlich waren die jungen Künstler fasziniert von den byzantinischen Palazzi, von den Wasserspiegelungen, den Brücken und dem pittoresken Verfall. Aber liebten sie ihre Gemälde? Nein. Jeder malte Venedig, weil sich Venedigmotive gut verkauften. Die Rialtobrücke und der Markusplatz – in wie vielen Stuben hingen sie schon? Und in wie vielen Stuben hingen sie noch nicht! Es musste nur schnell gemalt sein, damit es nicht zu teuer wurde. Dann war es verkauft, bevor die Farbe getrocknet war.

Wie hatte sie da nur hineingeraten können? Auch vorher hatte sie schon kopiert. Wie jeder andere war sie in die Galerien gegangen, hatte sogar eine offizielle Kopie verkaufen können und gedacht, sie könnte vielleicht davon leben, aber es war dann doch schwer. Es gab wenig Geld dafür. Viel zu wenig für all die Wochen der Mühe. Und das Material musste man auch selber bezahlen, ohne zu wissen, ob es sich je lohnte, denn wenn dem Auftraggeber das Bild am Ende nicht gefiel, dann nahm er es nicht ab und bezahlte nichts. Da hatte ein Mann an ihre Tür geklopft und gesagt, sie solle für ihn eine Kopie malen. Im Geheimen. Er brachte Farben und Leinwand – und er gab ihr sofort Geld. Also malte sie sein Bild. Und sie schwieg. Natürlich hatte sie gewusst, dass es nicht richtig war. Dass sie an einem Betrug mitwirkte. Aber was hätte sie denn tun sollen? Der Mann war zufrieden gewesen mit ihrer Arbeit und gab ihr bald darauf einen zweiten Auftrag. Sie führte auch diesen aus, aber dann drückte sie das Gewissen doch zu sehr. War sie deshalb etwa Künstlerin geworden? Auf der Suche nach dem Wahren und Schönen als Betrügerin zu enden? Nein, sie würde es ehrlich schaffen. Doch als sie ihm das sagte, wurde er wütend. Sie kamen zu dritt und zerschlugen ihr Atelier. Sie zerschlitzten alle Bilder und zerrissen alle Zeichnungen. Und sie drohten ihr: Sie wisse zu viel. Sie dürfe nicht aufhören. Wenn sie nicht weiter für sie malte, dann würde mit ihr das Gleiche passieren wie mit ihren Gemälden. Und wenn sie davonliefe, würden sie sie finden. Sie weinte drei Tage lang. Sie ließen sie drei Tage lang in Ruhe, und dann brachten sie ihr ein Gemälde, das sie kopieren sollte. Sie gaben ihr sogar mehr Geld, damit sie sich etwas Schönes zum Anziehen kaufen oder ins Ristorante gehen konnte. Denn sie seien keine Unmenschen, und sie solle ihr Leben genießen, und sie würde sehen, dass sie es besser haben würde als all die anderen armen Schlucker, die sich mit Kopien für die Duodezfürsten quälten und am Ende nicht einmal ihr Geld bekamen.

Also vergaß sie die Lüge, so gut es ging, und lebte, so gut es ging. Und ging es ihr nicht wirklich gut hier in Venedig? Sie hatte ein ruhiges Leben geführt, bis sie Robert von Stargard traf. Diesen aufrichtigen Menschen, den sie so gerne mochte. Sie hatte die Liebe nie kennengelernt. Aber das, was sie jetzt in ihrer Brust spürte – dieser eigentümlich schöne Schmerz –, sie hatte den Verdacht, das könnte die Liebe sein.

Und jetzt hatte er das Gemälde gekauft, das sie gemalt hatte, und sich betrügen lassen?

Von ihr?

Sie musste es wissen.

*

Alessandro ging mit ihm, vorbei an den zwölf Aposteln der Gesuiti, an die Fondamente Nove, die im Norden an die offene Lagune grenzten. Schon von Weitem hörten sie den Jubel einer Menschenmenge, die aufgeregt aufs Wasser blickte.

»Was ist da los?«, fragte Franz.

»Warte ab, mein Freund«, erwiderte Alessandro.

Seit sie sich unvermittelt im *Caffè Florian* begegnet waren, hatte Franz den Kunsthändler nicht mehr gesehen. Franz hatte ihm eine Nachricht schicken wollen, um ihre Beziehung zu vertiefen, aber er hatte dann doch beschlossen zu warten. Er wollte, dass es Alessandro war, der auf ihn zukam. Er hatte ungeduldig gewartet, und heute Vormittag war es dann endlich so weit: Alessandro war zu ihm gekommen. »Lass uns ausgehen, Roberto! Du kennst Venedig nicht, wenn du nicht mit mir ausgegangen bist! Ich habe Freunde. Junge Leute wie wir. Die werden dir gefallen. Du bist einer von uns!« Er verkündete dies in bester Laune und so herzlich, als seien sie schon seit Langem beste Freunde.

»Einer von euch? Ich kenne deine Freunde ja gar nicht.«

»Wenn ich es sage! Du musst sie kennenlernen, aber du bist jetzt schon einer von uns. Komm!«

Während Franz sich zum Ausgehen kleidete, wartete Alessandro im Musikzimmer. Franz hatte kein gutes Gefühl, ihn alleine zu lassen, aber er ließ ihm eine Flasche Wein bringen, der so gut war, dass er ihm nicht würde widerstehen können.

Franz hatte viel über Alessandro nachgedacht, seit er ihn mit dem Mann mit dem runden Hut gesehen hatte. Es war natürlich kein Zufall, dass diese beiden miteinander umgingen und der Mann mit dem runden Hut ebenso bei Signora Giusina auftauchte. Es gab eine Verbindung zwischen Alessandro und den gestohlenen Gemälden – und also eine Verbindung zwischen Alessandro und den Kunstdieben. Kam Alessandro nun zu ihm, weil sie ihm vertrauten? Oder weil sie ihm misstrauten? Führte ihn Alessandro ans Ziel – oder führte ihn Alessandro ins Verderben?

Als sie ans Ufer kamen, sah Franz ein langes, schlankes Boot, das von sechs jungen Männern gerudert wurde – und mit atemberaubender Fahrt auf die steinerne Mauer der Fondamenta zuraste. Die Ruderer waren alle in die gleichen grün und gelb gemusterten Hemden gekleidet. Auch innerlich schienen sie perfekt aufeinander eingestimmt: Sie ruderten in vollkommenem Einklang, kraftvoll, rhythmisch und zu allem entschlossen. Nach venezianischer Art standen sie in ihrem Boot wie die Gondolieri mit den Gesichtern in Fahrtrichtung. Sie sahen also, dass sie mit höchster Geschwindigkeit einer Katastrophe entgegensteuerten. Doch das schien ihre Entschlossenheit nicht im Mindesten zu schmälern. Mit jedem Ruderschlag steigerten sie ihre Geschwindigkeit.

Im Heck des Bootes stand der Steuermann. Genau wie die anderen durchpflügte er das Wasser mit einem Ruder, doch schien er von allen der Kräftigste, der Geschickteste und der

Entschlossenste zu sein. Seine langen Haare wehten im Wind. Sein Blick war eisern auf das steinerne Hindernis gerichtet, das mit jedem Schlag der Ruder näher kam.

»Was tun sie?«, rief Franz. »Haben sie den Verstand verloren?«

»Warte ab, mein Freund!«, antwortete Alessandro.

Franz hielt den Atem an. Innerlich hörte er schon das Splittern des Holzes, wenn das leichte Boot an der Mole zerbarst. Auch die Menschenmenge um ihn herum bestand nur noch aus offenen Augen und offenen Mündern. Es herrschte gebanntes Schweigen. Die Augen des Steuermannes aber glitzerten vor Erregung. Als kaum noch eine Länge Wasser zwischen dem Boot und seiner Katastrophe war, gab er einen klaren Schrei von sich. Im selben Moment stießen alle Ruderer ihre Ruderblätter ins Wasser und zogen mit aller Kraft entgegen der Fahrtrichtung durch. Das Boot kam nur wenige Handbreit vor der Mole zum Stehen.

Ausgelassen brüllte die Menschenmenge die aufgestaute Spannung heraus. Der Steuermann aber und seine Kumpane, denen dieses Bravourstück gelungen war, warfen sich lässige Blicke zu, als sei es für sie die selbstverständlichste Sache der Welt. So kaltblütig und geschickt wie sie würde die Übung keine zweite Bootsmannschaft durchführen. Sie wendeten das Boot, ruderten in aller Ruhe hinaus in Richtung der Inseln San Michele und San Cristoforo und wendeten wieder. Einen Moment lang verharrten sie mit erhobenen Rudern. Der Steuermann gab schließlich einen Befehl – und wie die Berserker begannen sie von Neuem, sich durchs Wasser zu wühlen.

Nachdem sie ihr Kunststück noch mehrere Male wiederholt hatten – immer von Neuem ein Höchstmaß an Angst in ihren Zuschauern auslösend –, legten sie ihr Boot längsseits der Fondamenta. Alessandro beugte sich zu dem Steuermann hinab, und sie schlugen ihre Hände freundschaftlich ineinander.

»Jacopo, ich möchte dir meinen Freund Roberto vorstellen.

Er ist Deutscher und will Venedig kennenlernen. Roberto, das ist mein Freund Jacopo. Der beste Ruderer von Venedig! Und damit der beste der ganzen Welt! Er gewinnt mit seinem Boot jede Regatta!«

»Salve, Roberto«, sagte Jacopo zu Franz und gab auch ihm die Hand.

»Eine Lüge«, sagte jemand hinter ihnen. Franz wandte sich um, und ein anderer junger Venezianer kam auf sie zu. »Habt ihr nicht gesehen, wie früh die Feiglinge gegengerudert haben? Keine Nerven! Kein Mut! Kein Augenmaß! Rudern wie Waschweiber!«

»Ho, Giulio!«, rief der schöne Ruderer. »Ihr habt ja nicht einmal ein ordentliches Boot! *Ihr* seid die Weiber – mit eurem Waschzuber!«

»Ich habe schon Regatten gewonnen, da konntest du noch nicht einmal schwimmen!«

»Natürlich kannst du besser schwimmen. Du kenterst ja dauernd!«

So ging es noch eine Weile weiter, bis auch sie sich freundschaftlich in die Hände schlugen.

»Heute Abend bei Jacopo?«, fragte Alessandro, doch es klang weniger wie eine Frage als eher auffordernd und bestimmend.

»Heute Abend«, rief Giulio.

»Heute Abend«, antwortete auch der schöne Ruderer und fuhr sich mit der Hand durchs lange Haar.

Franz und Alessandro vertrieben sich die Zeit mit Kaffee und Wein, wobei Alessandro nicht müde wurde, Loblieder über die Frauen im Allgemeinen und die Venezianerinnen im Besonderen anzustimmen. Wenn man ihm zuhörte, schien er ein wahrer Virtuose des weiblichen Geschlechtes zu sein. Immer wieder wusste er von zufällig vorübergehenden Damen jeden Alters die Umstände ihrer Liebschaften zu berichten.

Und abends dann wurde aus dem einen Virtuosen der Weiblichkeit ein Dutzend. Man traf sich im Palazzo von Jacopo, dem heldenhaften Ruderer, zum Abendessen. Doch schien das Essen nur ein Vorwand zu sein, um möglichst viel Wein und Champagner zu trinken. Es mutete Franz seltsam an, in dem riesigen Portego zu sitzen, der noch um einiges reicher und größer war als der in seinem eigenen Palazzo. Ein viel zu großer Rahmen für ihre kleine Gesellschaft. Denn an dem riesigen Tisch, der ins Unermessliche reichte, saßen sie nur zu acht: außer Franz und Alessandro sowie Jacopo und Giulio noch vier andere Ruderer.

Und dann kam jemand, dessen Erscheinen Franz zutiefst überraschte. Nachdem die Diener schon einige Leckereien gebracht hatten, die sie zwanglos und teilweise mit den Fingern aßen, ging die Tür auf, und – Orfeo d'Albari kam herein. Unter dem allgemeinen Jubel der jungen Männer wurde der beste Platz für ihn frei gemacht, ein frischer Teller hingestellt, einige der Ruderer wurden von ihm mit Wangenküssen begrüßt, und als die Reihe an Franz kam, erhielt er unter dem Gelächter der anderen einen ironischen Handkuss. Schließlich knöpfte Orfeo seinen Rock auf – wie immer ein farbenprächtiges Exemplar – und ließ sich auf seinen Ehrenplatz fallen. Man reichte ihm einen Becher Wein, und sie ließen Venedig hochleben.

Bis Orfeo kam, war Alessandro der Älteste und der Wortführer gewesen. Deshalb – und auch kraft seines einnehmenden Wesens – hatte er den Ton angegeben. Er war es gewesen, der die Sitzordnung dirigiert hatte, er hatte Jacopos Diener nach neuen Flaschen geschickt, und er hatte das Thema der Unterhaltung vorgegeben – die sich deshalb hauptsächlich um Frauen, Damen, Mädchen und Weiber drehte.

Doch nun beobachtete Franz, dass Alessandro sich unter die Jüngeren einreihte und die Führerschaft dem grauhaarigen Orfeo überließ. Obwohl alle weiterhin fröhlich plauderten und tranken, hatte Franz den Eindruck, dass ein Sprung durch den Kreis ging, der den Wohlklang verdarb. Die Späße der Jungen wirkten mit einem Mal kindisch und aufgesetzt, und der Alte erweckte den Eindruck eines Schauspielers, der sich nach der

Vorstellung die Schminke abgewischt, aber noch nicht die laute Stimme und die große Geste der Bühne abgelegt hat. Er ließ sich die Anekdoten wiederholen, die eben noch Gelächter hervorgebracht hatten, doch wirkten sie nun, beim zweiten Mal, so hohl und nichtig, wie sie ja auch tatsächlich waren. Es war schließlich Alessandro, der die Runde wieder in Schwung brachte, indem er dazu aufforderte, dass alle reihum ihre eigenen erotischen Abenteuer zum Besten gaben. Mit viel komödiantischem Talent wurden verschämte Blicke und kokette Fächer sowie männliche Griffe und fordernde Küsse dargestellt. Unter großem Gelächter sprang sogar einer der Ruderer auf und ließ seine Hüfte kreisen. Schließlich forderte man auch von Franz, ein Abenteuer aufzutischen. Franz, dem es eigentlich überhaupt nicht recht war, seine Erlebnisse dem johlenden Gelächter Betrunkener preiszugeben, sah sich aber dennoch genötigt mitzumachen. Also erzählte er, ohne Namen und Ort zu nennen, ein Abenteuer mit einer reiferen Künstlerin, die ihn in die Liebe eingeführt habe. Doch so natürlich bei den anderen die sinnlichen Andeutungen, die albernen Formulierungen und das hintergründige Lächeln gewirkt hatten, Franz kam sich verräterisch vor. Zumal er den Verdacht nicht loswurde, Alessandro habe das Thema nur deshalb angeschnitten, um Details über seine Vergangenheit aus ihm herauszukitzeln.

Alessandro, der Betrüger.

Vielleicht war es unsinnig, aber Franz bildete sich ein, dass vor allem Orfeo, der zuvor eine distanzierte Überlegenheit zur Schau gestellt hatte, bei seiner Erzählung besonders intensiv lauschte. Deshalb beließ er es bei einigen Andeutungen und nahm lieber den Spott der jungen Venezianer in Kauf, dass er als Deutscher in Liebesfragen natürlich hinter den Italienern zurückstehen müsse, ebenso wie in der Musik, der Literatur, der Architektur, der Malerei – und überhaupt aller Kultur.

Von Orfeo verlangte im Übrigen niemand eine Erzählung. Im Laufe des weiteren Abends bemerkte Franz Blicke zwischen Alessandro und Orfeo und später geflüsterte Worte zwischen

Alessandro und einem der Ruderer. Und nachdem Orfeo sich schließlich unter großem Bedauern zurückgezogen hatte, weil er müde sei, verschwand auch dieser Ruderer nicht lange danach.

18

Ein neues Leben

»Er ist ein Mörder. Sie brauchen kein schlechtes Gewissen zu haben.«

»Ich habe kein schlechtes Gewissen.«

Vor dem Fenster trieb der Regen braune Blätter vor sich her. Aus dem Herrgottswinkel blickte der Gekreuzigte auf sie herab. Der Wirt hatte ihnen eine Stube zugewiesen, in der nur ein einziger Tisch stand, damit sie ungestört waren. Auf der abgenutzten Tischplatte lagen der Brief, den Franz geschrieben hatte, und daneben zwei Goldmünzen. Die dritte Münze hielt Kommerzienrat Lohwaldt zwischen Daumen und Zeigefinger und betrachtete sie genau. Der Kommerzienrat war in den letzten Wochen stark gealtert. Vielleicht lag es daran, dass er Gewicht verloren hatte. Seine wohlgenährte, in sich ruhende Natur, die seinen Geschäftspartnern ein solides Vertrauen eingeflößt hatte, war einem nervösen, flatterhaften Wesen gewichen, das schmale Gesicht von Falten gezeichnet. Flüchtige Bekannte erkannten ihn auf den Straßen Nürnbergs nicht, und alte Weggefährten sorgten sich um die Veränderungen, die nicht nur sein Äußeres ergriffen hatten, sondern auch seine Seele. Die gesunde Zuversicht und das Vertrauen in die Ordnung der Welt waren zerstört. Er hatte kurz hintereinander seine beiden Kinder verloren. Erst hatte ihm der ruchlose Vatermörder auf seiner sinnlosen Flucht den Sohn ersäuft. Seinen einzigen Jungen, der so begabt gewesen war, dass der bayerische König persönlich seine Leistung belohnt hatte, und aus dem ein ebenso tüchtiger Geschäftsmann geworden wäre wie der Vater. Und dann war auch noch die Tochter in Rom in die Fänge dieser Bestie geraten, monatelang qualvoll in seiner Gewalt, bis er ihren stumpfsinnigen Kutscher dazu gebracht hatte, sie in die Tiefen Roms zu verschleppen. In seinen schlaflosen Nächten durchlebte Kommerzienrat Lohwaldt wieder und wieder ihre Todeskämpfe dort unten in den schwarzen Gräbern.

Die Goldmünze gab trotz genauester Betrachtung kein weiteres Geheimnis preis, wie schon ihre zwei Schwestern zuvor. Kommerzienrat Lohwaldt legte sie auf den Tisch zurück. »Zumindest wissen wir jetzt, dass er sich immer noch in Rom versteckt hält.«

Er nahm den Brief auf und las ihn zum wiederholten Male. Doch fand sich kein weiterer Hinweis, wo der Mörder zu finden sein würde. Sicher war nur, der Brief war in Rom abgeschickt worden.

Lohwaldt betrachtete die Mutter des Mörders, die ihm reglos gegenübersaß und kaum ein Wort gesprochen hatte. Man sah ihr an, dass sie einmal eine schöne Frau gewesen war. Aber vielleicht lag das nur an ihrem stolzen Blick, der trotz ihres niedrigen Standes und ihrer ärmlichen Herkunft herrisch war. Man sagt, die Mutter des Mörders schlafe schlechter als die Mutter des Opfers, aber in diesem Fall bezweifelte er das. Diese Frau hatte offenbar die Verbindung zu ihrem Sohn mit einem scharfen Schnitt durchtrennt wie einst die Nabelschnur.

Das hatte er schon bei seinem ersten Besuch gemerkt, als er nach Grünenfurt gekommen war, wo sie im Landschloss des Freiherrn Georg von Unold als Näherin arbeitete. Er hatte geglaubt, es würde schwierig werden, die Mutter des Mörders zu bewegen, dass sie ihn benachrichtigte, falls ihr verschwundener Sohn sich bei ihr meldete, damit er der Gerechtigkeit zugeführt werden könnte. Immerhin war sie trotz allem seine Mutter. Aber sie hatte sich seine Ausführungen mit reglosem Gesicht angehört und ihm mit wenigen Worten zugesagt, ihm Meldung zu machen. Und zwar noch bevor er ihr eine Belohnung versprochen hatte, was er nur zur Sicherheit noch tat.

Er zog einen Geldbeutel aus der Tasche und legte ihn auf den Tisch. »Ich danke Ihnen, dass Sie mich benachrichtigt haben. Ich hatte Ihnen eine Belohnung versprochen.«

»Ich habe es nicht der Belohnung wegen getan.«

»Ich weiß. Aber Sie haben Ihr Wort gehalten, und ich halte meines auch.«

Sie nahm das Geld nicht und schaute es nicht einmal an.

»Den Brief darf ich mitnehmen?«

»Ich will nichts von ihm in meiner Nähe haben. Nehmen Sie ihn mit.«

Lohwaldt faltete den Brief zusammen und steckte ihn ein. Er würde ihn den Agenten zeigen, die er dafür bezahlte, den Mörder seiner Kinder zu finden. Vielleicht würden sie darin noch etwas Hilfreiches entdecken. Kommerzienrat Lohwaldt stand auf und schob seinen Stuhl sorgfältig an den Tisch.

»Ich werde Sie benachrichtigen, falls wir ihn finden.«

Katharina Wercker saß reglos. Als irgendwann der Wirt eintrat und fragte, wann sie das Essen bestellen wolle, fiel sein begieriger Blick auf das Geld.

Katharina Wercker steckte es ein, um es sorgfältig aufzubewahren. Wenn er gefasst wäre und im Kerker auf seine Hinrichtung wartete, würde sie seine Henkersmahlzeit davon bezahlen. Den Rest mochten seine Wächter stehlen und verhuren.

*

Franz war bewusst, dass die Offenheit, mit der Donna Rafaela zu ihm sprach, nicht selbstverständlich war. Zwar wäre er nie so vermessen gewesen, sich als Freund der Nobildonna zu bezeichnen, doch dann wurde die Beziehung zu der schönen Venezianerin durch eine überraschende Begegnung in ihrem Haus auf eine besondere Weise inniger.

Als Franz nämlich eines Nachmittags nach einem gemeinsamen Kaffee aus Rafaelas Salon kam und die Treppe hinabsteigen wollte, nahm er oben, im Halbdunkel der Treppenflucht, etwas Helles wahr. Und als Franz hinaufblickte, stand dort eine Gestalt, die er augenblicklich wiedererkannte: Es war das verstörende Wesen, das ihm bei einer seiner nächtlichen Wanderungen auf dem Campo Santo begegnet war. Wie schon auf dem alten Friedhof schaute es ihn ausdruckslos an.

Es trug eine Art Überrock mit aufgebauschten altmodischen Ärmeln in der Farbe von ungebleichtem Leinen. Man konnte nicht sagen, ob es die Kleidung einer Frau oder eines Mannes war. Auch am Körperbau war ein Geschlecht nicht zu erkennen. Die schmalen Schultern und das runde Gesicht wiesen eher auf Weibliches. Augenbrauen schienen gänzlich zu fehlen, doch über der weichen, vorstehenden Oberlippe, die gelbe Zähne sehen ließ, spross ein dürres weißes Bärtchen. Von beiden Geschlechtern schien die Gestalt etwas zu haben – und von keinem. Eine kurze Hand mit zerbissenen und entzündeten Nägeln lag leblos auf dem Geländer, schlohweißes Haar war eng am Kopf zurückgebunden, und die durchscheinende Haut war nahezu so hell wie das Haar – bis auf die blauen Linien von Adern, die sich darunter abzeichneten. Aus diesem farblosen Antlitz blickten haltlos und verloren zwei rote Augen. Es war dies eines jener bemitleidenswerten Wesen, denen die Natur keinerlei Färbung mitgegeben hatte und damit keinen Schutz gegen die Strahlen der Sonne. Franz wusste, dass solche Menschen kaum je erwachsen wurden, weil sie im Ruf standen, Unglück zu bringen und ganze Ernten zu vernichten. Oft starben sie schon als Kinder, und nach den Umständen ihres Todes fragte niemand.

Wahrhaft beunruhigend aber war nicht die geisterhafte Erscheinung, sondern der Blick der wässrigen roten Augen. Teilnahmslos waren sie auf Franz gerichtet, aber er konnte nicht sagen, ob sie ihn ansahen oder durch ihn hindurchblickten.

»Buon giorno«, sagte Franz und verbeugte sich höflich.

Grußlos blieb die schlaffe Hand auf dem Geländer liegen, der runde Nacken beugte sich nicht, die hängende Lippe formte kein Wort. Und so senkte Franz irritiert den Blick und verließ den Palazzo. Eine Mischung aus Verwirrung, Mitleid und auch Abscheu – für den er sich schämte – bedrückte ihn.

Wer mochte das gewesen sein? Ein Familienmitglied? Ein Schützling? Schon bei seinem nächsten Besuch erfuhr er es. Sie hatten sich kaum gesetzt, da sagte Rafaela mit einem zurückhaltenden Lächeln: »Ich möchte Ihnen gerne jemanden vorstellen, Roberto.« Ihre Miene erschien Franz beinahe ängstlich, als zögere sie vor etwas Schicksalhaftem zurück, das sie sich vorgenommen hatte.

»Gerne«, erwiderte Franz offen. »Einen Freund?«

»Mein Kind. Meinen Sohn aus Padua haben Sie ja bereits kennengelernt ...« Den aufgebrachten Auftritt ihres Sohnes Vittorio sowie die bruchstückhaften Vorwürfe seinem Vater gegenüber hatten weder Rafaela noch Franz wieder angesprochen, doch er hatte sie nicht vergessen.

Rafaela ging hinaus, und als sie zurückkam, führte sie jemanden an der Hand: Es war die farblose Gestalt mit den roten Augen. Rafaela hatte sich fühlbar gewandelt. Sie wirkte mütterlich und liebevoll. Zärtlich umfasste ihre elegante Hand die schlaffen hellen Finger, die ihren sanften Druck nicht erwiderten. Sie lächelte mit beruhigender Sicherheit. Zu ihrem aufrechten Gang kontrastierte das Tapsen ihres Schützlings, der sich beim Laufen ungelenk nach vorne beugte und die steifen Beine unsicher, beinahe erschrocken, hinterherzog.

»Robert, darf ich Ihnen Tagio vorstellen? Tagio, das ist Roberto di Stargard. Ein lieber Freund.«

Tagios Blick war auf den Boden gerichtet und erhob sich nicht.

»Guten Tag, Tagio«, sagte Franz freundlich. »Wir haben uns schon einmal gesehen, weißt du noch?«

Tagio schwieg, und so sagte Rafaela an seiner statt: »Tagio erinnert sich, dass Sie sich auf der Treppe begegnet sind.«

»Das war nicht das einzige Mal«, erwiderte Franz. »Wir hatten eines Nachts eine kurze Begegnung.«

»Das ist möglich«, sagte Rafaela. »Tagio verlässt tagsüber fast nie sein Zimmer und geht nur nachts aus, wenn niemand in den Gassen ist. Alleine. Anfangs hatte ich Angst …« Sie seufzte hörbar. »Aber ich musste mich daran gewöhnen, Tagio besteht darauf …«

Sie führte Tagio zu einem Sofa, auf das er sich fallen ließ, indem er mit der einfachsten aller Bewegungen die Hüfte knickte. Rafaela setzte sich neben ihn und Franz den beiden gegenüber.

»Was machst du oben in deinem Zimmer, Tagio?«, fragte Franz, um die Unterhaltung zu eröffnen. Doch Tagio blickte nur unruhig von seinen Füßen zu denen Rafaelas und wieder zurück. Überhaupt schien ihn, sobald er sich gesetzt hatte, eine Getriebenheit zu überfallen, die sich steigerte, bis er stöhnende Geräusche ausstieß.

»Er versteht Sie«, erklärte Rafaela. »Aber er antwortet oft nicht.« Sie wandte sich an ihren Sohn und legte beruhigend die Hand auf sein Knie. »Möchtest du die Bürste holen?«

Auf das Stichwort hin sprang er förmlich auf, stakste mit seinem ungelenken Gang zu einem Schrank und nahm aus einer Schublade eine Haarbürste aus Perlmutt, die er auf dem Rückweg an die Brust drückte, um sie dann seiner Mutter zu geben. Rafaela hatte einen gepolsterten Schemel zurechtgerückt, auf den er sich mit dem Rücken zu ihr fallen ließ. Dann öffnete sie sein seidiges weißes Haar, das viel länger war, als Franz gedacht hatte, und begann ihn mit ruhigen Bewegungen zu bürsten. Sichtlich kam er zur Ruhe, und wenn sie mit der weichen Bürste über seinen runden Kopf strich, schloss er in bescheidenem Genuss die Augen.

»Er liebt es, gebürstet zu werden«, sagte Rafaela.

Doch diese Aussage schien ihn zu erzürnen, denn er zog die unbehaarten Augenwülste in Falten.

»Nicht *er*!«, rief er mit einer vor Erregung brüchigen tiefen Stimme aus. »Nicht *er*! Falsità, falsità!«

»Ich lüge doch nicht«, erwiderte die Mutter geduldig.

»Falsità …«, wiederholte Tagio trotzig.

Rafaela wandte sich an Franz. »Es ist nicht leicht zu verstehen. Aber es ist wirklich nicht ganz richtig zu sagen, *er*. Sie ist kein Sohn. Aber er ist auch keine Tochter. Tagio ist Frau und Mann. In seiner Kindheit dachten wir, er sei ein Junge, der sich darin gefällt, sich wie ein Mädchen zu verhalten. Doch seit er in das Alter gekommen ist, in dem Mädchen zu Frauen werden, wurde uns bewusst, dass das ein Irrtum war. Wir haben ihn eingehender untersuchen lassen …« Sie legte mitfühlend die Hand auf ihren Bauch. »Auch in seinem Leib scheint sich beides zu verbergen … Die Doktoren stehen vor einem Rätsel.«

Franz hörte voller Staunen zu. Dass es so etwas gibt, hatte er noch nie gehört.

»Verità«, murmelte Tagio mit Nachdruck.

»Ja, Tagio, das ist die Wahrheit.« Rafaela lächelte und begann wieder, die schillernde Bürste durch sein weißes Haar zu ziehen. »Dass Tagio darauf besteht, Ihnen die Wahrheit zu sagen, zeigt, dass er Ihnen vertraut.«

»Ich freue mich darüber«, erwiderte Franz. Er sah zu, wie sich die roten Augen Tagios, der kein Mann und keine Frau war, kein Kind und kein Erwachsener, langsam schlossen und sich die weißen Wimpern seiner Lider mit den unteren vereinigten.

Nachdem Franz diese ganz neue Seite in Rafaelas Wesen kennengelernt hatte, wurden seine Gefühle für sie umso inniger. Wenn er sich auch noch weniger im Klaren war, welcher Art diese Gefühle eigentlich waren. Manchmal glaubte er fast, es sei Liebe. Doch zum einen war sie seit langen Jahren verheiratet, hatte erwachsene Kinder und war überhaupt viel zu vollkommen und unnahbar. Vor allen Dingen aber spürte er das Bedürfnis, ihr von Clara zu erzählen, ihr von seiner hoffnungslosen Liebe zu berichten. Überhaupt gab es keinen Vergleich zwischen der Sehnsucht und dem brennenden Verlangen nach Clara und seiner Zuneigung zu Rafaela. Und als er sie fragte, ob es denn ihrem Ehemann Orfeo recht sei, wenn er sie wiederholt besuche, lachte Rafaela: »Dann kann er selber ungestört seiner Wege gehen. Die Venezianer kümmern sich nicht gerne um ihre Ehefrauen. Wir folgen also nur einer guten alten Sitte. Und Sie möchten sich doch wohl sittsam verhalten, Roberto?«

Und so machten sie Ausflüge mit ihrer Gondel, ließen sich Eis oder Austern ans Boot bringen und gingen zum Büchermarkt. Weil Rafaela auf ein Buch, das sie sich gekauft hatte, so gespannt war, dass sie am liebsten sofort damit beginnen wollte, schlug sie vor, sie könnten sich abwechselnd daraus vorlesen. An sonnigen Nachmittagen ließen sie sich durch die Stadt treiben – oder wenn es windstill genug war, über die offene Lagune – und lasen sich gegenseitig vor. Rafaela lachte gelegentlich über seine Aussprache und ahmte den deutschen Klang seiner Worte nach. Sie ließ sich von ihm Worte in seiner Sprache vorsagen, und er lachte, wenn sie sie mit großem Ernst nachsprach.

Marschmusik.

Tintenfass.

Schlachtgetümmel.

So gerne sie sich über solche Wörter lustig machte, so sehr liebte sie andere, weichere, und konnte gar nicht genug davon bekommen, sie zu hören und auszusprechen:

Mümmeln.

Geduld.

Lauschen.

Franz seinerseits genoss es, ihr zu lauschen. Wenn sie gemeinsam in den Kissen der Gondel saßen, von den Wellen geschaukelt wie Kinder, losgelöst von der restlichen Welt, und sie ihm mit ihrer dunklen Stimme vorlas, dann vergaß Franz alles andere.

Als sie ihn fragte, welches seine liebste Oper sei, und ob er die Franzosen oder die Italiener vorzöge, musste er gestehen, dass er noch nie eine Oper besucht habe. Sie konnte das kaum glauben. »Wie kann man die Oper nicht kennen? Ihr Deutsche seid doch seltsam! Wir Italiener saugen den Gesang und die Oper mit der Muttermilch auf!« Und sie ließ es sich nicht nehmen, ihn gleich einzuladen, sie am nächsten Abend ins Teatro La Fenice zu begleiten, wo sie eine Loge besaß.

Also fand er sich nachmittags in seinem besten Abendanzug bei ihr ein. In ihrem mit Perlen besetzten silbernen Opernkleid, zu dem sie einen tiefroten seidenen Mantel trug, sah sie schöner aus denn je, und Franz konnte nicht anders, als ihr das zu sagen. Sie lachte über seine Komplimente, aber Franz merkte, dass sie sie gerne hörte.

Der gewaltige Bau des Fenice strahlte ihnen festlich entgegen. Schon auf dem Wasser begrüßte man sich und tauschte Komplimente und Neuigkeiten aus. Franz sah das eine oder andere bekannte Gesicht, vor allem der alte Emilio Canetti brachte seinen Gondoliere in Not, als er sie mit einer so energischen Verbeugung begrüßte, dass seine Gondel wild schaukelte.

Als sie am Eingang ausstiegen, von livrierten Dienern in Empfang genommen, und das erstaunliche Foyer des Opernhauses betraten, konnte Franz über die Pracht nur staunen. Rafaela hakte sich bei ihm unter, und es gab kaum jemanden, der sich nicht respektvoll vor ihnen verneigte. So defilierten sie durch die Menge, tranken Champagner und plauderten hier und da. Erstaunlicherweise wurde Franz von der venezianischen Gesellschaft als Begleiter der Nobildonna akzeptiert. Was die Konversation anbelangte, merkte er bald, dass es vollkommen genügte, wenn er seine Begeisterung für das prächtige Opernhaus ausdrückte und erklärte, dass er nie ein schöneres betreten habe. Rafaela und er lachten darüber, dass dies noch nicht einmal gelogen war. Franz hörte sich seinerseits wohl ein Dutzend Mal die Geschichte an, dass man das Haus nach dem Feuervogel Phönix benannt hatte, weil es aus einer vernichtenden Feuersbrunst noch prächtiger auferstanden war.

Als sie Rafaelas Loge betraten, standen schon Getränke und Speisen bereit. Das Panorama des Zuschauersaales war atemberaubend. Wenn der Anblick von Gold den Augen schaden würde, dann wäre Franz wohl erblindet. Das weite Rund der Logen, die Sessel im Parterre, die Umrahmung der Bühne, der Kronleuchter, der unter einem blauen Himmel an einem herrlichen goldenen Stern hing – alles strahlte und glänzte.

Es wurde eine Oper mit dem Titel *Elisabetta in Derbyshire* von Michele Carafa, einem neapolitanischen Adligen, gegeben, von der Franz allerdings nicht allzu viel in Erinnerung blieb, weil für ihn das Opernhaus selbst, die begeisterten Venezianer und vor allem Rafaela das eigentliche Ereignis darstellten. In der Pause erhielten sie in ihrer Loge den Besuch der vollbusigen Gräfin Roßbrunn mit ihren beiden dürren Töchtern, die Franz auf dem Ball im Casino kennengelernt hatte. Sie lachte wieder laut über ihre eigenen Scherze, während die jungen Damen verhalten dazu kicherten.

Auf dem Heimweg, während sie in der Gondel noch ein Glas Champagner tranken, kam Rafaela auf ihre Kinder zu sprechen. Außer Tagio und Vittorio hatte sie noch eine Tochter. Sie hieß Bianca, war in Milano verheiratet und wohl gut versorgt, denn die Eltern ihres Ehemannes besaßen ein Bankhaus. Ihr Sohn Vittorio mache ihr mehr Sorgen, denn obwohl er idealistisch und kompromisslos sei, wisse er nichts mit sich anzufangen. Zwar studiere er in Bologna, aber er sei fest entschlossen, unter den Österreichern keine Stelle in der Verwaltung zu übernehmen. Vor allem aber um Tagio ängstigte sie sich. Das Erbe, das sie ihm hinterlassen könnten, bestünde lediglich aus den beiden Palazzi – einem hier in Venedig, einem zweiten an der Brenta, der aber wegen des Aufwandes, den sie sich nicht mehr leisten konnten, aufgegeben werden müsse. Weil es den meisten Familien genauso ergehe, würden lächerliche Summen für die Palazzi geboten. »Können Sie sich das vorstellen, Robert? Alles aufzugeben? Alles? Damit es ein Engländer kauft, der herausreißt, was ihm gefällt, und den Rest verfallen lässt?« Sie schwieg eine Weile. Dann fuhr sie fort: »Wie verhindert man, dass ein gutes Leben so kläglich zu Ende geht?«

»Sie werden einen Weg finden, ein neues Leben zu beginnen, Rafaela. Er ist schon da. Und es kommt der Moment, in dem Sie ihn sehen ...«

Rafaela blickte ihn lange an. »Jetzt klingen Sie schon wieder wie ein alter Mann ...«

Weil ich schon zwei Mal ein Leben verloren habe, dachte Franz.

19

Viel des Schönen starb den frühen Tod

Sogar der *Laokoon* ist verschollen«, seufzte Goethe. »Wenn ich daran denke, dass ich anfangs die Idee Napoleons unterstützt habe, ein Zentrum zu schaffen, in dem die größten Errungenschaften der Künste beisammen sind! Wo man das Miteinander und das Nacheinander der Weltkunst erfahren kann. Ihre Wechselwirkungen sieht. Als Weltbürger umgeben ist von Weltkunst. Dass dieses Zentrum nur Paris sein kann, leuchtet ein. Aber dass es jetzt so kläglich endet! Dass so vieles zerstört und ruiniert wurde. Dass so vieles verschwindet! Es schmerzt in tiefster Seele. Und nun sogar der *Laokoon* …«

»Ich war so enttäuscht, ihn in Rom nicht zu sehen«, pflichtete Clara ihm bei.

»Es ist ein Wunder, dass er überhaupt die Jahrtausende überstanden hat! Dass er nach all der Zeit uns Moderne immer noch inspiriert. Und nun … verschollen.«

Goethe war zu Clara ins Lager der großherzoglichen Sammlungen gekommen. Er hatte in einem Korb zwei Stücke Frankfurter Kranz mitgebracht – nach dem Rezept seiner Mutter von Ottilie gebacken, wie er betonte – sowie zwei Gläser und eine verkorkte Karaffe mit italienischem Wein.

Seit Claras Besuch waren sie sich mehrmals begegnet, und Clara war ihm immer ruheloser erschienen. Auch wenn sie nichts darüber sagte. Als sie jetzt den Arbeitstisch mit Kuchen und Wein deckte, schaute er sich in dem düsteren Raum um, und es tat ihm leid, dass er dazu beigetragen hatte, sie hier einzusperren.

»Wussten Sie, dass der Frankfurter Kranz die Kaiserkrone darstellt?«

»Nein«, antwortete Clara. »Das wusste ich nicht.« Sie wunderte sich, dass er so nachdenklich wirkte. Und sie wunderte sich noch mehr, als er hinzufügte: »Der Frankfurter Kuchen und der Wein aus Frascati passen eigentlich nicht so gut zusammen ... Aber sie sind symbolisch gemeint ...« Er aß ein Stück von dem Kuchen. »Der Kuchen steht für die Heimat, der Wein steht für ... Aber was rede ich eigentlich. Fräulein Seidler, ich brauche jemanden, der dem Großherzog einen Dienst erweist. Uns sind antiquarische Schriften zum Kauf angeboten worden, die geprüft werden müssen ...«

Clara erstarrte.

»In Rom. Es müsste ein verlässlicher Mensch sein. Gebildet in den Künsten.«

Er erhob sein Weinglas, um mit Clara anzustoßen. Und obwohl Clara zu weinen begann, führte er seinen Gedanken weiter aus: »Es wird natürlich seine Zeit in Anspruch nehmen. Derjenige sollte nicht damit rechnen, sehr schnell nach Weimar zurückkehren zu können ... Und er müsste mutig genug sein, die Alpen im Winter zu überqueren. Trotz der Gefahren ...«

*

Die beiden jungen Frauen waren sehr hübsch, aber von ganz unterschiedlichem Wesen. Die eine, anscheinend etwas jüngere, hieß Maria und lachte mit einer glockenreinen Stimme. Die andere hieß Greta und wandte sich mit bedächtigen Augen Franz zu. Während Marias Finger umherflatterten wie zwei zankende Spatzen, lagen Gretas Hände geduldig auf ihrem Schoß.

Alessandro hatte die beiden als Cousinen vorgestellt, denen er versprochen hatte, sie bei dem deutschen Kunsthändler einzuführen. Wenn sie auch keine Kunstwerke zu verkaufen hätten. Der Zweig der Familie, dem sie angehörten, erklärte Alessandro, habe nicht so reiche Früchte getragen wie sein eigener, und ihre Blüten würden eher im Verborgenen erblühen. Und er scherzte: »Meine Cousinen besitzen zwar keine Kunst, aber sie sind selber erlesene Kunstwerke! Was meinen Sie, Roberto?«

Die Jüngere, Maria, lachte über seinen Scherz und knuffte ihn in die Seite.

»Und sie sind Musen!«, fügte Alessandro bedeutsam hinzu. »Sie inspirieren die Künstler! Sie regen die bedeutendsten Werke an! Zum Beweis gehen Sie in die Accademia, dort können Sie Maria bewundern – als Engel!« Wieder knuffte ihn Maria in die Seite, als wolle sie nicht, dass er die Geschichte erzählte. »Stimmt es etwa nicht, Maria? Sei nicht so bescheiden! Du kannst stolz darauf sein! Maria hat Pietro Zandomeneghi Modell gesessen! Sie kennen ihn vielleicht noch nicht, aber er wird ein bedeutender Künstler werden! Er hat für eine Aktzeichnung einen ersten Preis an der Accademia errungen! Zeig Herrn von Stargard, wie du Modell gesessen hast, Maria. Nimm deine Pose ein!«

»Jetzt?«

»Aber natürlich. Warum nicht?«

Zögernd fragte sie noch einmal nach: »Nackt?«

Einen Moment lang herrschte Stille. Dann lachte Alessandro lauthals los. Auch Maria lachte auf, während Greta nur freundlich lächelte. »Was habe ich Ihnen gesagt, Roberto? Sie ist herrlich! Meine Lieblingscousine! Sie bringt jede Gesellschaft zum Lachen mit ihren geistreichen Scherzen. Natürlich nicht nackt! Nimm einfach deine Pose ein. Den Rest kann sich der ehrenwerte Herr von Stargard vorstellen.«

Maria stand auf, sah sich suchend um und trat beherzt auf eine Chaiselongue zu. Sie raffte ihren roten Rock ein wenig hoch, kniete sich auf das Möbel, drehte ihren Oberkörper, legte sich über die Lehne, beugte den Kopf weit zurück und reckte ihren Arm sehnsuchtsvoll dem Himmel entgegen. Von den

Fingern bis zu ihrem schmalen Fuß, der unter ihren weiten Röcken hervorlugte, bildete sie einen eleganten Bogen, der auf einem Gemälde sicherlich sehr wirkungsvoll in den Himmel weisen mochte.

»Ist sie nicht ein Engel?«, fragte Alessandro. »Stellen Sie sich vor, die Chaiselongue wäre eine Wolke!« Und wirklich umspielte ihr durchscheinender Schal ihren Körper wie Dunst.

Franz blickte Greta an, die zu alldem nichts gesagt hatte. Sie lächelte ihn mit feiner Ironie an, wie eine Erwachsene über die Vorführung eines Kindes lächeln mochte. »Wie lange werden Sie in Venedig bleiben, Roberto?«, fragte sie.

»Das weiß ich noch nicht«, erwiderte Franz. »Eigentlich wollte ich nicht lange bleiben, aber es gefällt mir so gut hier, dass ich an eine Abreise gar nicht denken mag.«

»Sehen Sie!«, rief Alessandro. »Ich hatte Sie gewarnt! Der Zauber Venedigs! Sie sind ihm verfallen!«

»Und es gibt noch so viel zu entdecken«, fügte Greta mit ihrer sanften Stimme hinzu. »Sie kennen erst die schillernde Oberfläche Venedigs. Darunter liegen noch viele Geheimnisse verborgen.« Ihre großen Augen blickten Franz an.

»Ist es nicht furchtbar warm hier drinnen?«, fragte Maria, entfaltete einen Fächer und begann, sich Luft an ihr weißes Dekolleté und ihren Hals zu fächeln.

»Bitte entschuldigen Sie«, sagte Franz. »Ich habe ganz vergessen, Ihnen etwas zu trinken anzubieten. Möchten Sie vielleicht ein Glas Wein?«

»Wein?«, fragte Alessandro. »Champagner! Meine Cousinen lieben Champagner. Jede Dame liebt Champagner, ist es nicht so?«

Also ließ Franz Champagner und Eis kommen. Als Signora Donati die Flasche in dem kalten Kübel brachte, bemerkte er durchaus ihren missbilligenden Blick, doch er ignorierte ihn. Er ließ den Korken knallen, womit er Marias glockenreines Lachen weckte, und sie stießen mit den hauchdünnen Gläsern auf

Venedig und seine Geheimnisse an. Alessandro schlug vor, dass Maria ein Lied singe, und nachdem sie sich ein wenig geziert hatte, weil sie zu bescheiden war, dem feinen Herrn von Stargard etwas vorzusingen, setzte sich Alessandro ans Cembalo und spielte ein paar Akkorde. Maria stellte sich neben das Instrument, legte ihre Hand darauf und begann, ein wirklich sehr schönes venezianisches Lied zu singen. Franz und Greta applaudierten, sie tranken alle noch etwas Champagner, und dann sangen sie gemeinsam ein anderes Lied. Franz bemühte sich redlich mitzuhalten, doch er stolperte natürlich im Text. Greta lachte freundlich und führte ihn durch das Lied, indem sie seine Hand hielt und ihm deutlich vorsang.

»Gibt es nicht ein schönes Lied aus Ihrer Heimat, das Sie uns vorsingen könnten?«, fragte sie. Natürlich gab es einige schöne deutsche Lieder, die Franz in seiner Kindheit gesungen hatte, doch fiel ihm nun, in diesem venezianischen Musikzimmer, keines ein. Auch jetzt kam ihm Greta zu Hilfe. »Was hat Ihnen Ihre Mutter vorgesungen, als Sie ein Kind waren?«

Die Mutter? Franz zögerte. Er konnte ihnen wohl kaum erzählen, dass seine Mutter ihm gar nichts vorgesungen hatte. Dass sie ihn im Stall hatte schlafen lassen, wo ihn die Ziege in den Schlaf gemeckert hatte.

»Wie wäre es mit *Abend wird's, die Stimmen schweigen?*«, fragte Greta.

»Sie kennen es?«, fragte Franz erstaunt zurück.

Greta lächelte. »Ich habe es von deutschen Freunden gelernt. Kommen Sie, Roberto, wir singen es gemeinsam.«

Und dann sangen sie zu zweit:

Abend wird's, des Tages Stimmen schweigen,
röter strahlt der Sonne letztes Glühn.
Hier sitz ich unter euren Zweigen,
das Herz ist mir so voll, so kühn.
Alter Zeiten alte treue Zeugen,
schmückt euch doch des Lebens frisches Grün,

und der Vorwelt kräftige Gestalten
sind uns noch in eurer Pracht erhalten.
Viel des Edlen hat die Zeit zertrümmert,
viel des Schönen starb den frühen Tod,
durch die reichen Blätterkränze schimmert
seinen Abschied dort das Abendrot.

Alessandro und Maria lauschten, wie Franz und Greta gemeinsam sangen, und alle waren überrascht, welch schöner Zauber sich um die Singenden legte. Nach den letzten Klängen herrschte Stille, und der bemerkenswerte Moment dauerte noch ein wenig an, bis Maria rief: »Che bello!«, und gemeinsam mit Alessandro applaudierte.

Alessandro schlug vor, dass sie gemeinsam mittagessen gingen, und führte sie zu einem schönen Ristorante, in dem er vom Padrone wie ein alter Bekannter begrüßt wurde. Sie aßen Wildbret und Fisch und tranken Wein, den Alessandro aussuchte.

Zum Dessert ließen Greta und Maria eine Süßspeise kommen, die sie Pannacotta nannten. Franz verzichtete, weil er schon zu viel gegessen und getrunken hatte. Allerdings bestand Maria darauf, er müsse probieren, und gab ihm ein Löffelchen davon in den Mund. Franz musste zugeben, dass es tatsächlich köstlich schmeckte. Alessandro bot an, die Rechnung des Wirtes zu begleichen, doch Franz bestand darauf, dass sie seine Gäste seien. Zum Abschied ließen sich die Damen die Hand küssen und bedankten sich artig. Zwar schlug Alessandro vor, ein Boot zu nehmen und gemeinsam nach Burano überzusetzen, in einem sehr netten Caffè, dessen Padrone ein Freund von ihm sei, etwas zu trinken und später gemeinsam den Sonnenuntergang zu genießen. Doch Franz fühlte sich nach dem vielen Essen und Trinken nicht wohl und entschuldigte sich. Also ließ er die anderen ziehen und legte sich zu Hause zu einem Mittagsschlaf ins Bett. Als er viel zu spät erwachte, hatte er intensiv geträumt, ohne sich an Einzelheiten erinnern zu können. Nur langsam fand er in die wirkliche Welt zurück, und während sich der Tag schon seinem Ende entgegen neigte, fühlte auch diese Welt sich befremdlich an.

Als er in das Musikzimmer hinabstieg, dachte er an Greta und Maria zurück, deren Duft noch in der Luft hing. Zum ersten Mal, seit er hier wohnte, war das Cembalo erklungen, und es war ausgerechnet Alessandro gewesen – der Säufer, der Betrüger –, der es gespielt hatte. Marias Lied und ihr Lachen hatte er gerne angehört, und er hatte es wirklich genossen, mit Greta zu singen. Auch wenn die beiden jungen Frauen ganz sicher nicht Alessandros Cousinen waren, so war doch ein ehrlicher und schöner Moment aus ihrem Besuch entstanden. Zugleich war er froh, dass er Alessandros Vorschlag, gemeinsam den restlichen Tag zu verbringen, abgelehnt hatte und wieder alleine war.

Als sich die Dunkelheit über die Stadt senkte und der Kanal draußen immer stiller und einsamer wurde, zündete Franz kein Licht an. Er saß im Dunkeln und dachte an Clara. Würde er je mit ihr in ein Gasthaus gehen können? Mit ihr gemeinsam Wein trinken? Mit ihr gemeinsam ein Lied singen?

Wie erging es ihr wohl? Auch in Weimar war es jetzt Abend. So viel wusste er. Aber nicht viel mehr. Hatte die Welt dort oben im Norden sie wieder so vollständig umschlossen, dass ihr die Erlebnisse in Rom nur wie ein vergangener Traum erschienen? Vielleicht konnte sie gar nicht mehr begreifen, warum sie ihn geliebt hatte. Die Gefühle in Rom hielt sie aus der Ferne für Verrücktheiten, die aus der benebelnden Wirkung von Sonne und Wein in der hitzigen Fremde entstanden waren. Für die man sich an der klaren Luft der wirklichen Welt schämte. Die man verschwieg und lieber schnell vergaß.

Aber er würde seine Liebe zu ihr niemals vergessen! Deshalb durfte er nicht versagen! Ich werde nicht scheitern! Ich werde dieses verfluchte Venedigrätsel lösen! Ich werde ans Ende dieses Labyrinths vordringen und denjenigen, der dort hockt, herauszerren!

Er setzte sich an seinen Schreibtisch und schrieb einen Brief an Clara. Und als der Brief fertig geschrieben war, steckte er ihn hinter ihr Porträt zu den anderen, die schon dort warteten.

20

Rette Venetien!

Als sie an die Haustür klopfte, öffnete niemand. Sie wusste nicht, ob ihr Klopfen zu zaghaft gewesen war, aber sie wagte auch nicht, lauter zu pochen. Als Irma sich abwandte, um wieder zu gehen, wurde doch noch geöffnet, und eine ältere Venezianerin stand vor ihr, die versuchte, grimmig zu schauen, weil sie einen Bettler oder Hausierer erwartete, was ihr allerdings nicht gelang. Man sah ihr an, dass sie ein gutherziger Mensch war.

»Mein Name ist Irma Fuchs. Ist Herr von Stargard zu sprechen?«

Die Signora trat beiseite und bat Irma, an der Treppe zu warten, wo ein kleines Sofa auf goldenen Beinchen stand. Während die Signora die Treppe hinaufging, setzte Irma sich nicht, sie war zu nervös. Das prächtige Treppenhaus mit den Ahnenbildern machte ihr nicht eben mehr Mut. Wie reich musste Robert sein, dass er sich einen solchen Palazzo leisten konnte! Und wie dumm war es von ihr, seine Höflichkeit für mehr zu halten, als sie war. Er war Geschäftsmann, dazu wohlerzogen, und sie war eine Künstlerin von vielen. Aber ihre Bootsfahrt zum Lido: Hatten sie nicht gemeinsam auf einer Decke gesessen, Brüderschaft getrunken und einen wunderschönen Nachmittag verplaudert?

Kaum war die Signora oben verschwunden, um die Besucherin zu melden, kam Robert, zwei Stufen auf einmal nehmend, zu ihr herunter und rief auf halber Höhe schon: »Irma!«

Er nahm ihre Hände in seine. »Dass du mich besuchen

kommst! Ich habe so lange nichts von dir gehört. Ich hatte schon Angst, ich hätte irgendetwas falsch gemacht. Das habe ich doch nicht?«

»Nein!«, sagte Irma erschrocken. Nicht du, aber ich!

»Gott sei Dank. Komm!« Er nahm sie bei der Hand und zog sie die Treppe hinauf. Inzwischen kam auch die Signora herab und machte ihnen Platz.

»Signora Donati, das ist eine Freundin, Irma Fuchs. Sie können sie jederzeit hereinlassen. Und bringen Sie uns bitte ein Frühstück. Was möchtest du gerne essen, Irma?«

»Ich habe schon gefrühstückt …«

»Ich auch. Egal. Bringen Sie einfach irgendetwas. Und Kaffee. Vor allem Kaffee! Komm, Irma. Ich möchte dir etwas zeigen. Das wird dir gefallen.«

»Was für ein herrlicher Palazzo«, sagte Irma, als sie ins Piano Nobile kamen. »Mir war nicht klar, wie … reich du bist …«

»Reich? Ich? Nein … Das alles hier, das ist … gar nichts!« Erst als er das ausgesprochen hatte, wurde ihm klar, dass er es, indem er die Pracht des Palazzos herunterspielte, nur noch schlimmer machte. »Komm hier herein.«

Er führte sie direkt ins Jagdzimmer, wo die Zeichnungen der alten Freunde und Kameraden an den Wänden hingen.

Irma, die erwartet hatte, dass er ihr irgendetwas Prächtiges zeigen würde, den Portego vielleicht, oder einen besonderen Ausblick, stand schweigend inmitten der Zeichnungen. Sie drehte sich langsam um die eigene Achse. Da waren sie alle. Die *Künstler*. Die Ehrlichen. Die für ihre Werte einstanden. Die alle Entbehrungen auf sich nahmen. Die nicht nur sich selber treu waren, sondern tagtäglich darum rangen, sich selber zu finden.

»Was sagst du?«

Irma wusste nicht, was sie sagen sollte. »Sie … sind … alle da …«, stammelte sie.

»Nicht alle, leider nicht alle. Aber so viele. Julius Schnorr,

Wilhelm Schadow, hier ist sein Bruder, Rudolf! Philipp und Johannes Veit, Heinrich Hübsch, Franz Horny, Wilhelm Müller, Friedrich Olivier, Franz Pforr, Ludwig Ruhl, Clara Seidler …«

»Woher hast du die alle?«

»Ein … Agent hat sie für mich gekauft. Von jedem Künstler ein Blatt.«

»Du handelst mit *Zeichnungen*?« Irma staunte. Kein Mensch kaufte eine Zeichnung, wenn sie nicht von Dürer oder Raffael stammte.

»Nein, das ist meine eigene, ganz persönliche Sammlung. Abgesehen davon, dass sie niemand kaufen würde – ich gäbe sie nicht her. Für mich ist jede einzelne Zeichnung etwas Einmaliges. Nichts gegen Gemälde, aber sind diese Blätter nicht wie Handschriften? Steckt nicht in jedem einzelnen Strich der ganze Mensch?«

Irma entging nicht, mit welch liebevollem Blick er über die Blätter strich. Naiv? Dieser Mann war alles andere als naiv …

Vielleicht war für sie ja auch ein Rückweg möglich. Vielleicht war es gut, dass sie hergekommen war. Nicht, um ihre Schande zu sehen. Sondern vielmehr, um das Gute wiederzuentdecken. Vielleicht könnte er ihr Retter werden. Der Mensch, der sie zu sich selber zurückfinden ließ. Vielleicht könnte ja eine ihrer Zeichnungen – eben keine Vorstudie für eine Fälschung – würdig bei den anderen hängen.

In jedem einzelnen Strich der ganze Mensch.

Irma folgte seinem Blick – und erstarrte: Clara. Aus einer der Zeichnungen heraus – der einzigen, die gerahmt war – blickte Clara Seidler sie ruhig und zuversichtlich an. Genauso, wie sie die junge Künstlerin in Dresden gekannt hatte. Als sie sich so gerne mit ihr angefreundet hätte … Er hatte ihr bei ihrem gemeinsamen Ausflug zum Lido erzählt, dass er Clara Seidler nicht kannte. Aber so innig, wie er nun ihr Porträt betrachtete, kannte er Clara. Er hatte sie angelogen. Warum nur? Aber das geht mich ja alles nichts an! Ich bin ja die Betrügerin!

Ich bin ja wegen meiner eigenen Lüge hier! »Darf ich deine Gemälde sehen?«

»Gemälde?«

»Ja, man erzählt, du hast schon so viel erworben.«

»Ja ... Das meiste habe ich natürlich schon weitergeschickt ...«

»Aber nicht alle?«

»Nicht alle.«

»Darf ich sie sehen?«

»Sicher ...«

Franz führte sie in den großen Saal, wo die wenigen Gemälde, die er tatsächlich gekauft hatte, auf Staffeleien standen. Außer dem kraftvoll skizzierten Johann Adam Klein hauptsächlich die wenig spannenden Exemplare aus den Privatsammlungen der Nobili – und die Judith mit dem abgeschlagenen Haupt des Holofernes. Der Tizian.

Wie vertraut er ihr war! Wie viele Stunden und Tage sie vor ihm verbracht hatte! Jeder einzelne Pinselstrich war ihr noch gegenwärtig. Irma musste an das Gespräch denken, das sie einmal geführt hatten, als sie an dem kleinen Kanal gemeinsam zu Mittag gegessen hatten. Sie hatten über die Möglichkeit gesprochen, dass er eines ihrer Gemälde kaufen könne. Und jetzt stand hier tatsächlich eines ihrer Werke, und er hatte viel Geld dafür bezahlt.

»Mein Prunkstück«, sagte er. »Erkennst du den Maler?«

»Tizian«, erwiderte sie kleinlaut.

»Ganz richtig. Es ist sogar signiert. Siehst du?«

Irma brauchte nicht hinzuschauen. Mit der Signatur hatte sie sich besondere Mühe gegeben.

Und dann sagte er: »Ich hoffe, er ist echt. Ich habe viel Geld dafür ausgegeben. Viel zu viel ... Man sagt, es werden immer wieder Gemälde gefälscht. Weißt du etwas darüber?«

»Nur, was man so hört ...«

»Was meinst du? Ist er echt? Es heißt, die Haare seien am schwierigsten.«

Ja, dachte sie. Die Haare waren am schwierigsten. Und ausweichend antwortete sie auf seine Frage: »Er sieht echt aus …«

Während sie Kaffee tranken, zeigte er ihr seinen Nachbarn, den Falken, der in der Ruine nebenan seinen Unterschlupf hatte. Er zeigte ihr den herrlichen Blick über den Canal Grande und das Fenster vis-à-vis, wo er des Nachts manchmal Lord Byron auf und ab gehen sah. Sie war froh um alles, was er ihr zeigte, denn dann schaute er dorthin und bemerkte nicht ihre Bedrückung.

Als er vorschlug, dass sie ihren schönen Bootsausflug von neulich wiederholen und eine der unbewohnten Inseln der Lagune besuchen könnten, wusste sie, dass es unmöglich war.

»Es tut mir leid«, sagte sie deshalb. »Das wird leider nicht gehen.«

Franz sah sie erstaunt an.

»Ich bin gekommen, um mich zu verabschieden.«

»Verabschieden! Willst du einen Ausflug machen?«

»Nein. Ich … werde wohl länger fort sein.«

»Wohin? Wohin fort?«

Da sie auf diese Frage keine Antwort wusste, sagte sie einfach: »Hier wird es mir zu ungemütlich. Es zieht mich weiter in den Süden. Vielleicht nach … Neapel.«

Irma sah seine Bestürzung, und sie dachte an seine aufrichtige Freude, als sie vorhin gekommen war. Doch es musste sein. Sie konnte ihm nicht die Wahrheit sagen, und sie konnte ihn nicht länger anlügen.

Seine Finger strichen über die Muskeln des Armes und der Schultern. Er legte ihm die Hand auf die Brust und fühlte die Wölbungen des Bauches. Wie hart und zugleich weich sie waren. Wie rein und makellos. Wie herrlich kühl sie sich anfühlten. Und er gehörte ihm! Ihm ganz alleine! Vielleicht war es an der Zeit, sesshaft zu werden. Ein Heim zu gründen, in das er ihn bringen könnte. Nicht länger herumzureisen um der

Geschäfte willen. Was wollte er mehr erreichen? Ihn zu besitzen, war der Höhepunkt seines Lebens.

Die Kirche war nahezu dunkel, Reinke hatte nur eine einzige Lampe angezündet, und er war alleine. Den Barcariol hatte er fortgeschickt, um ungestört zu sein. Der *Laokoon*. Während er ihn umrundete, strich er wieder mit den Fingern über den glatten und zugleich so herrlich samtigen Marmor. Fühlte die Muskeln seines Rückens, fuhr mit dem Finger die Furche an der Wirbelsäule entlang. Wie anders der knabenhafte Rücken des Sohnes. Reinke hob und senkte die Lampe, um das Spiel der Schatten auf der Figurengruppe zu sehen. Auf *seiner* Figurengruppe. Auf seinem *Laokoon*, seinen beiden Knaben, seinen Schlangen.

Alles andere ließ sich nachmachen, fälschen, kopieren. Nicht aber der *Laokoon*. Wo sollte ein Künstler gefunden werden, der in der Lage wäre, eine Kopie dieses Wunders anzufertigen? Es war ja kein Tizian oder Raffael! Diese junge Frau aus Dresden war wirklich gut. Sie war ein Glücksfall. Vor allem Tizian beherrschte sie erstaunlich. Deshalb war ihm sofort klar gewesen, dass sie den Knaben mit den Hunden kopieren musste.

Ironischerweise war es allerdings der *Laokoon* gewesen, der ihn auf die Idee gebracht hatte, die gestohlenen Gemälde zu kopieren und damit doppelt zu verdienen. Denn streng genommen war ja die Marmorgruppe eine Kopie. Die römische Kopie eines verschollenen griechischen Originals. Aber das interessierte niemanden mehr. Die Kopie war es, die die Jahrtausende überdauert hatte. Sie war zum Original gereift.

*

Man traf sich in einem Palazzo, den ein junger Engländer gemietet hatte. Keiner der Anwesenden war älter als fünfundzwanzig Jahre. Außer dem weichen Venezianischen hörte man Deutsch in verschiedenen Dialekten, Englisch, Russisch, Französisch, Polnisch und Ungarisch. Alle tranken denselben Champagner, aber auf einem langen Tisch, dessen weißes Tuch immer unreinlicher wurde, standen Liköre und Branntweine aus ebenso vielen Ländern. Der Engländer füllte eine Runde Gläser mit Whiskey und wurde vom Tschechen mit einem goldgelben Slivovice belohnt. Der Franzose fand begeisterte Abnehmer für seinen Cognac, und des Spaniers Sherry verschwand in Mündern, die im Verlaufe des Abends nicht einmal mehr in der Lage waren, ihre eigene Sprache verständlich hervorzubringen.

Man brachte sich wechselseitig Lieder bei, die immer mehr wie ein und dasselbe Lied klangen. Der hauptsächliche Zweck des Abends schien darin zu bestehen, dass sich die reisenden jungen Männer mit echten Sprösslingen venezianischer Häuser schmückten und dass sich die verarmten Venezianer mit reichen Nachkommen der besten europäischen Familien umgaben.

Nach und nach tauchten aus dem Nichts junge Frauen auf, die sich kokett Luft zufächelten und denen es nichts ausmachte, über Scherze zu lachen, die sie nicht verstanden. Auch das immer häufigere Klirren zersplitternder Gläser schien sie köstlich zu amüsieren. Franz, der auf all das nicht vorbereitet war, beobachtete Alessandro Parsini inmitten der wildesten Haufen. Da er in beiden Armen eine fröhliche Dame hatte, konnte er nicht selber trinken, und so wurde ihm abwechselnd von rechts und von links ein Glas an die Lippen gesetzt. Wann immer er Franz entdeckte, rief er ihn mit lauter Stimme herbei, und die beiden Damen mussten mit Franz anstoßen.

Die Ruderer Jacopo und Giulio behandelten Franz wie einen alten Freund und freuten sich sichtlich, wenn sie ihm im Trubel begegneten. Doch Franz fühlte sich abgestoßen von seiner neuen Gesellschaft. Diese jungen Männer waren schamlos reich. Sie würden ihr Leben lang niemals arbeiten müssen und sich dabei die absurdesten Ausschweifungen leisten können. Die Venezianer hatten ihren Reichtum verspielt. Die prächtigen Bauten ihres Wohlstands waren ausgehöhlt. Noch eigneten sie sich, um zu zeigen, wer man eigentlich ist, noch konnte man in ihnen die Spiele der Ausschweifungen spielen. Doch es waren Schauspiele geworden. Andere zahlten die Zeche. Und während man heute begeistert miteinander anstieß und sich gegenseitig feierte, würde man morgen mit zerknirschten Gesichtern einander gegenübersitzen. Die eine Seite würde um Summen betteln, die andere Seite würde die Summen verweigern. Denn Geld sollte ja Spaß machen. Und wo wäre der Spaß, es zu verleihen?

Während sich die teuren französischen Düfte, mit denen die Abendgarderobe getränkt worden war, verflüchtigten und der Jünglingsschweiß der schwitzenden Erben die Luft sättigte, konnte Franz nicht vergessen, warum er hier war: Die Verbrecher, die er finden wollte, hatten sich immer noch nicht aus der Deckung gewagt. Er musste ihnen endlich Vertrauen einflößen, damit sie ihm die wirklichen Angebote machten. Niemals würde er die verschlossene Tür finden, hinter der sie sich versteckten. Sie mussten die Tür öffnen und ihn einladen hereinzukommen. Er musste den gleichen Geruch ausdünsten nach Schweiß, Alkohol, französischen Wässern und nach …

Da ist er wieder!

Franz wusste nicht, ob er ihn in dem Durcheinander bisher übersehen hatte oder ob er eben erst gekommen war: Orfeo d'Albari trug einen Frack mit einem geschwungenen Muster in Violett und Flieder. Wie immer war Alessandro bei ihm. Die beiden Damen, mit denen er sich eben noch amüsiert hatte, waren verschwunden. Orfeo begrüßte alte Bekannte mit Wangenkuss und junge Ausländer, die ihm vorgestellt wurden, mit einer gönnerhaften Verbeugung. Wieder stach er aus der Gesellschaft heraus wie ein Professor unter seinen Studenten. Franz sah, wie er Alessandro etwas fragte, worauf Alessandro auf ihn wies und beide zu ihm herübersahen. Dann kamen sie zu ihm.

»Signore di Stargard«, sagte Orfeo. »Wie geht es Ihnen?«

»Sie sehen ja selbst«, erwiderte Franz und wies in die Runde.

»Ich höre, Sie sind ein häufiger Gast in meinem Palazzo!«

»Signora d'Albari ist so freundlich, mich gelegentlich zu empfangen.«

»Und mit ihr Gondel zu fahren. Und in die Oper zu gehen.«

Franz erschrak, doch d'Albari lachte laut auf. »Ich bin Ihnen zu Dank verpflichtet! Sie sorgen dafür, dass meine Frau sich nicht langweilt. Es gibt nichts Gefährlicheres als eine gelangweilte Ehefrau!«

Alessandro goutierte den Scherz mit Gelächter.

»Vielleicht kommen wir doch noch miteinander ins Geschäft. Ich habe unsere Villa an der Brenta verkauft. Es hängen ein paar alte Gemälde dort, die ich verkaufen möchte. Kommen Sie uns einmal dort besuchen. Ihr Landsmann ist auch an den Gemälden interessiert, wie heißt er noch …« Er wandte sich an Alessandro.

»Reinke«, antwortete Alessandro.

»Reinke, natürlich … Also zögern Sie nicht zu lange! Entschuldigen Sie mich, ich muss einen Freund begrüßen.« Franz sah ihm nach, wie er weiterzog – gefolgt von Alessandro.

Franz glühte innerlich. War dies der Moment, auf den er so lange schon wartete? War er im Inneren des Labyrinths angekommen, und war es Orfeo d'Albari, der dort saß und lauerte? Er hatte oft an die aufgebrachten Worte Vittorios gedacht. *Wieder einmal verschwunden – für drei Tage und drei Nächte.* Warum verschwand Orfeo? Wohin verschwand er?

Es hängen ein paar alte Gemälde dort.

War dies endlich die Einladung, die gestohlenen Gemälde zu sehen?

»Buona sera, Roberto«, hörte Franz eine helle Stimme sagen. Und als er sich umwandte, schaute er in die hellen Augen Marias. Sie wedelte mit einem venezianischen Fächer Luft über ihre bloßen Schultern. »Sie sehen so traurig aus! Amüsieren Sie sich gar nicht?« Maria lachte mit ihrer glockenreinen Stimme und strich ihm sogar mit ihrer weichen Hand über die Wange.

»Buona sera, Signorina Maria. Sehe ich traurig aus? Machen

Sie sich keine Sorgen, nur ein kleiner Moment der Müdigkeit. Der Alkohol …«

»Aber Sie trinken ja gar nichts! Kommen Sie, das wollen wir ändern!« Franz versuchte, Orfeo im Blick zu behalten, doch Maria hakte sich bei ihm unter und zog ihn zu einem Tisch, wo eben mit lautem Knall ein Champagnerkorken abgeschossen wurde. Der Korken schlug gut hörbar gegen ein riesiges Schlachtengemälde. Der Volltreffer mitten in die osmanischen Heerhaufen löste bei den Umstehenden großen Jubel aus, während der Champagner in ihre Gläser schäumte. Maria zauberte zwei Sektkelche herbei. Sie reichte eines der Gläser Franz und stieß lächelnd mit ihm an.

»Auf unser Wiedersehen!«, sagte sie.

»Auf unser Wiedersehen!«, erwiderte Franz. Und er beobachtete, dass sie – ebenso wie er selber – nur einen winzigen Schluck nippte. Während er mit ihr sprach, ging ihm Orfeos Angebot nicht aus dem Kopf. Nur jetzt nicht auffallen, dachte er. Falls er wirklich das Ziel vor Augen hatte, dann dürfte er gerade jetzt nicht aus der Rolle fallen! »Ist Greta auch hier?«, erkundigte er sich.

Maria sah ihn aus runden Augen an: »Als Trinkspruch mit einer jungen Dame fällt Ihnen nichts anderes ein, als über eine andere Dame zu sprechen?«

»Entschuldigen Sie, Maria, ich wollte nicht unhöflich sein.«

»Schon gut«, lachte sie. »Es war nur ein Spaß. Schließen Sie die Augen!«

»Die Augen schließen?«

»Aber ja! Augen zu!«, lachte sie.

Franz tat ihr den Gefallen. Der Gedanke, dass Orfeo im Inneren des Labyrinths saß, ging ihm nicht aus dem Kopf. Es würde alles passen! Er war klug, er war reich, er hatte Kontakte – er wäre imstande, eine so große Sache aufzuziehen. Aber hatte er Geld? Wenn ich Orfeo folge, dann finde ich vielleicht mehr heraus, dachte Franz. Ihn muss ich beobachten!

»Sie dürfen nicht schummeln!« Um sicherzugehen, dass er

auch wirklich nichts sah, legte Maria ihm die Hand über die Augen. Obwohl er überrascht war, spürte Franz wohlig und geradezu beruhigend die Wärme ihrer Berührung auf seinen Lidern und seiner Stirn.

»Wie lange muss ich die Augen geschlossen halten?«, fragte Franz.

»Sie dürfen schon wieder schauen«, antwortete eine andere, weichere Stimme. Und als sie die Hand von seinen Augen nahm, war es Greta. Franz schaute sie verblüfft an. Auch Greta trug ein glitzerndes Kleid, das die Schultern unbedeckt ließ. Die Haut ihrer Arme war dunkler als Marias, die gerade noch vor ihm gestanden hatte und nun verschwunden war.

Greta lächelte. »Wir Venezianerinnen können zaubern.«

»Das scheint mir auch so«, sagte Franz.

»Jetzt seien Sie nicht allzu froh, dass ich verschwunden bin!«, rief Maria hinter seinem Rücken und lachte, während mit lautem Knall ein Korken über ihre Köpfe hinwegflog und die osmanischen Heerhaufen erzittern ließ.

Die beiden jungen Damen bedankten sich noch einmal bei Franz für die Gastfreundschaft, die sie in seiner Gesellschaft genossen hatten, und er musste ihnen versprechen, ihren Ausflug nach Murano bald nachzuholen.

»Vor allem müssen Sie uns erlauben, Ihre Gastfreundschaft zu erwidern«, sagte Maria, »und uns mit einem Gegenbesuch die Ehre geben.«

»Das würde ich gerne tun«, erwiderte Franz. »Aber wie kann ich Sie finden?«

»Ganz einfach«, lächelte Greta. »Sie müssen nur die Augen schließen und es sich wünschen.«

»Ob das funktioniert«, zweifelte Franz. »Ich kann ja nicht zaubern!«

»Dann werden Sie uns auch nicht finden …« Greta entfaltete mit einer eleganten Bewegung ihren Fächer und verbarg ihr Lächeln dahinter.

»Roberto!« Franz wurde grob bei den Schultern gepackt.

Alessandro Parsini legte seinen Arm um Franz. »Du musst helfen! Diesen verfluchten Osmanen ist doch nicht beizukommen! Versuch du dein Glück!«

Wenn Alessandro hier war, wo war dann Orfeo? Franz schaute sich unauffällig um. Er konnte Orfeo nirgendwo sehen.

Alessandro schwenkte eine Champagnerflasche in der Luft, die er am Genick hielt wie ein Huhn, das geschlachtet werden muss. Er drückte Franz die eiskalte, mit winzigen Wassertropfen bedeckte Flasche in die Hände. »Auf, Roberto! Noch niemand hat heute Ihren General getroffen! Hol Suleiman von seinem Rappen!«

In diesem Moment sah Franz Orfeo: In Begleitung eines Mannes ging er zum Ausgang. Den anderen konnte Franz von hinten nicht so gut erkennen wie Orfeo am violetten Muster seines Fracks. Wieso geht er schon, dachte Franz. Er ist doch eben erst gekommen! Ein Diener hielt den beiden Männern mit einer Verbeugung die Tür auf. Franz' einziger Gedanke war, ihm zu folgen, aber das war unmöglich.

»Rette Venetien!«, rief Maria begeistert und hängte sich an seinen Arm.

Franz drehte den verzwirbelten Draht auf und setzte den Daumen an. Er hatte noch nie mit einem Korken geschossen. Zuerst geschah nichts, doch dann spürte er, wie der Kork einem mächtigen Druck nachgab und sich langsam aus dem Flaschenhals zwängte. Franz zielte auf Suleiman. Der Korken jagte mit einem lauten Knall heraus – und traf genau den General der Venezianer auf seinem schneeweißen Pferd.

21

Das verbotene Zimmer

Gleich am nächsten Morgen ließ Franz sich bei Rafaela melden. Nachdem Orfeo ihm vom Verkauf der Villa an der Brenta erzählt hatte, war Franz ihr Gespräch in der Gondel nach dem Besuch der Oper nicht aus dem Sinn gegangen. Rafaela hatte so düster in die Zukunft geblickt, weil ihnen als letzte Möglichkeit nur noch blieb, den Palazzo in Venedig und ihre Villa an der Brenta zu verkaufen.

Der Diener sagte ihm, die Nobildonna empfange nicht. Doch als er Franz schon wieder zur Tür begleiten wollte, kam Tagio erregt die Treppe herab.

»Berto, Berto!«, rief er. Sein Haar war nicht zu einem Zopf gebunden, sondern offen und zerzaust. Er hatte die Bürste aus Perlmutt in der Hand und drückte sie an seine Brust. Offenbar hatte sich niemand gefunden, der ihn bürsten wollte.

»Tagio, was ist los?«, fragte Franz.

Tagio gab ihm die Bürste und schloss Franz' Finger sorgfältig darum. Dann nahm er Franz' andere Hand und zog ihn die Treppe hinauf.

»Tagio, nicht«, sagte er. »Deine Mutter möchte alleine sein.«

»Papa!«, rief Tagio erregt. »Papa!«

Der Diener war sichtlich hin- und hergerissen. Aber weil er Tagio letztlich nicht widersprechen konnte, begnügte er sich damit, hinter ihnen herzukommen.

Oben stieß Tagio die Tür zum Salon auf und zog Franz herein. Zwei Dinge sah Franz gleichzeitig: Rafaela saß auf der

Kante eines Sessels und starrte tief in Gedanken vor sich hin. Auf dem Gestell, an dem der Bildhauer modelliert hatte, stand Rafaelas Büste – eingedrückt und verbogen, von einem Schlag in den weichen Ton zu einer grotesken Fratze verformt. Die feuchten Tücher, in denen die inzwischen nahezu fertige Arbeit eingewickelt gewesen war, lagen durcheinander auf dem Terrazzoboden. Rafaelas einstiges Ebenbild war grässlich entstellt, die hohle Form unter einem Auge sogar eingerissen.

Die wirkliche Rafaela blickte auf und sah Franz beinahe erschrocken an. »Roberto …«

»Was ist geschehen?«, fragte Franz.

Doch Rafaela blickte nur auf die Büste und antwortete nichts.

»Papa!«, rief Tagio erregt aus und machte eine linkische Handbewegung, die wohl einen Schlag darstellen sollte. »Papa!«

»Es ist gut, Tagio«, sagte Rafaela. »Beruhige dich …«

»Papa …«, sagt er noch einmal mit Nachdruck.

Der Diener stand in der Tür und verbeugte sich tief. »Chiedo scusa, Signora, ich habe dem Herrn gesagt, Sie empfangen nicht.«

»Va bene, Gabriele. Du kannst gehen.«

Der Diener zog sich mit einer Verbeugung zurück.

»Es … tut mir leid, ich wusste nicht …«, stammelte Franz.

»Es war nur ein Streit. Nichts weiter. Wir haben alle etwas die Nerven verloren …«

»Geht es Ihnen gut? Hat er Ihnen etwas angetan?«

»Nein, ich habe den Streit begonnen. Es ist meine Schuld. Orfeo hat etwas ins Haus gebracht, das er nicht hätte herbringen dürfen. Er ist zu weit gegangen. Ich musste einen Riegel vorschieben, und er …« Rafaela sah auf die deformierte Büste und rang sich ein wehmütiges Lächeln ab. »Schade um die schöne Arbeit. Sie hatte mir gut gefallen …«

»Kann ich etwas für Sie tun?«, fragte Franz.

»Papa …«, stieß Tagio noch einmal hervor.

»Komm her, Tagio, ich bürste dich.« Franz gab ihr die Bürste. Tagio stolperte zu ihr und warf sich vor ihr auf das Fußbänkchen. Sobald die Bürste seine Haare berührte, schloss er die Augen und kam sichtlich zur Ruhe.

»Ich möchte nicht länger stören«, sagte Franz, dem es unangenehm war, so unvermittelt in die Sphäre des Privaten geraten zu sein.

»Bleiben Sie, Robert. Setzen Sie sich.«

Franz setzte sich Rafaela und Tagio gegenüber. Für eine Weile waren nur die wohligen Geräusche zu hören, die Tagios Atem begleiteten.

»Ich habe gehört, Ihr Mann hat die Villa an der Brenta verkauft …«, sagte Franz schließlich.

Rafaela sah ihn überrascht an. »Von wem haben Sie das gehört?«

»Von Ihrem Mann.«

»Orfeo hat es Ihnen erzählt?«

»Überrascht Sie das?«

»Ja, er … Er hat mir gesagt, ich solle nicht darüber sprechen.«

»Warum?«

Sie antwortete nicht. Aber Franz sah, wie eine Träne ihre Wange herablief. Ihre Hand hielt inne, Tagios Haar zu bürsten. Sie sah Franz lange an. Bis sie sagte: »Vielleicht gehen Sie doch besser …«

*

»Du musst ihn abgeben.«

»Er gehört mir.«

»Du bestimmst nicht.«

»Oh, ja, ich bestimme.« Reinke sah ihn kalt und hart an. »Niemand nimmt ihn mir weg. Es ist mein Anteil. Ich nehme ihn als meinen Anteil.«

Obwohl Alessandro wusste, dass er den Deutschen damit

aufs Blut reizte, konnte er sich ein Grinsen nicht verkneifen. »Du musst ihn abgeben, *Herr Reinke.*« Indem er die Anrede betont deutsch aussprach, drückte er seine ganze Verachtung für Reinkes Überheblichkeit und seine Befriedigung über dessen Niederlage aus.

Aber Reinke gab sich nicht geschlagen. Eine Niederlage nahm er nicht hin. Nicht beim *Laokoon*. Eher würde er ihn zu Brocken und Splittern und Staub zerschlagen. Seinen *Laokoon* gab er nicht mehr her. Niemand würde ihn je wieder besitzen außer ihm selber.

»Er ist mein Anteil. Von mir aus könnt ihr mehr von dem Geld haben. Nehmt das verfluchte Geld, aber Finger vom *Laokoon*!«

»Du willst ihn kaufen?«, fragte Alessandro. »Wir verkaufen nichts hier in Venedig …«

»Ich entscheide, was verkauft wird. An wen verkauft wird, zu welchem Preis und zu welchen Bedingungen. Ohne mich verkauft ihr nichts. Ihr braucht mich.«

»Niemand braucht dich. Wir brauchen einen Kunsthändler, aber es gibt noch andere.«

»Willst du mir drohen?«

Alessandro antwortete nicht. Sein ruhiger, selbstbewusster Blick war Antwort genug.

*

Reinke überquerte die schmale Brücke, die ins Getto führte. Das Tor, das ehemals nachts verschlossen worden war, hing noch in seinen Angeln, auch wenn es nun immer offen blieb. Niemand machte sich die Mühe, es abzumontieren, vielleicht trauten die Menschen im Grunde ihres Herzens den neuen Zeiten nicht. Seit dieser junge Kunsthändler hier war, gingen die krudesten Gerüchte um, dass etwas bevorstand. Dabei war der junge Mann einfach nur verachtenswert. Er würde genauso schnell verschwinden, wie er aufgetaucht war, und niemand würde die Anspannung dann noch verstehen. Wie der Scirocco. Auch ihn begriff man nicht. Aber es war nur ein Wind. Er kam, brachte Kopfschmerzen und Anspannung und verwehte wieder.

Reinke betrat den Platz, um den sich die Häuser des Gettos scharten und der immer noch einer der belebtesten in ganz Venedig war. Doch zum Glück stand das Haus der Wäscherin gleich nach der Brücke auf der rechten Seite, sodass er sich nicht durch die Menschenmenge schieben musste. Im Treppenhaus war es angenehm still. Er stieg die knarrenden Stufen hinauf bis in den zweiten Stock. Die Tür zu Norinas Bügelstube stand offen, der Ofen brannte, das Bügeleisen lag darauf, es roch nach der erhitzten Stärke, doch Norina war nicht zu sehen. Nachdem er eine Weile gewartet hatte, ging Reinke wieder hinunter. Die Hitze hier oben nahm ihm den Atem und er begann zu schwitzen. Aber er hasste es zu schwitzen. Als er an der Haustür ankam, bemerkte er, dass die Treppe auch nach unten führte. Das war in Venedig durchaus ungewöhnlich, denn naturgemäß gab es hier keine Keller. Doch unten stand eine Tür offen. Ein fischiger Modergeruch drang herauf, der Reinke ärgerte. Trotzdem spürte er den Drang, dort hinunterzugehen.

Er schaute sich um. Im Haus war niemand zu sehen. Reinke löste den kleinen Haken, der die Haustür offen hielt, und schloss sie behutsam. Dann stieg er hinab.

Hinter einer Tür lag ein kurzer Gang und dahinter eine zweite Tür, die ebenfalls offen stand. Reinke schloss die erste Tür hinter sich und ging weiter. Hinter der zweiten befand sich eine Art Verlies mit einem kleinen Fenster. Der Raum stand bis zur Kante dieser Luke unter Wasser, die Wände waren modrig und feucht. Schwarzer Schimmel hatte sich unter der Decke gebildet. Der vordere Bereich aber bestand aus einer Art Podest mit Stufen, die in das düstere Wasser hinabführten. Auf diesem Podest stand Norina in ihrer weißen Bluse und ihrem langen Rock, einen Eimer in der Hand, und fischte mit einem Kescher in der trüben Brühe herum, in der es bei näherem Hinsehen wimmelte und krabbelte: Eine Unzahl von Krebsen tummelte sich im Wasser. Norina hob das Netz voller widerwärtig zuckender Tiere heraus, die sinnlos mit ihren Scheren in der Luft herumfuchtelten und sich gegenseitig griffen. Norina leerte den Kescher in den Eimer, der bereits halb voll war. Offenbar stieg das Wasser des Kanals mit der Flut über die Fensterluke und spülte das eklige Getier, auf der Suche nach schützenden Höhlen, in den Raum. Wenn das Wasser wieder sank, war den Tieren der Rückweg abgeschnitten und sie wanderten stattdessen in die Kochtöpfe der Bewohner des Hauses.

Reinke beobachtete die Bewegungen der schlanken Arme Norinas mit den vielen kleinen Narben auf der Haut, er sah, wie ihre schweißnasse Bluse an ihrer Taille klebte und ihre Rückenwirbel hervortraten, er ahnte ihre Brüste unter den Falten der Bluse und sah die Wölbung ihrer Beine unter dem langen Rock. Zugleich drang ihm der ölige, fischige Gestank dieses abstoßenden Verlieses in die Nase. Er hasste diesen Geruch. Er verabscheute diese Bedrängnis seiner Sinne, gegen die er sich nicht wehren konnte. Seine Körpersäfte begannen unbeherrscht zu kreisen und stiegen ihm zu Kopfe. Noch mehr aber hasste er sich selber dafür, dass er diesem tierischen Fluidum nichts entgegenzusetzen hatte. Dass seine Disziplin und seine innere Stärke in dieser dumpfen Höhle ohnmächtig waren.

Norina erschrak, als die schwere hölzerne Tür ins Schloss fiel. Sie fuhr herum und sah ihn vor sich stehen. Sein roter Hals war geschwollen und presste sich gegen den harten Hemdkragen. Als er nach ihr griff, wollte sie schreien, doch er hielt ihr den Mund zu. Der Eimer rutschte aus ihrer Hand und polterte zu Boden. Die Krebse drängten still und beharrlich übereinander hinweg und glitten ins Wasser. Reinke sah es nicht. Er sah nichts mehr, als sich seine Hand in ihren Rock krallte.

Die Büglerin Norina erlebte, in ihrem eigenen Haus, während oben ihr Bügeleisen auf dem Herd wartete, den entsetzlichsten Moment ihres Lebens.

Endlich lieferte man die beiden Gemälde der Veits. Vito öffnete die Transportkiste mit einem Brecheisen, und sie nahmen die Gemälde behutsam aus dem Stroh. Beide Bilder übertrafen die Erwartungen, die ihre Skizzen geweckt hatten. Johannes' Bildnis der beiden Geschwister, über die zwei Engel wachten, war sehr sorgfältig gemalt. Allein der Spitzenkragen des Jungen war in seiner Durchsichtigkeit so fühlbar, dass man darüberstreichen wollte. Doch die eigentliche Sensation war Philipps Madonna, die das Jesuskind das Laufen lehrt. Die Behutsamkeit, mit der die Mutter ihr Kind stützte, das in seine ersten tapsigen Schritte vertieft war, hatte etwas so Anrührendes und Reines, dass Franz und Vito lange schweigend davorstanden.

Franz hätte die Kunstwerke am liebsten beide behalten. Doch er beschloss, Rafaela die Madonna mit dem Kinde zu bringen. Zum einen hatte er ihr einen jungen Deutschen versprochen, und zum anderen war sein Geld inzwischen fast aufgebraucht. Sosehr es ihn schmerzte, sich von dem Bild zu trennen, er musste es tun. Und wenn er schon einen Kunsthändler vorstellte, warum sollte er nicht endlich etwas Geld damit verdienen?

Wie viel schlug man als Kunsthändler auf den Preis auf? Er hatte vierundzwanzig Scudi dafür bezahlt. War es anständig, achtundzwanzig dafür zu nehmen? Sicherlich war das nicht zu gierig. Andererseits war Donna Rafaela eine Freundin. Er würde ihr einen besseren Preis machen müssen. Also sechsundzwanzig.

»Was meinst du«, fragte er Vito. »Wäre es recht, sechsundzwanzig Scudi dafür zu verlangen?«

Vito starrte ihn entgeistert an. »Sechsundzwanzig?«

»Ist das zu viel?«, fragte Franz verunsichert.

»Ihr wollt zwei Scudi aufschlagen?«

Franz zuckte mit den Schultern.

»Auf die vierundzwanzig? Das sind nicht einmal zehn Prozent!«

»Wie viel hat Parsini aufgeschlagen?«

»Zweihundert! Fünfhundert! Manchmal noch viel mehr!«

Franz zweifelte, ob er jemals einen guten Kunsthändler abgeben würde. Er beschloss, einfach das zu nehmen, was Donna Rafaela ihm anbieten würde. Sie wusste am besten, was ihr das Gemälde wert war.

Als Franz am nächsten Morgen, in seinen besten Anzug gekleidet, zu Rafaelas Palazzo ging, folgten ihm zwei Träger mit dem Gemälde. Franz hatte es absichtlich nicht eingepackt, um für sich und auch für Philipp Veit zu werben.

In Rafaelas Palazzo erklärte ihm allerdings der Diener Gabriele, die Nobildonna sei abgereist. Er überreichte Franz einen Brief, den sie für ihn dagelassen habe. Franz las die Zeilen sofort. Rafaela berichtete in knappen Worten, dass sie zu ihrer Villa an der Brenta gefahren sei, weil sie alles in Ordnung bringen wolle. Sie lud Franz ein, nachzukommen und ihr Gast zu sein. Es seien um diese Jahreszeit keine Gesellschaften zu erwarten wie im Sommer, aber wenn ihm das Beisammensein mit Tagio und ihr nicht allzu langweilig sei, heiße sie ihn herzlich willkommen.

Franz überlegte, ob er das Gemälde Philipp Veits dalassen sollte, aber das erschien ihm zu prosaisch. Er wollte die Freude Rafaelas miterleben. Denn er war sicher, dass sie sich freuen würde. Als liebende Mutter würde sie das Gemälde gleich ins Herz schließen. Also wollte Franz es ihr lieber persönlich übergeben. Er brauchte keine halbe Stunde, um zu packen und einen Barcariol zu finden, der ihn zum Landgut der d'Albari ruderte. Es war das erste Mal seit seiner Ankunft, dass er zum Festland übersetzte.

Die Strömung der Brenta stellte für den Bootsmann kein Hindernis dar, denn das Wasser floss in der flachen Landschaft träge dem Meer entgegen. Franz staunte über die Pracht der Villen, die bald das Ufer säumten. Herrliche Sommerhäuser, weiß gekalkt, im Schatten alter Bäume und mit herrlichen Gärten zum Fluss hin. Der Barcariol nannte ihm die klangvollen Namen der Familien, denen die Villen gehörten.

Sie waren schon fast bis Mira gefahren, als der Barcariol endlich das Ufer ansteuerte und vor einer der prächtigsten Villen auf den Anlegesteg sprang. Franz bezahlte ihn und nahm seine Reisetasche. Schon als er die Stufen zum Garten emporstieg, kam ihm Tagio mit seinen eckigen Bewegungen entgegengeeilt. Im Sonnenlicht strahlte er ebenso weiß wie die Villa. Er umarmte Franz zutraulich, nahm ihn an der Hand und zog ihn zum Haus hinüber.

Wie jedes Jahr, wenn der Martinitag vorbei war, hatte man auf der großen Terrasse damit begonnen, die Pomeranzen- und Zitronenbäume, die in den warmen Jahreszeiten an der Südseite des Hauses vor der weißen Wand standen, in einen hölzernen Schuppen zu bringen, der eine Vielzahl von Türen hatte, die im Winter an warmen Tagen geöffnet werden konnten, um Luft und Licht einzulassen. Rafaela beaufsichtigte die Arbeiten, schnitt hier und da selber Blätter oder Zweige ab, und wenn sie eine Frucht fand, die die richtige Reife hatte, dann pflückte sie sie und legte sie in einen Korb, den ein Mädchen für sie trug.

Rafaela begrüßte Franz, und als sie mit ihrer Arbeit fertig war, zeigte sie ihm das ganze Anwesen. Stolz und zugleich wehmütig, denn sie erzählte Franz, dass sie seit zwanzig Jahren jeden Sommer hier verbracht hatten. »Orfeo hat mir die Villa zur Hochzeit geschenkt! Hier haben wir legendäre Feste gefeiert! Hier haben wir selige Vormittage im Schatten gesessen und Karten gespielt! Vor allem die Kinder waren hier so glücklich. Fern von allen Zwängen konnten sie hier das Leben genießen.«

Franz achtete bei ihrer Führung durch die Villa natürlich vor allem auf die Gemälde. Doch es hingen kaum welche an den Wänden. Dafür standen in mehreren Salons Holzkisten, teilweise noch geöffnet und mit Holzwolle darin, in die ausgesuchte Gegenstände verpackt wurden. Von den gestohlenen Gemälden sah er nichts.

Einen Saal der Villa allerdings zeigte Rafaela ihm nicht. Sie erklärte Franz, dies sei Orfeos privates Zimmer, das er alleine und ungestört zu nutzen wünsche, wenn er im Hause sei, und das während seiner Abwesenheit niemand betreten dürfe. Auch sie als Hausherrin respektiere diesen Wunsch, da es doch schließlich das Geheimnisvolle sei, das den Respekt füreinander lebendig halte. »Was mag wohl Ihr Geheimnis sein, Roberto? Ich würde viel darum geben, Ihre Geheimnisse zu ergründen …« Franz lächelte bedeutsam und ging nicht weiter darauf ein.

Später aßen sie zu dritt, und Rafaela las in der Bibliothek vor dem Kamin eine Geschichte vor. Den ganzen Abend über schien es Franz so, als sei seine schöne Gastgeberin bedrückt und ihr Blick von schweren Gedanken verschleiert. Als Tagio in seinem Sessel das Kinn auf die Brust sank und die weißen Augenlider schwer zufielen, öffnete Rafaela schließlich ihr Herz: »Ich hätte nicht gedacht, dass es mir so schwerfällt, all das hier aufzugeben. Wenn man ein Haus verlässt, muss man all die Jahre loslassen, die man darin verbracht hat. Man steht nackt und bloß vor der Erkenntnis, dass sie nie wiederkommen. Ein Leben ist vorbei … Tagio weiß noch nichts davon. Es ist das letzte Mal, dass wir hier draußen sein werden. Wie soll ich ihm das begreiflich machen?«

Als sie sich bei diesen Worten Tagio zuwandten, sahen sie, dass er keineswegs schlief, sondern die offenen Augen seiner Mutter zugewandt hatte. Ob er sie allerdings ansah oder durch sie hindurchblickte und ob er ihre Worte begriffen hatte, war nicht zu erkennen.

Rafaela brachte ihn zu Bett und überließ Franz die Bibliothek. Er saß noch eine Weile bei einem Glas Wein und dachte über das Schicksal dieser Venezianerin nach, die miterleben musste, wie ihre Welt zerfiel – und nichts dagegen tun konnte.

Während Franz seinen Wein austrank, lag sein Blick auf der weißen Doppeltür zu Orfeos verbotenem Zimmer. Die Beschläge aus poliertem Messing glänzten im Licht der Kerzen. Er dachte an die Büste Rafaelas, die Orfeo im Streit zerschlagen hatte. Orfeo hat etwas ins Haus gebracht, das er niemals hätte herbringen dürfen. War das, was Orfeo nie in den Palazzo hätte bringen dürfen, hinter diesen Türen eingeschlossen?

Vor dem inneren Auge sah er den *Laokoon* darin stehen. In der Mitte des Saales, in seinem ewigen stummen Kampf, umgeben von Gemälden, Dutzenden, Hunderten von gestohlenen Gemälden, aneinandergelehnt, gestapelt, Schicht um Schicht voreinander stehend.

Er ging die Treppe hinauf in sein Zimmer und legte sich ins Bett. Wie konnte er einen Blick in den verschlossenen Raum werfen? Wo war der Schlüssel? Franz hatte gesehen, dass der alte Verwalter des Landgutes, der die Arbeiten an den Pomeranzenbäumen beaufsichtigt hatte, einen Ring mit Schlüsseln am Gürtel trug. Aber wo wurden diese Schlüssel nachts aufbewahrt?

Franz hatte zum Schlafen das Fenster weit offen gelassen. Ihm war gar nicht aufgefallen, wie er den Duft von Bäumen und Gras, das Aroma von Erde und Holz und süßem Wasser in Venedig vermisst hatte. Wie lebendig es hier roch! Wie grün und fruchtig und herbstlich. Der Mond schien hell ins Zimmer. Franz überlegte, dass er durchs Schlüsselloch in das verbotene Zimmer schauen könnte. Wenn die weiße Marmorgruppe des *Laokoon* darin stand, konnte er sie im Mondlicht sicherlich sehen. Doch als er aufstand und seine Hose anzog, hörte er vom Garten her eine leise Stimme. Er ging zum Fenster und schaute hinunter in den mondbeschienenen Garten. Dort unten sah er Tagio, weiß, farblos, der barfuß auf dem Gras umherging und mit leiser Stimme zu sich selber sprach. Franz seufzte. Es wurde also nichts daraus, unbemerkt in das Zimmer zu schauen.

22

Der Garten der Madonna

Am nächsten Morgen trat Franz eben heraus auf die Terrasse, wo ein Frühstückstisch gedeckt war, als Tagio unbeherrscht zu schreien begann. Er stand nicht weit entfernt auf der Wiese, vor Angst erstarrt. Vor ihm im Gras, ebenso erstarrt, eine Viper. Sie war hellgrau mit einem gezackten schwarzen Muster auf dem Rücken und trug auf der Nase ein spitzes Horn. Sie zischte Tagio mit bösem Blick an. Franz griff beherzt nach einem Besen, der an der Balustrade lehnte, und war mit wenigen Schritten bei Tagio. Die Viper – durch den zweiten Angreifer verunsichert – zögerte, und Franz nutzte den Moment, mit dem Besenstiel unter sie zu stoßen und sie in ein Blumenbeet zu schleudern, wo sie eilig verschwand. Tagio fiel Franz weinend an die Brust und wollte die nächste Stunde trotz guten Zuredens seiner Mutter nicht mehr von ihm lassen, bis er schließlich in seinem Sessel am Frühstückstisch einschlief.

Der weitere Tag ging in aller Ruhe dahin. Nach dem Frühstück unternahmen sie zu dritt eine Bootsfahrt nach Mira, auf der sie gelegentlich die Gipfel der Alpen zwischen den Bäumen glitzern sehen konnten. Nach ihrer Rückkehr spielten sie Karten. Während Rafaela für die Arbeiten im Park und im Haus einige Anweisungen gab, schlich Franz um die Türen zum verbotenen Zimmer herum, bis er endlich Gelegenheit fand, sich unbeobachtet zum Schlüsselloch hinunterzubeugen. Doch als er hindurchspähte, sah er nur die zugezogenen Vorhänge.

Am Nachmittag unternahmen sie einen Spaziergang. Tagio lief meist voraus, während Rafaela und Franz nebeneinanderher gingen. Der Weg führte sie an einem Nebenkanal der Brenta entlang, bis sie an das verfallene Tor eines Parks gelangten. »Kommen Sie«, sagte Rafaela zu Franz. »Ich will Ihnen etwas zeigen.« Über einen schmalen Pfad betraten sie den verwilderten Park. Zwischen den Bäumen wucherte Gestrüpp und Unterholz, und das trockene Gras der Wiesen stand kniehoch. Gelegentlich gaben die Bäume den Blick auf eine verlassene Villa frei. Im Gegensatz zur strahlend weißen Villa der d'Albaris stand diese hier düster unter dem blauen Himmel. Das verwitterte Gestein der Mauern war nahezu schwarz und die Fensterläden aus dunklem Holz waren geschlossen. Die mittelalterliche Architektur des Bauwerkes mit romanischen Fensterbögen war eher die einer Burg als die einer Sommervilla. Rafaela beachtete das Haus nicht weiter, sondern führte Franz zu einem Hügel. Leichten Schrittes stieg sie hinauf bis zu einem Pavillon, dessen Boden mit trockenem Laub bedeckt war.

Der Ausblick war herrlich. Weit lag das Land mit seinen Feldern und vereinzelten Dörfern um sie herum. Auf der einen Seite, hinter der verlassenen schwarzen Villa, die Brenta, deren Lauf man bis hin zur Lagune sehen konnte, wo in der Ferne die Türme und Kuppeln Venedigs hinter Bäumen aufragten, und auf der anderen Seite atemberaubend schön die Bergkette der Alpen. Die gezackten Gipfel mit ihren weißen Spitzen lagen zum Greifen nah. Felsen und Schnee waren genau zu erkennen.

»Il tedesco«, sagte Rafaela. »Der Deutsche. So nennen wir den trockenen Wind, der die Berge so nahe bringt. Ist es nicht herrlich? Schon als Kind bin ich oft hier heraufgekommen, um die Berge anzuschauen.«

Rafaela zeigte Franz den Gipfel des Monte Cavallo, der alle anderen der nächsten Alpenkette weit überragte. »Man sagt, dort oben ist der wundersame Garten der Madonna. Aber niemand hat ihn je betreten ...«

»Glauben Sie daran, Donna Rafaela?«

»Natürlich glaube ich daran! Als ich ein kleines Mädchen war und mir meine Mutter davon erzählt hat, habe ich ihn so deutlich vor meinen Augen gesehen, dass ich es bis heute nicht vergessen habe. Die reizenden Blumen, die zahmen Tiere, den goldenen Hirsch … Wie kann man etwas sehen und nicht daran glauben?«

»Da haben Sie recht.«

»Ich hoffe nur, dass es niemandem je gelingt hinaufzusteigen. Stellen Sie sich vor, es wäre dort nichts als Schnee …«

Sie lächelte Franz mit einer Wehmut an, die ihm zu Herzen ging. Und plötzlich rief sie belustigt: »Andere sagen, auf diesem Gipfel findet man den ›sciarra d'ore‹, den goldenen Anker der Arche Noah!« Sie lachte. »Haben Sie solch einen Unsinn schon einmal gehört?«

Am folgenden Tag begann es zu regnen. Es wurde grau und düster, und die letzten schönen Tage des Herbstes schienen vorbei. Als Franz morgens vors Haus trat, sagte einer der Gärtner: »Scirocco.« Man konnte es sehen, man konnte es fühlen, und man konnte es riechen: Die milde Herbstluft musste dem raueren Winter weichen.

»Morgen werden wir abreisen«, sagte Rafaela. »Zum letzten Mal …«

Franz begriff, dass er also nur noch diesen einen Tag und eine Nacht zur Verfügung hätte, das Geheimnis des verschlossenen Zimmers zu ergründen. Er verbrachte den Tag damit, den alten Hausverwalter auszuspionieren. Da Rafaela sich bei ihm entschuldigte, um ihre Pflichten zu erfüllen, bot er seine Hilfe an und war dabei, als Kisten zugenagelt, zum Ufer getragen und auf einen Battello geladen wurden.

Franz kümmerte sich gelegentlich um Tagio, der ihn wieder und wieder an der Hand in den Garten zog, um ihm die Stelle zu zeigen, wo die Schlange gewesen war – als ob er nicht dabei gewesen wäre. Franz' Blick wurde immer wieder magnetisch angezogen von dem leise klimpernden Schlüsselbund am Gürtel des Hausverwalters. Im allgemeinen Durcheinander fiel es niemandem auf, dass Franz immer wieder in der Küche und den anderen Gesinderäumen auftauchte. Er fand heraus, dass die meisten Hausmädchen und Diener unterm Dach schliefen, dass aber der Hausverwalter in einer Kammer im Seitenflügel der Villa lebte, gleich bei der Küche und den Vorratskammern. Neben der Tür war ein Schränkchen an der Wand angebracht, das bis auf einen großen Haken an der Rückwand leer war. Franz war sicher, dass er hier in der Nacht den Schlüssel finden würde.

Am Nachmittag verabschiedete Rafaela einen Teil der Dienstboten, unter ihnen das Mädchen, das ihr den Korb für die Pomeranzen getragen hatte. Die Nobildonna reichte jedem von ihnen die Hand, wünschte ihnen Glück und gab ihnen einen Umschlag mit Trinkgeld. Zu dem Mädchen aber kniete sie sich auf den Boden, umarmte es und gab ihr einen Kuss auf die Wange. Franz sah gerührt, dass nicht nur das Kind, sondern auch Rafaela weinte.

Das Haus wurde also leer, und als Franz mit Rafaela und Tagio abends zu Tisch saß, waren nur Regen und Wind von draußen zu hören. Rafaela entschuldigte sich bei Franz, dass sie so schweigsam sei, und auch auf Tagio schien ihre Bedrücktheit überzugreifen. Er aß fast nichts und schaute mit dem leeren Blick vor sich hin, der Franz bei ihren ersten Begegnungen so verwirrt hatte.

Als Rafaela ihn bald nach dem Essen in sein Schlafzimmer führte, zog sich auch Franz zurück. Er wollte Rafaela die Möglichkeit geben, sich alleine von ihrem aufgegebenen Haus zu verabschieden. Und vor allem hoffte er, dass auch sie bald zu Bett gehen würde.

Franz saß also in seinem Zimmer, ohne sich auszukleiden, und horchte auf Geräusche, die ihm zeigen würden, dass er sich auf den Weg zu dem Schränkchen machen könnte. Da bis auf die Köchin, einen Diener und den Hausverwalter, die alle schon zu Bett gegangen waren, niemand mehr im Haus war, wusste er, dass nur noch Rafaela auf war. Doch so angestrengt er auch lauschte, das Einzige, was er hörte, waren Wind, Regen und immer wieder das Klappern von Fenstern. Also stand er auf, öffnete seine Zimmertür, lauschte ins Haus und schlich zur Treppe. Bis auf eine einzige Lampe in einem Glassturz, die unten auf dem glänzenden großen Tisch in der Mitte der Halle stand, lag das Treppenhaus im Dunkeln. Es schien Franz eine Ewigkeit zu dauern, bis er die Tür zum Salon hörte. Schnell eilte er in sein Zimmer zurück, schloss die Tür und hörte kurz darauf tatsächlich das Knarren der Treppenstufen und schließlich Rafaelas Zimmertür. Es kostete ihn unendliche Selbstbeherrschung, noch eine halbe Stunde verstreichen zu lassen, bis er den Weg zur Küche antrat. Für den Fall, dass er dabei erwischt wurde, hatte er vorsorglich den Inhalt des Wasserkruges, der auf seinem Nachttisch stand, aus dem Fenster gekippt und nahm den leeren Krug mit.

Die Treppe hinunter ging er mit größter Behutsamkeit. Tagsüber war er mehrmals hoch- und wieder hinuntergegangen, um auszuprobieren, wie die Stufen am wenigsten knarrten. Dabei hatte er herausgefunden, dass er sich so nah wie möglich an der Wand halten musste. Das tat er nun und gab dabei gut acht, dass er nicht aus Versehen eines der Gemälde anstieß. Unten ging es schneller, denn der Terrazzo machte kein Geräusch. Da die regnerische Nacht kein Mondlicht in die Fenster scheinen ließ, nahm Franz die Lampe vom Tisch. Nachdem er in der Küche den leeren Wasserkrug in den Spülstein gestellt hatte, schlich er zu dem Wandschränkchen, öffnete es – und da hing tatsächlich der Ring mit den Schlüsseln.

Franz war sicher, dass er diese Nacht noch eine Nachricht an Lukas schreiben konnte, damit der – unter Einhaltung der diplomatischen Rücksichten – österreichische Gendarmerie und das österreichische Gericht einschalten konnte. Franz würde nach Rom reisen, er würde seine Begnadigung, seine Belohnung und einen neuen Namen bekommen. Die Schlüssel waren nicht beschriftet. Während er sie probierte, sah er sich in der Kutsche nach Weimar sitzen, eine völlig überraschte Clara in die Arme schließen und auf dem Boden knien, um ihr einen

Heiratsantrag zu unterbreiten. Endlich drehte sich einer der Schlüssel im Schloss. Franz spürte, wie sich der Riegel zurückzog. Langsam drückte Franz die Klinke hinunter. Die Tür öffnete sich geräuschlos.

Als Franz einen ersten Blick in den Saal warf, konnte er nichts sehen. Es war stockdunkel. Er nahm die Lampe, die er neben der Tür abgestellt hatte, und ging hinein. Der Saal war nahezu leer.

Kein *Laokoon* stand in der Mitte des Raumes.

Keine Gemälde standen Schicht um Schicht aneinandergelehnt.

An den Wänden hingen zwei größere und mehrere kleine Rahmen mit bedeutungslosen Ölbildern, sonst nichts. Eine riesige Chaiselongue mit Kissen darauf und einem faltenreichen Himmel darüber, ein Tischchen mit mehreren Sesseln, ein großer Schreibtisch mit einer kleinen griechischen Plastik zweier nackter Ringer darauf. In seiner Enttäuschung umrundete Franz sogar den Tisch, als ob sich der *Laokoon* und die Gemälde dahinter verbergen könnten.

Franz war maßlos enttäuscht, dass sich seine Hoffnungen nicht erfüllten. Als er sich zur Tür umwandte, stand dort, im langen Kleid, die schönen Augen reglos auf ihn gerichtet – Rafaela.

*

Die Kutsche stand auf dem Marktplatz vor dem Gasthaus *Elephant*. Derselbe Koffer, der vor wenigen Wochen genau hier abgeladen worden war, wurde nun wieder aufs Dach gewuchtet. Clara hatte längst reisen wollen, zumal die Überquerung der Alpen mit jedem Tag schwieriger und gefährlicher wurde – und bald vielleicht sogar für Wochen unmöglich. Aber der Notar hatte sich furchtbar Zeit gelassen, weil es Unstimmigkeiten mit der Hinterlassenschaft ihres Vaters gegeben hatte. Ersparnisse, die im Testament angegeben waren, hatten nicht aufgefunden werden können, und es stellte sich schließlich heraus, dass sie schon vor Jahren, in den Wirren der napoleonischen Besetzungen, verloren gegangen waren. Zwar hatte der Einmarsch der Franzosen wenig Zerstörung und Plünderung über Weimar gebracht, aber es war so vieles beschlagnahmt und konfisziert worden, dass durch den Einbruch der ohnehin bescheidenen Wirtschaft im Lande viele Menschen ihr Erspartes verloren hatten. Der Notar hatte darauf bestanden, dass Clara bis zur Klärung der Angelegenheit zur Verfügung blieb, aber als sie am Ende die Summe sah, die sie erbte, war sie erschüttert.

Am Morgen war es Clara schwergefallen, die Wohnung zu verlassen. Der Koffer war längst abgeholt worden, als sie immer noch zögerte. Hier hatte sie ihre Kindheit verbracht. Und als sie dann endlich auf den Marktplatz gekommen war, hatten alle Freunde schon auf sie gewartet.

Der Kutscher drängte zur Abfahrt, aber Clara schaffte es beim besten Willen nicht einzusteigen. Madame von Stein gab ihr einen Brief, den sie, bitte schön, Dorothea Schlegel mitbringen sollte. Der Hofgärtner Sckell gab ihr eine Liste mit Samen und Pflanzen, die sie schicken möge. Goethe kam mit zwei Briefen an die Gesandten Niebuhr und Bartholdy. Ottilie, Goethes »Töchterchen«, brachte einen selbst gebackenen Kuchen, den Clara auf der Reise essen solle, gab aber dann freimütig zu, dass sie ihn nicht selbst gebacken, sondern beim Hofkonditormeister Ißleib bestellt habe. Ihre Freundin Adele Schopenhauer schenkte Clara zum Abschied einen Scherenschnitt, der eine Szene der Aufführung des *Don Juan* in italienischer Sprache zeigte, die sie gemeinsam besucht hatten. Fanny kam, um zu weinen und alle verrückt zu machen. Und sogar Freifrau von Stein hatte es sich nicht nehmen lassen, Clara an der Kutsche zu verabschieden. Sie waren einander nähergekommen, seit Clara die alte Dame vor einigen Wochen porträtiert hatte.

Der alte Goethe wollte Claras Hand im letzten Moment gar

nicht mehr loslassen. Sie sah ihm an, dass er am liebsten in die Postkutsche gesprungen wäre, um selber nach Rom zu fahren.

Der allerletzte Moment aber blieb Fanny vorbehalten, die sich Clara um den Hals warf und flüsterte: »Ich habe Angst um dich! Wenn er nun doch ein Mörder ist! Du verlässt all diese guten Menschen, um zu einem Mörder zu fahren ...«

»Er ist kein Mörder«, flüsterte sie eindringlich der Freundin zu.

Fanny flüsterte zurück, ohne die Umarmung zu lösen: »Woher weißt du das?«

Und Clara flüsterte: »Ich *weiß* es!«

Weil der Kutscher von seinem Kutschbock herunter maulte, von der ganzen Weinerei werden ihm schon die Gäule nervös, kletterte Clara endlich in den Wagen. Und als sie über das Kopfsteinpflaster davonrasselte, winkten ihr alle nach, mit Taschentüchern, Handschuhen oder Büchern, was gerade zur Hand war.

Bald sah Clara die offene Landschaft an sich vorüberziehen – die Krähen auf den kahlen Feldern, die leeren Obstbäume im letzten Laub –, und der Zweifel, den Fanny ihr ins Ohr gesetzt hatte, schlich sich doch noch in ihre Seele: Woher wusste sie es? Kann eine einzelne Frau mehr wissen als die Polizei, die Inquisition der Kirche und alle Richter Roms?

Ja, dachte Clara. Ja, sie kann. Sie weiß es besser.

Zugleich traten zwei andere Männer eine Reise an. Auch sie fuhren nach Rom. Auch sie suchten Franz Wercker. Und auch sie waren sicher, dass sie ihn finden würden.

Kommerzienrat Lohwaldt hatte die Männer sorgfältig ausgesucht. Es waren ehemalige Geheimpolizisten. Der eine, mit gebrochener Nase und schon in den Jahren, war in den Ruhestand geschickt worden, nachdem ihm von einem Spitzbuben ein Messer in den Bauch gesteckt worden war. Doch der Spitzbube, so sagte man, war umgehend durch dasselbe Messer gestorben. Der andere, ein Muskulöser mit einem reglosen Auge, war noch jung. Er hatte den Dienst von sich aus quittiert, weil ihm seine Fähigkeiten für den Hungerlohn, den das Königreich Bayern seinen Dienern bezahlte, zu schade waren. Er bot seine Dienste hohen Herrschaften an, die das Recht durch den Wandel der Zeiten nicht mehr von Hause aus auf ihrer Seite hatten. Ihnen verschaffte er Recht. Mit allen Mitteln.

Kommerzienrat Lohwaldt hatte den beiden eine genaue Beschreibung Franz Werckers gegeben, und er hatte ihnen sämtliche Menschen benannt und beschrieben, die in Rom Umgang mit dem Mörder seines Sohnes und seiner Tochter gepflegt hatten: die Künstlerfreunde, Caroline von Humboldt, Dorothea Schlegel, Clara Seidler. Und vor allem der junge Geistliche Pater Lukas, der den Mörder durch irgendwelche geheimen Ränke vom Schafott geholt hatte. Ihn zu beobachten, ihn auszuforschen, legte er seinen beiden Agenten vor allem ans Herz.

Der Abschied an der Kutsche in Nürnberg fiel sehr viel prosaischer aus als der in Weimar. Bevor die Agenten einstiegen, schärfte ihnen Kommerzienrat Lohwaldt ohne ein Lächeln noch einmal ein: »Bringt ihn nach Bayern. Ich will, dass er hier vor Gericht steht. Ich will ihn hängen sehen.«

23

Orfeo

Franz befürchtete, dass Rafaela ihm sein nächtliches Spionieren übel nehmen könnte. Als sie in Orfeos Zimmer aufgetaucht war, hatte er ihr erzählt, er habe nicht schlafen können und deshalb beschlossen, die Gemälde anzusehen, die Orfeo ihm präsentieren wollte. Ob sie ihm geglaubt hatte, wusste er nicht. Auf dem Weg in ihre Schlafzimmer hatten sie nur über Orfeo gesprochen. Rafaela hatte nachsichtig gelächelt und ihm erklärt, Orfeo sei ein guter Mensch, aber man dürfe nicht alles glauben, was er verspreche. Auf der Rückfahrt nach Venedig am nächsten Tag hatten sie die Ereignisse der Nacht nicht mehr berührt.

Nachdem er drei Tage lang nichts von Rafaela gehört hatte, schrieb er ihr einen Brief, in dem er sie bat, sie in ihrem Palazzo besuchen zu dürfen. Rafaela schrieb zurück und entschuldigte sich, dass sie ihn nicht empfangen könne, weil sie letzte Vorbereitungen treffe, um mit Tagio nach Padua zu ihrem Sohn Vittorio zu fahren, wo sie einige Wochen bleiben wollte, um dem Hochwasser zu entfliehen. Sie entschuldigte sich bei ihm, dass sie sich nicht persönlich verabschiedete, und lud ihn ein, sie zu besuchen, falls er nach Padua komme. Franz las den Brief mindestens ein Dutzend Mal durch, um zwischen den Zeilen zu lesen.

Der Scirocco brachte nicht nur drückende Luft und Kopfschmerzen, er brachte vor allem Wasser. Mit jeder Flut drückte der Wind das Meer weiter in die Lagune und das Hochwasser stieg an. Die Gewölbe und Durchgänge in den Seitengassen waren jetzt noch düsterer und bedrohlicher. Und seit Signora Donati Franz erzählt hatte, dass eine Frau von einem herabstürzenden Stein erschlagen worden war, mied er sie lieber.

Am Tag zuvor hatte Franz einen Weg, den er gegangen war, später auf dem Rückweg nicht mehr nehmen können, weil er unter Wasser stand. Deshalb versuchte er gar nicht erst, den Trödlerladen von Signora Giusina zu Fuß zu erreichen, sondern ließ sich mit einer Gondel direkt zu ihrem kanalseitigen Eingang bringen. Das Wasser stand bis zur Schwelle, und als Franz aus der Gondel stieg, leckten breite Wasserzungen in die düstere Drachenhöhle hinein.

Während Franz durch das Labyrinth aus Trödel tiefer in den modrigen Gestank der Höhle vordrang, war die Signora nicht zu sehen, doch Franz wusste, dass sie seine Witterung längst aufgenommen hatte und irgendwo lauerte. Unvermittelt stand sie dann wie aus dem Nichts vor ihm.

»Ich will mehr Bilder kaufen«, sagte Franz.

Die Alte starrte ihn missmutig an. Nicht wie ein Mensch, der ein Geschäft über viertausend Scudi abgeschlossen hat. Offenbar hatte sie von dem schönen Geld nur einen Bruchteil bekommen. Zu wenig, um höflich zu sein.

»Wovon reden Sie?«

»Sie wissen genau, wovon ich rede. Der Tizian. Ich will noch mehr kaufen.«

Sie zog den knochigen Kopf zwischen die Schultern und blickte sich zischend um, als ob jemand da wäre, der sie belauschen könnte. Abrupt wandte sie sich ab, schlurfte hinter ihre Ladentheke und verschwand in einem Mauerloch, hinter dem noch mehr Gerümpel gestapelt war. Franz dachte zuerst, sie würde sich mit jemandem besprechen, der dort im Hinterzimmer wartete, denn er hörte sie aufgebracht flüstern. Doch im schwachen Licht einer schmalen Luke sah er ihren Schatten. Sie machte sich an Dingen zu schaffen, die sie sinnlos hin und her räumte.

Plötzlich kam sie wieder zurück und funkelte Franz verschlagen an. »Ich werde Sie abholen lassen. Dann zeige ich Ihnen ein anderes Gemälde.«

»Nein«, entgegnete Franz.

Der Trödlerin fiel alles Menschliche aus dem Antlitz. Bei seinem Widerwort verzerrte sie den Mund zu einer Grimasse. »Nein?«, fragte sie feindselig.

»Nein. Ich möchte kein Gemälde, das Sie ausgesucht haben. Ich möchte selber wählen. Ich will Ihr ganzes Angebot sehen. Wir haben ein Geschäft miteinander abgewickelt, und ich habe bewiesen, dass ich ein vertrauenswürdiger Kunde bin. Ich lasse mich nicht mit diesem Misstrauen behandeln.«

»Es bleibt dabei. Ich zeige Ihnen ein Gemälde und nenne Ihnen einen Preis. E basta.«

»Ich will mehr Gemälde sehen.«

»Eines nach dem anderen.«

Eine Weile war nur das Glucksen des Wassers zu hören, das über die Schwelle ins Innere des Trödlerladens eindringen wollte.

Plötzlich hatte Franz eine kühne Eingebung. Er könnte, um seinen Willen durchzusetzen, noch einen Schritt weitergehen. Das Risiko wäre nicht abzuschätzen, also lieber schnell voranschreiten, bevor er kalte Füße bekam: »Ich weiß, dass der Tizian, den Sie mir verkauft haben, eine Fälschung ist. Ich habe ihn trotzdem gekauft. Es war ein gutes Geschäft. Für uns beide. Ich kann noch viel mehr für Sie tun, aber ich verhandle nicht länger mit Ihnen. Ich will mit dem sprechen, der hinter Ihnen steht.«

Der Markusplatz und andere tief gelegene Plätze waren nur noch über hölzerne Stege zu begehen. Es fehlte nicht viel, bis das Wasser die untersten Räume des Palazzo Peldrini erreichte. Der Scirocco wehte durch jede Ritze, und die Menschen hasteten durch die zugigen Gassen. Franz suchte Mattia, aber er hatte keine Ahnung, wo sich die Gassenjungen herumtrieben.

Wenn die heruntergekommenen und zerfallenen Häuser Venedigs bei Sonnenschein zwischen Himmelblau und Wasserglitzern auch reizvoll waren, so blieb in der winterlichen Trübnis nichts davon. Die Durchgänge tropften, die Wege waren glitschig, und die klamme Feuchtigkeit kroch in die Hosenbeine. Als er schon fast aufgab, sah er auf einer gegenüberliegenden Fondamenta einen Jungen Rad schlagen. Rad um Rad neben einer Gondel her, bis er geschickt eine geworfene Münze aus der Luft fing. Mattia! Franz suchte nach einer Brücke, um den Kanal zu überqueren, und nachdem er endlich eine gefunden hatte, war der Junge verschwunden. Doch als er um eine Ecke bog, wirbelten zwei nackte Füße in der Luft auf sein Gesicht zu. Franz packte im letzten Moment zu und hielt die Füße fest. Sie waren eiskalt. Mattia, mitten in seinem Radschlagen unterbrochen und auf den Händen stehend, schaute zu Franz auf.

»Signor Roberto!«, rief er freudig. Und als Franz seine Füße losließ, schwang er sich auf die Beine. »Ma che coincidenza!«

»Es ist kein Zufall«, erwiderte Franz. »Ich habe dich gesucht.«

»So! Warum? Ich habe nichts angestellt.«

Franz lachte. »Ich bin sicher, das hast du sehr wohl! Aber deshalb habe ich dich nicht gesucht. Komm, wir besorgen dir erst einmal etwas zu essen.«

Nicht lange, und sie saßen gemeinsam auf der steinernen Bank vor einer Kirche. Während der Junge Brot und Salami aß, erklärte ihm Franz, worum es ging. »Ich muss wissen, wer bei ihr ein und aus geht. Und ich muss wissen, wo sie hingeht.«

Der Junge nickte und schluckte in aller Ruhe einen Bissen herunter. »Damit die Alte keinen Verdacht schöpft, müssen wir es zu mehreren machen. Das kann teuer werden.«

Franz musste ein Lächeln über die Ernsthaftigkeit, mit der Mattia das Geschäft abwickelte, unterdrücken. »Gut«, erwiderte er ebenso ernsthaft. »Dein Preis ist der meine.«

Auf die Nachfrage von Franz, ob er dem Jungen zeigen solle, wo der Trödelladen lag, reagierte Mattia entrüstet. Jeder Zweifel sei ausgeschlossen. Er wisse genau, von wem Franz rede. »Die alte Trödlerin haben wir schon oft geärgert.« Er grinste.

Franz hatte bemerkt, dass sie aus der Ferne von zwei Kindern beobachtet wurden, die sich im Schatten eines Torbogens herumdrückten. Ein Junge, der noch kleiner war als Mattia, und ein Mädchen, das einen langen Rock trug, aber darunter die gleichen schmutzigen Füße hatte wie die Jungen. Es waren die beiden, die Franz auf dem Markt gesehen hatte, als er zum ersten Mal dort gewesen war. Sie waren zusammen vor den Gendarmen davongelaufen. Nun standen sie dort und schauten immer wieder neugierig und argwöhnisch herüber.

Er kramte noch ein paar Münzen aus seiner Tasche und gab sie Mattia. »Kauf dir und deinen Freunden heiße Spaghetti.«

Mattia führte seinen Auftrag gewissenhaft aus und folgte der Hexe durch die Gassen. Sie hatte ihren Laden abgeschlossen und noch ein dickes Schloss vor die Pforte gehängt, als ob jemand daran interessiert wäre, irgendetwas von ihrem alten Krempel zu stehlen. In einigem Abstand folgten Mattia der kleine Rolando, der schneller rennen konnte als die Großen, und Olivia, die nachts manchmal weinte und mit der man besser nicht in Streit geriet. Falls Mattia den Eindruck hätte, die Hexe sei auf ihn aufmerksam geworden, dann wäre auf sein Zeichen hin einer der beiden nach vorne gekommen und er hätte sich zurückfallen lassen. Doch zum Glück schaute sich die Trödlerin nie um. Und das war auch gut so, denn Mattia war überzeugt, dass sie wirklich eine Hexe war, und wenn sich ihre Blicke begegnet wären, dann hätte das für ihn böse ausgehen können. Aber bucklig und krumm hastete sie vor ihm her durch die Kälte und zog ihren Kopf unter ihr schwarzes Tuch.

Es ging immer weiter nach Westen, tief hinein nach Castello. Mattia kannte die Gegend gut. Er hatte die Erfahrung gemacht, dass in den Vierteln der Armen mehr für einen hungrigen Jungen abfiel als bei den Häusern der Reichen. Er war erst vor Kurzem den beiden Männern durch diese Gassen gefolgt.

Irgendwann blickte sich die Alte doch noch argwöhnisch nach allen Seiten um und pochte an die Tür eines Hauses. Mattia duckte sich rechtzeitig hinter einen Handkarren, auf den die Habseligkeiten eines Davonziehenden gestapelt waren. Es war dasselbe Haus mit den trüben Scheiben, in dem letztens der Mann mit dem runden Hut verschwunden war. Die Tür öffnete sich, um die Hexe einzulassen, doch Mattia konnte im Schatten niemanden sehen. Olivia und Rolando erschienen hinter ihm.

»Was machen wir jetzt?«, fragte Olivia.

»Na, was wohl? Warten!«, erklärte ihr der kleine Rolando großspurig.

»Und wenn sie nicht wieder herauskommt? Vielleicht wohnt sie da.«

»Nein«, sagte Mattia. »Der Kleine hat recht. Wir warten.«

»Ich bin nicht klein!«, zischte Rolando ihn an.

»Sagte die Erbse!« Olivia grinste.

»Ich bin groß genug! Ich will die Alte auch mal verfolgen. Und ihr bleibt dahinter.«

»Hört auf, sonst nehme ich euch das nächste Mal nicht mit!« Also schwiegen sie und schauten gespannt zu dem Häuschen hinüber. Leider kam nach einer Weile ein Mann zu dem Wagen und verjagte sie. Er zog den Karren fluchend davon, und die Kinder huschten in einen Durchgang, von dem aus sie das Haus gerade noch sehen konnten. Der kleine Rolando begann schon vor Langeweile zu gähnen, als die Tür endlich wieder aufschwang und Signora Giusina heraustrat. Sie warf sich das schwarze Tuch über ihren knochigen Kopf und kam zurück. Die Kinder duckten sich hinter die Ecke, um zu warten, bis sie vorbei war.

»Lass mich!«, flüsterte Rolando.

Mattia seufzte. »Also gut. Aber sei vorsichtig.«

Rolando warf sich stolz in die Brust und trat betont gleichgültig auf die Gasse hinaus. Olivia folgte ihm einen Moment später. Plötzlich drehte sich die Alte um und starrte den kleinen Rolando mit einem stechenden Blick an. Er blieb wie angewurzelt stehen.

Bedrohlich kam die Alte langsam zurück, den Kopf noch tiefer unter ihr schwarzes Tuch zurückgezogen. Rolando war nicht in der Lage, sich zu rühren. Olivia lief zu ihm und legte ihre Arme um seine Schultern.

»Tu!«, zischte die Alte.

Sie hob ihren knochigen Arm, an dem in Runzeln ihre fleckige Haut herabhing, und richtete ihren gichtigen Finger auf Rolando.

»Che tu sia maledetto!«

Der brennende Pfeil ihres Blickes durchbohrte den Kleinen qualvoll.

»Verflucht seist du!«

Endlich war Mattia da und schob sich zwischen Rolando und die Hexe. »Verschwinde, du Scheusal!«, sagte er und bemühte sich, bedrohlich zu klingen. Doch natürlich wusste die Alte genau, dass er Angst hatte vor dem bösen Blick. Jedermann wusste, dass es kaum etwas gibt, das schlimmeren Schaden anrichten kann.

»Vi maledico tutti!«

»Du kannst uns nicht verfluchen. Du bist nichts als eine alte Frau.« Mattia versuchte, ihrem Blick trotzig standzuhalten, doch er ertrug es nicht. Er wollte nicht sterben. Also wandte er sich ab und nahm Rolando, der immer noch steif vor Angst war, auf den Arm. Olivia vor sich her schiebend, trug er ihn davon.

*

Natürlich suchten die jungen Männer ihr Vergnügen nicht in der Oper, unter den Augen ihrer Eltern und der Österreicher. Alessandro, Jacopo und Giulio führten Franz in kleine Theater, in denen Burlesken und Farcen gegeben wurden, während derer man aß, trank und rauchte und bei denen man den Schauspielern Beine machte, indem man Unflätigkeiten rief oder

Essensreste warf. Es wurden mehrere Stücke hintereinander gegeben, und die Schauspielerinnen, die gerade nicht auf der Bühne standen, holten sich die ihnen zustehenden Artigkeiten, indem sie sich unters Publikum mischten. Da Franz an diesen Abenden oft der Einladende war, ließen ihn die Freunde gerne hochleben und stießen auf sein Wohl an. Und da die Schauspielerinnen bemerkten, aus wessen Taschen die geprägten Goldvögelchen flatterten, hatte Franz häufig eine oder eine andere auf dem Schoß, die so dick geschminkt waren, dass er sie kaum voneinander unterscheiden konnte. Erst ein Trinkgeld befreite ihn von der schönen Last, und wenn er nachts nach Hause kam, fand er seinen Kragen gepudert und seine Wangen mit einem knallroten Kussmund bestempelt.

Franz glaubte fest daran, dass er seine Chance bekommen würde. Er war sicher, dass er irgendwann etwas sehen oder hören würde, das ihn den entscheidenden Schritt weiterbrachte. Das ihn endlich in die Mitte des Labyrinths führen würde. Wo – er war sich dessen immer sicherer – Orfeo d'Albari lauerte. Um ihm näherzukommen, brauchte Franz Alessandro und seine Freunde. Er brauchte ihren Stallgeruch.

Der Palazzo Peldrini, der schon so lange keine Geselligkeit mehr erlebt hatte, blühte noch einmal auf. Franz lud ein, bestellte Musiker, ließ Diener kommen, und an der Eingangstreppe legten im Fackelschein endlich wieder Gondeln an. Große Begeisterung löste Franz aus, indem er den Venezianern das deutsche Kartenspiel Schafkopf beibrachte, das er selber in seiner Jugend auf den Baustellen oft gespielt hatte. Zunächst standen alle um einen einzigen Spieltisch, um die Regeln zu begreifen. Es wurde lebhaft auf Venezianisch diskutiert, wie die Spielzüge zu verstehen sind. Bald schon wollten so viele Mitspieler ihr Glück versuchen, dass an vier und fünf Tischen zugleich gespielt wurde. Zum Glück waren deutsche Spielkarten in Venedig leicht zu beschaffen.

Als er einmal den hölzernen Kasten öffnete, in dem er sein Geld aufbewahrte, lagen nur noch wenige Münzen darin. Franz klappte den Deckel zu, schloss ab, stellte ihn in das barocke Schränkchen zurück und setzte sich an den Schreibtisch des Jagdzimmers. Er nahm Papier, Feder und Tinte. Franz schrieb einen Brief, in dem er berichtete, die Großmutter sei krank und man brauche Geld für ihre Behandlung. Die Ärzte seien guter Hoffnung, dass sie den Ursachen ihrer Krankheit auf den Grund gehen könnten, aber die Diagnose sei schwierig und leider kostspielig. Lukas würde nicht erfreut sein, wenn er den Brief bekam. Franz hoffte nur, dass er ihm trotzdem die Treue halten würde. Er versiegelte einen Umschlag und schickte ihn an den Ordensbruder von Lukas, der ihm für wichtige Fälle als verlässlicher Kontaktmann genannt worden war.

Tatsächlich sah Franz Orfeo gelegentlich. Im Laufe eines Abends tauchte er auf, ein Platz wurde ihm frei gemacht, er wurde von Alessandro in Gespräche eingeführt. Orfeo lächelte Franz einen Gruß zu und wechselte über den Tisch hinweg ein paar oberflächliche Worte mit ihm. Doch fand Franz nie Gelegenheit, in seine Nähe zu kommen. Orfeo schien sich ihm zu entziehen. Mehrmals versuchte Franz ihm zu folgen, wenn er eine Gesellschaft verließ, aber es gelang ihm nie. Er wurde in ein Gespräch verstrickt und verpasste den Moment. Oder er wartete ab, um keinen Verdacht zu erwecken, und wenn er dann hinaus auf die Gasse kam, war von Orfeo nichts mehr zu sehen.

Doch eines Nachts hatte er Glück. Er hatte ein Gelage früher verlassen, weil ihm nicht wohl war. Er hatte zu viel gegessen, zu viel getrunken und seit Tagen zu wenig geschlafen. Der Stallgeruch, den er anzunehmen versuchte, bereitete ihm mehr und mehr Übelkeit. Während er in der schaukelnden Gondel saß, hatte sich sein Blick in den wirr tanzenden Spiegelungen des Mondes im Wasser verloren. Gedankenverloren registrierte er auf der Fondamenta eine Bewegung und hob unwillkürlich den Blick. Dort oben ging eine Frau in einem Kleid, das er kannte. Sie hatte sich abgewandt, und doch war er sicher.

»Irma!«, rief er. Obwohl sein Ruf unüberhörbar durch die

Stille hallte, wandte die Frau sich nicht um, sondern verschwand in einer Seitengasse.

»Irma!«, rief Franz noch einmal und befahl dem Gondoliere, sofort ans Ufer zu fahren. Der Mann reagierte auch prompt und brachte das Boot mit wenigen Ruderschlägen zur Mole. Franz kramte Geld aus der Tasche, warf es in die Kissen und kletterte aus dem Boot. Als er in die Gasse lief, zwischen deren fensterlosen Wänden kaum zwei Menschen nebeneinander gehen könnten, war niemand mehr zu sehen. Franz rannte bis zur nächsten Ecke, wo eine breitere Gasse kreuzte, und sah Irma gerade noch an der nächsten Abbiegung verschwinden. So ging es um mehrere Ecken, bis sie spurlos verschwunden war. Franz bemerkte die Pforte einer Kirche, die eine Handbreit offen stand. Langsam schob er die Tür auf und trat ins Dunkel des Kirchenschiffs. Vor dem Chorraum leuchtete im Schein einer einzigen Kerze eine Krippe. Das Vieh, die Hirten, die Heiligen Drei Könige. Neben der Krippe stand auf der einen Seite Josef, auf der anderen saß Maria bei ihrem Kind. Das Kleidchen Mariens strahlte in einem tiefen Blau, das all das Mondlicht in einem einzigen Punkt zu bündeln schien.

»Irma?«, flüsterte Franz. Doch aus keinem der vielen tiefschwarzen Winkel kam eine Antwort.

Franz hatte Irmas Gesicht nicht gesehen, aber er war sicher, dass sie es gewesen war. Warum hatte sie ihm erzählt, dass sie Venedig verlässt? Warum war sie weggelaufen? Warum wollte sie nichts mehr von ihm wissen?

Als Franz zurück zum Kanal gehen wollte, stand er an unbekannten Ecken und vor einer Brücke, die ihm fremd war. Er hatte sich verlaufen. Er versuchte zurückzugehen, doch er kam noch weiter vom Weg ab. Einmal endete der Weg vor ihm abrupt, und Franz wäre im Dunkeln beinahe in einen Kanal gefallen, ein anderes Mal geriet er in einen Hof ohne Ausweg. Die Gassen waren so düster, dass Franz sich an den feuchten Wänden entlangtastete. Endlich sah er einen Lichtschein, der langsam heller wurde. Zwei Männer in langen Umhängen mit einer Fackel tauchten in einer Quergasse auf. Franz wollte sie schon um Hilfe anrufen, als er sie erkannte: Alessandro und – Orfeo! Franz hielt den Atem an. Wo gingen die beiden um diese Zeit hin?

Als sie vorbei waren, eilte Franz ihnen hinterher. Alessandro trug einen schwarzen Umhang, doch Orfeos war mit einem hellen Blumenmuster bestickt, in das glänzende Fäden eingewoben waren, die das Licht der Fackel reflektierten. Nachdem sie mehrere Brücken überquert hatten, gelangten sie an ein niedriges Haus, das auf allen Seiten von Wasser umgeben war. Zum Eingang führte eine kleine Brücke, die zugleich Treppe war, sodass die Tür und die wenigen Fenster etwas erhöht lagen. Ein flaches Dach gab dem Bauwerk ein gedrungenes Aussehen. Durch die Ritzen der geschlossenen Fensterläden schimmerte Licht. Im Schein der Fackel war deutlich zu sehen, dass sowohl das Haus als auch die Fensterläden dunkelgrün angestrichen waren.

Franz duckte sich hinter eine Hausecke, als Alessandro sich umschaute und dann mit einem markanten Rhythmus gegen die Tür klopfte. Es wurde geöffnet, Alessandro warf die Fackel zu Boden, trat sie mit dem Schuh aus, und die beiden Männer verschwanden im Inneren.

Franz glühte. Reglos stand er im Dunkeln und überlegte fieberhaft, was er tun sollte. Hatte er endlich das Versteck der Gemälde gefunden? Stand dort drüben, hinter diesen unscheinbaren grünen Mauern, der *Laokoon*? Das Haus eignete sich durchaus dafür. Es lag am Wasser, sodass man nicht in die Fenster schauen konnte, und auf der Rückseite gab es sicher eine Pforte, durch die man Boote entladen konnte. Sollte er es wagen, jetzt die Gendarmerie einzuschalten? Wären sie auf seine bloße Aussage hin – die allerdings sehr fantastisch klingen würde – bereit, das Haus zu durchsuchen?

Noch während er hin und her dachte, kam Alessandro wieder heraus. Die Tür wurde hinter ihm geschlossen, und er ging, ohne die Fackel aufzunehmen und neu zu entzünden, im Dunkeln davon.

Nachdem seine Schritte verhallt waren, stand Franz lange in der stillen Gasse und wartete. Würde Orfeo das Haus auch wieder verlassen? Würde noch jemand kommen? Manchmal glaubte Franz, die Klänge einer Violine übers Wasser hallen zu hören. Er zögerte lange, doch endlich schlich er zur Tür und legte sein Ohr an das Holz. Musik war zu hören. Die Violine. Und ohne dass Franz es verhindern konnte, hob sich seine rechte Hand und klopfte den Rhythmus, den er noch im Ohr hatte, an die Tür. Was tue ich hier! Nichts wie weg! Doch schon wurde geöffnet, und ein Diener stand vor ihm, der ihn fragend anschaute.

»Orfeo mi aspetta«, sagte Franz.

Der Diener zögerte einen Moment, doch als Franz, der immerhin noch seinen Gesellschaftsanzug trug, selbstbewusst eintrat, hinderte er ihn nicht und schloss die Tür hinter ihm. »Digli che Roberto è arrivato.« Franz folgte dem Diener, und als der eine Tür öffnete, trat Franz ein.

Und erstarrte: Was er sah, war nicht das, was er erwartet hatte. Keine Gemälde, kein *Laokoon*, keine Spießgesellen, die mit Brechstangen Kisten öffneten, aus denen Stroh quoll.

Der Raum war mit Vorhängen, Tüchern und Draperien geschmückt, die ihn in ein Labyrinth aus Nischen und Lagern teilten. Auf dicken Teppichen lagen Kissen, ein Sessel lag auf dem Rücken, die Beinchen in die Luft gereckt wie ein totes Insekt, hier und da schimmerten Kerzen. Mit dem Rücken zu Franz stand ein junger Mann, der eine sehnsüchtige Melodie auf der Violine spielte und der mit nichts weiter bekleidet war als einer kurzen Toga, die ihm von einer Schulter herunterhing, während der muskulöse Arm, der den Geigenbogen führte, unbedeckt war.

Unter einem Himmel stand ein üppiges Bett, das von durchscheinenden Vorhängen bedeckt war und in dem, nur halb bedeckt von seidenen Laken, ein nackter Jüngling schlief.

Von einer eisernen Feuerschale stieg Rauch auf, der einen betörenden Geruch verbreitete.

Auf einer Ottomane aber lag Orfeo. Auch er trug eine Toga, die seine Waden und Füße frei ließ. In seinem Mund hielt er eine lange Pfeife mit einem winzigen Kopf, die gerade von einem dritten Jüngling angezündet wurde. Dieser trug ein barockes Frauenkleid, das hinten aufgeschnürt war und seinen bloßen Rücken frei ließ. Orfeo war geschminkt wie eine Kokette. Das Rot auf seinen alten Lippen und seinen faltigen Wangen wirkte allerdings keineswegs anziehend, sondern lächerlich und tragisch. Erst als er den Rauch der Pfeife langsam ausblies, wanderte sein Blick über Umwegen zu Franz. Seine glasigen Augen waren kaum in der Lage, den überraschenden Besucher zu fixieren. Ebenso wie sein Geist im Nebel des süßen Rauches tastete, um ihn einzuordnen. Erst nach einer langen Weile fand er sein Ziel. »Roberto …«, raunte er.

»Ein Missverständnis …«, stammelte Franz. »Ich bitte um Verzeihung …«

Das also war es, das Orfeo ins Haus gebracht hatte. Kein Diebesgut. Jünglinge!

Deshalb verschwand er für Nächte. Darüber war sein Sohn Vittorio so erbost gewesen! Darüber tuschelte man bis nach Padua.

Dies waren also die Dienste, die Alessandro dem Nobiluomo erwies. Er führte ihm Jünglinge zu. Deshalb die Abende mit den Ruderern, mit den Söhnen ausländischer Familien.

Franz drehte sich auf dem Absatz um und floh hinaus.

»Roberto!«, rief Orfeo hinter ihm. »Bleiben Sie!«

Doch Franz hörte nicht auf ihn. Er erreichte die Haustür, doch als er die Klinke herunterdrückte, öffnete sich die Tür nicht. Franz rüttelte mehrfach daran, bis er begriff, dass die Tür abgeschlossen war. Der Schlüssel steckte im Schloss, und er drehte ihn herum.

»Was für ein Missverständnis?«

Orfeo stand in der Tür zu seinem verruchten Zimmer – seinem *geheimen Zimmer*! Die nackten Füße unter der Toga stämmig auf dem Boden, eine Hand am Türrahmen, schwankte er leicht. Doch sein Blick war überraschend fest. Der Rausch, der ihn gerade noch umfangen hatte, war verschwunden. Die absurde Schminke wirkte auf einmal nicht mehr lächerlich, sondern wie eine Maske.

»Was hatten Sie geglaubt, was Sie hier finden?«

24

Du verlierst dich, Franz Wercker!

Am nächsten Mittag pochte es unten an der Tür zur Gasse. Signora Donati öffnete, und vor ihr stand der Priester, der zwei Monate zuvor schon einmal zu Besuch gekommen war. Sie erinnerte sich sofort an ihn, nicht nur, weil sie ihren Herrn nie zuvor so strahlend erlebt hatte wie bei der Umarmung mit dem jungen Kirchenmann, sondern schon deswegen, weil sie nie zuvor einen so stattlichen Priester gesehen hatte. Auch unter der schwarzen Soutane kamen seine schmalen Hüften und geraden Schultern zur Geltung. Sein Blick zeugte von Klugheit und Willensstärke. Dieses Mal jedoch blickten sie grimmig. Vor allem, als Signora Donati dem Pater erklärte, dass der Herr noch schlafe, bildete sich eine unwillige Falte zwischen seinen Augen.

»Wenn Sie warten möchten …«, sagte die Signora, als sie ihn hereinließ.

»Nein«, erwiderte er. »Ich will nicht warten.« Und damit lief er, zwei Stufen auf einmal nehmend, die Treppen hinauf.

Franz erwachte von einem Schwall kalten Wassers, der auf seinen Kopf klatschte. Er fuhr mit schreckgeweitetem Gesicht vom Kissen hoch und starrte wirr umher. »Lukas! Zum Teufel! Was tust du? Wo kommst du her?«

Doch anstatt zu antworten, packte Lukas das Bettlaken und zerrte es mitsamt Franz aus dem Bett. Franz schlug hart auf dem Boden auf.

»Lass das! Bist du irrsinnig?«

Lukas ließ Franz keine Zeit, sich aufzurappeln, sondern zerrte das Laken mitsamt Franz über den spiegelglatten Terrazzoboden aus dem Schlafzimmer.

»Hör auf! Gib acht, da ist die Treppe!«

Doch schien Lukas diese Belehrung nicht zu brauchen. Er wusste sehr wohl, wo die Treppe ist, und schleifte den Freund geradewegs darauf zu.

»Lukas! Au!« Stufe für Stufe ging es abwärts, Franz schlug sich das Steißbein an, die Ellenbogen, den Kopf, aber weil seine hochgehobenen Füße als Einziges keine Berührung mit dem Boden fanden, gelang es ihm nicht, den Schlägen der Stufen zu entkommen. Signora Donati, von Franz' Schreien alarmiert, begriff noch weniger als Franz, was vorging, aber sie hatte das dunkle Gefühl, dass es richtig war.

Endlich, am Fuß der Treppe, ließ Lukas das Bettlaken los. Franz sprang eilig auf, bevor er dem verrückten Priester wieder ausgeliefert wäre. Der stapfte wortlos ins Jagdzimmer. Franz, immer noch im Nachthemd, Kopf und Schultern tropfnass, sah Signora Donati an. »Kaffee«, sagte er, um irgendetwas zu sagen. »Bringen Sie Kaffee.«

Als er ins Arbeitszimmer kam, hatte sich Lukas schon in der Mitte des Raumes aufgebaut. »Großmutter ...«, sagte er. Und noch einmal: »Großmutter!«

»Ich brauche das Geld«, erwiderte Franz.

»Du hast Unsummen ausgegeben!«

»Ich komme ihnen immer näher.«

»Was heißt *immer näher*?«

Was sollte Franz darauf antworten? Nach der enttäuschenden Entdeckung von Orfeo d'Albaris Geheimnis.

»Wer ist es?«

»Das weiß ich noch nicht!«

»Du schaufelst dir dein eigenes Grab, Franz Wercker! Kardinal della Somaglia ist außer sich vor Wut. Du hast keine Ergebnisse, aber du willst Geld!«

»Er ist außer sich? Wenn er so schlau ist, warum haben seine

Sbirri die Kunsträuber nicht gefunden? Warum nicht die Gendarmen und die Geheimpolizei der Österreicher? Glaubt er, ich komme her und schaffe sofort, woran alle anderen gescheitert sind?« Franz atmete heftig. Als er sich beruhigt hatte, erzählte er von Signora Giusina, die ihm einen gefälschten Tizian verkauft hatte. »Andere stehen hinter ihr. An die muss ich heran. Sie müssen mir vertrauen. Deshalb kaufe ich die Gemälde. Ich erwarte stündlich ein neues Angebot von ihr.«

Franz wünschte, dass es wirklich so wäre. Doch in Wahrheit kam er auch mit ihr nicht weiter. Er hatte weder von der Signora selber etwas gehört noch von Mattia. Einmal hatte Mattia vor dem Haus gestanden und Franz gesagt, er könne keine Aufträge mehr erledigen. Und als Franz besorgt gefragt hatte, ob etwas nicht stimme, hatte Mattia ihm nur trotzig das Geld zurückgegeben, das er für den Auftrag bekommen hatte, und war davongelaufen. Seither war er wie vom Erdboden verschluckt.

»Und weshalb treibst du dich mit diesen reichen Nichtsnutzen in Theatern herum und versäufst das Geld der Kirche?«

»Ich versuche, ihr Vertrauen zu gewinnen!«

»Franz, ich mache mir Sorgen um dich. Du bist jeden Tag volltrunken. Du gehst bei Sonnenaufgang ins Bett. Du ziehst Schauspielerinnen auf deinen Schoß und steckst ihnen Geld zu.«

»Ich ziehe sie nicht!«

»Du verlierst hohe Summen beim Kartenspiel!«

»Woher weißt du das alles?«

»Sieh dich an! Du siehst furchtbar aus. Du hast die Augen eines Säufers.«

»Dem Blick der heiligen Inquisition entgeht nichts …«

»Du kommst vom Weg ab. Du verlierst dich, Franz Wercker!«

Franz sprang wütend auf. »Ich erwarte nicht, dass der Kardinal mir vertraut. Aber dass du mir misstraust …«

»Ich mache mir Sorgen um dich!«

»Ich werde es schaffen, Lukas. Ihr habt mir bis Weihnachten Zeit gegeben.«

»Nächste Woche *ist* Weihnachten!«

»Das weiß ich, Lukas. Dann hilf mir. Gib mir das Geld.«

»Ich habe kein Geld.«

Franz starrte ihn ungläubig an. »Du bist ohne Geld gekommen?«

Lukas zuckte mit den Schultern. »Du hast Geld für deutsche Künstler ausgegeben. Für deine alten Freunde! Der Kardinal weigert sich, dir mehr Geld zu geben.«

»So ...«, sagte Franz. »Damit ist wohl alles gesagt. Dann kannst du ja jetzt gehen.«

»Franz ...« Lukas konnte nicht weitersprechen, weil Signora Donati mit dem Kaffee hereinkam.

Als sie die Kanne und zwei Tassen auf den Tisch stellte, sagte Franz, ohne den Blick von Lukas abzuwenden: »Ich brauche nur eine Tasse. Der Pater muss leider schon gehen.«

»Der Herr ist mit dir, Robert von Stargard. Vergiss das nie.«

»Dann ist ja wenigstens einer mit mir ...«

Lukas wandte sich ab und ging. Und als Signora Donati hinter ihm hereilte, um ihn hinauszugeleiten, blieb Franz alleine zurück.

Noch am Nachmittag saß Franz in seinem Sessel, im Nachthemd, zitternd vor Kälte, obwohl seine Haare längst getrocknet waren. Nur langsam war ihm klar geworden, dass er nun völlig alleine und auf sich selbst gestellt war.

Das einzig Gute, das er getan hatte, die einzige gute Tat, die er mit dem vielen Geld begangen hatte, sollte die letzten Brücken hinter ihm abgerissen haben? Nur weil er den alten Freunden zwei Gemälde abgekauft hatte, war der Kardinal so wütend auf ihn, dass er ihm jede weitere Hilfe verweigerte?

Am selben Tag noch begann es zu schneien. Franz sah zum ersten Mal, seit er sich zu Fuß über die Alpen gekämpft hatte, Schnee. Weiße Flocken sanken vom Himmel herab und lösten sich unter seiner Loggia im grauen Wasser des Canal Grande auf. Als er die Schneeflocken sah, erinnerte er sich, was es bedeutete, sich Nacht für Nacht ein Lager zu suchen. In leer stehenden Häusern, in zugigen Ruinen, unter Bäumen und Büschen.

Ihr straft mich, weil ich Gutes tue? Das wollen wir doch sehen! Franz zog sich an, warf eine Jacke über und hetzte durch die Gassen. Da er inzwischen schon die Gegenden kannte, in denen sich Mattia und seine Freunde herumtrieben, sah er bald den kleinen Jungen, der zu Mattia gehörte. Er saß alleine in einen vernagelten Hauseingang gekauert und hatte Arme und Beine gegen Kälte und Schnee eng an den dünnen Körper gezogen. Franz hockte sich vor ihm hin. »Du gehörst zu Mattia, nicht wahr?«, fragte er ihn. Doch der Junge antwortete nicht, starrte nur vor sich hin, seine blauen Lippen zitterten.

»Komm mit«, sagte Franz zu ihm. »Wir gehen ins Warme.«

Er hob den Jungen hoch und setzte ihn sich auf den Arm. Der Kleine drückte sich an ihn, um nichts von dem bisschen Körperwärme, die durch Franz' Kleidung drang, verloren gehen zu lassen.

Als Franz ihn hochgehoben hatte, tauchten wie aus dem Nichts weitere Kinder auf: aus Torbögen, aus Nischen und Durchgängen, unter zusammengeklappten und verschnürten Marktständen. Sie blickten Franz feindselig an. Mehrere der Kinder hielten einen Stein in der Hand, und einer ließ sogar bedrohlich ein rostiges Messer sehen. Nicht weit entfernt stand das Mädchen, das er zuvor schon mit dem Kleinen gesehen hatte. »Lascialo andare!«, sagte sie feindselig. Lass ihn los!

»Ich tue ihm nichts«, erwiderte Franz. »Erkennst du mich nicht? Du hast mich mit Mattia gesehen.«

Sie erwiderte nichts, doch ihr Blick wurde nicht freundlicher.

»Wo ist Mattia?«

Das Mädchen riss ihm den Jungen weg und nahm ihn selber auf den Arm.

»Ich heiße Robert«, sagte Franz. »Wie heißt du?«

Sie antwortete nicht.

In diesem Moment kam Mattia die Gasse entlanggelaufen. »Roberto!«, rief er freudig. Doch dann sah er das feindselige Gesicht des Mädchens. »Was ist los, Olivia?«, fragte er sie.

»Er wollte Rolando mitnehmen.«

»Er ist eiskalt! Er muss ins Warme«, sagte Franz. »Wo schlaft ihr, du und deine Freunde?« Ihm entging nicht, dass Mattia unwillkürlich alarmiert aufschaute. Es bedeutete nichts Gutes, wenn ein Erwachsener die Verstecke der Kinder wissen wollte.

»Ich habe Euch gesagt, ich kann nichts mehr für Euch tun«, sagte Mattia.

»Du sollst nichts für mich tun. Wollt ihr bei mir schlafen?«

Mattia blickte ihn aus großen Augen an. »In Eurem Palazzo?«

»Wir lassen Stroh kommen«, sagte Franz.

Die Augen des Jungen wurden noch größer.

»In den alten Schränken sind massenhaft Leinentücher.«

»Leinentücher … Hast du gehört, Olivia?« Die Vorstellung, auf einem Leinentuch zu schlafen, überstieg alle Hoffnungen Mattias. »Wie viele dürfen?«, fragte er und blickte zu den anderen Kindern hinüber.

»Wie viele seid ihr?«

»Das kommt darauf an …«

Signora Donati machte sich Sorgen um ihren Herrn. Was war aus ihm geworden! Es stand ihr natürlich nicht zu, ihm ihre Meinung zu sagen, aber ihr Schweigen und ihre Blicke begriff er hoffentlich. Der Priester hatte vollkommen recht. Zwar hatte sie nicht verstanden, was die beiden geredet hatten, aber offensichtlich hatten sie wegen Signore di Stargards Lebenswandel gestritten. Ihn aus dem Bett zu ziehen und auf seinem Laken die Treppe hinunterzuzerren, war sicher schmerzhaft gewesen, aber genauso sicher dringend notwendig. Diese jungen Männer, mit denen er sich herumtrieb! Obwohl sie klangvolle Namen führten, taugten sie nichts. Auf den ersten Blick war zu sehen, dass sie ihn ausnutzten. Natürlich konnte sie ihn nicht vor ihnen warnen. Er fragte sie ja nicht mehr nach ihrer Meinung, wie er das zu Anfang oft getan hatte. Offenbar wusste er, was sie geantwortet hätte, er blickte sie kaum noch an, wenn er ihr Befehle gab. Ja, Befehle, denn auch sein Ton hatte sich geändert. Zu Anfang war er immer freundlich gewesen und hatte sie um einen Dienst gebeten. Deshalb hatte sie gerne alles für ihn getan. Doch anscheinend hatte sie sich in ihm getäuscht. Inzwischen benahm er sich genauso schlecht wie die Taugenichtse, die hier nachts ein und aus gingen.

Als es ungeduldig an der Haustür pochte, ging Signora Donati also schlecht gelaunt zur Tür. Und als sie öffnete, erstarrte sie. Draußen stand ihr Herr, einen zitternden Jungen auf dem Arm und hinter ihm zwei Dutzend Kinder, die sie mit großen Augen anstarrten. Eins war schmutziger als das andere, die größeren hielten die Kleinen an den Händen, Nasen liefen, entzündete Augen tränten, überall Narben und Schorf. Und Haare! Haare so struppig und dreckig, dass sie einem Ackergaul zur Schande gereicht hätten!

»Was ist das?«, fragte die Signora.

»Schnell«, antwortete Franz, oder vielmehr antwortete nicht. »Vito soll Stroh kommen lassen. Viel Stroh. Bringen Sie die Bettwäsche aus den Schränken. Und Tischtücher. Was immer da ist. Und machen Sie Wasser heiß.«

»Viel Wasser …«, flüsterte Signora Donati, als er die ganze Schar an ihr vorbei ins Haus führte.

Die Signora bestand darauf, dass jedes Kind erst einmal die Stufen hinab in den Kanal stieg und den gröbsten Schmutz abwusch, bevor es in den großen Zuber im Mittelgang vor den Kontoren steigen durfte – der sich immer mehr füllte, weil keines das heiße Wasser wieder verlassen wollte. Mithilfe der größeren Kinder, die kräftig zupacken konnten, schleppte Franz die leeren Transportkisten für die nie gekauften Gemälde in einen der größeren Lagerräume. Sie unterteilten den Raum mit einer Mauer aus den Kisten in zwei Hälften: Den hinteren füllten sie bis zum oberen Rand der Kisten mit Stroh, das noch am selben Tag geliefert worden war. Franz musste lächeln, als er die Strohballen auf nackten Kinderfüßen vom Boot zum Lager laufen sah. Auf das Stroh breiteten sie das Leinen, das Signora Donati nur unter Protest herausgab. Als sie fertig waren, staunten alle ihr neues Lager an: Es war das größte und weichste und wärmste, das sie je gesehen hatten. Im Schein mehrerer Wandlampen, die im vorderen Teil des Raumes brannten – weit genug weg vom Stroh –, suchte sich jedes Kind einen Schlafplatz.

Mattia schlief ganz vorne, wie um die anderen zu beschützen. Er hängte einige zerknitterte Blätter an der Wand auf, und als Franz sie betrachtete, sah er, dass es kleine Kreuzabnahmen waren. Um die Zeichnung Irmas herum hingen lauter Kopien, die Mattia angefertigt hatte. Manche linkisch und unbeholfen, andere dagegen von erstaunlicher Ähnlichkeit und in eigenwilligem Strich ausgeführt. »Ich habe geübt«, erklärte Mattia. »Auf Eurem Papier. Seht Ihr, diese da ist ganz gut geworden.«

»Allerdings«, bestätigte Franz. »Du hast fleißig geübt. Und wie schnell du lernst! Du bist ein erstaunlicher Junge, Mattia!«

Mattia strahlte über das Lob und legte sich glücklich auf sein Leinentuch.

Als Franz noch einmal über die Schar der Kinder hinwegschaute, begegnete sein Blick dem von Olivia, der jetzt nicht mehr feindselig war. Er sah sie zum ersten Mal lächeln.

Signora Donati ließ sich darauf ein, die Kinder in dem ungenutzten Lagerraum schlafen zu lassen, auch wenn es ihr um die schöne Bettwäsche leidtat. Aber sie weigerte sich strikt, ihnen ständig die Tür zu öffnen. Also stemmte Vito eine alte Luke zur Seitengasse hin, die einst für Waren genutzt und vor Urzeiten vernagelt worden war, wieder auf und erneuerte die Scharniere. Dort sollten die Kinder herein- und hinausschlüpfen. Sorgen wegen eines Einbrechers brauchte man sich wohl nicht zu machen, weil er an zwei Dutzend Kindern mit dem Schlaf einer

Katze vorbeigemusst hätte. Vito sicherte die Luke zusätzlich mit einem Riegel von innen und stemmte ein kleines Loch ins Holz. Gerade groß genug, dass ein dünner Kinderarm hindurchgreifen und den Riegel öffnen konnte. Damit war Signora Donati zufrieden. Und sie musste gestehen, dass die Kinder sich aus Dankbarkeit vorbildlich aufführten. Tagsüber verschwanden sie in den Gassen und nachts schliefen sie selig.

Die Signora war stolz auf ihren Herrn. Aber sie machte sich auch Sorgen um ihn. Nachdem er den Kindern ihr Lager eingerichtet hatte, verschwand er oben in seinem Jagdzimmer und saß stundenlang, Wein trinkend, inmitten der römischen Zeichnungen, die an seinen Wänden hingen.

Als Alessandro Parsini am Abend kam, um ihn zum Aperitivo abzuholen, fand er ihn bereits betrunken. Später im Theater sang und lachte Franz am lautesten. So ging es die nächsten Tage weiter. Seine Saufkumpane, die ihm anfangs noch auf die Schulter schlugen, wechselten befremdete Blicke. Und wenn Franz folgenden Tags aufwachte, war sein erster Gang der Weg zum Buffetto, wo bereits Wein und Likör auf ihn warteten.

Am Ende des dritten Abends saß er wieder einmal mit Alessandro in der Gondel und fuhr über den nächtlichen Canal Grande. Alessandro war so prächtiger Laune, dass er die Hand durchs Wasser gleiten ließ, obwohl die Gondolieri das gar nicht gerne sahen. Dieser allerdings schwieg, weil Alessandro so herrschaftlich tat, dass er sich ein gutes Trinkgeld versprach.

In den Palazzi leuchteten nur noch vereinzelte Lichter, doch umso prächtiger strahlten die Sterne über ihnen. Die Nächte, und vor allem diese klaren, waren inzwischen kalt und ungemütlich. Sie waren im Theater gewesen, und es war hoch hergegangen. Sie hatten ein unterhaltsames Stück gesehen, in dem sich der Liebhaber einer Dame als Frau verkleidet, um von ihrem ergrauten Ehemann nicht erkannt zu werden, was die Komplikation zur Folge hatte, dass sich der lächerliche Alte in die fremde Schöne verliebte und ihr nachstellte. Das Ganze gipfelte in der Situation, dass der Ehemann heimlich ins Bett des Liebhabers kletterte und unter bebenden Bettdecken sein Glück fand. Vor allem das einfache Volk starrte mit offenen Mündern auf das Geschehen. Als sich dann herausstellte, dass gar nicht der verkleidete Jüngling, sondern die Ehefrau in dem Bett lag, entlud sich die Spannung in Geschrei und Gelächter, und alle gemeinsam sangen sie Lieder über die Liebe.

Franz hatte den Abend inmitten der Begeisterung der einfachen Leute genossen. Alessandro und Jacopo hatten ihm wieder und wieder eingeschenkt, und als er nun mit Alessandro in der Gondel saß, hatte er Angst davor, alleine in seinem Palazzo von den Sorgen empfangen zu werden.

Als ob Alessandro seine Gefühle erraten hätte, sagte er in die Dunkelheit hinein: »Lass uns noch nicht nach Hause, Roberto! Wir wollen noch Spaß haben!«

»Hatten wir noch keinen Spaß?«, fragte Franz.

»Mehr Spaß!«, rief Alessandro. »Immer mehr Spaß!«

»Immer mehr Spaß«, wiederholte Franz. »Das ist gut. Immer mehr Spaß ... Was wollen wir tun?«

Alessandro lächelte hintersinnig. »Bisher haben wir die Freuden des trockenen Landes genossen. Es gibt aber auch die Freuden der Wellen, des Meeres, der unerforschlichen Tiefen.«

»Was meinst du damit, Alessandro? Du willst doch nicht bei Nacht aufs Meer hinausfahren?«

Alessandro lachte und reichte Franz die Weinflasche. »Du wirst sehen, Roberto! Vertrau mir ...« Und während Franz aus der Flasche trank, raunte Alessandro dem Gondoliere etwas zu, das Franz nicht verstand.

Alessandro nahm die Flasche zurück, trank sie aus und warf sie ins Wasser. Der Barcariol aber steuerte seine Gondel auf die Schatten der Häuser zu, und die Dunkelheit eines verschwiegenen Seitenflusses nahm sie auf. Die Sterne über ihnen waren nur noch als schmales Band zu sehen. So schwebten sie durch die Dunkelheit, bis vor ihnen eine einsame Laterne auftauchte, die einen Eingang und ein paar Stufen beleuchtete. Sie stiegen aus, und Alessandro klopfte mit seinem Stock. Es dauerte nicht lange, bis geöffnet wurde und ein Lichtstrahl herausfiel. Eine alte Dienerin verbeugte sich stumm und ließ sie ein. In einem Vorraum brannten vor einem Spiegel nur zwei Kerzen. Alessandro trat vor den Spiegel, fuhr sich mit den Fingern durchs Haar und richtete den Knoten seines seidenen Halstuchs. Dann ging es einige Stufen hinauf und durch die nächste Tür. Sie gelangten in ein erstaunliches Treppenhaus. Es war so schmal, dass es endlos hoch erschien und sich oben im Nichts verlor. Es bestand aber keineswegs aus festen Wänden und einer stabilen Treppe. Vielmehr zerfiel es in ein verwirrendes Mosaik aus Läufern und Teppichen, aus Türen, Vorhängen und Nischen, aus Kerzenschimmer, Spiegeln und Gemälden. Überall glänzte, strahlte und reflektierte es. Das Treppengeländer war ein willkürliches Geschnörkel, das nur hier und da unter Palmwedeln und Blätterwerk, hinter Säulen und Statuen auftauchte. Ein Springbrunnen verspritzte glitzernde Wassertropfen, und sobald sich irgendwo ein wenig Wand zeigte, war sogleich eine Bordüre zur Stelle, ein goldenes Band mit einer Schleife oder ein Seil mit Quasten, um sie zu bedecken. Die Gemälde und Statuen zeigten ausnahmslos weibliche Figuren. Auf Lager hingestreckt, beim Bade sich berührend oder in eleganter Beiläufigkeit klassische Faltenwürfe haltend, die kaum etwas bedeckten. Von irgendwoher ertönten die Klänge eines Pianofortes, abgerissene Melodiefetzen, die mit Gesang und Gelächter durchmischt waren.

Franz fragte sich, ob es an seiner Trunkenheit lag, dass die Zusammenhänge zwischen den Dingen sich auflösten, als aus der Höhe herab eine korpulente Dame in einem faltenreichen tiefroten Kleid zu ihnen herabschwebte.

»Alessandro!«, brummte sie wie ein friedlicher Bär und lachte dunkel. »Du Freude meiner alten Tage!«

Das Wort *gioia* – Freude – ließ sie so warm klingen und gab ihm so viel Raum, dass es die beiden Männer umhüllte wie die Wärme eines Ofens. Alessandro neigte seine Lippen zu ihrer Hand, worauf sie sich rechts und links auf die Wangen küssten.

Unzählige Perlen, die in gewundenen Ketten über ihrem Busen lagen, klickerten leise aneinander. »Wen hast du mir mitgebracht?«, fragte sie.

»Einen guten Freund, Robert von Stargard. Ein bedeutender Kunsthändler und Liebhaber Venedigs. – Robert, dies ist Signora Moraggio. Das Herz der Serenissima.«

Signora Moraggio führte ihre beiden Gäste die Treppe hinauf und öffnete die Tür zu einem Salon. Und als Franz über die Schwelle trat, begriff er endlich. Der weitläufige Salon bestand aus noch mehr Gold und Samt und Palmwedeln. Es gab Sofas, Sessel, Kanapees und Chaiselongues, manche halb verborgen hinter Vorhängen, die Separees bildeten und den Salon wie ein Kokon umspannten. In der Mitte des Raumes stand goldglänzend der Nachbau einer Gondel, in der rote Samtkissen ein Lager bildeten wie aus einem orientalischen Märchen. Das eigentlich Bemerkenswerte aber waren die Damen. Zwei von ihnen tanzten um die goldene Gondel, andere saßen auf Kissen gelagert, zu zweit miteinander oder mit einem Champagner trinkenden Herrn. Am Piano erkannte Franz Maria, die eine sehnsuchtsvolle Melodie spielte und dazu mit ihrer glockenreinen Stimme sang. Während Alessandro von einer Woge aus nackten Armen und gelösten Haaren begrüßt wurde, versuchte Franz, seine Gedanken zu ordnen. Doch schon war auch er von Damen umringt, die sich bei ihm einhakten und ihn tiefer in den Raum führten. Von irgendwoher kam ein Glas mit zerstoßenem Eis und einem Getränk, das von innen heraus zu leuchten schien wie ein Nebel, durch den die Morgensonne schimmert. Das Getränk schmeckte süß und scharf zugleich, und schon nach wenigen Schlucken verbreitete sich auch in Franz' Innerem der schimmernde Nebel. Franz wurde klar, dass dies der letzte Augenblick zum Zurück war. Er stellte sein Glas irgendwo ab und wandte sich zur Tür. Doch als er sich umdrehte, stand vor ihm, freundschaftlich lächelnd – Greta. Ihre Schultern, die brauner waren als die der anderen Frauen, schimmerten warm zu ihm herauf. Ihr dunkles Haar hatte sie hochgesteckt, nur vereinzelte Locken ringelten sich um ihren Hals. In der Hand hielt sie Franz' Glas mit dem schimmernden Nebel darin, das er doch gerade irgendwo anders abgestellt hatte, und hielt es ihm hin.

»Und ich dachte schon, Sie finden den Weg niemals zu uns.«

Franz blickte über ihre Schulter hinweg zur Tür, doch die war verschwunden. Rundherum nur noch Samt und Gold und eine Tapete mit einem verwirrenden Muster aus aufgeblühten Blumen mit weit geöffneten Kelchen.

»Wo sie es doch versprochen hatten …« Sie reckte sich zu ihm auf und küsste ihn auf den Mund. Es war nicht so sehr ihre Berührung, die den Nebel in ihm zum Wallen brachte und einen Wirbel auslöste, es war ihr Duft. Ein Duft von Leben, der ihn umhüllte und irgendwohin trug, wo er nie zuvor gewesen war.

Greta schloss ihre Hände um seine Hände, mit denen er sich an seinem Glas festhielt, und führte das Glas an seinen Mund. Sie gab ihm zu trinken, als sei er ein Fiebernder.

25

Die Toteninsel

Clara fror erbärmlich. Man hatte sie in Felle und Decken eingepackt, aber sie war so ausgekühlt von den Strapazen des Tages, dass ihr nicht warm werden wollte.

Tagelang hatte sie auf die Überquerung des Passes warten müssen. Es stürmte und schneite unaufhörlich, und man hatte ihr gesagt, dass eine Überquerung sogar nach einer Besserung des Wetters nicht unbedingt möglich sei, weil der Weg vielleicht zu tief verweht sei und Lawinen abgehen könnten. Und so hatte sie Tage in der Hütte verbracht. Sie hatte gelesen, sie hatte Briefe geschrieben, und sie hatte immer wieder das Eis vom Fenster gekratzt, um hinauszuschauen. Doch gesehen hatte sie trotzdem nichts. Nur wirbelnden Schnee.

Es gab keine Mitreisenden, niemand wollte die Überquerung des Brennerpasses jetzt wagen. Ihre Reisegefährten waren Säcke mit Post und Kisten mit Paketen. Es gab also niemanden, mit dem sie sich unterhalten konnte. Ihre einzige Gesellschaft war ein uraltes Mütterchen, das in der Hütte kochte, Ordnung hielt und das Feuer im Ofen versorgte. Die Alte war in Schwarz gekleidet, und an ihrem Hals wucherte ein monströser Kropf. Lautlos huschte sie umher und verrichtete ihre Arbeiten. Erst wenn alles erledigt war, setzte sie sich auf eine Eckbank und begann zu sprechen. Clara verstand kaum die Hälfte von dem, was die Alte erzählte, weil sie stark Dialekt sprach, doch das wenige Verständliche war schlimm genug.

In einem fort berichtete sie von Todesfällen, die sich hier oben ereignet hatten. Von einer Lawine, die zwei ihrer Söhne unter sich begraben hatte, von einem Schlitten, der vom Weg gerutscht und in einen Gebirgsbach gestürzt war, von einer Kutsche, die stecken geblieben war, sodass man erst Tage später die Erfrorenen habe bergen können. Mit besonderer Inbrunst erzählte sie die Geschichte einiger Hirten, die wochenlang in einer Hütte eingeschneit gewesen waren und sich schließlich gegenseitig umgebracht hatten. Wer nicht im Winter vom Schnee verschüttet wurde, den begrub im Sommer eine Mure, oder es erschlug ihn ein Baum. Freunde von Onkeln oder Onkel von Freunden wurden vom Blitz gespalten, gelähmt, verbrannt und verkohlt. Und wenn sie nicht von Erschlagenen, Verschütteten, Verhungerten und Erfrorenen sprach, dann schilderte sie abgestorbene Gliedmaßen, die amputiert werden mussten, Erblindungen aufgrund des gleißenden Sonnenlichts im Schnee oder Irrsinn infolge der schrecklichen Einsamkeit.

Clara musste all diese Schilderungen wehrlos anhören, denn es gab nur die eine warme Stube. Und sobald sie versuchte, an andere Dinge zu denken, stieß ihr die Alte ihre krummen Finger in den Arm, starrte ihr tief in die Augen und sprach mit zitterndem Kropf weiter.

Eines Morgens klarte der Himmel bei Sonnenaufgang auf, und man entschied, der Pest wegen die Überquerung zu wagen, obwohl gerade bei Neuschnee die Lawinengefahr am größten sei. Die Kutsche wurde auf Schlittenkufen gestellt und die robusten Pferde angespannt, obwohl ihre Hufe tief einsanken. Clara wurde zu den Postsäcken gesetzt und dick eingepackt. Außer dem Kutscher begleiteten den Wagen vier Männer, die es mit den Säcken heraufgeschafft hatten. Sie waren still und ernst, und nach dem Gebet, das vor dem Aufbruch gemeinsam gesprochen wurde, zogen die Pferde an.

Zunächst ging es stetig vorwärts. Bedrohlich ragten die Gipfel zu beiden Seiten in die Höhe. Immer gewaltiger wurden die himmelhohen Hänge und Wände. Immer öfter mussten die Männer den Pferden helfen, die Kutsche voranzubringen, es wurde geschaufelt und gewuchtet, und aufgrund des beengenden Schnees mussten sie so nah über den halb vereisten Wassern eines Gebirgsbaches entlangfahren, dass Clara jeden Moment glaubte, jetzt werde sie hineinstürzen. Und schließlich hieß es wirklich, die Gefahr sei zu groß, und sie musste aussteigen. Man band ihr Schneeschuhe aus Geflecht an die Füße, gab ihr eine lange Stange in die Hand, und zu Fuß stapfte sie Schritt für Schritt der Kutsche hinterher, die mehrmals seitlich ins Rutschen geriet und nur durch den Einsatz der Helfer, die sich, ohne zu zögern, der Gefahr aussetzten, zerquetscht zu werden, gestützt wurde.

Die Strapazen nahmen kein Ende, die Kälte wurde immer quälender, und Clara war sicher, ihre Zehen und Finger nie wieder spüren zu können. Doch wann immer sie daran war aufzugeben, schenkten die Gedanken an Franz ihr wieder Mut. Sie würde ihn finden! Sie hätte ihn nie alleine lassen dürfen.

*

Als Franz am nächsten Morgen erwachte, lag er in seinem eigenen Bett. Die Sonne schien gleichmütig herein, sie wusste nichts von dem, was vergangene Nacht geschehen war. Und im ersten Moment wusste es auch Franz nicht. Doch als er aufstand, ins Ankleidezimmer ging und sein Blick in den Spiegel fiel, erinnerte er sich schlagartig: die goldene Gondel; Signora Moraggio; das Glas mit dem Nebel; Greta; ihr weicher Körper; ihr beruhigender Blick. Und später – ihre lange Unterhaltung.

Er hatte geredet! Franz hatte ihr erzählt, dass Robert von Stargard nicht sein richtiger Name sei. Dass er gezwungen war, unter falschem Namen in Venedig zu leben. Dass er die Lügen und die Falschheit nicht mehr ertrug.

Was hatte er noch erzählt? Seinen wahren Namen? Seine Geschichte in Rom? Das Todesurteil? Seinen Auftrag?

Er glaubte, von alldem hatte er nichts gesagt. Aber er war sich nicht sicher. Und es spielte auch keine Rolle: An was er sich erinnerte, war genug.

Genug, um ihn zu vernichten.

Um seine Scham und sein Entsetzen darüber, was er getan hatte, zu ertragen, setzte er sich an seinen Schreibtisch und schrieb an Clara. Es fiel ihm nicht leicht, aber er gestand ihr, wo er in der vergangenen Nacht gewesen war, er schrieb von der goldenen Gondel, von den Frauen und von dem Glas mit dem Nebel. Er gestand Clara, dass er mit Greta gegangen war, und bat sie um Verzeihung dafür. Lukas hatte ihn gewarnt, dass er sich verirrte. Doch er hatte nicht auf Lukas gehört.

Und auch diesen Brief steckte er hinter das Porträt Claras, wo schon all die anderen warteten, in denen er seine Erlebnisse niedergeschrieben hatte: Signora Giusinas Drachenhöhle, Vitos Hilfe, die Abende mit den jungen Venezianern, das rätselhafte Verschwinden Irmas, den Streit mit Lukas. All dies hatte er mit ihr geteilt, als wäre sie immer bei ihm gewesen.

Franz stand noch vor Claras Porträt, als Signora Donati kam und einen Besuch meldete.

»Ich bin für niemanden zu sprechen«, sagte Franz. Er konnte jetzt niemanden sehen. Keine Lügen mehr! Keine Verstellungen! Wie tief war er gesunken. Er belog und betrog sich ja selber!

»Es ist eine junge Dame. Sie sagt, Sie würden sie auf jeden Fall empfangen.«

»Eine junge Dame?« Franz horchte auf. »Holen Sie sie herauf!«

Wenn sie zu ihm kam, gab es Hoffnung. Immerhin kam sie mit seinem Geheimnis zu ihm und ging nicht zu jemand anderem. Einen Moment später stand sie in der Tür.

»Greta!« Franz ging ihr erleichtert entgegen. »Gut, dass Sie kommen! Wir müssen reden!«

»Ja«, sagte sie. »Wir müssen reden.«

»Kommen Sie herein, setzen Sie sich. Darf ich Ihnen etwas anbieten?«

»Nein, danke. Ich werde nicht lange bleiben. Ich will gleich zur Sache kommen. Sie wissen, dass Sie sich letzte Nacht vollkommen in meine Hand begeben haben.«

Franz stutzte. Ihr harter Tonfall machte ihm Angst.

»Ich will Geld. Viel Geld.«

Franz starrte sie ungläubig an. Sie erpresste ihn! »Ich habe kein Geld«, sagte er.

Sie lachte auf. »Lügen Sie mich nicht an. Wenn ich das, was Sie mir gestern Nacht erzählt haben, den richtigen Leuten weitererzähle, sind Sie tot. Wenn Sie mir nichts geben, damit ich schweige, geben mir die anderen, damit ich rede.«

Die anderen!

Die richtigen Leute!

»Greta, ich habe jetzt wirklich kein Geld. Aber ich verspreche Ihnen, Sie werden Geld bekommen. Sehr viel Geld! Wenn Sie mir helfen. Diese Leute, von denen Sie reden – sagen Sie mir, wer das ist. Ich brauche ihre Namen!«

Sie blickte ihn reglos an. Zögerte sie? Würde sie sich für ihn entscheiden?

»Greta, bitte! Ich flehe Sie an!«

Doch dann schüttelte sie den Kopf. »Ich habe keinen Grund, Ihnen zu vertrauen. Ich habe keinen Grund, irgendjemandem zu vertrauen. Ich will Geld. Jetzt.«

Franz war klar, dass er Zeit gewinnen musste. Vielleicht könnte seine unselige Schwäche dazu beitragen, alles zum Guten zu wenden! Er musste sie umstimmen.

»Dieser Palazzo sieht nicht aus wie das Haus eines armen Mannes ...«

»Sie kommen aus Venedig. Sie wissen, das eine hat mit dem anderen nichts zu tun.«

»Ich komme nicht aus Venedig.« Sie musterte ihn eine Weile und kam wohl zu dem Schluss, dass er die Wahrheit sagte. »Dann will ich ein Bild.«

»Ich habe auch keine wertvollen Bilder.«

»Ich weiß, dass Sie ein Bild gekauft haben. Für viertausend Scudi.«

»Woher wissen Sie das?«

»Das will ich haben.«

Woher wusste diese Frau von seinem Kauf? Sie war eine Freundin Alessandros. Er steckte dahinter. Alessandro hatte ihn zu Greta mitgenommen, damit sie ihn zum Reden brachte. Er hatte geredet, aber anscheinend hatte sie Alessandro angelogen und es ihm nicht weitererzählt.

»Helfen Sie mir, Greta. Ich tue für Sie, was immer Sie wollen.«

»Ich will das Bild.«

»Es ist eine Fälschung. Es ist nichts wert.«

»Sie lügen.«

»Es ist die Wahrheit!«

»Und doch kauften Sie es für viertausend Scudi?«

*

Auch Mattia sah Franz' Elend. Er wusste nicht, warum er litt, und er wagte es auch nicht, ihn zu fragen, also tat er das Einzige, was er tun konnte: Er führte den Auftrag aus, den Franz ihm gegeben hatte. Schon lange plagte ihn sein Gewissen, weil er Franz nicht mehr geholfen hatte – nur aus Angst! Aber er war kein Feigling! Mit diesen Männern, mit ihren drohenden Blicken, mit ihrem Knotenstock nahm er es auf. Aber mit dem bösen Blick war nicht zu spaßen. Man hatte ja gesehen, dass der kleine Rolando ihretwegen beinahe erfroren wäre!

Zum Glück hatten sie beobachtet, dass die Trödlerin bei dem Mann mit dem runden Hut gewesen war. Und da die Hexe ohnehin nicht mehr aus ihrer Höhle gekrochen kam, beobachtete Mattia eben ihn. Und zwar alleine, ohne Olivia und Rolando. Er wollte die beiden nicht wieder in Gefahr bringen.

Seit Tagen schon klebte er dem Mann nun an den Fersen, doch der ging nur von zu Hause zu seiner Osteria und ein paar Stunden später zurück. Ihn zu verfolgen, war sterbenslangweilig. Aber da es nun einmal das Einzige war, das Mattia tun konnte, um dem unglücklichen Roberto zu helfen, gab er nicht auf, sondern blieb treu auf seinem Posten. Zum Glück war es ihm ein paar Tage zuvor gelungen, im Hof des Fondaco dei Tedeschi einen Bogen Packpapier zu stehlen, und so lenkte er sich von der Kälte ab, indem er die Häuser gegenüber zeichnete. Es war das erste Mal, dass er nach der Natur zeichnete, auch war sein Bleistift nur noch ein bemitleidenswerter Stummel, doch er fand, dass es ihm recht gut gelang. So gut, dass er beschloss, das Bild Roberto am Abend zu Weihnachten zu schenken. Und weil er mithelfen wollte, das Weihnachtsfest vorzubereiten, wollte er seinen Posten bald verlassen.

Als am Nachmittag die Tür des Hauses aufging, steckte Mattia das Papier eilig in seinen Hosenbund. Er wollte ihm noch bis zur Osteria folgen und dann nach Hause gehen, doch er sah ihn in die entgegengesetzte Richtung davongehen. Mattia wartete so lange wie möglich, bis er ihm nachlief. Am nächsten Rio knotete der Mann ein Ruderboot los, sah sich mit seinen grünen Augen argwöhnisch um und stieß ab. Da es an diesem Kanal keine Fondamenta gab, flitzte Mattia zur nächsten Gasse, die parallel zum Kanal führte, und wartete hinter jedem Häuserblock, bis er am anderen Ende der Seitengassen den Mann vorbeirudern sah. Das ging so eine Weile gut, bis er einen Umweg um eine alte Kirche nehmen musste. Er sah das Boot hinter der Kirche verschwinden und rannte, so schnell er konnte, um das Kirchenschiff herum. Auf der anderen Seite konnte er den Kanal wieder sehen – aber das Boot tauchte nicht auf. Mattia fluchte leise. Ob die Kirche auf der Kanalseite einen Eingang hatte? Der Mann hatte nicht ausgesehen, als ob er jemals betete. Doch als Mattia die Kirche genauer betrachtete, stellte er fest, dass sie längst aufgegeben war. Die Fassade war einmal mit Marmor verkleidet gewesen, den man abmontiert hatte. Nur die rohen Ziegel waren übrig geblieben. Offenbar gehörte sie zu den Gotteshäusern, die auf Befehl Napoleons geschlossen worden waren, denn sowohl das Portal als auch die Fenster waren mit Brettern vernagelt. Dort konnte der Mann also nicht hinein sein.

Es sei denn …

Greta hatte immer darauf geachtet, dass niemand wusste, wo sie wohnte. Das kleine Zimmer mit dem Fenster zur Lagune und zu den grünen Ufern in der Ferne sollte nur ihr alleine gehören. An schönen Tagen konnte sie die weißen Gipfel der Alpen sehen, manchmal ganz nah, und dann träumte sie, dass sie von hier fortkam. Vielleicht zurück in die Toskana, woher sie stammte. Sie sparte Geld, aber es war so wenig! Und es wurde nicht mehr! Und jetzt also das Bild.

»Wo ist das Bild?«, fragte der Deutsche.

Nie zuvor war jemand zu ihr gekommen. Und nun waren diese Männer hier.

Auf ihrem Stuhl saß der Deutsche. Er trug einen vollkommen glatt gebügelten schwarzen Anzug und ein weißes Hemd mit einem harten Kragen, der in seinen Hals schnitt, wenn er sich bewegte. Aber er bewegte sich fast nicht. Sie verstand nicht jedes Wort, aber sie wusste natürlich, was er von ihr wollte. Zwischen ihr und der Tür stand ein anderer Mann. Er war Venezianer, aber er sprach nicht. Er stützte sich mit seinen wulstigen Händen auf einen groben Knotenstock und schwieg.

»Wir wissen, dass du bei ihm warst. Er hat dir das Bild gegeben. Du hast gesagt, er habe dir nichts erzählt. Aber du hast gelogen.«

Greta schwieg. Warum wussten sie von dem Bild? Hatten sie gesehen, wie sie es hergetragen hatte? Dabei hatte sie so gut aufgepasst, dass ihr niemand folgte.

Auf jeden Fall würde sie nichts sagen. Wenn das hier durchgestanden war, würde sie weggehen und nie wiederkommen.

Der Deutsche blickte den stupiden Mann an. Es war nur ein kurzer Blick, aber es folgte ein bestialischer Schmerz, als der Knotenstock auf ihren Rücken prallte. Unter der Wucht des Schlages fiel sie auf die Knie. Sie bekam keine Luft. Es dauerte lange, bis sie wieder atmen konnte. Doch der Schmerz blieb. Irgendetwas in ihrem Rücken war zerbrochen. Aber auch das würde sie durchstehen. Sie würde auf Händen und Knien hier hocken bleiben, bis die beiden gingen.

Der nächste Schlag zerbrach ihren Arm, und sie stürzte um.

Sie würde es durchstehen. Sie würde nichts sagen. Sie würde das Bild aus dem Versteck holen und weggehen von hier. Nicht länger die Hure sein. Ein freies Leben führen. Sie sah das Haus, das ihr gehören würde. Ein kleines Haus mit einem Blick weit übers Land. Über grüne Hügel. Sie spürte nicht mehr den Schmerz, als der Knotenstock niederfuhr. Sie roch die frischen Kräuter in ihrem Garten. Das königliche Basilikum, den würzigen Thymian, den herrlichen Lavendel, Rosmarin, Oregano, Salbei – sie roch den Flieder, der in violetten Wolken an ihrem Haus blühte. Sie roch die weißen Kamelien.

Doch weil sie nicht sterben wollte – nicht hier und jetzt, nicht einsam, nicht zerborsten und zerbrochen, weil der Duft, den sie roch, sie so glücklich machte und so sehr mit Hoffnung erfüllte –, löste sich ihre Zunge. Sie sagte ihnen, was der falsche Kunsthändler ihr erzählt hatte, und sie sagte ihnen, wo das Bild versteckt war. Sie brauchte kein Haus, sie wollte kein Geld, sie wollte nur diesen unbeschreiblichen Duft riechen.

Irgendwann sah sie ein anderes Gesicht vor sich. Sie konnte kaum etwas erkennen, alles war verschwommen und zersprungen. Aber dies war Alessandro. Er weinte! Sie sah, dass sein Gesicht verzerrt war und Tränen aus seinen Augen tropften. Sie konnte nichts mehr hören, aber sie sah, dass er den Deutschen anschrie. Der brave Alessandro! Er war immer gut zu ihr gewesen. War er gekommen, um sie zu retten? Holte er sie hier heraus?

Tief in der Nacht fuhr ein Boot ohne Beleuchtung über die dunkle Lagune nach Sant'Ariano. Dorthin brachte man die Gebeine der Toten, wenn einer der Friedhöfe Venedigs aufgelassen wurde. Wenn man Platz brauchte für neue Verstorbene. Auf der einen Seite der Insel standen die Reste eines alten Klosterportals, doch niemand Lebendiges ging mehr hindurch. Hinter einer dichten Hecke, verborgen vor den Blicken der Welt, gab es nur Knochen. Berge von Knochen. Nicht einmal, wenn wieder eine Bootsladung Gebeine gebracht wurde, betrat eine lebende Seele den schaurigen Bereich. Man warf die menschlichen Überreste über die Hecke, wo sie klappernd übereinander polterten und vergessen wurden.

Ans Ufer dieser trostlosen Insel knirschte das Boot. Zwei schweigende Gestalten, die wohl vom Leben nicht viel mehr zu erwarten hatten als ihr Fahrgast, trugen den leblosen Körper einer Frau herauf. Sie hatten sie würdelos entkleidet, um keine Hinweise auf ihre Herkunft zu hinterlassen, und warfen sie über die Hecke, wo ihr letztes Ruhebett aus Knochen bestand.

26

Der gläserne Dolch

Der Kanal war düster und wie ausgestorben, als Mattia in der Dunkelheit ins Wasser stieg und zur Kirche hinüberschwamm. Es war unheimlich, in der Schwärze zu schwimmen. Gegenüber ragten fensterlose Mauern in die Höhe, aufgegebene Lagerhäuser. Die Kirche hatte tatsächlich eine Pforte zum Wasser hin. Die schmale Stufe davor war so rutschig, dass Mattia sich kaum hinaufziehen konnte. Das Wasser des Kanals war nicht so kalt gewesen, wie er erwartet hatte, doch hier, klitschnass im Wind, fror er bitterlich. Die Pforte war natürlich verschlossen, aber Mattia hatte einen Ring mit einigen unterschiedlichen eisernen Haken dabei, mit denen er sich am Schloss zu schaffen machte. Endlich gab der Mechanismus nach, und zitternd vor Kälte schlüpfte Mattia hinein.

Im Innern war es stockdunkel. Nur neben dem Eingang brannte an der Wand, unter einem Glassturz, ein winziges ewiges Licht. Ein kleines Zeichen des schlechten Gewissens, weil man das Gotteshaus auf den Befehl eines Menschen hin aufgegeben hatte. In einem Regal, das wohl früher einmal die Gesangsbücher aufgenommen hatte, standen mehrere Lampen. Mattia nahm eine und zündete sie an.

Als er sich dem langen Kirchenschiff zuwandte, blieb ihm vor Staunen der Mund offen stehen. Und dann packte ihn das Entsetzen.

Signora Donati hatte für einen Weihnachtsbaum gesorgt. Eine Freundin, die bei einer österreichischen Familie diente, hatte ihr erzählt, dass die Deutschen es liebten, zum Weihnachtsfest einen grünen Baum ins Zimmer zu stellen. Ein geschäftstüchtiger Händler hatte Tannen aus dem Norden herbeischaffen lassen, um sie den Österreichern zu verkaufen, und die Signora hatte den Kindern ein paar Münzen gegeben, um einen davon zu holen. Mithilfe von Olivia und einigen anderen stellte sie den Baum im Portego auf und schmückte ihn mit Pomeranzen, Äpfeln und Kerzen. Die Kinder waren sehr aufgeregt, denn sie hatten noch nie Weihnachten gefeiert. Die Mädchen halfen der Signora in der Küche, und die Jungen mussten den langen Tisch decken. Die Signora hatte tief Luft geholt, als sie ihnen das gute Porzellan aus dem Schrank gab, doch nicht ein einziges Teil zerbrach.

Franz hatte wohl bemerkt, dass im Haus ein Laufen und Flüstern im Gange war, aber sein ganzes Denken war so sehr auf das gerichtet, was er getan hatte – auf Greta, auf die goldene Gondel, auf den Tizian –, dass er sich nicht fragte, was vor sich ging. Er merkte nichts von der Erregung der Kinder, er merkte auch nichts davon, dass Mattia verschwunden war.

Alles war bereit für das Weihnachtsfest. Alle Kinder warteten mit großen Augen, das Essen war fertig, doch von Mattia keine Spur. Olivia bestand darauf, auf ihn zu warten, doch schließlich fing man ohne ihn an.

Das Mädchen klopfte leise an die Tür des Jagdzimmers und trat ein. »Don Roberto …«, sagte sie leise. Und weil er nicht reagierte, sprach sie ihn noch einmal an: »Roberto …« Franz blickte erst auf, als sie zu ihm an den Schreibtisch kam und seine Hand nahm.

»Kommen Sie!«

Sie führte ihn hinüber zum Portego. Franz bemerkte, dass das große Haus, in dem es vorher so geschäftig hin und her gegangen war, wie ausgestorben lag. Und wie klein Olivia aussah, als sie die riesige Tür zum Prachtsaal öffnete und Franz an der Hand hineinführte.

Franz glaubte, in einem Traum zu sein: In dem dunklen Saal

strahlte überirdisch schön ein Weihnachtsbaum im Kerzenglanz. Alle Kinder standen, die Signora in ihrer Mitte, um den Baum und begannen ein italienisches Lied zu singen, das ihm tief zu Herzen ging – obwohl die meisten der Kinder heiser und holprig und schief sangen. Der Tisch war festlich gedeckt, und Schüsseln mit dampfenden Spaghetti standen darauf.

Olivia schaute voller Stolz zu Franz auf.

Weihnachten, dachte Franz. Nun ist also Weihnachten …

Auch als sie sich zum Essen an den Tisch setzten, war Mattia noch nicht aufgetaucht. Olivia hatte Franz' Teller als ersten mit Spaghetti gefüllt, und dann hatten sich alle anderen nehmen dürfen. Nun stopften die Kinder sich die Münder voll. Um den ganzen riesigen Tisch herum hingen Nudeln aus Kindermündern, als plötzlich die Tür aufgestoßen wurde. Atemlos platzte, nass und zitternd, Mattia herein.

»Eine Schlange! Eine riesige Schlange!« Mattia war immer noch aufgeregt, als er mit Franz durch die dunklen Gassen lief. »Sie haben mit ihr gerungen. Alle drei! Den Alten hat sie gebissen. Hier in die Hüfte. Die Beine der Jungen hat sie umschlungen. Sie haben versucht, sie abzustreifen, und sie haben den Alten angefleht, ihnen zu helfen … Als ich wieder ins Wasser bin, hatte ich Angst, dass die Schlange mich auch schnappt und mich in die Tiefe zerrt.«

»Du brauchst keine Angst vor der Schlange zu haben«, sagte Franz. »Es ist nur ein Kunstwerk.«

»Es sah so echt aus. So beängstigend. So mitleiderregend!«

»Waren noch mehr Plastiken da? Und Bilder? Gemälde?«

»Hunderte! Überall! Ich zeige es Ihnen. Wir nehmen ein Boot. Ich weiß, wo wir ein Boot ausleihen können.«

»Ausleihen?«

»Si! Wir bringen es zurück.«

Franz folgte dem Jungen, bis sie in einer Sackgasse vor einem schmalen, vollkommen schwarzen Kanal standen, wo ein altes Ruderboot im Wasser vermoderte. Mattia griff in ein

Mauerloch und zog zwei Ruder hervor. Franz ruderte, während Mattia ihm den Weg wies. Schon nach wenigen Abzweigungen erreichten sie die Kirche mit den zugenagelten Fenstern, und Mattia vertäute das Boot an der Pforte. Es dauerte nicht lange, bis Mattia die Tür geöffnet hatte. Sie fanden eine Laterne, die sie entzündeten, und dann stand Franz vor ihm: *Laokoon*. Im flackernden Licht der Laterne zuckte sein leidendes Gesicht und nahm immer neue Formen der Verzweiflung an.

»Es ist ein Wunder«, flüsterte Mattia und ging hinter Franz in Deckung. »Er lebt …«

»Ja«, bestätigte Franz. »Er lebt … seit fast zweitausend Jahren … Es ist ein Wunder …« Er kannte Stiche des *Laokoon*, aber hier vor ihm zu stehen – Franz hatte unwillkürlich gedacht, in Fleisch und Blut –, war überwältigend. Bestürzend. Dieses Leid, diese Tragödie, dieses Menschsein aus einem Stein herauszuholen, das war wirklich ein Wunder. »Er lebt wirklich …«

»Wer ist das?«, fragte Mattia.

»*Laokoon*?«

»Ja. Warum kämpft er gegen die Schlangen?«

»Er war ein trojanischer Priester. Er hat erkannt, dass das hölzerne Pferd der Griechen ein Betrug ist, und wollte die Trojaner warnen. Die Göttin Athene hat zwei Schlangen geschickt, um ihn und seine Söhne zu töten.«

»Er wurde bestraft, weil er die Wahrheit gesagt hat? Und seine Söhne mit ihm?«

»So ist es.«

Mattia schüttelte ungläubig den Kopf. »Dann verstehe ich, warum er so leidet …«

Franz brauchte lange, bis er sich dem übrigen Raum zuwenden konnte. Sie gingen mit ihren Laternen durch lange Reihen von Transportkisten. Die meisten waren aufgebrochen, und in dem Stroh, das herausquoll, sahen sie Plastiken aus Marmor und Bronze, kunstvolle Möbel mit den feinsten Einlegearbeiten, schimmerndes Porzellan. Und Gemälde: Porträts feiner Damen und respektabler Herrscher, Landschaften, biblische Szenen, Veduten, Seeschlachten und Schlachten zu Lande. Gemälde in goldenen Rahmen, Ölbilder auf Spannrahmen und lose Leinwände, die herausgeschnitten worden waren. Während Franz durch diese Wunderwelt der Kunst ging, raschelte das Stroh um seine Füße.

»Ist es das, wonach Sie gesucht haben, Don Roberto?«

Franz hatte das Skizzenbuch, das Lukas ihm gegeben hatte, oft angeschaut. Er kannte die Namen, die darauf standen. Und wenn er sich mit seiner Laterne nah an den unteren Rand der Gemälde bückte, fand er einige von ihnen wieder: Castagno, Squarcione, Tiepolo, Carpaccio, Fra Angelico, Raffael, Perugino, Bartolomeo Veneto, Bazzi, Canaletto, Cellini, Carracci, Reni, Il Guercino, Tintoretto … Franz umfasste seine Laterne vorsichtig mit der Hand. Wenn er diese Kirche aus Versehen in Brand steckt, vernichtete er einen bedeutenden Teil der italienischen Kunstgeschichte – und dazu ein unfassbares Vermögen.

»Ja«, antwortete er. »Das ist das, wonach ich gesucht habe.«

Ein Karussell begann sich in ihm zu drehen: Was sollte er jetzt tun? Sollte er schleunigst Lukas benachrichtigen? Seinen Fund verheimlichen und den Kunsträubern eine Falle stellen? Denn im Grunde hatte er noch nicht gefunden, wonach er gesucht hatte. Dies waren die Gemälde. Aber er musste die Diebe entlarven. Die Hehler. Die Fälscher. Und zwar nicht nur die Signora Giusinas, sondern die Fadenzieher und Puppenspieler hinter den Kulissen. Er musste ins Innerste des Labyrinths. Das Karussell drehte sich immer schneller. Die Kirche beobachten? Aber wie? Sie lag zu abgelegen, um dabei nicht aufzufallen. Den Mann mit dem runden Hut anzeigen? Er würde schweigen. Und wer weiß, wer alles bestochen ist. Es geht um so viel Geld, dass viele daran mitverdienen können. In einer Stadt, die ausgeblutet ist. In der alle arm sind. Vielleicht stecken sogar österreichische Beamte mit darin! Er kämpfte gegen eine Hydra. Für jeden Kopf, den er abschlug, wuchsen zwei neue nach.

Er musste den einen Kopf in der Mitte finden. Es hieß, der mittlere Kopf der Hydra sei unsterblich, aber man würde sehen …

Plötzlich erstarrte Franz. Sein Blick fiel auf ein Gemälde, das zwischen den anderen stand und aufleuchtete, als er mit der Lampe näher kam. Die Kreuzabnahme Jesu. Er hatte das Gemälde nie zuvor gesehen, aber die Komposition kannte er genau. Zwanzigfach hing es im Parterre seines Palazzos. Mattia hatte sich an den Proportionen, an der Perspektive, an den Figuren wieder und wieder versucht. Und die Vorlage für seine Versuche hatte Irma gezeichnet. Mit so sicherem Strich gezeichnet, dass kein Zweifel daran bestehen konnte, dass sie das Gemälde vor Augen gehabt hatte. Irma Fuchs hatte die Skizze eines Gemäldes angefertigt, das auf seinem Weg von Frankreich hierher gestohlen worden war und sich seither im Versteck der Diebe befand. Hier stand es vor Franz' Augen inmitten all der anderen gestohlenen Kunstwerke.

»Wir sollten gehen, Don Roberto.« Mattia, der ebenfalls staunend durch die Reihen der Bilder gegangen war, kam zu Franz. »Irgendwann wird jemand kommen …«

Schnell wandte sich Franz mit der Lampe ab und ließ das Original der Kreuzabnahme im Dunkel versinken, damit Mattia es nicht sah.

Sie machten kein Geräusch.

Nicht einmal, als sie das Schloss öffneten.

Die Tür quietschte nicht, denn Signora Donati achtete stets darauf, dass alle Türen des Hauses gut geölt waren.

Sie waren zu viert gekommen, um ganz sicherzugehen.

Jeder von ihnen hatte einen Dolch am Gürtel, aber ausführen sollte die Tat der Mann mit dem gläsernen Dolch. Ein gläserner Dolch, so spitz und so scharf, wie er auf der ganzen Welt nirgendwo sonst hergestellt wurde. Nicht jedermann konnte mit einer so einzigartigen Waffe umgehen. Natürlich durfte er auf keinen Fall vorher zerbrechen. Aber wenn er im Körper des

Opfers steckte, dann brach man ihn ab. Damit er nicht wieder herauszuziehen war.

Deshalb hatten sie einen Mann mitgebracht, der es konnte. Der den Dolch die ganze Zeit über in seinen Händen trug und dann nichts weiter zu tun hatte, als im richtigen Moment zuzustechen.

Einer war für die Türen da, einer gab die Befehle, der Letzte würde helfen, den Mann zu packen und dem Dolch die wehrlose Brust darzubieten.

Sie wussten, dass im Parterre die Gassenkinder schliefen, deshalb durften sie keinen Laut von sich geben.

Nachdem sie die Haustür behutsam wieder hinter sich geschlossen hatten, schlichen sie die Treppe hinauf.

Franz starrte hinauf zur Decke. Die goldenen Tiere schimmerten im Mondlicht. Würde er, wenn es ihm wirklich gelang, die Hydra zu zerschlagen, auch Irma ins Gefängnis bringen? Irma war ein guter Mensch, daran bestand kein Zweifel. Aber wieso war sie dann verschwunden? Sie war noch ein letztes Mal gekommen und hatte sich seine Gemälde zeigen lassen. Den Tizian! Danach hatte er sie nie wiedergesehen. Aber sie war nicht wirklich nach Neapel gegangen. Er war ihr begegnet, und sie war vor ihm davongelaufen. Und nun das gestohlene Gemälde, das Irma skizziert hatte. Er musste mit ihr reden.

Mattia! Er wusste sicher, wo Irma wohnte. Er hatte damals den Auftrag ausgeführt, sie zu entschuldigen, als Franz im *Caffè Florian* auf sie gewartet hatte. Franz ertrug es nicht länger. Er würde Mattia wecken, jetzt sofort, und sich von ihm zu Irma führen lassen.

Drei Stockwerke schlichen sie hoch.

Sie wussten, wo sein Schlafzimmer war. Sie hatten beobachtet, an welchem Fenster er morgens auftauchte, um den Tag zu begrüßen. Langsam schlichen sie zu seiner Tür. Der Mann, der für die Türen verantwortlich war, sah im Dunkel seine Spießgesellen an. Jeder von ihnen nickte kurz zum Zeichen, dass er bereit sei. Er legte die Hand auf die Türklinke. Doch plötzlich wurde die Tür von innen aufgerissen.

Franz starrte völlig entgeistert auf die vier Schatten, die vor ihm im Dunkel standen. Im ersten Moment konnte er überhaupt nicht begreifen, wer oder was sie waren. Aus welcher Welt die finsteren Gestalten stammten. Doch im nächsten Augenblick wurde er gepackt. Zwei von ihnen umklammerten seine Arme, ein Dritter presste eine gewaltige Hand auf seinen Mund und drückte seinen Kopf gegen die Tür. Franz versuchte, sich zu wehren und seine Arme loszureißen. Doch die Griffe waren eisern. Er bekam keine Luft, und entsetzt wurde ihm klar, was geschah. Er zerrte, er wand sich, er stemmte sich gegen den Druck. Alles verlangsamte sich, alles wurde grauenhaft reglos, stumm und erstarrt, dem *Laokoon* gleich, den er eben noch gesehen hatte. Die Schlangen wanden sich um seine Arme und pressten sie zusammen. Er bäumte sich gegen ihre überirdische Kraft auf, doch sie hielten ihn umschlungen, sein entsetzter Blick ging zum Himmel, als er begriff, dass es kein Entrinnen gab, dass er noch kämpfte, dass er schon verloren war.

Doch dann spürte er von fern das Heranrollen einer Welle. Etwas tief in ihm begann sich zu rühren. Etwas erwachte.

Er sah die Hand mit dem scharfen Glas.

Ein gläserner Dolch!

Ich werde nicht sterben! Nicht hier, nicht jetzt!

Die Welle rollte näher und türmte sich auf.

Aus seinen Tiefen schoss etwas empor.

Mit einem Aufblitzen fuhr das Glas nieder.

Eine ungeheuerliche Kraft durchbrach die Oberfläche. Das Ungeheuer wirbelte die Männer herum und schlug sie gegen den Türrahmen.

Der Dolch stach in seine Brust, doch er verfehlte sein Herz und brach mit einem leisen Klirren ab.

Als sie Franz ins Schlafzimmer zurückzerrten, sah er die goldenen Tiere über sich. Sie leuchteten überirdisch schön. In einem himmlischen, warmen Glanz.

Franz sah die geöffneten Fensterflügel, an denen er jeden Morgen gestanden hatte, um den Tag zu begrüßen.

Franz spürte die scharfe Kante des Fenstersimses, als sie ihn, Kopf voran, mit dem Rücken darüberschoben. Er sah das Auge des Falken, das aus der schwarzen Maueröffnung gegenüber herausstarrte. Er spürte, wie er ins Nichts stürzte.

Er spürte nicht mehr, dass sein Kopf unten auf der Bordwand eines vergessenen morschen Bootes aufschlug.

Nicht, dass sich das kalte Wasser um ihn schloss und seinen reglosen Körper aufnahm.

Nicht, dass er in Dunkelheit und Kälte versank.

II.

27

Verschwunden

Clara erwartete nicht, in Florenz etwas zu erreichen. Aber sie hatte die Berge gemeistert, und sie war so erleichtert darüber, dass sie beschlossen hatte, sich selbst etwas Gutes zu tun. Der größte Teil der Strecke war geschafft, aber bis Rom war es immer noch ein weiter Weg. Ein Tag Renaissance war jetzt genau das Richtige. Den Vormittag über war sie in den Uffizien gewesen und hatte sich überhaupt nicht entscheiden können, vor welchem der unglaublich vielen Meisterwerke sie ihr Notizbuch aufklappen sollte. Wann immer sie einige Striche gezeichnet hatte, wanderte ihr Blick weiter, und sie erkannte ein anderes Gemälde, von dem sie gehört, das sie aber noch nie gesehen hatte. Sie beschloss, die Skizze, an der sie gerade arbeitete, später fertigzustellen und erst einmal die neue zu beginnen.

Jetzt hatte sie ein Herz voll Begeisterung und ein Büchlein voll halber Zeichnungen. Also kaufte sie erst einmal Brot und Käse und setzte sich an den Arno, um zu essen. Sie kletterte auf die Ufermauer, ließ die Beine zum Fluss hinabbaumeln und genoss die warme Wintersonne auf der Haut. Während sie aß, betrachtete sie die alte Brücke mit ihrer fantastischen Bebauung, die wirklich sehr erstaunlich war. Gerade wollte sie zu ihrem Skizzenbuch greifen, doch sie ermahnte sich, erst einmal in Ruhe zu essen. Also betrachtete sie weiter die Brücke und biss von ihrem Brot ab. Doch es gab so viel zu sehen, dass sie nicht anders konnte: Sie legte Brot und Käse neben sich auf die Mauer, schlug ihr Buch auf, und weil alle rechten Seiten schon gefüllt waren, drehte sie es kurzerhand um und begann ihre Zeichnung auf der ersten der Rückseiten.

Nachdem sie die Perspektive und die allgemeinen Formen festgelegt, die ersten Häuser charakterisiert und die unterschiedlichen Dachformen notiert hatte, bemerkte sie aus den Augenwinkeln, dass ein Mann mit einem hohen Hut seitlich hinter ihr stehen geblieben war.

»Clara Seidler!«, rief er.

Clara wandte sich überrascht um. »Heinrich Hübsch!« Sie schwang die Beine über die Mauer, und vor lauter Freude umarmten sie sich.

»Ich dachte, du bist in Weimar!«

»Ich dachte, du bist in Griechenland!«, riefen sie gleichzeitig. Und lachten.

»Ich war tatsächlich in Weimar.«

»Ich war tatsächlich in Griechenland.«

Wieder lachten sie. Und zum dritten Mal begannen sie gleichzeitig:

»Ich bin auf dem Weg nach Hause.«

»Ich bin auf dem Weg nach Rom.«

Jetzt traute sich keiner von beiden mehr, etwas zu sagen, um nicht schon wieder durcheinanderzusprechen. Schließlich wagte es Clara: »Das ist sehr praktisch. Wenn wir immer gleichzeitig reden, dann können wir uns doppelt so viel erzählen!«

»Dir gelingt das vielleicht, aber ich als Mann bin schon überfordert, wenn nur einer redet!«

Sie setzten sich in ein Caffè an der Piazza in Sichtweite von Michelangelos *David*, der schneeweiß zu ihnen herüberstrahlte. Um nicht schon wieder Durcheinander anzurichten, ließ Clara Heinrich erst einmal berichten, wie es ihm ergangen war, seit er im September Rom verlassen hatte. Seine Begeisterung über die griechische Architektur kannte keine Grenzen. Aus seiner Umhängetasche nahm er einige Skizzenbücher. Vor allem auf der Akropolis hatte er jeden Stein gezeichnet. Und augenscheinlich gab es dort eine Menge Steine. Er berichtete von den vielen Bekanntschaften, die er unterwegs gemacht hatte, und von den Freiheitsbestrebungen der Griechen, an denen er regen Anteil nahm. »Es war natürlich kein Vergleich zu Rom«, schloss er beinahe wehmütig.

Natürlich verfielen sie bald in gemeinsame Erinnerungen an die römische Zeit. Das *Caffè Greco*, in dem sich abends immer alle zusammengefunden hatten, die Osteria der drei alten Schwestern, die gemeinsamen Ausflüge in die Campagna, das Zeichnen im Kolosseum, die Brotzeiten am erfrischenden Trevi-Brunnen. Sie gedachten Carl Fohrs, dessen Ertrinken im Tiber allen so sehr zu Herzen gegangen war. Sie hatten nicht nur einen guten Freund verloren, sondern die Welt einen bedeutenden Künstler, davon waren sie überzeugt. Allein, dass sein Gruppenbild aller deutschen Künstler in Rom niemals gemalt werden würde! Seine Skizzen der Freunde waren so vielversprechend gewesen! Und dann der Fiebertod Georg Reichhards … Als Clara »Fiebertod« sagte, hing der Name Franz Wercker in der Luft. Denn obwohl sich alle einig gewesen waren, dass Franz unschuldig war, wurde er ja auch für den Mord an Georg verurteilt. Und dann hatten sich alle gewundert, dass er trotz der Verurteilung vom Schafott wieder heruntergestiegen und spurlos verschwunden war.

»Hast du je wieder von ihm gehört?«, fragte Heinrich.

»Nein …« Clara schwieg eine Weile. Dann fügte sie hinzu: »Ich fahre nach Rom, um ihn zu finden.«

Hübsch blickte sie erstaunt an. »Finden! Warum?«

Clara holte tief Luft. »Weil ich ihn liebe.«

Jetzt schwieg auch Heinrich.

»Ich habe dich immer als eine besonnene Frau gekannt, die ihren Kopf gerade auf den Schultern sitzen hat …«

Clara blickte den alten Freund beinahe verzweifelt an. Sie erkannte jetzt, dass sie nicht nur deshalb in Florenz Station gemacht hatte, um sich etwas Gutes zu tun. Sie zögerte die letzte Etappe nach Rom hinaus, weil sie Angst hatte.

Heinrich Hübsch fragte nicht weiter, was sie tun wollte,

wenn sie ihn gefunden hatte. Wie es dann weitergehen sollte. Ihm war vollkommen klar, dass es eine ehrliche Zukunft an der Seite eines Verurteilten niemals geben könnte.

»Ich wünsche dir viel Glück, Clara Seidler. Dir und Franz Wercker …«

*

Blut. Überall Blut. An der Schlafzimmertür. Eine Schleifspur quer über den Terrazzoboden. An der Wand, auf dem Fensterbrett. Der Vorsitzende des neuen Gerichtshofes, Ignaz von Rottmann, hatte darauf bestanden, den Ort des Geschehens persönlich zu begutachten. Er beugte sich aus dem Fenster, wobei er penibel achtgab, nicht mit dem Blut des Opfers in Berührung zu kommen. Als er zu den Booten hinunterschaute, von denen aus Gendarmen mit langen Stangen den schmalen Seitenkanal nach dem Leichnam absuchten, nahm er seinen Hut ab. Es widerte ihn an, das benutzte Bett, das Blut, das Menschliche überhaupt. Er wollte über all das eigentlich nur in den Akten lesen. Schriftlich aufbereitet, in der Sprache der Juristen. Aber ein Mord an einem Deutschen an seinem Gericht, das verlangte nach einer persönlichen Inspektion. Vor allem an diesem Deutschen. Er musste die Untersuchung von Anfang an im Auge behalten. »Und nichts von Wert?«

»Nichts«, antwortete sein Prokurator Josef Brunner und rückte seine Augengläser zurecht. Brunner war ein rundlicher Mann, ein weicher Backenbart beschattete seine appetitlichen Wangen. »Unsere Leute haben alles durchsucht. Es findet sich weder Geld noch Schmuck. Keine Banknoten, keine Wechsel, nichts.«

Rottmann stieg vorsichtig über die Blutflecke am Boden und ging zur Treppe. Brunner eilte ihm hinterher.

»Kaum anzunehmen, dass ein Kunsthändler, der hier in Venedig Kunst kauft, nichts von Wert besitzt, oder? Spuren gewaltsamen Eindringens?«

»Nein.«

»Dieser alte Mann …« Er gestikulierte ungeduldig.

»Barene. Vito Barene«, beeilte sich Brunner.

»Als Gehilfe weiß er natürlich, wo das Geld versteckt war …«

»Die Haushälterin gibt zu Protokoll, dass er einen eigenen Schlüssel besitzt.«

Rottmann machte eine Geste, dass er es ja gleich gewusst habe und der Fall dank ihm damit geklärt sei. Er fragte sich, warum in seinem Gericht so viele Beamte arbeiteten, die sich durch kaum mehr qualifizierten, als dass sie leidlich Italienisch sprachen. Er hatte schon mehrfach gesehen, dass Brunner an seinem freien Tag nichts anderes tat, als im Caffè zu sitzen und zu lesen. »Warum ist er noch nicht gefunden?«

»Er ist wie vom Erdboden verschluckt. Wir haben zwei Gendarmen in seiner Wohnung postiert. Sobald er kommt, wird er festgenommen.«

Rottmann ging durch die Räume im Piano Nobile, den Portego, den Musiksalon. Im Jagdzimmer blieb er stehen und betrachtete die Zeichnungen an den Wänden aufmerksam. Besonders das Porträt Claras schien ihn zu interessieren. Er beschnüffelte es geradezu. »Wer ist das?«

»Unbekannt.«

»Identität überprüfen.«

»Jawohl.« Brunner stimmte zu, obwohl ihm ein Rätsel war, wie er die Identität eines Kunstmodells überprüfen sollte. Und warum.

Als sie nach unten gingen, wo Brunner seinem Vorgesetzten das Lager der Kinder zeigen wollte, sagte Rottmann: »Vielleicht hat sich dieser Kunsthändler aus dem Staub gemacht. Hat sein Geld genommen und ist verschwunden.«

»Und das Blut?«

Rottmann zuckte mit den Schultern. »*Er* hat jemanden umgebracht.«

»Jemand anderen? Wen?«

»Was weiß ich? Finden Sie es heraus. Muss ich denn alles selber machen? Vielleicht einen Konkurrenten!«

»In seinem Schlafzimmer?« Brunner blies zweifelnd die Wangen auf und ließ die Luft langsam ab.

»Dieser Stargard stand schon einmal im Verdacht, einen Mord verübt zu haben. Im Oktober erst! Ich habe ihn persönlich verhört. Der Mann erschien mir damals schon zweifelhaft. Vielleicht war es falsch, ihn auf freien Fuß zu setzen. – Dann eben eine Prostituierte!«

»Wie kommen Sie auf eine Prostituierte?«

»Sie haben doch mit dem Schlafzimmer angefangen! Prüfen Sie nach, ob eine Prostituierte vermisst wird!«

»Jawohl, Herr von Rottmann. Bitte hier herein, Herr von Rottmann.«

Brunner wies dem Gerichtsvorsitzenden die Tür zu einem der Lagerräume. Der Anblick des riesigen Strohlagers mit den Laken und Tüchern ließ ihn ungläubig den Kopf schütteln.

»Dieser Stargard hat Straßenkindern gestattet, hier zu übernachten.«

»Wo sind die Kinder?«

»Haben sich aus dem Staub gemacht.«

Ein paar Zeichnungen, die am Rande des Lagers an der Wand hingen, erregten Rottmanns Aufmerksamkeit. Die Kreuzabnahme Jesu. Lauter Skizzen desselben Motivs. Ungelenke Schülerarbeiten. Doch eine von ihnen zeugte von Könnerschaft. »Finden Sie die Kinder«, sagte Rottmann, ohne den Blick von den Zeichnungen zu nehmen.

Auf jedem der Boote standen mehrere Gendarmen und stachen mit langen hölzernen Stangen auf den Grund. Man hatte die Suche auf die umliegenden Kanäle und sogar ein Stück weit in den Canal Grande ausgeweitet, weil der Leichnam durch die Strömung der Gezeiten abgedriftet sein könnte.

Es hatten sich einige Schaulustige eingefunden, die die Arbeit der Gendarmen fachmännisch beurteilten und geduldig auf das Auftauchen des Leichnams warteten. Die Neuigkeit der Ermordung des ausländischen Kunsthändlers sprach sich in Windeseile herum und lockte immer mehr Menschen herbei. Im Schutz der Menge kam auch der alte Vito zum Palazzo Peldrini, um sich mit eigenen Augen zu überzeugen, was passiert war. Um ihn herum gab es eine regelrechte Tauschbörse von Informationen. Einer wusste von einem Liebeshandel mit einem eifersüchtigen Ehemann zu berichten – einem Nobiluomo! –, ein anderer hatte von Selbstmord gehört, ein Greis war überzeugt, die Straßenkinder hätten ihn mit Messern zerstückelt und alles gestohlen, was sie tragen konnten. Die Menschen waren so begierig, blutrünstigen Unsinn zu hören, dass immer mehr davon in Umlauf gebracht wurde. Vito hörte sogar eine Geschichte, die einer angeblich von einem der Gendarmen gehört haben wollte, dass nämlich der Gehilfe des Kunsthändlers seinen Herrn umgebracht und sich mit sämtlichem Geld davongemacht habe. Vito war der Einzige, der sich zusammenreimen konnte, was wirklich geschehen war, doch er schwieg.

Als dann die Tür aufging und der Vorsitzende des neuen Gerichtshofes, Ignaz von Rottmann, gleich zu erkennen an seiner Narbe auf der rechten Wange, im Pulk seiner Beamten den Palazzo verließ, verstummte das Geplapper der Menge. Rottmann trug die Verantwortung für willkürliche Verhaftungen und ungerechte Verurteilungen, weil er es als seine persönliche Aufgabe ansah, den üblen Stolz und den Freiheitswillen der Venezianer zu brechen. Dafür war ihm jedes Mittel recht. Während er durch die schweigende Menge schritt, wandte sich Vito ab und stahl sich davon.

*

»Reiß dich zusammen!« Eine Ader an Reinkes vom Rasieren gerötetem Hals pulsierte. Aus diesem Grund hasste er die Venezianer. Sie waren Kinder. Schwärmer, die sich genauso schnell vergaßen, wie sie sich begeisterten. Strohfeuer! Tagelang war

Alessandro nicht aufzufinden gewesen, nachdem sie die Angelegenheit mit dem Mädchen bereinigt hatten. Nachdem sie getan hatten, was getan werden musste. Stefano hatte ihm berichtet, dass der Venezianer getrunken hatte. Tagelang! Jämmerlich.

Und jetzt ging das schon wieder los. Allein, wie es hier aussah! Die Wohnung Alessandros bot ein abstoßendes Bild der Verwahrlosung. Niemand räumte auf, niemand putzte, niemand wusch. Alessandro hatte dem Gast, als er unangemeldet erschienen war, einen Sessel frei geräumt, Flaschen, Strümpfe und einen zerdrückten Hut beiseitegeworfen, aber Reinke war stehen geblieben. Diesen Sessel zu benutzen, ekelte ihn. Er schaute auf den Venezianer hinab, dessen Körper schlaff in sich zusammengesunken war und dessen Atem nach Branntwein roch. Und nun begann er auch noch zu weinen! In vino veritas, heißt es, und wie wahr! Ein wenig Wein, und die Menschen kehren ihr Inneres nach außen. Sie lachen, sie heulen, sie prügeln sich, sie paaren sich, sie singen, sie schreiben Romane – und tun überhaupt alles, um ihre Würde im Wein zu ersäufen wie einen Sack nutzloser Katzen in einem Mühlteich.

»Das hättet ihr nicht tun dürfen«, schluchzte Alessandro.

»Ihr?«, fuhr Reinke auf. »Du willst sagen, *wir*! Es musste getan werden, und *wir* haben es getan. Und das ist gut so!«

Er dachte an das angenehme Gefühl, als Stefano Scapa ihm den Griff des Dolches gebracht hatte. Er war in sein Kontor gekommen und hatte ihm zum Zeichen, dass es vollbracht war, ein Leinenbündel überreicht. Darin lag der gläserne Griff des Dolches. Die Klinge steckte in der Brust des falschen Kunsthändlers. Reinke bewahrte den halben Dolch in einer Schublade seines Schreibtisches bei seinen harten Bleistiften auf. Wenn er ihn herausnahm und betrachtete, überkam ihn ein beruhigendes Gefühl der Sicherheit: Alles konnte am Ende gelöst werden. Wenn man nur tat, was getan werden muss.

»Sie war ein gutes Kind …«, heulte Alessandro.

»Sie war eine Verräterin! Sie wollte uns betrügen! Wenn wir es nicht getan hätten, wüssten wir immer noch nicht, dass dieser vorgebliche Kunsthändler ein Betrüger ist! Ein Schweißhund – von wem auch immer auf unsere Fährte gesetzt. Ich habe es doch gleich gewusst! Vom ersten Moment an! Das ist kein Kunsthändler. So einer. Das rieche ich doch.« Verächtlich sah Reinke auf Alessandro hinab, der sich mit der Hand die Augen bedeckte. »Es ist deine Schuld, dass es so weit gekommen ist. Ich habe dir von Anfang an gesagt, wir verkaufen nicht hier in Venedig. Wir trauen niemandem.«

Reinke hoffte, dass der Venezianer nicht auch noch zum Problem wurde. Dass man auch dann tun müsste, was getan werden muss.

*

Lukas' Groll auf Franz nach ihrem unseligen Streit war schnell verflogen. Er hatte einen Brief geschrieben, in dem er sich bei dem Freund entschuldigte, und ihn einem Attaché mitgegeben, der die vertrauliche Korrespondenz zur Gesandtschaft des Heiligen Stuhls in Venedig überbrachte. Doch anstatt mit einem Antwortschreiben kam der Mann mit üblen Neuigkeiten zurück: Der Kunsthändler Robert von Stargard war spurlos verschwunden. In seinem Palazzo sei Blut gefunden worden. Auch sein Gehilfe und eine Prostituierte, mit der der Kunsthändler Umgang gepflegt habe, würden vermisst. Von wem aber das Blut in seinem Schlafzimmer stamme, wer von den dreien Opfer und wer Mörder sei, das wisse niemand.

Lukas dachte sofort daran, dass Franz' Frist zum Entlarven der Kunsträuber am Weihnachtstag abgelaufen war und Kardinal della Somaglia umgehend befohlen hatte, das Todesurteil gegen ihn zu vollstrecken. Er ließ sich Franz' Akten aushändigen. Tatsächlich fand er darin alle bekannten Einzelheiten des Überfalles. Inklusive Interna des österreichischen Gerichts. Man war informiert. Doch kein Wort darüber, wer den Anschlag ausgeführt hatte. Die Geheimpolizei des Kirchenstaates hatte also nichts damit zu tun.

Lukas verbrachte das Neujahrsfest in größter Sorge und reiste im Januar nach Venedig. Als er am Palazzo Peldrini klopfte, öffnete Signora Donati zuerst nicht die Tür, sondern ein Fenster im ersten Stock, um zu sehen, wer draußen stand. Sie freute sich, den freundlichen Priester zu sehen, und erzählte ihm, was sie wusste, aber sie hatte mehr Fragen als Antworten. Sie sei einige Tage nach den schrecklichen Geschehnissen bei der Gendarmerie gewesen, aber man habe ihr nichts mitteilen können oder wollen. Seither lebe sie in Ungewissheit. Als sie Lukas zeigte, wo die Blutspur quer durchs Schlafzimmer gegangen war, musste er daran denken, wie er Franz nicht lange zuvor aus dem Bett gezerrt und den gleichen Weg quer durchs Zimmer geschleift hatte.

»Was ist mit den Straßenkindern?«, fragte Lukas. »Stimmt es, dass sie im Haus geschlafen haben?«

»Sie sind verschwunden. Nicht eines ist je wieder hergekommen.«

»Kennen Sie ihre Namen?«

»Einer der Jungen heißt Mattia. Er ist an dem Abend furchtbar aufgeregt hereingekommen – mitten in unsere Weihnachtsfeier. Es war ja Weihnachten! Don Roberto ist sofort mit ihm weggegangen und erst wiedergekommen, als wir alle schon schlafen gegangen waren.«

»Wo finde ich diesen Mattia?«

»Nirgendwo. Die Gendarmerie hat überall nach ihm gesucht.«

Als die Signora Lukas zur Tür brachte, berichtete sie noch, der Mietzins des Palazzos und ihr Lohn seien noch bis Karnevalsende bezahlt worden, deshalb würde sie abwarten. Lukas verriet ihr nicht, dass er die Zahlung persönlich angewiesen hatte, gab ihr die Anschrift eines Ordensbruders und bat sie, sofort zu schreiben, wenn sie Neuigkeiten höre.

Lukas ging ins *Caffè Florian* und ins *Caffè Quadri*, wo er einige deutsche Künstler antraf, doch auch die konnten ihm nichts berichten. Sie waren zum Verhör bestellt worden und hatten dort schon nichts aussagen können. Doch es verging kaum ein Tag, an dem ihnen nicht neue Gerüchte zu Ohren kamen – die sich vor allem um die geheimnisvolle verschwundene Prostituierte drehten. Einmal war sie eine verstoßene Nobildonna, dann eine heimliche Geliebte Napoleons oder die Anführerin einer Bande räuberischer Briganten aus den Apenninen.

Nachdem er bei den Künstlern nichts erreicht hatte, streifte Lukas durch die Gassen Venedigs. Wann immer er Straßenkinder sah, gab er ihnen ein Almosen und fragte sie nach Mattia. Die Münzen nahmen sie dankbar an, aber einen Mattia kannte keines.

Und so blieb Lukas zuletzt nur noch, in Maria dei Miracoli die Jungfrau um Gnade zu bitten. Während er nach Rom zurückreiste, machte er sich bittere Vorwürfe. Er klammerte sich zwar an die Hoffnung, dass Franz sich aus dem Staub gemacht haben könnte. Aber von wem war dann das Blut in seinem Schlafzimmer?

28

Wer bin ich?

Es kostete ihn einige Mühe, die Augen zu öffnen, als ob er sie lange nicht aufgeschlagen hätte. Er musste einen tiefen Schlaf mit den Fingern herausreiben. Verwundert schaute er sich um. Wo war er? Die schmucklose Kammer, in der er lag, wurde nur durch ein kleines Fenster spärlich erhellt. Er sah die gegenüberliegende Hauswand. Sie war krustig und voller Flecken, und er erkannte weder das Fenster noch die Wand. Die Zimmertür stand offen. Das dunkle Holz des Rahmens war abgegriffen und zerkratzt, und auch die Tür kannte er nicht.

Manchmal, wenn man aus tiefem Schlaf erwacht, fehlt einen Moment lang die Erinnerung. Eine kurze Weile der wachsenden Bedrückung, die sich in einem Schwindel auflöst, wenn das Gedächtnis zurückkehrt. Doch der Schwindel wollte sich nicht einstellen. Er erinnerte sich nicht, wie er hierhergekommen war. Und noch schlimmer: Er erinnerte sich nicht, wo er vorher gewesen war.

Oder davor.

Die Bedrückung steigerte sich zu Angst.

Sein Name! Der jeden Menschen seit frühester Kindheit begleitet wie sein Schatten – wo war sein Name geblieben?

Eine Erinnerung! Irgendeine! Es war, als ob seine Augen aufgewacht waren, dahinter sein Kopf aber nicht. Er hatte geträumt. Aber auch der Traum blieb schemenhaft. Da war eine junge Frau gewesen. Ein Haus über dem Meer. Geborgenheit. Der Geruch von Ölfarbe … Derselbe Geruch, den er auch jetzt wahrnahm.

Als er sich mit der Hand übers Gesicht strich, spürte er einen Bart. Auch dieses Gefühl war ihm unbekannt. Wie lange lag er hier schon? Er setzte sich auf und bemerkte, dass seine Brust mit einem reinlichen Verband umwickelt war. Er horchte. Bis auf einige Geräusche des Alltags durch das Fenster hörte er nichts. Er stand auf und ging zur Tür. Der nächste Raum war ein Atelier. Große Dachfenster, mit weißen Laken verhängt, Bilder, kleine Plastiken, ein Tisch mit Pinseln und anderen Utensilien, zwei große Staffeleien.

Und da war ... Auch in seinem Traum hatte sie gemalt ... Ihr Name ... Er hatte ihren Namen vergessen ... Da war ... Aber das war sie ja gar nicht! Vor der Staffelei saß eine fremde Frau in einem schwarzen Kleid. Ihre dunklen Haare waren hochgesteckt, sodass er die helle Haut ihres Nackens sehen konnte. Mit der Rechten führte sie den Pinsel, und auf der Linken balancierte sie eine Palette. Sie malte am Bildnis eines Knaben, der seinen nackten Arm auf den Rücken eines großen Hundes legte. Das gleiche Bild aber stand auf der zweiten Staffelei. Beide Bilder waren vollkommen identisch, nur war das eine fertig ausgeführt – zur anderen Seite des Knaben lag eine säugende Hündin –, das andere aber erst zur Hälfte gemalt. Aufmerksam ging ihr Blick zwischen den beiden Bildern hin und her, bevor sie den Pinsel behutsam und sicher über die Leinwand führte. Wer war die Frau?

Nachdem er ihr eine Weile zugeschaut hatte, betrat er das Atelier. Sie war so sehr in ihre Arbeit vertieft, dass sie erschrak, als er neben ihr stand. Als sie zu ihm aufschaute, war ihr Blick freundlich und klar. Ihre Nase war kurz, ihr Kinn schmal und der runde Schwung ihrer Wangen führte zu einem gutmütigen Mund.

»Robert!« Sie lächelte. »Du bist wach!«

Robert? War das sein Name? Der Klang löste nichts in ihm aus. »Robert?«, fragte er deshalb.

Die Frau sah ihn erstaunt an. »Heißt du nicht Robert?«

Er schüttelte den Kopf. »Nein ...«

»Doch. Das ist dein Name. Robert von Stargard.«

Er blickte sie zweifelnd an. »Und wer bist du?«

Ihre Stirn verfinsterte sich. »Erinnerst du dich nicht?«

Er schüttelte den Kopf.

»Irma. Ich bin Irma Fuchs.«

»Natürlich … Entschuldige … Jetzt erinnere ich mich.«

Doch sie sah ihm an, dass seine Verwirrung kein bisschen gewichen war. »Du erinnerst dich nicht«, sagte sie.

»Nein … Es ist wahr, ich erinnere mich nicht …« Er betrachtete sie. Ihr Anblick war ihm trotz seiner Befremdung tief im Inneren vertraut. Ihr freundliches Gesicht, ihr schmaler Mund, ein kleines Muttermal an ihrer Schläfe, die starken Augenbrauen … Er spürte, dass er kurz davor war, sich an diese Augenbrauen zu erinnern. Dass sie ihm gleich vertraut werden würden.

Doch das wurden sie nicht. War dies seine Frau? Er wagte nicht zu fragen. Konnte man eine so ungeheuerliche Frage stellen? *Bist du meine Frau?*

»Wo bin ich?«, fragte er stattdessen.

»In Venedig.«

»Venedig … Ja, ich erinnere mich. Ich weiß, was Venedig ist. Aber es ist weit weg. Bin ich jemals dort gewesen?«

»Es ist nicht weit weg. Du bist mitten darin!« Irmas Stimme zitterte vor Angst.

Sie trat an eines der kleinen Fenster, die unterhalb des Giebels in die niedrigen Seitenwände eingelassen waren, öffnete es und stieß die Schlagläden auf. Ein Sonnenstrahl fiel ins Zimmer. Er trat ans Fenster und blickte verwundert hinaus. Unten lag ein schmaler Kanal, auf dem Boote und Gondeln fuhren. Da war eine gebogene Brücke, auf deren Balustrade eine Schar Jungen herumturnte. Sie schrien zu einem Bootsmann hinunter, der einige Kisten mit Früchten geladen hatte. Er griff drei Zitronen und warf sie in die Luft, wo sie von den Jungen geschickt aufgefangen wurden. Augenblicklich machten sich mit großem Geschrei die anderen über die drei Glücklichen her, denen der Fang gelungen war. Sie rissen die Schalen ab und teilten die Früchte, während das Boot längst unter ihnen im Schatten der Brücke verschwunden war. Als es auf der anderen Seite auftauchte, liefen sie hinüber und bettelten um noch mehr Früchte, doch der Bootsmann winkte nur lachend hinauf und ruderte weiter.

Er sah die Häuser, die eng an den Kanal gebaut waren, er sah Wäsche von einer Wand zur andern hängen, er sah Töpfe mit Kräutern auf den Fensterbänken, auf einem hohen Balkon sah er eine lesende Dame im weißen Kleid sitzen, und tief unten trat gerade ein Mann aus einer verwitterten Tür und kippte einen Eimer mit Abfällen ins Wasser.

»Siehst du?«, fragte die Frau. »Venedig.«

Er nickte. »Und wer bin ich?«

»Dein Name ist Robert von Stargard. Du bist Kunsthändler. Du bist vor einigen Monaten nach Venedig gekommen. Woher, das weiß ich nicht. Du lebst in einem schönen Palazzo am Canal Grande.«

Nichts von alldem brachte in ihm etwas zum Klingen. »Bin ich … alleine?«

»Du meinst, ob du eine Frau hast?«

Er nickte.

»Nein. Und auch sonst niemanden. Du bist alleine nach Venedig gekommen.«

Er blickte sie an. Er musste fragen: »Und wir … Du und ich … Sind wir …«

Sie sah ihn an, als würde ihre Antwort *Ja* lauten. *Ja, Mann und Frau.* Doch dann senkte sie die Augen verschämt zu Boden und sagte: »Ich habe dich gepflegt. Nichts weiter.«

»War ich denn krank?«

»Nahezu tot. Du bist aus einem Fenster gestürzt. Mit dem Kopf auf einer Gondel aufgeschlagen. Im Wasser versunken.«

»Warum bin ich aus dem Fenster gestürzt?«

Sie sah ihn lange an, aber sie antwortete nicht.

»Warum antwortest du nicht?«

»Ich will erst Milch holen … Du wirst hungrig sein.« Sie nahm ein paar Münzen aus dem hohlen Gipsabguss eines griechischen Jünglingskopfes, lief zur Tür und war verschwunden. Natürlich ging es nicht um die Milch, dachte er.

Robert von Stargard.

Kunsthändler.

Er besann sich, so stark und so fest er nur konnte, doch die Erinnerungen kamen nicht. Wie besinnt man sich stark und fest, fragte er sich. Mit welcher Kraft holt man Gedanken herbei? Gibt es einen Muskel? Einen Hebel? Einen inneren Flaschenzug?

Er wurde unwillig und nervös. Er spürte, dass die Erinnerungen da waren. Aber da war auch eine schwarze Wand. Eigentlich war sie nicht schwarz. Sie war unsichtbar. Seine Vergangenheit war irgendwo dahinter. Aber sie war nicht greifbar. Genau wie die Zukunft. Auch sie war da. Aber es war unmöglich, zu ihr zu gelangen. Die Vergangenheit war doch immer greifbar gewesen! Immer!

Er ging zu den Staffeleien und schaute sich die Bilder an. Er roch den milden, öligen Geruch der Farbe. Hatte er solche Bilder verkauft?

Robert von Stargard.

Kunsthändler.

Warum hatte sie nicht sprechen wollen?

Warum war er aus dem Fenster gestürzt?

Später saßen sie zusammen an ihrem Tisch. Er aß Brot und Käse und trank Ziegenmilch, denn er hatte großen Hunger. Doch wenn er sich vorbeugte, drückte ihn der Verband um seine Brust. Und als er sie danach fragte, musste sie es ihm sagen.

»Jemand hat versucht, dich zu töten.«

Er starrte sie an. Doch nahm er es nicht schockiert auf. Eher erstaunt. »Wer? Warum?«

»Ich weiß es nicht. Man hat dich erstochen. Und dann aus dem Fenster geworfen. In den Kanal. Es ist ein Wunder, dass du noch lebst.«

»Du hast mir das Leben gerettet?«

»Mattia hat dir das Leben gerettet. Die Kinder. Der Geschichtenerzähler. Und ich, ja ...«

Und weil jede ihrer Antworten so viele neue Fragen hervorrief, begann sie von vorne zu erzählen. Wie sie sich kennengelernt hatten, als ihre Zeichnungen davongeflogen waren, ihr Wiedersehen im Dogenpalast, die anderen Künstler, ihr gemeinsamer Ausflug zum Lido, das Wenige, das er ihr dort über seine Familie berichtet hatte, ihr Spaziergang zu den Verkaufsständen der Buchhändler ...

Als sie davon erzählte, fiel ihr etwas ein. Sie stand auf und holte aus einem Regal ein Buch. Ein billiges Bändchen, einfach gebunden. »Das hast du mir geschenkt. Hierin steht dein Name. Schau selber! Dann siehst du, wie du heißt.«

Sie gab ihm das Buch, und er las: *»Febbre Romana. Franz Wercker. L'assassino che ha ucciso quattro volte ...«*

»Nein, das bist nicht du. Das hat sich der Buchhändler nur ausgedacht. Auf der nächsten Seite.«

Er blätterte um und sah eine handgeschriebene Widmung: *Für Irma, in Freundschaft von Robert, Oktober 1818.*

»Siehst du?«, sagte sie. »Robert. So heißt du.«

»Und du bist Irma.«

»Ja ...« Sie lächelten einander scheu an.

»Wen kenne ich noch in Venedig?«

»Ein paar der deutschen Künstler. Johann Adam Klein, Johann Erhard, Gustav Naeke, Ernst Oehme, einen Dichter aus Wien, Franz Grillparzer, aber der ist weiter nach Neapel. Klein und Oehme sind auch nicht mehr hier. Sie sind vor ein paar Wochen nach Rom gegangen. Du hattest eine Haushälterin. Und einen Gehilfen. Ein alter Mann, seinen Namen kenne ich nicht.«

»Das ist alles?«

»Eine Zeit lang bist du mit jungen Venezianern ausgegangen. Männer aus reichen Häusern. Ihr wart im Theater. Habt

Karten gespielt.« Sie zögerte, ihm von Alessandro zu erzählen. Das kam ihrer eigenen Geschichte zu nah. Sie hatte während seiner langen Ohnmacht oft und oft überlegt, ob Alessandro dahintersteckte.

»Vielleicht einer dieser Männer?«

»Vielleicht ... Es gibt eine reiche Venezianerin, die du manchmal besucht hast.« *Auf die ich schrecklich eifersüchtig war, als ich davon gehört habe.* »Eine Nobildonna. Rafaela d'Albari.«

»Rafaela d'Albari ...«, wiederholte er in der Hoffnung, dass der Name etwas anstieße. Aber das geschah nicht. Es kam kein Gefühl, kein Bild, keine Stimme, kein Raum, keine Begebenheit. »Wenn ich mich noch ein wenig hinlegen darf ... Später gehe ich dann nach Hause.«

»Du kannst nicht nach Hause.«

»Du müsstest mir natürlich zeigen, wo ich wohne ...«

»Das meine ich nicht.«

Er schaute sie fragend an.

»Wer auch immer dich töten wollte, er glaubt, du bist tot. Niemand weiß, dass du noch lebst. Niemand, dem wir nicht vollkommen vertrauen können.«

Er begriff: Wenn er sich seinem Mörder zeigte, ohne sich an ihn zu erinnern, dann wäre er ihm wehrlos ausgeliefert.

»Du musst hierbleiben«, sagte Irma. »Bis du dich erinnerst.«

29

Die Frau aus dem Traum

Ein Junge stand vor seinem Bett. Franz hatte ihn nicht kommen hören. Wie lange hatte er schon dagestanden? Er strahlte Franz an und schien sich ehrlich zu freuen, ihn zu sehen.

»Ihr seid aufgewacht, Don Roberto!«, sagte der Junge. »Ich hatte schon Angst, Ihr schlaft für immer. Ich habe von Leuten gehört, die für immer schlafen. Sie sterben nicht, aber sie wachen auch nicht auf.« Er überlegte kurz und zuckte mit den Schultern. »Sie sterben dann doch …«

»Ich sterbe nicht«, sagte Franz. »Bist du Mattia?«

Die Augenbrauen Mattias zogen sich zusammen. »Es stimmt also? Ihr erinnert Euch nicht?«

»Irma sagt, du hast mir das Leben gerettet.«

»O nein! Gott hat Euer Leben gerettet. Ich habe Euch nur aus dem Wasser heraufgeholt. Mit den anderen Kindern. Ohne sie wäre ich auch gestorben.«

»Ich danke dir dafür. Du bist sehr mutig.« Franz sah, dass seine Worte den Jungen stolz machten. »Aber du darfst nicht wiederkommen.«

Mattia erschrak. »Warum?«

»Du bringst dich in Gefahr. Man hat versucht, mich umzubringen.«

»Ich weiß! Aber macht Euch keine Sorgen. Während Ihr geschlafen habt, war ich jeden Tag hier.«

»Jeden Tag!«

»Si. Und Ihr seht, mir ist nichts passiert. Mir passiert nie etwas. Das weiß jeder! Ihr könnt den Dottore fragen!«

»Wer ist der Dottore?«

»Ich bin der Dottore.« In der Tür erschien ein Mann, der noch nicht alt war, aber schon graues Haar hatte. Er sprach Deutsch. »Jedenfalls nennen sie mich manchmal so. Obwohl ich ihnen sage, sie sollen mich den Geschichtenerzähler nennen.«

»Sie sind Arzt?«, fragte Franz.

»Früher war ich's. Aber das wird man wohl nicht los.«

»Warum wollen Sie es loswerden?«

»Mein Verdienst ist es jedenfalls nicht, dass Sie wieder aufgewacht sind.«

»Sie haben mein Leben erhalten«, sagte Franz. Er hob das Laken und wies auf seinen Verband. »Ich denke, das waren Sie.«

»Das war Irma. Aber, ja, die ersten Verbände, als wir noch auf das Wundfieber gewartet haben, das war ich.«

»Ich danke Ihnen. Ich weiß allerdings nicht, wann ich Ihre Rechnung bezahlen kann.«

»Es wird keine Rechnung geben. Ich sage Ihnen doch, ich bin kein Arzt. Ich tue nur, was Menschen tun, um sich nicht gegenseitig krepieren zu lassen. Aber genug davon. Irma sagt, Sie erinnern sich an nichts?«

»Das ist wahr.«

»Vor Ihrem Unfall? Nichts?«

»Nichts.«

»Im letzten Jahr? Oder vielleicht im vorletzten?«

»Nichts.«

»Ihre Kindheit?«

»Nichts.«

»Woher stammen Sie? Wo sind Sie zur Schule gegangen? Denken Sie an Ihre Eltern. Spiele, die Sie gespielt haben.«

Franz schüttelte den Kopf.

»Wer ist österreichischer Kaiser?«

»Franz I.«

»Wann wurde das Heilige Römische Reich aufgelöst?«

»1806.«

»Hm … Es scheint, Sie haben nur das aus dem Gedächtnis verloren, was Sie selber erlebt haben.«

»Wird es wiederkommen?«

»Tja, der Herr nimmt, der Herr gibt. Ich hätte noch nicht einmal darauf gewettet, dass Sie überhaupt wieder aufwachen. Ich kenne Fälle, da kommt alles zurück, es gibt Fälle, da kommt es teilweise zurück, und es gibt Fälle …« Er machte eine bedauernde Geste.

»Verstehe«, sagte Franz. »Gibt es etwas, das wir tun können? Gibt es eine Medizin? Eine Behandlung?«

»Nein.«

Franz nickte.

»Bleiben Sie zuversichtlich. Wir wissen, Sie sind Deutscher, aber mit dem Jungen sprechen Sie gut Italienisch. Ihr Italienisch klingt allerdings römisch. Was wissen Sie über Rom?«

»Kolosseum, Papst, Petersdom, Forum Romanum, Tiber …«

»Waren Sie je dort?«

Franz überlegte. Er starrte auf die durchsichtige Wand, hinter der nichts zu sehen war.

»Normalerweise würde ich empfehlen, dass Sie in Ihren Palazzo gehen und Ihre Sachen durchschauen. Anfassen. Daran riechen. Aber zum einen ist die Wahrscheinlichkeit gering, dass es überhaupt hilft, zum anderen könnte diese Therapie in Ihrem Fall tödliche Nebenwirkungen haben …«

In der Nacht lag Franz lange wach. Nachdem der Dottore gegangen war, hatte er sich zu Irma ins Atelier gesetzt. Sie hatte ihm Wein angeboten, aber er hatte keinen Schluck davon getrunken. Wein benebelt die Gedanken. Und er hatte so wenige davon! Jetzt erst erkannte er, wie kostbar Erinnerungen sind. Viel zu kostbar, um sie zu benebeln.

»Wer ist dieser Dottore?«, hatte er Irma gefragt.

»Niemand weiß es. Die meisten nennen ihn den Geschichtenerzähler. Er lebt in Cannaregio. Er erzählt Geschichten. Den

Kindern, den Erwachsenen … Er stellt sich einen Stuhl auf die Fondamenta, die Leute bringen ihre eigenen Stühle, oder sie setzen sich auf eine Handvoll Stroh, und dann beginnt er zu erzählen. Er verzaubert die Menschen mit seinen Geschichten. Oft sitzen sie bis tief in die Nacht in völliger Dunkelheit und lauschen. Wenn er zu Ende erzählt hat, geben sie ihm, was sie haben. Etwas Geld, etwas zu essen, eine halbe Flasche Wein … Seine Zuhörer sind selber bettelarm. Doch seine Geschichten sind ihnen so wertvoll, dass sie immer etwas geben.«

»Ein Doktor, der Geschichten erzählt?«

Irma zuckte mit den Schultern. »Es gibt das Gerücht, er sei einst verlobt gewesen. Kurz vor der Hochzeit ist seine Braut schwer krank geworden. Beim Versuch, sie zu retten, hat er sie mit der Medizin vergiftet. Deshalb, heißt es, hat er sich hierher zurückgezogen. Als die Kinder ihn brachten, habe ich zum ersten Mal erlebt, was er wirklich kann. Ich habe wohl Gerüchte gehört, dass er hier und da geholfen hat, aber ich hatte nie geahnt, was für ein außergewöhnlicher Arzt er ist. Denn das muss er sein. Er hat nicht nur deine Verbände gewechselt, wie er es vorhin behauptet hat, und auf das Wundfieber gewartet. Er hat dich operiert. Er hat deine Brust aufgeschnitten.«

Franz schaute sie verwundert an. Irma stand auf und holte etwas, das in Papier eingewickelt war. Sie gab es ihm, und als er es auswickelte, war es eine abgebrochene gläserne Klinge. Er nahm sie aus dem Papier und sah durch das dünne, scharfkantige Glas hindurch seine Finger.

»Der Dolch, mit dem du erstochen wurdest. Eine venezianische Spezialität. Man zerbricht ihn beim Zustechen, und die Klinge bleibt in der Wunde zurück. Doch er bricht nicht einfach entzwei. Es springen immer Splitter und Bruchstücke ab. Selbst wenn man es schafft, die große Klinge herauszuholen, werden sie dich umbringen. Der Geschichtenerzähler hat sie in deiner Brust gesucht und alle herausgeholt. Ich habe gesehen, wie unendlich geduldig er gearbeitet hat. Ich bin sicher, unter den Händen jedes anderen Arztes wärst du gestorben. Ohne ihn wärst du tot.«

Lange betrachtete er die gläserne Klinge schweigend. Dann wickelte er sie wieder in das Papier.

Später wünschten sich Franz und Irma eine gute Nacht, und jeder ging in sein Zimmer. Nachdem Franz die Klinge unter seine Matratze geschoben hatte, hörte er das Rascheln ihrer Kleider. Sie machte sich zur Nacht fertig, und als sie nebenan in ihrem Bett lag, war nur die Wand zwischen ihnen. Sie tat viel für ihn, um ihm zu helfen. Warum tat sie das? Warum war sie seinem Blick ausgewichen, als er sie gefragt hatte, ob sie Mann und Frau seien?

Durch das offene Fenster klang das sanfte Gluckern und Plätschern des Kanals herauf. Hohl und fremd hallte es in der engen Schlucht zwischen den Häusern. Es schien sich weiter und weiter zu entfernen – und schläferte Franz schließlich ein.

*

»Ihr müsst das trinken, Don Roberto! Das wird Euch helfen! Teriaca! Ein uraltes venezianisches Mittel!«, sagte Mattia.

Franz schaute zweifelnd auf das Fläschchen, das der Junge ihm gebracht hatte. Im Dämmerlicht des Ateliers schien die Flüssigkeit darin beinahe zu leuchten. An was erinnerte ihn das?

»Ich habe es nicht gestohlen! Ich habe es bezahlt, damit es auch sicher wirkt«, fügte Mattia stolz hinzu.

Irma lächelte über die Ernsthaftigkeit des Jungen. Sie hatte schon öfter die Tiegel vor den Apotheken gesehen, ein Feuer brannte darunter, es blubberte und dampfte, während der Apotheker für jedermann sichtbar die Theriaca-Mixtur zusammenrührte. Die Zutaten waren natürlich streng geheim, und jeder Venezianer schwor auf eine andere Apotheke, doch jedermann sollte sehen, wie es hergestellt wurde. Wie man es in die Fläschchen füllte und ganz frisch unters Volk brachte. Wenn man den

Versprechen Glauben schenkte, dann half es gegen nahezu alles.

Auch Franz hatte die befeuerten Tiegel schon gesehen, aber er erinnerte sich nicht. Vielleicht, dachte er, hilft es ja wirklich, wenn man nur daran glaubt. Er würde gerne glauben, damit es hilft.

»Trinkt, Don Roberto. Alles!«

Was sollte es schaden? Er öffnete das Fläschchen und trank das Theriak in einem Zug aus. Es war das Scheußlichste, was er je getrunken hatte: bitter und salzig und scharf und ölig. Franz verzog den Mund und schüttelte den Kopf. »An diesen Geschmack werde ich mich *immer* erinnern …«

Als es dunkel genug war, brachen Franz und Mattia auf. Mattia hatte ihn alle Augenblicke gefragt, ob die Medizin wirke, aber Franz musste immer wieder verneinen. Als der Junge vorschlug, von einer anderen Apotheke eine neue zu holen, lehnte Franz dankend ab. »Wahrscheinlich hilft es gegen Krankheiten des Körpers«, sagte er. »Nicht des Geistes.«

»Wahrscheinlich …«, bestätigte Mattia und sprach nicht weiter davon.

Franz trug einen Anzug und einen Hut, die der Geschichtenerzähler ihm gebracht hatte. Er hatte seinen Bart abrasieren wollen, aber Irma hatte zu Recht darauf hingewiesen, dass er sehr nützlich sein würde: Im Dunkeln, versteckt hinter dem Bart und unter dem Hut, musste man schon genau hinsehen, um ihn zu erkennen.

Mattia führte ihn durch die Gassen Venedigs, und Franz hielt Ausschau nach irgendetwas, an das er sich erinnerte. In einer engen Gasse blieb Mattia vor einem hölzernen Tor stehen. »Hier habt Ihr gewohnt. Im Palazzo Peldrini. Durch diese Tür seid Ihr hundert Mal gegangen.«

Franz betrachtete die Tür und befühlte das raue Holz.

Keine Erinnerung.

Ganz oben unterm Dach, im Mezzanin, brannte ein einzelnes Licht. »Das wird die Haushälterin sein. Signora Donati. Zuerst hat sie mich mit einem Besen verjagt, aber sie war gut zu uns Kindern.«

Mattia hatte Franz erzählt, dass er hier in Venedig auf der Suche nach gestohlenen Gemälden gewesen war. Dass Franz ihn mehrmals für kleine Aufträge bezahlt, aber nichts weiter erklärt habe. Deshalb wisse er nichts über die Hintergründe, aber zumindest könne er ihm alles zeigen, was er für ihn ausgekundschaftet hatte.

Vom Palazzo Peldrini aus gingen sie ins Sestiere Castello. Franz wunderte sich, wie man sich in dem Gewirr der Gassen und Brücken überhaupt zurechtfinden konnte. An einer Ecke hielt Mattia Franz zurück und wies auf ein Häuschen mit blinden Scheiben. »Dort wohnt der Mann mit dem runden Hut. Sein Name ist Stefano Scapa. Er hat einen Komplizen, einen kleinen, dicken, der immer einen Stock trägt. Tullio Pignati. Ihr habt mir einmal den Auftrag gegeben, ihnen zu folgen, und ich habe herausgefunden, dass sie hier wohnen. Tullio wohnt eine Gasse weiter.«

Mattia führte Franz zu einer beleuchteten Osteria. Sie schauten vorsichtig durchs Fenster hinein. Da das Fenster sehr schmutzig war, bestand kaum Gefahr, dass man sie hier draußen im Dunkeln sehen konnte. »Da sitzen sie. An dem Tisch hinten in der Ecke.«

Franz sah zwei Männer. Einen Hageren mit seltsam hellen Augen und einen Korpulenten, dessen Augen eng zusammenstanden und von einem dumpfen Wesen zeugten. Er stützte seine fleischigen Hände auf einen derben Knotenstock.

»Solange sie hier sitzen, ist keine Gefahr. Ich zeige Euch die Kirche.« Mattia führte Franz in eine Sackgasse, die an einem schmalen, völlig schwarzen Kanal endete. Aus einem Mauerloch zog er zwei Ruder hervor und bestieg ein altes Boot. Sie ruderten zu einer Kirche, die aufgegeben worden war. Die Fenster waren mit Brettern vernagelt, doch die Eingangstür zum Kanal hin war nicht verschlossen. Als sie hereinkamen, war es fast zu dunkel, um etwas zu sehen, doch sie konnten erkennen, dass die Kirche ausgeräumt war. Der Raum war wüst und leer. Nichts war darin außer Strohhalmen auf dem Boden. »Hier waren sie. Unmengen von Kisten! Gemälde, Plastiken, Möbel! Da stand ein Mann mit seinen zwei Söhnen, sie haben gegen eine riesige Schlange gekämpft! Sie sahen so echt aus, aber sie waren nur aus Marmor. Alles ist verschwunden …«

Als sie wieder im Boot saßen, fragte Franz: »Was glaubst du? Bin ich ein Polizist? Geheimpolizist?«

»Nein, Ihr seid Kunsthändler.«

»Aber warum habe ich die gestohlenen Bilder gesucht?«

Mattia zuckte mit den Schultern. »Vielleicht sind sie Euch gestohlen worden. Vielleicht wolltet Ihr sie auch stehlen. Wer weiß.«

Wer weiß …

Viel mehr konnte Mattia Franz nicht zeigen. Die dunkle Höhle der Signora Giusina, die jetzt in der Nacht fest verschlossen war, das *Caffè Florian*, in dem er einmal gesessen hatte und wo es auch in der Nacht hoch herging, das *Caffè Quadri* gegenüber, in dem die deutschen Künstler oft ihren Wein tranken …

Abseits vom Licht der Caffès, vom blechernen Lärm der Kapelle und dem lauten Gesang der österreichischen Soldaten, der durch die stille Stadt hallte, setzten sie sich auf die Steine zu Füßen der Säule mit dem geflügelten Löwen. Mattia holte ein Stück Brot unter seinem Hemd hervor, brach es in der Mitte durch und gab Franz die Hälfte. Eine Weile aßen sie schweigend.

Schließlich sagte Franz: »Ich muss hinein.«

»Ins Caffè?«

»In meinen Palazzo. Ich habe nur keinen Schlüssel.«

Mattia lächelte. »Ich weiß, wie wir hineinkommen …«

Irma malte Fell. Sie hatte einiges ausprobieren müssen: Wie viel Farbe sie nehmen musste, wie trocken der Pinsel sein musste, ob sie ihn langsam führte oder schwungvoll – Tizian hatte teilweise unterschiedliche Farben ungemischt mit einem

Pinselstrich aufgebracht! –, und nun gelang es ihr überraschend gut. Sie saß vor dem Knaben mit dem Hund, malte Fell und hatte Freude daran, dass es gelang.

Sie hätte schon viel weiter sein müssen, aber wie sollte sie denn malen, wenn Robert dabei war. Zum Glück hatte er nicht gefragt, als er sie nach seinem Erwachen beim Kopieren überrascht hatte. Wie sollte sie ihm erklären, was sie tat? Also hatte sie den Tizian mit einem Tuch abgehängt und ihre Kopie mit der feuchten Ölfarbe zur Wand gedreht. Ihre Versuche, das Hundefell zu malen, hatte sie angestellt, als Robert geschlafen hatte, und die Kartons anschließend weggeräumt.

Um Robert von ihrer heimlichen Arbeit abzulenken, hatte sie tatsächlich ein eigenes Bild begonnen. Sie malte eine Ecke ihres Ateliers: den alten Tisch mit den Pinseln und Farben darauf, das Regal mit den Büchern, die kleinen Plastiken, die sie benutzt hatte, als sie noch die menschlichen Proportionen studiert hatte, den Blick aus dem Fenster zum Kanal hinaus. Sie hatte sogar Robert mit hineingenommen, als er einmal im Sessel eingeschlafen war. Sie war überrascht gewesen, wie gut es gelang. Sie hatte gedacht, dass sie das Malen nach der Natur längst verlernt hatte. Aber im Gegenteil! Das tägliche stundenlange Kopieren hatte ihr eine so große Sicherheit im Strich gegeben und ihren Blick für Proportionen und Perspektiven so sehr geschärft, dass das kleine Gemälde wie von alleine gelang. Am liebsten hätte sie auch jetzt wieder daran weitergemalt, doch sie musste die Gelegenheit nutzen, solange Robert fort war, und mit dem Tizian weiterkommen.

Mattia steckte seinen Arm in das Loch. Es war so klein, dass sein Kinderarm gerade eben hindurchpasste. Er schob einen Riegel beiseite, öffnete die Luke, und sie kletterten hinein.

»Hier unten habt Ihr uns erlaubt zu schlafen. Die Signora hätte uns sicher noch eine Weile bleiben lassen, aber wir wollten lieber nicht. Ein Haus, in dem einer ermordet wurde, bringt Unglück …«

»Aber ich wurde ja nicht ermordet!«

Mattia zuckte mit den Schultern. Offenbar hatten sie nicht geglaubt, dass er durchkam. Er erzählte Franz von seinem alten Gehilfen.

»Vito Barene. Wir haben ihn überall gesucht«, sagte Mattia. »Er ist auch verschwunden.«

»Vielleicht haben sie ihn auch …«

»Wir wissen es nicht.«

»Ihr müsst ihn finden! Er weiß bestimmt am meisten.«

»Wir Kinder finden alles. Wir sind besser als die österreichische Geheimpolizei. Die finden nichts! Wenn Vito irgendwo ist, dann finden wir ihn.«

Wenn, dachte Franz besorgt.

Im Kontor fanden sie nichts, das Franz geholfen hätte. Sie zündeten die Lampe an, die auf einem Schreibpult stand, und nahmen sie mit nach oben. Im Piano Nobile gelangten sie in eine Halle mit feinen Teppichen und einem Kronleuchter, der im Schein der kleinen Flamme geheimnisvoll glitzerte. Von den Wänden blickten respektable Ahnen streng auf die beiden Einbrecher herab.

Mattia öffnete eine Tür, durch die sie in den riesigen Portego traten. Der Prunksaal verlor sich im Dunkel, denn die kleine Lampe reichte bei Weitem nicht hinein. Auf Staffeleien standen einige Gemälde: eine große, wild und eilig skizzierte Himmelfahrt, die signiert war mit *J. A. Klein*, und ein sehr sorgfältig gemaltes kleines Bildnis zweier Kinder mit zwei geflügelten Putten dahinter, unterschrieben mit *Johannes Veit* sowie einige altmodische Venezianer.

Durch eine Seitentür gelangten sie in einen wohnlichen Salon, in dem einige Musikinstrumente standen. Franz setzte sich in einen der Sessel und sah sich in Ruhe um. Doch eine Erinnerung kam nicht. Hier stand auf einer Staffelei ein weiteres Gemälde, auf dem eine Madonna behutsam das Jesuskind an Händen hielt, während es erste tapsige Schritte versuchte. Die Signatur lautete *Philipp Veit* und sagte Franz nichts.

Das nächste Zimmer war ausgemalt mit Jagdszenen. Darüber hatte jemand – rund um alle vier Wände – Zeichnungen gehängt. Feine Bleistiftbilder und Kohlezeichnungen. Franz ging mit der Lampe langsam daran entlang. Porträts, Bergdörfer, italienische Bauern und römische Motive: ein Triumphbogen, eine Marktszene vor verfallenen Marmorsäulen, das Forum, das Kolosseum. Er spürte, dass diese Bilder eine Bedeutung für ihn hatten. Wie man spürt, dass man angeschaut wird, noch bevor man entdeckt, woher und von wem.

Und dann stutzte er. Er stand vor dem einzigen gerahmten Blatt. Das Bildnis einer jungen Frau, die ihm mit neugierigen und wachen Augen entgegensah.

Es durchfuhr ihn wie ein galvanischer Blitz.

»Was ist mit Euch?«, fragte Mattia, der ihn aufmerksam beobachtete.

»Ich kenne diese Frau …«

»Eine Erinnerung? Ihr habt Eure Erinnerung wiedergefunden!«

»Aus Neapel …«

»Ihr wart in Neapel!«

»Nein …«

»Nein?«

»Nein …« Franz dämmerte, dass es keine wirkliche Erinnerung war. Es war ein Traum. Er hatte diese Frau in einem Traum gesehen. Mit diesen zuversichtlichen, neugierigen Augen hatte sie ihn angeschaut. Er hörte sogar noch ihre Stimme tief in seinen Ohren. »Wollen wir mutig sein?«, hatte sie ihn gefragt. Sie hatte ein helles blaues Kleid getragen und über ihr hatte sich ein unendlicher blauer Himmel gewölbt. Sie hatten in einem Garten gestanden, umgeben von Palmen und Agaven, und hinter ihr war der weite Bogen einer Bucht zu sehen gewesen, mit weißen Häusern und einer alten Festung. Ganz hinten, im hellen Dunst der Ferne, der Vesuv. Eine feine Rauchfahne stieg aus ihm empor.

Der Traum war angefüllt gewesen mit dem Duft von Ölfarbe. Neben der Frau hatte eine Staffelei gestanden. Das Bild darauf hatte er nicht sehen können. Aber er konnte es riechen. Sogar jetzt noch.

Franz spürte eine schmerzhafte Sehnsucht nach ihr.

Er griff nach dem Bild und wollte es mitnehmen, doch Mattia hielt ihn davon ab. »Das dürft Ihr nicht! Dann weiß man, dass Ihr hier wart. Dass Ihr lebt!«

Franz nickte. Er musste es in seiner Erinnerung mitnehmen.

Erinnerung? Ausgerechnet auf sie sollte er sich verlassen?

Nachdem Franz endlich den Blick von dem Porträt hatte lösen können, betrachtete er das Bücherregal. In Leder gebundene, imposante Werke. Doch in einem Fach stand eine Reihe deutscher Bücher, die offenbar ihm gehörten. Zwei kleinere Bändchen fielen ihm auf, die beieinanderstanden. Als er sie herausnahm, sah er erstaunt, dass das kleinere, in billige Pappe eingebundene, das gleiche war, das Irma ihm gezeigt hatte: *Febbre Romana* von Franz Wercker. Das andere, in schmuckem Lackpapier eingebunden, trug denselben Titel, aber auf Deutsch: *Römisches Fieber*. Allerdings unterschied sich der Name des Autors. Er lautete Cornelius Lohwaldt. Franz stellte die Bücher zurück.

Er setzte sich hinter den mächtigen Schreibtisch und zog alle Schubladen auf. Briefpapier, Feder, Tinte – in der untersten Lade lag ein Skizzenbuch. Etwa drei oder vier Dutzend zusammengebundene Blätter mit Zeichnungen. Er blätterte es langsam durch. Im Gegensatz zu den Zeichnungen an der Wand, die nach der Natur gezeichnet waren, handelte es sich um Skizzen von Gemälden. Sie waren jeweils mit dem Titel und dem Künstler beschriftet: Raffael, Tintoretto, Canaletto, Leonardo da Vinci, aber auch Plastiken wie die *Laokoongruppe*. Die Mattia in der Kirche gesehen hatte.

Bei einem der Blätter stutzte Franz. Es stellte einen Jungen dar, der seinen Arm auf den Rücken eines großen Hundes gelegt hatte, während zu seinen Füßen eine Hündin ihre Welpen säugte, und es war beschriftet mit *Tizian*. Es war dasselbe Bild, das zweifach in Irmas Atelier stand. Einmal vollendet, einmal halb fertig. Warum Robert von Stargard dieses Skizzenbuch besaß, das wusste er nicht, aber vielleicht wüsste Irma es. »Das hier nehme ich trotzdem mit.«

Zwar widersprach Mattia, aber Franz bestand darauf. Auch als sie durch die anderen Räume schlichen, erinnerte er sich an nichts. Nicht einmal das Schlafzimmer, in dem der Mordanschlag stattgefunden haben musste, ließ etwas in ihm anklingen. Die Wäsche Robert von Stargards, seine Koffer, seine Toilettenutensilien, seine Schuhe – alles blieb fremd.

Robert von Stargard blieb ihm fremd.

Es fühlte sich an, als ob sie in den falschen Palazzo eingestiegen wären.

Wenn da nicht diese Frau gewesen wäre, die aus nichts als Bleistiftstrichen bestand und ihn so bestürzend lebendig mit ihren wachen Augen aus seinem eigenen Traum heraus angeschaut hätte.

30

Er lebt!

Irma war in der Dunkelheit aufgewacht und lag wach. Was sollte werden! Jederzeit könnte Alessandro im Atelier erscheinen, um zu kontrollieren, welche Fortschritte sie mit der Kopie machte. Kurz vor Weihnachten hatte er auf dem Markt auf sie gewartet. Er hatte ihr gesagt, dass die Dinge im Moment durcheinandergeraten seien. Dass man sich besser für eine Weile aus dem Weg ginge, bis sich alles wieder beruhigt hätte. Und er hatte ihr noch einmal eindringlich eingeschärft, falls sie ein Sterbenswörtchen zu irgendeinem Menschen verriete, würde man tun müssen, was getan werden muss.

Und jetzt versteckte sie Robert hier bei sich!

Warum tat sie das?

Natürlich wusste sie genau, warum sie das tat. Spätestens jetzt war jeglicher Zweifel ausgeschlossen. Spätestens jetzt war es nicht mehr möglich, sich selber anzulügen.

Seit er ihr am Vorabend nach seiner Rückkehr in glühenden Worten die junge Frau auf der Bleistiftzeichnung beschrieben hatte. Er hatte gar nicht mehr aufgehört, um Worte zu ringen, damit sie die Bedeutung begriff, die diese Frau für ihn zu haben schien. Dabei brauchte er sie gar nicht zu beschreiben. Sie wusste ja sofort, wen er meinte. Sie würde alles für ihn tun. Nur eines nicht: Ihm von Clara Seidler zu erzählen. Das brachte sie nicht übers Herz.

Irma hörte ein Knarren des Fußbodens drüben im Atelier. Sie warf ihre Decke zurück und schlich im Nachthemd zur Tür. Robert zog gerade die Staffelei mit ihrer halb fertigen Kopie des Knaben mit den Hunden von der Wand weg. Er hatte die Decke von Tizians Original heruntergezogen und betrachtete die beiden Bilder. Er nahm ein Skizzenbuch, das auf dem Tisch lag, schlug es auf und schaute eine Weile lang hin und her zwischen dem Buch und den Gemälden.

»Du kopierst einen Tizian?«, fragte er.

Sie holte also tief Luft und ging zu ihm. »Was ist das für ein Buch?«

»Ich habe es in meinem Palazzo gefunden«, sagte er und hielt es ihr hin.

Irma blätterte es durch. Lauter alte Meister. Ein Höhepunkt der Kunstgeschichte nach dem anderen. Und mitten darunter der Knabe mit den Hunden. Deshalb dachte Irma sofort, dass es eine Aufstellung gestohlener Gemälde war. Aber warum besaß Robert das Büchlein? Was hatte er mit gestohlener Kunst zu tun? War er überhaupt nicht der Kunsthändler, für den er sich ausgegeben hatte? Steckte er etwa mit Reinke und Alessandro unter einer Decke? Oder war er ein Geheimpolizist, der ihnen auf der Spur war?

»Warum besitze ich das?«, fragte er und schaute sie an. Er wies auf den Knaben mit den Hunden: »Warum kopierst du Tizian?«

Irma bemühte sich krampfhaft, ihn ihre Angst nicht spüren zu lassen, und zuckte mit den Schultern. »Ich habe den Auftrag eines Fürsten«, log sie. »Davon lebe ich. Deshalb bin ich hier in Venedig. Um Kopien anzufertigen.«

»Hier im Geheimen?«

»Der Besitzer hat es mir für die Dauer der Arbeit zur Verfügung gestellt …« Und dann kam ihr der Gedanke, dass dies hier eine Chance sein könnte. »Es kann übrigens sein, dass er irgendwann kommt, um nach dem Rechten zu sehen …«

Es war die durchsichtigste aller Lügen! Wer würde ein so wertvolles Gemälde aus der Hand geben! Sie selbst hatte ihm ja seinerzeit erklärt, wie es funktionierte: dass die Kopisten unter Aufsicht arbeiten mussten. Mit der strengen Auflage, nicht im

Originalformat zu arbeiten, um Verwechslungen und Betrug auszuschließen. Aber zum Glück erinnerte er sich nicht.

Er nickte ohne Argwohn. »Aber was ist das für ein Skizzenbuch?«

»Vielleicht die Sammlung eines Studenten …«

Er schlug die Seite mit der Skizze des *Laokoon* auf. »Mattia sagt, er war in der Kirche mit dem Diebesgut. Was bedeutet das?«

»Ich weiß es nicht«, antwortete Irma.

Später wechselte sie den Verband um Franz' Brust. Der Geschichtenerzähler hatte sie ermahnt, dass das täglich zu geschehen habe und dass die Verbände gründlich auszukochen seien. Franz saß mit bloßem Oberkörper auf dem Stuhl und Irma wickelte den langen Verband ab. Er spürte ihre Finger auf seiner Haut, und sie spürte seine Haut unter ihren Fingern. Schon als er noch ohne Bewusstsein gewesen war, hatte sie manches Mal gedacht, dass seine Arme und seine Schultern nicht aussahen wie die eines reichen Sohnes, sondern wie die eines Mannes, der es von klein auf gewohnt ist zu arbeiten. Als der Verband gelöst war, betrachtete sie seine Wunde. »Es heilt gut«, sagte sie. Sie wusch den Bereich der Wunde vorsichtig mit abgekochtem Wasser und nahm einen frischen Verband, den sie ihm sorgfältig um die Brust wickelte.

»Ich danke dir«, sagte Franz, als sie fertig war. »Du tust so viel für mich. Ich habe ein schlechtes Gewissen.«

»Das brauchst du nicht«, sagte sie. Und dachte: Ich trage ja nur einen kleinen Teil der Schuld ab, die ich an deinem Schicksal trage.

Sie lächelten einander scheu an.

Irma hatte Mattia etwas Geld gegeben, damit er auf dem Markt Eier kaufte. Als er an die Tür pochte und rief: »Ich bin's, Mattia!«, schloss Franz auf und ließ den Jungen herein.

»Ist dir auch niemand gefolgt?«

»Mir?«, fragte Mattia. »Ha! Der Geheimpolizist muss erst

geboren werden, der mich überlistet. Die glauben, sie wissen alles!«

Er legte behutsam das Tuch, in dem er die Eier getragen hatte, auf den Tisch und knotete es auseinander.

»Aber ich weiß mehr. Ich führe sie jederzeit an der Nase herum. Sie …«

»Natürlich!«, rief Franz aus. »Die Geheimpolizei! Das ist es!«

Irma und Mattia sahen ihn erstaunt an.

»Wenn jemand etwas über mich weiß, dann die österreichischen Spitzel! Du hast selber gesagt, Irma, dass sie mich des Mordes an diesem alten Kunsthändler verdächtigt haben. Mich sogar eine Nacht lang eingekerkert haben. Dann gibt es dort eine Akte über mich. Vielleicht steht etwas darin, das mir hilft. Woher ich komme. Wen ich kenne. Wie mein Name ist!«

»Dein Name ist Robert von Stargard«, sagte Irma.

»Das glaube ich nicht«, erwiderte Franz. »Nicht mehr, seit ich in dem Palazzo war.«

»Aber was willst du tun? Willst du in den Dogenpalast spazieren und sagen: Grüß Gott, ich weiß nicht, wer ich bin, und möchte die Akte von Robert von Stargard lesen? Sie werden dich auslachen. Und festnehmen!«

»Ich weiß«, sagte Franz und wandte sich Mattia zu: »Was meinst du?«

»Für gewöhnlich besticht man jemanden, wenn man etwas braucht«, antwortete der Junge. »Aber wir haben kein Geld …« Er zuckte mit den Schultern: »Dann gibt es nur eine Möglichkeit.«

»Welche?«

»Wir müssen nachts rein.«

Franz überlegte einen Moment – und nickte.

Irma starrte Franz fassungslos an. »Du willst in den Dogenpalast einbrechen? Hast du vollkommen den Verstand verloren?«

»Ja«, sagte Franz. »Leider.« Und zu Mattia: »Aber wie sollen wir das anstellen?«

»Kennst du die Geschichte von Casanova?«, fragte Mattia.

»Ja«, erwiderte Franz. »Und?«

»Er hat im Dogenpalast im Gefängnis gesessen. Oben unterm Dach. In den Bleikammern. In den Piombi. Er ist von dort geflohen, und er hat genau beschrieben, wie er es gemacht hat. Wir machen es genauso. Nur umgekehrt. Nicht hinaus, sondern hinein.«

»Aber das ist fünfzig Jahre her! Mehr als fünfzig! Inzwischen wird dort alles anders sein!«

»Nein«, erwiderte Mattia. »In Venedig ändert sich nie etwas.«

»Trotzdem«, wandte Franz ein. »Ich will verdammt sein, aber ich erinnere mich nicht einmal, ob ich Casanovas Erinnerungen überhaupt gelesen habe!«

»Ich erinnere mich.«

»Du hast Casanova gelesen?«, fragte Irma den Jungen erstaunt.

»Nein«, antwortete Mattia. »Ich kann ja gar nicht lesen. Aber der Geschichtenerzähler hat es erzählt. Ich erinnere mich ganz genau.«

*

Er lag auf dem Rücken, der Stumpf seines abgetrennten Oberschenkels ragte in die Luft. Das andere Bein war unterhalb des Knies durchtrennt. Neben dem Oberkörper lagen sein Arm und seine beiden Söhne.

Reinke stand ohnmächtig dabei, als die Arbeiter mit behutsamen Stößen Holzkeile unter den Torso schoben und ihn mit starken Seilen umwickelten. Ohnmächtig – und vor allem gedemütigt.

Sie banden die herrlichen Muskeln seiner Brust und seines Bauches und hoben ihn mit einem dreibeinigen Flaschenzug, den sie aus massiven Holzbalken gebaut hatten, langsam in die Höhe.

»Siehst du?«, sagte Alessandro und grinste frech. »Ich habe dir gleich gesagt, du wirst ihn herausgeben müssen.«

Das Grinsen würde diesem verfluchten Venezianer noch vergehen. Dafür würde er eines Tages persönlich sorgen. Niemand grinst mich so frech an! Nicht ungestraft!

Das schmerzverzerrte Gesicht des stolzen Trojaners baumelte unwürdig in der Luft.

»Siate prudenti!«, rief Alessandro den Arbeitern zu. »Vorsichtig! Er ist das Wertvollste von allen!«

Alessandro war bester Laune. Er schien es zu genießen, dass er endlich einmal das Sagen hatte. Dass Reinke machtlos danebenstehen und sich unterordnen musste. Um seine Bedeutung zu demonstrieren, stellte er sich ganz nah an den wertvollen Marmor, während er langsam in die Kiste gesenkt wurde, und legte sogar noch die Hand daran – als ob es von seiner Berührung abhing, dass alles gut ging.

»Glaubst du wirklich, dass ausgerechnet du das beste Stück bekommst?«

Ausgerechnet ich. Genau. Ich! Und sonst niemand!

Und während die Arbeiter die Kiste zunagelten, tat Alessandro etwas Unverzeihliches: Er schlug Reinke tröstend auf die Schulter. »Nimm es nicht so schwer. Man muss eben tun, was getan werden muss.«

*

Sie schlichen über das Dach des Dogenpalastes. Die mächtigen Kuppeln des Markusdoms waren zum Greifen nah. Sie waren über eine kleine Brücke, die den Rio de la Canonica überspannte, zu einem Haus gelangt, dessen Tür Mattia mit Leichtigkeit aufbekam. Sie stiegen die Treppen des Hauses bis zum Dachboden hinauf. Zwar gab es keine Altana, aber ein Dachfenster, das sie öffnen konnten. Mattia sprang über einen schmalen Abgrund aufs nächste Dach, und Franz folgte ihm. Über die Dachziegel zweier weiterer Dächer konnten sie ohne Hindernisse laufen, und dann standen sie auf dem unverwüstlichen bleiernen Dach des Dogenpalastes. Franz hebelte mit einer Brechstange eine der weichen Bleiplatten auf. Schließlich hatte er ein Loch in das nachgiebige Metall gebogen und gerissen, groß genug, dass man sich hineinzwängen konnte. Mattias größte Sorge war gewesen, dass sie in einer Zelle landen würden, in der ein Gefangener saß, und die deshalb abgeschlossen war. Doch als sie unten waren, fiel ein Strahl Mondlicht durch das Loch in eine leere Zelle, deren Tür offen stand. Auch die anderen Zellen waren ungenutzt.

»Hier oben hat man Menschen eingesperrt?«, fragte Franz zweifelnd. »Das ist ja so niedrig, dass man nicht einmal stehen kann! Das ist ja wie im Grab hier!«

»Eher wie im Backofen. Wenn die Sonne scheint, wird es hier unerträglich heiß.«

Leise schlichen sie die Treppen hinunter. Die engen Stiegen unterm Dach wurden nach unten zu immer breiter und repräsentativer. Sie duckten sich hinter jeder Ecke und warteten ab, ob sie etwas hörten. Vielleicht gab es Nachtwächter.

Eine Weile irrten sie herum, denn Franz erinnerte sich beim besten Willen nicht, in welcher der vielen Amtsstuben er befragt worden war. Also durchsuchten sie alle. Zum Glück waren die Aktenschränke säuberlich beschriftet und wohlsortiert. Mattia war voller Begeisterung und Aufregung über dieses Abenteuer – wann bekommt man schon einmal Gelegenheit, den Österreichern einen so herrlichen Streich zu spielen! Aber eine große Hilfe war er beim Durchsuchen der Aktenschränke nicht, da er ja nicht lesen konnte.

In jeder der Amtsstuben hing ein Porträt des österreichischen Kaisers, und so durchschaute Franz die Akten immer unter dem gestrengen Blick des Habsburgers.

Sa

Sc

So

Sp

St – und da, endlich:

Stargard, Robert von. Franz zog die Akte heraus, setzte sich an den Kanzleitisch und schlug sie auf. Als Erstes rutschte ihm sein Reisepass entgegen, den man einbehalten hatte. Er überflog einen Bericht über seine Festnahme, der ihm keine neuen Informationen brachte und an dessen Ende keine Veranlassung für ein Festhalten des Verdachts gegen R. v. S. bestätigt wurde.

Es folgten über mehrere Seiten die Ergebnisse der Nachforschungen um seinen Todesfall. Erstaunt las Franz, dass man die Möglichkeit in Betracht zog, dass nicht er das Mordopfer war, sondern das aufgefundene Blut von einer anderen Person stammen könnte, die er, Robert von Stargard, getötet haben könnte. Denn vermisst wurden seit dem Weihnachtsabend ebenso sein Gehilfe Vito Barene sowie eine Prostituierte namens Greta Artelli.

Wer ist Greta Artelli? Was hatte er mit ihr zu tun? Eine Prostituierte …

Das letzte Blatt dann erregte besonders seine Aufmerksamkeit. Es war auf Mitte November datiert, also lange vor dem Anschlag auf sein Leben.

Ergebnis der angeordneten Nachforschungen:

Herkunft des Objekts unbekannt.

Anfrage an vorgeblichem Heimatort ergebnislos.

Name unbekannt.

Familie unbekannt.

Preußischer Pass augenscheinlich authentisch, genauere Prüfung angeordnet.

Objekt verdächtig.

Weitere Informationen vonnöten!

Weitere Informationen vonnöten … So weit sind wir uns zumindest einig, dachte Franz. Vor allem aber wusste er jetzt, dass es eine Familie von Stargard tatsächlich nicht gab. Wenn die österreichische Geheimpolizei sie nicht ausfindig machte, dann existierte sie auch nicht.

Er schob die Akte zurück an ihren Platz, den Pass aber steckte er ein. Er suchte Mattia, der durch die Kontore gestreift war und einige Bleistifte sowie Papier eingesteckt hatte, und fand ihn im Großen Saal. Der Straßenjunge hatte auf dem Sitz des Dogen Platz genommen und blickte mit herrschaftlicher Miene umher.

»Mattia, kommst du?«

»Don Roberto! Kommt, Ihr müsst Euch einmal hierhersetzen!«

»Wir haben keine Zeit, Mattia. Es wird bald hell.«

»Nur einmal, das müsst Ihr erlebt haben.«

Franz lächelte und stieg die Stufen hinauf zu den Plätzen, die einst dem Rat der Zehn vorbehalten gewesen waren und deren mittlerer über die anderen erhaben war. Mattia machte eilig Platz, und als Franz sich setzte, verbeugte sich Mattia tief. »Eccellenza«, sagte er. »Fühlt Ihr Euch nicht gleich wie ein Doge?«

»Ehrlich gesagt, nein«, erwiderte Franz, »aber ich bin sicher, du würdest später einmal einen hervorragenden Dogen abgeben.«

Mattia lachte. »Leider gibt es keinen Dogen mehr.«

»Dann finden wir etwas anderes für dich.«

Da tatsächlich das erste Licht durch die großen Fenster schimmerte, verloren sie keine Zeit. Das Loch in den Bleiplatten bogen sie eilig wieder zu, liefen über die Dächer, sprangen zurück auf den Palazzo nebenan und stiegen durch dasselbe Dachfenster wieder hinab.

Als sie durch die Gassen gingen und den Palast hinter sich ließen, griff Franz in seine Tasche – und erstarrte.

»Was habt Ihr?«, fragte Mattia.

»Der Pass! Er ist verschwunden. Wir müssen zurück!«

»Unmöglich!«, sagte Mattia. »Zu spät!«

»Er lag im Großen Saal. Auf dem Thron des Dogen«, sagte der Prokurator Josef Brunner, als er dem Gerichtsdirektor Ignaz von Rottmann den Pass auf den Tisch legte.

»Also doch. Fahnden, festnehmen, verurteilen. Und zwar schleunigst. Ich dulde nicht, dass so jemand hier umgeht, wenn der Kaiser kommt.«

»Ja, wird denn der Kaiser jetzt kommen oder nicht?«

»Er wird. Und zwar zum Karneval.«

»Karneval schon!«

»Heute sind die Reisepläne vom Hofamt gekommen. Selbstverständlich streng vertraulich.«

»Selbstverständlich«, beeilte sich Brunner zu wiederholen.

»Der Tross wird aus insgesamt achtundneunzig Personen bestehen. Vierundfünfzig Reisewagen. Seine Majestät besteht ausdrücklich darauf, dass die Reise einen privaten Charakter hat. Eine Familienreise. Er wird in seiner Geburtsstadt Florenz seinen Bruder Ferdinand, Großherzog von Toskana, besuchen sowie den Herzog von Modena, Erzherzog Franz IV., die Herzogin von Parma-Piacenza und Guastalla, Erzherzogin Marie-Louise, sowie seinen Bruder Erzherzog-Palatin Joseph sehen. Er wird in Rom ein rein touristisches Programm absolvieren. Kein Staatsbesuch! Und er wird seinen Onkel, König Ferdinand I. beider Sizilien, in Neapel besuchen, um dessen Namenstag im Familienkreis zu feiern und der Hochzeit seiner Enkelin, der Infantin Maria Louise, beizuwohnen. Der Kaiser will den Karneval in Venedig erleben. Und Seine Majestät wünscht unerkannt zu reisen, um nicht überall die Unannehmlichkeiten von protokollarischen Begrüßungsfeierlichkeiten über sich ergehen lassen zu müssen. Er reist inkognito. Unter dem Pseudonym *Graf von Tirol*.«

»*Graf von Tirol*?«

»Seine Majestät wünscht es so.«

»Er reist mit vierundfünfzig Kutschen – *inkognito*?«

»Das hat uns nicht zu kümmern.« Rottmann nahm den Pass von *Robert von Stargard* und betrachtete ihn. »Uns hat zu kümmern, dass es hier in Venedig nicht die allergeringsten Komplikationen gibt! Wenn jemand durchs Dach des Dogenpalastes einsteigt, *ist* das eine Komplikation. Wenn hier ein Mörder frei herumläuft, *ist* das eine Komplikation. Das wird mit allen Mitteln sanktioniert. *Mit allen Mitteln*, haben Sie das verstanden?«

Der Prokurator Josef Brunner hatte verstanden. Er musste die Maschinerie in Gang setzen, damit der Kunsthändler Robert von Stargard gefunden wurde. Er berief die leitenden Offiziere der Geheimpolizei zu einer Konferenz ein, um sie mit höchster Dringlichkeit auf den Fall anzusetzen.

Und auch Rottmann berief eine Art Konferenz ein. Er unternahm – ganz entgegen seiner Gewohnheit – zur Mittagszeit einen Spaziergang in die Giardini Pubblici, die man auf Verlangen Napoleons so hübsch angelegt hatte. Er setzte sich auf eine schattige Bank neben einen müßig lesenden Herrn mit einem steifen Hemdkragen. Man kam miteinander ins Gespräch, und der andere Herr erfuhr befremdende Neuigkeiten. Dass der seit Wochen vermisste Kunsthändler Robert von Stargard keineswegs verstorben war, wie man guten Grund gehabt hatte anzunehmen, sondern sich bester Gesundheit erfreute. So guter Gesundheit, dass er Kletterpartien über Palastdächer unternahm. Dass er also dringlichst gefunden werden musste, um an diesem Gesundheitszustand etwas zu ändern. Robert von Stargard musste endlich begraben werden und mit ihm alles, was er wusste. »Er hat sich irgendwo in dieser unseligen Stadt verkrochen. Wenn meine Gendarmen ihn finden, dann wird er reden«, sagte Rottmann. »Also sorgen Sie dafür, dass *Ihre* Leute schneller sind. Und ihn zum Schweigen bringen.«

Alessandro war mit sich und der Welt zufrieden. Am Abend zuvor war er eine Runde in der goldenen Gondel gefahren und hatte reiche Trinkgelder gegeben, am Morgen hatte er sich ein Paar erstklassige Mailänder Schuhe gekauft, und nun saß er im

Caffè, hatte die Arme weit ausladend über die Lehnen zweier benachbarter Stühle gelegt und die Beine übergeschlagen.

Vor einer Weile hatte er Blickkontakt zu zwei jungen Damen gehabt, die einige Tische weiter saßen und die Köpfe zusammensteckten. Offenbar tuschelten sie über ihn. Jedenfalls hatten sie, als sich ihre Blicke begegneten, gekichert. Danach hatte er es bewusst vermieden, in ihre Richtung zu schauen, um ihnen zu zeigen, wer der Herr ist. Als er merkte, dass sie immer wieder zu ihm herübersahen, blickte er sie geradeheraus an – und zwinkerte ihnen zu. Empört blitzten sie ihn an und hoben abweisend das Kinn.

Na also, dachte Alessandro und winkte dem Kellner. »Champagner«, sagte er laut und deutlich. »Und drei Gläser.« Während er auf den Champagner wartete, überlegte er, welche von beiden wohl die Hübschere sei. Die eine hatte das hübschere Gesicht, aber die andere hatte vollere Hüften. Der Champagner kam in einem Kübel voller Eis. Alessandro sagte dem Kellner, er solle die Flasche zu den beiden Damen stellen, doch gerade als er aufstehen und zu ihnen hinübergehen wollte, erschien ein schwarzer Schatten vor ihm. Rote Haare, harter Kragen, vor Wut geschwollene Adern am geröteten Hals.

»Reinke …«, sagte Alessandro nur und hoffte, der Spuk werde schnell vorbeigehen.

Reinke zischte: »Könnt ihr Venezianer gar nichts?«

»Che c'è?«, fragte Alessandro.

»Was los ist? Er lebt!«

»Wer lebt?« Reinke setzte sich und sprach ebenso leise wie eindringlich weiter.

»Stargard! Deine Stümper! Sind nicht einmal in der Lage, einen Menschen zu erdolchen?«

»Ich habe die besten Männer angeheuert. Alle sagen mir, es sind die besten.«

»Die teuersten sind sie! Ihr mit eurem Getue! Bringt mir den Griff eines gläsernen Dolches zum Zeichen, dass die Tat ausgeführt ist – und nichts ist ausgeführt! Entkommen ist er! Lebt! Arbeitet im Geheimen weiter gegen uns! Finde ihn, und zwar schleunigst!«

Alessandro war zu verwirrt, um etwas Vernünftiges zu antworten. Deshalb gab er nur kindisch zurück: »Ich denke, wir reden nicht in Caffès übers Geschäft?«

Reinke stand mit verkniffenem Gesicht auf.

»Und noch eins, Alessandro Parsini: Erzähl mir nie wieder, dass du mich nicht brauchst. Nie wieder, hörst du?«

Als er wütend aus dem Caffè stapfte, sah Alessandro, dass die beiden jungen Damen ebenfalls verschwunden waren. Und den Champagner hatten sie mitgenommen.

31

Eine wirkliche Erzählung

Franz stolperte über den Boden des Kanals. Der Wind blies feine Staubwölkchen davon, wenn er mit dem Schuh gegen einen der erdigen Brocken stieß oder eine Anhäufung von trockenem Sand zertrat. Das Wasser der Kanäle war verschwunden. Trockene und rissige Eichenstämme ragten neben ihm aus dem Boden in die Höhe. Auf diesem Wald aus hölzernen Pfosten balancierten hoch oben über seinem Kopf die Palazzi und Kirchen vor einem gelben Himmel. Franz lief unter dem Bogen einer Brücke hindurch, die sich über ihm von einer Seite des toten Eichenwaldes zur anderen spannte. Wo war das Wasser geblieben? Wo die Menschen? Immer verzweifelter stolperte Franz durch die hohlen Kanäle, die Hitze erschöpfte ihn. Als er aus einem bedrohlich schmalen Hohlweg herausstürzte, fand er sich in der breiten Wüste des Canal Grande wieder. Trockene und verfallene Gondeln lagen herum, der schwarze Lack stumpf, verblichen und abgeblättert. Alles Feuchte war verdunstet, nichts Grünes wuchs, nur dürres, totes Gras hielt sich hier und da im Schatten, bis der Wind es abriss.

Franz bemerkte, dass er aus der Höhle eines umgedrehten Bootes heraus beobachtet wurde. Dort lag irgendetwas auf einem alten Fischernetz und starrte ihn aus trüben Augen an. Ein Mensch? Er stolperte darauf zu. Doch als er unter das Boot schaute, fauchte das Wesen wütend und verkroch sich in den hintersten Winkel. Ein dürrer Fuchs mit stumpfem Fell. Franz stolperte weiter. Er hatte Durst. Sein Mund war trocken, die Lippen rissig. Franz schrie etwas, das fremd und unverständlich von den hohen Eichensäulen widerhallte. Er begriff nicht, was er rief, die Worte, die seinen Mund verließen, waren fremd und wirr.

Franz drehte sich im Kreis, alle Fenster und Türen der Palazzi über ihm standen offen, Bäume und Büsche wuchsen heraus, die längst verdorrt waren, ihre trockenen Blätter raschelten im Wind, aber keine Menschenseele erschien in den Öffnungen. Plötzlich im Schatten unter einer Kirche eine Bewegung. Zwischen den Eichenstämmen. Im Gewirr der Durchblicke erschien eine Frau. Sie war jung und schön, aber ebenso ausgemergelt wie der Fuchs, und starrte Franz ängstlich an. Ihr Kleid war schmutzig, die Haare wirr. Franz blökte ihr etwas zu, das er nicht verstand. Zögernd kam sie zwischen den Eichenstämmen hervor, verließ die Deckung vorsichtig, bis sie schließlich im gleißenden Sonnenlicht stand. Und obwohl er vom ersten Moment an gewusst hatte, wer die Frau war, erkannte er jetzt erst ihr Gesicht: Er hielt es ja die ganze Zeit über in der Hand! Er hob ein zerknittertes Papier hoch, das er krampfhaft festhielt: eine Porträtzeichnung der jungen Frau.

Ein gleitender Schatten erregte Franz' Aufmerksamkeit, und als er zum Himmel hinaufsah, stand da ein Falke im Rüttelflug, nach Beute ausschauend. Gerade als Franz hinaufsah, geblendet von der Sonne, stürzte sich der Falke herab. Je tiefer er kam, umso riesenhafter wurde er. Es wurde offenbar, dass die Frau eine passende Beute für ihn war. Franz blökte panisch, doch bevor der Falke sie erreicht hatte, zerfiel sie zu Staub und wehte im Wind davon.

Und dann war es Franz, der gepackt wurde und hoch emporgerissen, und er ließ die Zeichnung los, und auch sie wehte davon. Franz reckte sich nach dem tanzenden Blatt, und der Falke maulte: »Überall Unrat und Verfall! Und vom Schirokko kriegt ma Schädlwäh!« Gelangweilt ließ er sein Opfer los, Franz stürzte ins Bodenlose und wurde vom Wind herumgeblasen, denn auf einmal war er ein Blatt Papier, und er tanzte und wirbelte …

»Fliegenpilz?«, hatte Franz ungläubig gefragt.

»Oh, ja! Die Menschen nehmen das seit Jahrtausenden, um Visionen zu haben. Es ist äußerst wirksam«, hatte der Geschichtenerzähler erklärt.

Franz hatte skeptisch die verkorkte Ampulle mit den getrockneten grauen Lamellen darin betrachtet. »Ich weiß nicht … Dann hätte ich auch gleich die Medizin des Jungen nehmen können.«

»Erstens haben Sie das. Und zweitens ist dies hier keine Medizin. Es ist ein Rauschmittel.«

»Aber wieso sollte ich das bisschen Erinnerung, das ich noch habe, mit einem Rauschmittel benebeln?«

»Weil es Dinge in Gang bringt. Weil es Tunnel und Gänge in Ihrem Hirnkasten beleuchtet, von denen Sie gar nicht wussten, dass sie da sind. Menschen sehen und erleben die bemerkenswertesten Dinge, wenn sie das hier schlucken. Und diese Dinge kommen nicht von irgendwo weit draußen. Sie kriechen aus Ihrem Inneren. Sie sind jetzt schon in Ihnen drin. Es können Träume sein, es können Sehnsüchte sein, es können Ängste sein – und natürlich Erinnerungen! Und wenn Sie eine einzige Erinnerung am Rockzipfel haben, dann lassen wir nicht mehr los, bis wir die ganze Kompanie herausgezerrt haben.«

»Und wenn es meine Ängste sein werden?«

Der Geschichtenerzähler machte eine bedauernde Handbewegung. »Es ist immerhin eine Möglichkeit.«

Franz seufzte. Diese bedauernden Handbewegungen machten ihm keinen Mut. Aber das Gefühl des Abgeschnittenseins von seiner Vergangenheit quälte ihn von Tag zu Tag mehr. Deshalb war er bereit gewesen, alles zu versuchen, und hatte den Fliegenpilz, in einer Tasse heißer Milch aufgeweicht, geschluckt. Die Erlebnisse mit dem riesenhaften Falken in dem ausgetrockneten Venedig hingen ihm noch bedrückend nach. Das sollte aus ihm selbst herausgekommen sein?

Und nun stellte der Geschichtenerzähler schon wieder ein

Fläschchen vor ihn hin! Diesmal mit einer klaren Flüssigkeit darin. »Stechapfel«, sagte er.

»Nein«, erwiderte Franz. »Genug davon.«

»Lieber Opium?«

»Nein! Ich will keine Visionen, ich will meine Erinnerung! In diesen dunklen Tunneln, von denen Sie gesprochen haben, haust doch nur der Irrsinn! Ich brauche keinen Rausch. Ich brauche Klarheit! Wachheit! Bewusstsein! Bringen Sie mir ein Mittel, das mir Vernunft und Aufklärung verschafft!«

»Ein solches Mittel gibt es nicht.«

»Die Menschen benutzen seit Tausenden von Jahren Rauschmittel und haben bis heute keine Medizin für Klarheit und Vernunft?«

»Leider nein. Das müssen Sie selber bewirken.«

»Aber wie?«

»Tja ... Meiner Meinung nach hilft da nur eines ...«

»Und was?«

Der Geschichtenerzähler zuckte mit den Schultern. »Geschichten«, sagte er. »Lesen und Zuhören. Besser noch Erzählen und Schreiben.«

Franz sah ihn verblüfft an. »Schreiben?«

*

Sie hatten beschlossen, dass jeder seiner Arbeit nachginge. Irma würde an ihrer Staffelei sitzen, um endlich mit der begonnenen Kopie weiterzukommen, Robert würde am Tisch Platz nehmen, den sie von Irmas Arbeitsmaterialien freigeräumt hatten. Er hatte mit dem Geschichtenerzähler besprochen, dass er keineswegs eine Geschichte planen und dann schriftlich umsetzen würde, sondern vielmehr den Vorgang des Schreibens selbst sozusagen als Spaten nutzen wollte, um in seinem Inneren zu graben. Indem die Worte aus ihm heraus aufs Papier flossen, sollten sie die nächsten Worte nach sich ziehen und diese wieder die nächsten und immer so weiter. So würden immer weitere Gedanken – und also Erinnerungen – aus ihm heraus genötigt. Auf keinen Fall, hatte ihm der Geschichtenerzähler eingeschärft, dürfe er das Geschriebene bewerten und so auf ein Gleis setzen, das in seiner klaren Gedankenwelt im Kreis herumführte. Er müsse mitten hinein ins Unbekannte. Die Wörter, mit denen er beginnen sollte, waren *Robert von Stargard*.

Also hatte er Papier, Feder und Tinte bereitgelegt, sich mit größter Ernsthaftigkeit an den Tisch gesetzt, ein erstes Blatt vor sich ausgebreitet und die Feder in die Tinte getunkt. Nach einem Moment des Zögerns hatte er zu schreiben begonnen.

Irma hatte anfangs noch versucht, zu malen und nur gelegentlich zu ihm hinüberzuschauen. Doch sie war so fasziniert von seiner Versunkenheit, von seinem traumartigen und zugleich hellwachen Zustand, dass sie ihre eigene Arbeit vergaß. Er füllte Blatt um Blatt vom oberen Rand bis zum unteren, und wenn ein Blatt voll war, dann legte er es beiseite und nahm ein neues. Diese regelmäßige Bewegung und das Eintauchen der Feder ins Tintenfass waren das Einzige, was seinen Fluss unterbrach. Irma wartete jeden Moment darauf, dass er aufsprang und rief: Ich erinnere mich!

Nachdem Irma ihm ein Glas mit kaltem Tee auf den Tisch gestellt hatte, trank er gelegentlich einen Schluck, wobei das Glas für ihn weniger wirklich zu sein schien als die Gedanken, die er zu Papier brachte. Wenn das Glas leer war, füllte sie es nach. Sie überlegte, ob sie ihm auch etwas zu essen hinstellen sollte, doch sie wagte nicht, ihn damit zu sehr aus der Konzentration zu reißen.

So ging es Stunde um Stunde. Als es zu dämmern begann, bemerkte Irma, dass er immer öfter zögerte und immer länger mit der Feder über dem Papier verharrte. Die Sätze, die er schrieb, wurden bruchstückhaft.

Lange saß Franz und starrte auf das halb beschriebene letzte Blatt. Irma wagte nicht, sich zu rühren.

Schließlich sagte sie: »Robert?«

Als er aufblickte, sah sie ihn nur fragend an.

»Ich weiß nicht …«, sagte er. »Ein Damm ist jedenfalls nicht gebrochen …«

Er begann, das Geschriebene zu lesen, und weil es teilweise so eilig hingekritzelt war, dass er es nicht entziffern konnte, half sie ihm. Er las ihr vor, und gemeinsam versuchten sie sich an den unleserlichen Stellen. Später kam der Geschichtenerzähler dazu und half, das Geschriebene zu interpretieren. Auch er war natürlich enttäuscht, dass Franz' Erinnerung nicht zurückgekehrt war, aber zumindest wollten sie versuchen, aus dem Text einzelne Brosamen der Erinnerung herauszupicken.

Es begann in Venedig, Robert von Stargard fuhr in der Gondel, es ging um Kunstwerke, um Fischer, um eine junge deutsche Künstlerin und so manches, was man von Venedig wusste. Immer wieder tauchten Dinge auf, die er in den letzten Tagen nicht gesehen hatte. Aber zumeist stellte sich heraus, dass Irma davon erzählt hatte, oder Mattia hatte es ihm gezeigt. Es blieben Kleinigkeiten, die sich nicht erklären ließen. Der Erzählfluss führte aus Venedig weg, nach Rom, in die Berge, ins Deutsche – doch wer vermochte zu beurteilen, was davon erlebtes Leben war? Und immer wieder mäanderte der Fluss durch fantastische Traumgegenden, in denen der ungeschminkte Irrwitz herrschte.

Vor allem eine Passage brachte Franz in Rage. Es waren die Seiten, auf denen die Gedanken nach Rom geführt hatten. Auch hier wieder Künstler, Gemälde und Fresken. Deutschrömer, Nazarener und Kunstsammlungen. Doch dann vermischten sich die Welten: Das Forum Romanum war mit Wasser aufgefüllt, als sei es ein Hinterhof Venedigs! Ein mythisches Wesen mit einem Schlangenleib kroch mordgeifernd durch die Kanalisation und bedrohte einen Jüngling, der die eigene Schwester ermordet hatte, ohne sich daran zu erinnern. Das Schlangenwesen verwandelte sich in ein lockendes Weib, nahm die Gestalt der Schwester an und …

»Es ist sinnlos!«, rief Franz aus. »Ich schreibe von einem

Mann, der sein Gedächtnis verloren hat und es durch ein Monster aus einer Schauergeschichte zurückgewinnt! Anstatt Klarheit und Erkenntnis zu bringen, ergeht es sich in rauschhaften Fantastereien! Dann hätte ich auch gleich das Opium nehmen können!«

Er fegte die Blätter unwillig zu Boden, wo sie aufgeschreckt durcheinanderflatterten. In seiner Erregung merkte er nicht, dass Irma ihn gebannt anschaute. »Robert«, sagte sie. »Das sind keine Fantastereien …« Sie ging zum Regal, nahm *Febbre Romana* heraus und blätterte das Buch auf. »Was du da geschrieben hast, steht alles hier drin. Du hast wiedergegeben, was dieser hier sich ausgedacht hat. Das Wesen mit dem Schlangenleib heißt hier die Mora.«

»Das Buch, das ich dir geschenkt habe?« Franz nahm das Buch und überflog die Seite, die sie aufgeschlagen hatte.

»Auch das überflutete Forum ist hier beschrieben. Der Tiber ist über die Ufer getreten und hat das Gelände überschwemmt … Aber warum erinnerst du dich daran?«

»Wer hat das geschrieben?«, fragte der Geschichtenerzähler.

Franz blätterte die erste Seite auf. Da stand der Titel des Romans, *Febbre Romana*, und der Name des Verfassers. »Franz Wercker …«, las er vor. »L'assassino che ha ucciso quattro volte …«

»Haben Sie es vielleicht nach Ihrem Erwachen gelesen?«

»Nein, ich muss es vor dem Anschlag gelesen haben …«

Irma schüttelte den Kopf: »An dein eigenes Leben erinnerst du dich nicht – aber an ein Buch, das du gelesen hast?«

»Oder geschrieben …«, erwiderte Franz.

Alle drei starrten auf den Namen. »Ein vierfacher Mörder …«, las Franz.

»Aber nein, das hat sich doch nur dieser Buchhändler ausgedacht, um es zu verkaufen. Das ist nur erfunden!«

»Es gibt auch eine deutsche Ausgabe«, sagte Franz. »Darin steht ein anderer Name.«

»Woher weißt du das?«

»Ich habe es in meinem Palazzo gesehen, als ich mit Mattia dort war …«

»Welcher Name steht dort?«, fragte der Geschichtenerzähler.

»Cornelius Lohwaldt«, antwortete Franz.

*

»Nein, du holst es nicht!«, hatte Irma gesagt. »Die Gefahr ist viel zu groß. Und wozu auch? Was bringt es dir? Nichts.«

Ja, hatte Franz gedacht. Was bringt es mir?

Alles!

Er musste es in der Hand haben. Nicht die italienische Übersetzung. Das Original. Seine Worte. Falls es seine Worte waren.

Franz stahl sich in der Nacht aus Irmas Atelier, schlich wie ein Dieb durch die Gassen und brach in seinen Palazzo ein. Er wusste ja durch Mattia, wie es ging. Zwar war das Loch in der hölzernen Luke für Kinderarme gemacht, aber als Franz seine Jacke auszog und das Hemd hochkrempelte, konnte er den Riegel mit den Fingerspitzen erreichen. Leise tastete er sich im Dunkeln die Treppe hinauf und in das Zimmer mit den Jagdmotiven. Durchs Fenster fiel Mondlicht herein. Franz nahm das Buch aus dem Regal. Als er sich umdrehte, traf sein Blick den einer geisterhaft bleichen Frau, die sich im selben Moment ihm zuwandte. Franz erschrak. Doch es war nur die Zeichnung, die er bei seinem letzten Besuch schon einmal gesehen hatte. Die Bewegung des Zuwendens war seine eigene gewesen, die sich im Glas spiegelte. Während er nun reglos stand, lagen ihre Gesichter übereinander. Und in diesem Moment wusste er: Wenn er sie fand, würde sich alles auflösen. Sie zu finden, bedeutete, sich zu finden. Er sah das Bild an und dachte: Dich finden bedeutet mich finden.

Er berührte das Bildnis mit den Fingerspitzen, und für einen Moment fühlte er nicht kaltes Glas, sondern warme Haut.

Franz setzte sich an den Schreibtisch. Er bemerkte nicht, dass der Bilderrahmen durch seine Berührung nicht mehr gerade hing, sondern ein wenig schief.

Er zündete die Lampe an und schlug das Buch auf. Von den ersten Worten an war er gefangen von der Geschichte. Es fühlte sich wirklicher an als alles, was er seit seinem Erwachen erlebt hatte. Es atmete seinen Atem, und sein Herz schlug im Takt der Worte. Es war, als ob er in das Buch eintauchte und die Sätze ihn zugleich im Inneren vollkommen erfüllten.

Zwar kehrte seine Erinnerung auch bei der Lektüre nicht zurück. Seinem wachen Geist war alles neu, und er entdeckte die Wendungen der Geschichte voller Überraschung. Aber sobald er sie durchlebt hatte, spürte er sie warm und lebendig als einen Teil von sich.

Wie kann das sein, dachte Franz. Mein Leben ist mir fremd, und diese Erzählung fühlt sich vollkommen wirklich an.

32

Zerstöre mein Leben!

Die Kutsche rollte über die weite Campagna, die um diese Jahreszeit frisch und grün war. In feinen Wellen strich der Wind über das hohe Gras. Als Clara die weiße Kuppel des Petersdoms über den gewaltigen Mauern Roms schweben sah, begann sie zu weinen. Zugleich musste sie über sich selber lachen, denn als sie erst vor wenigen Monaten in die entgegengesetzte Richtung gefahren war, hatte sie ebenfalls geweint. Damals war es ein so schmerzvoller Abschied gewesen, und jetzt hätte sie den Carabiniere, der am Stadttor die Reisenden kontrollierte, küssen mögen! »Buon giorno«, sagte sie.

»Benvenuti a Roma«, erwiderte er und sagte sich wahrscheinlich, was für seltsame Gestalten der Karneval in die Stadt spülte. In der Kutsche war der Karneval das vorherrschende Thema gewesen. Entweder kam man wegen des Spektakels nach Rom, oder man bejammerte sein Schicksal, dass man ausgerechnet jetzt herkommen müsse und dem tollen Treiben nicht entkommen könne.

Als Clara auf der Piazza del Popolo aus der Kutsche stieg, konnte sie es kaum fassen: Sie war zurückgekehrt in die Ewige Stadt! Ein kräftiger junger Mann mit einem Schnurrbart kam hinkend auf sie zu und fragte sie, ob er sie fahren solle. Da sie bejahte, nahm er ihren Koffer und trug ihn zu einem von mehreren Wagen, die um den Obelisken herumstanden. Vor seinen wackeligen zweirädrigen Karren war ein Eselchen gespannt, das so klein und zierlich aussah, dass Clara ihren Auftrag am liebsten wieder rückgängig gemacht hätte. Als der Mann ihren

Koffer hinten auf den Wagen wuchtete, ging die Deichsel vorne in die Höhe, und für einen Moment hatte Clara Angst, das Eselchen würde hochgehoben werden. Aber das lederne Geschirr ächzte nur müde und das gleichmütige Tier begann sogleich loszutrotten. Clara und der hinkende Mann kletterten auf die Sitzbank und er fragte: »Dove?«

»Monte Pincio«, antwortete Clara. Sie hatte an Dorothea Schlegel geschrieben, ob sie ihr ein Zimmer vermitteln könne, und die gute Frau hatte in ihrer Antwort kategorisch darauf bestanden, dass Clara bei ihr wohne. Ihre Söhne Philipp und Johannes ließen die herzlichsten Grüße ausrichten, und sie würden sich sehr freuen, in der Wohnung ein wenig zusammenzurücken.

Mit jedem Schritt des Esels wurden ihr die Straßen und Plätze vertrauter. Die römische Luft erfüllte ihre Lunge, die typischen Klänge – das Plätschern der Brunnen, die Rufe der Fuhrleute, das Singen eines Händlers, die Schreie der bettelnden Kinder – erfüllten ihre Ohren, und jede Kleinigkeit, die sie wiedererkannte – jeder Laden, jeder Balkon, jedes Denkmal –, erfüllte ihr Herz.

Clara erinnerte sich noch gut an das erste Mal, als sie in Rom angekommen war. Vollkommen fremd und unwissend, was sie erwartete. Voller Angst und Aufregung und mit Vorstellungen von Rom, die in den ersten Tagen schon fortgeweht worden waren wie eine Kulisse aus Papier. Damals war alles neu und unbekannt gewesen. Und nun war alles, was sie sah, angefüllt mit Erlebnissen: Auf diesem Mäuerchen hatte sie gesessen und skizziert, in diesem Schatten hatte sie in der Sommerhitze eine Weile verschnauft, die Bedeutung dieser lateinischen Steintafel dort hatte ihr einmal Julius Schnorr erklärt. Die Bedeutung hatte sie zwar wieder vergessen, aber an das Gespräch konnte sie sich noch genau erinnern.

Als der Esel sich die Via Sistina hinauf ins Zaumzeug stemmte, versuchte Clara sich so leicht wie möglich zu machen. Unbeirrbar stapfte das Tier bergan, vorbei an dem Haus, in dem im letzten Sommer Caroline von Humboldt gewohnt hatte.

Endlich oben angekommen, rasselte der Kutscher ein lautes »Brrrrr!«, um den Esel zu erlösen. Clara stieg ab, bezahlte den Mann, gab ihm ein großzügiges Trinkgeld und erklärte ihm, dass er davon eine Extraportion Heu an den tapferen Esel verfüttern solle. Er nickte und lachte.

»Clara Seidler!«, rief eine Stimme so laut, dass es die Gasse hinunter- und wieder heraufhallte. Über Clara, auf dem Balkon des Hauses, ragte der Kopf Philipp Veits in den winterblauen römischen Himmel. Und dazu erschienen sogleich sein Bruder Johannes und ihre Mutter Dorothea Schlegel.

»Sie ist da!«, rief Dorothea, als ob ganz Rom es erfahren müsse.

Es dauerte nur einen Augenblick, bis die Haustür aufschwang und die Brüder auf die Straße stürmten. Philipp drückte Clara herzlich die Hand. Doch Clara, die sich gleich beim ersten Anblick der beiden fühlte, als ob sie heimkäme zu Brüdern, umarmte alle beide und dann auch noch Dorothea, die endlich auch unten angekommen war, um Clara willkommen zu heißen.

In der Wohnung gab es Tee und Wein, Kuchen und Oliven, Pasta und einen Schinken, von dem Johannes Scheiben abschnitt, denn weil für gar nichts die richtige Tageszeit war, ließ Dorothea gleich alles auf einmal servieren. Natürlich hatte Clara die Pflicht, erst einmal von der Reise und vor allem von der Heimat zu erzählen, obwohl sie doch vor allem alle Neuigkeiten aus Rom hören wollte. Sie richtete brav die Grüße der Weimaraner aus und packte gleich ein paar Mitbringsel aus dem Koffer, die hier im Süden schmerzlich vermisst wurden. Gutes deutsches Brot hatte sie natürlich nicht mitbringen können, denn danach hatte man, wenn man die Deutschen fragte, am meisten Sehnsucht. Aber sie hatte Kölnischwasser mitgebracht, ein paar geräucherte Thüringer Würste und vor allem verschiedene Zeitungen.

Die Römer bestätigten, dass Caroline von Humboldt mit ihren Töchtern abgereist sei und eine Lücke hinterlassen habe, die nicht wieder zu schließen war. Zwar traf man sich natürlich immer noch, vor allem im *Caffè Greco*, aber auch hier und dort zu Hause, wenn ein Geburtstag anstand. Die Gesellschaft derer, die morgens vor der Arbeit ihren Kaffee gemeinsam in der Osteria der drei Schwestern tranken, war eher noch zahlreicher geworden, und die Tradition der sonntäglichen Ausflüge in die Campagna lebte auch noch fort. Die Gemeinschaft bestand, aber sie war nicht mehr so innig. Dorothea Schlegel erklärte, sie habe oft darüber nachgedacht, woran das wohl lag. Denn die Freundin habe doch nichts anderes gemacht als zum Tee eingeladen und hier und da ein Gemälde gekauft. Es müsse wohl, so Dorothea Schlegel, eine unsichtbare Begabung der Humboldt sein, die Herzen ihrer Umgebung miteinander zu verbinden. Vielleicht vergleichbar mit dem Zirkulieren des Fluidums im menschlichen Körper, dessen Fluss mit der unsichtbaren Kraft eines Magneten nachgeholfen werden könne.

Noch während der Unterhaltung kribbelte es Clara in den Beinen. Luft und Licht vor dem Fenster übten eine immer stärkere magnetische Wirkung auf sie aus, und schließlich bat sie um Verzeihung und dass man nicht denken möge, sie würde die liebevolle Gastfreundschaft nicht wertschätzen – aber sie müsse durch die Gassen. Philipp und Johannes boten ihr an, sie zu begleiten. Doch als sie erwiderte, sie wolle die beiden nicht von ihrer täglichen Arbeit abhalten, verstanden sie, dass Clara alleine gehen wollte.

Sie besuchte die Spanische Treppe, ging hinüber zum Tiber, durch das lebhafte Treiben des jüdischen Gettos, über die Wiesen des Forum Romanum, wo der halbe Triumphbogen aus dem Boden ragte und gleichmütige Ochsen grasten, bis hin zum Kolosseum. Als sie den inneren Kreis des fantastischen Runds betrat, fand sie auch dies viel grüner als im Sommer. Der Boden in der Mitte der Arena war zwar festgetrampelt – auch jetzt beteten Gruppen von Pilgern und Seminaristen in schwarzen Soutanen vor dem hoch aufragenden Holzkreuz –, doch am Rand der Arena und auf den steinernen Rängen des Kolosseums wucherten hohes Gras und Buschwerk. Aus dem Häuschen des Eremiten stieg eine feine Rauchfahne empor. Clara stieg die Ränge hinauf bis zu der Stelle, wo sie einst gesessen und gezeichnet hatte, als Franz zu ihr gekommen war. Als sie noch geglaubt hatte, dass er Cornelius heiße. Er hatte ihr gesagt, dass es nicht sein dürfe und dass sie sich nicht wiedersehen könnten. Und sie war weggelaufen, ohne zu verstehen, und hatte ihn alleine gelassen. Kurz darauf war Georg gestorben, und man hatte Franz wegen des Mordes an ihm festgenommen.

Clara kaufte bei einer Blumenhändlerin, einem jungen Mädchen mit einem Brüderchen auf dem Schoß, dem beständig die Augen zufielen, zwei Sträußchen und ging durch die brüchige Porta San Paolo, an deren Außenseite man ein Ziegengatter angebaut hatte, hinaus und an der Cestiuspyramide vorbei zum protestantischen Friedhof. Auf dem unübersichtlichen Gelände mit seinem wirren Auf und Ab zwischen halb zerfallenen Grabmonumenten aus allen Zeiten, seinen Schatten spendenden Bäumen und den stillen Pfaden zwischen wucherndem Gebüsch fand Clara dennoch sicher ihren Weg zu den beiden Gräbern, die sie gleich am ersten Tag ihres Romaufenthaltes besuchen wollte: Einen Blumenstrauß legte sie auf das von Carl Fohr. Der zweite war für Georg Reichhard. Der so unglücklich gewesen war, weil seine Malerei nie seinen eigenen strengen Ansprüchen genügt hatte und der im Stillen in sie verliebt gewesen war.

*

Als er aufwachte, zog Franz das *Römische Fieber* unter seiner Matratze hervor und las darin. Er genoss das Gefühl, sich darin geborgen zu fühlen, seit er der äußeren Welt entwurzelt war und sich selber ein Fremder. Als er ein Kapitel fertig gelesen hatte, schlug er das Buch zu und stand auf. Es war noch immer so früh am Morgen, dass kaum Geräusche von der Stadt heraufdrangen. Franz hatte Durst und wollte ein wenig Wasser trinken, um dann noch ein Kapitel zu lesen, bis Irma aufwachte. Weil er sicher war, dass sie noch schlief, ging er nackt zur Tür, nur der Verband bedeckte seine Brust. Doch im Türrahmen blieb er verwundert stehen. Irma war bereits wach. Auch sie war nackt. Sie hatte ein Tuch auf dem Boden ausgebreitet und kniete darauf. Neben ihr stand eine Schüssel mit Wasser.

Franz wusste, dass er sich zurückziehen müsste, aber das konnte er nicht. Irma wusch sich mit einem Lappen, den sie gelegentlich im Wasser ausspülte, und Franz war gebannt von ihrem Anblick.

Sie führte den feuchten Waschlappen über ihre Arme, über ihre Schultern und ihren Hals, über ihre Brüste und ihren Bauch. Sie war vollkommen versunken in der einfachen Handlung, in sich ruhend und ganz bei sich.

Er hatte sich so sehr in seine eigenen Probleme verbohrt, dass ihm Irma völlig aus dem Sinn geraten war. Ihre Nähe war ihm so selbstverständlich, sie half ihm in seiner Bedrängnis wie ein Freund, sie war um ihn herum wie eine Schwester – aber ihre Weiblichkeit hatte er überhaupt nicht mehr wahrgenommen. Er hatte vergessen, dass sie eine Frau war.

Franz konnte sich nicht erinnern, ob er je eine Frau in dieser Nacktheit gesehen hatte. Aus Marmor natürlich, aus Bronze, mit Ölfarben gemalt – aber so verwirrend lebendig …

Nachdem Irma ihren Oberkörper gewaschen hatte, stand sie auf, um sich ihren Beinen zuzuwenden. Ihr Blick fiel auf Franz. Doch sie erschrak nicht. Sie hielt inne – und wandte sich ihm zu. Sie standen einander gegenüber und schauten sich an. Keiner von ihnen dachte daran, die eigene Nacktheit zu bedecken. Ohne dass sie hätten sagen können, wie, standen sie irgendwann voreinander und blickten sich in die Augen. Und als er ihren Duft einatmete, den Duft ihrer frisch gewaschenen Haut, legte er eine Hand auf ihre Brust und spürte ihren Atem, und ihre Haut war so weich, dass er es kaum glauben konnte. Auch sie legte ihre Hand auf seine Brust. Er spürte ihre Finger, und ihre Berührung war so anders als die, wenn sie seinen Verband wechselte.

Noch näher kamen sie einander und küssten sich.

Plötzlich pochte es laut an die Tür. »Irma, mach auf, ich bin's, Alessandro!«

Erschrocken fuhren Franz und Irma zurück.

»Schnell«, flüsterte Irma. »Versteck dich! Er darf dich auf keinen Fall sehen!« Und laut rief sie: »Einen Moment, Alessandro. Ich wasche mich gerade!«

»Aber das macht doch nichts!« Durch die geschlossene Tür hörte Franz das tiefe Lachen eines Mannes. Während Irma ihr Kleid überzog, lief Franz in sein Zimmer und schloss die Tür. Auch er zog sich schnell etwas an und hörte durchs Holz, wie Irma drüben aufschloss.

»Lass dich nicht stören«, hörte er die Stimme des Mannes. »Ich warte gerne.«

»Ich bin fertig«, erwiderte Irma. »Ich will nur schnell das Wasser wegschütten.« Franz hörte das Platschen des Wassers unten im Kanal.

»Zeig mir lieber das Bild. Wie weit bist du?«

»Ich bin schon sehr weit gekommen. Aber es ist schwierig. Es ist schwieriger als das andere.«

»Das nennst du weit? Was soll daran schwieriger sein? Es besteht ja nur aus wilden Pinselstrichen!«

»Das ist ja das Schwierige.«

»Spiel keine Spielchen mit uns, hörst du? Ich warne dich!«

Franz hörte Schritte. Und dann: »Wieso hängt da ein Hut?«

Stille.

»Ich hab dich gefragt, wieso da am Haken ein Hut hängt. Du hast doch wohl keine Männer hier!«

»Das geht dich nichts an.« Irma sprach so leise, dass Franz sie durch die Tür kaum verstehen konnte.

Der Mann dagegen polterte umso lauter. »Das geht mich nichts an?«

Er klang so bedrohlich, dass Franz schon die Hand auf die Türklinke legte, um dazwischenzugehen. Wer auch immer dieser Mann war – Franz konnte nicht zulassen, dass er Irma so bedrängte!

Doch beim nächsten Satz des Fremden zögerte Franz: »Wenn du uns alle verrätst, soll mich das nichts angehen? Du hast den Deutschen gehört! Mit dem ist nicht zu spaßen!« Einen Moment lang herrschte Stille. Dann sagte der Fremde: »Ich komme in einer Woche wieder, dann ist das Bild fertig.«

Drüben ging die Tür und dann Schritte auf der Treppe nach unten.

Als Franz ins Atelier kam, saß Irma auf ihrem Stuhl und starrte vor sich hin.

»Wer war der Mensch?«, fragte Franz.

Irma antwortete nicht.

»Wer ist der Deutsche?«

Irma konnte nichts antworten.

»Was verschweigst du mir, Irma?«

»Robert, bitte frag nicht ...«

»Dieser Mann hat dich bedroht!«

»Bitte frag nicht ...«

»Irma, ist der Tizian gestohlen?«

»Bitte ...«

»Ist er gestohlen?«

»Ja ...«, flüsterte Irma.

»Sind das die Menschen, die mir das hier angetan haben?« Franz zog sein Hemd, das er beim Auftauchen des Fremden keine Zeit mehr gehabt hatte zuzuknöpfen, über der Brust auseinander und entblößte seinen Verband.

Irma blickte zu ihm auf. Aus ihren Augen sprach die reine Verzweiflung.

Franz lief in sein Zimmer, schnürte seine Schuhe und zog den Rock über das Hemd.

»Robert! Was machst du?«

»Ich muss weg!«

»Sei vernünftig! Bleib hier! Man wird dich sehen!«

Doch er hörte schon nicht mehr. Er lief durchs Atelier, riss die Tür auf und rannte die Treppe hinunter.

Unten trat er hinaus auf die Gasse – und stieß mit einer Dame zusammen. Einer vollbusigen Dame in einem strahlend weißen Kleid mit einem kecken Hütchen und einem Sonnenschirm aus venezianischer Spitze. »Herr von Stargard!«, rief sie überrascht. »Ist das möglich?« Aus einem gutmütigen, rosigen Gesicht strahlte sie Franz an. Ihr folgten, ebenfalls von filigranen Schirmchen beschattet, zwei Töchter, die schamhaft zu Boden blickten und kicherten. Sie wirkten wie eine Gruppe Pilze im Walde – ein üppiger und unter seiner Kappe zwei mickrige.

»Jetzt sagen Sie nicht, Sie erinnern sich nicht an mich!«

»Nein … Das sage ich nicht …«, sagte Franz.

»Gräfin Roßbrunn! Wir hatten schon mehrfach das Vergnügen! Jedenfalls hatte ich gedacht, es sei auch für Sie eines gewesen …«

»Das war es! Ich bitte um Entschuldigung! Ich war … längere Zeit krank, und deshalb …«

»Gütiger Himmel! Doch nicht die Cholera? Ich habe solche Angst vor der Cholera! Sie ist ja hier in Venedig nicht totzukriegen!«

In diesem Moment öffnete sich die Haustür wieder, und Irma kam heraus. »Robert! Verzeih mir! Ich …«

Die Gräfin musterte sie. »Krank waren Sie also? Es heißt, Sie seien ermordet worden! Alle rätseln, wo Sie stecken!« Sie sah mit dem wissenden Blick einer Dame, die in dieser Welt schon viel gesehen hat, auf Irma. »Aber dass das Rätsel so eine einfache Lösung hat …«

Nach einem fragenden Blick auf Irma, die geistesgegenwärtig mit einem Nicken zustimmte, wandte Franz sich geheimniskrämerisch an die Gräfin: »Gräfin Roßbrunn … Wer wollte Ihnen etwas vormachen … Darf ich bekannt machen: Fräulein Irma Fuchs, Kunstmalerin, Gräfin Roßbrunn nebst Töchtern.«

Die Damen nickten einander zu, die Töchter musterten Irma voller Bewunderung.

»Sie werden uns doch nicht verraten?«, fragte Franz verschwörerisch.

»Ich bitte Sie! Wozu denn die Geheimniskrämerei? Wir sind doch in Venedig! Hier hat doch jeder Verständnis …«

Die Schirmchen hinter ihr senkten sich mit einem sanften Zittern schamhaft über die Töchter.

»Trotzdem bin ich sehr böse auf Sie!«

Franz sah die Gräfin Roßbrunn verwundert an.

»Sie haben Ihr Versprechen nicht gehalten, unsere Lesegesellschaft durch Ihre Anwesenheit zu bereichern.«

»Lesegesellschaft?«

»Ich habe Ihnen davon erzählt! Auf dem Ball! Wir treffen uns im Casino degli Spiriti. Jeden Montag und Donnerstag. Sie *müssen* kommen! Gleich morgen. Friedrich Schlegel wird da sein! Sie wissen ja, dass ich mit ihm korrespondiere. Stellen Sie sich vor, er ist in Venedig. Er gehört zum Gefolge des Kaisers. Als künstlerischer Berater.«

»Der Kaiser ist in Venedig?«, fragte Irma erstaunt.

»Noch nicht. Aber nächste Woche wird er da sein. Zum Karneval. Er reist mit achtundneunzig Personen. Vierundfünfzig Kutschen! Und zwar inkognito. Unter dem Pseudonym *Graf von Tirol*. Aber das ist natürlich streng geheim.«

Franz und Irma wechselten einen betroffenen Blick. Der Kaiser in Venedig? Das komplizierte die Sache gewaltig. Die Geheimpolizei schnüffelte mit Sicherheit überall herum.

»Also, ich erwarte Sie morgen. Keine Widerrede!« Die Gräfin wandte sich Irma zu. »Fräulein Fuchs ist natürlich auch herzlich eingeladen.«

Nachdem sie mit ihren Töchtern weitergezogen war, standen Franz und Irma befangen einander gegenüber. Befangener noch als vor einer Stunde, als sie beide nackt gewesen waren.

»Irma, es tut mir leid … heute früh … Ich hätte dich nicht küssen dürfen.«

»Es ist gut, Robert. Du musst dich nicht entschuldigen. Lass uns nicht mehr darüber sprechen.«

»Doch, Irma. Tag für Tag gefährde ich dein Leben. Und zum Dank betrüge ich dich! Ich betrüge mich! Und ich betrüge … Ich liebe eine andere. Ich erinnere mich nicht, aber …«

Sie legte ihren Finger auf seine Lippen, damit er schwieg. »Ich weiß, Robert. Deshalb bitte ich dich nur um eines: Zerstöre mein Leben …«

Als sie wieder im Atelier waren, erzählte sie ihm, dass sie Bilder fälschte und wie es so weit gekommen war. Dass sie in Wahrheit Irma Böhmer hieß, dass sie sich ein Kunststudium als Mann hatte erschleichen wollen und erwischt worden war. Dass sie versucht hatte, sich in Venedig vor ihrer Schande zu verbergen, aber hier alles noch viel schlimmer geworden war. »Ich will es nicht entschuldigen, ich will es dir nur erklären«, sagte sie.

»Aber ich will mich entschuldigen«, sagte Franz. »Wie konnte ich dich verurteilen! Lass uns einander treu bleiben. Gemeinsam machen wir dich wieder zu Irma Böhmer, und mich machen wir zu – wem auch immer …«

Aber über die Kunsträuber konnte sie ihm nichts erzählen. Sie wusste nur, dass es Alessandro gab und einen Deutschen namens Reinke, der hinter Alessandro stand. Den sie nur sah, wenn er ein fertiges Bild begutachtete.

»Was weißt du noch über ihn?«

»Nichts. Sie haben mir nichts gesagt. Ich weiß nur, dass ich Angst vor ihm habe …«

»Vielleicht war ich ja einer von ihnen …«

»Nein, du hast nichts von den Fälschungen gewusst. Du hast ein Bild gekauft, das ich gemalt habe. *Judith mit dem Haupt des Holofernes*. Ich war bei dir und habe es in deinem Palazzo gesehen.«

»Es ist nicht mehr dort …«

Irma betrachtete voller Abscheu das halb fertige Bild, das

auf ihrer Staffelei stand. »Ich werde es nicht zu Ende malen«, erklärte sie entschlossen.

»Aber das musst du!«, rief Franz. »Wenn du es nicht tust … Sie haben dir gedroht!«

Irma sah ihn entschlossen an: »Wir haben eine Woche. Er hat gesagt, in einer Woche kommt er wieder …«

Aber er kam früher wieder. Alessandro wollte die Wahrheit herausfinden. Er hatte sich auf Posten gestellt. Nachdem er lange geduldig gewartet hatte, sah er Irma fortgehen und stieg die Treppe hinauf zu ihrem Atelier.

Als Franz Geräusche am Türschloss hörte, dachte er, Irma sei zurückgekommen. Doch als das Geklapper am Schloss immer länger anhielt und es immer wieder misslang, die Tür zu öffnen, ahnte Franz, dass es jemand anderes war. Sein Blick fiel auf den Hut, der immer noch an seinem Haken hing. Er klappte das Buch zu, in dem er gelesen hatte, sprang eilig vom Stuhl auf und huschte in sein Zimmer. Gerade als er die Tür hinter sich zugezogen hatte, gab das Schloss draußen nach.

Alessandro schloss die Tür hinter sich und sah sich um. Da hing immer noch der Hut. Sonst bemerkte er nichts Verdächtiges. Doch – da standen zwei Teller auf dem Tisch. Zwei Tassen. Zwei Löffel. Er betrachtete das Gemälde und erkannte, dass sie nicht einen Pinselstrich daran getan hatte. Außer der Eingangstür gab es noch zwei weitere Türen. Eine stand halb offen. Alessandro schob sie auf und ging in das Zimmer. Ein Bett, eine Kommode, ein Schrank. Darin ein Kleid, Leibwäsche, Strümpfe. Das Bett sah nicht aus, als ob zwei darin geschlafen hätten. Alessandro hob die Matratze hoch und schaute darunter. Kein Anzeichen eines Gastes. Er verließ das Zimmer und drückte die Klinke der anderen Tür herunter. Bevor er hineinging, lauschte er, ob jemand die Treppe heraufkam. Doch es war nichts zu hören. Er schob die Tür auf und ging in das Zimmer. Auch hier ein Bett. Ein leeres Tischchen. Er ging schon wieder hinaus, als er noch einmal zurückkam und die

Matratze hochhob. Na also! Unter der Matratze lagen zwei Bücher, ein Skizzenbuch und etwas, das in Papier eingewickelt war. Die Bücher waren ein deutsches und ein italienisches. *Römisches Fieber* und *Febbre Romana*. Anscheinend eine Übersetzung. Nicht weiter interessant. Doch dann wickelte er das Papier aus – und erstarrte: die abgebrochene Klinge eines gläsernen Dolches … Er wickelte die Klinge wieder ins Papier und legte sie zurück. Schließlich nahm er das Skizzenbuch. Als er es durchblätterte, stieß er verächtlich Luft aus: Jede einzelne der Skizzen erkannte er wieder. Jede einzelne Skizze stellte eines der Gemälde dar. Eines *ihrer* Gemälde. Er war ihnen also wirklich auf der Spur gewesen. Und er wusste mehr, als sie geahnt hatten!

Alessandro schloss die Tür des Ateliers sorgfältig wieder ab. Er hoffte nur, dass sie schnell verraten würde, wo der Hund sich versteckte. Er wollte sich wirklich den Anblick ersparen, den Greta geboten hatte.

Mit letzten Kräften kletterte Franz ins Zimmer zurück. Noch einen Moment länger, und er wäre von dem schmalen Sims abgerutscht. Seine Finger, mit denen er sich an den Fensterrahmen und an einen alten Haken für eine Wäscheleine gekrallt hatte, hatten nur noch gezittert. Zum Glück hatte Irma darauf bestanden, die Ateliertür immer abzuschließen, damit sie nicht überrascht werden konnten. Sonst hätte er es nicht einmal mehr in sein Zimmer geschafft. Um keine Minute zu verlieren, zertrümmerte er einen der beiden Stühle auf dem Boden. Da er keinen zweiten Schlüssel besaß, zerschlug er mit dem Stuhlbein das angeschraubte Türschloss, nahm die beiden Ausgaben des *Römischen Fiebers* und das Skizzenbuch mit den gestohlenen Gemälden und lief die Treppe hinab.

Nachdem er in seiner Erregung schon dreimal fremden Menschen in die Arme gerannt war, stieß er an einer Ecke mit Irma zusammen. »Schnell! Wir müssen weg!«

33

Animalischer Magnetismus

In der Nacht schlief Clara trotz all der schweren Gedanken, die in ihr umgingen, tief und fest. Sie wurde erst vom Gebimmel der Ziegenherde wach, die am frühen Morgen durch die Gassen getrieben wurde. Eilig wusch sie sich, zog sich an und traf gerade noch die Köchin, die hinunterwollte, um Milch zu kaufen. Clara ließ sich ihre Kanne geben und lief selber hinunter. Es machte ihr die größte Freude, zwischen den andrängenden Ziegen zu stehen und zuzusehen, wie die Milch in das Blech des Kännchens spritzte, während sie ein Zicklein auf den Arm nahm und es streichelte.

Als sie wieder heraufkam, packten Philipp und Johannes eben ihre Zeichenblöcke und Stifte ein. Gemeinsam gingen sie hinüber zur Osteria der drei alten Schwestern, wo viele der Künstler, die auf dem Monte Pincio wohnten, vor der täglichen Arbeit ihren Kaffee tranken. Zwei Dutzend Reisestaffeleien und Malkoffer lehnten an der Mauer gegenüber der Osteria und warteten auf ihren Einsatz. Mit ihrem Eintreten in die dunkle Osteria hob ein vielstimmiges Rufen und Grüßen an. »Clara Seidler! Fräulein Seidler ist wieder da! Willkommen, Clara!« Die meisten der Gesichter kannte sie. Julius Schnorr war da, Peter Cornelius, Wilhelm und Rudolf Schadow, Olivier, Overbeck, Dillis, Helmsdorf, Lengerich, der junge Franz Horny, der von seiner schweren Erkrankung am Römischen Fieber glücklich wieder genesen war, Rehbenitz, Friedrich Helmsdorf, Tischbein – jeder freute sich, Clara wiederzusehen. Natürlich wurde gefragt, welche Schicksalswendung sie nach so kurzer Zeit in die Tiberstadt zurückgeführt habe. Sie hütete sich in dem großen Kreis, von Franz zu sprechen und von ihrer Hoffnung, ihn wiederzufinden. Deshalb erzählte sie nur, dass der alte Goethe ihre Sehnsucht nach Rom so gut habe nachvollziehen können, dass er einen Auftrag, antiquarische Blätter betreffend, aus dem Ärmel geschüttelt habe, den sie hier für Großherzog Carl August ausführen solle. Man brachte ihr Kaffee, sie schaute Skizzenbücher an, und einige Neuzugänge wurden ihr vorgestellt. Das vorherrschende Gesprächsthema war eine Ausstellung, die die Künstler gerade eben zusammenstellten, um sie Kaiser Franz zu präsentieren, der gleich nach Karneval hier in Rom erwartet wurde. Anknüpfend an ihre so gelungene Ausstellung im vergangenen Sommer für Kronprinz Ludwig von Bayern wollte man dem Kaiser präsentieren, wie fruchtbar die deutschen Künstler in Rom arbeiteten. Es sollte jeder sein liebstes Gemälde zeigen und dadurch ein Gesamteindruck entstehen, der den Kaiser so sehr beeindruckte, dass er den Deutschrömern unter die Arme griffe. Es musste ja nicht gleich eine eigene Akademie in Rom sein, wie sie die Franzosen betrieben, aber es sei doch eine rechte Schande, dass sich in diesem lebendigen Zentrum deutscher Kunst jeder irgendwie durchschlage und die meisten kaum wüssten, wie sie das Brot für den nächsten Tag bezahlen sollten. Gar nicht zu reden von Pigmenten, Öl und Leinwand. Eine Stiftung müsse her, forderte der eine. Ein anderer hielt regelmäßige Ausstellungen in der Heimat für unabdingbar, damit das deutsche Publikum überhaupt wisse, was sich hier tat. Ein Dritter forderte einen Pensionsfond, und einer träumte von einem Palazzo ähnlich der Villa Malta, in dem eine Vielzahl von Zimmern und Ateliers für Stipendiaten zur Verfügung gestellt würden. Jedenfalls, da waren sich alle einig, komme es erst einmal darauf an, den Kaiser zu begeistern. Und dass das gelingen würde, daran zweifelte niemand.

Unter den Künstlern war auch ein Dichter, der in Rom lebte: Friedrich Rückert. Ein hochgewachsener, beeindruckender Mann, der aus kleinen Augen aufmerksam die Welt beobachtete und sogleich herzlich auf Clara zutrat. Aus einem wachen Instinkt heraus sprach er sie, sobald sich das allgemeine Gespräch dem Kaiser und der Ausstellung zuwandte, direkt auf Franz Wercker an. »Es ist eine Schande, dass wir nicht mehr für ihn haben tun können«, sagte er. »Was wohl aus ihm geworden ist?«

»Es wird noch Gelegenheit geben, etwas für ihn zu tun«, erwiderte Clara.

»Das hoffe ich«, bekräftigte er und lächelte zuversichtlich.

Als sich alle verliefen, um ihre Arbeit in den Galerien, in den Vatikanischen Museen oder irgendwo in den Ruinen der Stadt aufzunehmen, hätte Clara am liebsten auch ihre Zeichensachen geholt. Doch sie machte sich auf den Weg zum Häuschen von Josef Anton Koch. Der Tiroler war der Älteste der hiesigen Künstler. Er lebte seit zwei Jahrzehnten hier, war verheiratet mit einer Römerin, und seine Söhne begannen selber schon zu malen.

Nachdem Clara geklopft hatte, öffnete ihr Kochs Frau Cassandra. Sie freute sich von Herzen, Clara zu sehen. Kaum war die Haustür geöffnet, da drängte sich ein großer gelber Hund heraus, bellte Clara an und wedelte mit dem Schwanz. Er stieg sogar auf die Hinterpfoten und versuchte sie mit den vorderen zu umarmen. »Grimsel!«, rief Clara. Der alte Hund Carl Fohrs, den die Familie Koch nach dessen Tod übernommen hatte. Nachdem die stürmische Freude Grimsels glücklich überstanden war, nahm Cassandra Clara gleich an die Hand und führte sie in Kochs Atelier. »Clara Seidler!«, rief Koch und legte den Pinsel beiseite. Während Cassandra Tee aufbrühte, zeigte er Clara das Bild, an dem er arbeitete: *Der Tiroler Landsturm*. Vor dem Panorama der Alpen eine bewegte Menschenmenge mit dem einreitenden Andreas Hofer im Mittelpunkt. Koch machte Clara auf seine Idee aufmerksam, Hofer vor der strahlend weißen Gischt eines Wasserfalls zu malen. Was zum einen den wirkungsvollsten Kontrast hervorbrachte und die dunkle Gestalt

Hofers nahezu greifbar werden ließ, zum anderen half, die Landschaft nicht nur als Kulisse in den Hintergrund zu setzen, sondern als lebendigen Bestandteil des Bildes einzubeziehen.

Als sich Cassandra mit dem Tee zu ihnen setzte, musste Clara ihre Geschichte erzählen. Diesmal rückte sie gleich mit der Sprache heraus, was der eigentliche Grund ihres Besuches war.

»Haben Sie je wieder von Franz Wercker gehört?«, fragte sie. Auch wenn man ihn während des halben Jahres seines Romaufenthaltes unter dem Namen Cornelius Lohwaldt gekannt hatte, waren der Skandal um seine Entlarvung, seine Verhandlung und sein Todesurteil noch vollkommen gegenwärtig. Über Wochen hatten die Deutschen – und auch die skandalbegeisterten Römer – von nichts anderem gesprochen. Koch und Cassandra blickten Clara eine Weile schweigend an. »Nein«, antwortete Koch. »Niemand hat je wieder von ihm gehört. Er ist spurlos verschwunden.«

Clara nickte. Sie hatte nicht wirklich damit gerechnet, dass die beiden etwas wussten.

»Sind Sie seinetwegen nach Rom zurückgekehrt?«, fragte Koch.

»Ich weiß, es wurde viel geredet damals«, wich Clara aus. »Ich habe gehört, die Zeitungen haben über den Fall geschrieben. Was glauben die Leute, wo er hin ist?«

»Jeder hat spekuliert. Dass er nach Bayern ausgeliefert wurde. Dass er ein unehelicher Sohn des Hauses Bourbon ist und gegen Zugeständnisse zurückgegeben wurde. Dass die Juden ihn geschickt haben, um die Kirche zu Fall zu bringen. Manche haben sogar behauptet, er sei der wahre Thronerbe Österreichs!« Er schüttelte ungläubig den Kopf. »Ich erinnere mich an nichts, das Ihnen helfen könnte.« Er sah seine Frau an. Auch sie schüttelte den Kopf. »Ich frage mich, warum sie ihn begnadigt haben. Für gewöhnlich, wenn einer begnadigt wird, dann kommt er frei. Er aber ist verschwunden. Warum? Was hat er, was kann er, was ist er, das der Kirche nützt? Die Antwort kennt nur die Kirche …«

Clara blickte Koch nachdenklich an. »Er hatte einen Freund«, sagte sie. »Pater Lukas … Aber ich weiß noch nicht einmal, wo ich ihn finden könnte …«

*

Es war bereits dunkel, als Franz und Irma sich zur Sacca della Misericordia rudern ließen, von der aus ein Tor in den Park des Palazzo Contarini führte, in dem das Casino degli Spiriti lag. Während sie an den Lampions entlanggingen, mit denen die Wege des Parks erleuchtet waren, flüsterte Irma: »Wenn es schiefgeht, springst du aus dem Fenster!«

»Ich soll mich umbringen?«, fragte Franz erstaunt.

»Natürlich nicht! Zwei Seiten des Casinos gehen direkt auf die Lagune hinaus. Spring also nicht auf der falschen Seite!«

Als sie sich der Tür näherten, mahnte sie noch ein letztes Mal: »Und denk daran: Tu nichts Unbesonnenes! Wir überlegen gemeinsam jeden Schritt.«

Franz nickte.

»Versprochen?«, drängte sie noch einmal.

»Versprochen …«

»Was willst du überhaupt von Schlegel?«

»In meinem Palazzo standen zwei Gemälde, die seine Stiefsöhne gemalt haben. Philipp und Johannes Veit. Wie bin ich an diese Bilder gekommen? Welche Verbindung gibt es zwischen mir und den Veits? Vielleicht weiß Schlegel etwas über mich. Ich muss mit ihm reden.«

»Du willst ihm doch wohl nicht die Wahrheit über dich sagen?«

»Wie könnte ich? Er soll mir die Wahrheit über *mich* sagen!«

Als sie das Casino betraten, waren schon einige Bücherfreunde da. Die Räume waren festlich beleuchtet, auf einem Büchertisch lagen die Werke Schlegels und einiger seiner Weggefährten. Tieck, Novalis, einige der Übersetzungen Shakespeares von Friedrichs Bruder August Wilhelm. Es waren vor allem Deutsche zugegen, aber soweit man erkennen konnte, quer durch alle Schichten. Einige Uniformierte waren zu sehen – sowohl Offiziere als auch gemeine Soldaten, junge Männer in etwas zu oft aufgebürsteten Anzügen, energische Geschäftsleute, weltfremde Professoren und viele Damen jeglichen Alters. Die beiden Töchter der Gräfin Roßbrunn standen in einer Ecke und glichen zwei verängstigten Einsiedlerkrebsen, denen ihre Schale abhandengekommen war. Die Gräfin eilte unablässig hin und her, begrüßend, vorstellend, dankend und vertröstend, da der berühmte Mann – mit dem sie bekanntlich in fruchtbarer Korrespondenz stand – noch nicht aufgetaucht war.

Franz und Irma zogen sich an eines der rückwärtigen Fenster zurück und gaben vor, den Blick über die nächtliche Lagune zu genießen, auf der sich die Laternen einiger Boote spiegelten.

Als Friedrich Schlegel endlich ankam und den Raum betrat, war er überraschend klein. Sein bubenhaft geschnittenes Stirnhaar ließ ein ebenso bubenhaftes Gesicht sehen, und man erwartete fast, dass er mit seinem Spazierstock einen Spielzeugreifen neben sich hertrieb. Seinen scharfen Geist und seine spitze Zunge sah man ihm nicht an.

Und trotzdem machte Schlegel augenblicklich Eindruck auf Franz. Obwohl er kein junger Mann mehr war – um die Wahrheit zu sagen, war er sogar ein wenig schwammig –, strahlte er jugendliche Energie und Begeisterungsfähigkeit aus. Seine kleinen Augen blitzten neugierig, und offensichtlich freute er sich ehrlich über jeden einzelnen Menschen, der ihm vorgestellt wurde. Kein bisschen ließ er sich den berühmten Philosophen, Literaten und Sprachwissenschaftler anmerken. Und wenn Franz nicht gewusst hätte, dass dieser kleine Mann es gewesen war, der in jungen Jahren gemeinsam mit seinem Bruder und einer Handvoll anderer sich gegen die Übermacht Goethes und Schillers, gegen die Übermacht von Klassizismus und Aufklärung, gegen Frankreich und England gestellt hatte und gewissermaßen als Hebamme gewirkt hatte, die Romantik zu gebären – er hätte in ihm einfach nur einen geselligen und väterlichen Freund gesehen, dem man gerne seine Sorgen ausschüttete. Und genau das plante Franz schon beim ersten Händedruck zu tun. Wer der gesamten deutschen Geisteswelt die Erinnerung an ihre große Vergangenheit wiedergegeben hatte, der würde das doch bei einem einzelnen Mann auch schaffen!

Franz beobachtete, wie Schlegel von Gräfin Roßbrunn durch den Raum geführt und vorgestellt wurde. Und bald war seine Chance gekommen: Die Roßbrunn wandte sich für einen Moment ab, und Franz stürzte sich entschlossen auf sein Opfer.

»Robert!«, flüsterte Irma, als sie sah, was er tat, doch es blieb ihr nichts anderes übrig, als ihm zu folgen. Franz stellte sich vor Schlegel, schaute zu ihm hinab und sagte unvermittelt: »Ich besitze zwei Gemälde Ihrer Stiefsöhne Philipp und Johannes.«

»Philipp und Johannes!«, rief Schlegel. »Ich freue mich, das zu hören! Kennen Sie die beiden?«

Franz wusste, dass er nicht lange Zeit hatte, mit Schlegel zu reden. Die Gräfin würde ihn jeden Augenblick entführen. »Nun, um ehrlich zu sein – ich weiß es nicht.«

Schlegel sah ihn erstaunt an.

»Können *Sie* es mir vielleicht sagen?«

»Eine erstaunliche Frage!«, sagte Schlegel. »Ich liebe erstaunliche Fragen ...« Doch noch während er unverbindlich lächelte, erkannte er an Franz' Ausdruck, dass er nicht gescherzt hatte. »Sie meinen das ernst!«

»Ich weiß nicht, wer ich bin. Ich habe mein Gedächtnis verloren«, erklärte Franz. »Ein Arzt hat versucht, mir zu helfen, aber ...«

»Wenn Sie ein Problem haben, gehen Sie niemals zu einem Arzt! Bestenfalls bringt er Sie nicht um.« Und mit einem Seitenblick auf Irma fügte er hinzu: »Aber warum fragen Sie nicht Ihre Freunde und Bekannten? Ihre zauberhafte Begleiterin? Ihre Familie?«

»Die Sache ist ein wenig kompliziert ... Mir wäre schon gedient, wenn Sie mir nur sagen ...«

»Was auch immer, das muss bis später warten!« Die Gräfin Roßbrunn schob sich zwischen sie. »Leider muss ich Ihnen unseren Gast entführen.«

»Bist du irrsinnig«, flüsterte Irma, als die Gräfin mit ihrem Ehrengast abzog. »Du kennst doch den Mann gar nicht! Du kannst doch nicht gleich mit der Tür ins Haus fallen! Er ist ein Berater des Kaisers! Er hat die Pflicht, dich anzuzeigen!«

Die Gräfin schlug mit einem Löffelchen klingend gegen ihr Glas, bis Ruhe einkehrte, und stellte ihren illustren Gast dem großen Kreis vor. Sie erwähnte, dass er zum künstlerischen Berater des Kaisers auf dessen Italienreise berufen worden war und dass er sich trotzdem die Zeit nahm, ein wenig mit ihnen zu lesen.

Schlegel lächelte freundlich und erwiderte ein paar Artigkeiten über die Gräfin und die Lesegesellschaft, über die sie ihm so viel Gutes berichtet hatte, aber er schien nicht bei der Sache zu sein. Vielmehr blickte er mehrmals zu Franz herüber. Bei der ersten Gelegenheit kam er zu ihm und Irma und sagte: »Mesmerismus.«

»Mesmerismus?«, fragte Franz.

»Animalischer Magnetismus. Wir haben für morgen Abend eine Séance angesetzt. Sie kommen dazu. Wenn ein Fall nach den modernen Methoden des Mesmerismus verlangt, dann der Ihre. Das ist offensichtlich. Natürlich können Ihnen die Ärzte nicht helfen! Weil sie die wesentlichen Grundwahrheiten missachten. Weil sie sich bis heute der Entdeckung des Agens verschließen! Aber es ist offensichtlich, dass sein Fluss in Ihnen zum Erliegen gekommen ist. Deshalb sind Ihre Erinnerungen blockiert. Man muss Sie ja nur ansehen!«

Irma sah Franz an. Er sah tatsächlich nicht gut aus. Aber

verglichen mit der erschreckenden Totenblässe, nachdem er all das Blut verloren hatte, eigentlich nicht besorgniserregend.

»Darf ich einmal?«, fragte Schlegel. Er reckte seinen kurzen Arm hoch und brachte seine Hand wenige Zoll über Franz' Scheitel in Stellung. »Was für eine Hitze! Kommen Sie auf jeden Fall morgen Abend!«

»Hier muss es irgendwo sein«, sagte Irma.

»Vielleicht da vorne«, erwiderte Franz. Als sie die Fondamenta entlanggingen, sahen sie in der Dunkelheit eine kleine Menschenmenge auf dem Boden sitzen. Nur ein einzelnes Licht beleuchtete das Gesicht eines Mannes und ein Buch. Der Mann saß auf einem Stuhl und las vor. Die Menschen aber saßen auf dem Boden, eingehüllt in Decken, löchrige Mäntel um sich geschlagen, oder auch nur mit einer einfachen Jacke bekleidet, und lauschten. Es waren Frauen wie Männer, alte Weiber und Kinder, ein kleines schlief auf einem Schoß, ein Greis mümmelte die Worte, die er hörte, mit den Lippen mit.

Nach dem kurzen Gespräch mit Schlegel hatten Franz und Irma die Lesegesellschaft bald verlassen und beschlossen, den Geschichtenerzähler zu bitten, dass sie bei ihm unterschlüpfen durften.

Als sie den Kreis der Zuhörer erreichten, blieben sie abseits stehen und horchten seinen Worten. Erstaunt erkannte Franz, dass es das *Febbre Romana* war, das er vorlas. Während die Geschichte einem Höhepunkt entgegenstrebte, saßen die Zuhörer wie gebannt. Niemand rührte sich, Münder standen offen, und aufgerissene Augen starrten auf Bilder, die nur ihnen sichtbar waren.

Nachdem das Kapitel fertig war, klappte der Geschichtenerzähler gnadenlos das Buch zu und verwies mit dem Hinweis, dass es spät sei, auf den nächsten Abend. Nur langsam fanden die Menschen in die Gegenwart zurück, trollten sich schweigend oder murmelten aufgeregt miteinander. Jeder legte im Vorbeigehen etwas neben den Stuhl des Geschichtenerzählers.

Franz sah halbe Brote, einen tönernen Krug, Äpfel, Kuchen und ein Schälchen mit gebratenem Fisch. »Euer Buch kommt gut an«, sagte der Dottore zu Franz, als er die beiden sah.

»Woher habt Ihr es?«, fragte Franz.

»Na, vom Büchermarkt. Ich habe Glück gehabt. Es war das letzte Exemplar.«

Sie halfen ihm, seine erlesenen Schätze in seine Hütte zu tragen, und während sie zu dritt am Tisch saßen und das Essen teilten, erzählten sie ihm die Neuigkeiten. »Seid vorsichtig«, sagte der Dottore mit seiner typischen Gelassenheit zu Franz. »Ich habe Euch nicht zusammengeflickt, damit sie Euch doch noch erwischen.«

Er regte sich dagegen furchtbar auf, als Franz und Irma ihm von der geplanten mesmeristischen Sitzung berichteten. »Wissenschaft?«, rief er aus. »Ha! Blanker Unsinn! Wenn ich das schon höre – Agens! Fluidum! Tierischer Magnetismus! Nichts von alldem ist bewiesen! Es gibt nicht den geringsten Hinweis auf irgendetwas davon!«

»Ich kenne mich ja nicht aus«, erwiderte Irma, »und weiß nur, was man halt so darüber weiß, aber ist das nicht gerade die herausragende Leistung Mesmers, dass er es trotzdem entdeckt hat? Und ist nicht allein der Umstand, dass wir auf dem Erdboden stehen und daran haften, der Beweis für den Magnetismus?«

»Es ist ein Beweis für die Gravitation! Die Schwerkraft – und sonst gar nichts!«

»Wie soll die denn wirken ohne ein Fluidum? Ohne Äther oder wie die Wissenschaft das nennt.«

»Es ist keine Wissenschaft!«

»Aber heilen kann Mesmer trotzdem. Es wird immer wieder über all die Heilungen geschrieben.«

Der Geschichtenerzähler seufzte. »In Gottes Namen«, sagte er. »Gehen Sie hin und probieren Sie es aus. Wenn Sie nur daran glauben, hilft es ja vielleicht …«

Während sie mit dem alten Mann sprachen, bemerkte Franz

ein kleines Bild an der Wand, hinter dessen Rahmen eine frische Blume steckte. Es war das Bildnis einer jungen Frau.

Die Gräfin Roßbrunn besaß einen der schönsten Palazzi am Canal Grande. Die Wände ihres Salons waren bedeckt mit wertvollen Gemälden, in deren dunklem Firnis sich das Kerzenlicht spiegelte. Als Franz und Irma eintraten, waren bereits viele Menschen versammelt. Die meisten waren vorgerückten Alters, doch auch Jüngere waren darunter, und man hatte sogar Kinder mitgebracht. Einigen sah man die Gebrechen an, deren Linderung sie sich hier erhofften. Ein Mann mit einem schlaffen Bein ging auf Krücken, eine Dame trug eine Augenklappe, ein Benediktiner mit Tonsur war mit nässenden Pusteln bedeckt, und eines der Kinder weinte in einem fort, sich die Ohren haltend. Die meisten jedoch wirkten wie eine ganz normale Gesellschaft. Wenn nicht mitten im Raum auf dem Teppich eine riesige Wanne gestanden hätte, eine Art überdimensionaler flacher Zuber, der mit magnetisiertem Sand angefüllt war, wie ihnen die Gräfin bei der Begrüßung erklärte. Aus diesem Sand führten Seile, die den Umsitzenden um den Leib geknotet wurden. Auch untereinander waren sie durch Seile verbunden, um einen geschlossenen Kreislauf herzustellen, in dem die Energie ungehindert fließen konnte. Außerdem hielt jeder der Heilsuchenden eine schmale Metallstange in der Hand, deren eines Ende im Sand steckte und deren anderes er an die Stelle seines Körpers hielt, die der Heilung bedurfte. Die Frau mit der Augenklappe berührte mit dem Eisen ihre Schläfe, die Mutter des weinenden Kindes berührte mit der Stange sein Ohr, eine jüngere Frau strich sich mit kreisenden Bewegungen über den Unterleib, und die Gräfin Roßbrunn ließ sich von einer ihrer Töchter die Stange an den Rücken halten, während die andere Tochter aufmunternd ihre Hand hielt. Ein Mann in einem glänzenden, reich bestickten Frack ging durch die Menge der Anwesenden, blieb hier und dort stehen und verstärkte den magnetischen Fluss in den Patienten, indem er mit seinen Händen von der Schulter bis zu den Fingerspitzen über ihre Arme strich, ohne sie zu berühren. Dabei hielt er die Augen halb geschlossen, um besser spüren zu können, wo die Blockade des Agens saß, und diese Stellen durch gezielte Zuwendung zu lockern. Sphärische Klänge erfüllten die Luft, denn etwas abseits saß ein Herr vor einer Glasharfe und spielte wundersame Harmonien.

Franz und Irma hatten schon eine Weile unschlüssig in der Nähe der Tür gestanden, als Friedrich Schlegel auf sie aufmerksam wurde. Er kam zu ihnen und begrüßte sie mit freundlichem Händedruck. »Gut, dass Sie gekommen sind«, sagte er zu Franz. »Ich bin zuversichtlich, dass Ihnen geholfen werden kann. Der Mesmerismus darf wohl zu Recht als erster wirklicher Fortschritt der Medizin seit Jahrhunderten bezeichnet werden! Die Ärzte quälen ihre Patienten immer noch damit, sie zur Ader zu lasen, damit böse Säfte aus ihnen abfließen, und malträtieren sie mit Klistierspritzen und Schröpfköpfen! Oder sie gehen gleich ganz barbarisch zu Werke und sägen ab, was krank ist!« Schlegel erklärte alles genau, und Franz schienen die Theorien Mesmers so viele Phänomene zu erklären – bis hin zu den zuckenden Froschbeinen des Doktor Galvani –, dass sie wirklich überzeugend klangen.

»Ist das Mesmer?«, fragte Franz und wies auf den Magnetiseur mit dem glänzenden Frack.

»Nein«, antwortete Schlegel. »Mesmer ist leider vor drei Jahren gestorben. Aber zum Glück gibt es Männer, die sensibel genug sind, seine Methoden zu lernen.«

Er führte Franz zum Bottich und verknotete ihn sowohl mit dem Sand als auch mit seinen nächsten Nachbarn. Schließlich steckte er eine der eisernen Stangen in den Sand. »Sie werden sehen, es wird sich eine wohlige Wärme ausbreiten. Der Magnetiseur wird gleich zu Ihnen kommen. Ich habe ihm Ihren Fall erklärt.«

Franz nahm die Stange und hielt sie sich an die Stirn. Zu spüren war nichts. Keine wohlige Wärme, kein Fließen des

Fluidums, kein Auf und Ab der magnetischen Wellen. Aus dem Augenwinkel sah Franz, dass Irma ihn nicht aus den Augen ließ.

Franz dachte, dass er mit der Stange an der Stirn einen durchaus albernen Anblick bot. Er schämte sich zwar, dass er sich so unangemessene Gedanken machte, doch da er ohnehin nichts spürte, wechselte er die Position und hielt die Stange an die Seite seines Kopfes. Welches mochte wohl die richtige Stelle sein? Wo sitzen Erinnerungen im Kopf? Vorne? Hinten? Tief im Inneren? Überall zugleich?

Als der Magnetiseur schließlich zu ihm kam, hielt er die Hände über den höchsten Punkt auf Franz' Scheitel und ließ sie langsam über Hals, Schultern und Arme bis zu den Fingerspitzen gleiten. Das wiederholte er immer wieder. Tatsächlich spürte Franz jetzt eine Wärme auf der Haut, wo immer die Hände des Heilers über ihn hinwegschwebten. Die Wärme wandelte sich in ein feines Kribbeln, das die konzentrierten Bewegungen begleitete. Das musste der Strom sein, der zu fließen begann! Franz war ganz glücklich, dass er endlich etwas spürte. Dass es tatsächlich der Wahrheit entsprach!

Doch dann musste er sich vorstellen, dass er wie die Frösche des Dr. Galvani plötzlich mit den Beinen zu zucken begänne und der Gräfin Roßbrunn in ihren Allerwertesten träte – und musste lachen.

Der Magnetiseur, aus seiner tiefen Konzentration gerissen, blickte ihn missbilligend an. Er wiederholte seine Bewegung noch einmal, dann wandte er sich einem anderen Kranken zu.

»Und?«, fragte Irma gespannt, als Franz zu ihr zurückkam.

»Ich fürchte, ich habe es verdorben«, sagte Franz.

Irma sah ihn enttäuscht an.

Kurz darauf kam Schlegel zu ihnen. »Erinnerungen?«, fragte er.

»Nein«, erwiderte Franz.

Die Enttäuschung war dem Philosophen anzusehen. Doch gleich hellte sich seine Miene wieder auf. »Kein Grund, die

Hoffnung aufzugeben! Wer vom Fieber kuriert wird, steht auch nicht augenblicks auf und geht aufs Feld zur Arbeit. Es ist ein Prozess. Wir haben eine Krisis herbeigeführt. Mit einer künstlichen Krisis dem Verlauf der Krankheit eine neue Richtung verliehen. Aber natürlich öffnet sich der Vorhang nur langsam! Sie brauchen jetzt Schlaf. Morgen früh sieht es schon anders aus. Wenn Sie mögen, sehen wir uns im Caffè vor der Accademia, am Canal Grande. Ich habe zu arbeiten, aber ich muss wissen, wie die Behandlung angeschlagen hat. Ich will wissen, wer Sie sind! Ich bin sicher, morgen früh nennen Sie mir Ihren Namen und erzählen mir Ihr Leben!«

34

Der Elefant im Beichtstuhl

Mattia, der schon in der Morgendämmerung vor dem Haus des Dottore gewartet hatte, begleitete Franz und wartete an der Hausecke der Galerien. »Zur Sicherheit«, wie er sagte.

Als Schlegel Franz kommen sah, trat er ihm zuversichtlich entgegen. »Erzählen Sie, junger Freund! Wer sind Sie? Welche Wunderwelt hat Ihr Gedächtnis Ihnen eröffnet?«

»Keine«, erwiderte Franz. »Ich weiß nicht mehr als gestern.«

»Oh! Die Behandlung hat nicht angeschlagen?«

»Leider nein.«

»Hm ... Aber im Grunde heilt sich ja ohnehin jeder selber. Andere können nur unterstützen. Also verlieren Sie Ihren Glauben nicht!«

»Gewiss ...«, erwiderte Franz und wünschte sich wieder, daran zu glauben. »Aber Sie sind so hilfsbereit zu mir, und mein Fall liegt Ihnen so sehr am Herzen, dass ich Ihnen berichten möchte, was ich weiß. Auch wenn ich mich nicht selber erinnere, so habe ich inzwischen doch herausgefunden, wer ich bin. Zumindest halbwegs ...«

Schlegel sah erstaunt zu ihm auf. »Na, das ist doch was! Und wer sind Sie?«

Franz hielt ihm zwei Bücher hin. Schlegel blätterte das erste auf und las den Titel: »*Römisches Fieber* von Cornelius Lohwaldt.« Dann schlug er das zweite auf. »*Febbre Romana* von Franz Wercker. *L'assassino che ha ucciso quattro volte!*« Er starrte Franz an. Dann sah er sich nach allen Seiten um. »Gehen wir in die Galerien. Da können wir ungestört reden.«

»Ich dachte, Sie hätten zu arbeiten …«

»Arbeiten? Egal!«

Sie irrten durch einige Säle, bis sie einen fanden, in dem sie alleine waren. Schlegel wandte sich Franz zu und legte die Hand auf die beiden Bände. »Sie haben das hier geschrieben?«

Franz zuckte mit den Schultern. »Es scheint so …«

»Vielleicht ist die Formulierung in Ihrer Lage nicht angebracht, weil Sie sich selber nicht kennen. Aber es freut mich außerordentlich, Sie kennenzulernen.« Er drückte Franz noch einmal herzlich die Hand. »Ich würde Ihnen gerne ein paar Fragen zur Entstehung des Werkes stellen, aber die können Sie ja leider nicht beantworten.«

»Sie kennen das Buch?«, fragte Franz hoffnungsvoll.

»Natürlich! Als es mir im Sommer unter die Finger gekommen ist, war ich sofort im Fieber! Ich weiß noch genau, wie ich zu Tieck gesagt habe, da hat einer begriffen, was wir meinen! Das ist Romantik! Es ist wirklich gerissen! Sie schreiben über Rom – aber es geht gar nicht um Rom! Sie bauen uns ein ganz eigenes Rom, das Sie mit einem durch und durch deutschen Drama verweben – Sie nutzen den spiritus loci, um die Fabel immer fieberhafter zu steigern – lassen sie in unseren Köpfen vibrieren …«

»Tue ich das?«

»Und als ob das nicht genügt, weitet sich die Geschichte dann so unglaublich ins Leben aus: Zwei Dichter! Eine gestohlene Identität! Mord und Totschlag! Ein Todesurteil! Der Delinquent verschwindet spurlos … Zuletzt stoße ich hier auf Sie – und Sie haben Ihr Gedächtnis verloren! Nehmen Sie es mir nicht übel, junger Freund, aber Ihr Leben ist der eigentliche Roman! Ihr Werk ist außerordentlich, aber erst Ihr Leben! Ich kann nicht glauben, dass ich als Katholik das sage, aber ich beneide den Herrgott um seine Schaffenskraft! Was für eine Kraft der Erfindung! Schreiben Sie Ihre Memoiren! Sobald Sie Ihre Vergangenheit wiedergefunden haben! – Aber wie ist das passiert?« Schlegel berührte mit den Fingerspitzen seine Schläfe.

»Man hat versucht, mich umzubringen.«

Schlegel raufte sich stöhnend die Haare. »Umzubringen!«, rief er aus. »Was kommt denn noch alles!«

»Ich hoffe, nicht mehr viel …«

»Ich hoffe, noch einiges!«

»Viel wichtiger ist im Moment: Welcher von beiden bin ich denn nun?« Er wies auf die beiden Bücher. »Wercker oder Lohwaldt?«

»Tja, wenn es stimmt, was erzählt wird, dann ist Lohwaldt tot …«

»Umgebracht von Wercker.«

»Da gehen die Meinungen bereits auseinander. Goethe ist der Überzeugung, Wercker sei nie und nimmer ein Mörder. Jedenfalls behauptet Madame de Staël, er habe das gesagt. Schelling sagt, hoffentlich *ist* Wercker ein Mörder, sonst sei die Geschichte wertlos. Meine Frau berichtet aus Rom, Caroline von Humboldt habe wie eine Löwenmutter für Ihre Freilassung gekämpft. Meine Stiefsöhne haben in ihren Briefen geschrieben, Sie seien ein wahrer Freund gewesen. – Womit wir zurück bei Ihren Gemälden sind. Philipp und Johannes kannten Sie in Rom.«

»Also muss ich nach Rom!«

»Wenn Sie zurück aufs Schafott wollen … Immerhin sind Sie zum Tode verurteilt. Die Kirche ist überzeugt, Sie sind ein Mörder. Ich persönlich würde keine Wette darauf eingehen, welcher von beiden Sie überhaupt sind. Ich glaube in dieser Sache gar nichts mehr.«

»In welcher Sache, bitte?«

Die beiden waren so sehr in ihr Gespräch vertieft gewesen, dass sie nicht gemerkt hatten, wie sich der Museumssaal mit Menschen gefüllt hatte. Galauniformen, Fräcke, herrliche Kleider, Adjutanz – und allen voran, gleich hinter Schlegel, in Zivil, aber gleichsam innerlich uniformiert und gekrönt, Franz I.,

Kaiser von Österreich, König von Böhmen, Kroatien und Ungarn. »Werter Schlegel, wollten wir nicht gemeinsam die Galerien besuchen? Ich hatte gehofft, mein künstlerischer Berater erzählt mir dies und das. Aber erst finde ich mich versetzt – und dann finde ich Sie ohne uns in der Ausstellung …«

»Majestät! Euch habe ich ja ganz vergessen!«, rief Schlegel.

»Das habe ich wohl gemerkt …«

»Bitte untertänigst um Entschuldigung! Wir waren so sehr in ein fesselndes Gespräch vertieft …«

»So. Worum ging es?«

»Oh, ein kulturphilosophischer Disput. Ich habe eben angemerkt, dass Leben und Werk meines jungen Freundes ein herausragendes Beispiel progressiver Universalpoesie darstellen!«

»Nur heraus damit. Ich lerne immer gerne dazu.«

Franz erstarrte. Kaiser Franz I. von Österreich! Nicht als Gemälde, wie überall, sondern leibhaftig! Das also war die Arbeit, die auf Schlegel gewartet hatte! Deshalb hatten sie sich an der Galerie verabredet. Weil Schlegel dem Kaiser auf dessen touristischem Programm die venezianische Malerei näherbringen sollte.

»Möchten Sie mir Ihren Gesprächspartner nicht vorstellen, um dessentwillen Sie mich versetzt haben?«

»Nun, das hier ist …« Schlegel zögerte. Mit welchem Namen sollte er seinen Gesprächspartner vorstellen? »Ein Dichter! Ein Geschichtenerzähler!«

Und justament schien ihm eine Idee zu kommen, die ihm die größte Freude bereitete. Man sah förmlich, wie sein jungenhaftes Gesicht zu strahlen begann und vor Erregung glühte. »Majestät sind doch immer auf der Suche nach Reiseliteratur, die Eure Tour befruchtet und das Gesehene ins rechte Licht setzt … Es trifft sich, dass unser junger Freund ein ausgezeichnetes Buch geschrieben hat, das Rom in nie gesehenen Bildern zeigt. Das moderne Rom, nicht das klassische. Wenn ich es Eurer Majestät also als Reiselektüre empfehlen darf …« Er hielt dem Kaiser die beiden Bücher hin. »Eure Majestät haben sogar die Wahl: deutsch oder italienisch!«

Seine Majestät geruhte, den Blick auf die Bücher zu senken. »Es werden hier zwei verschiedene Verfasser genannt ...«

Schlegel wies mit einer sehr höflichen Geste auf den Kaiser. »In der Kunst ist es wie in der Politik, mein lieber *Graf von Tirol* ... Manchmal bleibt man mit seinem wirklichen Namen hinterm Berg, um unnötige Komplikationen zu vermeiden ...«

»Nun«, sagte er. »Dann lieber das italienische. Da es von einem Namensvetter verfasst ist, wird es mir wohl Glück bringen ...« Er nahm *Febbre Romana*. Franz wollte noch protestieren, aber was gab es da zu widersprechen?

Der Kaiser blickte Franz an. »Ich danke Ihnen. Aber darf ich Ihnen unseren gemeinsamen Freund nun abspenstig machen.«

Franz verbeugte sich, als der Kaiser sich abwandte. Und bevor er Seiner Majestät folgte, raunte Schlegel ihm noch zu: »Seine Majestät hat Franz Wercker gewählt. Damit ist der Fall wohl geklärt. Die höchsten Herrschaften sind uns in der Kraft der Entscheidung weit voraus!« Er gab Franz das deutsche Buch zurück, verbeugte sich und schloss eilig zum Kaiser auf. »Wenn Majestät das Gemälde zu Eurer Linken beachten möchten. Ein später Raffael. Das Bild hat eine äußerst spannende Geschichte!«

Während sich die gesamte Entourage weiterbewegte, fiel Franz eine Gestalt auf, die reglos stand wie ein Fels im Strom. Ein Mann in Schwarz. Seine rechte Wange wurde beherrscht von einer Narbe, und während das Auge darüber wehmütig verzogen war, blickte er Franz mit dem anderen kalt an.

Franz erstarrte. Er brauchte sich nicht zu erinnern: Schon in dem Blick des Mannes erkannte er die Gefahr. Der unheimliche Fremde aus dem Pulk des Kaisers wandte sich zur Tür, wo ein Uniformierter wachte, und wies wortlos auf Franz. Franz wusste, dass kein Augenblick zu verlieren war. Der Ausstellungssaal besaß drei Türen: eine zum zentralen Treppenaufgang, die von dem Uniformierten bewacht wurde; eine zweite, durch die die Entourage des Kaisers weitergezogen war; und eine dritte, durch die Franz kurz entschlossen hinausrannte. Als er die Treppe hinunterlief, ertönten Rufe: »Aufhalten! Aufhalten den Mann!«

Zwei Gendarmen stellten sich ihm auf dem Treppenabsatz entgegen und zogen ihre Säbel. Franz warf dem vorderen sein Buch ins Gesicht und stürzte sich über die Balustrade auf die unteren Stufen.

Als er draußen an Mattia vorbeirannte, folgte ihm der Junge, ohne zu zögern. »Was ist?«, fragte er im Laufen.

»Mich hat einer erkannt!«, rief Franz zurück und drängte sich durch eine Gruppe Maskierter.

»Polizei?«, rief Mattia.

»Ich weiß nicht. Ein Kerl mit einer Narbe im Gesicht.«

»Ignaz von Rottmann!«, rief Mattia entsetzt. »Der Direktor des neuen Gerichts verurteilt unsere Leute reihenweise wegen Widerstands und Hochverrats! Der einzige Mensch, vor dem ich Angst habe!«

Obwohl der Karneval erst am folgenden Tag beginnen sollte, mussten sie sich immer wieder durch Gruppen von Maskierten drängen. Österreicher, Italiener, Engländer – wild entschlossen, den venezianischen Karneval zu feiern und von ihrem Aufenthalt in der Karnevalsstadt keinen Tag mit Nichtkarneval zu vergeuden.

Hinter sich hörte Franz den Ruf eines Gendarmen: »Da ist er! Da vorn!« Als er in eine Gasse abbog, wurde er am Rock festgehalten und zurückgezerrt. Er wollte schon nach hinten zuschlagen, um sich zu befreien, als er merkte, dass es Mattia war, der ihn hielt. »Sackgasse!«, rief Mattia. »Hier entlang!«

Sie kämpften sich auf Umwegen durch immer ruhigere Gassen Dorsoduros bis zum Haus des Dottore, wo sie völlig erschöpft ankamen, um sich zu verstecken. Doch der Dottore empfing sie mit einer Schreckensnachricht: Irma hatte sich aufgemacht, um aus dem Atelier ihr Erspartes zu holen.

»Ausgerechnet!«, rief Franz aus. »Dort werden sie mich suchen!«

»Dann schnell!«, rief Mattia geistesgegenwärtig. »Wir müssen vor ihnen da sein!«

Doch der Dottore widersprach: »Unmöglich, das schafft ihr nicht. Ihr rennt ihnen in die offenen Arme. Rette wenigstens dich, Robert!«

»Niemals. Wir müssen es versuchen.« Und noch bevor sie wieder zu Atem gekommen waren, rannten Franz und Mattia wieder los.

Als sie an Irmas Haus ankamen, lief Franz alleine nach oben. Mattia blieb auf der Gasse zurück, um aufzupassen.

Irma saß in Gedanken vor ihrer halb fertigen Kopie des Knaben mit den Hunden und sprang erschrocken auf, als Franz hereinplatzte. »Irma, wir müssen weg, komm schnell!«

»Was ist passiert?«, fragte sie, als er sie an der Hand zur Tür zog. »Warte! Das Geld!«

»Keine Zeit!«

Da stürzte Mattia schon herein. »Sie sind überall!«, rief er.

Auf der Treppe hörte man das Gepolter von Stiefeln.

»Aufs Dach!«, rief Mattia.

Franz rückte den Tisch unter die großen Atelierfenster, stieg darauf und stieß das Fenster so fest auf, dass es umschlug und zersplitterte. Mattia schob Irma zum Tisch, Franz kletterte hinaus aufs Dach, reichte Irma die Hand und zog sie nach sich. Dann half er Mattia herauszuklettern. Im selben Moment stürmten sie durch die Tür. Uniformen. Gewehre. Der Erste zielte geistesgegenwärtig auf Franz. Der packte einen Dachziegel und warf ihn auf den Schützen. Der Ziegel traf das Gewehr, der Schuss knallte, und die Kugel durchschlug den Knaben auf Irmas Gemälde.

Franz, Irma und Mattia rannten über den Dachfirst, um aus

der Schusslinie zu sein. Die Häuser standen so eng, dass sie von einem zum nächsten springen konnten. Beim ersten Schuss der Verfolger warfen sie sich hinter einen der großen venezianischen Schornsteine und krochen auf Knien weiter. Auf das nächste Dach war das hölzerne Gerüst einer Altana gebaut. Wäsche war daran aufgehängt und wehte friedlich im Wind. Sie duckten sich durch die Hemden und Röcke, und Franz öffnete die kleine Tür, die nach unten führte. Als sie ins Treppenhaus kamen, stürzten sie beinahe über drei Kinder, die dort hockten und mit schwarzen und weißen Steinchen spielten. »Ihr habt uns nicht gesehen!«, rief Mattia ihnen zu, als sie nach unten rannten.

Auf der Gasse bemühten sie sich, ihre Schritte zu zügeln, um keine Aufmerksamkeit zu erregen. Es war einiges Volk unterwegs, und sie hofften, darin untertauchen zu können. Doch plötzlich ein Ruf: »Da sind sie! Aufhalten! Aufhalten die drei!« Zwei Soldaten waren um eine Ecke gebogen und zeigten mit ihren Säbeln auf die Flüchtenden.

»Über die Brücke da!«, zischte Mattia.

Sie rannten über den Bogen einer alten Brücke. Einer jener Brücken, auf denen die Österreicher noch keine Geländer hatten bauen lassen. Franz sah aus dem Augenwinkel, wie unter die Venezianer Bewegung kam und mehrere Leute ihnen nach auf die Brücke drängten. Er befürchtete schon, die Menschen wollten sie tatsächlich aufhalten, um sich eine Belohnung zu verdienen. Doch als die beiden Uniformierten auf die Brücke stürmten – »Platz da! Platz da!« rufend –, hörte Franz lautes Platschen. Die beiden Verfolger waren gegen Schultern geprallt, die sich ihnen unglücklich in den Weg gestellt hatten, und ins Wasser geschleudert worden.

Die Tür des Kirchturms war mit Brettern vernagelt, und es sah nicht so aus, als könne man ohne Weiteres hinein. Doch hatte jemand die Blockade unauffällig umgebaut, sodass Mattia sie leicht aufklappen konnte. »Hier!«, sagte er und zog die Tür hinter Franz und Irma gleich wieder zu. Im Inneren des Kirchturms führte eine Treppe nach oben, und Franz sah erstaunt, dass auf jedem der Treppenabsätze ein kleines Lager aus Stroh lag und dazu Pomeranzenschalen, Eierschalen oder kahle Tomatenzweige. »Einer unserer Schlafplätze«, erklärte Mattia. »Ihr bleibt hier, bis es dunkel ist. Ich beschaffe ein Boot, das euch ans Festland bringt. Es wird schwierig. Seit der Kaiser in der Stadt ist, machen die Österreicher nicht nur Stichproben. Sie kontrollieren alle Boote. Jedenfalls alle, die sie erwischen. Ich lasse mir etwas einfallen.« Und damit war er verschwunden.

Franz und Irma setzten sich auf die Stufen und schwiegen eine Weile. Nach der wilden Flucht war die Stille um sie herum beinahe unnatürlich. Doch dann hörten sie Stimmen aus der Kirche. »Durchsuchen!«, befahl jemand. »Drei Mann in den Turm!«

»Der Turm ist vernagelt, Herr Hauptmann«, wandte jemand ein.

»Dann brecht's ihn eben auf!«

Franz blieb beinahe das Herz stehen. »Nach oben!«, flüsterte er. Sie nahmen zwei Stufen auf einmal und versuchten, so leise wie möglich zu gehen, doch das Holz knarrte entsetzlich. Sie duckten sich so nah wie möglich an die Wand, während sie Absatz für Absatz höher stiegen.

»Oben sitzen wir in der Falle«, flüsterte Irma.

Franz schaute vorsichtig in die Tiefe. Doch er fuhr gleich wieder zurück, denn unten kamen drei Soldaten hereingelaufen, sahen hoch und begannen ebenfalls, die Treppen emporzusteigen.

Und dann ging es nicht mehr weiter: Franz und Irma gelangten an eine Deckenluke, die sie auch mit vereinten Kräften nicht aufdrücken konnten. Sie saßen wirklich in der Falle.

Von unten wieder Schüsse. Und dann ein lautes Trompeten oder Kreischen, wie sie es noch nie gehört hatten.

»Alle Mann raus!«, rief jemand. »Wir brauchen Verstärkung!«

Und damit polterten die drei Soldaten wieder hinab. Als sie verschwunden waren, liefen Franz und Irma zu einem kleinen Fenster, durch das sie in die Tiefe schauen konnten. Und was sie sahen, erstaunte und erschrak sie zutiefst. Auf der Fondamente unten drehte sich ein riesenhaftes graues Tier im Kreis. Es hatte die Ohren aufgestellt und schwang einen Rüssel wie eine dicke Peitsche. An der Wand aber lag der zerquetschte Körper eines Mannes in einem See aus Blut.

»Ein Elefant!«, rief Irma.

Ein offenes Boot mit Stroh darauf lag an der Mole vertäut, eine breite und starke Planke, über die das Tier das Boot hätte betreten sollen, lag auf dem Boden. Auf der Barke standen mehrere Käfige mit Tieren darin. Franz erkannte Esel, Affen und einen Löwen. Es war das Bestiarium des Schaustellers Garnier, das dieser pünktlich zu Karneval in Venedig zeigen wollte. Franz hatte die Plakate, die das Kommen des Schaustellers ankündigten, auf seinem Weg zur Accademia gesehen.

Der wilde Elefant war umstellt von österreichischen Soldaten, die auf ihn zielten. Franz hörte den Ruf »Feuer!« und dann donnerte eine weitere Salve auf das Tier. Pulverdampf stieg auf, der Elefant schrie, bäumte sich auf und stürmte einige bedrohliche Schritte voran, worauf die Soldaten entsetzt ins Wasser sprangen.

»Beug dich nicht so weit hinaus! Sie werden dich sehen!«

Das riesige Tier aber, das von den Salven der Gewehre schmerzhaft gebissen wurde, sah in seiner Not nur eine Rettung: die sichere Höhle des Kirchenportals, das die Soldaten nach ihrer unterbrochenen Durchsuchung der Kirche offen stehen gelassen hatten. Der Elefant stürmte los, und Franz sah ihn tief unter sich in der Kirche verschwinden. Die Österreicher aber fischten ihre Kameraden aus dem Wasser, bauten aus Handkarren und Marktständen, die sie wütenden Händlern entrissen, eine Barrikade um das Portal und gingen dahinter, Gewehre im Anschlag, in Deckung.

»Na fein«, sagte Franz. »Jetzt sitzen wir richtig in der Falle …«

Mutlos saßen sie auf den hölzernen Stufen.

»Ich habe noch nie einen Elefanten gesehen«, sagte Irma.

»Und jetzt bist du mit einem zusammen eingesperrt …«

»Das arme Tier …«

Franz nickte. »Das arme Tier …«

Und während von draußen Gepolter heraufhallte und wieder eine Salve Gewehrschüsse abgefeuert wurde, rang Irma mit sich. »Ich muss dir etwas gestehen«, sagte sie schließlich leise. »Ich hätte es dir viel früher sagen sollen … Jetzt ist es wohl zu spät …«

Franz sah sie an. Das Sprechen schien ihr schwerzufallen.

»Die Frau auf dem Porträt …«, fuhr sie fort. »Die Bleistiftzeichnung in deinem Palazzo … Ich weiß, wer sie ist.«

»Du weißt, wer sie ist? Aber warum hast du nie etwas gesagt?«

»Es tut mir leid …«

»Wer ist sie? Wer?«

»Es ist Clara Seidler. Ich habe sie in Dresden kennengelernt. Sie ist Künstlerin …«

»Clara Seidler …«, wiederholte Franz bedächtig den Namen.

»Wir haben einmal über sie gesprochen. Bevor du deine Erinnerung verloren hast. Ich konnte dir nicht sagen, dass ich sie kenne, und du konntest es auch nicht … Wir haben uns beide anlügen müssen …«

»Wo lebt sie?«

»Ich habe gehört, in Rom.«

»Dann kenne ich sie auch von dort.«

»Wer weiß …«

»Ich muss nach Rom«, sagte Franz entschlossen.

Irma versuchte ein tapferes Lächeln und blickte ihn durch Tränen hindurch so zuversichtlich wie möglich an.

»Du weinst …«, sagte er betroffen und nahm ihre Hand.

»Ich begleite dich«, antwortete sie.

»Das darfst du nicht. Es ist zu gefährlich!«

»Ich habe dich doch gebeten, mein Leben zu zerstören …«

»Das ist mir wohl jetzt schon gelungen …«

»Auch in Rom weißt du nicht, wem du vertrauen kannst. Lass mich für dich sprechen. Lass mich deine Augen sein.«

Bevor Franz antworten konnte, ertönte von unten ein dumpfes Hämmern und Poltern. Er lief zu einem Fenster ein paar Treppenabsätze unterhalb, das sich zur anderen Seite öffnete. Durch die rückwärtige Gasse hatte man eine Kanone herangeschafft. Österreichische Pioniere schlugen ein Loch in die Kirchenwand, in das man das Kanonenrohr schob.

»Die werden doch nicht …«, sagte Franz noch, doch schon donnerte ein ohrenbetäubender Knall durch die Gasse.

Und dann Stille. Kein ängstliches Geschrei des Elefanten, kein Fluchtpoltern. Von vorne ertönte Jubel, als die Soldaten ihre Verschanzung überkletterten und die Kirche stürmten. Weil niemand daran dachte, das Portal zu sichern, näherten sich auch Venezianer und drängten neugierig hinein. Franz beobachtete eine Weile, wie unten immer mehr Volk – Männer, Frauen, Kinder – über den Campo strömte. »Komm, Irma! Jetzt oder nie!«

Er nahm ihre Hand und zog sie die Treppe hinab. Vor der Tür zögerte er einen Moment, dann holte er tief Luft, und sie schlüpften hindurch. Menschenmassen drängten sich in der Kirche. Alles versuchte einen Blick auf den Elefanten zu erhaschen. Es herrschte Volksfeststimmung, doch nicht wenige blickten auch bedrückt und voller Mitleid auf das tote Tier. Der massige graue Körper lag im Seitenschiff auf den zersplitterten Trümmern eines Beichtstuhls. Die Soldaten sperrten mit Müh und Not einen Bereich um das Tier ab.

Franz sah, wie sich ein Junge durch die Menschen auf ihn zu drängte. »Mattia!«, rief er.

»Ihr lebt!«, sagte der Junge erleichtert. »Und ich dachte schon, die Kanone zielte auf euch.«

Es war dunkel, als sie sich auf einer der abgelegenen Inseln Cannaregios, wo die Ufer noch mit Gestrüpp und undurchdringlichen Wäldern aus Schilf bewachsen waren, von Mattia verabschiedeten. »Ich war noch einmal in deinem Atelier«, sagte der Junge zu Irma. »Ich dachte, ich könnte dein Geld holen, um es dir zu bringen. Aber sie haben alles durchsucht. Und sie haben alles ...« Er zögerte.

»Ja?«, fragte Irma.

»Alles zertrümmert und zerschlagen ... Die Bilder haben sie mitgenommen ...«

Irma nickte. »Ich danke dir ...«, sagte sie tapfer.

»Es tut mir leid um deine Sachen.«

»Das muss es nicht«, sagte Irma. »Uns hast du gerettet.«

Und Franz sagte: »Ich weiß nicht, wie oft du mich gerettet hast. Wie soll ich dir nur danken?«

»Versprecht mir, dass Ihr zurückkommt, um mir Eure ganze Geschichte zu erzählen«, antwortete der Junge.

Franz versprach es ihm, sie umarmten ihn herzlich, und dann bestiegen sie das Boot, auf dem der Bootsmann ein schwarzes Segel setzte, damit sie in der Dunkelheit unsichtbar waren.

35

Erkannt!

Clara suchte nach Lukas. Es gab kein Kloster in Rom, in dem sie nicht vorsprach. Sie behauptete, Nachricht von seinen Eltern zu haben, die sie ihm nur persönlich bringen könne, doch sie kannte noch nicht einmal seinen Familiennamen oder seine Herkunft. Meist scheiterte sie schon an den Klosterpforten. Wenn sie es bis in ein Besuchszimmer schaffte, keimte schon Hoffnung in ihr auf, doch irgendein Prior sagte ihr – mal freundlich, mal abweisend –, dass er keinen Bruder Lukas kenne und nichts für sie tun könne. Für den Fall, dass man doch noch von einem Lukas höre, hinterließ sie ihren Namen und die Bitte, sich dringend bei ihr zu melden.

Clara wusste nicht, ob ihre Erkundigungen gefährlich waren und ob es eine Dummheit war, ihren Namen zu hinterlassen. Sie erinnerte sich, dass Franz einmal erzählt hatte – als er noch Cornelius hieß –, dass er Lukas in einer Bibliothek kennengelernt hatte. Doch sie wusste nicht mehr, in welcher. Und Rom war so reich an Bibliotheken! Wenn es eines gab, das in Rom noch häufiger war als Klöster, dann waren es Bibliotheken. Biblioteca Casanatense, Biblioteca Accademica, Biblioteca Vallicelliana, Biblioteca Apostolica Vaticana – und natürlich besaß jede Villa der großen römischen Familien eine berühmte Büchersammlung. Es war zum Verzweifeln. In der sechsten oder siebten, in der sie vorsprach, kam ihr die Idee, sich nach einer Bibliothek zu erkundigen, die bekannt war für ihre Sammlung deutscher Bücher. Ein kleiner, ergrauter Bibliothekar, dessen Gesicht die Farbe alter Buchseiten hatte, nannte ihr die Biblioteca Angelica, wo zahlreiche Schriften der Reformation unter Verschluss gehalten würden.

Als Clara die große Halle der Bibliothek betrat, die sich in einer unscheinbaren Seitengasse versteckte, staunte sie über ihre Schönheit. Ein weites Tonnengewölbe überspannte Bücherwände und alte Lesetische. Auf einer Leiter stand ein Bibliothekar, der den Arm voller alter Bände hatte, die er sorgfältig einsortierte. Er kam den Regalen mit der Nase so nah, dass es aussah, als ob er den richtigen Platz für das jeweilige Buch rieche. Clara ging zu ihm, und als sie ihn auf Italienisch ansprach, schaute er mit riesigen Augen hinter dicken Brillengläsern zu ihr herab.

»Ich suche Bruder Lukas. Kennen Sie ihn?«, fragte sie.

Er schien sich für einen Moment nicht sicher zu sein, ob der hellblaue Fleck, der da unter ihm aufgetaucht war, sein Vertrauen verdiente. Wahrscheinlich hörte er hier drinnen nicht oft die Stimme einer jungen Frau.

»Si«, sagte er. Bruder Lukas sei oft hier gewesen. Und er wies mit seiner großen Nase auf einen Arbeitsplatz, an dem er für gewöhnlich saß. Doch er fügte noch hinzu, dass Lukas seit Monaten nicht mehr gekommen sei. Zumindest konnte er ihr sagen, dass Lukas für die heilige römische Inquisition arbeite. Allein die Nennung dieses Namens jagte ihr als Protestantin einen Schauder über den Rücken. Aber zumindest wusste sie, dass sie auf der richtigen Spur war.

»Wo finde ich die Inquisition?«, fragte sie den Bibliothekar.

Seine Augen kugelten unter der Brille hin und her. »Santa Maria sopra Minerva«, antwortete er. Und als Clara ging, blickten seine Augen ihr nach, bis der blaue Fleck sich im Verschwommenen auflöste.

Clara wagte nicht, zu der Behörde zu gehen und um ein Gespräch mit Lukas zu bitten. Dort wäre die Gefahr am größten, dass jemand ihren Namen mit dem von Franz Wercker in Verbindung brachte. Also schickte sie einen Brief. Da sie davon ausging, dass er vor der Weitergabe gelesen würde, deutete sie eine Freundschaft zu seiner Großmutter an, um die Absenderin als alte Dame zu charakterisieren, und benannte den Zweck des Schreibens darin, dass sie plane, in Rom einige antiquarische Schriften zu kaufen, und seine Hilfe bei der Suche erbitte. Sie unterschrieb den Brief mit dem Namen *Gesine Born*. Ein Zensor würde mit dem Namen nichts anfangen können. Aber Lukas würde sofort wissen, dass es der Name der Schwester in Franz Werckers *Römischem Fieber* ist. Er würde sich denken, dass ihn jemand sehen will, er würde im Kreis der Deutschen suchen und schnell herausfinden, dass sie wieder in Rom wäre.

*

Franz und Irma waren vom Ufer der Lagune aus mit einem Händler auf einem Wagen voller Seile und Taue in Richtung Rom gefahren. Er gehörte zu den national Gesinnten, die die Herrschaft der Tedeschi hassten und bereit waren, zu helfen, wenn es gegen Österreich ging. Franz wusste nicht, was Mattia dem Mann erzählt hatte, aber zumindest, dass Franz und Irma gesucht wurden. Das schien ihm zu reichen. Verabredungsgemäß setzte er sie eine halbe Tagesstrecke vor Rom ab und übergab ihnen Pilgerstäbe, Hüte und Pilgertasche. Diese Utensilien, so die Hoffnung, würden am Stadttor ausreichen, um sie auszuweisen. Franz und Irma bemühten sich auf dem restlichen Fußmarsch, möglichst staubig zu werden, und als sie über die Ponte Molle an die Porta del Popolo kamen, hielten sie sich in der Nähe anderer Pilger. So viele Menschen drängten in die Stadt, um den berühmten römischen Karneval zu erleben, dass sich die Carabinieri nicht weiter für sie interessierten und sie passieren ließen.

Als Franz zum ersten Mal wieder durch die Straßen Roms ging, erinnerte er sich an nichts. Es war genau so, wie der Geschichtenerzähler erklärt hatte: Zwar erkannte er die bedeutenden Bauwerke und Denkmäler wie den Obelisken auf der Piazza del Popolo, das Pantheon, die Cestiuspyramide und natürlich das Kolosseum, aber nur deshalb, weil er sie früher oft auf Stichen gesehen hatte. Durch die Gassen zu gehen, vorbei an Läden und Marktständen, an den Brunnen, wo die Frauen lachend beisammensaßen, an den spielenden Kindern und den Bettlern, löste nichts bei ihm aus.

Sie hatten sich entschieden, die Gegend um den Monte Pincio erst einmal zu meiden, da dort die meisten der deutschen Künstler wohnten. Ohnehin war die Gefahr groß, auf ein bekanntes Gesicht zu stoßen und damit den Lauf der Ereignisse aus der Hand zu verlieren. Nachdem der Versuch, eine spontane Erinnerung zu finden, also fehlgeschlagen war, gingen Franz und Irma zum nächsten Schritt ihres Planes über: Franz sollte sich im Hintergrund halten, und Irma wollte sich unter die Künstler mischen, um Erkundigungen über Cornelius Lohwaldt und Franz Wercker einzuholen.

Die Nacht verbrachten sie im Pilgerhospiz an der Porta San Paolo, wo Männer wie Frauen in ihren jeweiligen Schlafsälen in dreistöckigen Betten übereinander schliefen. Franz hatte ein oberes Bett zugewiesen bekommen, das bei jeder Bewegung bedenklich schwankte und knarrte. Es störte ihn nicht so sehr, dass der Pilger unter ihm schnarchte oder dass zwei andere miteinander auf Französisch flüsterten, aber der Pilger ihm gegenüber starrte ihn unablässig an. Ob er wirklich starrte oder ob er mit offenen Augen schlief, brachte Franz im Schein der kleinen Öllämpchen, die hier und da im Raum qualmten, nicht heraus. Jedenfalls sah Franz ihn niemals zwinkern, und wann immer er hinüberschaute, waren die Augen des anderen reglos auf ihn gerichtet.

*

»Es muss doch irgendwer gehört haben, was er mit Seiner Majestät gesprochen hat!« Der Direktor des neuen Gerichtshofes war außer sich. Dass dieser Mensch schon wieder hatte untertauchen können! Herumgeschnüffelt hatte der Bluthund! Rottmann hatte geglaubt, sie hätten ihm im Dezember Einhalt gebieten können, bevor er etwas Nennenswertes herausgebracht hatte, und es spiele letztlich keine Rolle, für wen er geschnüffelt hatte. Aber nun hatte Seine Majestät, der Kaiser, mit ihm gesprochen!

Seine Majestät!

Warum?

Und dann hatte dieser Bluthund Seiner Majestät etwas übergeben! Ein Notizbuch. Was stand darin? Beobachtungen? Namen?

Wer war dieser Mann?

Rottmann war fest entschlossen, die verbleibenden Jahre bis zu seiner Pensionierung für eine gewisse Wiedergutmachung zu nutzen. Er hatte ein Leben lang der Krone und dem Reich gedient, hatte sich in allen möglichen Positionen aufgerieben, hatte Verbrecher hinter Gitter gebracht, Umstürzler an den Strang und Verräter an die Wand. Er hatte sich mit Kindsmörderinnen und Vatermördern abgeben müssen, mit Betrügern, Vergewaltigern, Unzüchtigen, Scharlatanen, Falschmünzern, Plünderern, Studenten und Liberalen.

Dabei hatte er immer das Notwendige erreicht. Nachdem er als junger Assessor einmal – ein einziges Mal – den Fehler gemacht hatte, nachgiebig zu wirken. Bei einem Verhör hatte sich einer, der drei Prostituierte erschlagen haben sollte, auf ihn gestürzt und sich in seiner Wange verbissen. Man hatte den Kerl noch auf ihm liegend totgeschlagen, aber er hatte sein Gesicht übel zugerichtet. Nur knapp hatte er die Blutvergiftung überlebt. Seither erinnerte ihn die Narbe täglich daran, niemals wieder Schwäche zu zeigen.

Und so hatte er in seinem Leben mehr für Österreich getan als die meisten anderen Menschen. Aber er hatte nicht mehr lange zu dienen. Dann würde er sich eine Villa mit einem Park kaufen, irgendwo an der Adriaküste, und er würde seinen Ruhestand damit verbringen, den Garten zu pflegen und aufs Meer zu schauen. Letztlich war es ihm gleichgültig, ob diese

Kunstdiebe aufflogen. Sein Anteil lag sicher auf einer Bank im fernen Hamburg, und kein Polizist auf der Welt würde die Gelder mit ihm in Verbindung bringen können. Aber jetzt war etwas im Gange, das er nicht begriff.

Der Kaiser kam nach Venedig, obwohl es keinen politischen Grund dafür gab, reiste weiter nach Rom, obwohl es auch dafür keinen Grund gab, und wie durch Zauberhand stand dieser rätselhafte Schnüffler von den Toten auf und hatte mit Seiner Majestät Dinge zu besprechen, die in keinem Protokoll festgehalten waren. Unter vier Augen! Oder vielmehr unter sechs Augen, denn dieser Kunstmensch Schlegel war auch dabei gewesen. Also war es um Kunst gegangen.

Gestohlene Kunst?

Hatte man Schlegel als Experten hinzugezogen?

Ignaz von Rottmann hatte während seiner langen Karriere bei Gericht eines gelernt: Wenn die Dinge nicht den vorgesehenen Gang nahmen, dann musste der Druck erhöht werden. Es musste eine Schwachstelle gefunden werden. In den Berichten der Gendarmen war vermerkt, dass der Gesuchte nach seiner Flucht aus der Accademia nicht nur in Begleitung dieses Frauenzimmers gewesen war, sondern auch eines Straßenjungen. Ein Straßenjunge, wie er im Palazzo des vorgeblichen Kunsthändlers untergeschlüpft war. Ein Straßenjunge, der folglich einiges wusste.

Und wenn man sich die Untersuchungsprotokolle Brunners ansah, dann stand in der Aussage der Haushälterin zu lesen, dass sie sich vor allem an den Namen *Mattia* erinnerte. Ignaz von Rottmann seufzte. Er würde wohl noch einmal in die Niederungen hinabsteigen müssen und über sich ergehen lassen, wie sich einer beim Verhör einnässte.

*

Sie verabredeten, dass Franz, während Irma in die Stadt ging, in der Nähe des Hospizes vor der Stadtmauer auf dem unübersichtlichen Gelände des protestantischen Friedhofs wartete. Dort wollten sie sich am frühen Abend wieder treffen. Also setzte sich Franz in den Schatten einer Pinie. Er bemühte sich, während der Tatenlosigkeit seine Lage nicht allzu sehr zu zerdenken und in Schwermut zu verfallen. Als irgendwann seine Pilgerflasche ausgetrunken war, ging er umher, um einen Brunnen zu suchen. Unwillkürlich begann er, die Namen und Inschriften auf den Grabdenkmälern zu lesen. Ihm fiel auf, dass viele Deutsche darunter waren. Wilhelm und Gustav von Humboldt. Der eine in seinem neunten Lebensjahr gestorben, der andere war nur ein Jahr alt geworden. Er wusste wohl, dass Humboldt einst preußischer Gesandter in Rom gewesen war, aber dass ihm zwei Kinder hier gestorben waren, war ihm neu. Dann fielen ihm zwei Gräber ins Auge, auf denen frische Blumensträuße lagen. Er las auf den einfachen Grabkreuzen die Namen Carl Fohr und Georg Reichhard. Das Herz brannte ihm schmerzhaft, als er vor den Gräbern stand.

Weil ihn der Durst quälte, ging er hinüber zur Cestiuspyramide, an der die windschiefe Werkstatt eines Sargmachers einem Geschwür gleich festgewachsen war. An die antike Pyramide waren mehrere fertige und halb fertige Särge gelehnt. Zwischen den krummen Pfosten seiner Werkstatt stand inmitten von Holzspänen der alte Sargmacher und hobelte eine seiner Holzkisten glatt.

Mit Schaudern stand Franz vor den Särgen, die auf ihre zukünftigen Bewohner warteten. Ohne sich wirklich zu erinnern, legte sich ihm schwer das Gefühl aufs Herz, selber schon einmal in einem solchen engen Kasten gelegen zu haben. Eingesperrt worden zu sein. Begraben. Er versuchte, das Gefühl abzuschütteln. Zwar hatte er anscheinend vor dem jetzigen Leben nicht nur eines, sondern mehrere andere gelebt, aber ganz sicher war keines davon in einem Grab zu Ende gegangen. Und doch bekam er beim Anblick der Särge kaum Luft und drohte zu ersticken. Es war eine Erinnerung des Körpers.

Eilig ging Franz an den Särgen vorbei. In der Werkstatt, wo

es nach frischem Holz duftete, fühlte er sich gleich wohler. Die ruhigen Bewegungen des Handwerkers, der lange Hobelspäne vom hellen Holz abschälte, gaben ihm ein angenehmes Gefühl. Der Alte wies auf eine Tonne und arbeitete schweigend weiter. Franz schöpfte das Wasser mit seiner Pilgerflasche und verließ die Werkstatt wieder, ohne noch einmal zu den Särgen hinüberzuschauen.

Er setzte sich in den Schatten der Pinie, trank einige Schlucke, und indem er einige Spatzen beobachtete, die umherflatterten und miteinander zankten, gelang es ihm, nicht mehr an die Särge zu denken. Plötzlich bemerkte er, dass ein Mann ihn beobachtete. Er war hager und sein Gesicht von einer ungesunden Schreibstubenblässe. »Entschuldigen's«, sagte er mit einem Wiener Akzent. »Kennen wir uns nicht aus Venedig?«

Franz erstarrte. Er hatte nicht die geringste Ahnung, wer das war.

Grillparzer bereute zutiefst, ausgerechnet zur Karnevalszeit nach Rom zurückgekehrt zu sein. Mit Venedig hatte er ja inzwischen seinen Frieden gemacht. Die Stadt hatte nichts mit den Dichtungen und Gemälden zu tun, die zu ihrem Ruhm um die Welt gingen. Diese Kunst war kein Verbeugen vor der Schönheit Venedigs, sondern ein Verschließen der Augen vor seinem wahren Wesen, hatte er gedacht und war geflohen. Später erst hatte er das Italienische schätzen gelernt und etwas besser begriffen. Nachdem er Rom gesehen hatte und vor allem Neapel.

Manchmal gelang es ihm, den Beamten in sich zu vergessen, Wien und Österreich loszulassen, Unordnung und Überraschung zuzulassen, ohne in Nervosität und Panik zu verfallen. Als Künstler sozusagen. Aber auch als Dichter waren ihm das Zufällige und das Schießenlassen der Zügel verhasst. Deshalb hatte er ja das Drama zu seiner Disziplin erwählt. Bei dem man jeden Faden sorgsam verflicht und den Zuschauer in jedem Moment streng führt – der zu erzielenden Wirkung exakt bewusst.

Und nun? Karneval! Suff! Lärm! Gassenhauer! Schamlosigkeit! Hysterie! Das war nun doch zu viel des Guten. Wo ihm Menschenmassen ohnehin an die Nerven griffen. Noch dazu, wenn sie mit Lärm und Krach verbunden waren. Nur wenige Stunden, nachdem er, aus dem Süden kommend, nach Rom zurückgekehrt war, hatte er schon wieder fliehen müssen. Deshalb war er auf die Idee gekommen, sich auf den protestantischen Friedhof, hier draußen vor der Porta San Paolo, zurückzuziehen. Er hatte gehofft, dass die Feiernden Distanz zu den Toten wahren würden. Und tatsächlich herrschten, im Schatten der Zypressen und Eichen, Stille und Frieden. Nur einmal stolperte er über eine Gruppe Männer, die ihren Rausch ausschliefen und deren Masken, Mäntel und Perücken um sie herum im Gras verstreut lagen. Und dann hatte er auf einmal diesen Mann gesehen. Auf den ersten Blick hatte er den jungen Kunsthändler erkannt, den man ihm in Venedig vorgestellt hatte. Aber dann war er sich nicht mehr sicher gewesen. Warum sollte der hier in Rom auf einem Friedhof herumlungern? In abgerissener, schmutziger Kleidung? Mit Pilgerhut und Pilgerstab?

Aber noch während er überlegte, ob es der Mann sein könne, trafen sich für einen Moment ihre Blicke, und also sprach er ihn eben an. Die Augen des anderen blitzten wild und feindselig auf, er antwortete mit fremder Stimme auf Italienisch, und nach ein paar abweisenden Worten trollte er sich in die Schatten der Gebüsche. Grillparzer, der auf dem Friedhof ohnehin keinen inneren Frieden fand, beschloss, hinaus in die Campagna zu spazieren. Die verwirrende Begegnung ließ ihm keine Ruhe: Er hatte den jungen Kunsthändler aus Venedig doch zweifelsfrei erkannt!

36

Im Pferderennen

Während Irma sich über Tag auf dem Monte Pincio herumtrieb, begegneten ihr immer mehr Maskierte und Verkleidete. Das Karnevalstreiben in Rom begann. Sie sah Harlekine und die buntesten Landestrachten, Musiker marschierten zu den Klängen ihrer Instrumente hinunter in die Stadt, und einmal schritten zwei Stelzenläufer in gestreiften Hosen und roten Röcken an ihr vorbei. Doch von den deutschen Künstlern bemerkte sie nichts. Eine Weile stand sie vor dem Tor der Villa Malta, wo, wie sie wusste, einige Künstler lebten. Doch auch hier sah sie niemanden. So wurde es Abend, und sie ging die Spanische Treppe hinab und in die Via Condotti bis zum *Caffè Greco*. Auf der anderen Straßenseite blieb sie stehen. Es wurde schon dunkel, und immer mehr Maskierte und Herausgeputzte strömten in Richtung Corso an Irma vorbei, um zu feiern. Durch die offen stehende Tür sah sie im Schein der Lampen einige junge Männer stehen, die sich angeregt unterhielten. Wenn ein Neuankömmling von der Gasse ins Caffè trat, wurde er von den anderen herzlich begrüßt. Irma sah selbstbewusste Gesichter und spürte bis heraus in die Dunkelheit das wohlwollende und freie Miteinander der Künstler.

In dem schmalen Ausschnitt der Tür erkannte sie niemanden, der sie aus Dresden wiedererkennen könnte. Vielleicht könnte sie es wagen hineinzugehen und sich als Künstlerin vorzustellen? Entschlossen ging sie über die Straße. Neben der Tür blieb sie eine Weile stehen, weil sie ein erregtes Gespräch mehrerer Männer bis auf die Straße hinaus hören konnte. Es ging um eine Ausstellung, die man eben gemeinsam in der preußischen Gesandtschaft einrichtete. Es gab Meinungsverschiedenheiten um die Anordnung der Bilder, weil sich jemand rücksichtslos einen guten Platz im Palazzo Caffarelli gesichert hatte. Ein anderer versuchte zu beschwichtigen, ein dritter erklärte den Streit für sinnlos, weil man noch nicht einmal Zusage habe, dass der Kaiser die Ausstellung überhaupt besuchen werde.

Irma fasste sich ein Herz, trat ins Licht des Eingangs und setzte den Fuß auf die Stufe, als sie drinnen – direkt vor sich – zwei bekannte Gesichter aus Venedig sah: Johann Adam Klein und Ernst Oehme! Aller Mut verließ sie mit einem Schlage, sie drehte auf dem Absatz um, wollte wieder hinaus, aber stieß dabei mit einer jungen Frau zusammen. Die andere hatte die blonden Haare zu einem Kranz aufgesteckt und trug ein hellblaues Kleid. Als sie sich auf Italienisch bei Irma entschuldigte, trafen sich für einen Moment ihre Blicke.

Clara Seidler!

Aus dem Augenwinkel sah Irma, dass die Männer drinnen aufmerksam geworden waren und herüberschauten. Eilig drückte sie sich an Clara vorbei und rannte beinahe durch die Dunkelheit. Sie musste sich durch eine Gruppe singender Männer drängen, die ihre Gesichter grell geschminkt hatten und altmodische Damenhüte trugen. Sie tranken auf offener Straße Wein und munterten Irma lautstark auf, mit ihnen zu feiern. Irma starrte entsetzt auf die dunklen Bartschatten, die mit roter Schminke beschmiert waren, die buschigen Augenbrauen mit den aufgemalten langen Wimpern darunter, die kleckernden Weingläser, die ihr angeboten wurden. Fassungslos riss sie sich los, rannte weiter und blieb erst hinter der nächsten Hausecke, an die Mauer gepresst, stehen. Hatte Clara sie erkannt? Sie hatten sich direkt in die Augen geschaut!

Nachdem Clara mit Philipp und Johannes Veit und mit Friedrich Schlegel hereingekommen war, gab es erst einmal ein ausuferndes Händeschütteln, Namennennen und Austauschen von Höflichkeiten. Doch Clara ging die flüchtige Begegnung am Eingang nicht aus dem Sinn. Schon im ersten Moment, als sie mit der jungen Frau zusammengestoßen war, die vor ihr hineinging und plötzlich auf dem Absatz kehrtmachte, hatte sie das Gefühl gehabt, sie zu kennen. Und dann war es ihr eingefallen: Dresden! Die Kunstakademie! Der Skandal um den Kommilitonen, der sich als Frau entpuppte! Wie hatte sie noch geheißen? Sie wusste den Namen nicht mehr. An den Spitznamen erinnerte sie sich, den man dem klein geratenen Kameraden gegeben hatte: *Piccolo!* Aber die Frau? Nachdem man sie streng gemaßregelt und verstoßen hatte, nachdem die ehrwürdige Ordnung der Akademie wiederhergestellt worden war, hatte Clara oft an sie denken müssen. Sie selbst hatte sich damit abgefunden, nur einige ausgewählte Kurse besuchen zu dürfen, die man für Frauen geöffnet hatte. Sie war froh und dankbar gewesen, zumindest das erreicht zu haben. Als Frau an die berühmte Dresdener Kunstakademie zu dürfen! Aber eben nicht richtig. Diese andere hatte sich damit nicht zufriedengegeben. Sie hatte sich nicht mit einem gnädigen halben Studium abfinden wollen. *Für eine Frau recht begabt.*

Natürlich war ihr Piccolo aufgefallen. Nicht nur, weil er immer hilfsbereit und zuvorkommend gewesen war, nicht nur weil er feminin gewesen war mit seinem schmalen Kinn, den langen Wimpern, der glatten Haut und dem feinen Haaransatz an den Schläfen. Vor allem die Blicke des Studenten waren es gewesen, die sie bemerkt hatte. Er hatte sie stets mit einer gewissen Sehnsucht angeschaut, die sie für eine schüchterne Annäherung hatte halten müssen und die sie mit kameradschaftlicher Zurückhaltung zu erwidern sich entschlossen hatte. Aber wie unrecht hatte sie dem kleinen Piccolo getan! Erst als die verborgene Frau ans Licht gezerrt und in die Wüste geschickt worden war, hatte Clara begriffen, dass es die Hoffnung auf eine Freundschaft gewesen war. *Irma* – richtig, so hieß sie! Irma Böhmer! Irma hatte in ihrer Einsamkeit und Bedrängnis eine Freundin gebraucht. Eine Verbündete. All das hatte Clara erst begriffen, als es zu spät war. Und jetzt tauchte diese Irma hier in Rom auf? Konnte das sein?

Während Philipp und Johannes ihren berühmten Stiefvater in den Kreis der deutschen Künstler einführten, dem er durch seine Theorien so viel gegeben hatte, während der Mann, dessen Schriften alle kannten, endlich als Mensch erschien und sogar noch die Hoffnung mitbrachte, den österreichischen Kaiser in ihre Ausstellung zu bringen, stahl sich Clara davon. Sie trat alleine hinaus auf die Gasse und ging in die Richtung, in die sie Irma hatte davonlaufen sehen. Nämlich in Richtung Corso, der nur wenige Querstraßen entfernt lag und wo das laute Karnevalstreiben herrschte.

War sie das dort drüben? Aufgehalten von einer Gruppe kokett herausgeputzter Männer? Eben drängte sie sich frei und rannte davon. Clara beschleunigte ihren Schritt und eilte ihr hinterher. Sosehr sie sich auch bemühte, die andere im dichter werdenden Gedränge nicht aus den Augen zu verlieren, war es doch unmöglich. Einmal noch sah sie sie, an eine Hauswand gelehnt, das Gesicht in die Hände vergraben, als ob sie weinte. Doch dann war sie verschwunden, von einer wandernden Musikkapelle mit einem schrillen Pfeifer an ihrer Spitze verschluckt. Doch Clara mochte nicht aufgeben. Schon einmal hatte sie Piccolo verloren, als er ihre Hilfe gebraucht hätte.

Franz hatte sich das Hirn zermartert, wer der Fremde gewesen war, doch er kam nicht darauf. Welch eine verrückte Ironie war das? Er hatte die größte Sorge, hier in Rom von möglichen römischen Bekannten gesehen zu werden, und traf ausgerechnet hier – in der Abgeschiedenheit eines Friedhofs – einen Mann, der ihn aus Venedig kannte?

Zumindest schien der andere sich ebenfalls unsicher gewesen zu sein. Doch die Begegnung beunruhigte Franz derart, dass er es nicht länger auf dem Friedhof ertrug. Nach seiner Flucht vor dem fremden Bekannten stieß er im Gebüsch auf ein schnarchendes Knäuel aus Leibern, zerdrückten Mänteln,

Perücken, Masken, Hüten und Weinkrügen. Mit einer Verkleidung könnte er sich bedenkenlos unter die Menschen wagen. Also band er sich eine schwarze Maske vor die Augen und warf sich einen ebenso schwarzen Umhang über. Weil er beschlossen hatte, der langen Liste seiner irdischen Sünden möglichst keine neuen hinzuzufügen, stahl er Mantel und Maske nicht, sondern tauschte: Er legte stattdessen seinen Pilgerhut und den Stab ins Gras, was zum Zechen wohl ein brauchbares Kostüm darstellen würde. Und so machte er sich auf den Weg.

Als er den Monte Pincio durchstreifte, erklang an jeder Ecke Musik. Feiernde drängten in die Osterien. Da sämtliche Regeln des Anstands außer Kraft gesetzt waren, wurde auf offener Straße getrunken, und man lief – Männer wie Frauen – Arm in Arm. Ein Wagen rasselte an Franz vorbei, auf dem eine Schar abgerissener Straßenmusiker mit Fiedel, Gitarre, Flöte und Bass saß, während die Herrschaften, die sich köstlich amüsierten, mit Weingläsern auf den Trittbrettern standen. Gelenkt wurde die Kutsche von einem Knaben, der sich eine lange Nase umgebunden hatte. Überall hingen Fahnen oder bunte Kleidungsstücke aus den Fenstern, Kinder mit Körben gingen umher und verkauften Papiertütchen mit Confetti – künstlichen Bonbons, die mit Gipspulver gefüllt waren und auf dem Höhepunkt der Feierlichkeiten geworfen würden, um mit dem weißen Staub symbolisch alles gleichzumachen.

Franz sah eine Schar junger Männer, die sich mit hohen Hüten, langen Hosen und reinlichen Hemden fein herausgeputzt hatten und ein deutsches Wanderlied schmetterten, während sie bergab in Richtung Corso marschierten. Einer von ihnen hatte sich übermütig zwei kleine Gemälde auf Brust und Rücken gebunden und mehrere Pinsel in das Band seines Hutes gesteckt. Deutsche Künstler! Müsste er sie kennen? Er wusste es nicht. Er beobachtete, wie sie bei einem umhergehenden Zigarrenhändler mit Kennermiene Zigarren aussuchten und an seinem tönernen Feuertöpfchen entzündeten. Als sie rauchend und qualmend weiterzogen, folgte Franz ihnen. Der Händler bot auch ihm von seinen Waren an, doch Franz lehnte dankend ab. Je weiter sie in die Stadt hinabkamen, desto voller und lärmender wurde es. Kutschen, die ziellos im Kreise fuhren, drängten sich in den Seitenstraßen des Corso, und es kümmerte niemanden, dass es nicht weiterging, denn man konnte genauso gut hier wie anderswo trinken und feiern. Berittene Carabinieri versuchten, das Knäuel der Wagen mit wichtigtuerischem Geschrei zu entwirren, aber sie hätten ebenso den Häusern befehlen können, beiseite zu rücken. Franz schob sich durchs Gedränge und folgte weiter den jungen Männern in der Hoffnung, dass sie zu einem Treffpunkt unterwegs waren, wo noch mehr Deutsche zusammenkämen.

Schließlich blieben sie im Geschiebe der Karnevalisten stecken. Die Carabinieri begannen, mit noch mehr Geschrei, mit Trompetenschall und langen Stangen, die sie zum Schieben benutzten, Menschen, Pferde und Wagen in die ohnehin schon verstopften Seitenstraßen zu pressen. Fenstersimse und Balkone wurden geentert, Trauben von Feiernden hängten sich an Gitter, und eine glühende Spannung hing in der Luft, die sich von Minute zu Minute steigerte. Franz hielt seine Künstler im Auge, die an ihren hohen Hüten leicht auszumachen waren, und versuchte, nicht zerquetscht zu werden, während alles von der Fahrbahn auf die Bürgersteige drängte. Die Carabinieri drückten mit ihren Stangen gegen die quirlige Menge und gestatteten nicht einmal mehr einem Mann, dessen Hut auf der Straße lag, diesen noch zu holen.

Endlich war die Fahrbahn in der gesamten Länge des Corso, von der Piazza del Popolo bis weit hinauf zur Piazza Venezia, wo Madame Mère, die Mutter Napoleons, kürzlich einen Palazzo bezogen hatte, vollkommen leer. Das Straßenpflaster glänzte in der Dunkelheit wie ein langer, schnurgerader Kanal, auf dem nur hier und da ein Hut schwamm. Die Augen der Menschen gingen in glühender Vorfreude in Richtung Piazza del Popolo, wo Franz eine Menge Pferde erregt tänzeln und aufsteigen sah. Sein Blick fiel auf die Menschenmenge ihm gegenüber auf der anderen Straßenseite. Inmitten der Lachenden und Jubelnden sah er eine junge Frau. Sie war blond, trug ein hellblaues Kleid, und sie war ihm aufgefallen, weil sie als Einzige nicht gebannt dem Heranstürmen der Rennpferde entgegensah, sondern sich suchend durch die Menge drängte. Genau wie ihm selbst schien ihr das Gedränge zuwider. Und dann erkannte er sie. Franz blieb das Herz stehen. Das war sie. Die Frau aus seinen Träumen. Die Frau, die in dem sonnigen Garten über der Bucht von Neapel an einem Gemälde malte. Die Frau, deren Porträtzeichnung im Palazzo Peldrini hing. Clara Seidler. Franz ergriff seine Maske und riss sie sich vom Gesicht. Falls sie herübersah, würde sie vielleicht auch ihn erkennen. Doch sie sah nicht herüber. Sie drängte sich durch die Menschen davon.

Ohne zu zögern, kämpfte sich Franz zur Straße, schob den Carabiniere beiseite, der ihn zurückdrücken wollte, hörte die Flüche des Mannes nicht – und wurde im letzten Moment am Kragen gepackt und zurückgerissen, als die wilde Masse der reiterlosen Pferde, ein Chaos aus fliegenden Hufen, vorgereckten Hälsen, flatternden Mähnen, aufgerissenen Augen und spritzendem Geifer, vorüberdonnerte. Mit den Rennpferden lief eine Woge des Gebrülls und fliegender Arme die endlose Reihe der Zuschauer entlang, und sobald der Sturm vorbei war, gab es kein Halten mehr. Alles drängte auf die Fahrbahn, und wie das Rote Meer, nachdem Mose seinen Stab gesenkt hatte, stürzten die Fluten in einer schäumenden und brodelnden Gischt zusammen. Franz kämpfte, um auf den Füßen zu bleiben und nicht zertrampelt zu werden. Er schwamm mit rudernden Armen durch die Wellen zum anderen Ufer, wo die Frau in dem blauen Kleid gestanden hatte, doch sie war verschwunden. Einem Ertrinkenden gleich drehte er sich im Kreis, sah hier ein fremdes Blond, dort ein falsches Blau, und dann begannen die Confetti zu fliegen. Weiße Wölkchen stäubten auf, Hüte, Mäntel und Kleider wurden weiß gekalkt, und Franz wurde durch einen Nebel aus Puder geschoben. Wie weit geschoben? War dies Haus noch dasselbe, vor dem er eben gestanden hatte? Auf welcher Straßenseite hatte er gestanden? Und wo die blonde Frau? Wo Clara Seidler?

Sie war verschwunden.

Weg.

Doch Franz wollte nicht aufgeben. In weiten Kreisen wühlte er sich durch die Menge. Er hörte und hörte nicht auf zu suchen.

37

Karneval im Friedhof

Friedrich Schlegel fühlte sich wohl im Kreis der jungen Künstler. Die meisten waren ihm ein Begriff aus den Briefen von Philipp und Johannes. Er wusste natürlich um die Nazarener, und er hatte die wechselvolle Geschichte der Fresken in der Villa Massimo, an denen Philipp ja nun auch mitarbeitete, verfolgt. Vor allem aber wusste er um den schweren Stand der römischen Künstler in der deutschen Kunstwelt. Zu Hause begriff man nichts von ihrem Idealismus, man konnte ihr Ringen um Ausdruck und emotionale Tiefe nicht begreifen, und weder ihre Religiosität noch ihre Zuwendung zu mittelalterlichen Themen verstand man als etwas Neues und Modernes, sondern tat es als altmodisch und rückwärtsgewandt ab. Dass in den alten Formen neue und in die Zukunft weisende Inhalte steckten, dass die Jugend hier einen Weg suchte, indem sie an vergessene Größe anknüpfte, das begriffen die braven Deutschen nicht. Er selber war ja jahrelang ebenso verkannt worden.

Sein Bruder August Wilhelm hatte Anerkennung erst gefunden, als er die Werke Shakespeares ins Deutsche übertragen hatte. Besser und wortgewaltiger als jeder andere vor ihm. Damit hatten die Leute etwas anfangen können. Shakespeare war über jeden Zweifel erhaben.

Friedrich seinerseits hatte sich seit Jahren in die Politik verstrickt, um endlich eine verlässliche Anstellung zu finden, weil man nun einmal nicht vom Schreiben lebt, sondern vom Brot. Und hier endlich, im Kreis von Gleichgesinnten, von Bewunderern und Verständigen, begriff er, warum er auf dem Parkett der Diplomatie nie wirklich Fuß gefasst hatte: weil er kein Diplomat war; weil er im Herzen kein reifer und bedächtiger Mann war, sondern ein ungeduldiger, suchender und neugieriger Streiter. Die Deutschrömer kannten seine alten Schriften, man bewunderte seine offen ausgetragene Verachtung der Dioskuren, man war ihm dankbar dafür, dass er die Türen des strengen Hauses der Klassizistik aufgestoßen und die frische Luft der Romantik hereingelassen hatte.

Natürlich kam das Gespräch sehr bald auf die Ausstellung für Kaiser Franz. Wenn es gelänge, Seine Majestät zu begeistern, dann könnte sich alles sehr schnell zum Guten wenden. Die größte Hoffnung war eine finanzielle Förderung vonseiten des Hofes – vielleicht sogar eine eigene deutsche Akademie in Rom! –, aber schon einige wohlwollende Worte des Kaisers jenseits der Alpen konnten für die Aufmerksamkeit der Sammler und Mäzene sorgen. Und Schlegel konnte Zuversicht bringen: Schon in Venedig hatte er das Auge des Kaisers auf die deutschen Künstler in Rom gelenkt. Seine Majestät hatte versprochen, die Ausstellung zu besuchen. Sobald der Karneval vorbei wäre, würde er nach Rom kommen. In wenigen Tagen könnte der Wendepunkt der deutschen Kunst in Sicht sein!

Einige der Künstler hatten das *Caffè Greco* verlassen und waren hinausgegangen zum Corso, um den Karneval und das Pferderennen zu erleben, doch da das Treiben noch mehrere Tage andauern würde, waren die meisten geblieben, um Schlegels Neuigkeiten zu hören. Während man sich angeregt unterhielt und sich die Künstler um ihr Idol scharten, beachtete niemand die beiden Männer, einen jüngeren mit einem starren Auge und einen älteren mit einer gebrochenen Nase, die an einem nahen Tisch saßen, einen Krug Wein vor sich, der nicht leerer wurde, und kaum ein Wort miteinander sprachen. Ihre Gesichter waren ohne Ausdruck. Weder zeigten sie Neugier, noch wirkten sie missmutig. Ebenso gut hätten sie unsichtbar sein können. Auch der Umstand, dass der mit der krummen Nase ein Büchlein auf dem Tisch liegen hatte, in dem er hier und da Notizen machte, wurde nicht weiter beachtet. Zu vertraut war den Künstlern der Anblick eines Notizbuches und eines Bleistiftes.

Und als ein junger Mann hereinkam, von einigen begrüßt wurde und anderen mit einigen erläuternden Worten vorgestellt, bemerkte niemand, dass der Ältere der beiden Unsichtbaren notierte: *Grillparzer. Dramatiker. Wien. Angekommen aus Neapel. Anreise über Venedig.*

Der junge Wiener war wortkarg, während Friedrich Schlegel, über den bereits einige Seiten des Notizbuches vollgekritzelt waren, weiterhin im Mittelpunkt stand, welches seine natürliche Position zu sein schien, und Anekdoten zum Besten gab. »Vor wenigen Tagen hatte ich in Venedig eine faszinierende Begegnung«, erzählte Schlegel. »Ich habe einen Mann kennengelernt, dessen Identität ich versprochen habe zu schützen, deshalb will ich seinen Namen und seine Umstände verschweigen.« Mit dieser Einleitung hatte der geübte Erzähler Schlegel die ungeteilte Aufmerksamkeit seiner Zuhörer. »Ich denke viel über ihn nach, weil seine Umstände Licht auf die dunkelsten Fragen unseres Ich werfen. Was ist Erinnerung? Worauf gründet unser Ich? Was genau ist es, das unser Ich formt? Das unsere Handlungen bestimmt? Das unsere Vergangenheit mit unserer Zukunft verbindet? – Der bemerkenswerte junge Mann hat nämlich durch einen Schlag auf den Kopf sein Gedächtnis verloren. Er weiß durchaus, was in der Welt vorgeht, aber seine eigene Geschichte ist ihm in dichtem Nebel verborgen. Er erinnert sich nur einen Monat zurück. Nämlich bis zu dem Zeitpunkt, als er aus einer langen Ohnmacht erwacht ist. Der Schlag hat ihn aus dem Leben gerissen, und doch lebt er. Ein höchst interessanter Fall!«

»Aus dem Leben gerissen?«, fragte einer der Künstler. Ein junger Mann, über den im Notizbuch des älteren Unsichtbaren stand: *Klein, Johann Adam. Maler. Stammt aus Nürnberg. 1/2 Jahr in Venedig gearbeitet.* »Vor zwei Monaten ist ein junger Kunsthändler verschwunden, den ich kannte …«

»Ein Kunsthändler?«, fragte Philipp Veit. »Doch nicht der, bei dem Johannes und ich gewesen sind und der uns zwei Gemälde abgekauft hat?«

»Das muss er gewesen sein! Wie sah er aus?«, fragte Klein.

»Ich weiß nicht, er hat uns nicht selber empfangen. Das kam uns seltsam vor. Als ob er sich vor uns versteckte.«

»Warum sollte er sich verstecken, wenn er euch Gemälde abkauft?«, fragte jemand.

»Vielleicht weil er euch kannte und nicht erkannt werden wollte?«, sagte ein Hochgewachsener mit mächtigem Kinn und klugen Augen. *(Rückert, Friedrich. Dichter. Seit 3/4 Jahr in Rom.)* Er wandte sich an Klein: »Seit wann war dein Kunsthändler in Venedig?«

Klein brauchte nicht lange nachzudenken, weil er sein erstes Gemälde verkauft hatte – das in seinen Augen noch nicht einmal ein richtiges Gemälde war. »Seit Anfang Oktober.«

»Oktober …«, wiederholte Rückert und kniff die kleinen Augen zusammen.

Klein trank sein Weinglas aus. »Jedenfalls wusste er eine Menge über die Deutschrömer. Er hat mich überhaupt erst auf die Idee gebracht, nach Rom zu gehen. Und ein venezianischer Kunsthändler namens Alessandro Parsini hat mir erzählt, in seinem Arbeitszimmer hingen über zwei Dutzend Zeichnungen von Deutschrömern.«

»Freunde, fällt euch nichts auf? Im September ist einer verschwunden, der eine Freundschaftsmappe mit Zeichnungen von uns besaß.«

»Franz Wercker – alias Cornelius Lohwaldt! Vom Schafott gestiegen und spurlos verschwunden …«

»Franz Wercker? In Venedig untergetaucht?«

Friedrich Schlegel sah sprachlos von einem zum anderen. Er hatte doch nichts verraten! Er hatte versprochen, das Inkognito des jungen Mannes, der ihn um Hilfe ersucht hatte, zu wahren, und hatte deshalb nichts über seine Identität verraten.

»Wie, sagst du, heißt dein Kunsthändler?«, fragte Rückert.

»Stargard«, antwortete Klein. »Robert von Stargard.«

»Dann war er's also doch! Ich hab's ja gewusst!«, rief ein junger Mann mit Wiener Akzent aus. *(Grillparzer. Dramatiker. Wien. Angekommen aus Neapel. Anreise über Venedig.)*

Alle sahen den jungen Wiener fragend an.

»Heute Nachmittag. Auf dem protestantischen Friedhof. An der Cestiuspyramide.«

Alle riefen und redeten durcheinander, Fragen, Antworten, Vermutungen und Theorien flogen umher. Und im Tumult ging völlig unter, dass nach des jungen Grillparzer ersten Worten das Notizbuch zugeklappt wurde und die beiden Unsichtbaren mit einem einvernehmlichen Blick ebenso zielstrebig wie unbemerkt das *Greco* verließen.

*

Irma Fuchs hatte nach ihrer kopflosen Flucht durchs Karnevalstreiben die Menschen hinter sich gelassen und war durch immer ruhigere Gassen geirrt, ohne jedoch den Karneval mit seinen Feiernden und Singenden ganz loszuwerden. Schließlich stand sie an einem Abgrund: Zu ihren Füßen ergossen sich die gewaltigen Kaskaden einer Treppe: die Spanische Treppe mit ihren gewundenen Geländern und ihren unzähligen Stufen. Oben am Sternenhimmel stand der helle Mond, und unten glitzerte und glänzte silbern das Meer der Hausdächer, das wogende Auf und Ab der Ziegel, der Schornsteine, der Dachterrassen und trocknender Wäsche, das Labyrinth der Straßen und Gassen und vor allem wie ein Lavastrom im Gestein das warm flimmernde Band des Corso, wo der Karneval gefeiert wurde. Seine unzähligen Lichter ließen die Luft darüber pulsieren und atmen.

Irma setzte sich auf die Stufen. Dort unten prosteten sich die Künstler mit Wein zu und wussten, dass sie sich die freien Tage und das ausgelassene Treiben verdient hatten. Sie hatten sich selber und sie hatten einander. Als sichtbares Zeichen ihrer Zusammengehörigkeit organisierten sie die Ausstellung für den Kaiser. Wie gern wäre sie dabei! Ein bescheidenes kleines Ölbild in den Palazzo Caffarelli tragen und an die Wand hängen. Dazugehören! Wäre das nicht herrlich? Hier in Rom bleiben zu können, fern von den unseligen Kopien, fern von Alessandro Parsini und von Reinke aus Hamburg, die sie zwangen zu fälschen. Nicht länger selber falsch zu sein und eine Fälschung!

Irma wollte sich nicht mehr verstecken. Sie konnte nicht mehr davonlaufen. Sie würde jetzt hinunter ins *Caffè Greco* gehen, mitten hinein unter die guten Künstler, sie würde auf Clara Seidler zugehen, ihr alles erzählen und sie zu Franz bringen. Und dann …

Irma stand auf und begann die lange Treppe hinabzugehen. Und während sie Stufe für Stufe aus ihrer Einsamkeit den anderen Menschen dort unten näher kam, sah sie im hellen Mondlicht, dass jemand ihr von dort unten entgegenkam. Eine Frau stieg von der Piazza mit dem Springbrunnen die Treppe herauf. Und als die beiden sich einander näherten – die eine von unten herauf, die andern von oben herunter –, da erkannte Irma, dass es Clara Seidler war. Bald konnten sie im silbernen Schimmer des Mondes ihre Gesichter sehen, bald sahen sie sich in die Augen, und schließlich blieben sie voreinander stehen. Clara sah Irma an und dachte, ja, das ist *Piccolo* aus Dresden. Und er ist es zugleich überhaupt nicht. Vor ihr stand eine Frau, die reifer geworden war. Die kluge Augen hatte, der man ansah, dass sie schwere Zeiten erlebt hatte. Eine Frau, die ihren Frieden gemacht hatte und die so sehr sie selbst war, dass sie sich auf keinen Fall mehr für Piccolo ausgeben könnte.

Clara sagte: »Du bist wirklich Irma! Ich habe dich gesucht.«

»Ich habe dich auch gesucht«, antwortete Irma.

»Es tut mir leid«, sagte Clara weiter, »dass ich nicht schon viel früher gekommen bin.«

»*Ich* hätte schon viel früher kommen sollen!«, erwiderte Irma. Sie nahm Clara an der Hand und führte sie die Treppe hinunter. »Komm!«

Und während sie zur Porta San Paolo eilten, erzählte Irma alles, was sie wusste. Clara hörte von Venedig, vom Kunsthändler Robert von Stargard, der in die Verbrechen von Kunsträubern und Kunstfälschern verstrickt war. Der nicht wusste, wie und warum, denn er hatte einen Anschlag auf sein Leben nur durch ein Wunder überlebt und seine Erinnerungen verloren. Er wusste nicht einmal mehr, wer er war! Irma erzählte von den römischen Zeichnungen in seinem Palazzo – und von der einen Zeichnung, die gerahmt war: Claras Porträt. »Deshalb ist er nach Rom gekommen! Er hat von dir geträumt«, sagte Irma. »Auch nachdem er sein Gedächtnis verloren hatte. Deshalb ist er hierhergekommen. Er will sich wiederfinden. Und er will dich wiederfinden. In seinen Träumen sieht er dich in Neapel. Wart ihr zusammen in Neapel?«

»Nein«, antwortete Clara. »Wir wollten einmal gemeinsam hin. Wir dachten damals, wir könnten vor allem davonlaufen ...« Clara war glücklich. Es war alles zutiefst verwirrend, aber es würde sich auflösen! Sie hatte Franz gefunden! »Wohin gehen wir? Wo ist er?«

»Zur Porta San Paolo. Er wartet auf dem Friedhof vor dem Stadttor.«

Niemand hatte zurückbleiben wollen. Und so waren es wenigstens zwei Dutzend, die durch die Gassen zur Porta San Paolo zogen. Zwei Dutzend oder mehr deutsche Künstler: Philipp und Johannes Veit, Johann Adam Klein, Wilhelm und Rudolf Schadow, Julius Schnorr, Franz Horny, Hessemer, Overbeck, Schick und wie sie alle hießen. Friedrich Schlegel marschierte mit, Franz Grillparzer, und allen voran stapfte festen Schrittes der hochgewachsene Friedrich Rückert. Er hatte eigentlich alleine gehen wollen, um Franz zu finden, um ihm seine Gastfreundschaft anzubieten, denn er war ja damals schon, im vergangenen Sommer, überzeugt gewesen, dass Franz Wercker kein übler Mensch und vor allem kein niederträchtiger Mörder sei. Doch es war ihm nicht gelungen, alleine zu gehen. Alle wollten den Augenblick erleben, in dem Franz Wercker wiedergefunden wurde. Niemand wollte zurückbleiben und sich die Sache von anderen aus zweiter Hand berichten lassen.

Um das Gedränge auf der Via Corso zu vermeiden, marschierte der Zug durch Nebenstraßen. Auch hier trieben sich natürlich überall Feiernde, Trinkende und Singende herum, standen Wagen, in denen gezecht wurde, doch es war schon spät, und ein solches Aufgebot glühender Männer mit ihren hohen Hüten und langen Rockschößen erregte Aufsehen. Und so dauerte es nicht lange, bis sich eine Musikkapelle, die sich ein gutes Trinkgeld von den vielen Männern erhoffte, dem Zug anschloss. Immer mehr Karnevalisten, die noch nicht nach Hause wollten und sich freuten, dass die Karnevalsstimmung unverhofft einen frischen Schub erhielt, wurden mitgerissen, und so wurde die Menschenmenge, die sich in Richtung Porta San Paolo bewegte, größer und größer.

Rückert an der Spitze des Zuges wandte sich immer wieder besorgt um und seufzte. Andererseits hatte im *Greco* niemand daran gedacht, Licht mitzunehmen. Und inzwischen waren einige Fackeln und Laternen dabei.

Auf dem Friedhof saß Franz im Dunkeln, den Rücken an die Cestiuspyramide gelehnt. Wann würde Irma endlich kommen? Wann könnte er ihr endlich erzählen, dass er Clara Seidler gesehen hatte! Sie war hier in Rom! Gleich am nächsten Tag, sobald es hell würde, wollte er nach ihr suchen. Er horchte auf, als zwei Männer von der verlassenen nächtlichen Straße auf den Friedhof traten. Im hellen Mondlicht konnte er sie deutlich sehen. Sie flüsterten miteinander und berieten sich. Versuchten, in den Schatten der Bäume etwas zu erkennen. Sie gingen an ihm vorbei, ohne ihn an der Pyramide zu sehen. Doch schon nach wenigen Schritten blieben sie wieder stehen.

»Franz!«, rief einer von ihnen mit gedämpfter Stimme. Und noch einmal: »Franz!«

Sie riefen den Namen!

Franz Wercker!

Sie wussten, wer er war, sie wussten, wo er war. Sie mussten mit Irma gesprochen haben.

»Komm heraus! Wo steckst du? Komm! Wir bringen dich nach Hause!«

Nach Hause …

Jetzt galt es.

Franz stand auf. Hell schimmerte die Pyramide hinter ihm und verstärkte das Licht des Mondes. Die Männer bemerkten ihn und lächelten. »Franz! Endlich!« Sie kamen auf ihn zu, sahen ihm ins Gesicht, als ob sie es kaum glauben könnten, ihn gefunden zu haben – und nahmen ihn in die Arme. »Endlich haben wir dich gefunden!«

»Schickt Irma euch?«

Einer von ihnen hatte eine krumme Nase und sah Franz mitfühlend an. »Aber erkennst du uns denn gar nicht? Ist es wirklich wahr? Du hast deine Erinnerung verloren?«, fragte er.

Und der Jüngere, der ein starres Auge hatte, sagte: »Ja, Irma schickt uns. Sie wartet auf dich. Sie wartet bei Philipp und Johannes. Rückert ist auch da. Und Klein aus Venedig. Alle sind so froh, dass du wieder da bist. Komm, wir wollen zu ihnen gehen.«

»Verzeiht mir, dass ich mich nicht an euch erinnere. Sagt mir eure Namen, Freunde!«

»Dir verzeihen? Aber du musst doch nicht um Verzeihung bitten! Du wirst dich erinnern. Komm, wir erzählen dir alles unterwegs.«

Von Ferne erklang leise Musik.

»Lass uns von diesem unseligen Ort hier verschwinden.« Der Ältere nahm ihn beim Arm und wollte ihn mit sich ziehen.

Doch Franz zögerte. »Sagt mir nur noch eins, bevor wir gehen: Bin ich ein Mörder?«

Es war nur ein winziger Moment, der ihn irritierte. Was er

in ihren Augen sah, war der Hauch eines Zögerns. Ein Funke, der für einen Moment das erhellte, was dahinter war. Kein Vertrauen. Kein Glaube. Keine Freundschaft.

Die Musik wurde lauter. Sie schien näher zu kommen. Sie nahmen ihn jetzt beide am Arm.

»Komm! Schnell! Wir müssen weg hier. Sie kommen, um dich zu holen! Lass uns später reden. In Ruhe!«

Doch Franz befreite seine Arme.

Die Musik hallte bereits durchs Stadttor. Franz hörte Stimmen, Schritte. Viele Schritte. Der Torbogen begann golden zu schimmern und im Licht von sich nähernden Fackeln aufzuleuchten.

»Lasst mich«, sagte Franz.

Die Augen des Älteren sahen sich entschlossen um. Der kurze Funke der Verunsicherung war verschwunden. Er war einer Entschlossenheit gewichen, die Franz ängstigte. Der Blick des Mannes fiel auf die Werkstatt des Sargmachers. Auf die Särge, die im Mondlicht standen und auf die Unglücklichen warteten, die hineinmussten.

Als Clara und Irma sich dem Stadttor näherten, sahen sie mit Erstaunen den langen Zug der Künstler, Musiker und Karnevalisten. Clara fiel ein Harlekin auf, dessen Schminke grotesk verschmiert war. Er torkelte hinter den Musikern her und dirigierte sie hinter ihrem Rücken.

»Friedrich!«, rief sie Rückert zu. »Wo wollt ihr hin?«

»Stell dir vor«, antwortete Rückert, und alles blieb hinter ihm stehen. »Er ist wieder da! Franz ist wieder da!«

Clara und Irma sahen sich erschrocken an. »Und ihr … wollt alle …«

»Wo die Karnevalisten herkommen, weiß ich nicht. Von unseren hat keiner zurückbleiben wollen.«

»Egal jetzt. Weiter!«, sagte Clara und ging voran.

Als sie durch die Porta San Paolo heraustraten, mussten sie Platz machen, denn zwei Träger kamen ihnen gesenkten Blickes mit einem Sarg entgegen. Man trat beiseite, zog den Hut und bekreuzigte sich. Die Musik der Kapelle erstarb.

Clara merkte auf: Die Gesichter der beiden Träger – hatte sie die nicht schon gesehen? Irgendwo? Im *Caffè Greco*? In der Osteria der drei Schwestern? Gehen Totengräber in ein Künstlercaffè? Als der Sarg an ihr vorbeigetragen wurde, als sie das frisch gehobelte Holz unmittelbar vor Augen hatte, überkam sie ein Schwindel. Ihre Knie wurden weich und sie musste sich an Rückerts Arm festhalten.

»Clara!« Er setzte seinen Hut wieder auf und stützte sie. »Was ist mit dir?«

Clara konnte nicht antworten. Sie taumelte in einen Zustand, den sie schon einmal erlebt hatte – auf dem Begräbnis ihres Vaters.

Claras Augen suchten irgendwo Halt, doch das Feuer einer Fackel blendete sie schmerzhaft, und sie wich zurück, »Franz!«, rief sie, war umringt von sorgenvollen Blicken, »Clara!«, hörte sie, schaute hinauf zum Torbogen, der im Fackelschein flackerte und tanzte – lag sie auf dem Boden? War sie ohnmächtig gewesen?

»Der Sarg! Haltet die Männer auf!« Begriff denn niemand, was sie sagte? Endlich schwärmten alle aus und stachen in die umliegenden Gassen – doch Rom hatte die Sargträger verschluckt.

Sie durchkämmten natürlich trotzdem den Friedhof.

»Robert!«, rief Irma.

»Franz!«, riefen Clara und Rückert.

Überall erklang es: »Franz!« – »Franz, wo steckst du?« – »Franz Wercker!« Als auf dem Friedhof niemand zu finden war, gingen Clara, Irma und Rückert ins Pilgerhospiz. Doch Clara wusste, dass sie ihn auch in dem Schlafsaal mit den dreistöckigen Betten nicht finden würden. Sie wusste, dass er an ihr vorbeigetragen worden war.

38

Ich bin ein Tier!

Lukas hatte den Brief von Gesine Born mit einiger Verspätung bekommen. Zwar ging Lukas davon aus, dass er das Vertrauen seiner Oberen genoss, sonst hätten sie ihn nicht mit dem Studium protestantischer Schriften betraut, aber vielleicht wurden Patres mit heiklen Aufgaben wie er besonders misstrauisch beäugt. Der Brief war jedenfalls in den Schreibstuben der Zensur gelandet, wurde gelesen – und wahrscheinlich kopiert – und war dann mangels einer Beanstandung weitergeleitet worden. Da die Briefzensoren keine Romane lasen und die Romanzensoren keine Briefe, war niemandem aufgefallen, dass Gesine Born kein Mensch war, sondern eine literarische Figur. Lukas glühte vor Aufregung. Konnte das möglich sein? Nach über zwei Monaten? Bei aller Sorge und aller Angst hatte Lukas die Hoffnung keinen Moment lang wirklich aufgegeben.

Er machte sich gleich am frühen Morgen auf den Weg zum Monte Pincio. Er wollte sich bei den deutschen Künstlern umhören und wusste, dass sich die meisten der Maler zum Morgenkaffee in einer kleinen Osteria einfanden, die von drei alten Schwestern geführt wurde. Schon als er sich durch die Gasse der Osteria näherte, sah er vor der Tür eine Gruppe Männer in aufgeregter Unterhaltung. Die Künstler wussten, dass Lukas wochenlang für Franz' Freilassung gekämpft und ihn schließlich in letzter Sekunde vom Schafott herunterbekommen hatte. Er wurde sofort bei seinem Erscheinen in der Osteria bestürmt. »Er ist in Rom! Franz Wercker ist in Rom!« Lukas hatte alle Mühe, aus den von allen Seiten durcheinandergeworfenen Brocken die Ereignisse der vergangenen Nacht zusammenzusetzen. Protestantischer Friedhof – Friedrich Schlegel – *Caffè Greco* – Clara Seidler – fremde Künstlerin – Musikkapelle – österreichischer Dichter – Kunsthändler in Venedig – seit Weihnachten – Gemälde von Philipp und Johannes Veit …

Allerdings hatte außer dem österreichischen Dichter niemand Franz mit eigenen Augen gesehen. Und deshalb teilte sich die Künstlerschaft in zwei Lager: Die einen glaubten daran, dass er es gewesen war, die anderen zweifelten. Über den Wahrheitsgehalt seiner Rückkehr – wie über alles andere im Fall Franz Wercker – wurde argumentiert, gezankt und spekuliert.

Als Lukas die Wohnung der Veits und der Schlegels betrat, flog ihm Clara förmlich entgegen. »Pater Lukas!«, rief sie. »Wo ist er?«

»Ich hatte gehofft, Sie können mir das sagen!«

Friedrich Schlegel sowie Irma Fuchs wurden ihm vorgestellt. Dorothea drängte den jungen Priester, alles zu berichten, was er wusste. Während Dorothea Schlegel mit Worten drängte, flehten Clara Seidler und Irma Fuchs mit Blicken. Lukas erzählte, dass Unmengen von Kunstwerken, die Napoleon nach seiner Eroberung des Kirchenstaates und der anderen italienischen Länder nach Paris hatte schaffen lassen, nun bei ihrer Rückgabe verloren gingen; irgendwo unterwegs gestohlen wurden. »Die Räuber sind so frech, dass sie sogar die *Laokoongruppe* gestohlen haben! Das bedeutendste Kunstwerk aller Zeiten!« Lukas berichtete, dass alle Bemühungen der Kirche, das zu stoppen, nicht gefruchtet hatten und man deshalb versucht hatte, durch einen falschen Kunsthändler den Räubern auf die Spur zu kommen. Weil der Auftrag lebensgefährlich war und weil Franz bewiesen hatte, dass er die Kunst der Verstellung perfekt beherrschte, sei die Wahl auf ihn gefallen. Clara war entsetzt zu hören, dass Lukas es zugelassen hatte, Franz einer derartigen Gefahr auszusetzen, doch der Priester verteidigte sich: »Es war die einzige Chance! Nur so konnte ich ihn vom Schafott retten!«

Friedrich Schlegel raufte sich mehrfach die Haare, als er hörte, dass die unfassbare Geschichte von Franz Wercker, die nach allem, was er in Venedig von Franz erfahren hatte, bereits für drei Romane getaugt hätte, nun auch noch durch Kunstraub, geheime Ermittlungen der heiligen römischen Kirche, in verborgenen Schreibstuben der Inquisition ausgestellte falsche Papiere und einen deutschen Priester als Mittelsmann auf die Spitze getrieben wurden.

Auch Clara konnte kaum glauben, was sie hörte. Sie hatte sich so oft gefragt, wie und warum Franz vom Schafott herabgestiegen war. Bei ihrer einzigen Begegnung nach seinem Entkommen hatte er nichts darüber verraten. Clara hatte damals begriffen, dass sein Schweigen eine Bedingung für sein Weiterleben gewesen war. Und jetzt erkannte sie, dass es genauso war: Er war dem Tode nur entkommen, indem er in ein falsches und gefährliches Leben gepresst wurde. Ein gemeinsames – und noch dazu ein ehrliches! – Leben mit ihr wäre unmöglich gewesen.

Als es schließlich an Irma war, ihren Teil zu der Geschichte beizutragen, schüttelte Friedrich Schlegel nur noch ungläubig den Kopf: ein Mord mit gläsernem Dolch und Fenstersturz, die Rettung durch dankbare Straßenkinder, ein geheimnisvoller deutscher Arzt, der sich als Geschichtenerzähler durchschlägt, die überstürzte Flucht, die beinahe an einem wild gewordenen Elefanten scheitert! Jetzt, dachte er, fehlt nur noch eine große Liebe. Denn er sah zwar, wie schwer es ihr fiel zu erzählen und wie ihr mehrfach die Tränen kamen, aber er erkannte nicht, dass sie Franz – den sie oft noch in alter Gewohnheit Robert nannte – liebte.

Clara dagegen erkannte es sehr wohl. Sie spürte, dass Irma nicht alles erzählte. Es drückte Clara schwer auf die Brust, dass nicht sie selbst es gewesen war, die Franz gesund gepflegt hatte; zwei Monate lang für ihn gesorgt hatte. Es gab ihr einen Stich ins Herz, wie sie ihn zuvor nie gespürt hatte. Wie nah waren diese beiden sich gewesen, fragte sie sich. War Irma eine Freundin? Eine Wohltäterin? Oder war sie mehr? Eine Geliebte, eine Braut …

Mit gesenkter Stimme, als ob er fürchtete, die Spitzel des Vatikans könnten überall zuhören, beendete Lukas seinen Bericht mit dem Beunruhigendsten: »Die Abmachung mit dem Kardinal war begrenzt bis Weihnachten. Das Todesurteil ist wieder in Kraft getreten. Franz schwebt hier in Rom in Lebensgefahr. Wenn er den Carabinieri oder den *Sbirri* in die Hände fällt …« Er brauchte den Satz nicht zu Ende zu sprechen.

»Oh, mein Gott!«, rief Dorothea Schlegel erregt aus.

»Ich hätte nie zulassen dürfen, dass er nach Rom kommt«, flüsterte Irma.

Und Clara schwieg.

An diesem Tag ging niemand malen oder zeichnen. Alle stromerten in der Stadt herum – in der Gegend des Friedhofs, vor den Toren der Stadt, in den Scheunen, Ziegenställen und Lagerschuppen, um nach Franz Wercker Ausschau zu halten. Man erkundigte sich in den Pensionen, man streifte durch die Ruinen der Thermen, der Paläste, des Kolosseums.

Franz ahnte nicht, dass er gesucht wurde, und er wusste auch nicht, wo man ihn gefangen hielt. Er war seit Stunden an einen Stuhl gefesselt. Seine gebundenen Hände hatten immer heftiger geschmerzt, bis das Gefühl aus ihnen gewichen war. Sein Gesäß, dessen Position er auf der harten Sitzfläche kaum verändern konnte, schmerzte umso mehr. Und auch das Stuhlbein, das von den Fesseln gegen seine Fußknöchel gedrückt wurde, quälte ihn. Sogar den Mund hatte man ihm verbunden, der Knebel stank nach Staub und Schweiß und schnitt in seine Wange.

Der Raum, in dem er sitzen musste, war kahl und ohne Einrichtung. Das Fenster besaß keine Scheiben, in den Ecken lag Schutt, und die Wände waren mit obszönen Kritzeleien unbekleideter Männer und Frauen beschmiert. Durch die Fensteröffnung sah Franz fast nichts, auch wenn er sich noch so sehr reckte: Felder, Gärten und vereinzelte armselige Häuser. Ob er sich innerhalb der Stadtmauern Roms befand oder aus der Stadt fortgeschafft worden war, konnte er nicht erkennen.

Ab und an kam einer der beiden Männer, die ihn auf dem Friedhof angesprochen hatten, löste den Knebel und gab ihm Wasser zu trinken. Auf seine Fragen und vor allem auf sein Flehen, gnädig zu sein und ihn loszubinden, gingen sie nicht ein. Sie warfen ihm nur kalte Blicke zu und knoteten den Knebel wieder fest.

Franz ertrug es kaum noch zu sitzen. Er hatte das Gefühl, mit dem Stuhl verwachsen zu sein wie ein Kruzifix in einem uralten Baum. Die Sonne draußen war hochgestiegen, die wenigen Schatten, die Franz sah, waren gewandert und wurden schon länger.

Da öffnete sich die Tür und mit seinen beiden Häschern kam ein älterer Mann herein. Er blieb vor Franz stehen und musterte ihn mit verkniffenen Lippen. Er war ausgemergelt, und die Schlaffheit seiner Wangen erzählte davon, dass er vor Kurzem noch wohlgenährt gewesen war. Seine Schuhe, seine schwarze Hose, seinen schwarzen Rock und seinen Hut erkannte Franz als deutsch.

Franz hatte keine Ahnung, wer der Mann war, aber er schien den Gefangenen sehr wohl zu erkennen. Nicht nur seinen verkniffenen Lippen war das anzusehen. Seine Augen gingen unruhig hin und her, suchten Franz und mieden ihn sofort wieder, als ob er es nicht ertrüge, ihn zu betrachten. Seine Finger zitterten, und sein Atem ging schwer.

Franz wartete gebannt, was geschehen würde. Auf einen Wink des Mannes wurde Franz der Knebel abgenommen. Der alte Mann kam näher.

»Wie lange habe ich auf diesen Moment gewartet …«, sagte er mit zitternder Stimme.

»Wer sind Sie?«, fragte Franz. »Was wollen Sie von mir?«

Der Mann lächelte gequält. Kaum konnte man die Grimasse, zu der sich sein Gesicht verkrampfte, als Lächeln bezeichnen. »Man hat mir berichtet, dass Sie sich in die Lüge flüchten, Sie hätten Ihr Gedächtnis verloren …«

»Es ist die Wahrheit! Wer sind Sie? Was wissen Sie über mich?«

»Ich weiß mehr, als ich ertragen kann …«

Franz erschrak über den gramvollen Ernst seiner Worte. »Sie irren sich …«, sagte er. »Ich bin nicht der, für den Sie mich halten …«

»Sie sind es. Ich habe Ihnen gegenübergesessen. Während Ihrer Gerichtsverhandlung. An jedem furchtbaren Tag, der mehr über den Tod meiner Kinder ans Licht gebracht hat. Ihr Gesicht würde ich erkennen, während es in der Hölle brennt. Während das Fleisch in dicken Tropfen herabschmilzt. Und ich bete zu Gott, genau das wird bald geschehen.«

Franz wurde von Entsetzen gepackt, als er sah, wie der Mann durch die Wirkung seiner eigenen Worte geschüttelt wurde.

»Es wird Ihnen nicht helfen, sich nicht zu erinnern. Es gibt genug andere, die es tun. Schon damals wollte ich Sie nach Bayern bringen. Vor ein ordentliches Gericht. Ein unbestechliches. Ein zweites Mal werden Sie nicht entkommen. Einem deutschen Strang entgehen Sie nicht.«

»Wer sind Sie?«, wiederholte Franz seine Frage eindringlich.

Der alte Mann blickte ihn lange an. »Sie erinnern sich wirklich nicht …«

»Nein!«, rief Franz. »Sagen Sie mir, wer Sie sind! Sagen Sie mir, wer ich bin!«

»Ich bin Kommerzienrat Lohwaldt. Lohwaldt! Erinnern Sie sich an den Namen, den Sie gestohlen haben? Den Sie monatelang entehrt und beschmutzt haben?«

»Lohwaldt …«, wiederholte Franz. Der Name auf dem *Römischen Fieber*.

»Sie sind Franz Wercker … Und ich will Ihnen nicht nur sagen, *wer* Sie sind. Ich sage Ihnen auch, *was* Sie sind. Sie sind kein Mensch. Sie sind ein Tier. Sie haben mir die Kinder gemordet. Cornelius. Isolde. Alles, was ich hatte! Meine Kinder! Sie haben meinen Sohn ertränkt, um sich hinter seinem Namen zu verstecken. Sie haben meine Tochter gefangen gehalten. Wochenlang gequält. Ihren stumpfsinnigen Diener benutzt, um auch sie zu töten. Nur um Ihrer Entlarvung zu entgehen. Und damit nicht genug. Sie haben die Ehre einer angesehenen Malerin beschmutzt – und sie erschlagen. Sie haben einen hoffnungsvollen jungen Maler vergiftet. Alles nur, um Ihre eigentliche Schuld zu verbergen. Ich weiß alles. Ich war bei Ihrer Mutter. Ich habe mit Ihrer Mutter gesprochen. *Sie haben den eigenen Vater erschlagen!* «

Franz zuckte zurück. Mit Entsetzen hörte er die Worte des Mannes. Es konnte kein Zweifel daran bestehen, dass er es ernst meinte.

»Das alles ist vor Gericht erwiesen. Mit Zeugen. Mit wissenschaftlichen Untersuchungen. Ohne jeden Zweifel. Nur eines fehlt noch: die Begleichung Ihrer Schuld …«

Als Kommerzienrat Lohwaldt ging, stützte er sich lange an den Türrahmen, bis er genug Kraft gesammelt hatte, um gespenstergleich zu verschwinden. Franz hörte von draußen ein ersticktes Schluchzen und ein unmenschliches Aufheulen.

Franz lag die ganze Nacht über wach. Sie hatten ihn vom Stuhl gelöst, seine Hände hinter dem Rücken an die Beine gebunden und ihn auf den nackten Boden gelegt. Seine beiden Häscher schliefen im selben Raum auf Stroh. Einer von ihnen, der Jüngere, hatte sich das Ende des Seiles, mit dem Franz gefesselt war, ums eigene Handgelenk gebunden, um jede Flucht unmöglich zu machen.

Mehr denn je quälte ihn, dass er sich nicht erinnerte. Er brachte noch einmal all seinen Willen auf, um durch die Wand in seinem Inneren zu brechen. Er wollte sich an all das, was Lohwaldt ihm gesagt hatte, selber erinnern. Er wollte begreifen, warum er all das getan hatte. Und er wollte begreifen, was für ein Mensch er war.

Kein Mensch – ich bin ein Tier!

Wenigstens wusste er endlich, warum er sich nicht erinnerte. Seine Seele hatte die Augen vor der Schuld geschlossen. Um es erträglich zu machen, dass er in seiner Haut steckte. In der Haut eines Mörders.

39

Ein Geständnis

Es war wohl Friedrich Rückert gewesen, der die Parole in Umlauf gebracht hatte: Weitersagen! Alle morgen früh in der Osteria! Nachdem die Suche aller Einzelner ergebnislos verlaufen und es nicht gelungen war, Franz Wercker durch Ausschwärmen zu finden, waren Ideen gefragt, wie man planmäßiger vorgehen könnte. Als Clara und Irma die Gasse entlangkamen, drängten sich schon Maler, Architekten, Kupferstecher und Bildhauer vor der Osteria, denn drinnen war es gesteckt voll.

Irmas Herz klopfte bis zum Hals, als sich eine Gasse auftat und sie hinter Clara durch die Menge der Künstler in die Osteria ging. Tatsächlich hatte sich längst herumgesprochen, wer sie war. Die meisten kannten ihre Geschichte zumindest vom Hörensagen. Doch sie wurde – genau wie Clara, die von jedermann geschätzt wurde – fraglos angenommen. Rückert, durch seine schiere Größe und Körperlichkeit als Wortführer geeignet, sorgte für Ruhe und übernahm zunächst das Reden, doch trotz des guten Willens aller herrschte vor allem Ratlosigkeit.

»Vielleicht hat er sich in den Katakomben verirrt«, mutmaßte Julius Schnorr.

»Was ist mit den Lazaretten? Den Krankenhäusern?«, fragte Rudolf Schadow. Doch mehrere erklärten, sie hätten schon am Vortag bei allen Schwestern und Orden vorgesprochen. Es kam die Idee auf – wenn er doch sein Gedächtnis verloren habe –, ob man ihn ins Tollhaus gebracht haben könne, und zwei Freiwillige meldeten sich, die gleich im Anschluss an die Versammlung dorthin gehen wollten.

Jemand schlug vor, Wachen an den Stadttoren aufzustellen, und obwohl man nicht einmal wusste, ob er überhaupt noch in der Stadt war, konnte man sich zumindest darauf einigen. Philipp Veit nahm ein Zeichenblatt, schrieb die Stadttore darauf und listete die Namen derer darunter, die sich dort abwechseln wollten.

Um den ausufernden Gerüchten entgegenzuwirken, dass Franz während des vergangenen Winters in Kunstraub verstrickt gewesen sei, sich vagabundierenden Verbrecherbanden und geheimen Carbonari angeschlossen habe, weswegen ihn nun auch noch die österreichische Geheimpolizei jage, erzählte Irma in knappen Worten einige beruhigende Einzelheiten. Nämlich, dass Franz sich in Venedig als Kunsthändler niedergelassen habe, um ein neues Leben zu führen und dass er dabei – zufällig – Kunsträubern in die Quere gekommen sei, die versucht hätten, ihn aus dem Weg zu schaffen. Dass sie ihm geholfen habe und sich persönlich für seine Aufrichtigkeit und sein ehrliches Bemühen um ein anständiges Leben verbürge.

Rückert regte schließlich an, dass diejenigen, die momentan nichts beitragen könnten, an ihre Arbeit gingen, zumal die Vorbereitungen der Ausstellung für Kaiser Franz abgeschlossen werden müssten. Wer auf Philipp Veits Liste stand, ging zu dem ihm zugewiesenen Stadttor.

Es war ausgerechnet der junge Franz Horny, der für die erste Wache an der Porta del Popolo eingeteilt war. Er war im letzten August, als die Hitze am unerträglichsten gewesen war, am Römischen Fieber erkrankt und hatte wochenlang nicht aufstehen können. Mehrmals hatte man den Priester gerufen. Doch der junge Franz Horny hatte überlebt. Den Winter über war er noch schwach auf den Beinen gewesen und hatte immer wieder Rückfälle erleiden müssen. Inzwischen arbeitete er jeden Tag wie alle anderen, und man konnte bemerken, dass seine Zeichnungen an Reife und an Tiefe gewonnen hatten. Und so war es selbstverständlich für ihn, dass er seinen Teil beitrug und eine Wache übernahm. Gemeinsam mit Wilhelm Schadow setzte er sich vor die Porta del Popolo, am Rande der Via Flaminia, die genau nach Norden führte, ins Gras und hielt Wagen, Berittene und zu Fuß Gehende im Auge. Bauernburschen mit ihren für Rom typischen farbigen Schärpen zogen beladene Esel, Pilger kamen in kleinen und großen Gruppen, Bäuerinnen mit Körben, Ordensbrüder, Offiziere, einfache Soldaten, englische Touristen – es herrschte ein buntes Treiben. Trotzdem wurde den beiden bald langweilig. Wilhelm Schadow ärgerte sich, weil er nichts zum Zeichnen mitgebracht hatte. Seine Wohnung auf dem Monte Pincio war nicht weit, und so bat er Franz Horny, eine Weile alleine achtzugeben, während er kurz nach Hause laufen und seinen Zeichenblock holen wolle. Dann könnten sie die Zeit wenigstens nutzen und eine Skizze des Stadttores anfertigen, bis die Ablösung käme. Franz hatte nichts dagegen einzuwenden. Er konnte genauso gut alleine aufpassen.

Nachdem Schadow gegangen war, beobachtete Horny den Verkehr mit doppelter Aufmerksamkeit. Er wollte auf keinen Fall schuld sein, wenn Franz unbemerkt die Stadt verließ und aufgrund seiner Erinnerungslosigkeit für immer verloren war. Und so entging es seinem Blick nicht, dass, aus der Stadt kommend, ein Wagen am Tor hielt, der von einem Mann mit gebrochener Nase gesteuert wurde. Neben diesem saß ein älterer Herr, der die Fragen des Carabiniere beantwortete.

Die beiden Nürnberger Agenten kannten sich aufgrund ihrer polizeilichen Ausbildung mit giftigen und berauschenden Substanzen aus. Und so hatten sie auf ihre Reise nach Rom ein Fläschchen mitgenommen, das sie bei Gelegenheit zum Einsatz bringen wollten und an diesem Morgen tatsächlich entkorkten. Sie schütteten die klare Flüssigkeit in einen Becher mit Ziegenmilch, den sie Franz gaben und der so knapp bemessen war, dass er ihn sicher bis zur Neige austrinken würde. Nachdem Franz getrunken hatte, wurde ihm schwindlig. Er beachtete das nicht weiter, weil er den Schwindel für eine Folge der Übermüdung hielt. Auch dass ihm Hände und Füße taub wurden, alarmierte ihn nicht, denn die Fesseln, die man ihm jetzt abnahm, hatten ihm übel mitgespielt. Dass ihm Zunge und Lippen schwer wurden, nahm er als Folge des Knebels. Erst als seine Beine einknickten und es ihm nicht gelang, nach seinem Sturz wieder aufzustehen, als er die Füße lahm hinter sich herschleifte und seine Arme erschlafften, begriff er, dass man ihn vergiftet hatte. Er lag reglos, einer Puppe gleich, auf dem Boden, hatte keinen Atem, um zu flehen oder zu rufen, und starrte gelähmt über den schmutzigen Dielenboden. Speichel lief aus seinem Mund.

Kommerzienrat Lohwaldt erschien über ihm. »Er wird doch nicht sterben?«, fragte der Alte.

»Nein«, erwiderte der mit der gebrochenen Nase. »Es wird ihn vollkommen lähmen. Sein Atem wird flach, und sein Puls wird nicht zu fühlen sein. Seine Haut wird kalt und bleich wie die eines Toten. Man wird ihn für einen Leichnam halten.«

»Der Tod liegt auf ihm, wie ein Maienfrost auf des Gefildes schönster Blume liegt …«, zitierte der junge Agent grinsend *Romeo und Julia*. Der Ältere stieß ihm mit dem Ellenbogen vor die Brust, um ihn zum Schweigen zu bringen.

»Nach einigen Stunden wird die Wirkung verfliegen. Wenn wir weit weg sind von Rom.«

»Gut«, sagte Lohwaldt. »Legt ihn in den Sarg. Wir wollen sofort aufbrechen.«

Und als ihn der ältere Agent auf den Rücken drehte und ihm die Lider schloss, wie man es bei einem Verstorbenen tut, war Franz nicht in der Lage, die Augen wieder zu öffnen. Er hörte, wie der Sarg neben ihm auf den Boden gestellt wurde, und spürte, wie er an Beinen und Schultern genommen und hineingehoben wurde. Sie legten ihm etwas unter den Körper, das widerwärtig nach verdorbenem Fleisch stank. Als sie den Deckel des Sarges über ihm schlossen, surrten bereits dicke Fliegen um ihn herum. Er spürte ihr Krabbeln auf der Haut, ohne etwas dagegen tun zu können.

Kommerzienrat Lohwaldt reichte dem Uniformierten einige Papiere. Es waren die Unterlagen über den beglaubigten Tod seines Sohnes, die er nach der Gerichtsverhandlung im letzten Herbst ausgehändigt bekommen hatte.

»Wir bringen meinen Sohn nach Hause«, sagte er zu dem Beamten, während der die Papiere skeptisch überflog. »Er ist ertrunken.«

Der Carabiniere begutachtete den Sarg, der hinten auf dem Wagen lag und neben dem der Jüngere der beiden Agenten saß.

»Sie sind Deutsche?«

»Bayern. Mein Sohn soll in heimatlicher Erde bestattet werden.«

»Ich muss den Sarg inspizieren.«

Der jüngere Agent nickte gleichmütig, zog den Zapfen aus dem einfachen Verschluss und hob den Deckel an. Schwarze Fliegen stoben in einer Wolke aus Verwesungsgeruch heraus. Der Carabiniere, der sich auf die Zehenspitzen gestellt hatte, um einen vorschriftsmäßigen Blick in den Kasten zu werfen, fuhr angewidert zurück und bekreuzigte sich. Er warf noch einen flüchtigen Blick auf den bleichen und leblosen Körper und winkte, den Sarg schnell wieder zu schließen. Da die Papiere in Ordnung zu sein schienen und im Übrigen die Siegel der Polizeibehörde, des Gerichts und der Inquisition des Kirchenstaates trugen, schrieb er in sein Dienstbuch den Namen *Lohwaldt* und den Abtransport eines Leichnams gleichen Namens mit ordnungsgemäß mitgeführten Papieren, reichte dieselben dem Deutschen zurück und winkte ungeduldig, sie sollten weiterfahren, um die Fliegen so schnell wie möglich wieder loszuwerden. Ausgerechnet bei der letzten Kontrolle des Tages, dachte er unwillig, als er vor der Ablösung salutierte und sein Dienstbuch unter den Arm nahm.

Erst als der Wagen an ihm vorbeifuhr, sah Franz Horny, dass ein Sarg darauf lag. Vielleicht hätte er sich nichts weiter dabei gedacht. Aber dann begegnete sein Blick dem Mann, der hinten neben dem Sarg kauerte. Diesen Blick mit einem beweglichen und einem starren Auge hatte er schon einmal gesehen. Wann nur? Wo nur?

Und mit einem Schlag erinnerte er sich: am Abend, als sie zum protestantischen Friedhof hinausgezogen waren! Diese beiden – der Fahrer des Wagens und der Mann hinten auf der Ladefläche – hatten einen Sarg getragen. Und er begriff: Clara hatte recht gehabt! Sie hatten Franz Wercker wirklich in dem Sarg davongetragen! An ihnen allen vorbei! Und in demselben Sarg wurde er dort vor seinen Augen in die Campagna davongefahren!

Horny sprang auf. Er lief zum Tor und schaute hinein auf die Piazza del Popolo. Wo blieb nur Schadow!

Lukas hatte einen Tag und fünf Stunden auf seine Audienz bei Kardinal della Somaglia gewartet. Er konnte sein Glück kaum fassen, dass es so schnell ging. Weil er wusste, dass die Audienz kurz sein würde, hatte er sich jedes Wort genau überlegt. Er musste umgehend zur Sache kommen. Deshalb hatte er sich seine Eingangsworte genau eingeprägt. Sobald er die Aufmerksamkeit des Kardinals hätte, würde er kurz den Stand der Dinge zusammenfassen und dann – mit zwingenden Argumenten untermauert – seine Vorschläge anbringen. Während seine Schritte von den Fresken des Saales widerhallten, in dem Kardinal della Somaglia empfing, sagte er sich noch einmal die Worte: *Eure Exzellenz. Im Fall des Wiederauffindens der kirchlichen Kunstwerke in Venedig gibt es entscheidende neue Wendungen. Der kluge Plan Eurer Exzellenz erweist sich als treffsicher und zielführend. Die Lösung steht kurz bevor. Nur noch wenige Tage – vielleicht Wochen –, und Franz Wercker wird …*

»Ich will nichts hören!« Lange bevor Lukas den Schreibtisch des Kardinals erreicht hatte, rief ihm dieser entgegen: »Der deutsche Dummkopf weiß nicht einmal mehr, wer er selber ist! Richtet ein Blutbad an, spielt Verstecken mit den Österreichern, konspiriert mit dem Habsburger Sauhund Franz und macht sich aus dem Staub!«

Lukas sah, dass der Kardinal ein Schriftstück mit brennendem Siegellack beträufelte. Dann schlug er seinen Ring in den weichen Lack.

»Eure Exzellenz! Man hat einen Anschlag auf sein Leben verübt. Das beweist, dass er der Entlarvung der Kunsträuber ganz nahegekommen ist!«

»Schweig, Sohn!« Er reichte Lukas das Dokument. »Hier ist der Befehl zur Hinrichtung dieses Betrügers. Du wirst ihn zu seinen Akten legen, die entsprechenden Stellen informieren und persönlich dafür sorgen, dass er gefunden und verhaftet wird. Falls er noch bei den Österreichern ist, durch geheime Agenten.«

»Eure Exzellenz! Bitte!«

Der Kardinal träufelte Siegellack auf ein weiteres Dokument und drückte seinen Ring hinein. »Missbrauche meine Geduld nicht! Ich weiß, dass du heimlich seinen Palazzo bezahlen lässt, obwohl der Deutsche seit Weihnachten verschwunden ist. Du haftest mir für die Durchführung meiner Anweisungen.« Er reichte Lukas das Dokument. »Hier ist ein zweiter Hinrichtungsbefehl. Für dich. Wenn dieser Deutsche triumphiert und entkommt, verurteile ich dich wegen Hochverrats, und deine Hinrichtung ist durchzuführen.«

Lukas starrte auf die Hinrichtungsbefehle in seiner rechten und seiner linken Hand.

Jedermann, der an dem Sarg vorüberging, bekreuzigte sich. Die Männer nahmen für einen Moment ihren Hut ab, und die Frauen murmelten eine Fürbitte an die Jungfrau, um das Unheil abzuwehren, das ein Toter über sie bringen konnte.

Horny folgte dem Wagen zu Fuß. Seinen hohen Hut hatte er vor dem Stadttor an den Wegrand gelegt. Vielleicht – wenn ihn niemand bis dahin stahl – würde Schadow ihn sehen und begreifen, dass er jemandem folgte.

Der Wagen fuhr nicht allzu schnell, und Horny achtete darauf, genug Abstand zu halten, damit er den Männern nicht auffiel. Doch bald kam er außer Atem. Noch fehlte ihm die Kraft für einen strammen Marsch. Er war etwa zwanzig Minuten gegangen, als er sah, wie der Wagen vor ihm auf die steile Auffahrt der Ponte Molle fuhr. Die letzte Brücke vor der Stadtgrenze. Bis hierhin wurden traditionell Künstler und Freunde begleitet, die Rom verließen und in die Heimat zurückkehren mussten. Erst kürzlich hatten sie hier Caroline von Humboldt und ihren Töchtern nachgewunken. Als Horny schwer atmend auf die Brücke eilte, konnte er den Wagen nicht mehr sehen. Er war auf der Höhe der Brücke durch den Torbogen des halb verfallenen Brückenturmes gerollt und hinter der Kuppe verschwunden. Während sich Franz Horny das schräge Pflaster hinaufmühte, fragte er sich, wie lange er das hier noch durchhalten könnte. Nicht aufgeben! Nur jetzt nicht aufgeben! Alles hängt von mir ab! Als er endlich die Höhe des Brückenbogens erreicht hatte und aus dem Schatten des Turmes trat, sah er den Wagen am jenseitigen Ufer wieder. Er stutzte: Nur noch zwei Männer saßen darauf! Wo war der Dritte? Wo war der Kräftige mit dem starren Auge, der hinten beim Sarg gesessen hatte? In diesem Moment wurde er am Kragen gepackt und heftig beiseitegerissen. Er fand nicht einmal Atem, um zu schreien, als er über die steinerne Brüstung geschleudert wurde.

Während Lukas mit den beiden Todesurteilen durch die langen Gänge des Vatikans ging, hatte er noch ein drittes Papier dabei. Er konnte die Befehle nicht verschwinden lassen, denn die Behörde arbeitete gründlich, und es würde bemerkt werden. Man würde ihn wegen Hochverrats anklagen, und damit träte der seine in Kraft. Aber er könnte Franz und sich etwas Luft verschaffen, indem er die *Sbirri* in eine falsche Richtung lenkte.

Gelegentlich kam er an einer Wache der Schweizergarden in der farbenprächtigen Uniform vorbei und grüßte freundlich.

Die meisten der Männer kannte er, weil man Deutsch miteinander sprach und er oft in ihren Wachstuben mit ihnen plauderte. Schließlich erreichte er die Schreibsäle der Geheimen Polizei. Er öffnete eine letzte, unscheinbare Tür und stand in einem weitläufigen Gewölbe voller Schreibpulte. Die meisten der Schreiber waren Dominikanermönche, doch auch weltliche Beamte in schwarzen Anzügen versahen hier ihren Dienst. Unzählige Lampen verbreiteten einen öligen, rußigen Geruch, und aufgrund des schlechten Lichtes standen die meisten der Schreiber so nah über ihr Papier gebeugt, als ob sie sich voller Ehrfurcht verbeugten vor den kleinen und großen Geheimnissen, die sie kopierten, übertrugen und kombinierten. Aus einer Akte wurden zwei, und aus zwei Akten wurde eine. Nach einem unbegreiflichen System, das einem ungeheuren Netz glich und darauf gründete, alles und jedes aufzunehmen, mit dem die vielen Boten an Schriftstücken, geheimpolizeilichen Notizen, Anzeigen, Aussagen, Urteilen, Dienstbüchern oder Verhörprotokollen diese fantastische Maschinerie in den Fundamenten des Vatikans fütterten. Während draußen *Sbirri*, Carabinieri, Verwaltungsbeamte, Finanzbeamte, Spitzel, Zeugen und Verräter Informationen über die Bürger und Besucher des Kirchenstaats sammelten, wurden sie hier unten in den Schreibsälen hin und her gereicht, zusammengeführt und verglichen, um aus zufällig wirkenden Begebenheiten schuldhaftes Verhalten zu erkennen und juristische *casi* zu entwickeln. Ein unverdächtiger Name verband sich kraft der Bewegungen seines Trägers vielleicht mit dem eines namhaften Freiheitskämpfers, wodurch weitere Beobachtungen in Auftrag gegeben und Schuld festgestellt werden konnte. Die Seele dieses Systems war das Gedächtnis der Schreiber, denen Namensgleichheiten oder andere Übereinstimmungen auffielen, die sie dann den entsprechenden Akten hinzufügten.

Lukas durchschritt den Saal mit den eng gestellten Schreibpulten und schob sich an den Boten vorbei, die die richtigen Papiere zu den richtigen Schreibern trugen; meist selber altgediente Schreiber mit viel Erfahrung, deren Augen aber sogar mit Brillen nicht mehr zum Schreiben taugten. Lukas gelangte an ein Pult im hinteren Teil des Saales, wo ein Dominikaner namens Fabio seine Schreibfeder über ein Dokument tanzen ließ. Fabio war seit Franz Werckers Gerichtsverhandlung mit dessen Fall betraut.

»Ciao, Fabio«, sagte Lukas.

»Ciao, Lukas«, sagte Fabio, ohne aufzusehen.

Lukas reichte ihm die Hinrichtungsbefehle Somaglias. Fabio warf nur einen flüchtigen Blick darauf und wollte die Schriftstücke schon beiseitelegen. Doch als er das persönliche Siegel des Kardinals erkannte, unterbrach er seine Arbeit, überflog die Befehle und blickte Lukas über seine Augengläser hinweg fragend an. Lukas zuckte mit den Schultern. »Der Kardinal möchte, dass ich mein Bestes gebe.«

Fabio nickte. »Das scheint mir auch so …«

Er ging zu einem Aktenschrank und kam kurz darauf mit Franz Werckers Akte zurück. Er legte den Hinrichtungsbefehl für Lukas ohne einen weiteren Kommentar dazu und nahm ein leeres Papier, um den Franz betreffenden für die entsprechenden Stellen zu kopieren. Lukas gab ihm noch ein weiteres Blatt. »Diese Aussagen gehören auch noch dazu«, sagte er so beiläufig wie möglich. »Es sieht so aus, als sei der Gesuchte nach Neapel geflüchtet … – Was machen übrigens deine Rückenschmerzen? Stai meglio?«

»Ach, der Rücken«, sagte Fabio und las den Text, in dem zu Protokoll gegeben war, dass mehrere Künstler Franz Wercker in Neapel gesehen haben wollten. Lukas hatte zwei erfundene Namen eingefügt und die Aussagen, dass Wercker sich Geld von ihnen habe leihen wollen. Er wusste, dass eine lahme Lüge durch lebendige Details laufen lernte. »Die Schmerzen werden nicht mehr besser. Nicht in diesem Leben …« Fabio legte Lukas' Information zu dem Befehl. Sie standen noch eine Weile beisammen und plauderten über dies und jenes, als ein alter Dominikaner kam und das aufgeschlagene Dienstbuch einer Torwache der Carabinieri brachte. Fabio schaute darauf.

»Lohwaldt, Kommerzienrat …«, sagte er, und Lukas horchte auf. »Porta del Popolo … Hat die Stadt verlassen …« Seine Augenbrauen zogen sich zusammen. »Ist doch vor ein paar Tagen erst gekommen …« Er schaute noch einmal auf das Dienstbuch: »Mit dem Sarg seines verstorbenen Sohnes …«

In dem Sarg konnte nicht Cornelius Lohwaldt liegen, der ja vor einem Dreivierteljahr schon gestorben war. Ertrunken im Lago di Garda! Lukas wusste also sofort, was das bedeutete: Kommerzienrat Lohwaldt, der Vater des Mannes, dessen Identität Franz im vergangenen Jahr angenommen hatte, war nach Rom gekommen und hatte Franz entführt! Lukas wusste ebenso, dass Fabio denselben Schluss ziehen würde. Er würde eine entsprechende Notiz weitergeben, und die *Sbirri* würden der Angelegenheit nachgehen. Es würde dauern. Das System arbeitete gründlich, aber es arbeitete langsam. Lukas hatte also eine Chance. Wenn er schnell genug war.

Und noch während einer der ergrauten Boten mit Fabios Kopien den Schreibsaal durchquerte, um sie anderen Boten weiterzureichen, die sie wiederum anderen übergeben würden, stand Lukas bereits in einem Mietstall und sah voller Unbehagen ein großes Pferd auf sich zutrotten. Er hasste es zu reiten. Pferde waren seiner Überzeugung nach eine Plage des Herrn. Sie waren eigenwillig, sie waren viel zu schnell, und sie waren vor allem viel zu hoch. Aber er hatte keine Wahl. Ein Esel war zu langsam, und wenn er den Wagen mit dem Sarg einholen wollte, dann musste er schnell sein. Und so dauerte es keine halbe Stunde, bis er durch die Porta del Popolo ritt. Während er darum bemüht war, sich dem gleichförmigen Schritt des Tieres anzupassen und nicht ständig seitlich hinunterzurutschen, nutzte er die Zeit zu beten. Er bat den Herrn um Verzeihung, weil er ein Pferd geliehen hatte, das er vermutlich niemals zurückbringen würde.

Erst zwei Stunden später fanden sie Franz Horny. Schadow war gerade aus dem Tor gekommen, als er einen Landstreicher in einem schäbigen Mantel und durchlöcherten Schuhen sah, der sich Franz Hornys sauberen schwarzen Hut aufsetzte. Als der Mann auf Schadows scharfes Nachfragen beteuerte, den Hut auf dem Boden liegend gefunden zu haben, lief der Künstler eilig wieder den Monte Pincio hinauf und pfiff laut durch die Finger. Außer Clara, Irma und den Veits hörten noch mehrere andere den Pfiff, und kurz darauf eilten sie die Via Flaminia stadtauswärts. Sie überquerten die hoch aufragende Ponte Molle und kehrten erst nach einer Weile um, weil sie sich einig waren, dass es sinnlos war weiterzugehen. Während sie noch berieten, welchen anderen Weg Horny genommen haben könnte, kam ihnen eine Wäscherin entgegen, die aufgeregt berichtete, ein junger Deutscher sei von der Brücke gefallen und einige Fischer hätten ihn halb ertrunken aus dem Wasser gezogen. Die Frau führte sie an der steilen Auffahrt zur Brücke vorbei hinunter zum Fluss. Dort unten, auf den Fundamenten des alten römischen Bauwerkes, fanden sie Horny, umringt von besorgten Wäscherinnen. Immer noch nass und schlammig, eingehüllt in ein weißes Laken, war er inzwischen zumindest bei Sinnen und ansprechbar. Sein Kopf lag auf dem Schoß einer der Frauen, und ihr roter Rock bildete einen starken Kontrast zu seinem bleichen Gesicht. Eine Wäscherin massierte seine linke Hand und eine andere seine rechte, um die Zirkulation seiner Körpersäfte anzuregen. Außerdem hatten sie ihm der Wärme wegen einen Kräuterschnaps eingeflößt.

»Clara!«, rief Franz Horny, als er sie an den verwaisten Wäschekörben vorbeikommen sah. »Es tut mir so leid! Ich habe ihn verloren!« Er berichtete von seinen Erlebnissen. Alle waren entsetzt, von seinem gewaltsamen Sturz über das Brückengeländer zu hören. Sie waren sich einig, dass in dem Sarg auf dem Wagen niemand anderes gelegen haben konnte als Franz Wercker.

»Wer weiß, ob lebendig oder tot …«, bemerkte Wilhelm Schadow herzlos.

Clara funkelte ihn an: »Natürlich lebendig!«

Schadow sah, dass seine sachliche Bemerkung nicht gut ankam, und pflichtete ihr bei: »Natürlich …«

Und Irma sagte: »Warum sollten sie ihn sonst davonschaffen? Niemand schleppt einen mit, den er umgebracht hat!«

Sie halfen Franz Horny auf die Beine, dankten den Wäscherinnen und gaben ihnen ein Trinkgeld. Die jungen Frauen hatten den schüchternen Deutschen mit dem jugendlichen Bartflaum ins Herz geschlossen. Jede Einzelne streichelte ihm noch einmal die Hand, und es war schwer zu sagen, ob ihn sein überstandener Sturz mehr verwirrte oder die weibliche Zärtlichkeit.

Während Philipp Veit und Wilhelm Schadow ihn die Böschung hinauf und auf die Brücke stützten, um zur Stadt zurückzugehen, blickten Clara und Irma die Via Flaminia entlang, wohin der Wagen mit Franz verschwunden war. Die Straße führte genau nach Norden. Nahezu schnurgerade bis ans Ufer des Adriatischen Meeres und dann weiter bis Venedig.

»Ich muss dir etwas gestehen«, sagte Irma. »Die Kunsträuber, mit denen Franz in Venedig zu tun hatte … Ich habe selber für sie gearbeitet. Ich habe Kunstwerke für sie gefälscht. Ich schäme mich so …«

Clara sah sie an. Fieberhaft dachte sie nach. Dann nahm sie Irmas Hand. »Das ist ja wundervoll!«, sagte sie.

»Wundervoll?«, fragte Irma erstaunt.

»Das heißt, wir wissen, wer Franz entführt hat! Du weißt, wer sie sind! Du kennst sie! Du erzählst mir alles unterwegs.«

40

Der Schuss in den Sargdeckel

Sie hatten Franz' Kopf auf ein kleines Kissen gebettet und ihm ein Kruzifix in die gefalteten Hände gesteckt. Das Kissen war nun sein größter Trost. Nicht nur, weil es die ständigen Stöße und Schläge milderte, während der Wagen über die schlechte Straße rumpelte. Franz, der bei wachem Bewusstsein war, sich aber immer noch nicht rühren konnte, richtete all seine Konzentration auf die Weichheit und Milde dieses Kissens, um nicht vollkommen in Panik zu verfallen.

Das Gift, das seinen Körper lähmte, hatte auch Auswirkungen auf seinen Geist. Er nahm wahr, was um ihn herum geschah, aber wie durch einen langen Schacht. Seine Augenlider waren durch das Gerumpel des Wagens von selber wieder aufgegangen, wie es auch mit der Zeit bei einem Toten geschieht, wenn man sie nicht mit Münzen beschwert. Er sah also das Holz des Sargdeckels über sich. Durch Ritzen und Spalten des billigen Kastens fiel schummriges Licht herein. Doch obwohl die Bretter unmittelbar vor seinem Gesicht waren, sah er sie in großer Ferne. Auch die Geräusche, die er hörte, hallten von weit her an seine Ohren. Das Klappern und Knirschen der Räder, die Rufe vorbeifahrender Fuhrleute, das Bellen eines Hundes, das Rauschen eines Baches, der Singsang eines Melonenverkäufers am Straßenrand – alles klang durch den tiefen Schacht, in dem er lag, hohl und fremd. Das Kruzifix lag riesenhaft in weit, weit entfernten Händen, das Gefühl der Berührung floss zäh und dickflüssig zu ihm.

All dies hielt seine Angst in ebenso unwirklichen Fernen.

Doch ließ die Wirkung des Giftes auf seinen Geist unmerklich nach, und die Angst wuchs. Immer wieder wallte Panik in ihm auf. Er war eingesperrt in einer beengenden Kiste! Konnte nichts bewegen! Kaum Luft! Die Lähmung drückte ihm auf die Brust, und er atmete krampfhaft. Der Drang, die Knie zu heben, die Hände ans Gesicht zu bringen, wurde übermächtig. Doch er konnte sich nicht rühren.

Er wollte schreien, aber es ging nicht. Die Kiste beengte ihn immer drängender, immer enger, immer drückender, presste gegen die Beine, die Arme, den Kopf. Heraus hier! Heraus! Zu dunkel! Nichts zu sehen! Ich ersticke! Die Panik wurde unerträglich, und das furchtbare Holz zerquetschte ihn, und – plötzlich Licht!

Der Deckel seines Sarges erhob sich.

Franz fuhr aus der Kiste wie eine Naturgewalt. Seine Kräfte waren die eines Sturmes, er brach los wie ein Gewitter, ein urgewaltiges Ungeheuer. Der junge Agent, der den Sarg geöffnet hatte, um Franz zu trinken zu geben, um zu schauen, ob das Gift noch wirkte, wurde zurückgeschleudert und krachte mitsamt dem Sargdeckel gegen die Wand des Stalls, in dem der Wagen stand und das müde Pferd Heu kaute. Kommerzienrat Lohwaldt schrie auf, und sogar der abgebrühte alte Agent starrte mit schreckgeweiteten Augen zu Franz herauf. Von Sinnen packte Franz, immer noch geschüttelt von den Wellen der Panik, eine Heugabel und holte damit weit aus, um sie seinem Entführer tief in die Brust zu stoßen.

Nachdem Lukas den Gedanken verworfen hatte, abwechselnd zu reiten und zu Fuß zu gehen, weil er nicht wusste, wie er würdevoll von dem riesigen Pferd absteigen sollte und ob er jemals wieder hinaufgelangen würde, hatte er sich in sein Schicksal ergeben und war geritten. Er brauchte nichts zu tun, denn die Straße führte schnurgerade nach Norden. Wenn ihnen ein Wagen entgegenkam, wich das Pferd ohne sein Zutun aus, wenn ihnen ein Bauer entgegenkam, wich der Bauer aus, und wenn eine Schafherde die Straße versperrte, trottete das Pferd mitten hindurch. Lukas stieg nicht einmal ab, um an einem der Marienaltäre, die immer wieder am Straßenrand standen, zu beten – was er sonst niemals versäumte. Immer wieder erkundigte sich Lukas nach dem Wagen mit dem Sarg – bei einem Melonenverkäufer, einem Bettler, einem Hufschmied, einem Fleischverkäufer mit Streifen getrockneten Büffelfleisches über der Schulter. Und immer wieder bekreuzigte man sich bei der bloßen Erwähnung des Sarges und bestätigte ihm, dass er vorbeigekommen sei. Sobald der Priester weiterritt, murmelten die Frauen zur Sicherheit ihre Fürbitte an die Jungfrau. Ein weniger abergläubischer Witzbold scherzte, ob dem Herrn Pfarrer ein Toter mitsamt seinem Sarg entlaufen sei, und gab den Rat, ihn beim nächsten Mal tiefer einzugraben.

Der Nächste, den er fragte, ein Korbmacher, der am Straßenrand seine Waren flocht, blickte ihn erstaunt an. »Schon wieder?«, fragte der Alte. Zwei junge Damen hätten eben erst nach dem Sarg gefragt. »Wann?«, fragte Lukas aufgeregt. Zur Antwort zeigte der Korbmacher mit zwei Fingern die Breite des Geflechts, das er seither gewunden hatte. Lukas hatte keine Ahnung, wie viel Zeit das sein mochte, aber jedenfalls war es nicht viel. Es gelang ihm durch ungeduldige Bewegungen, das Pferd zu einem etwas schnelleren Schritt zu drängen, und bald sah er vor sich in der Ferne tatsächlich zwei Frauen auf der Straße: eine in einem dunklen Kleid und eine in einem himmelblauen.

»Clara!«, rief er. »Irma!«

Die beiden Frauen halfen ihm auf die Beine, nachdem er vom Pferd gerutscht war, und sie umarmten sich herzlich. Alle waren froh, Verbündete an ihrer Seite zu haben. Während sie weitergingen und das Pferd hinter sich hertrotten ließen, berichtete Lukas von dem unerfreulichen Gespräch mit dem Kardinal und davon, dass er die Geheimpolizei nach Neapel gelenkt hatte. Clara berichtete von den Ereignissen an der Porta del Popolo und an der Ponte Molle.

Obwohl ihre Füße schmerzten, wollten die Frauen nicht rasten, und keine von ihnen wollte auf dem Pferd aufsitzen. Allerdings hielten sie regelmäßig an, da Lukas darauf bestand, an jedem Marienaltar die versäumten Gebete nachzuholen. Er erklärte: »Mit Maria im Herzen ist Honig im Munde!« Und tatsächlich hatte die Jungfrau ein Einsehen: Die Dunkelheit war bereits angebrochen und kaum noch jemand unterwegs, als sie an einen Gasthof gelangten, wo ein Dienstmädchen gerade den Abfall des Tages auf die Straße kippte. Als Clara sie nach dem Sarg fragen wollte, ertönten aus der Scheune ein lautes Poltern und ein unmenschlicher Schrei.

Franz' Hand krampfte sich um den Schaft der Heugabel. Die glänzenden Spitzen zielten auf Lohwaldts Brust. Nach seinem ersten Schrecken hatte der alte Kommerzienrat, der den Kelch des Leides längst bis zur Neige geleert hatte, sein Schicksal angenommen und reckte ihm seine Brust entgegen. »Dann sei es! Vollende dein Werk! Töte auch den Vater, dem du die Kinder genommen hast!«

In seiner Aufgewühltheit und zerrieben im Mahlstrom seines Entsetzens, verstand Franz kein Wort. Die Heugabel in seiner Faust zitterte, sie drängte mit aller Macht vor, alles in ihr stürmte zum Herzen dieses Mannes, stürmte mit fliegenden Hufen, vorgerecktem Hals, flatternder Mähne, aufgerissenen Augen und spritzendem Geifer – Franz konnte sie nicht länger halten, als …

»FRANZ!«, hallte es.

Und noch einmal: »FRANZ!«

Auch die Bedeutung dieses Wortes begriff er nicht, aber diese Stimme! Diese herrliche altbekannte Stimme! Am entfernten Ende des schwarzen Schachts leuchtete ein Gesicht auf. Das schönste, das er je gesehen hatte, ein duftendes, warmes, beruhigendes Gesicht, und im nächsten Augenblick war es ganz nah vor ihm, und er glaubte es zu küssen – und in einem gewaltigen Rausch war alles wieder da. Alles zugleich – alles, was er je gesehen, gefühlt, gedacht hatte, seine ganze Welt in einem einzigen winzigen unbegreiflichen Punkt, die *Franzwelt*, und als sie explodierte, nahm sie den Raum ein und die Zeit und hatte Gestalt und Ordnung. Seine bedrückende Kindheit, der prügelnde Vater, die kalte Mutter, die Arbeit im Dachstuhl, Lesen, Schreiben, Träumen – der Vater hatte ihn lebendig begraben, deshalb die Panik! Und es war doch keine Absicht gewesen, den Vater zu erschlagen, es war im Wahn und in weiter Ferne geschehen, so weit entfernt, dass er es nicht hatte verhindern können! Seine Flucht über die Alpen, Cornelius Lohwaldt am Gardasee, sein Leben als Cornelius in Rom – Freunde, zum ersten Mal Freunde – und Clara! Clara Seidler! Clara, ich liebe dich! Du liebst mich! Ich liebe dich! Ein Kuss! Ein einziger Kuss! Franz war berauscht vor Glück: Alles wieder da! Alles!

»Clara!«, rief er. Dich finden bedeutet mich finden! Ich habe es gewusst! Clara, mein Leben! Als durchs offene Scheunentor auch noch Lukas und Irma hereinkamen, weinte Franz vor Glück, die Tränen liefen ihm übers Gesicht, doch da warf der junge Agent den Sargdeckel beiseite, stürzte sich auf Franz, entriss ihm die Heugabel und packte ihn von hinten mit festem Griff, indem er ihm den Arm umdrehte.

Lukas ergriff den Sargdeckel, holte weit damit aus und schlug zu. Franz, der den Schlag kommen sah, duckte sich, doch der junge Agent wurde überrascht: Das Holz krachte gegen sein Gesicht, und er ging zu Boden. Der alte Agent zog eine Pistole aus der Rocktasche und zielte auf Lukas. Er spannte den Hahn und legte in aller Ruhe ein kupfernes Zündhütchen auf.

»Nein!«, rief Kommerzienrat Lohwaldt. »Nicht schießen!«

Der Agent erwiderte mit beängstigender Ruhe: »Sie haben mich beauftragt, diesen verurteilten Mörder nach München zu bringen, und das werde ich tun.«

Selbstbewusst erklärte Lukas: »Als Beauftragter der heiligen römischen Inquisition befehle ich Ihnen im Namen des

Papstes, Bischof von Rom, Stellvertreter Christi, Nachfolger des Fürsten der Apostel, Höchster Pontifex, Souverän des Vatikanstaates, Patriarch des Abendlandes und Servus Servorum Dei, diesen Mann freizulassen und dem Urteil der Kirche zu unterstellen!« Um seine Worte zu unterstreichen, hielt er der Pistole den Sargdeckel mit dem Zeichen des Kreuzes darauf entgegen.

Doch er beeindruckte den Agenten nicht. »So?«, rief er. »Wir haben den Zins für diese Scheune gezahlt. Ihr seid gewaltsam eingedrungen. Ihr habt einen der unseren niedergeschlagen. Ich habe das Recht, uns zu verteidigen, um Leib und Leben!«

»Herr Kommerzienrat Lohwaldt!«, rief Franz. »Hören Sie mich an! Ich habe keinem Ihrer Kinder je Gewalt angetan. Weder Ihrem Sohn noch Ihrer Tochter. Es tut mir leid, dass ich den Namen Ihres Sohnes missbraucht habe. Aber ich schwöre Ihnen, ich wollte den Namen zum Guten verwenden. Ich wollte ihn, wenn ich ihn wieder ablege, mit Ehre und mit guten Taten erfüllt haben. Das hatte ich mir geschworen. Sie kannten Ihre Tochter besser als ich. Sie wissen um ihren eisernen Willen. Ihm hatte ich nichts entgegenzusetzen. Es tut mir leid …«

Lohwaldt blickte zu Boden. Franz sah, dass der alte Mann genau wusste, wovon er sprach.

Und Clara sagte: »Es ist die Wahrheit. Ich weiß es aus ganzem Herzen. Nehmen Sie mir nicht den Mann, den ich liebe!«

»Genug geredet«, sagte der Agent. »Der Priester und die Frauenzimmer haben eine Minute, um zu verschwinden. Dann werde ich schießen.« Er hob die Pistole und zielte mit gestrecktem Arm auf Lukas.

»Ich gehe nicht ohne Franz Wercker!«, erwiderte Lukas bestimmt.

»Wie Sie wollen.«

»Nein!«, rief Lohwaldt aus.

Doch der Agent, den er bezahlt hatte, drückte ab. Das Pulver blitzte auf, ein ohrenbetäubender Knall erfüllte die Scheune, und Pulverdampf verbreitete sich in einer dichten Wolke.

Lukas stand da und versuchte zu begreifen, was gerade passiert war: Man hatte auf ihn geschossen, er hätte jetzt tot sein müssen – aber er lebte noch. Warum lebte er noch? Er drehte den Sargdeckel um, den er immer noch in der Hand hielt, und sah, dass die Kugel im Kreuz steckte. Das Holz hatte sein Leben gerettet.

»Genug!«, schrie Lohwaldt und beschwor seinen Agenten mit einer verzweifelten Geste. »Genug …« Er ließ die Arme fallen und stand mit gesenktem Kopf und hängenden Schultern inmitten der Ereignisse, die er ausgelöst hatte und die er nicht mehr beherrschte. »Geht«, flüsterte er.

»Herr Kommerzienrat«, protestierte der Agent. »Lassen Sie sich nichts einreden! Bleiben Sie standhaft! Das Gericht wird entscheiden!«

»Geht …«, flüsterte Lohwaldt noch einmal.

Franz ging auf ihn zu, und es sah so aus, als wollte er ihn tröstend umarmen, aber Lukas legte die Hand auf Franz' Schulter. »Komm«, sagte er und zog ihn fort.

Draußen band Lukas das Pferd los, dessen Zügel er um einen eisernen Ring neben der Tür des Gasthofes geschlungen hatte. »Ich weiß ein kleines Kloster in den Sabiner Bergen, wo wir dich verstecken können, bis alles vergessen ist. Dort wird niemand Fragen stellen. Der Prior ist ein guter Mann und …«

Erst als Lukas und Irma auf der Landstraße standen, bemerkten sie, dass Franz und Clara ihnen nicht gefolgt waren. Die beiden standen auf dem Hof des Gasthauses und umarmten sich. Es dauerte lange, bis Franz den Mut fand, sich von Clara zu lösen. Nach den ewigen Wochen, in denen er nur ihr blasses Bleistiftporträt hatte betrachten können, sah er sie endlich lebendig vor sich. Ihre Augen, ihre Wangen, ihre Nase, ihren Mund. Noch einmal küssten sie sich. Und noch einmal dauerte es lange, bis sie ihre Lippen voneinander lösen konnten.

»Endlich!«, sagte Franz.

Und auch sie sagte nur: »Endlich.«

»Kommt jetzt!«, rief Lukas. »Weg hier!« Als sie alle vier auf der Landstraße standen, schaute er sich vorsichtig nach beiden Seiten um und sagte: »Wir verstecken uns gemeinsam, Franz. Unter irgendeinem falschen Namen.«

»Nein«, entgegnete Franz entschlossen. »Ich werde auf gar keinen Fall jemals wieder einen falschen Namen annehmen!«

Lukas wandte sich ungeduldig zu Franz um.

»Ihr drei versteckt euch«, fuhr Franz fort. »Ich werde nach Venedig gehen und …«

Lukas unterbrach ihn: »Erinnerst du dich an den Mordanschlag?«

»Ja.« Franz erinnerte sich, als wäre es gerade erst geschehen. Die starken Arme, die ihn gepackt hielten, das Aufblitzen der Klinge …

»Weißt du, wer dich töten wollte?«

»Nein.«

Lukas machte eine Geste mit den Armen, als ob damit alles gesagt sei. »Du rennst deinen Mördern in die offenen Arme!«

»Gut.«

»Nicht gut!«

»Ich werde diese Angelegenheit zu Ende bringen. Ich muss wissen, wer mich töten wollte. Ich muss wissen, wer mir das angetan hat. Ich werde nicht mein Lebtag über die Schulter schauen und Angst haben, dass man mich findet. Dass man mich endgültig tötet.«

»Ich gehe mit«, sagte Clara.

»Ich auch«, sagte Irma.

Lukas seufzte. Im Schein der rostigen Laterne, die vor dem Gasthaus am Straßenrand hing und von Motten umschwirrt wurde, sahen sich die vier lange an.

Franz und Clara saßen im Gras auf der groben Pferdedecke. Er hatte seinen Arm um sie gelegt, um sie zu wärmen. Das Pferd graste hinter ihnen, Lukas und Irma schliefen bei einem kleinen Feuer. Auf der Suche nach einem Lagerplatz für die Nacht waren sie noch die ersten Hügel hinaufgestiegen und hatten abseits der Straße eine geschützte Stelle zwischen zwei Felsen gefunden, von der aus sie einen weiten Blick über die Campagna hatten, in deren Mitte sich die Stadtmauern Roms um die sieben Hügel schlossen. Zwischen den vielen Kirchtürmen ragten vor allem zwei Bauwerke empor: das Kolosseum und die mächtige Kuppel der Peterskirche.

Franz und Clara saßen in der Nachtluft, den Sternenhimmel über sich, die mondbeschienene Ebene und Rom zu Füßen, und wollten nicht schlafen. Sie wollten beieinander sein. Es gab so viel zu erzählen, so viel, was sie einander sagen und beteuern und fragen und gestehen mussten, dass sie vor allem miteinander schwiegen. Er hatte sie natürlich gefragt, wie es ihrem Vater gehe, und hörte betroffen von seinem Tod. Clara aber sagte ihm, dass sie vor allem dankbar sei, in seinen letzten Stunden noch bei ihm gewesen zu sein. Natürlich wollte sie Franz' Narbe sehen, und als er sein Hemd öffnete, küsste sie sie und legte ihre warme Hand darauf. So saßen sie zusammen und konnten nur langsam fassen, dass sie einander wiedergefunden hatten.

Doch Clara war so müde von dem langen, erfüllten Tag und dem strammen Fußmarsch, dass sie im Sitzen an Franz' Schulter einschlief. Franz bettete ihren Kopf auf seinen Schoß, und während sie tief und fest schlief, wurde er nicht müde, ihr Haar zu streicheln. Er schlief nicht. Das Wunder der Erinnerung ließ ihm keine Ruhe. Er genoss es, in seinen Erinnerungen spazieren zu gehen, einzelne aufzuheben und zu betrachten und durch jede einzelne wieder weitere zu entdecken. Sie waren alle da! Er und seine Erinnerungen waren wieder eins.

Doch mit den Erinnerungen kamen auch die Sorgen zurück. Was war aus Vito geworden? Hatte man seinen Gehilfen ebenfalls zu ermorden versucht, weil man ihn für einen Mitwisser hielt? Und Greta mit der schönen Stimme! Deren Nähe er mit

Freundschaft verwechselt hatte. Die versucht hatte, ihn zu erpressen. War ihr etwas zugestoßen, weil sie sein Geheimnis kannte?

Mit solchen Gedanken saß er hellwach unterm Sternenhimmel und wollte nicht schlafen. Er wollte bei klarem Verstand sein. Bei Clara und bei sich. Der Welt bewusst. Ihrer gemeinsamen Welt.

41

Der dreisteste Lügner

Aufgeregt und voller Vorfreude bestieg Clara die Gondel. Während der Barcariol von der Mole abstieß, nannte sie ihm den Namen des Palazzo Peldrini, und wenige Minuten später war sie auf dem offenen Wasser der Lagune. Der strahlende Sonnenschein brach sich tausendfach in den Wellen, und Clara musste die Augen zusammenkneifen, um nicht geblendet zu werden. Ein kühler Wind strich ihr übers Gesicht, und nach den staubigen Landstraßen genoss sie das leichte Gleiten übers Wasser. Sie waren gelaufen, sie waren auf Bauernkarren mitgefahren, sie waren abwechselnd auf dem Pferd geritten, und sie hatten abseits der Straße in Scheunen von ärmlichen Bauernhöfen übernachtet. Lukas' Soutane war dabei sehr hilfreich gewesen. Obwohl ihre kleine Gesellschaft einen recht merkwürdigen Anblick bot, schlug niemand die Bitte eines Priesters um ein Nachtlager aus.

Indem die lange Barke weich über die Wellen schaukelte, näherte sich Clara Venedig. Die weißen Kuppeln traten immer strahlender aus dem feinen Dunst hervor, der die Stadt umgab wie der Schleier einer Braut. Die herrlichen Palazzi, die den Canal Grande säumten, glitten an ihr vorbei. Jeder einzelne ein Wunderwerk für sich. Die Ca' d'Oro, der imposante Fondaco dei Tedeschi, die Ponte di Rialto – sie kam aus dem Staunen gar nicht mehr heraus.

Doch am meisten staunte sie, als der Barcariol auf den herrlichen Palazzo mit der goldenen Sonne und dem silbernen Mond auf der Fassade zeigte. Sie konnte kaum glauben, dass

Franz wie ein reicher Mann residiert hatte. Und dass sie selber nun dort einziehen würde. Denn kurz darauf stand sie vor der Haushälterin Signora Donati und erklärte ihr selbstbewusst: »Ich bin die Schwester Robert von Stargards.«

»Herr von Stargard ist nicht hier«, erwiderte die Signora. »Wir dachten, er sei ermordet worden, aber dann ist er vor Karneval aus dem Nichts aufgetaucht – und wieder spurlos verschwunden.«

»Ich weiß«, sagte Clara. »Deshalb bin ich gekommen. Ich bin hierhergereist, um ihn zu finden.« Clara brachte in ihre Unterhaltung alles ein, was Franz ihr auf der Landstraße über die Familie Stargard erzählt hatte. Und als Trumpf zog Clara schließlich eine letzte Karte aus dem Ärmel: »Irgendwo muss mein Porträt hängen! Eine Bleistiftzeichnung, die ich ihm geschickt habe!«

Vor Claras gerahmtem Porträt war der letzte Zweifel der Signora ausgeräumt. Signora Donati zeigte ihr den Palazzo – vom Prunksaal über die Salons bis zu den Schlafzimmern. Und als Clara später im Musiksalon einen Kaffee trank, wunderte sie sich mehr und mehr, wie irrwitzig doch das Schicksal war: Nie zuvor war sie von solcher Pracht umgeben gewesen. Und nun ausgerechnet in einem Moment, als alles auf der Kippe stand. Als sie aus dem Fenster sah, bemerkte sie einen Falken, der in weitem Bogen über den Canal Grande heransegelte und genau in den schmalen Spalt zwischen ihrem Palazzo und dem danebenliegenden flog – einer halb verfallenen Ruine, durch deren hohle Fensteröffnungen man verkohlte Balken sehen konnte.

Beim Anblick des Jagdvogels fiel ihr ein, was Franz ihr mit auf den Weg gegeben hatte: dass ihre Ankunft sicher bemerkt werden würde. Dass die Nachricht zu ihren Feinden getragen würde.

Lukas und Irma hatten nach Claras Abfahrt eine zweite Gondel bestiegen. Sie hatten trotz der wärmenden Sonnenstrahlen eine

Barke mit Baldachin gewählt, dessen Vorhänge sie zuzogen, denn sie durften auf keinen Fall gesehen werden. Vor allem Irma musste geschützt werden. Sie hatte sich bereit erklärt, zu gegebener Zeit vor den Behörden alles auszusagen, was sie wusste. Auch wenn sie sich damit selber der Gefahr aussetzte, angeklagt zu werden. Sie hatten die Hoffnung, dass ihre Strafe milde ausfallen würde, da sie gezwungen worden war. Lukas sollte bei ihr bleiben und sich mit ihr verstecken.

Sie stiegen in San Polo aus. Als sie an das Tor des Palazzos klopften, den Irma mit Franz schon einmal besucht hatte, wurden sie gleich gemeldet.

Die Hausherrin kam ihnen schon im Treppenaufgang entgegen. »Fräulein Fuchs! So eine Überraschung!«

Irma verbeugte sich mit einem höflichen Knicks. »Gräfin Roßbrunn, wir brauchen Ihre Hilfe.«

»Was ist geschehen? Wir haben schreckliche Dinge gehört!«

»Dies ist Pater Lukas aus Rom. Würden Sie uns für einige Nächte bei sich aufnehmen? Es darf nur niemand davon erfahren.«

Der Busen der Gräfin hob und senkte sich vor Aufregung. Sie legte ihre Hand auf ihr Dekolleté, um sich selber zu beruhigen. »Sie müssen mir alles erzählen!«

Franz hatte erwartet, dass ihm ein Diener oder eine Haushälterin öffnete. Umso überraschter war er, als Alessandro Parsini persönlich vor ihm stand. Noch viel überraschter aber war der Venezianer. Als er den Kunsthändler Robert von Stargard vor sich sah, war er nicht in der Lage zu sprechen.

»Darf ich hereinkommen?«, fragte Franz. Er ging an ihm vorbei in die Wohnung. Auch die Räume des Kunsthändlers überraschten Franz. Es war nicht der mondäne, mit Kunst und Luxus angereicherte Palazzo eines großspurigen Junggesellen, den er sich vorgestellt hatte. Die Behausung war eng, unordentlich und liederlich. Nichts darin zeugte von Geschmack oder Wertschätzung. Franz sah weder Kunst noch Literatur. Schmutziges Geschirr, getragene Wäsche und leere Flaschen waren überall verteilt wie Knochen in einer Bärenhöhle. So ungefähr roch es auch. Alessandro selber sah – ohne Schminke und Puder – alt und fremd aus. Der fadenscheinige Hausrock, den er trug, hatte speckige Ärmel, und die Flecken auf der Brust ließen Alessandros Speisen der letzten Wochen erahnen. Alessandro war in der Einsamkeit seines Zuhauses ein anderer Mensch. Die Tatkraft, die er im Umgang mit den reichen Freunden zeigte, seine natürliche Führerschaft, mit der er in Gesellschaft den Ton angab, waren verschwunden.

»Ich hoffe, du fürchtest dich nicht, wenn ein Toter dich besucht«, sagte Franz.

»Ein Toter?«, stammelte Alessandro. »Wir haben dich vermisst! Man sagt, du bist fortgegangen.«

»Ich habe mich auch vermisst …«, erwiderte Franz. »Aber ich habe mich wiedergefunden.«

Um Franz Platz anbieten zu können, hätte Alessandro einen Sessel von Kleidern, Hüten und Parfümfläschchen freiräumen müssen, doch er rührte sich nicht.

»Alessandro«, fuhr Franz fort und sah seinem Gegenüber in die ruhelosen Augen. »Ich will offen mit dir sprechen.«

Alessandro blickte Franz nur argwöhnisch an.

»Was ist mit Greta passiert? Die du mir als deine Cousine vorgestellt hast? Ich habe ihr in einem unseligen Moment gestanden, dass ich unter falschem Namen in Venedig lebe. Ich nehme an, du weißt es.«

Alessandros Augen blickten unruhig umher.

Franz fuhr fort: »Sie hat versucht, mich zu erpressen. Wollte Geld von mir, um mein Geheimnis zu wahren. Ich nehme an, du weißt auch das.«

Auch diesmal antwortete Alessandro nicht. Er bemühte sich, Franz' Blick selbstbewusst und guten Gewissens zu erwidern, aber es gelang ihm nicht.

»Dann ist sie spurlos verschwunden. Auch ich bin spurlos

verschwunden. Deshalb glaube ich, dass sie das gleiche Schicksal erlitten hat wie ich. Nur fehlte ihr das Quäntchen Glück, das mein Leben gerettet hat.«

»Warum erzählst du mir das alles?«, fragte Alessandro und wandte sich unwillig ab. »Was hat das mit mir zu tun?«

Franz fuhr unbeirrt fort. »Sie war eine gute Frau. Es ist eine Schande, dass sie sterben musste. Das hätte niemals passieren dürfen.«

Alessandro fuhr herum und schrie Franz an. »Hör auf, mir diese Dinge zu erzählen! Erzähl sie einem, den es angeht!«

Franz hätte niemals beweisen können, dass Greta etwas zugestoßen war. Er hatte alles auf eine Karte gesetzt. Alessandro, der Sohn des Kunsthändlers Parsini, der sich im Alter aus Verzweiflung das Leben genommen hatte, Alessandro, der als erwachsener Mann noch durchs Leben irrte wie ein großer Junge, Alessandro, der sich mühte, eine eigene Rolle zu finden – diesen Alessandro wollte er an sein Gewissen erinnern. Nun sah er, dass Alessandro es wusste. Dass er darunter litt.

»Alessandro, wir kennen uns noch nicht lange, aber wir haben Respekt und Achtung voreinander gewonnen. Wir sind beide Menschen, die ihren Weg verloren haben. Aber wir können ihn beide wiederfinden. Gemeinsam!«

Franz sah mit Schrecken, dass Alessandro einen Spazierstock ergriff, der zusammen mit einem Zylinder, einem seidenen Schal und Glacéhandschuhen auf einer Chaiselongue lag. Seine breite Hand krampfte sich um das schwarze Holz. Wenn er diesen großen und schweren Mann dazu trieb, das vor zwei Monaten begonnene Werk zu beenden, dann war er ihm wehrlos ausgeliefert. Doch jetzt gab es kein Zurück mehr.

»Geh!«, flüsterte Alessandro. »Du sprichst mit dem Falschen.«

»Nein, Alessandro. Du weißt, wovon ich spreche. Du hast mich mit Greta zusammengebracht. Du hast diese Falle gestellt. Ich weiß, dass du ein guter Mensch bist. Deshalb glaube ich, was dann passiert ist, ist nicht deine Schuld.«

»Es ist nichts passiert … nichts passiert …«

»Was passiert ist, ist nicht deine Schuld. Aber was passieren wird, das wird deine Schuld sein. Du weißt jetzt, wie gespielt wird. Du musst dich jetzt für die richtige Seite entscheiden.«

Der Gehstock zitterte in Alessandros Faust.

»Wer trägt die Schuld, Alessandro? Wer hat den Auftrag zu meinem Mord gegeben? Wer steht hinter allem?«

Immer noch stand Alessandro mit seinem breiten Rücken zu Franz. Gebeugt unter einem unsichtbaren Gewicht. Ein Flüstern war zu hören. Leise, zischend, unverständlich.

»Wer, Alessandro? Wer?«

Noch ein Flüstern.

»Alessandro, sprich es aus!«

Doch dann richtete sich der Sohn des Kunsthändlers, der selber so gerne Kunsthändler wäre, langsam auf. Sein massiger Rücken begann gerade und steif zu werden. Er wuchs zu einer Größe, die Franz nicht erwartet hätte. Er wandte sich zu Franz um. Seine Augen waren gelb geworden. Rot geädert. Voller Tränen. »Du behauptest, mich zu kennen? Und glaubst, ich bin ein Verräter? – Geh! Stiehl dich davon! Verkriech dich irgendwo und komm nie wieder!« Er hob den schwarzen Stock – und warf ihn gegen die Wand, wo er polternd zu Boden fiel. »Geh!«

Nachdem er Alessandros Wohnung verlassen hatte, war Franz lange durch die Gassen gestreift und hatte die Nachtlager der Kinder nach Mattia abgesucht. Er machte sich Sorgen um den Jungen. Er fand einige Straßenkinder, doch niemand hatte Mattia gesehen. Franz suchte sogar in der Ruine neben seinem alten Palazzo. Er ging den Pfad zwischen Gebüsch und Unkraut an verfaulten Tapeten und eingestürzten Dachbalken entlang und stieg die morsche Treppe hinauf, bis er in einem erhaltenen Raum auf schlafende Kinder stieß. Sie erschraken und starrten ihm mit großen Augen entgegen, doch sie erkannten ihn, denn einige von ihnen hatten in seinem Palazzo geschlafen. Keines von ihnen wusste etwas über Mattia.

Schließlich fand sich Franz auf einer kleinen Brücke wieder, von der aus er einen Blick auf den Palazzo d'Albari hatte. In den oberen Stockwerken brannten Lichter. Dort oben hockte er. Orfeo. Nach allem war Franz sicher: Das Innerste des Labyrinths war der Palazzo d'Albari. Dort saß der Mann, der den Befehl für den Mordanschlag auf ihn gegeben hatte. Franz hatte viel darüber nachgedacht, und er war inzwischen überzeugt davon, dass er sich hatte ablenken lassen von den lüsternen Heimlichkeiten des Nobiluomo. Er hatte geglaubt, durch die Entdeckung seiner Liebesspiele den wahren Orfeo enthüllt zu haben. Aber die tragische Gestalt mit der Toga und dem geschminkten Gesicht war nicht der wahre Orfeo. Sie war nicht sein dunkelstes Geheimnis, sondern nur eine weitere Windung des Labyrinths. Es gab keine andere Lösung: Orfeo war der mittlere Kopf der Hydra, den er abschlagen musste.

Während Franz am Brückengeländer stand und zu Orfeos Palazzo hinüberschaute, tauchte eine schwarze Gondel unter ihm auf und glitt lautlos auf den Palazzo zu. In den Sesseln der Gondel saß eine Dame in einem reichen Kleid und mit einem verschleierten Hut. An der eleganten Haltung, mit der ihre Hand auf der Bordwand lag, erkannte Franz Rafaela. Müsste er sie warnen? Sie hatte solche Angst davor, dass eines Tages ihre Welt zusammenstürzte, und nun war er derjenige, der sie zum Einsturz bringen würde!

Vorausgesetzt, es gelänge. Denn Clara hatte natürlich recht gehabt, als sie zu bedenken gegeben hatte, der Plan, mit dem sie nach Venedig kamen, sei recht dünn. Eigentlich gab es überhaupt keinen wirklichen Plan. Ihre einzige Chance war, dass sie einen Keil zwischen ihre Gegner treiben konnten. Franz' größte Hoffnung dabei war natürlich Alessandro gewesen. Irma war überzeugt, dass in ihm ein guter Kern steckte. Man würde sehen. Vielleicht brauchte er Zeit.

Ansonsten konnten sie nur durch Claras offenes Erscheinen

als Robert von Stargards Schwester einen Stein ins Wasser werfen und hoffen, dass die Wellen, die er schlug, etwas in Gang setzten.

Wichtig war vor allem, dass Lukas gut auf Irma aufpasste. Sie war der Schlüssel. Auf die Gefahr hin, selber ins Zuchthaus zu kommen, bestand sie darauf, im richtigen Moment alles auszusagen und zu bezeugen, was sie wusste. Franz musste also nur diesen richtigen Moment schaffen.

*

In der Nacht ging Clara noch lange mit einer Lampe durch die Räume des Palazzos. Sie versuchte sich vorzustellen, wie es Franz wohl ergangen war, während er hier gelebt hatte. Jedenfalls hatte er sich in dem Arbeitszimmer mit all den Zeichnungen seiner Freunde aus Rom umgeben. Und ihr Porträt hatte er tatsächlich auch aufgehängt. In einem schönen und gut gearbeiteten Rahmen.

Das Bild hing ein wenig schief, und als sie es geraderückte, rutschte eine Ecke eines Blattes Papier darunter hervor. Clara nahm das Bild von der Wand, und als sie es herumdrehte, fand sie nahezu ein Dutzend Blätter, zweifach gefaltet und eng beschrieben. Briefe! Clara erkannte Franz' Schrift, die sie so gut kannte, seit sie das Manuskript des *Römischen Fiebers* gelesen hatte, während er nach der Vollendung der letzten Seite tief und fest schlief.

Meine liebe Clara, las sie.

Geliebte Clara!

Du Liebe meines Lebens!

Sie setzte sich an den Tisch und las im Schein der Lampe all die Briefe, die Franz ihr geschrieben hatte. Sie las von seiner Einsamkeit und seiner Sehnsucht nach ihr. Sie las von seiner Verzweiflung darüber, dass sie niemals auf ehrliche Weise zusammenkommen könnten, und dass er trotzdem niemals den Mut verlor, weil es ihm unendlich viel bedeutete, dass sie existierte – unerreichbar und doch immer lichtbringend und Leben spendend wie die Sonne. Sie las sein Geständnis, dass er mit Alessandro in dem Palazzo mit der goldenen Gondel gewesen und mit einer Frau gegangen war. Es sei geschehen, weil er seinen Weg und alle Hoffnung verloren und den ewigen täglichen Kampf aufgegeben hatte. Er hoffe seither nur noch eines: sie eines Tages dafür um Verzeihung bitten zu können.

Clara saß lange vor seinen Briefen, die sie über den ganzen Tisch ausgebreitet hatte. Dann nahm sie die Lampe und ging hinaus in die Halle. Der Palazzo lag in nächtlicher Stille. Die Signora schlief längst oben unterm Dach. Clara ging die Treppe hinab zum Wassergeschoss. Vorbei an der vorderen Haustür, die Signora Donati nach dem blutigen Zwischenfall im Dezember mit einem schweren Eisenriegel hatte sichern lassen. Der breite Mittelgang zwischen den Kontoren und Lagerräumen lag im Dunkel. Clara öffnete die Tür zum Lagerraum, in dem Franz das Strohlager für die Straßenkinder eingerichtet hatte. Sie ging hinein und stellte die Lampe auf ein Wandbrett. Die kleine Flamme warf ihren Schein auf das Stroh mit den vielen Laken, die darauf ausgebreitet lagen – und auf Franz, der auf einem der Laken schlief. Clara knöpfte ihr Kleid auf und ließ es auf den Boden fallen.

Franz erwachte vom Rascheln des Strohs. Und als er die Augen öffnete, kniete vor ihm Clara. Sie war nackt. Als er sie ansah, fühlte sich Franz, als sei er von einer langen, langen Reise nach Hause zurückgekehrt. Er zog sein Hemd aus, und sie umarmten sich. Als ihre Brust seine verletzte Brust berührte, wurde er endlich wahrhaft geheilt. Nachdem er sich in seinen Briefen geöffnet hatte, war auch sie bereit, sich ihm zu öffnen. Sie hatten diesen Moment lange herbeigesehnt, doch keiner von ihnen war auf die Lust vorbereitet, die zwei Menschen empfinden, wenn sie nichts mehr voreinander verschließen und vollkommen offen füreinander sind.

Clara und Franz lagen noch Arm in Arm beieinander, als es an der Tür zum Kanal pochte. Sie zogen sich eilig an. Franz verbarg sich hinter der Tür, während Clara öffnete. Die Marmorstufen schimmerten im Mondlicht, der Kanal dahinter lag schwarz und reglos. Eine Gondel hatte festgemacht, und auf den Stufen stand Stefano Scapa. Seine grünen Augen blitzten unter dem Schatten seines runden Hutes hervor.

»Wir haben den Priester«, sagte er. »Sagt Stargard – oder wie immer sein Name ist –, er soll sich stellen, dann geben wir den Priester wieder heraus.«

»Ich weiß nicht, wo er ist«, entgegnete Clara. »Ich bin alleine in Venedig. Ich suche ihn ebenso wie Sie.«

»Dann wird der Priester sterben.«

Franz trat aus dem Dunkel hervor. »Du lügst. Ihr könnt ihn nicht haben. Er ist nicht in Venedig. Er hält sich an einem sicheren Ort versteckt, und …«

»Er ist zur Abendmesse gegangen. Drüben in San Polo. Er ist in unserer Hand …«

Franz atmete tief durch. Lukas … »Gebt Ihr mir Euer Wort, dass Ihr ihn gehen lasst, wenn ich mitkomme?«

»Certo che si! Unser Wort!« Scapa grinste hinterhältig.

Franz schloss die Tür. Clara mahnte eindringlich: »Du darfst nicht mit ihm gehen. Trau ihnen nicht!«

»Natürlich kann ich ihnen nicht trauen«, erwiderte Franz. »Aber ich gehe trotzdem. Ich muss.«

»Du kannst Lukas mehr helfen, wenn du frei bist!«

»Wenn sie ihn töten, kann ihm niemand mehr helfen. Und ist es nicht das, was ich immer wollte? In die Höhle des Löwen? Jetzt holen sie mich sogar ab.« Franz lächelte. »Wollen wir mutig sein?«, fragte er.

Clara sah ihn lange an. Dann nickte sie. »Ja, das wollen wir.«

Es ging weder in Richtung Land noch zum Lido, sondern weiter die Lagune hinauf, bis sie auf eine kleine Insel mit einem ummauerten alten Kloster zuhielten.

Endlich stießen sie an einer Mole an. Am Ufer stand Tullio und vertäute mit seinen groben Händen das Boot. Sie gingen im Mondlicht einen verwilderten Pfad entlang, bis sie die Gebäude erreichten. Durch ein massives Tor betraten sie das Kloster und gingen durch ein Gewölbe, bis sie einen kahlen Raum erreichten, in dem lediglich eine Gebetbank unter einem Gemälde der Jungfrau Maria stand sowie ein Tisch mit Stühlen. An einen der Stühle war Lukas gefesselt und blickte Franz mit schlechtem Gewissen an.

Vor einem Fenster, das durch steinerne Säulen in schmale Spalten unterteilt war, stand der Kunsthändler Reinke aus Hamburg. Der harte Hemdkragen schnitt in seinen Hals, als er sich zu Franz herumdrehte. Scapa drückte Franz auf einen Stuhl neben Lukas und fesselte ihn ebenfalls.

»Gut«, sagte Franz. »Lasst den Priester gehen.«

»Ihr Freund bleibt«, erwiderte Reinke. »Keiner von Euch wird diese Insel lebend verlassen.«

»Sie haben mir Ihr Wort gegeben!«

Reinke lächelte. »Eine Lüge wird wohl gestattet sein. Sie haben mich wochenlang angelogen! Sie haben mir nicht einmal Ihren wahren Namen genannt. Aber vielleicht möchten Sie mir jetzt die Wahrheit sagen – eine letzte Beichte angesichts des Todes.«

Franz und Lukas sahen sich lange an. Obwohl sie kein Wort sagten, obwohl sie nicht einmal eine Miene verzogen, verstanden sie sich.

»Er ist nicht mein Freund«, sagte Franz. »Er ist mein Verbindungsmann zur heiligen Inquisition.«

Reinke wirkte für einen winzigen Moment verunsichert. Er sah von einem zum anderen, und Franz bemerkte es. Dieser winzige Moment gab ihm die nötige Sicherheit, um mit dem größten Selbstvertrauen fortzufahren: »Ich bin geheimer Sonderbeauftragter Seiner Exzellenz Giulio Maria Conte della Somaglia, Kardinalstaatssekretär des Kirchenstaates und Sekretär der Kongregation der römischen und allgemeinen Inquisition.

Ich fordere Sie hiermit auf, unsere Fesseln zu lösen und sich in unsere Gewalt zu begeben.«

Reinke grinste. »Ich glaube Ihnen kein Wort.«

Franz fuhr fort: »Wir kommen gerade aus Rom zurück, wo wir ein Treffen Seiner Majestät Kaiser Franz I. mit Seiner Heiligkeit Papst Pius VII., Bischof von Rom, Stellvertreter Christi, Nachfolger des Fürsten der Apostel, Höchster Pontifex, Souverän des Vatikanstaates, Patriarch des Abendlandes und Servus Servorum Dei, vorbereitet haben. Sie wissen, dass ich den Kaiser hier in Venedig zu einer kurzen Unterredung in den Galerien getroffen habe, bei der ich ihm verschiedene Unterlagen überreicht habe. Wissen Sie das?«

Reinke nickte unwillkürlich. Rottmann hatte tagelang gewütet, weil es ihm nicht gelungen war herauszufinden, was der Kunsthändler Robert von Stargard und Kaiser Franz außerhalb jeglichen Protokolls zu besprechen gehabt hatten – und was der Kunsthändler dem Kaiser übergeben hatte.

»Sie wissen, dass der Kirchenstaat vor einem Jahr geheime *Sbirri* nach Venedig geschickt hatte, um gestohlene Kunstwerke aufzufinden, und dass dieses Vorgehen eine diplomatische Krise zwischen Wien und Rom ausgelöst hat, die auf höchster Ebene zwischen Metternich und Somaglia bereinigt werden musste. Deshalb wurde mein Einsatz zwischen den beiden Staatsmännern koordiniert. Ich unterstehe direkt dem Kardinalstaatssekretär sowie dem leitenden Minister.«

Franz konnte förmlich sehen, wie die Maschinerie in Reinkes Kopf arbeitete. Wenn es stimmte, was er hörte, dann war sein Spiel aus. Der Hamburger schüttelte den Kopf. »Sie lügen. Jedes Wort ist gelogen. Bei den Gerichten Venedigs weiß niemand von den Dingen, die Sie da behaupten.«

»Natürlich nicht.« Franz zuckte, soweit das seine Fesseln zuließen, mit den Schultern. »Und uns ist auch klar, warum Sie das so genau wissen: Uns ist seit Längerem bekannt, dass Sie die Unterstützung eines Beamten genießen, den Sie bestechen.«

»Sie wissen überhaupt nichts ...«

»Ignaz von Rottmann«, sagte Franz. »Diese Information sowie alle anderen liegen längst den Dienststellen im Vatikan und in Wien vor. Wenn Sie mich oder Pater Lukas töten, nützt Ihnen das nichts. Es verschlimmert nur alles. Sie bringen sich selbst an den Strang.« Er blickte Reinke herausfordernd an.

Es war nicht zu übersehen, dass der Hamburger Kunsthändler blass geworden war.

Ohne ein weiteres Wort verließ Reinke den Raum. Tullio folgte ihm eilig und schloss die Tür von außen ab. Sie hörten Reinkes harte Schritte durch das Gewölbe verhallen.

»Das war gut!«, sagte Lukas. »Du bist der dreisteste Lügner, den ich je erlebt habe!«

Franz sah Lukas an. »Du bist also zur Kirche gegangen ...«, sagte er.

»Ja, zur Kirche. Mit Maria im Herzen ist Honig im Munde.«

»Was soll immer dieser ... *blöde* Spruch? Deinetwegen werden sie uns umbringen!«

»Ich habe dich nicht gebeten herzukommen! Ich hätte mich alleine befreit! Ich brauche deine Hilfe nicht.«

»Natürlich nicht. Du hast ja Honig im Munde!«

Bevor sie die Angelegenheit ausdiskutieren konnten, hörten sie den Schlüssel im Türschloss, und Tullio kam wieder herein. Er prüfte ihre Fesseln durch einen schmerzhaften Ruck, setzte sich auf einen Stuhl und stützte seine kurzen Arme auf den Knotenstock.

So saßen sie eine Weile. Franz überlegte fieberhaft, was er tun könnte. Hatte Reinke ihm seine Lügen abgekauft? Hatte er ihn genug verunsichert, um ihr Leben zu retten?

»Tullio«, sagte er. »Die Fesseln schneiden mir ins Fleisch. Kannst du sie nicht ein wenig lockern?«

Doch Tullio grunzte nur: »Chiudi il becco!«

Plötzlich klappte Lukas' Kopf nach vorne auf seine Brust. Aus dem Hals des Priesters rang sich ein furchterregendes Röcheln. Ein ersticktes Keuchen.

»Lukas?« Franz sah den Freund erschrocken an.

Lukas begann am ganzen Leibe zu zittern. Er zuckte mit dem Kopf, er nickte unkontrolliert, dann flog sein Kopf vor und zurück, dass ihm der Speichel nur so aus dem Mund spritzte. Seine Augen waren so weit nach hinten gerollt, dass nur das Weiße sichtbar war.

»Lukas!«, schrie Franz. »Mein Gott, tun Sie etwas! Tullio, schnell! Er erstickt! Er stirbt!«

Doch Tullio saß wie gelähmt auf seinem Stuhl und starrte Lukas mit großen Augen an.

Lukas zuckte inzwischen am ganzen Körper, sein Stuhl tanzte und knallte rhythmisch auf den Boden. Schließlich fiel er um, Lukas' Kopf knallte auf den Boden. Tierische Laute rollten und gurgelten aus seinem Rachen.

»Tun Sie etwas, binden Sie ihn los!«, schrie Franz Tullio an und riss an seinen Fesseln.

Endlich begriff Tullio, dass Lukas Hilfe brauchte. Man hatte ihm die Verantwortung für die Gefangenen übertragen, er musste etwas unternehmen. Er stand auf, legte seinen Stock auf den Boden, nahm ein Messer aus der Tasche und schnitt Lukas frei.

Franz riss so heftig an seinen Fesseln, um dem Freund endlich zu helfen, dass auch sein Stuhl kippte – und krachend zu Boden ging. Tullio sprang zu Franz und bedrohte ihn mit dem Messer. Als er sich vergewissert hatte, dass Franz' Fesseln hielten, wollte er sich wieder dem Tobsüchtigen zuwenden, doch dazu kam er nicht: Das klobige Ende seines Knotenstocks traf ihn mit voller Wucht am Kopf. Er fiel um wie ein gefällter Baum. Lukas aber stand mit dem erhobenen Knotenstock über ihm.

Franz, gefesselt auf dem Boden liegend, starrte ihn fassungslos an. »Was war das?«, fragte er.

»Das war nicht schlecht, oder?«

»Du hast das *gespielt*? Und behauptest, *ich* sei der dreisteste Lügner?«

»Ich habe dir doch gesagt, ich wäre alleine hier weggekommen.« Und bevor sie gingen, ließ Lukas es sich nicht nehmen, vor dem Marienaltar niederzuknien und ein Dankgebet zu sprechen.

42

Unter Krebsen

Nachdem sie Tullio gefesselt und geknebelt hatten, verließen sie das Kloster und liefen zum Wasser. Wolken verdeckten den Mond, und die Nacht war undurchdringlich wie Druckerschwärze. An der Mole lag kein Boot. Es dauerte nicht lange, die kleine Insel, auf der es keinen Baum, kaum Gebüsch, und nur das eine, ummauerte, Gebäude gab, zu umrunden und sich zu vergewissern, dass es auch sonst kein Boot gab.

»Schwimmen«, sagte Franz.

»Ich habe einen besseren Vorschlag«, erwiderte Lukas. »Wir verstecken uns irgendwo, bis es hell wird, und winken ein Fischerboot heran!«

»Verstecken? Sie können jeden Moment zurückkommen! Meine Behauptungen haben uns Zeit verschafft, aber keine Sicherheit!«

Franz trat mit einem entschlossenen Schritt hinunter auf das sandige Ufer. Das Wasser spritzte leise auf, als er bis zur Hüfte hineinwatete. Dann bemerkte er, dass Lukas ihm nicht folgte, und drehte sich um. »Was ist?«

Lukas rührte sich nicht. Aus seiner Haltung – gegen den dunklen Himmel nur zu erahnen – erkannte Franz, dass er unglücklich ins schwarze Wasser hinuntersah.

»Beeil dich!«

Franz beschlich ein schrecklicher Verdacht: »Du kannst wirklich nicht schwimmen, oder?«

Lukas schwieg.

»Das ist doch nicht zu glauben …«

»Ich bin Priester!«

»Du warst nicht immer Priester! Bist du als Kind nie geschwommen?«

»Ich habe lieber gelesen.«

»Dann hättest du verdammt noch mal ein Buch übers Schwimmen lesen sollen!«

»Fluchen hilft jetzt auch nicht weiter.«

In diesem Moment riss die Wolkendecke auf, und etwas Mondlicht strahlte auf die Lagune herab. Franz blickte auf die weite Wasserfläche hinaus. In der Ferne waren winzig klein die Kirchtürme Venedigs auszumachen. Der Campanile überragte alle, aber selbst er wirkte beängstigend klein – und übermäßig weit entfernt.

Franz watete wieder aus dem Wasser heraus. »Wie genau wärest du alleine hier weggekommen?«

»Was hast du vor?«

»Warte hier.«

Lukas stand so reglos am Ufer, dass sich ein Krebs aus seinem Unterschlupf hervorwagte. Er lief auf seinen spitzen Beinen über den Sand und huschte erst lautlos davon, als Franz zurückkam. Franz hatte von einem verfallenen Schuppen, an dem sie vorbeigekommen waren, ein massives Brett geholt.

»Halt dich daran fest. Ich ziehe dich.«

»Ich werde ertrinken …«

»Wenn du hierbleibst, wirst du ermordet.«

Lukas gab sich sichtlich einen Ruck und stieg von der Mole herab zum Ufer. Entschlossen schritt er tiefer ins flache Wasser. Franz konnte nur ahnen, wie ihm zumute war, denn das Wasser war kalt, und es war dunkel. Es musste einem, der Angst hatte, darin zu versinken, furchtbar erscheinen.

»Vertrau mir«, sagte Franz so zuversichtlich wie möglich.

»In Gottes Namen …« Lukas fasste die Planke mit beiden Händen und ließ sich ganz ins Wasser hinein. Sobald das Holz ihn tragen musste, verschwand es unter der Oberfläche. Doch es hob den Priester gut genug, dass es nicht völlig versank.

Franz griff das Brett mit einer Hand, und mit kräftigen Stößen seiner Beine und des freien Armes zog er Lukas vom Ufer weg.

Das Brett mit dem Freund zu ziehen, war mühseliger, als Franz gedacht hatte. Er schwamm mit aller Kraft, doch Venedig kam nicht näher.

»Strample mit den Beinen«, forderte er Lukas auf.

»Dies ist wohl kaum der richtige Moment, um mir das Schwimmen beizubringen.«

»Du sollst nicht schwimmen, du sollst nur schieben.«

Im Bemühen, seine Sache gut zu machen, schlug Lukas viel zu sehr mit den Füßen aus und spritzte so viel Wasser auf, dass er mehr bremste als schob. Das Brett schaukelte bedenklich, Lukas glitt seitlich ins Wasser, verschluckte sich und hustete krampfhaft.

»Langsam!«, sagte Franz beruhigend. »Nicht so wild. Ruhige Bewegungen.«

Lukas krallte die Hände ans Brett und versuchte sich zu beruhigen. »Ruhige Bewegungen«, murmelte er. »Ruhige Bewegungen ...«

Tatsächlich gelang es ihm, die Kontrolle über seine Beine zu gewinnen, und nur noch gelegentlich spritzte das Wasser.

»Was ist mit dir?«, fragte Lukas den ruhig schwimmenden Franz. »Geht es noch?«

»Es geht sehr gut«, erwiderte Franz. »Mir wird langsam überhaupt erst warm.« Doch in Wahrheit brannten seine Muskeln in Beinen und Armen, und er hätte nicht sagen können, welcher Schmerz schlimmer war: der im rudernden Arm oder der in der Hand, die sich um das kalte Brett verkrampfte.

»Ich glaube, wir kommen zu weit nach links«, sagte Lukas.

Franz sah sich um. Tatsächlich waren sie in Richtung Lido geraten. Auf den Ausgang zum offenen Meer zu. Er schwamm weiter. Doch er spürte, dass er kaum noch Kräfte mobilisieren konnte.

Mit klappernden Zähnen begann Lukas ein beschwörendes

Gebet zu raunen: »Gegrüßet seist du, Maria, voll der Gnade, der Herr ist mit dir … Gegrüßet seist du, Maria, voll der Gnade, der Herr ist mit dir …«

Die Wolken waren dichter geworden, und es wurde schwarz um sie herum. Auf allen Seiten undurchdringliche Schwärze. Bald war nichts mehr zu sehen. Keine Wolken, kein Mond, keine Sterne und vor allem kein Venedig. Nicht einmal die Insel, von der aus sie losgeschwommen waren. Um sie herum nur Schwarz. Düster und schwer und beklemmend. Es hätte genauso gut der Styx sein können, den sie durchschwammen – an dessen jenseitigem Ufer das Totenreich lag. Franz bekam mehr und mehr Angst, dass sie genau dort ankommen würden.

Inzwischen schwamm Franz auf dem Rücken. Er spürte seinen Körper immer weniger. Seine schmerzenden Muskeln brannten aus. Die Kälte des Wassers drang immer tiefer in seinen Körper ein. Während er sich bemühte, ruhig und gleichmäßig weiterzuschwimmen, hörte er immer lauter Zähneklappern. Er wusste nicht, ob es sein eigenes war oder das des Freundes.

»Weißt du noch, wo wir uns kennengelernt haben?«, schnatterte Lukas.

»Ja«, erwiderte Franz zitternd. »Rom … Bibliothek …«

»Biblioteca Angelica … warm … trocken … Bücher … gute Bücher …«

Eine Weile herrschte wieder Stille.

Plötzlich rief Lukas aus: »Die Jungfrau! Maria! Franz, sie holt uns!«

»Halt durch«, sagte Franz und kämpfte weiter darum, den freien Arm und die Beine zu bewegen. »Wir schaffen das.«

»Nein, Franz, sie ist wirklich da. Da oben!« Franz sah, dass Lukas in grenzenlosem Staunen nach oben blickte. Er wandte sich um, und wirklich: Hoch über ihnen, am Himmel, schwebte die Jungfrau Maria. Ihr blauer Mantel, ihre zum Gebet gefalteten Hände, ihr feines Gesicht schimmerten wundersam in der undurchdringlichen Schwärze der Nacht.

»Ein Wunder …«, stammelte Lukas. »Gegrüßet seist du, Maria, voll der Gnade, der Herr ist mit dir …«

Wie war das möglich? Da schwebte sie! Ohne Zweifel! Aufgrund der Dunkelheit war es unmöglich, zu sagen, wie groß sie war und wie hoch über ihnen, aber auch nachdem Franz mehrmals die Augen zusammengekniffen hatte, schwebte sie immer noch dort oben. Blauer Mantel, gefaltete Hände, wehmütiges Lächeln – sogar eine Träne, die ihre Wange hinablief, konnte Franz deutlich glänzen sehen.

Aber warum weinte sie?

Und dann stieß er mit dem Kopf gegen etwas Hartes.

Holz!

Ein Pfosten!

»Lukas! Hier, halt dich fest!« Franz konnte es kaum fassen. Eine hölzerne Treppenstufe! »Lukas, sie hat deine Gebete gehört! Sie ist wirklich gekommen, um uns zu retten!«

Sie waren in der Dunkelheit auf eines der baumhohen hölzernen Gestelle gestoßen, auf denen die gläubigen Venezianer mitten in der Lagune entlang der Wasserwege Marienaltäre errichtet hatten. Oben in dem kleinen Häuschen, dessen Front in zwei Flügeln weit aufgeklappt war, brannten in gläsernen Laternen Kerzen und ließen die Madonnenfigur sanft erstrahlen.

Franz und Lukas krochen die steilen Stufen hinauf, hängten die kraftlosen Arme zwischen den Sprossen hindurch und blieben erschöpft liegen. Und in einem fort hörte Franz ein schwaches Murmeln wie gluckerndes Wasser: »Gegrüßet seist du, Maria, voll der Gnade, der Herr ist mit dir. Gegrüßet seist du, Maria, voll der Gnade …«

»Er wusste alles!«

»Wenn er alles wüsste, dann stünden wir nicht hier.«

»Wir müssen schnell und entschlossen handeln. Tun, was zu tun ist!«

»Und was ist zu tun?«

»Wir müssen sie loswerden. Alle beide.«

»Dann wohl alle vier …«

Es war noch dunkel. Reinke hatte den Gerichtspräsidenten Rottmann auf dem Markusplatz abgefangen. Sie waren gemeinsam in den Dogenpalast gegangen und saßen nun bei geschlossener Tür in Rottmanns Amtsstube. Draußen gingen Schritte hin und her, gelegentlich war ein Morgengruß zu hören, die Verwaltung Lombardo-Venetiens erwachte.

»Er lügt«, sagte Rottmann.

Reinke beugte sich vor und flüsterte: »Er hat mir auf den Kopf zugesagt, dass Sie bestochen sind!«

»Hat er etwas gesagt von weiteren Geheimen in Venedig? Kontaktpersonen? Spitzel?«

»Nein, nichts. Nur dieser Priester. Aber er hat mich gewarnt, dass seine Dienststelle über alles informiert ist. Dass es nichts nützt, ihn zu töten. Ich bin aber überzeugt, wir sollten es doch tun.«

Rottmann stand auf und schaute aus dem Fenster in die Morgendämmerung. Von seiner Amtsstube hatte man einen prächtigen Blick über die Lagune. Schließlich wandte er sich zu Reinke. Sein Blick war hart und entschlossen. »Ich werde Ordnung schaffen. Ich will selber mit ihm sprechen. Warten Sie hier.«

Und damit ging er hinaus und schloss die Tür hinter sich.

Reinke überlegte fieberhaft. Der entschlossene Blick Rottmanns steckte in ihm wie ein Pfeil. Dieser Blick …

Ich werde Ordnung schaffen.

Reinke erkannte, dass er fliehen musste. Es war aus. Rottmann würde nicht das geringste Risiko mehr eingehen. Er würde durch gnadenlose Härte den Beweis seiner Unbestechlichkeit antreten. Er würde jeden einzelnen Beteiligten beiseiteschaffen oder so erbärmlich erniedrigen, dass jegliche Behauptung, er sei in die Sache verwickelt, wie ein armseliger Versuch wirkte, die eigene Haut zu retten. Es war keine Sekunde zu verlieren.

Ich werde Ordnung schaffen.

Nur Momente später wurde die Tür aufgestoßen. »Festnehmen den Mann. Einzelhaft.«

Ein Oberstleutnant, auf dessen Zweispitz ein fescher Federbusch wippte, trat mit zwei Gendarmen ein und sah sich um. Geistesgegenwärtig lief er auf den Gang und rief gellend: »Ausgänge besetzen! Niemand verlässt das Gebäude!«

»Nehmen Sie den Prokurator Brunner fest«, befahl Rottmann.

»Brunner?«, fragte der Oberstleutnant verwundert und sah den friedfertigen Prokurator mit dem weichen Backenbart und den appetitlichen Wangen vor sich.

»Wegen Bestechlichkeit und Vorteilsannahme. Und sofort alle Rittmeister zu mir.«

*

Franz wusste nicht, wie lange sie dort gelegen hatten, aber irgendwann packte ihn jemand an der Schulter und rüttelte ihn. »Roberto!«

Franz schlug mühsam die Augen auf, und im nächsten Moment war er ganz bei Sinnen. »Mattia!«, rief er. Sie umarmten sich. »Ich bin so froh, dass du lebst.«

»Natürlich lebe ich! Mir passiert nie was! Ich bin froh, dass *Ihr* lebt! Kommt, schnell weg hier.«

Sie halfen Lukas, nachdem er noch einen Dank zur Jungfrau hinaufgeschickt hatte, in ein kleines Segelboot, das von einem alten Mann gesteuert wurde. »Vito!«, rief Franz. »Wo kommt ihr her? Wie habt ihr uns gefunden? Wo habt ihr gesteckt?«

Sie segelten in der aufkommenden Dämmerung des Morgens in zügiger Fahrt davon. Nicht auf Venedig zu, sondern weiter in die Lagune hinein. Während Vito die Wasserlinie im Blick behielt, um österreichische Zollboote früh genug zu erkennen, erzählte Mattia aufgeregt: »Wir haben Euch gesehen. Durchs Fernrohr. Vito hat ein Fernrohr. Seine Aufgabe ist es, die Lagune im Auge zu behalten.«

»Aufgabe? Für wen?«

»Schmuggler«, erklärte Mattia.

»Von wo?«, fragte Franz weiter.

Mattia lächelte. »Wartet ab.«

Vito manövrierte durch verschlungene Kanäle. Nah unter der Oberfläche sah Franz Sandbänke und gelegentlich Halme von Gras oder Schilf, die aus dem Wasser ragten. Einmal lief ein leuchtend blauer Hummer über den Grund. Und dann erblickte Franz etwas höchst Seltsames: ein Schiff aus Bäumen! Mitten zwischen den Untiefen lag ein uraltes gestrandetes Schiff. Das Holz war verfallen und so morsch, dass es weniger gezimmerten Brettern glich als eher natürlichem Erdboden. Pflanzen hatten darin Fuß gefasst, Buschwerk war gewachsen und ganze Bäume. Ein kleiner Wald in der Form des Schiffes wuchs mitten in der Lagune. Das Segelboot umrundete die wundersame Formation, und Franz erkannte, dass die Brücke des Schiffes noch recht gut erhalten war. Und als sie anlegten, stiegen sie auf eine Plattform hinauf, die wie ein Haus in Bäumen einen schattigen, angenehmen und verborgenen Platz bot. In einer nahezu intakten Kajüte hing eine Hängematte, und eine offen stehende Seekiste ließ Pfannen, Töpfe und Geschirr sehen. Als sie dort oben standen, umarmte Franz erst einmal Vito. »Du bist wohlauf!«

»Natürlich«, erwiderte der Alte.

»Ich war krank«, erklärte Franz. »Ich konnte nicht nach dir suchen.«

»Ich weiß«, erwiderte Vito. »Du hattest dein Gedächtnis verloren.«

»Das weißt du?«

»Aber ja.« Er wandte sich Lukas zu. »Willkommen, Pater Lukas, in meinem bescheidenen Zuhause.«

Sie gaben sich die Hand.

»In Ihrer Einsiedelei …« Lukas lächelte, und der Alte nickte.

»So kann man es nennen. Kommt, Ihr habt sicher Hunger!«

Auf einem Haufen Sand und Steine entfachte Vito ein kleines Feuer, über dem er Fische und Krebse röstete, die bald einen guten Duft verbreiteten.

Während sie aßen, erklärte Vito, dass er sich Weihnachten gleich aus dem Staub gemacht hatte, weil man wegen des Mordes an Franz hinter ihm her gewesen war. Da er früher schon gelegentlich beim Fischen auf dem Wrack übernachtet hatte, war er hierhergekommen. Die Schmuggler versorgten ihn mit allem, was die Lagune ihm nicht bot, und dafür beobachtete er die Bewegungen der österreichischen Zollboote und konnte gelegentlich mit Informationen dienlich sein, wenn sie den Booten der Schmuggler auflauerten.

Mattia wies auf den Bug des Schiffes. »Er hat eine Signallaterne, mit der er Zeichen gibt.«

»Soso«, sagte Franz. »Du bist also unter die Schmuggler gegangen …«

Vito zuckte mit den Schultern.

»Wenn du von hier aus alles siehst, weißt du etwas über die Kunsträuber?«

»Nein«, antwortete Vito. »Ich habe während deiner Abwesenheit weiter nachgeforscht. Sie sind äußerst vorsichtig und gehen klug zu Werke. Wir wissen von ein paar Bootsleuten, die für sie gearbeitet haben, aber die kennen auch niemanden. Und die Lagerräume, die sie uns genannt haben, sind leer. Sie arbeiten mit Schiffen aus Triest. Sie kommen und verschwinden.«

»Dieser Fisch ist das Beste, was ich je in meinem Leben gegessen habe«, unterbrach Lukas. »Darf ich um noch einen bitten?«

Die Männer lachten, und Vito briet noch mehr Fisch. »Ihr könnt euch hier verstecken«, bot er Franz und Lukas an. »Für eine Weile wird es zu dritt gehen.«

»Ich danke dir«, entgegnete Franz. »Aber ich muss sofort nach Venedig.«

*

Der Kunsthändler Reinke war vom Dogenpalast zu seinem Kontor im Fondaco gelaufen und hatte den Koffer geholt. Darin befanden sich die Geschäftsbücher, die er geführt hatte und in denen er korrekt jedes einzelne Kunstwerk, jede erstellte Kopie und jeden Verkauf aufgeführt hatte, sowie sämtliche Unkosten wie die Bestechungsgelder an Rottmann oder Tullios und Stefanos Salär, die Löhne für Fuhrleute, Kapitäne und Bootsleute, die Pacht für Schiffe und die Mietzinse für Lagerhallen. Außer den Geschäftsbüchern hatte er vor allem Geld in dem Koffer verstaut: Banknoten, Wechsel, Anteilsscheine und Quittungen verschiedener europäischer Banken, bei deren Niederlassungen in Venedig und Mailand er immer wieder Einzahlungen getätigt hatte.

Mit diesem Koffer ging er zur Wohnung Alessandros, die nicht weit vom Fondaco lag. Der Umweg war ein Risiko, aber das war er sich schuldig. Alessandro öffnete im Morgenmantel die Tür, verschlafen und verkatert.

»Reinke, was willst du hier?«

»Lass mich rein, es dauert nicht lange.«

Alessandro ließ den Deutschen herein und ging mit ihm in seinen Salon. »Was hast du in dem Koffer?«

»Das geht dich nichts an. Ich will dir etwas anderes zeigen.«

»Was willst du mir zeigen?«

»Das hier.« Reinke nahm etwas aus der Tasche, und als Alessandro erkannte, was es war, da war es auch schon zu spät: Reinke steckte ihm den Dolch tief ins Herz und zog ihn wieder heraus. »So tötet man einen mit dem Dolch«, sagte er, als Alessandro ihn ungläubig anstarrte und dann zusammenbrach. »Du hättest dich nicht mit mir anlegen sollen.« Den mit Blut besudelten Dolch warf er auf den Boden, schüttete aus einer Kanne Wasser in eine Waschschüssel und wusch sich die Hände. Dann nahm er seinen Koffer und verließ die Wohnung.

Gerade als er über die nächste Brücke verschwinden wollte, wimmelte es vor dem Haus von Gendarmerie. Irgendwer rief: »Da ist Reinke!«, und so rannte er unwürdig und wie ein Tier gehetzt durch die Gassen, den schweren Koffer an sich gepresst. Weil sie ihm so dicht auf den Fersen waren, konnte er keine Gondel nehmen. Er rannte und bog immer wieder ab, er schwitzte und geriet außer Atem. Mehrfach rutschte er mit seinen feinen Lederschuhen auf dem unseligen venezianischen Pflaster aus, verdreckte sich den schwarzen Anzug und riss ihn sogar an einem Knie auf. Immer wieder, nachdem er schon geglaubt hatte, die Verfolger abgeschüttelt zu haben, hörte er irgendwo hinter sich jemanden rufen: »Aufhalten! Aufhalten den Mann!« Natürlich hielten ihn die Venezianer nicht auf – sie taten ja nie, was man von ihnen verlangte. Aber er war ratlos, wohin er sich noch wenden sollte. Wie lange konnte er noch durchhalten? Plötzlich stand er vor der Brücke mit dem alten Tor, die ins Getto führte. Und endlich wusste er, wo er sich verstecken konnte.

Er lief ins belebte Getto, wo er in der Menge untertauchte. Vor dem Haus der schönen Norina sah er sich um und vergewisserte sich, dass ihn niemand beachtete. Er schob die Tür auf, horchte ins Treppenhaus und lief eilig die steinerne Treppe hinab. Die schwere Holztür am Fuß der Treppe war von außen verriegelt, doch es gab kein Schloss. Er schob den Riegel zurück, ging hinein und zog die Tür hinter sich zu. Er tastete sich durch den kurzen Gang, schlüpfte durch die zweite Tür und schloss auch diese hinter sich. Hier unten würde ihn kein Mensch suchen. Von der bloßen Existenz dieses Raumes wusste sicherlich kaum jemand.

Reinke lehnte sich erschöpft an die feuchte Wand und fuhr angeekelt zurück, als er mit dem Hals die Muscheln berührte, die sich dort oben festgesetzt hatten. Zu seinen Füßen war der Raum fast vollständig mit Wasser gefüllt, in dem Hunderte von Krebsen lauerten. Durch die Fensteröffnung floss in breitem Schwall Wasser herein und spülte immer neue Krebse und anderes widerwärtiges Getier mit sich. Der abscheuliche Raum, der den Bewohnern des Hauses zum Krebsfischen diente, war wohl der ekelhafteste Ort in dieser an ekelhaften Orten so reichen Stadt. Reinke würde hier keine Minute länger bleiben als unbedingt notwendig. Wie lange aber war das? Wenige Minuten? Eine Stunde? Auf keinen Fall durfte er den Gendarmen in die Hände geraten. Durch seinen Abschiedsbesuch bei Parsini hatte er seine Lage sicherlich nicht verbessert.

Wieder und wieder versuchten Krebse aus dem Becken auf seine Stufe zu klettern und mit ihren Scheren irgendwo Halt zu finden. Er stieß sie mit den Schuhen zurück, doch das Wasser stieg, und bald stand die letzte Stufe, auf der er stand, ebenfalls unter Wasser. Es war nicht länger zu ertragen. Immer mehr Krebse drängten auf sein Podest.

Doch gerade als Reinke die Tür aufreißen und diesem widerwärtigen Albtraum entfliehen wollte, hörte er, wie draußen der Riegel vorgeschoben wurde. Er hielt still, um sich nicht zu verraten, doch schnell wurde ihm klar, dass dies genau das Falsche war. Voller Panik schlug er mit der Hand gegen die Tür. »Wer ist da?«, schrie er. »Aufmachen! Hier ist ein Mensch! Lass mich raus!«

Es kam keine Antwort.

»Aufmachen! Wer ist da?«

Keine Antwort. Der Riegel blieb verschlossen. Die Wasser der steigenden Flut rauschten jetzt so machtvoll herein, dass Reinkes Schreie oben im Haus nicht zu hören waren. Immer höher stieg das Wasser. Entsetzt wurde Reinke klar, dass die Muscheln hoch oben, bis über seinem Kopf, an der Wand siedelten und dass die Flut bis dorthin steigen würde. Noch hielt er den Koffer hoch, damit die Geschäftsbücher und all die Banknoten nicht nass würden. Und er wimmerte wie ein Kind, als er spürte, wie der erste Krebs in seine Hosenbeine drang.

43

Am seidenen Faden

Nachdem Clara in der Nacht der Gondel mit Franz und Stefano Scapa hinterhergeschaut hatte, bis sie hinter der Biegung des Canal Grande verschwunden war, hatte sie fieberhaft überlegt, wie sie helfen könnte. Clara wusste, dass sie etwas unternehmen musste.

Sie ging hinauf ins Jagdzimmer und nahm Franz' Briefe vor. Franz hatte alles aufgeschrieben, was er erlebt hatte. Irgendwo musste etwas sein, das helfen könnte. Eine Kleinigkeit, die sie nicht bedacht hatten. Irgendetwas. Eine Spur, ein Hinweis, ein Beleg, ein Beweis – irgendetwas Hilfreiches.

Clara las die Briefe vom ersten bis zum letzten. Doch sie fand nichts. Also las sie sie noch einmal. Und dann noch einmal. Sie hatte sogar eine zweite Lampe angezündet, als ob sie bei hellerem Licht mehr finden würde, aber bis draußen die Sonne aufging, gelang es ihr nicht, etwas zu entdecken. Sie hatte sämtliche Briefe auf dem Tisch ausgebreitet, um Zusammenhänge zu sehen: Wann war Franz zuversichtlich gewesen, wann voller Hoffnung und wann verzweifelt? Wen hatte er kennengelernt, mit wem gesprochen?

Irgendwann klopfte Signora Donati an die Tür und brachte das Frühstück. Clara wollte nicht essen, bevor sie eine Lösung gefunden hätte, aber als sie den Kaffee roch und die süßen Cornetti sah, konnte sie nicht widerstehen. Sie war einfach zu hungrig.

Sie biss vom ersten Cornetto ab, und trotz allem schmeckte es herrlich. Während die Signora ihr Kaffee einschenkte, sagte sie: »Kann ich noch etwas für Sie tun? Wenn Sie mich nicht brauchen, gehe ich jetzt nach Santa Maria, um zu beten.«

Clara hielt im Kauen inne und schaute die Signora an. »Maria?«, fragte sie.

»Santa Maria dei Miracoli. – Was ist mit Ihnen?«

»Natürlich!«, sagte Clara. »Maria! – Mit Maria im Herzen ist Honig im Munde!«

Clara nahm eine Gondel, ließ sich eine Weile herumfahren, stieg aus und eilte durch die verwinkelten Gassen. Sie nahm eine zweite Gondel, fuhr etwas herum und ging wieder zu Fuß, bis sie sicher war, dass sie nicht verfolgt wurde. Erst dem dritten Barcariol nannte sie ihr wirkliches Ziel. Er war erstaunt und fragte noch einmal nach, um sicherzugehen, dass er sie richtig verstanden hatte. Er gab zu bedenken, dass sie als Frau nicht eingelassen würde. Und dass um diese Zeit ohnehin niemand öffnen würde. Doch Clara bestand darauf.

Nachdem er sie auf den Treppenstufen abgesetzt hatte, musste sie wirklich lange warten. Sie klopfte weiter, bis eine alte Frau die Tür öffnete. »Es schlafen alle«, nuschelte die Alte. Doch Clara überzeugte die Frau, dass sie unbedingt hineinmüsse, weil es um Leben und Tod ging. Schließlich gab die Alte nach und führte Clara eine wunderliche Treppe hinauf in einen Salon, in dem sie warten sollte.

Als sie alleine war, staunte Clara: Mitten in dem Salon, der mit Vorhängen, Draperien und seidenen Gardinen dekoriert war, stand eine riesige goldene Gondel. Ob Franz darin gesessen hatte? In diesen weichen Polstern? Es fiel ihr schwer, hier zu sein. Doch dann öffnete sich schon die Tür, und eine junge Frau in einem Morgenmantel trat ein. Sie schaute Clara aus einem hübschen Gesicht ängstlich an.

»Sind Sie Maria?«, fragte Clara.

*

Ein kleines Segelboot näherte sich dem bewaldeten Schiff. Mattia sah durch Vitos Fernrohr und verkündete: »Olivia und Rolando.« Das Boot wurde gesteuert von Olivia. Rolando warf ihnen die Leine herüber, als sie fachmännisch anlegte.

Die Kinder freuten sich, Franz und Lukas zu sehen. Sie erzählten so aufgeregt und fielen sich so oft gegenseitig ins Wort, dass man kaum begriff, was sie erzählten: Tullio Pignati – auf einer Insel festgenommen! – Soll eine Prostituierte erschlagen haben – im Dezember – versucht zu fliehen – mit gefesselten Händen ins Wasser gefallen und ertrunken – ein zweiter Ganove – Stefano Scapa – in eine Kirche geflüchtet – durch den Vorhang eines Beichtstuhls erschossen! – Die Trödlerin Signora Giusina sollte zum Verhör – ihre Drachenhöhle verschlossen – während man sie aufbrach, stopfte sich die Alte Hände voll Münzen, Schmuck, Edelsteine, goldene Becher und silbernes Besteck in ihre Taschen – aus ihrer Hintertür heraus auf eine Barke – trat wegen des großen Gewichtes zu kurz – ins Wasser gefallen – von ihrem Gold in die Tiefe gezogen! – Den Kunsthändler Alessandro Parsini aber habe man in seiner Wohnung aufgefunden – in seinem Blut – erdolcht!

Franz hörte mit Entsetzen, wie teuer Alessandro seine Loyalität bezahlt hatte. »Was ist mit dem Deutschen? Reinke?«, fragte Franz.

»Soll Alessandro erstochen haben«, antwortete Olivia.

»Spurlos verschwunden«, antwortete Rolando.

»Und Orfeo d'Albari? Was ist mit ihm?«

»D'Albari?«, fragten die beiden Kinder und zuckten mit den Achseln. »Nichts gehört.«

»Ich muss zu ihm«, sagte Franz. »Sofort.«

Alle bestürmten ihn, dass das unmöglich sei. Sinnlos! Gefährlich! Doch Franz bestand darauf. »Er darf nicht davonkommen. Er hat den Befehl gegeben, mich zu ermorden. Ich will ihm in die Augen schauen, wenn er festgenommen wird. Olivia, bringst du mich zur Stadt?«

»Ich komme mit«, sagte Lukas.

»Ich auch«, sagte Mattia. »Ich passe auf Euch auf.«

Während Mattia zum Campo Santi Apostoli rannte, wo immer einige seiner Freunde den Tag verbrachten, die er nach Neuigkeiten fragen wollte, pochte Franz an die Tür des Palazzo d'Albari. Der Hausdiener Gabriele, der ihnen ausrichtete, der Nobiluomo empfange nicht, wurde beiseitegeschoben. Gabriele protestierte zwar heftig, aber da er Franz von seinen Besuchen bei Donna d'Albari kannte und sein Begleiter ein Priester war, wagte er nicht, ihnen handgreiflich den Zutritt zu verwehren. Es gelang ihm kaum, mit Franz und Lukas Schritt zu halten, die, zwei Stufen auf einmal nehmend, die Treppe hinaufstürmten. Im Salon, in dem Rafaela für gewöhnlich Franz empfangen hatte, war niemand. Nur die grotesk zerdrückte Büste Rafaelas, längst getrocknet, stand auf einem Podest – ein Mahnmal für Orfeos Unbeherrschtheit. Während der Diener Gabriele laut lamentierend hinter ihnen herkam, öffnete Franz die Türen zur Bibliothek. Und dort lag er: in einem Sessel, schief und verrenkt, die Arme schlaff herabhängend. Seine Augen standen offen, seine trockene Zunge lag auf den geöffneten Lippen. Er war tot. Neben ihm auf dem Boden lag ein Glas, auf dem Tischchen vor ihm ein leeres Flakon. Gabriele hob ein klagendes Geschrei an, stolperte zur Treppe und rief nach einem Dottore, doch Franz und Lukas hatten keinen Zweifel, dass es zu spät war.

Als Lukas, um ganz sicherzugehen, die Hand auf Orfeos Herz legte, fühlte er in dessen Brusttasche etwas Hartes. Und als er es herausnahm, war es der abgebrochene Griff des gläsernen Dolches. Der fehlende Teil, der zu der Klinge gehörte, die der Geschichtenerzähler aus Franz' Brust operiert hatte. Franz nahm den gläsernen Griff, und während er ihn in den zitternden Händen hielt, sah er aufgewühlt den Toten an. Orfeo war ihm zuvorgekommen: Um seiner Festnahme zu entgehen, um die Schande einer Gerichtsverhandlung und die Leiden einer langen Kerkerhaft nicht erdulden zu müssen, hatte er sich selber gerichtet.

Doch schon gab es wieder Geschrei im Haus, und im nächsten Moment kam Mattia hereingestürmt. »Euer Palazzo!«, rief er. »Es wimmelt von Gendarmen! Signora Donati! Festgenommen! Man will sie zum Reden bringen!«

Franz und Lukas durchquerten den Vorraum zu Ignaz von Rottmanns Amtsstube, ohne auf die Schreiber zu achten, die von ihren Tischen aufsprangen und riefen: »Sie können da nicht einfach hinein! Bleiben's stehen! Sofort stehen bleiben!« Ohne anzuklopfen, stieß Franz die Tür auf und stand Ignaz von Rottmann gegenüber, der hinter seinem Schreibtisch saß und Franz und Lukas mit seinen ungleichen Augen anstarrte. »Sie wagen es, hierherzukommen? Ausgerechnet hierher?« Rottmanns Erstaunen war echt. Er hatte erwartet, dass Franz sich im hintersten Winkel Venedigs verkroch, um sich im Schutz der Nacht davonzustehlen. Was ihm natürlich nichts genützt hätte.

Einer der Schreiber kam herein und buckelte unterwürfig: »Bitte verzeihen's, Herr Direktor, die beiden haben sich nicht aufhalten lassen!«

»Es ist gut. Rufen Sie die Wache. Sie sollen draußen warten.«

Und noch bevor der Schreiber gegangen war, begann Franz: »Lassen Sie Signora Donati frei! Sie hat mit allem nichts zu tun! Sie weiß von nichts!«

»Sieh da …«, sagte Rottmann und lehnte sich in seinem Kanzleistuhl selbstgefällig zurück. »Der Agent des Kirchenstaates …«

»Geben Sie auf, Herr von Rottmann! Wir wissen, dass Sie sich der Bestechlichkeit schuldig gemacht haben.«

»Sie haben recht«, erwiderte Rottmann. Franz sah ihn verwundert an. »Sie haben recht, ich habe mich schuldig gemacht. Ich muss mir vorwerfen, dass ich nicht gesehen habe, dass mein Prokurator Josef Brunner bestechlich ist. Er hat tatsächlich mit diesen frechen Räubern und Fälschern gemeine Sache gemacht.

Aber ich werde meine Schwäche wiedergutmachen. Ich werde hart durchgreifen. Brunner ist bereits hinter Gittern. Er wird morgen in ein Gefängnis auf dem Festland verlegt, am besten gleich in die Hauptstadt, nach Mailand. Ja, das klingt vernünftig. Er muss nach Mailand. Und unterwegs wird er sich aus Scham über seine Schande das Leben nehmen ...«

Franz funkelte den Gerichtsdirektor voller Wut an. »Begreifen Sie nicht? Es ist aus! Sie wissen, dass ich im Auftrag des Kardinalstaatssekretärs Somaglia sowie des leitenden Ministers Metternich arbeite. Ich habe meine Dienststelle über alles informiert. Ich fordere Sie hiermit ultimativ auf, sich in den Gewahrsam des Gerichts zu begeben.«

»Richtig, ihre *Dienststelle* ...« Er dehnte das Wort ironisch und lächelte. »Sie werden übrigens auch eine Reise antreten.«

Er ging zur Tür, öffnete sie und fragte einen seiner Beamten: »Ist der Nuntius schon da?«

Und kurz darauf trat ein korpulenter Mann ein. Er trug ein kirchliches Gewand, das reich verziert war, und an seinen runden Fingern glänzten klobige Ringe. Er blickte aus kleinen Schweinsaugen, die vom Speck seiner Wangen zugedrückt wurden, auf Franz. Hinter seinem breiten Rücken huschte ein schwarzer Schatten herein, ein Priesterlein mit dem dünnen Hals und den runden Augen einer Ziege.

»Vielleicht hatten Sie noch nicht das Vergnügen, die Bekanntschaft Seiner Exzellenz zu machen«, sagte Rottmann zu Franz. »Des Apostolischen Nuntius Ottavio Spinola – Gesandter des Kirchenstaates in Lombardo-Venetien.«

Der Apostolische Nuntius streckte seinen kurzen Arm aus und hielt Lukas seine fleischige Hand mit den Ringen hin. Lukas verbeugte sich und küsste Seiner Exzellenz die Hand.

Spinola gab dem Priesterlein einen Wink, der nahm zwei Dokumente aus einer ledernen Mappe und reichte sie Ignaz von Rottmann. Der wiederum zeigte sie Franz und Lukas: Es waren die beiden Todesurteile mit der Unterschrift und dem roten Siegel Giulio Maria della Somaglias.

»Sie können vielleicht einen wie den Kunsthändler Reinke hinters Licht führen«, sagte Rottmann. »Aber gewiss nicht mich. Im Sinne eines freundschaftlichen Verhältnisses unserer Länder wird es mir eine Freude sein, Sie den Behörden des Kirchenstaates auszuliefern.«

Franz wandte sich an den Apostolischen Nuntius: »Ich bin ein freier Mann! Sie haben kein Recht, dieses Todesurteil zu vollstrecken. Ich habe meinen Teil der Abmachung mit Kardinal Somaglia erfüllt und die Kunstdiebe entlarvt! Es ist nur gerecht, dass Sie nun auch Ihren Teil erfüllen.«

»So, wie wir das sehen«, erwiderte Spinola mit einer überraschend dünnen Stimme, »haben Sie gar nichts erreicht. Wo sind die Kunstwerke? Wo ist der *Laokoon?*«

Er nahm die beiden Todesurteile wieder entgegen und sagte zu Rottmann: »Ich erwarte, dass die beiden morgen früh in Ketten auf unser Schiff gebracht werden.«

Damit verließ er mit seinem Priesterlein, das zum Abschied kurz den Ziegenhals beugte, das Kontor.

»Und jetzt sagen Sie mir, wo sich die beiden Kunstfälscherinnen verstecken.«

»Die *beiden* Kunstfälscherinnen?«

Rottmann setzte sich an seinen Tisch und unterzeichnete einige Papiere, die dort bereitlagen. »Sie sind so gut wie verurteilt. Falls sie jemals wieder freikommen, dann als alte Frauen.«

Franz starrte Rottmann fassungslos an. »Das können Sie nicht tun!«

»Ich muss, ich muss. Ordnung. Um jeden Preis. Dass sie sich verstecken, ist doch der beste Beweis für ihre Schuld. Sie ersparen sich einiges, wenn Sie mir gleich sagen, wo sie sich verkrochen haben. Zuerst hatte ich ein Geschäft im Sinn: Ihre Haushälterin gegen die beiden Fälscherinnen. Aber ich behalte Sie alle. Einer von Ihnen wird weich werden.«

Lukas sah, wie die Wut in Franz hochkochte. Er hatte Angst, dass Franz sich auf Rottmann stürzen und ihn erwürgen würde, und legte den Arm beruhigend um den Freund. »Clara Seidler hat mit alldem nichts zu tun«, sagte Franz mühsam beherrscht. »Das wissen Sie genau. Und im Übrigen ist auch Irma Fuchs unschuldig. Sie ist als Lockvogel eingesetzt worden, um in die Kreise der Kunsträuber einzudringen, und hat treue Dienste geleistet.«

Auf einen Wink Rottmanns kam der junge Oberstleutnant mit der feschen Feder am Zweispitz mit zwei Gendarmen herein. Blitzschnell stürzte Franz zur Tür, stieß die Gendarmen beiseite, war fast schon auf und davon – als er von weiteren Uniformierten gepackt wurde. Die Gendarmen führten Franz und Lukas ab. »Das ist ein Verbrechen!«, rief Franz. »Das dürfen Sie nicht tun! Sie sind unschuldig! Clara Seidler hat mit allem nichts zu tun! Sie hat nie gefälscht! Sie würde niemals fälschen!«

Langsam entfernten sich Franz' verzweifelte Rufe in dem weitläufigen Palast.

*

Clara war mit Maria nicht in den Palazzo Peldrini zurückgekehrt, sondern war mit ihr gleich vom Palazzo mit der goldenen Gondel zu Gräfin Roßbrunn gegangen, wo Irma voller Ungeduld wartete. Man hatte bereits von der Festnahme Franz' und Lukas' gehört, und Irma war überglücklich, dass wenigstens Clara noch frei war. Irma wollte sofort mit Maria in den Dogenpalast, um die Männer zu befreien, aber Clara erklärte ihr, dass Marias Aussage alleine wertlos wäre. Niemand würde ihr glauben. »Wir müssen noch etwas mitnehmen ...«

Die Töchter der Gräfin besaßen Zeichenmaterial in erster Qualität. Als Töchter aus gutem Hause wurde ihnen natürlich eine künstlerische Erziehung zuteil. Sie stellten Clara und Irma alles zur Verfügung: Papiere, Farben, Tuschen, Pinsel, Federn – die beiden konnten sich aussuchen, was sie brauchten.

Clara und Irma arbeiteten gemeinsam. Aber es dauerte doch quälend lange. Es war die furchtbarste Geduldsprobe ihres

Lebens. Nie war es Clara so schwergefallen, sich zu konzentrieren. Doch sie waren beide erfahrene Künstlerinnen, und sie hatten in den langen Jahren des Übens oft genug die Erfahrung gemacht: Wenn man ungeduldig wird, verdirbt man es. Also gingen sie behutsam zu Werke und arbeiteten unermüdlich den ganzen restlichen Tag und die gesamte folgende Nacht.

Am Vormittag dann kamen Clara, Irma und Maria endlich in den Dogenpalast. Clara hatte den Arm um Maria gelegt, denn die junge Frau hatte große Angst. Zur Verstärkung hatten sie noch jemanden mitgebracht, über den Clara in Franz' Briefen gestolpert war. So war Clara zu ihm gegangen, damit er ihr mit seinem Rat half, und er hatte nach ihrer Schilderung der Umstände sofort zugesagt zu helfen. »Sie ziehen ja auch nicht ohne eine Kanone in die Schlacht. Also gehen Sie zum Gericht nicht ohne Anwalt.«

Als der erstbeste Schreiber sie aufzuhalten versuchte, war es also Avvocato Canetti, der auf dem Recht bestand, für seinen Mandanten zu sprechen, die Anklagen, die man gegen seinen Mandanten vorbringe, zu hören, die Beweise einzusehen, eine Eingabe zur Überprüfung der Rechtskräftigkeit der Auslieferung zu machen und gegebenenfalls Einspruch gegen dieselbe einzulegen. Im Übrigen fechte er die Unvoreingenommenheit des Gerichtsdirektors Ignaz von Rottmann an und verlange, Letzteren im Beisein von Zeugen zu sprechen. Und zwar sofort.

Clara blieb vor Staunen der Mund offen stehen, denn sie hätte sich im Leben nicht vorstellen können, dass man in einem solchen Ton mit einem Staatsdiener redete. Der Staatsdiener hätte sich das ebenso wenig vorstellen können, weshalb auch sein Mund offen stehen blieb.

Er verschwand, und es dauerte lange, bis er wiederauftauchte. Er bat sie zu warten – der Gerichtsdirektor Rottmann werde sich bemühen, sobald es seine Zeit zuließe – und wies auf eine Bank. Während sie warteten, bemerkte Clara, dass die anderen Schreiber gelegentlich verstohlen zu ihnen herübersahen. Clara nahm Marias Hand und hielt sie fest, die junge Frau zitterte vor Angst.

»Keine Sorge«, sagte der alte Canetti zu ihnen. »Es war abzusehen, dass er uns warten lässt. Das hat nichts zu bedeuten. Die Zeit spielt für uns, wir müssen ohnehin warten, bis wir unsere Trumpfkarte in der Hand haben.« Und er fügte noch hinzu: »Ich hoffe nur, wir werden vorgelassen, bevor meine Lebenszeit abgelaufen ist.«

Und dann war es endlich so weit. Nur in Begleitung seines Sekretärs erschien Peter von Goëss, Gouverneur der venezianischen Provinzen. Auch wenn er ohne Begleitung und denkbar informell kam, hatte er es sich nicht nehmen lassen, zum Unterstreichen seiner Würde Schärpe und Orden anzulegen. »Was ist denn da draußen los?«, fragte er, als er eintrat. »Was wollen denn all die Menschen?«

Vor dem Dogenpalast war eine große Menschenmenge zusammengelaufen. Der gute Mattia, dachte Clara. Als sie gekommen waren, hatten sie ihn gemeinsam mit Olivia und dem kleinen Rolando vor dem Dogenpalast getroffen, wo er ihnen aufgeregt berichtet hatte, dass Franz und Lukas eingekerkert worden seien und bereits ein Schiff des Kirchenstaates in die Lagune einlief, um sie abzuholen.

Der alte Canetti hatte Mattia nachdenklich angeschaut. Er blickte auf ein langes Leben als Avvocato zurück und kannte alle Winkelzüge, die vor Gericht über Sieg oder Niederlage entscheiden. Er wusste nicht nur, wie man die Gesetze für die eigene Sache auslegt, er wusste auch, dass man es immer mit Menschen zu tun hatte und dass es Menschen waren, die den feinen Unterschied machten. Und so hatte er zu Mattia gesagt: »Du siehst mir aus wie ein kluger und geschickter Junge.«

»Si«, bestätigte Mattia. »Das bin ich.«

»Kannst du eine schwierige Aufgabe erledigen?«

»Certo!«

»Dann bring so schnell wie möglich eine große Menschenmenge zusammen. Sie müssen wütend sein und die Absetzung von Ignaz von Rottmann verlangen.«

»Die Absetzung von Rottmann? Das ist keine schwere Aufgabe!«

Also waren Mattia, Olivia und der kleine Rolando in die Gassen geflitzt, hatten so vielen wie möglich Bescheid gesagt, und diese hatten wieder so vielen wie möglich Bescheid gesagt, und weil so viele ohne Arbeit waren und zum Nichtstun verurteilt und weil so viele unter den ungerechten Anschuldigungen des Gerichtspräsidenten, unter seinen harten Urteilen, unter den von ihm angeordneten Entlassungen von venezianischen Lehrern, Professoren und Beamten litten, weil jeder Eigenwillige gleich ein Umstürzler war und jeder Widerwillige gleich ein Revolutionär, kamen sie alle. Der Dogenpalast war eingekesselt von wütenden Rufen, gellenden Pfiffen und geschüttelten Fäusten.

Man konnte – jedenfalls aus venezianischer Sicht – einiges gegen Goëss vorbringen. Aber eines sicherlich nicht: dass er bestechlich war oder Bestechlichkeit duldete. Er war nicht nur Träger des Goldenen Zivilehrenkreuzes und Ritter des Ordens vom Goldenen Vlies, sondern auch – und das brachte ihn sofort in Bewegung – Ehrenmitglied der Akademie der schönen Künste in Venedig.

Als der Gouverneur erschien, dauerte es keine Minute, bis es die Zeit Ignaz von Rottmanns zuließ, sich zu bemühen. Rottmann entschuldigte sich lebhaft dafür, dass der Herr Gouverneur mit einer solchen Lappalie belästigt werde und …

»*Lappalie?* Der Diebstahl der Kunstwerke, an dem ganz Europa Anteil nimmt, geht von *meinen* Provinzen aus, von *meiner* Provinzhauptstadt, unter Beteiligung *meiner* Beamten – und das nennen Sie eine *Lappalie?*«

Rottmann verbeugte sich mit der gebotenen Ehrerbietung. »Verstehe vollkommen, dass Exzellenz aufgeregt sind, aber der betreffende Beamte ist bereits vom Dienst suspendiert und bis zur Klärung der Angelegenheit festgenommen. Er soll heute noch nach Mailand überstellt werden.«

»Nach Mailand! Was ist denn das für ein Unfug? Was soll er denn da? Wir klären die Angelegenheit hier. Holen Sie den Mann her.«

»Jawohl, Eure Exzellenz.«

Kurz darauf drängten sich die Beteiligten im Amtszimmer des Gerichtsdirektors: Goëss nebst Sekretär, Rottmann, Josef Brunner, den die ungerechte Nacht im Kerker keineswegs zermürbt, sondern vielmehr in Harnisch gebracht hatte, der Avvocato Canetti sowie Clara, Irma und Maria. Canetti hatte auf dem Beisein der Damen bestanden, da sie entscheidende Fakten zur Klärung vorzubringen hatten.

Der Avvocato ließ sich ohne weitere Umstände von Clara ein Papier aushändigen, von dem er behauptete, es sei dem Kunsthändler Robert von Stargard während seiner dankenswerten Recherchen in den letzten Monaten in die Hände gefallen, und überreichte es dem Gouverneur. Während dieser las, wechselten Clara und Irma verstohlen gespannte Blicke. Nachdem Goëss gelesen hatte, legte er das Papier auf den Tisch und forderte von seinem Gerichtsdirektor eine Stellungnahme. Es handelte sich um einen Wechsel, der die Hamburger Bank anwies, Ignaz von Rottmann die fantastische Summe von 100 000 Mark Banco gutzuschreiben.

Rottmann erbleichte. Das Papier war natürlich haltloser Unsinn. Er hatte seine Zuwendungen niemals über derartige Wechsel erhalten! Und diese Summe schon gar nicht! Aber das konnte er jetzt natürlich nicht vorbringen. »Das ist eine freche Fälschung!«, sagte er deshalb nur. Und blitzte Clara und Irma voller Hass an.

Goëss nahm den Bankwechsel auf, ging damit zum Fenster und schaute ihn genau an. »Für mich sieht das Dokument einwandfrei aus«, sagte er. Tatsächlich sahen Wappen, Siegel und Unterschriften des filigran verschnörkelten Vordrucks sowie die handschriftliche Signatur des Kunsthändlers Reinke einwandfrei aus.

»Aber da stehen ja die Fälscherinnen!«, rief Rottmann. »Ich werde sie sogleich ins Verhör …«

»Diese Behauptung nehmen Sie bitte augenblicks zurück!«, fiel ihm Canetti ins Wort. »Fräulein Seidler ist eine persönliche Freundin Johann Wolfgang von Goethes sowie der Familie von Humboldt. Sie ist Kuratorin der Kunstsammlungen des Herzogtums Sachsen-Weimar-Eisenach und somit eine Vertrauensperson des Herzogs Carl August, in dessen persönlichem Auftrag sie sich zur Zeit in Venedig aufhält.«

Goëss ließ diese Ausführung auf sich wirken.

»Fräulein Böhmer hält sich unter dem Namen Irma Fuchs in Venedig auf, um die Nachforschungen nach den Kunsträubern als Lockvogel zu fördern. Sie war es, die den geheimen Agenten des Kirchenstaates auf die Spur gebracht hat, die nun zur Aufdeckung der Verbrechen geführt hat. Die gesamte Kunstwelt ist ihr zu größtem Dank verpflichtet.«

Goëss schaute noch einmal auf den Bankwechsel, auf dem die beiden Namen Reinke und Rottmann so nah beieinanderstanden.

In aller Seelenruhe holte nun Canetti zum letzten Schlag aus: »Ferner habe ich die schriftliche Aussage der Maria Schiavoni, hier in Venedig ordnungsgemäß als Prostituierte gemeldet. Fräulein Schiavoni sagt aus, dass sie in Ausübung ihres Berufes Herrn von Rottmann verschiedentlich in Gesellschaft von Heinrich Reinke, Kunsthändler aus Hamburg« – er wies auf den Bankwechsel –, »und Alessandro Parsini, Kunsthändler aus Venedig, erlebt hat. Ihrer Beobachtung nach hat Herr von Rottmann bei diesen Gelegenheiten keine Zeche bezahlt, sondern sich vielmehr aushalten lassen. Sie hat persönlich gesehen, dass dieser Wechsel in einem Chambre séparée des Palazzos zur Goldenen Gondel von Signore Reinke an Signore von Rottmann übergeben wurde.«

»Lügen!«, rief Rottmann. Sein Gesicht war tiefrot. »Ich

lasse meinen einwandfreien Ruf doch nicht ruinieren von einer … *Dirne*!«, schrie er.

»Meine Mandantin sagt außerdem aus, dass ihr bei dem besagten Herrenabend zu Ohren gekommen ist, wo der Leichnam der ermordeten Greta Artelli aus dem Großherzogtum Toskana zu finden ist. Nämlich auf der Insel Sant'Ariano. Um die Glaubwürdigkeit meiner Mandantin zu belegen, beantrage ich, dies unverzüglich zu überprüfen.«

Dem gab der Gouverneur Peter von Goëss statt. Er befahl, sogleich entsprechend geschulte Gendarmen auf die Insel zu schicken. Und er schloss: »Herr von Rottmann ist mit sofortiger Wirkung in seinem Palazzo unter häuslichen Gewahrsam zu stellen, bis alles abschließend geklärt ist.« Damit war für ihn die Angelegenheit fürs Erste erledigt, und er ging zur Tür, die sein Sekretär für ihn öffnete.

Rottmann rief: »Ich protestiere aufs Schärfste! Ich verlange, die peinlichen Verhöre aller Beteiligten persönlich zu leiten!«

Doch durch die geöffnete Tür waren die Rufe, die draußen von der Piazzetta hereinschallten und die die Absetzung Rottmanns forderten, klar und deutlich zu hören.

»Was glauben Sie, was ich tun soll?«, fragte Goëss seinen ehemaligen Gerichtsdirektor. »Die Leute kartätschen lassen wegen eines berechtigten Anliegens?«

Als er sich zum Gehen wandte, rief Clara: »Aber was ist mit Franz und Lukas?«

Sie wollten einander um keinen Preis wieder loslassen. Und es war Franz und Clara auch gleichgültig, dass sie dabei zwischen den beiden roten Säulen der zum Tode Verurteilten standen. Als Irma sie darauf aufmerksam machte, kommentierte Lukas: »Wenn Franz schon zum Tode verurteilt ist, dann hat er auch das Recht, dort zu stehen.«

Nachdem man Franz und Lukas über die Seufzerbrücke in den Dogenpalast geholt hatte, waren sie hier zusammengetroffen. Und als Franz und Clara sich in die Arme fielen, jubelten auf der Piazzetta die Menschen, die bester Stimmung waren, seit sie gesehen hatten, wie der Gerichtspräsident Ignaz von Rottmann, von Gendarmen begleitet, den Dogenpalast verlassen musste.

Clara und Irma berichteten Franz und Lukas, was sich in der Amtsstube abgespielt hatte. Franz bedankte sich bei Maria. »Sie haben so viel für mich getan, Maria …«

Die junge Frau lächelte still: »Ich habe es für Greta getan.«

Und als Franz Avvocato Canetti die Hände schüttelte, sagte er: »Sie haben vier Mandanten gerettet! Wie sollen wir Ihnen das bezahlen?«

»Ecco …« Canetti lächelte. »Betrachten Sie mein Anwaltssalär als bezahlt – in Anbetracht des überteuerten Gemäldes, das Sie mir abgekauft haben.«

Und als sie gemeinsam mit Mattia, Olivia und Rolando zum Palazzo Peldrini gingen, schüttelte Franz den Kopf: »Das hing wirklich am seidenen Faden! Wenn ihr nicht diesen Bankwechsel gefunden hättet! Wo habt ihr den aufgetrieben?«

Clara sah ihn erstaunt an: »Gefunden? Wir haben ihn selber gemacht! Irma und ich.«

Franz sah sie erstaunt an: »Aber woher wusstet ihr, bei welcher Bank die Bestechungsgelder für ihn eingezahlt wurden?«

»Das wussten wir nicht. Wir haben die einzige genommen, deren Namen wir kannten. Sie werden bald merken, dass alles falsch ist. Aber für den Moment hat es gereicht. Bis wir alles wirklich beweisen können. Und bis wir die Kunstwerke finden.«

Franz sah sie kopfschüttelnd an: »Jetzt bist du auch schon unter die Fälscher gegangen?«

Clara lächelte: »Und es hat sogar Spaß gemacht.«

44

Der Schutzheilige der Lügner

In der folgenden Nacht schlief Franz nicht nur zum ersten Mal im Gefühl der Sicherheit, sondern endlich seit Langem in einem sauberen und weichen Bett. Dies war vielleicht das Einzige, das er von seiner kurzen Zeit des Reichtums vermissen würde. Aber das schönste Bett konnte ihm gestohlen bleiben – solange Clara bei ihm lag. Als er aufwachte, wandte er sich zu ihr und küsste ihre geschlossenen Augen. Er hatte sie die ganze Nacht über im Arm gehalten. Aber der Apostolische Nuntius verlangte weiterhin vehement seine Auslieferung. Er war jetzt wieder Franz Wercker, der verurteilte vierfache Mörder. *L'assassino che ha ucciso quattro volte.* Solange er die Kunstwerke nicht fand und damit seinen Teil der Abmachung mit Kardinal della Somaglia einwandfrei erfüllte.

Gerade als auch Clara erwachte und sich wohlig an Franz schmiegte, flog die Tür auf, und ein aufgeregter junger Mann in einem grün und gelb gemusterten Hemd kam ins Schlafzimmer gestürmt. Es war Jacopo, der waghalsige Ruderer. Ihm folgte Signora Donati, die Mühe hatte, mit ihm Schritt zu halten. »Verzeihen Sie!«, keuchte die Signora. »Ich habe ihn nicht aufhalten können!«

Jacopo war erhitzt, die Haut an Stirn und Hals war mit Schweiß bedeckt. »Roberto!«, rief er erregt, als er vor dem Bett stand. Doch dann besann er sich: »Francesco!« Der wahre Name hatte sich offenbar schnell herumgesprochen. »Francesco! Du musst kommen! Schnell!«

Franz sprang aus dem Bett, zog Hose und Hemd an und lief

barfuß mit Jacopo nach unten. Jacopo zog Franz am Arm bis zum vorderen Tor, das zum Kanal hinausführte. Im hellen Sonnenlicht lag an den Treppenstufen sein Regattaboot. Im Boot und auf dem Anleger warteten die fünf anderen Ruderer, ebenfalls in den grün und gelb gemusterten Hemden, deren Farben hier im Sonnenlicht strahlend leuchteten. Sie alle sahen betroffen auf ein weißes Bündel, das im Rumpf des Bootes kauerte: ein weißer Schuh, weiße Hosen, ein weißer Rock, weiße Haare und eine weiße Hand, die sich unter wirren schlohweißen Haaren in die weiße Haut eines Gesichtes vergrub. Das ganze Bündel zitterte und wimmerte.

»Tagio!«, rief Franz, während auch Clara hinter ihm aus der Tür trat.

»Du kennst sie? Wir haben sie auf der Lagune gefunden«, erklärte Jacopo. »Alleine auf einer Gondel. Sie hat versucht zu rudern. Ist immer nur im Kreis geschaukelt!« Jacopo hielt das seltsame Mischwesen für eine Frau.

Franz stieg ins Boot und beugte sich über Tagio. Als Tagio merkte, dass sich ihm jemand näherte, jammerte er laut auf. »Tagio …«, sagte Franz leise und beruhigend. »Tagio … Tagio … Ich bin es. Robert. Erinnerst du dich an mich?« Behutsam strich Franz Tagio das weiße Haar aus dem Gesicht und streichelte ihm den Kopf. Immer noch wimmerte Tagio ängstlich. Erst als Franz ihn beruhigend in seine Arme schloss, öffnete Tagio die roten Augen.

»Roberto …«, flüsterte er.

»Ja«, bestätigte Franz lächelnd. »Ich bin bei dir.« Langsam stand er auf und half Tagio auf die Beine. Ein Dutzend grüner und gelber Arme stützte ihn bei seinem ungelenken Schritt an Land. Während sie die Treppe hinauf zum Salon gingen, vergrub Tagio sein Gesicht an Franz' Brust, und der hielt schützend den Arm um die runden weißen Schultern.

»Wir waren früh draußen auf der Lagune«, berichtete Jacopo. »Haben geübt. Da sehen wir sie auf dem Wasser stehen. Ganz außer sich. Konnte überhaupt nicht rudern! Hat kaum das Gleichgewicht halten können! Sie muss die Brenta heruntergetrieben sein. In einem fort hat sie immer nur ein und dasselbe Wort gestammelt: *Roberto, Roberto, Roberto* … Ich dachte gleich, dass sie dich meinen muss!«

Franz bat Signora Donati, einen Jungen zu Rafaelas Palazzo zu schicken, um die Nachricht zu bringen, dass Tagio bei ihnen sei. Inzwischen waren auch Lukas, Irma und Maria, die ebenfalls im Palazzo übernachtet hatten, von der Aufregung angelockt worden. Franz setzte sich mit Tagio auf ein Sofa und erklärte allen, dass Tagio das Kind Rafaela d'Albaris sei und er ihn als gutmütiges und liebenswertes Wesen kennengelernt habe. »Er hat kaum einen Begriff von der Welt und geht nie unter Menschen. Aber wenn er seinen Gewohnheiten nachgeht, freut er sich seines Lebens.«

Signora Donati brachte Kakao und Gebäck, doch Tagio wollte nichts annehmen. Auch während sie im Salon in Sicherheit saßen, wurde Tagio immer wieder von Angst geschüttelt. »Was ist passiert, Tagio? Was hat dich so sehr geängstigt?«

Endlich tat sich der Mund des großen Kindes auf: »Aiutatemi, Roberto!«, jammerte er mit seiner heiseren Stimme. »Hilf mir! Die Schlange! Mach sie weg!«

»Die Schlange?«, fragte Clara. »Was meint er?«

»Ich habe ihn einmal im Herbst vor einer Schlange gerettet. Es war keine große Sache. Er ist im Garten auf sie gestoßen, und sie hat ihn angezischt. Ich habe sie gepackt und fortgeworfen, und seither hat er mich ins Herz geschlossen. Es hat ihn sehr beeindruckt. Tagelang war er anhänglich und ist nicht von meiner Seite gewichen.«

»Die Schlange … Sie ist furchtbar! Furchtbar …«

»Er muss wieder eine Schlange gesehen haben und ist in die Gondel geflohen«, sagte Lukas.

»Ja, aber wo?«, überlegte Franz. Er wandte sich an Jacopo: »Du sagst, er sei die Brenta herabgekommen?«

»Ich denke schon.«

»Den Palazzo der Familie an der Brenta gibt es nicht mehr.

Orfeo hat ihn verkauft.« Er wandte sich an Tagio und sah ihm in die roten Augen: »Wo bist du gewesen, Tagio? Wo war die Schlange? Wo bist du hergekommen?«

Doch Tagio, dem die Erinnerung an die Schlange keinen anderen Gedanken zuließ, stammelte nur weiter: »Wir haben Angst … lo e i ragazzi … Angst … gute Jungen … Der Alte stirbt … Roberto, hilf …«

Er fasste sich unwillkürlich an die Hüfte und fegte mit der Hand angewidert etwas fort, das nicht zu sehen war, als ob ihn eine unsichtbare Schlange dort bisse.

Clara runzelte die Stirn und legte auch ihre Hand an die Hüfte. »An dieser Stelle wird der *Laokoon* gebissen.«

Jacopo warf fragend seine grün und gelb gemusterten Arme in die Luft: »Wer ist jetzt schon wieder *Laokoon*?«

Die anderen sahen Clara überrascht an.

»Die Jungen …«, wiederholte Irma und nickte. »Der Alte stirbt …«

»Die Schlange …«, überlegte Franz. »Der *Laokoon* … Aber wo? Die Villa ist doch verkauft!« Er sprang auf und ging erregt auf und ab.

Brenta …

Die Villa …

Das verschlossene Zimmer …

Orfeo …

Rafaela …

Während er um eine Lösung rang, bemerkte er, dass Maria das Gemälde Philipp Veits betrachtete, das immer noch auf der Staffelei stand. Die Madonna, die das Jesuskind das Laufen lehrt. Hinter Maria ein lieblicher Garten. Berge.

Maria …

Franz blieb ruckartig stehen. Er starrte auf Maria und das Gemälde.

Die nahen Berge …

Der Garten …

»Der Garten der Jungfrau!«, rief er aus.

Mit einem Schlag begriff Franz alles: der Tedesco. Der Garten der Jungfrau – Rafaela hatte ihm erzählt, sie habe schon als kleines Mädchen in dem Pavillon auf dem Hügel gestanden und die zum Greifen nahen Berge beobachtet. Schon als kleines Mädchen! Die Familienvilla der d'Albari aber hatte Orfeo ihr erst zur Hochzeit gekauft, das hatte sie ihm selber erzählt!

In diesem Moment kam Signora Donati herein. »Der Junge ist zurück«, sagte sie. »Vom Palazzo d'Albari. Er sagt, es ist nur Dienerschaft zu Hause. Die Nobildonna ist seit gestern fort.«

Franz wandte sich Jacopo zu. »Könnt ihr mich die Brenta hinaufrudern?«

»Natürlich«, erwiderte Jacopo selbstbewusst. »Schneller als jeder andere.«

Während Lukas zum Dogenpalast lief, um die Nachricht zu überbringen, man wisse, wo die verschwundenen Kunstwerke versteckt sind, stand Franz im Bug des Regattabootes, und sein Haar wehte im Fahrtwind, während die Ruderer aufs Wasser einstachen, als gälte es das nackte Leben. Nie zuvor war Franz so schnell übers Wasser geschossen. Er kam sich vor wie eine der Möwen, die er so oft beobachtet hatte, wenn sie pfeilschnell über die Wasseroberfläche segelten. Im Nu hatten sie die Lagune zwischen Venedig und dem Festland überquert und waren in die Brenta hineingefahren. Mit unverminderter Geschwindigkeit ging es flussauf, an den Villen der Reichen vorbei bis zum ehemaligen Anwesen der d'Albari.

»Weiter!«, rief Franz. Sie fuhren an der in der Morgensonne strahlenden schneeweißen Villa vorbei, und nur wenige Minuten später gelangten sie an das schwarze Herrenhaus. Düster stand das mittelalterliche Bauwerk in dem verwilderten Park, die verwitterten Fensterläden geschlossen.

»Wartet hier!«, rief Franz und sprang auf den verrotteten Bootsanleger. An der Front des burgartigen Gemäuers gab es keine Öffnung. Alle Zugänge zum Fluss hin waren vergittert und versperrt. Franz lief über einen zugewucherten Kiesweg zur Rückseite. Als er die mit Unkraut bewachsene Terrasse betrat, sah er, dass die Schlagläden einiger Fenster geöffnet waren und die Flügel einer gläsernen Tür weit offen standen.

In der Villa war es kühl und düster. Das Innere entsprach dem abweisenden Eindruck des Äußeren: schwere Möbel, dunkles Holz, verblichene Wandteppiche, eine ausgetretene Treppe, die in völlige Dunkelheit hinaufführte. Niemand war zu sehen.

»Rafaela?«, rief Franz. Und noch einmal: »Rafaela!«

Keine Antwort. Franz' Blick fiel auf eine offene Tür. Er ging darauf zu und schaute hinein. Auch hier war es düster, doch durch einen geöffneten Fensterladen fiel ein helles Schlaglicht herein. In dem Lichtstrahl sah er das von Entsetzen und tiefstem Leid gepackte Gesicht eines bärtigen Mannes. Ringende Gliedmaßen, die angsterfüllten Gesichter zweier Knaben, ein Schlangenleib, der ihre Beine und Arme umringte, die weit geöffneten Kiefer bissen dem Alten in die Hüfte.

Franz ging zu den Fenstern, öffnete sie und stieß alle Fensterläden auf. Nun war alles im Licht: Hunderte von Gemälden, gerahmte und ungerahmte, Plastiken, Standbilder, Büsten – dicht an dicht war der Raum vollgestellt mit Kunstwerken. Franz erkannte mehrere der Werke aus dem Skizzenbuch von Lukas wieder. Und in der Mitte des Raumes, umgeben von allen anderen, die *Laokoongruppe*, die schon Mattia geängstigt hatte, weil sie so erschütternd wahrhaftig geformt war. Mit der Schlange, die Tagio so sehr erschreckt hatte, dass er kopflos geflohen war.

»Robert …«

Franz wandte sich zur Tür. Dort stand sie. Schöner denn je. Gefasst und ruhig. Sie trug ein dunkles, hochgeschlossenes Kleid, der ernsten Gelegenheit angemessen. »Geht es Tagio gut?«, fragte sie nur.

»Ja«, antwortete Franz. »Seien Sie unbesorgt. Tagio ist in Venedig, in meinem Palazzo.«

»Warum haben Sie ihn nicht mitgebracht?«

»Ich wollte ihn nicht in Gefahr bringen.«

»Gefahr?« Sie sah ihn voller Wehmut an. »Sie haben die Polizei benachrichtigt ...«

»Ich bin ihnen vorausgeeilt. Lukas wird sie hierherbringen.«

Rafaela blickte ihn lange an. Dann sagte sie: »Es ist gut, dass wir uns noch einmal alleine sehen, Robert.«

»Donna Rafaela, Sie wissen, ich heiße nicht Robert. Mein Name ist ...«

Sie unterbrach ihn: »Erlauben Sie mir, bei diesem Namen zu bleiben. Ich möchte, dass wir einander so in Erinnerung behalten, wie wir uns gekannt haben. Wie wir befreundet waren.«

»Wir waren nie Freunde, Rafaela.«

»Doch, Robert. Es gab eine Zeit, da waren wir Freunde ...«

»Freunde, sagen Sie? Und schicken Männer, mich zu töten?«

»Das tut mir leid, Robert. Es ging nicht anders. Ich konnte nicht zulassen, dass Tagio alles verliert. Ich muss doch für ihn sorgen!«

Franz schüttelte verächtlich den Kopf. Immer noch wollte er es nicht glauben. »Sie haben sogar Ihren eigenen Ehemann getötet!«

»Es musste sein. Er hat von allem nichts gewusst – bis gestern. Er wollte mich verraten. Können Sie sich mich als arme Frau vorstellen? Arbeiten? Betteln? Ich musste meine Würde wahren.«

»Sie wahren Ihre Würde, indem Sie Verbrechen begehen?«

»Sehen Sie in mir keine Heilige, Robert. Das bin ich nicht, und ich bin es nie gewesen.«

»Für mich waren Sie es ...«

»Dann haben Sie sich selbst betrogen ... Sie sind ein hervorragender Betrüger, Robert! Sie haben sich selbst betrogen, sie haben mich betrogen – und Sie haben ganz Venedig betrogen. Es hat mir so gutgetan, mit Ihnen zusammen zu sein. Ich habe in Ihnen einen Spiegel meiner selbst gesehen. Auch Sie – wie ich – ein Betrüger und dabei zugleich ein guter Mensch. Sie haben mir vor Augen geführt, dass man alle Welt belügen und trotzdem ein guter Mensch sein kann. Dafür danke ich Ihnen.«

»Nein, Rafaela. Ich war gezwungen, ein Spiel zu spielen, um Ihren Betrug zu entlarven und zu beenden. Nichts weiter!«

Sie lachte. »Machen Sie sich nichts vor, Robert. Sie waren immer schon ein Betrüger. Immer schon! Und warum auch nicht? Sie sind ein Kind unserer Zeit. Die Menschen sind der Wahrheit müde! Sie wissen, dass sie betrogen werden, aber sie wollen den Betrüger nicht mehr entlarven. Sie wollen ein Teil des Betruges sein. Sie fühlen sich mächtig, wenn sie Teil des Betruges werden. Wenn sie offen und ehrlich lügen – und niemand sie daran hindern kann! Wir Betrüger können stolz auf unsere Lügen sein. Wir dürfen mit Würde täuschen. Ja, Franz, mit Würde. Das haben Sie mich gelehrt. Sie haben mir die Absolution erteilt. Sie haben allen Lügnern die Absolution erteilt. Sie sind der Schutzheilige der Lügner und Betrüger!«

Rafaela und Franz blickten sich lange an. Franz musste an das erste Mal denken, dass sich ihre Blicke begegnet waren. Als sie bei seiner Überfahrt nach Venedig lautlos aus dem Nebel aufgetaucht und wieder verschwunden war.

Vom Fluss her waren Rufe zu hören. Schwere Schritte auf dem Kies der Gartenwege. »Umstellt das Haus!«, hörte Franz.

»Leben Sie wohl, Robert«, sagte sie. »Leben Sie wohl, Sie haben es verdient.« Rafaela nahm zärtlich seinen Kopf in ihre Hände und küsste seine Wange. Sie lächelte gefasst. »Würden Sie die Herren bitte in Empfang nehmen und hereinführen?«

Franz blickte ein letztes Mal in ihre dunklen Augen. Dann riss er sich los und lief durch die Halle zur Terrasse. Es waren an die zwanzig Gendarmen, die mit erhobenen Gewehren auf das Haus zugingen. Lukas war bei ihnen. »Nicht schießen!«, rief Lukas. »Es ist Franz Wercker!«

»Die Kunstwerke sind hier im Haus«, sagte Franz. »Sie brauchen keine Waffen. Die Nobildonna erwartet Sie.«

Doch als Franz mit Lukas und den Gendarmen in den Salon kam, in dem er vor einer Minute noch Rafaela d'Albari verlassen hatte, fanden sie nichts vor als Kunstwerke. Donna Rafaela war verschwunden. Zwanzig Gendarmen suchten eine Stunde lang im ganzen Haus, im Garten, in den benachbarten Parks, doch vergeblich. Bis ein junger Leutnant schließlich eine geheime Tür fand, die sich durch einen verborgenen Mechanismus öffnen ließ. Hinter der Tür führte eine Treppe in die Tiefe und am Fuß der Treppe ein langer unterirdischer Gang bis zu einem kleinen Bootshaus an einem Seitenarm der Brenta. Es fand sich kein Boot darin, und auch von der Nobildonna konnte nicht die geringste Spur mehr gefunden werden.

Als Franz abends mit Lukas zu seinem Palazzo zurückkam, lief ihm Clara aufgeregt entgegen: »Tagio ist verschwunden!«, rief sie. »Es ist meine Schuld! Ich dachte, er sei eingeschlafen, und habe ihn alleine gelassen.«

»Es ist gut«, sagte Franz und umarmte sie. »Du brauchst dir keine Sorgen zu machen. Er ist bei seiner Mutter.«

*

Es dauerte mehrere Tage, bis man die Überreste des Kunsthändlers Reinke fand. Die Krebse hatten seinen Körper bis zur Unkenntlichkeit entstellt. Von seinem Gesicht und seinen Gliedmaßen war kaum noch etwas übrig, und in seinen Innereien hatten sich Aale eingenistet. Allein an seinem gestärkten Hemdkragen ließ er sich einwandfrei erkennen. Der Kragen war zwar nass und voller Algen, aber immer noch hart und steif. Die Geschäftsbücher in seinem Koffer waren aufgeweicht, aber weil er sie nicht mit Tinte und Feder, sondern mit dem Bleistift geführt hatte, war das meiste zu lesen.

Ignaz von Rottmann hatte bis zuletzt gehofft, dass es keine Beweise gegen ihn geben würde. Als er von den Geschäftsbüchern erfuhr, setzte er eine Pistole an seine Schläfe und drückte ab. Doch der Schuss war schlecht gesetzt, und er starb nicht. Nach einem Jahr im Spital verbrachte er den Rest seines Lebens in einem Heim für österreichische Veteranen, inmitten von

Amputierten und Zerschossenen der Befreiungskriege, an der Adria. Er hatte keinen Begriff mehr davon, wer er war, aber er war glücklich, in seinem Rollstuhl zu sitzen und aufs Meer hinauszuschauen. Genau wie er es sich für seinen Ruhestand erhofft hatte.

Anhand der Geschäftsbücher Reinkes konnte man genau nachvollziehen, wohin die gestohlenen Kunstwerke verkauft worden waren. Doch tatsächlich stellte sich später heraus: Kaum einer der Fürsten, Könige und reichen Sammler gab das Unrechtgut zurück. Trotzig beharrten sie darauf, einen guten Preis dafür bezahlt zu haben. Nicht einmal diejenigen, die ein Werk gekauft hatten, das es zweimal gab, wollten von ihrem Kunstwerk lassen. Beide Käufer waren davon überzeugt, das Original zu besitzen.

Franz und Lukas wurden vom Apostolischen Nuntius Ottavio Spinola in seinen Palazzo bestellt. Vor allem Lukas ging mit großer Sorge hin, weil er fürchtete, für seinen Ungehorsam zum Mindesten exkommuniziert zu werden. Aber das geschah nicht. Der Gesandte ließ ihm vielmehr von Kardinal della Somaglia ausrichten, dass er sich freue, wenn Lukas seinen Dienst in den Bibliotheken des Vatikans wiederaufnehme. Lukas strahlte vor Glück und erwiderte: »Bibliotheken? Wie herrlich!«

Franz bekam ein offizielles Begnadigungsschreiben des Kirchenstaats mit allen erdenklichen Siegeln und Unterschriften darauf. Glücklich präsentierte er das Dokument Clara, die mit Irma vor dem Palazzo des Nuntius gewartet hatte. »Sieh nur«, sagte er. »Ich bin jetzt ein ehrlicher Mann!«

»Du warst immer ein ehrlicher Mann«, erwiderte Clara.

»Ein ehrlicher Lügner ...«, sagte Lukas.

»Lern erst einmal schwimmen, bevor du unschuldige Leute verspottest!«

»Unschuldig?«

»Ja, unschuldig!«, wiederholte Franz und hielt dem Freund die Begnadigungsurkunde hin. »Mit dem Siegel des Papstes,

Bischof von Rom, Stellvertreter Christi, Nachfolger des Fürsten der Apostel, Höchster Pontifex, Souverän des Vatikanstaates, Patriarch des Abendlandes und Servus Servorum Dei!«

Außer der Begnadigung hatte Franz vom päpstlichen Nuntius noch eine Belohnung von tausend Dukaten in Gold für die wiederbeschafften Kunstwerke erhalten. Zurück im Palazzo Peldrini teilte er die goldenen Münzen auf dem Schreibtisch des Jagdzimmers in vier Haufen. Einen schob er beiseite und erklärte, er sei für Maria, die aus Venedig weggehen und ein neues Leben beginnen wollte. Den zweiten schob er Clara zu, einen Irma und den letzten Lukas mit den Worten: »Ich möchte, dass ihr das Geld bekommt. Ihr habt so viel durch mich erlitten.«

Lukas sagte, er könne damit nichts anfangen, und schob seinen Anteil an der Belohnung zu dem von Maria, die es, wie er sagte, besser gebrauchen könne.

Zusätzlich zu der Begnadigung erhielt Franz einen Pass auf den Namen Ludwig von Stein und einen entsprechenden Auszug aus dem Geburtsbuch einer Provinzstadt im Rheinland.

»Ludwig?«, fragte Clara skeptisch. »Ich kann dich doch nicht mein Leben lang *Ludwig* nennen!«

»Das brauchst du auch nicht«, erwiderte Franz. Er zerriss den Pass und die Urkunde. »Ich werde nie wieder einen falschen Namen annehmen! Nie wieder! Ich bin und bleibe Franz Wercker.«

Er wandte sich Irma zu: »Bei dir möchte ich mich vor allem entschuldigen. Ich habe wirklich dein Leben zerstört.«

»Und dafür möchte ich dir von Herzen danken«, entgegnete Irma. »Du hast mein altes Leben zerstört, indem du mir ein neues geschenkt hast.« Irma erklärte, sie werde nach Rom gehen und – ebenfalls unter ihrem wirklichen Namen – als Künstlerin leben. »Und ich werde noch jemanden mitnehmen.«

»Wen denn mitnehmen?«, fragte Clara.

»Mattia. Ich werde für ihn sorgen und ihm alles beibringen, was ich über Malerei weiß. Ein guter Mensch ist er schon. Ich will ihm helfen, dass er ein guter Künstler wird. Und Olivia und Rolando nehmen wir auch mit.« Als Mattia erfuhr, dass er in einem wirklichen Haus wohnen würde und dass Irma ihn als Lehrling nehmen wollte, war er so stolz, dass er jedem in Venedig davon erzählte. »Ich werde nach Rom gehen«, sagte er. »Aber das ist nicht schlimm. Wenn ich ein großer Künstler bin, komme ich zurück und male zum Ruhm Venedigs.« Und so nahmen Irma, Mattia, Olivia und der kleine Rolando den gleichen Weg wie der berühmte *Laokoon*, der in Rom mit großem Pomp wieder aufgestellt wurde. Die Kirche feierte seine Rückgabe als diplomatischen Erfolg des wieder erstarkten Kirchenstaats gegenüber dem in die Knie gezwungenen Frankreich, und täglich scharten sich Künstler aus allen Ländern Europas um ihn. Mattia erzählte jedem voller Stolz, dass er es gewesen sei, der ihn wiedergefunden hatte, aber natürlich glaubte ihm niemand, und man nannte ihn einen Lügner.

Kaiser Franz hatte die deutschen Künstler bei seiner Abreise in großer Enttäuschung zurückgelassen, denn er war durch ihre liebevoll eingerichtete Ausstellung ohne Interesse gegangen, hatte kaum ein Wort gesprochen und war bald wieder verschwunden. »Was soll's«, kommentierte Philipp Veit mit einem Schulterzucken. »Soll er gehen. Dafür haben wir jetzt den *Laokoon*. Ein guter Tausch.«

Es gab eine Sache, die wollte Franz unbedingt noch in Venedig tun. Nirgendwo sonst. Er nahm Clara an der Hand und führte sie zum Ufer der Lagune. Er kniete sich vor ihr auf den Boden und sagte: »Clara Seidler, ich liebe dich über alles. Möchtest du mich zum glücklichsten Menschen der Welt machen? Möchtest du meine Frau werden?« Sie konnte vor lauter Tränen gar nicht antworten, und nachdem sie seinen Antrag endlich angenommen hatte, vermählte Lukas die beiden in der kleinen Kirche Maria dei Miracoli. Die letzte Nacht, die sie bei Signora Donati im Palazzo Peldrini verbrachten, war zugleich ihre Hochzeitsnacht.

Franz nahm die Zeichnungen der alten Freunde aus Rom

von den Wänden und packte sie mit ein paar Büchern und Kleidern in einen kleinen Koffer. Sie verabschiedeten sich von Signora Donati, von Vito, vom Geschichtenerzähler, von Emilio Canetti, von Gräfin Roßbrunn und von den Straßenkindern, meldeten sich ordnungsgemäß bei der österreichischen Verwaltung im Dogenpalast ab und ließen sich in einer Gondel zum Festland fahren. Dort mieteten sie eine Kutsche.

»Dove?«, fragte der Kutscher. Wohin?

»Nach Neapel«, sagte Franz und nahm Claras Hand. »Endlich nach Neapel!«

ENDE

Und was das *Römische Fieber* anbelangt: Kaiser Franz war empört über dieses Machwerk und schloss sich der Meinung des Literaturkritikers Carl Friedrich von Rumohr an, es sei ein elendes Gemenge von romantischen Ideen. »Effektheischend, ohne Niveau, ohne Tiefe, ohne Respekt vor Tradition, Glauben und deutschen Tugenden. Nichts als ein belangloser Schauerroman!« Für den Kaiser war es ein weiterer Beleg für seine Überzeugung, der Roman überhaupt sei eine minderwertige Gattung ohne Zukunft.

Sein vernichtendes Urteil gründete vor allem darauf, dass er von der Geschichte derartig in Bann gezogen worden war, dass er sie wie im Fieber bis zur letzten Seite durchgeschmökert hatte. Und es hinderte ihn nicht daran, das Buch weiterzugeben an Lucia Migliaccio e Borgia, die zweite Ehefrau seines Onkels und Schwiegervaters Ferdinand, König beider Sizilien. So fand gleichzeitig mit Clara und Franz auch das *Römische Fieber* seinen Weg nach Neapel ...

Olaf Petersenn, ich danke Dir von Herzen für Deine vielschichtige und wertvolle Unterstützung.